HET SCHAARSE LICHT

Van Nino Haratischwili zijn verschenen
Het achtste leven (voor Brilka)
De kat en de generaal

Nino Haratischwili (1983, Tbilisi) is romancier, toneelschrijver en regisseur. Voor haar werk ontving ze onder andere de Anna-Sehgers-Literaturpreis, de Bertolt-Brecht-Preis, de Schiller-Gedächtnispreis, en haar roman *De kat en de generaal* stond op de shortlist voor de Deutscher Buchpreis. Haar roman *Het achtste leven (voor Brilka)* is in 25 talen vertaald en werd een wereldwijde bestseller. Haratischwili ontving er bovendien de Independent Publishers' Hotlist Prize voor.
Ze is thuis in twee talen, schrijft sinds haar twaalfde zowel in het Duits als in het Georgisch.

Nino Haratischwili

HET SCHAARSE LICHT

roman

Vertaald uit het Duits door
Elly Schippers en Jantsje Post

MERIDIAAN
UITGEVERS

2022

Deze vertaling kwam mede tot stand dankzij een subsidie van het Goethe-Institut München

Voor deze vertaling is een projectsubsidie toegekend door het Nederlands Letterenfonds

Het gedicht 'Voor dag en dauw' van Victor Hugo op pagina 563 en 585 komt uit *De mooiste van Victor Hugo*, Lannoo/Atlas, 2008, in de vertaling van Koen Stassijns

© Frankfurter Verlagsanstalt GmbH, Frankfurt am Main, 2022
© 2022 Nederlandse vertaling Elly Schippers en Jantsje Post
Oorspronkelijke titel *Das mangelnde Licht*
Oorspronkelijk uitgegeven door Frankfurter Verlagsanstalt
Omslagbeeld en -ontwerp Julia B. Nowikowa
Foto van de auteur © G2 Baraniak
Typografie binnenwerk Wim ten Brinke
Drukkerij Wilco, Amersfoort

ISBN 978 94 93169 83 8
NUR 302

www.meridiaanuitgevers.com
◾ @meridiaanuitgevers
◙ @meridiaanboeken
◾ @MeridiaanBoeken
in LinkedIn Meridiaan Uitgevers

INHOUD

EEN
WIJ 9

TWEE
DE HONDENJAREN 149

DRIE
HEROÏNE 479

VIER
თავისუფლება
JE EIGEN GOD 685

HET HOFJE EN ZIJN BEWONERS 775

VERKLARENDE WOORDENLIJST 777

Voor
Sandro (1977 – 2014)

en

Lela (1976 – 2015)
de gelieven van Tbilisi

en voor

Tatoeli, met wie ik leerde wat vriendschap is

EEN

WIJ

Wat ben ik gewend geraakt aan de dood
Het verbaast me dat ik nog leef.

Wat ben ik gewend geraakt aan de geesten
Dat ik zelfs hun sporen in de sneeuw herken.

Wat ben ik gewend geraakt aan het verdriet
Dat ik mijn gedichten in tranen drenk.

Wat ben ik gewend geraakt aan het duister
Het licht zou me pijn doen.

Wat ben ik gewend geraakt aan de dood
Het verbaast me dat ik nog leef.

Terenti Graneli

TBILISI, 1987

Het avondlicht speelde in haar haar. Het zou haar lukken, zo meteen zou ze ook die hindernis overwinnen, met haar hele gewicht tegen het hek duwen tot het nog maar zwak weerstand bood en licht kreunend meegaf. Ja, ze zou die hindernis niet alleen voor zichzelf, maar ook voor ons drieën doorbreken en zo voor haar onafscheidelijke vriendinnen de weg vrijmaken naar het avontuur.

Een fractie van een seconde hield ik mijn adem in. Met wijd open ogen keken we naar onze vriendin, die zich tussen twee werelden bevond: Dina's ene voet stond nog op de stoep van de Engelsstraat, de andere stak ze al in de donkere binnenplaats van de Botanische Tuin; ze zweefde tussen het geoorloofde en het verbodene, tussen de prikkel van het onbekende en de monotonie van het vertrouwde, tussen de weg naar huis en het waagstuk. Zij, de moedigste van ons vieren, opende voor ons een geheime wereld, waartoe alleen zij ons toegang kon verschaffen, omdat hekken en schuttingen voor haar niets betekenden. Zij, van wie het leven in het laatste jaar van de loden, zieke en naar adem snakkende eeuw zou eindigen aan een strop, in elkaar geflanst van het touw van een gymnastiekring.

Maar die avond, nog vele argeloze jaren van de dood verwijderd, was ik in de ban van een allesomvattend gevoel dat ik niet goed kon plaatsen. Nu zou ik het misschien een roes noemen, een geschenk dat het leven je totaal onverwachts in de schoot werpt, de kleine kier die zich maar zelden in de lelijke alledaagsheid, in het gezwoeg van het leven opent en je doet vermoeden dat er achter alle sleur nog zoveel meer schuilgaat, als je het maar toelaat en je van verplichtingen en vaste patronen losmaakt om de beslissende stap te zetten. Want zonder het goed te begrijpen vermoedde ik toen al dat dit moment me voorgoed zou bijblijven en mettertijd zou veranderen in een symbool van geluk. Ik voelde dat dit moment magisch was, niet omdat er echt iets bijzonders gebeurde, maar omdat we in onze verbondenheid een onverwoestbare kracht vormden, een gemeenschap die voor geen enkele uitdaging meer zou terugschrikken.

Ik hield mijn adem in en keek hoe Dina door het hek de tuin binnendrong, met die uitgelaten, triomfantelijke uitdrukking op haar gezicht. En ook ik waande me heel even de heerseres over alle geluk en vreugde, de koningin van de onverschrokkenen, want een moment lang was ik Dina, mijn doldrieste vriendin. En niet alleen ik, ook de twee anderen veranderden in haar, ze deelden dat gevoel van vrijheid, dat enkel beloften leek in te houden, want achter het roestige hek lag een hele wereld te wachten om door ons verkend en veroverd te worden, een wereld die zich aan onze voeten wilde leggen.

We naderden de oude omheining van de Botanische Tuin en keken met grote ogen naar het door Dina verrichte wonder, terwijl zij triomfantelijk naar ons keek, alsof ze applaus en waardering verwachtte, omdat ze ondanks onze scepsis gelijk had gekregen, omdat het verroeste hek aan de Engelsstraat inderdaad het ideale sluipgat was om aan het grote, langverwachte avontuur te beginnen.

'Nou, komt er nog wat van?' riep ze vanaf de andere kant, en iemand van ons, ik weet niet meer wie, legde haar wijsvinger op haar opeengeklemde lippen en siste bezorgd: 'Sst!'

Het licht van een eenzame lantaarn aan de overkant van de straat viel op Dina's gezicht, ze had roestvegen op beide wangen. Ik zette de eerste stap, overwon met een zwaai van mijn rechterbeen mijn angst en opwinding, waarbij ik niet kon zeggen wat de overhand had. Ik drukte me stijf tegen Dina aan, die het hek zo ver mogelijk uit elkaar trok, bleef met mijn haar aan een krullend en zinloos uitstekend stuk gaas hangen, maakte me snel weer los en tuimelde de binnenplaats op. Ik werd beloond met een welwillend knikje en een schalks Dina-lachje. Trots op het volbrachte waagstuk riep ik naar de twee achterblijvers dat ze moesten opschieten. Nu maakte ik deel uit van Dina's wereld, van de wereld van avontuur en geheimen, nu mocht ik ook zo triomfantelijk kijken.

Ik had het idee dat ik Nene's hart hoorde kloppen tot aan de ingang van de tunnel, die als een wijd opengesperde, gapende muil voor ons lag, alsof hij wilde zeggen: Ja, jullie denken nu wel dat je al je angsten hebt overwonnen en al ver bent gekomen, maar het echt griezelige ligt nog voor jullie, ik ben er nog met al mijn duistere betonnen pracht vol ratten en niet te vergeten de gevaarlijke stromingen en lugubere geluiden.

Ik wendde mijn blik af van het zwarte betonnen gat en deed mijn best om Nene en Ira de binnenplaats op te lokken. Hoewel de beginnende regen niet bepaald moedgevend was, verjoeg ik mijn zorgen over de lange weg naar ons eigenlijke doel.

Er reed een auto voorbij. Nene dook onwillekeurig in elkaar. Dina begon te lachen.

'Ze denkt vast dat haar oom haar al zoekt en als hij haar niet meteen vindt, laat hij zijn hyena's op haar los.'

'Maak haar nou niet nog banger!' bezwoer Ira haar, de verstandigste en meest pragmatische van ons vieren, lid van de schaakclub in het Pionierspaleis en winnares van de halve finale van de Transkaukasische Wat-waar-wanneer-quiz voor scholieren.

'Kom, Nene, nu wij tweeën!' zei ze op haar gelijkmatige, zachte, indringende toon en ze pakte Nene's trillende, altijd klamme hand. Daarna loodste ze Nene's soepele en zachte lichaam door het hek, dat Dina en ik uit elkaar trokken, en nadat Nene zich er met succes doorheen had gewurmd, volgde Ira.

'Gelukt! En was dat nou zo erg, stelletje schijterds?' riep Dina triomfantelijk en ze liet het hek los, dat met een armzalig klapperend geluid terugsprong en trillend in zijn uitgangspositie tot stilstand kwam.

'Hier krijgen we een hoop gelazer mee, geloof me,' antwoordde Ira, maar haar stem klonk niet overtuigend, want ook zij was gegrepen door euforie en verdrong alle zorgen en gedachten aan de problemen die we ons met ons avontuur beslist op de hals zouden halen. Daarna keek ze peinzend naar de lucht, alsof ze daar een kaart zocht voor de komende tocht, en er viel een dikke regendruppel op haar bril.

Die middag was ik te laat thuisgekomen van de bijles wiskunde die ik van mijn vader bij een van zijn professorenvrienden moest nemen (zijn vrienden waren allemaal professor of wetenschapper), en Dina zat al in de keuken op me te wachten. Onder het voorwendsel dat we samen huiswerk zouden maken, wilden we ons vluchtplan nog een keer doornemen. Ira en Nene zouden later ook komen, Ira had nog schaakles en Nene moest bepaalde 'voorzorgsmaatregelen' nemen om 's avonds nog de deur uit te mogen.

Nu diepte Dina uit haar kapotte rugzak een reusachtige zaklamp op, waar we vol verbazing naar keken.

'Komt jullie zeker bekend voor, hè?' zei ze grijnzend. 'Ja, die is van Beso, maar hij merkt het vast niet, we brengen hem morgen meteen terug.'

Beso was de conciërge van onze school en ik vroeg me af hoe Dina het had klaargespeeld om die zaklamp te pikken. Nene barstte in lachen uit en alsof het lachen haar vleugels had gegeven, rende ze op de donkere tunnel af. We keken haar verrast na, want zij was de meest afwachtende van ons allemaal. De oorzaak van Nene's voorzichtigheid was gelegen in haar thuissituatie, die werd beheerst door haar oppermachtige en alomtegenwoordige tiran van een oom, die bij ons in het hofje achter zijn rug 'een man uit de parallelle wereld' werd genoemd. Nene's eigenlijk lichtzinnige, bijna naïeve en uiterst zonnige karakter was volkomen in strijd met de ijzeren hiërarchie bij haar thuis, waar de mannen de baas waren en de vrouwen zich gedwee aan het patriarchale systeem moesten onderwerpen. Maar gelukkig was Nene een vrolijke meid, haar energie en levenskracht waren niet door dreigementen of straf in toom te houden.

Ira veegde haar bril af aan het witte schort van haar schooluniform, dat, nadat ze zich door het hek had gewurmd, niet meer zo akelig wit was als anders. Ira's schort werd elke dag door haar moeder gewassen, gesteven, gestreken en om haar middel gebonden alsof het een korset was, en terwijl bij ons de strik van achteren in de loop van de dag los ging zitten en de stof verschoof, bleef bij Ira alles altijd op zijn plaats, alsof ze elk moment klaar moest staan voor het geval er een fotograaf opdook die een modelkind zocht voor de voorpagina van de *Komsomolskaja Pravda*.

Toen begon ook Ira te rennen om Nene in te halen. Voor zover ik me kan herinneren, was Nene de enige in Ira's leven voor wie ze haar discipline, haar pragmatisme en haar nuchterheid in een mum van tijd overboord kon gooien. Dat Ira aan ons volstrekt onverstandige avonduitstapje in de Botanische Tuin überhaupt meedeed, was ook te danken aan Nene's spontane instemming. We hadden nooit gedacht dat Nene haar voorzichtigheid en haar angst voor haar familie zo gemakkelijk zou overwinnen en met het plan akkoord zou gaan. Toen ze in de grote pauze op het schoolplein in de herrie van de voorbijrennende kinderen zei dat ze 'uiteraard van de partij zou zijn', keken we elkaar ongelovig aan, waarop ze een kwartier lang de beledigde prinses speelde – een van haar favoriete rollen. Elke poging van Ira om haar vriendin van dat 'dwaze idee' af te brengen mislukte, en dus zat er voor Ira niets anders op dan tandenknarsend eveneens akkoord te gaan.

Om een voor ons onbegrijpelijke reden had Nene vanaf het begin een soort beschermingsinstinct bij de wat vroegwijze Ira gewekt. Altijd hield ze haar sterke, gedisciplineerde, beschermende hand boven Nene's gemakkelijk te verleiden, impulsieve en door verwarde emoties gestuurde hoofd, alsof ze elk moment verwachtte dat Nene iets onvoorzichtigs zou doen en zij er dan voor haar wilde zijn – gewapend voor elke strijd. En nu rende ze achter haar aan om haar te helpen, zodra ze de verlammende duisternis van de tunnel in zou duiken. Het regende nu harder. Ik gooide de rugzak over mijn schouder en begon ook te rennen. Dina volgde me en ik weet niet waarom we allebei tegelijk in lachen uitbarstten. Misschien omdat we wisten dat we het geluk op het spoor waren gekomen. En dat geluk smaakte naar onrijpe pruimen en een stoffige zomerregen, naar opwinding en onzekerheid en veel met poedersuiker bestrooide voorgevoelens.

BRUSSEL, 2019

Aarzelend loop ik de deftige, met kostbaar visgraatparket belegde, lege zaal binnen, met het lentelicht van de late middag in mijn rug. Op hetzelfde moment gaan met een zoemend geluid de schijnwerpers aan. Het licht klopt, stel ik onmiddellijk vast en ik ben opgelucht. Haar foto's hebben dit licht nodig, dit geheimzinnige, bijna aarzelende licht, dat haar talent onderstreept, het indringende zwartwit van de foto's benadrukt, de helderheid en onverbiddelijkheid, die niet om een felle belichting vragen maar ook vanuit de halfschaduw tot de toeschouwer spreken en vanuit de duisternis kunnen stralen. Ik haal diep adem. Ik ben onder de indruk van de twee in elkaar overlopende, grote zalen, ja, het is echt een retrospectief. Een groot aantal van haar foto's – waaronder de beroemde en iconische, maar ook de minder bekende of tot nu toe achter slot en grendel gehouden foto's – zijn hier bijeengebracht, in deze wonderlijke, nieuwsgierige stad vol jugendstilhuizen en overvolle cafés en bars, een stad die ondanks haar status van metropool weigert die rol te spelen en in plaats daarvan iets gezelligs, bijna kleinsteeds heeft behouden.

Jaren geleden heb ik hier heel wat lichtzinnige en zorgeloze uren doorgebracht. Ik ben zelfs weleens in dit gebouw geweest, in dit gerenommeerde en trendy Paleis voor Schone Kunsten. Norin had me toen meegenomen, ik herinner me dat we samen naar een of andere merkwaardige Aziatische film keken en de hele tijd moesten giechelen, om ons vervolgens te bedrinken met schuimend Belgisch bier. Mijn herinneringen aan deze stad kunnen me nog steeds van binnenuit verwarmen, een kleine zon die ik zo nodig op elk moment kan laten schijnen. Norin en ik werkten in die tijd in de kelder van het Koninklijk Museum en waren zo trots dat we op die voorname plek mochten bewijzen wat we konden – ze hadden ons beginnelingen Ensors maskerschilderijen toevertrouwd en we konden ons geluk niet op. Na gedane arbeid doken we onder in het nachtleven van deze innemende stad, vertelden elkaar verhalen en kwamen ten slotte nader tot elkaar. Hoelang is dat geleden, vraag ik me af, terwijl ik in mezelf gekeerd door de nog lege zalen met de vertrouwde foto's loop, die hier toch zo vreemd, zo anders lijken dat ik een eigenaardig soort jaloezie voel, alsof deze plek me mijn pijnlijk intieme verhouding met deze foto's wil betwisten. Over iets meer dan een uur zullen de twee zalen namelijk vollopen met een schare exclusieve gasten, er zal zich een lange rij bezoekers vormen, de uitverkorenen die voor de opening zijn uitgenodigd zullen elkaar begroeten en in de meest uiteenlopende talen druk met elkaar praten, ze zullen Georgische wijn proeven en openingstoespraken over zich heen laten gaan. En ik zal de twee mensen terugzien die mij – naast de dode fotografe voor wie we hier bijeenkomen – het meest gevormd, verwoest, mijn dagen in geluk en ongeluk ondergedompeld hebben. Twee vrouwen, inmiddels op de helft van hun leven, die ik al jaren niet meer heb gezien en die me toch altijd als een schaduw achtervolgen, waar ik ook ga.

Ik dwaal verder langs de foto's, probeer er niet echt oogcontact mee te maken en de gezichten uit mijn verleden maar vluchtig waar te nemen, eraan te ontsnappen. Nog altijd heb ik de mogelijkheid om aan dit alles te ontkomen, te vluchten, ja, misschien moet ik inderdaad onmiddellijk rechtsomkeert maken, misschien was het een vergissing om hier te komen, een daad die duidelijk te veel van me vraagt, iets wat mijn krachten te boven gaat. Dat zal iedereen toch begrijpen, ik kan het Anano uitleggen, die ons hier bijeen heeft geroepen, die geen tegenspraak duldde, die me heeft overgehaald in het vliegtuig naar Brussel te stappen en me een vipkaart heeft bezorgd waarmee ik hier een uur voor de opening als *special guest* ben binnengekomen. Die me aan de telefoon bezwoer: 'Je moet komen. Jullie moeten alle drie komen, ik accepteer geen excuus.'

Misschien kan ik de vernissage nog verlaten, het allemaal terugdraaien, want ik weet niet of ik alles wat er deze avond als een lawine op me af zal komen heelhuids zal doorstaan. Ik heb zo lang voor mijn veiligheid gevochten, ik heb met bijna militaire discipline alles wat geweest is verbannen, en nu loop ik hier door deze zaal, waarin mijn voetstappen luid weergalmen, nu loop ik door deze gigantische, schitterende vertrekken en doe mijn best om de herinneringen, die me als hongerige apen van alle kanten bespringen, van me af te houden.

Maar ben ik niet naar deze plek gekomen om haar nalatenschap te eren? Wat wil zeggen dat ik me moet overgeven. Dat weet niet alleen ik, dat weten ook de twee anderen, en daarom komen we, ondanks alle wrok en twijfel, en denken we niet aan wat er achter ons ligt. We zijn het haar en onszelf verschuldigd, we moeten het weerzien met elkaar verdragen – en met al diegenen die ooit bij ons waren. Die ons vanaf de wanden aanstaren en hun tol eisen. Komen we daarom ook alleen? Zonder het te weten ga ik ervan uit dat we alle drie zonder gezelschap naar Brussel zijn gereisd – zonder partner, zonder kinderen, zonder vrienden die het weerzien voor ons zouden kunnen vergemakkelijken.

Maar nog altijd ben ik de enige hier, nog altijd kan ik vluchten. Laat ze maar over mijn lafheid roddelen, wat maakt het uit als het mijn enige redding is? Maar dan blijft mijn blik rusten op die kleine foto in een eenvoudige lijst onder een fascinerend dunne tl-buis. Waarom hangt die foto zo eenzaam, zo moederziel alleen aan een grote wand? Voor zover ik kan zien, zijn de andere foto's allemaal in een serie opgehangen, maar deze vormt een uitzondering, en hoe dichter ik erbij kom, hoe duidelijker zijn centrale functie me wordt: het is de enige foto van de kunstenares die niet door haarzelf is gemaakt. De andere foto's waar ze op staat, zijn allemaal zelfportretten, artistiek veeleisend, uitdagend, onthullend op het ondraaglijke af, opnamen die in een soort zelfuitbuiting haar innerlijk binnenstebuiten keren en waarvan er hier zeker een paar zullen hangen. Maar deze betrekkelijk kleine foto is geen kunstwerk, hij is niet eens als amateurfoto bijzonder geslaagd, maar hij heeft iets wat me doet huiveren en waarvan mijn adem een moment lang stokt.

Het is een foto van ons vieren, hij geeft onze oerversie te zien, zoiets als de oorsprong, het ei waar we samen uit zijn gekropen. We staan op de drempel van het leven, aan het begin van onze vriendschap, die alles van ons zal vragen, maar daar weten we nog niets van, we weten niet welke kaarten het leven ons heeft toebedeeld, het spel is nog niet begonnen, we mogen nog vrij zijn, we mogen nog alles willen en alles wensen.

De foto, die als een soort inleiding bij deze expositie moet fungeren, heeft niet zo'n sprekende titel als haar andere foto's, er staan alleen, heel eenvoudig, een plaatsnaam en een jaartal bij: *Tbilisi, 1987*. Ik blijf als aan de grond genageld staan, ik kan me niet verroeren en er komt een stroom van beelden in me op, ik heb geen andere keus, ik moet me laten meeslepen, het heeft geen zin om tegen iets te vechten wat overeenkomt met een natuurkracht. Ik ben machteloos, ik ben plotseling weer kind, ik ben weer degene die me vanaf deze foto aankijkt.

Hoe langer ik naar die kleine zwart-witafdruk kijk, die helemaal alleen aan deze wand hangt, hoe zekerder ik weet dat het om die ene dag gaat, de dag dat we de Botanische Tuin zijn binnengedrongen, om dat bijzondere moment dat ik voor het eerst van mijn leven het geluk op mijn handpalmen en in mijn knieholten, in mijn navel en op mijn wimpers voelde. Ik vraag me alleen af waarom uitgerekend deze foto als symbolisch begin is gekozen. Anano is als zus van de kunstenares de beheerder van haar nalatenschap en tegelijk de adviseur van deze expositie, vertelde ze me een maand geleden vol trots aan de telefoon. Zij moet die beslissing hebben genomen. Wist ze dat dit een bijzondere dag was? Heeft haar zus haar er iets over verteld?

Even opmerkelijk lijkt me het feit dat die foto, ik herinner het me nu, bij ons thuis is gemaakt, en wel door mijn vader, die ons eigenlijk nooit fotografeerde, die mij en mijn broer hoogstens eens meenam voor een verplicht bezoek aan een fotostudio. Maar om de een of andere reden heeft hij ons die dag met z'n allen bij ons in de keuken aangetroffen en zijn camera gepakt. Beslist niet de gehate Leica van mijn moeder, die lag toen nog in een donker schuilhoekje in zijn kamer, het kan de oude Ljoebitel of de Smena van mijn grootmoeder zijn geweest, waar toevallig een filmpje in zat.

Je ziet ons vieren op de middag dat we na school ons avontuur voorbereiden en over de tafel gebogen in een gesprek zijn verdiept, uiterst geconcentreerd, sommigen van ons een beetje angstig, Dina daarentegen euforisch, klaar voor het grote avontuur, het grote waagstuk. Mijn vader moet onze aanblik zo amusant hebben gevonden dat hij het nodig achtte zijn innig geliefde werk te onderbreken en de camera te halen.

Ira was te verstandig om zoiets te bedenken, Nene te voorzichtig, ook al deed ze niets anders dan onder schooltijd dromen van de vrijheid en alles wat ze daarmee kon doen en vooral van de liefde, een overdreven romantische, suikerzoete, op films geënte, ademloze liefde. Ik was niets van dat alles en toch werd ik heen en weer geslingerd tussen Dina's vrijheidsdrang, Ira's verstandigheid en Nene's gedroom, en zo was mij in die constellatie vanaf het begin de rol toebedeeld van bemiddelaar, van verzoener, alsof het mijn taak was om onze vriendschap in evenwicht te houden.

Het was Dina die het plan had uitgebroed, de vuurvreter, zoals ik haar soms noemde, degene die op school de meeste standjes kreeg, die elke straf die de volwassenen haar oplegden als ze een grens overschreed met een knipoog voor lief nam. Wat konden haar de vermaningen schelen, de ouderavonden waarop haar moeder aan de minachtende blikken van andere ouders was blootgesteld en de diepe zuchten en het hoofdschudden van haar klassenlerares moest verdragen? Die straffen kwamen uit een wereld die de mensen keurig indeelde in gehoorzaam en rebels, in slim en dom, in goed en slecht, in conformistisch en afwijkend. In Dina's wereld bestonden zulke categorieën niet. In haar wereld had je alleen spannend en saai, interessant en oninteressant, opwindend en gewoon. Als ze haar echt hadden willen straffen, hadden ze zich naar haar maatstaven moeten richten en iets moeten bedenken wat bij haar categorieën paste, maar gelukkig leek haar wereld niet toegankelijk voor volwassenen, waardoor niets of niemand haar iets kon maken. En dat Dina de school met een enigszins acceptabel diploma had verlaten, was volgens mij enkel en alleen te danken aan het medelijden dat de directrice had met Dina's alleenstaande moeder. Niets was veilig voor Dina's nieuwsgierigheid, nieuwsgierigheid was haar motor, haar kompas, waar ze blind op voer. Alles wat haar fantasie prikkelde, alles wat vreemd en aantrekkelijk leek, moest worden onderzocht en ontsloten, elke grens was er om te worden overschreden, elke versperring om erdoorheen te breken. En de kracht die ze daarbij ontwikkelde was als een orkaan, het was onmogelijk om er weerstand aan te bieden, ze sleurde ons mee zoals de wervelstorm in het verre Kansas Dorothy en Toto naar het land van de Munchkins katapulteerde – vreemd genoeg een van de weinige Amerikaanse kinderboeken die bij ons niet als 'kapitalistische rommel' waren bestempeld en dus voor ons toegankelijk bleven.

Maar het minst immuun voor haar orkaan was ik. Ik was de trouwste van haar gevolg, haar loyaalste metgezel. Naar al haar toverlanden zou ik haar zijn gevolgd, zelfs naar Oz en nog veel verder. Sinds de dag dat we elkaar leerden kennen oefende ze een onweerstaanbare aantrekkingskracht op me uit, ze stak me met haar nieuwsgierigheid aan. Niet dat het mij aan impulsen of ontdekkingsdrang ontbrak, niet dat ik bijzonder braaf en gehoorzaam was, en ik had beslist ook een levendige fantasie. Maar Dina's ontdekkingstochten gingen veel verder dan ikzelf zou durven gaan.

En natuurlijk was het ook Dina's idee geweest om de Botanische Tuin binnen te dringen.

We holden met z'n vieren lachend door de tunnel, het licht van Dina's zaklamp flikkerde spastisch door de gang en onze schaduwen dansten een schokkerige dans op de vochtige betonnen muren. Die tunnel was voor de kinderen in Tbilisi het ultieme decor van alle griezelverhalen, hij zou in de Tweede Wereldoorlog als schuilbunker zijn gebouwd, toen het gerucht ging dat de fascisten de Elbroes hadden bereikt. De tunnel leek eindeloos, maar onze blote benen hadden de angst overwonnen en de echo's van onze stemmen antwoordden ons, ze sterkten ons in ons plan, we moesten vooral niet blijven staan, anders zouden de duisternis en de huiveringwekkende geluiden ons weer bang maken. Nene was het meest opgewonden en verbaasd over haar eigen onverschrokkenheid, haar schrille, explosieve, aanstekelijke lach verspreidde zich en leek de eindeloze leegte om ons heen tot leven te wekken. Haar lach voerde ons mee, steeds sneller, steeds lichter en vrijer, tot we hijgend, bezweet en trots de andere kant bereikten en de zomerregen in de armen vielen.

De druppels waren gigantisch, in een paar tellen waren onze uniformen, schorten en haren drijfnat, maar het was warm en het maakte ons niets uit, de onverwacht warme junimaand en onze moed beschermden ons. Nene liet zich op de grond vallen en snakte naar lucht. Ira boog voorover en steunde met haar handen op haar knieën, ik leunde tegen de koude uitgang van de tunnel en haalde diep adem. Maar Dina bleef niet staan, alsof ze nooit buiten adem kon raken, alsof haar longen gemaakt waren voor duizelingwekkende snelheden en eindeloze afstanden. Ze spreidde haar armen uit en stortte zich in de zee van regen, het dichte groen van de planten, de warme lucht en het gezang van de waterval, dat we allemaal al konden horen.

'Kom nou, we zijn er bijna, kom nou!' riep ze terwijl ze het schijnsel van de zaklamp over ons gezicht liet glijden.

'Wacht, ik moet even... ik moet heel even...' hijgde Nene en Ira schudde haar hoofd, alsof ze zich weer eens ergerde aan de dwaasheid van haar vriendin, die ondanks alle gevaren hiernaartoe was gegaan.

Ons doel was de kleine waterval in het midden van de tuin. Het waterbekken was net diep genoeg voor een sprong van de rots en op zomerdagen zag je jongens uit de buurt indrukwekkende salto's maken. Wij hadden tot nog toe altijd jaloers toegekeken, want bij onze bezoeken aan de Botanische Tuin was er of een leraar bij, omdat het om een excursie ging, of een caissière, die de hele tijd oplette dat niemand iets uitspookte wat haar haar baan kon kosten.

Nadat we weer op adem waren gekomen liepen we, nu eerder behoedzaam, in de richting van de waterval en zochten bij het schaarse maanlicht een weg door de dichtbegroeide tuin. De regen stroomde over ons gezicht, ons haar, onze kleren en onze tas en bij elke stap leek het of we kleine plasjes op de grond achterlieten. Voor ons zagen we Dina's zaklamp steeds weer oplichten, af en toe hoorden we haar enthousiaste kreten, alsof ze ons nog altijd moest verleiden, moest overtuigen om de laatste stappen naar het gemeenschappelijke doel ook echt te zetten en niet voortijdig rechtsomkeert te maken.

Ira nam Nene bij de hand, die opeens uitgeput en schrikachtig leek, alsof de moed haar plotseling in de schoenen was gezonken toen ze de donkere tunnel eenmaal achter zich had gelaten. Als twee oudere dames liepen ze naast elkaar. Iets in de manier waarop Ira Nene meetrok, ontroerde me diep – hoe ze op haar paste, op haar zachte voeten lette, zodat ze niet struikelde, op haar poezelige handen, zodat ze die niet openhaalde aan een uitstekende tak, op haar kleine, welgevormde gestalte, haar tere babyhuid, haar borsten die zich al aftekenden onder haar uniform. Ira en ik waren de laatsten die nog zo plat als een dubbeltje waren, terwijl Dina en Nene al begonnen te veranderen: Dina achteloos en verbazend onverschillig, Nene daarentegen zichtbaar trots en blij dat ze een vrouw aan het worden was, met haar prachtige vlasblonde vlecht, haar waterblauwe ogen, die nog wateriger werden als ze weer eens een sentimentele bui had. Ik bleef even staan, liet hen voorgaan om hen in hun onaantastbare saamhorigheid beter te kunnen bewonderen.

We kwamen bij de open plek, de struiken maakten plaats voor een met kleurige bloemen bezaaid grasveld, en links zagen we al het kleine bassin dat de waterval door de jaren heen onderaan had gevormd, we hoorden het onophoudelijke ruisen, zagen de waterstraal uit de hoogte naar beneden storten en bleven als aan de grond genageld staan.

Ik zocht Dina, haar zaklamp en rugzak lagen eenzaam op de kant, terwijl van haar geen spoor te bekennen was. Ik riep haar, maar het ruisen van de waterval overstemde me. Ira sloot zich bij me aan. We riepen en riepen, tot we van boven opeens Dina's gegil hoorden en omhoogkeken. Ze had het klaargespeeld om ondanks de regen en de duisternis op de rots te klimmen. Ze stond boven de waterval alsof ze hem had bedwongen, alsof ze hier nu de onbetwiste heerseres was.

'Hoe is die in vredesnaam boven gekomen?' riep Nene en Ira schudde veelbetekenend haar hoofd. Ik keek omhoog naar Dina en was heel rustig, want ik wist dat het mij ook zou lukken als het haar was gelukt, zij had ons naar het doel gebracht en zolang zij in mijn buurt was, hoefde ik niet bang te zijn.

'Vooruit, kom naar boven!' schreeuwde ze door de nacht en ik begon de aan mijn lijf plakkende kleren, mijn kletsnatte sokken en schoenen uit te trekken. In de witte katoenen onderbroek met het opschrift VRIJDAG, uit de 'weekset' die mijn vader van een van zijn congresreizen uit Warschau, Praag of Sofia had meegebracht, raapte ik de zinloos schijnende zaklamp op, drukte hem Ira in de hand, vroeg of ze me wilde bijlichten en begon tegen de rots op te klimmen, in die stomme onderbroek die ik nooit op de goede dag droeg.

Mijn voeten deden pijn, kleine steentjes sneden in mijn voetzolen, maar ik zag alleen Dina's gespreide armen voor me, hoe ze daarboven op me stond te wachten. Ik baande me een weg, hield me vast aan takken en uitstekende rotspunten en trok me omhoog. Een paar keer gleed ik uit, mijn hart sloeg over, ik krabbelde gauw weer overeind en probeerde het opnieuw. De lichtstraal van de zaklamp scheen maar een enkele keer op de plekken waar ik mijn voeten neerzette, ik voelde de bezorgde blikken van Ira en Nene en deed mijn best om de klim zo gemakkelijk mogelijk te laten lijken. Toen zag ik Dina's hand en greep die opgelucht vast. Ze trok me omhoog en daar stond ik naast haar. Ze had intussen haar uniform en haar schoenen uitgetrokken en gooide alles nu lachend naar beneden.

'Ben je er klaar voor?' vroeg ze en ze omklemde mijn hand nog vaster. Ik rechtte mijn rug en ging schouder aan schouder met haar staan – de kleine puntborstjes met de bijna kleurloze tepels leken fremdkörper aan haar verder zo vertrouwde lichaam. Ik knikte en deed nog een stap naar voren. Ik keek niet naar beneden. Ik keek naar boven. De lucht was zwart, maar ik herkende de Grote Beer, waar mijn vader zo graag verhalen over vertelde. Hij leek welwillend met ons plan in te stemmen. Ik trok aan Dina's hand, we tastten met onze tenen verder over de oneffen grond, bogen voorover, keken elkaar nog een keer aan, hielden elkaars hand nog steviger vast en sprongen in de lucht, om meteen daarna omlaag te storten.

Ik schrik op, iemand tikt me op mijn schouder. Ik heb niet eens voetstappen gehoord. Het is alsof ik uit een diepe slaap word gerukt. Ik zie de foto voor me, ik heb even tijd nodig om mijn gedachten en herinneringen op een rijtje te zetten: de middag voor onze sprong in de waterval. Voor mijn sprong in de vrijheid. Het voorspel ervan.

'Ik kan het niet geloven... Je bent gekomen!'

Anano valt me om de hals en ik weet niet in welke tijd

ik gevangenzit, ik hang tussen de tijden in of ben in allemaal tegelijk. Ze ziet er fantastisch uit. Zo gelukkig, zo stralend in een eenvoudige, donkerblauwe zomerjurk die van haar moeder zou kunnen zijn – die simpele wikkeljurken die zij en haar oudste dochter zo vaak droegen en waarin ze eruitzagen als een keizerin. Ze draagt grote gouden oorringen, een beetje lippenstift en eenvoudige ballerina's, om haar ogen zitten lichte lachrimpeltjes, haar wilde bruine haar lijkt hier en daar wat grijs geworden, maar ze ziet er nog altijd even lieftallig en aantrekkelijk uit als een jong meisje, misschien komt het ook door mijn kijk op haar, misschien blijft ze in dit verhaal voor eeuwig en altijd het jongste zusje, ik ben betoverd, ik vraag me af wanneer ik haar voor het laatst heb gezien. Ik weet dat ze getrouwd is met een vermogende man die in de boomende bouwwereld van Georgië rijk is geworden, dat ze twee kinderen heeft, in een huis ergens aan de rand van Tbilisi woont en een tuin heeft, althans dat zei haar moeder aan de telefoon. Ik kan me haar in zo'n omgeving heel goed voorstellen: zij als gelukkige vrouw en moeder, als zorgeloze, opgewekte partner in een zee van bloemen. Ze heeft een galerie in de stad, steunt jonge kunstenaars en bekommert zich, sinds haar moeder daar de kracht niet meer voor heeft, om de nalatenschap van haar zus. Zij, de lichtste en meest optimistische van haar familie, de minst beschadigde van allemaal, zij is door het leven schadeloos gesteld voor alles wat het haar familieleden heeft ontnomen aan liefde en aandacht, aan kansen, vertrouwen en gerechtigheid – zij heeft het allemaal wel gekregen: een perspectief, normaliteit en vrede.

Ik moet nog wennen aan het idee dat uitgerekend zij de nalatenschap beheert; het meedogenloze zwart-wit van het werk van haar zus, het radicale van haar visie en haar persoon vormen zo'n groot contrast met het zachte karakter van Anano. Maar empathisch en intuïtief als ze is, vertrouwt ze op curatoren, op experts, en ze houdt zich decent op de achtergrond, dat weet ik ook van haar moeder, en ik ben op dit moment oprecht blij voor haar, voor haar grote moment, dat straks wordt ingeluid en waarop zij in de plaats van haar zus zal worden gehuldigd. Ik zou haar nog lang in mijn armen willen houden, maar ik laat haar los, ik merk dat zij niet minder blij is mij te zien, ze vecht tegen de ontroering die bij haar opkomt, de gevoeligheid die haar zo sterk onderscheidt van haar zus. Ik hou haar hand in de mijne.

'O god, ik kan het niet geloven! Hoe bestaat het dat we elkaar uitgerekend in Brussel terugzien? Is het niet krankzinnig? *Deda* heeft gezegd dat ik je beslist een zoen moet geven. Je hebt vast gehoord dat mijn moeder juist nu, vlak voor de tentoonstelling, kans heeft gezien om haar been te breken en niet kan komen. En, Keto, deze tentoonstelling, het is echt waanzin, meer dan twee jaar zijn we met de voorbereiding bezig geweest, ik ben zo blij en opgelucht dat we nu eindelijk open kunnen. Ik heb Ira en Nene ook gevraagd wat vroeger te komen, zodat we voor het officiële startschot misschien even kunnen praten, maar ik weet niet wanneer ze er precies zullen zijn. En trouwens, na afloop gaan we het uitgebreid vieren, laat niemand van jullie op het idee komen 'm te smeren, in de tuin hebben we straks echt lekkere drankjes en muziek. Ik bedoel, we kunnen geen retrospectief over haar maken en na afloop niet feesten alsof morgen niet bestaat...'

'Ja, daar heb je gelijk in,' zeg ik, terwijl mijn ogen opnieuw naar de foto van ons vieren worden getrokken. Anano ziet het en lacht.

'Is die niet leuk? Ik heb me lang afgevraagd welke foto van jullie ik zou nemen, en toen... Ik bedoel, deze is zo treffend, vind ik.'

'Die heeft mijn vader gemaakt. Het was een heel bijzondere dag, weet je... Waar heb je die foto vandaan?'

'Van jou, je moet hem ooit aan mijn zus hebben gegeven.'

Maar voor ik nog iets kan zeggen, roept ze enthousiast dat ze me beslist aan de curatoren moet voorstellen, en ze trekt me aan mijn hand mee door de grote hal, waar de mensen een voor een binnendruppelen.

We lopen naar een lange Georgische vrouw in een zwarte overall en een onopvallend, kalend mannetje met een hoornen bril, ze begroeten me overdreven vriendelijk.

'Keto Kipiani in hoogsteigen persoon!' roept de gedrongen man in het Engels en hij steekt me de hand toe. De Georgische begroet me in het Georgisch en kust me vluchtig op beide wangen.

'Nu zien we u dus in levenden lijve, terwijl we door de talrijke foto's van u en uw vriendinnen het gevoel hebben dat we u al kennen,' voegt de Georgische er ditmaal in het Engels aan toe.

'Precies!' valt de man haar bij.

'Dit zijn Thea en Mark, de helden van dit retrospectief,' legt Anano me met een brede grijns uit. 'Mark is een wereldwijd erkend fotografie-expert en directeur van het Fotomuseum in Rotterdam en Thea is een gerenommeerd kunstwetenschapper met specialisatie Oost-Europa. Ze heeft een fantastisch fotofestival in Tbilisi georganiseerd, daar moet je beslist heen.'

Anano doet in haar rol als gastvrouw duidelijk haar best om te zorgen dat wij ons minstens even goed voelen als zijzelf. Ik glimlach verlegen en knik beleefd. Bij de opmerking van de lange Georgische heb ik mijn oren gespitst: *... terwijl we door de talrijke foto's van u en uw vriendinnen het gevoel hebben dat we u al kennen...*

Natuurlijk: wij staan hier uitgebreid te kijk. Ik moet me erop voorbereiden de talloze schakeringen van mezelf tegen te komen, de stadia van mijn ontwikkeling. Ik moet me erop voorbereiden door het verleden te worden omarmd. Ik moet me erop voorbereiden in de stille ogen van de doden te kijken.

Weer voel ik de neiging om te vluchten, weer kijk ik nerveus naar de uitgang, het is nog niet te laat, ik kan nog naar mijn hotel rennen, mijn kleine koffer pakken, met de eerste de beste trein naar het vliegveld gaan en in het vliegtuig stappen, terug naar huis, naar mijn kleine, eenzame oase, in de bloeiende, uit zijn voegen barstende tuin gaan zitten, een fles wijn opentrekken en aan dit alles ontsnappen, de aanstormende orkaan ontwijken, gespaard blijven.

Maar plotseling hoor ik haar voetstappen achter me, en voor ik haar zie weet ik al dat Ira is gekomen. Ze is een andere vrouw, een ander mens geworden, van ons allemaal heeft zij misschien de opmerkelijkste verandering ondergaan, maar haar voetstappen zijn nog altijd dezelfde, die harde, ritmische, zware voetstappen, waarmee ze zichzelf aankondigt en tegelijk de maat aangeeft.

Ze lijkt nog langer dan in mijn herinnering, zo'n lengte was bij haar als kind niet te voorzien, haar ouders waren allebei aan de kleine kant, en telkens als ik haar na lange tijd terugzie, verbaas ik me opnieuw over haar verschijning. Ze draagt een perfect zittend krijtstreeppak dat haar androgyne karakter onderstreept, ze heeft met dit warme weer het jasje uitgetrokken en draagt het over haar arm, het strakke witte T-shirt laat haar getrainde bovenlichaam en de imposante bicepsen goed uitkomen. Zij, die sport vroeger afdeed als een idiote tijdverspilling, is in de jaren in de vs een echte fitnessjunk geworden en steekt er kennelijk nog altijd veel tijd in om lichamelijk even goed in conditie te blijven als geestelijk. Ik hou van haar kapsel, dat ze een paar jaar geleden voor zichzelf heeft ontdekt en dat inmiddels haar handelsmerk is geworden, naast de opvallende, in kleur variërende designpakken, die ze draagt als een uniform. De korte boblijn is aan de linkerkant duidelijk langer dan aan de rechter en haar nek is opgeschoren. Zoals verwacht draagt ze geen sieraden, ze heeft alleen wat lipgloss opgedaan. Ze trekt een kleine aluminium koffer elegant over de parketvloer achter zich aan, komt met doelbewuste passen op ons af en spreidt haar armen uit. Eerst omhelst ze Anano, dan stelt ze zich voor aan de beide curatoren en vervolgens sluit ze mij in haar armen. De andere drie verwijderen zich discreet en laten ons alleen. We blijven een poosje zo staan en houden elkaar stevig vast. Ik ruik haar mannenparfum, dat perfect bij haar past, en voel me voor het eerst sinds ik een voet in dit gebouw heb gezet, veilig en op mijn gemak, met mijn gezicht in Ira's hals. Als ze nerveus is, waar ik van uitga, dan laat ze dat niet merken, en zoals zo vaak bewonder ik haar zelfverzekerdheid, een met moeite verkregen facet van haar succesvolle leven als advocaat. Heel anders dan bij mij merk je bij haar niets van onbehagen om terug te keren naar het allang verbannen verleden.

'Ik ben zo blij...' mompelt ze en haar stem klinkt opeens lichtelijk gebroken, alsof haar zelfverzekerdheid begint te wankelen, wat mij enigszins geruststelt, want dan ben ik niet zo alleen met mijn nervositeit en mijn huiver voor die foto's, met mijn angst om blootgesteld en ontmaskerd te worden onder het oog van honderden op sensatie beluste mensen.

'Ik ben heel blij dat je bent gekomen. In m'n eentje overleef ik dit niet,' zeg ik, verbaasd over mijn woordkeus.

'We redden het wel. Het is een belangrijke dag voor ons allemaal.'

'Nene komt ook?'

Ik kan nog steeds niet geloven dat zij, na alles wat er is gebeurd, over een paar minuten deze zaal binnen zal komen en samen met ons dit experiment zal aangaan. Zij, die misschien wel de hoogste prijs van ons allemaal heeft betaald, die in de steek is gelaten en keer op keer is verraden, zij, die zoveel jaar elk contact met Ira heeft gemeden. En nu zou ze dat allemaal achter zich hebben gelaten en gewoon in het vliegtuig zijn gestapt? Ik twijfel tot de laatste minuut.

'Ze komt. Ik weet het zeker,' zegt Ira zoals altijd vol vertrouwen en ze doet een stap achteruit. 'Laat me je bekijken. Je ziet er goed uit.'

'Ach, schei toch uit, ik heb amper geslapen vannacht, ik kon geen hap door mijn keel krijgen en ben nu al bekaf, ik weet echt niet hoe ik deze avond...'

'Kom, stel je niet zo aan!'

Die scherpe vermaning ergert me. Ook dat is typisch voor haar: gewend om bevelen uit te delen, gewend om te manipuleren, gewend om het gewenste vonnis eruit te slepen.

'Ik stel me niet aan, dit hakt er echt in bij mij.'

'Het spijt me,' zegt ze en ze kijkt me recht aan. 'Ik weet dat het voor jou extra moeilijk is. Ik ben ook nerveus. Ik bedoel... dit is echt de grootste tentoonstelling tot nu toe en iedereen komt. Maar je weet dat je niet had kunnen wegblijven. Dat had je jezelf nooit vergeven. En ik jou trouwens ook niet.'

Ze geeft me een knipoog.

'Wist je dat wij hier ook onderdeel zijn van de kunstwerken?' wil ik weten.

'Natuurlijk, ik bedoel, wat dacht jij dan, dat ze de foto's waar wij op staan uit een raar soort piëteit zouden weglaten?'

Ira en Nene zijn altijd al anders met onze portretten omgegaan dan ik. Nene met haar exhibitionistische trekjes en Ira met haar indrukwekkende ego zijn er zichtbaar trots op dat ze deel uitmaken van Dina's kunst en op de zwartwitopnamen vereeuwigd zijn. In tegenstelling tot mij hebben zij ook de vele andere tentoonstellingen in Georgië of in het buitenland bezocht, er zorgvuldig op toeziend dat ze elkaar niet tegenkwamen, en Nene heeft af en toe zelfs een toespraak gehouden en interviews gegeven over haar spectaculaire vriendin.

Maar ik wilde niets hoeven uitleggen, al helemaal niet tegenover de buitenwereld. De herinneringen die mij met Dina's foto's verbinden, zijn beslist heel anders dan de dingen die de kunstwereld erin denkt te zien – ik zou nooit van mijn leven op het idee komen om die met vreemden te delen. Nu maak ik deel uit van haar kunst, net als Ira en Nene. Mijn weerstand komt zeker voort uit egoïsme en zelfbescherming, aan de andere kant zou het misdadig zijn om haar kunst door mijn uitlatingen op de een of andere manier schade te berokkenen. Ik, die mijn leven zelf in dienst stel van andermans schilderijen, zou dat maar al te goed moeten weten.

Ira is in een geanimeerd gesprek verwikkeld met Anano. Mijn blik dwaalt rond en mijn aandacht wordt getrokken door een andere foto, als een slaapwandelaar, als het ware gelokt door sirenengezang ga ik op die foto af, die ik niet ken, die ik voor het eerst zie, ik wil weten uit welke periode hij is, want eigenlijk ken ik ze allemaal, van bijna elke foto weet ik wanneer en waar hij is gemaakt, welke stemming er heerste, om welke gebeurtenis het gaat, welke krenking en welke vreugde erachter schuilgaan. Maar deze opname zegt me niets, terwijl ik alles erop herken, alles is zo vertrouwd, het is alsof ik in een bos brandnetels val en mijn huid in vuur en vlam staat.

Het is een foto van ons hofje, onze woningen zijn vanuit vogelperspectief te zien, door de afstand en de hoogte lijken ze piepklein met de wapperende was, de kleine tuin met de eeuwig druppende kraan, de wip, de granaatappel- en de moerbeiboom. Ze moet op het dak zijn geklommen om die foto te maken. Weer heeft ze geen obstakel geschuwd en een manier gevonden om deze zo bekende plek vanuit een compleet nieuw gezichtspunt te verkennen.

HET HOFJE

Het hofje was het universum van onze kindertijd en lag in de heuvelachtigste en kleurrijkste wijk van heel Tbilisi. 'De wijk Sololaki is te danken aan de waterrijke bronnen van de omringende bergen, waardoor deze ooit zo doolhofachtige plek zich in de loop der eeuwen ontwikkelde tot die gewilde, door een bont allegaartje bewoonde, bloeiende wijk.' Ik kijk naar de foto en hoor de stem van mijn vader, die me zo vaak en zo veel over onze wijk vertelde toen ik nog aan zijn hand door de smalle straatjes van ons stadsdeel liep. 'Onder de Arabische heerschappij was er veel water nodig om de vestingtuinen te besproeien en daarom werd er een kanaal gegraven dat het water van de Sololaki-heuvels omlaagleidde naar het dal. Toen de Turken later de macht overnamen, maakten ook zij gebruik van dat water. In het Turks heet water *su* en dat Turkse woord belandde in de Georgische naam van de wijk, waarbij de u veranderde in een o. In de negentiende eeuw vestigden veel rijke Georgiërs zich in deze buurt en legden er hun tuinen aan, en ook daarbij speelde het water een beslissende rol. Zo groeide Sololaki uit tot een voorname wijk en al snel sierden veel elegante villa's met kleurrijke mozaïekvensters en pittoreske houten balkons de met kinderkopjes geplaveide straten.'

Toen ik werd geboren en naar de schaduwrijke en altijd vochtige woning in de tussen de lange Engelsstraat en het Tonetiplein gelegen Wijnstraat werd gebracht, woonden de communistische partijbonzen al in andere wijken en had de staat de ooit zo prachtige villa's in Sololaki een andere bestemming gegeven. De mensen woonden daar nu in de zogenoemde Tbilisische hofjes. Weer hoor ik de monotone, geruststellende stem van mijn vader in mijn hoofd: 'Omdat er door de algemene woningschaarste veel gezinnen in die hofjes huisden en het leven zich steeds meer buitenshuis afspeelde, ging het er daar zeer luidruchtig aan toe. En omdat het de tijd van de Italiaanse neorealistische films was, werd dat lawaai algauw geassocieerd met Italië. Zo veranderden de Tbilisische hofjes in Italiaanse hofjes.'

Ik zie die hofjes voor me, ik dwaal door de straten met de kinderkopjes en sla de Wijnstraat in, waar op nummer 12 mijn leven begon. Deze wijk verving toen voor mij de hele wereld. Hier loop ik in gedachten rond, langs de Botanische Tuin, de Kruisvaarderskerk en de Engelsstraat, waar onze school stond, naar de hogergelegen hellingen van de Mtatsminda met de tandradbaan, naar de televisietoren en het pretpark en de heuvels achter Okrokana, door de vele toverachtige straatjes en de bochtige steegjes met de houten trappen en de door wijnranken overwoekerde balkons, over het imposante Leninplein naar het stadhuis, tussen vervelende roddeltantes en de eeuwig hun KamAZ-auto's poetsende mannen, tussen wapperende was en fonteintjes – op die plekken speelden al mijn tragedies en komedies zich af, daar zocht ik tastend mijn weg in het leven, daar maakte ik ook de ineenstorting van een wereld mee, ongelovig, met wijd opengesperde ogen en doodsangst in mijn longen.

Ik zie ons vierkante hofje voor me. De twee tegenover elkaar staande huizen met daartussen een kleine omheinde tuin, rechts daarvan het twee verdiepingen tellende stenen huisje op stelten, dat later was gebouwd en er, minder kleurrijk en mooi, als op kippenpoten wat verloren bij stond, alsof het zo uit een Russisch sprookje was weggelopen.

Anders dan bij de Tsjechoslowaakse of Oostenrijkse galerijwoningen kwam je bij ons niet alleen via de straat en het trappenhuis met zijn scheve houten trappen in de woningen, maar ook vanaf de binnenplaats via de gammele wenteltrappen. De afzonderlijke woningen waren door een houten gaanderij met elkaar verbonden. Terwijl ons huis drie verdiepingen telde en met veel krullen versierde gaanderijen had, was het bakstenen huis aan de overkant pas rond de eeuwwisseling gebouwd en daardoor het meest solide gebouw van het hele hofje. Het was begroeid met klimop, had twee verdiepingen en aan de voorkant ijzeren balkons met bloemenornamenten.

Het eigenlijke leven van de drie woongemeenschappen speelde zich af op de gaanderijen of op de binnenplaats. Daar werd backgammon of domino gespeeld, daar werden recepten uitgewisseld, daar stonden de weckflessen van de huisvrouwen en het afgedankte speelgoed van de kinderen, daar werden kruiden tegen meel geruild, ziektes besproken, huwelijkscrises beslecht en liefdesaffaires onthuld. Bijna alle houten deuren hadden een raam, zodat de bewoners van het hofje al bij voorbaat begrepen dat het een illusie was om te denken dat je je kon afschermen. Er was altijd wel een aan slapeloosheid lijdende buurman die elk komen en gaan, op welk tijdstip dan ook, registreerde, die elke ruzie te weten kwam en op elke hartstochtelijke verzoening commentaar leverde. Het hofje was een organisme waarvan de afzonderlijke woongroepen de organen vormden, die allemaal met elkaar waren verbonden en nodig waren om het lichaam te laten functioneren. Pas later kwam de verdenking bij me op dat de communisten er bij de woningdistributie op letten in zo'n microkosmos zoveel mogelijk verschillende beroepsgroepen onder te brengen die elkaar konden helpen, zodat de staat er zo min mogelijk omkijken naar had: werd er iemand ziek, dan werd er in het hofje voor hem gezorgd, had iemand kousen nodig die alleen onder de toonbank werden verkocht, dan regelde men dat onderling, wilde iemand goede cijfers kopen om op de universiteit te kunnen studeren, dan was er wel een buurman die dat oploste. Het hofje was een staat binnen de staat. Een op het eerste gezicht voorbeeldige socialistische staat: iedereen was gelijk, had dezelfde rechten, los van etniciteit en geslacht, maar natuurlijk was dat maar schijn. In feite had iedereen zijn plaats in deze constructie, iedereen wist welke privileges hij had. En dus zou de Armeense schoenlapper Artjom het niet in zijn hoofd halen om zijn oog te laten vallen op een Georgische uit een academische familie, net zomin als het fabrikantengezin Tatisjvili het Koerdische gezin van de overkant bij zich thuis zou uitnodigen.

Zelfs wij, de kinderen van het hofje op Wijnstraat 12, hadden ons die ongeschreven wetten eigen gemaakt zonder ons daarvan bewust te zijn. We deden gewoon de volwassenen na, en dat we de Koerdische Tarik bij verstoppertje en hinkelen lieten meespelen, ook al was ons ingepeperd dat hij altijd smoezelig was, niet kon leren, zijn snot opat en op weggegooide kauwgom kauwde, berustte enkel op het feit dat het ons een goed gevoel gaf om zo iemand in onze omgeving te dulden. Want ook dat was typisch voor ons hofje, voor onze wijk, ja, misschien wel voor onze stad: we wilden altijd koste wat het kost aardig gevonden worden en wisten dat het een goede indruk maakte om zwakkeren te beschermen in deze stad, waar verschillende volken al eeuwenlang samenleefden. Tenslotte waren wij de meest gastvrije en tolerante buren, we krenkten niemand een haar en nodigden iedereen uit, we gaven ze te eten en te drinken en lachten ze vriendelijk toe, maar als ze weer vertrokken, haalden we opgelucht adem en trokken onze neus op voor hun tafelmanieren of hun onbehouwenheid. De anderen waren altijd een beetje slechter en een beetje lomper, een beetje dommer en een beetje meer achtergesteld dan wij.

Onze woning was na de rehabilitatie van haar familie toegewezen aan mijn grootmoeder van vaderskant, die we *baboeda 1* noemden. De woning had hoge plafonds en vochtige muren, met krullen versierde balkons aan de straatkant en druppende kranen, waar elke handwerker machteloos tegenover stond. Daar groeide mijn vader op, daar nam hij mijn moeder mee naartoe, nadat ze Moskou de rug hadden toegekeerd. Daar namen ze ook mijn broer en vijf jaar later mij mee naartoe, nadat we in een kale verloskamer ergens in de buurt van het station het levenslicht hadden aanschouwd. Mijn kamer – mijn kleine provisorische rijk – hing vol met posters uit het tijdschrift *Buitenlandse film*, dat ik voor veel geld aanschafte op de zwarte markt. Als kind hadden mijn broer en ik een mooie, iets grotere kamer gedeeld en daar niet zelden kussengevechten en andere krachtmetingen gehouden, maar met de jaren werd die te klein voor ons tweeën en daarom werd ik overgeplaatst naar het piepkleine kamertje naast de keuken dat ooit een voorraadkamer was geweest. Ik vond het niet echt geweldig, maar ik was altijd nog beter af dan baboeda 1 en mijn grootmoeder van moederskant, baboeda 2, die de woonkamer deelden, waar ze hun leerlingen ontvingen en boeken vertaalden, die ze tijdens hun ergste ruzies evengoed moesten delen als in vreedzame tijden en die elke avond met veel moeite en geschuif en gesjor in een slaapkamer werd veranderd.

De gaanderij op de tweede verdieping hoorde niet alleen bij onze woning maar ook bij die van Nadja Aleksandrovna, een alleenstaande, kinderloze weduwe, van wie we ons niet konden voorstellen dat ze ooit jong was geweest en die de fatale vergissing had begaan om tijdens haar studie aan de Lomonosov-universiteit in Moskou verliefd te worden op een Georgische gitaarleraar. Ze verloor haar hart en haar verstand en reisde hem achterna naar zijn legendarische vaderland, dat door veel van haar dichtende landgenoten was bezongen en bewonderd. Nadat de stormachtige liefde was bekoeld en de onbesuisde hartstocht was geluwd, bracht de gitaarleraar zijn Russische trofee onder bij zijn oudste zus en verdween wekenlang in de armen van andere dames. Kennelijk was Nadja's liefde hardnekkiger en onwankelbaarder dan die van haar man, want ze bleef hem zijn leven lang en ook daarna trouw en vond altijd wel een excuus voor zijn onvergeeflijke gedrag. Zelfs toen hij bij twee vrouwen buitenechtelijke kinderen verwekte en die af en toe mee naar huis bracht, vond Nadja dat de 'arme man' daar het recht toe had, omdat zij zelf door een ernstige kinderziekte geen kinderen kon krijgen. Het moet wel iets heel bijzonders zijn geweest waarmee deze eeuwige feestvierder zijn fragiele, etherische vrouw schadeloosstelde, anders was die onbaatzuchtige, bijna stupide liefde van haar niet te verklaren. Na de dood van de ongehuwde zus van de gitarist en nadat hij zelf was gestorven aan levercirrose, had Nadja alleen nog de donkere, vochtige tweekamerwoning, haar kamerplanten en haar katten – en haar Russisch, dat ze tot aan haar dood niet verruilde voor Georgisch, net zomin als ze zich ervan af liet brengen ons kinderen noga en zuurbessnoepjes toe te stoppen.

Ik weet nog altijd niet waarom de baboeda's zo'n gereserveerde houding tegenover haar aannamen, ze waren weliswaar steeds vriendelijk tegen haar, leenden haar af en toe wat meel, bakpoeder of eieren, maar er bleef een zekere scepsis bestaan. Waarschijnlijk kwam het doordat ze zich Nadja's man en haar 'onwaardige' leven aan zijn zijde nog zo goed herinnerden en haar die bijna aan religieuze zelfopoffering grenzende vrouwelijke overgave niet konden vergeven. En hoewel ze veel met elkaar gemeen hadden – ook Nadja was een vrouw van de literatuur en de verheven verzen –, sloten ze geen vriendschap voor het leven en zo bleef Nadja Aleksandrovna tot aan haar dood niet meer dan een buurvrouw, die ze alleen voor grote feesten uitnodigden en met Pasen rode eieren en *paska* brachten.

Een etage lager, op de eerste verdieping, woonden de Basilia's. Wat zou er van ze geworden zijn? De lijvige Nani, die naast haar baan als verkoopster in een Gastronom-supermarkt aan de overkant van de rivier vooral actief was als handelaarster op de zwarte markt, was de meest gehaaide vrouw van het hele hofje (zelfs Ira's moeder kon niet tegen haar op). Ik herinner me de bonte jasschorten die ze altijd droeg. Ze wist werkelijk overal een slaatje uit te slaan: vroeg je haar om een beetje zout, dan wilde zij meteen daarna een halve kilo rijst van je. Ze kon iedereen overhalen om iets te kopen, vooral de vrouwen in het hofje waren van haar afhankelijk en namen haar humeurigheid en haar botte manieren voor lief, want tegen een gepaste betaling wist ze alles op de kop te tikken wat hun hartje begeerde en de Sovjetstaat niet verstrekte: van bioscoopkaartjes voor een besloten filmvoorstelling tot en met Tsjechoslowaaks ondergoed. Van haar man Tariel was meestal alleen de rijk behaarde rug te zien, want ook in zijn vrije tijd was hij onvermoeibaar in de weer met zijn KamAZ, die hij tot ergernis van alle kinderen altijd op de binnenplaats parkeerde en die bij het spelen in de weg stond. Hun enige zoon, Beso, had niet het talent van zijn vader en ook niet dat van zijn moeder geërfd: hij was een slome duikelaar, traag en lui, krabde de hele tijd aan zijn kruis en had als kleine jongen al een uitgesproken belangstelling voor alles wat verband hield met seks.

Woonden de Basilia's naast Tsitso? Ja, dat moet wel, want later werd een deel van de woonruimte van die oude dame ingepikt door Ira's familie, de Jordania's, en was het eerste grote schandaal in het hofje geboren. Tsitso heb ik nooit gemogen, maar ik moest altijd alles van haar pikken, dat was mij en de andere kinderen van het hofje ingeprent. Want die oude alleenstaande dame met haar malle hoedjes en haar eeuwige gejammer had jaren geleden haar enige zoon bij een auto-ongeluk verloren, en dat verlies verleende haar in de ogen van de bewoners van het hofje de status van martelares. Zij mocht wat de anderen niet mochten: schelden en klagen, vermanen en jammeren dus. Van haar tweekamerwoning stond ze later een kamer af aan Ira's moeder Gioeli. Maar ze had toen vast niet begrepen dat die haar daarmee de toegang tot haar woning via het trappenhuis belemmerde en haar zo tot eeuwig steunen en kreunen op de wenteltrap veroordeelde.

De hele benedenverdieping was van de Tatisjvili's, van dat bijna extreem voorbeeldige gezin, dat ondanks hun overdreven gastvrijheid, de gezelligheid en de indrukwekkende kookkunsten van de moeder door alle buren met veel wantrouwen werd bejegend. Die afwijzing ging vooral uit van de vertegenwoordigers van de intelligentsia en had te maken met het vroegere beroep van het gezinshoofd Davit, die altijd alleen 'de *tsjechovik*' werd genoemd, een woord waarvan ik de betekenis pas jaren later zou begrijpen – het prototype van staatscorruptie en verdorvenheid. Die mensen waren de 'kapitalistische schoften' van het Sovjettijdperk en een doorn in het oog van iedere 'eerzame' burger. Daar kwam nog bij dat dit gezin een tikkeltje 'te perfect' leek, waardoor iedereen er voortdurend op uit was om fouten en problemen bij dit voorbeeldige gezin te ontdekken.

Anna Tatisjvili zat twee banken voor me en was de officieuze prinses van onze klas, een schoonheid en jarenlang de beste leerling, totdat Ira haar in elk geval die laatste status betwistte. Haar broer Otto, de prins van de familie, was een kleine sadist. Wat haat ik hem, ik krijg nog steeds een onbehaaglijk gevoel als ik aan hem denk. De eeuwig voortvluchtige. Hoe valt er met zijn schuld te leven?

Als kind gedroeg hij zich al opvallend, maar men nam genoegen met de eindeloze rechtvaardigingen van zijn ouders. Werd er toen niet gezegd dat hij nu eenmaal een 'bijzondere jongen' was, met wie je veel geduld moest hebben? Slechts één keer, toen hij op een dag de kat van Nadja Aleksandrovna onder de kraan van de wasbak op de binnenplaats verdronk – de kleine Tarik was getuige van de marteling geweest en had het ons verteld – verloren de buren hun schier eindeloze geduld en voorspelden ze dat 'het niet goed met hem zou aflopen'. En wat hebben ze gelijk gekregen!

Het stelthuisje rechts – ook dat was een onuitgesproken wet – was voor de verschoppelingen en buitenstaanders. Die wet werd pas door de komst van Lika Pirveli en haar twee dochters onderuitgehaald. Daarvoor woonden er alleen de Armeense schoenlapper Artjom, die vanwege zijn buitensporige liefde voor alcohol door vrouw en kinderen was verlaten, en de Koerdische familie, waarvan ik als kind dacht dat ze geen naam hadden, want niemand noemde hen bij hun voor- of achternaam, iedereen had het altijd alleen over 'de Koerden'. Werkte de vader niet in de zwavelbaden, of haal ik dingen door elkaar? Ik zou het aan Ira moeten vragen, ja, zij heeft een fenomenaal geheugen, zij weet het vast. De oudere kinderen van de Koerdische familie, in totaal waren het er wel vijf of zes, waren allemaal al het huis uit en voor een deel getrouwd. Tarik, de jongste, was het nakomertje, er werd gefluisterd dat zijn ouders dachten dat het hoofdstuk voortplanting al was afgesloten toen hij zich aandiende. Tarik met de jampotbril, die zijn ogen in kleine stipjes veranderde, was een ongelofelijk lieve en beleefde jongen, over wie volkomen ten onrechte allerlei onzin werd verteld, wat het voor hem niet bepaald gemakkelijk maakte om door de andere kinderen te worden geaccepteerd. Maar op de een of andere manier was hij er toch altijd bij en in elke tijd van het jaar zag je hem op de binnenplaats spelen. Tarik was een grote dierenvriend, die elke straathond een naam gaf en lekkernijen toestopte, die hij pikte bij zijn ouders of de buren. Ik weet niet of zijn moeder zo hartstochtelijk veel van hem hield omdat hij haar volkomen onverwachts nog in de schoot was geworpen of omdat hij het niet gemakkelijk had in het leven, maar ze deed het zo fanatiek dat zij Tarik minstens net zo in de weg stond als al die idiote praatjes over hem. Tarik, ja, Tarik, de seismograaf voor het naderende onheil, de voorbode van de ondergang die het einde van onze kindertijd inluidde.

Mijn blik dwaalt verder over de foto van ons hofje, naar het rode bakstenen huis aan de overkant. De woningen in het rode huis waren steviger, mooier, veiliger, de bewoners van het rode huis vormden het oergesteente van het hofje en genoten veel respect. Ook woonden daar niet, zoals bij ons, meerdere gezinnen op één verdieping, maar in totaal slechts twee – of liever gezegd één gezin en oom Givi, een naam die bij haast alle (en vooral de oudere) bewoners van het hofje grenzeloze bewondering wekte, meestal vergezeld van meewarig hoofdschudden.

Oom Givi... ik moet glimlachen en laat die naam smelten op mijn tong, waarop zich meteen de smaak van mijn kindertijd verspreidt, het aroma van roomijs, van boekweit, van zuurbessnoepjes en dragonlimonade. Oom Givi leek altijd al in dat bakstenen huis te hebben gewoond, al sinds de tsarentijd, voor alle revoluties en voor de bolsjewieken. Zomer en winter stonden zijn ramen open en kwam er klassieke muziek uit zijn ruime woning. Hij werd beschouwd als een held uit de Tweede Wereldoorlog, onderscheiden met tal van dapperheidsmedailles; tot aan Berlijn was hij gekomen, generaal in ruste en gepassioneerd pianist – autodidact, werd er meestal eerbiedig aan toegevoegd. Een geweldige man, zo bestempelden mijn baboeda's hem, en ik verdacht hen er allebei van verliefd te zijn op die lange, magere man met zijn hangende schouders en zijn onzekere gang.

Vooral Eter, baboeda 1, de pedantste en strengste van mijn beide grootmoeders, van wie ik me het minst kon voorstellen dat ze in staat was tot romantische gevoelens, begon gewoonweg te zwijmelen zodra het gesprek op oom Givi kwam, en wie weet had ze ook echt zijn hart kunnen veroveren en aan één stuk door met hem over de verhevenheid van de muziek en de Duitse taal kunnen praten, als er niet een probleem was geweest, een onoverkomelijke belemmering die het haar onmogelijk maakte om een serieuze verhouding met hem te overwegen: oom Givi was overtuigd stalinist en had zelfs na de vernietiging van de Stalincultus diens portret, waaronder hij altijd een vaas met verse bloemen zette, niet van de muur gehaald.

Ja, die galante, kinderloze weduwnaar met een veteranenpensioen en een zwak voor Bach en het schaakspel vereerde de massamoordenaar die Eters leven en toekomst kapot had gemaakt. Altijd als de dingen in oom Givi's ogen een verkeerde kant op gingen, werd de 'stalen man' erbij gehaald. 'Als híj zou zien op welke afgrond we afstevenen!' verzuchtte hij als hij 's morgens bij het open raam de krant las of naar het nieuws op de radio luisterde. 'Zijn ijzeren hand en alles zou weer in orde zijn.' Zulke kreten weerhielden de meeste bejaarde dames in de wijk er niet van om hoog op te geven van zijn fijne manieren en zijn elegante kleding; ook spraken ze allemaal met duidelijke ontroering over zijn grenzeloze, 'hartverscheurende' liefde voor zijn 'helaas, helaas' te vroeg gestorven vrouw. Wat een liefde, wat een toewijding, wat een tederheid! En terwijl hun ogen vochtig werden en hun mond een smachtende uitdrukking kreeg, kwam de verdenking op dat ze, misschien zonder het toe te geven, graag de plaats zouden innemen van die eeuwige Julia, wie het niet vergund was geweest oud te worden en met Givi kinderen te krijgen.

Om zijn taal, die ietwat gekunsteld en ouderwets aandeed, moesten wij kinderen altijd lachen, en soms belden we met allerlei idiote smoesjes bij hem aan om met hem aan de praat te raken en zijn ingewikkelde zinnen te horen. 'In ons hofje is de lente met haar tere poedertinten tot bloei gekomen, kijk dan, gij, onschuldige schepsels,' zei hij eens in het voorbijgaan tegen ons en zodra hij achter zijn houten deur was verdwenen, proestten wij het uit. 'Ik wens u allen een jaar vol hartsaangelegenheden, die zich tot uw grootst mogelijke tevredenheid zullen schikken,' wenste hij ons een keer met Nieuwjaar en wij herhaalden die woorden nog dagenlang en kwamen niet meer bij. En onmiddellijk moet ik denken aan de dag dat hij het oude schetsboek voor me neerlegde...

Ik vraag me af wie van mijn twee baboeda's het lumineuze idee kreeg om mijn broer en mij er met haast onmenselijke overtuigingskracht toe te willen bewegen bij oom Givi naar verhalen over klassieke muziek te luisteren. Natuurlijk vingen ze bij Rati bot, mijn broer schreeuwde dat hij niet als een moederskindje voor de hele buurt voor schut wilde staan, maar mij lukte het niet me aan hun wil te onttrekken, en dus ging ik inderdaad een paar keer naar hun idool om wegwijs gemaakt te worden in de hoge muziek. En waarschijnlijk had ik nog een hele tijd voordrachten moeten aanhoren over de etudes van Bach of over de Zevende van Sjostakovitsj, die oom Givi door zijn herinneringen aan de oorlog bijzonder waardeerde, als hij niet totaal onverwachts zelf mijn redding was geworden.

Tijdens een van zijn voordrachten sprong hij plotseling op om uit de achterkamer een paar muziekbladen te halen, en toen pakte ik in gedachten verzonken het servet dat voor me op een stapel kranten lag en begon te tekenen. Zoals zo vaak tekende ik afwezig, zonder een bepaald motief in mijn hoofd, terwijl zijn stem op de achtergrond vervaagde. Ik was zo in mijn geliefde bezigheid verdiept dat ik eerst niet merkte dat hij achter me was komen staan. Ik kromp ineen en liet het potlood uit mijn hand vallen.

'O, het spijt me,' mompelde ik en ik probeerde het servet weg te moffelen.

'Nee, nee, wacht, laat u me dat eens zien, dat ziet er interessant uit.'

Nu ik terugdenk aan die scène, schiet me te binnen dat hij elk levend wezen met u aansprak en ik herinner me dat wij, de kinderen van het hofje, dat prachtig vonden en ons door die aanspreekvorm meteen een stuk belangrijker voelden.

Aarzelend schoof ik het servet naar hem toe. Pas toen ik beter keek, besefte ik wat, of liever gezegd wie ik had proberen te tekenen, en ik kreeg meteen een kleur. Het waren oom Givi's aristocratische trekken die ik vluchtig had geschetst, zijn lange arendsneus en zijn enigszins wijkende kin. Hij nam de tekening in zijn hand en hield hem dicht bij zijn ogen, hij had geen bril op en wilde kennelijk geen detail missen.

'Niet slecht, jongedame, helemaal niet slecht. Tekent u vaak?'

'Zo nu en dan,' gaf ik schuchter toe.

'Bij voorkeur portretten?'

Ik begreep niet waar hij heen wilde en haalde mijn schouders op.

'Ik bedoel of u liever figuratief tekent of u meer bezighoudt met het menselijk gelaat?'

'Geen idee. Ik teken alles wat ik interessant vind.'

'O, dan voel ik me vereerd. U moet hier beslist mee doorgaan,' voegde hij eraan toe, nog altijd verdiept in de tekening. 'Wellicht wordt u op een dag een tweede Kramskoj.'

Ik voelde me gevleid en was dolblij dat ik bij wijze van uitzondering wist over wie hij het had. Reproducties van Kramskojs *Portret van een onbekende vrouw* sierden in mijn kinderjaren menig huishouden, en was het niet dat schilderij, dan in elk geval *Het meisje met de perziken* van Serov, dat ook bij ons, zij het als ansichtkaart, in de boekenkast tegen de ruggen van de boeken stond en waarvan Dina altijd zei dat ze op mij leek.

Ook bij oom Givi hing de *Onbekende vrouw* in een vergulde lijst aan dezelfde muur waar het reusachtige portret van Stalin prijkte. Links van de *Onbekende vrouw* hing een zwart-witfoto van zijn zo vroeg overleden echtgenote, die met haar ietwat schuchtere blik, haar keurig bijeengebonden haar en haar nertskraag uit een andere eeuw afkomstig leek.

'Wilt u uw werk niet voltooien?' vroeg hij. 'Ik zal een echt vel papier halen en dan maakt u het portret af, goed? De etudes kunnen wachten,' voegde hij er nog aan toe, alsof hij de opdracht daarmee aantrekkelijk wilde maken.

Ondanks mijn onzekerheid ging ik akkoord, want het leek me altijd nog beter dan verder te moeten luisteren naar eindeloze voordrachten over muziek. Hij haalde een oud vergeeld schetsboek en legde het voor me neer. Ik pakte het potlood en hoopte dat hij zou opstaan en me alleen zou laten, maar ik durfde hem niet te vragen me dat plezier te doen. Hij leek zichtbaar trots dat hij van het ene op het andere moment model was geworden, zij het voor een jong meisje. Ik deed mijn uiterste best, bestudeerde zijn trekken nauwkeuriger en begon de lijnen preciezer te tekenen. Zijn ogen waren mooi, daar wilde ik me op concentreren, die moesten in het middelpunt staan. Ze waren glashelder, levendig, alsof de bron van zijn jeugd erin schuilging, want in vergelijking met de rest van zijn gezicht leken ze opmerkelijk jong.

Even verdichtte de tijd zich, de geluiden verstomden op slag, zelfs het tikken van de wandklok ebde weg, de hele buitenwereld werd stil en rustig. Ik kreeg kippenvel op mijn armen, ik hield die concentratie nauwelijks vol, maar tegelijk vermoedde ik dat dit een bijzonder moment was en ik wilde geen opwelling, geen impuls, hoe klein ook, missen. Ook oom Givi leek zijn adem in te houden, ook hij leek op een magische plek te zijn, waar alles bestond en tegelijk niets van betekenis was.

Ik zal altijd vol dankbaarheid terugdenken aan dat moment, aan die bijzondere man, die me de kracht liet zien die ik in me had en die in mijn leven als kompas had moeten dienen. En toch krijg ik op hetzelfde moment een loodzwaar gevoel, want niets maakt me treuriger, niets rukt zo meedogenloos de grond van onder mijn voeten als de gedachte dat ik dat kompas heel lang geleden op een sombere middag in februari in de dierentuin naast de apenrots heb ingeruild voor het naakte overleven en sindsdien nooit meer heb teruggekregen.

Ik wist niet hoelang we daar zo hadden gezeten, een eeuwigheid of maar vijf minuten. Met trillende hand gaf ik hem de tekening.

'U hebt talent, jongedame, u hebt talent. En als u het mij vraagt niet voor muziek, maar voor de schilderkunst, daar zou u zich serieus op moeten toeleggen,' zei hij zachtjes en nu zette hij zijn leesbril op om de tekening beter te kunnen bestuderen. Een hele tijd zat hij er roerloos bij en ik had er alles voor overgehad om te weten wat er op dat moment in zijn hoofd omging. Ik voelde me gevleid en tegelijk was ik bang. Alsof ik door zijn woorden een verantwoordelijkheid had gekregen waar ik me niet tegen opgewassen voelde.

'Mag ik de tekening houden?' vroeg hij.

Nog nooit had iemand aan een tekening van mij zoveel waarde gehecht. Bij ons thuis was ik altijd het kind dat 'wat zat te krabbelen', slechts af en toe was er een welwillende blik van mijn vader of een complimentje van de baboeda's voor mijn 'fantasie'. Op school interesseerde zich sowieso niemand voor mijn artistieke neigingen, en zelf had ik er tot dan toe ook weinig voor gevoel om mijn 'kunstwerken' aan iedereen te laten zien. Voor mij was het gewoon iets wat ik deed, net als ademhalen of eten, zonder erbij na te denken. Natuurlijk was ik nog steeds argwanend en betwijfelde ik of zijn enthousiasme gemeend was, maar ik wist dat hij een buitengewoon serieuze man was zonder veel gevoel voor humor of ironie, en daardoor zat er uiteindelijk niets anders op dan hem te geloven.

En toen ik een paar weken later vanaf de binnenplaats door het open raam bij hem naar binnen keek, zag ik inderdaad mijn eenvoudige tekening van zijn gezicht tussen zijn overleden vrouw, de *Onbekende* van Kramskoj en het portret van Stalin hangen. Met stomheid geslagen stond ik stil en ging op mijn tenen staan, ik kon mijn ogen niet van dat wonderlijke arrangement afhouden.

Nog geen twee dagen na die beslissende ontmoeting

klopte oom Givi bij ons aan. De baboeda's waren buiten zichzelf, alsof Jean Gabin in hoogsteigen persoon verscheen (dat Jean Gabin de mooiste man van de wereld was, daarover waren ze het bij wijze van uitzondering eens). Alles wat ze in huis hadden werd op de keukentafel uitgestald en er werd een pot groene thee gezet. Na wat gepraat over koetjes en kalfjes kwam oom Givi ter zake: 'Ik denk dat we de kleine Keto niet langer moeten dwingen mij met haar bezoeken te vereren,' zei hij en hij schraapte veelbetekenend zijn keel.

'Hoe dat zo? Wat heeft ze uitgespookt? Keto, wat heb je misdaan?' riep baboeda 1 door de hele woning.

Ik was bij het horen van oom Givi's stem naar mijn kamer geslopen en luisterde door de dunne muur. Ik vermoedde dat zijn bezoek iets met mij te maken had en wist nog niet goed wat voor gevolgen dat voor me zou hebben.

'O nee, ze is een pienter, alleraardigst meisje, dat staat buiten kijf.'

Je hoorde de beide baboeda's opgelucht ademhalen.

'Wat is er dan?' wilde Oliko, baboeda 2, weten.

'Ik denk gewoon dat ze geen belangstelling heeft voor klassieke muziek. Aanleg trouwens evenmin,' bekende oom Givi ontwapenend eerlijk en hij bracht de beide baboeda's daarmee een moment lang tot zwijgen.

'Maar die belangstelling kun je toch stimuleren, je kunt het gehoor oefenen...' stamelde Oliko ten slotte.

'Een passie kun je niet met een druk op de knop opwekken, en muziek is een passie, moet een passie zijn, al het andere is tijdverspilling en de muziek niet waardig.'

Hij kuchte. 'Niettemin...'

'Ja?' vroegen de baboeda's in koor. De hoop die in die vraag doorklonk! Misschien bestond er toch nog een mogelijkheid, een piepkleine kans dat ik hun idool, die galante man, mocht blijven bezoeken.

'Ze heeft een voor haar leeftijd indrukwekkend talent, gelooft u me, alleen niet voor muziek, maar...'

'Maar?'

Nu was het baboeda 1 die haar nieuwsgierigheid nauwelijks kon bedwingen.

'Maar voor beeldende kunst, zou ik willen zeggen. Ze tekent frappant goed. Zonder twijfel.'

Er viel een stilte en het ergerde me dat ik de gezichten van de baboeda's niet kon zien. Waren ze verrast? Teleurgesteld? Een triomfantelijk gevoel maakte zich van me meester, want ik wist hoeveel waarde ze aan zijn mening hechtten. Er klonk weer gekuch, een van de baboeda's hoestte en ik hoorde Oliko een sigaret opsteken, ongetwijfeld gevolgd door een verwijtende blik van Eter.

'Ja, ze kan misschien best goed tekenen, maar een klassieke muzikale opleiding is toch iets anders...'

Baboeda 1 kon haar teleurstelling niet langer onderdrukken.

'U moet haar talent stimuleren. Er moet een professioneel schilder naar haar tekeningen kijken.'

Oom Givi's stem klonk iets barser dan anders.

'Jazeker, jazeker, dat zullen we doen, hè, Eter?'

Baboeda 2 was tussenbeide gekomen en probeerde de stemming op te vrolijken.

'Weet u,' begon oom Givi weer, 'voor muziek moet je openstaan, je moet toelaten dat ze doordringt tot in je ziel, dat ze daar iets teweegbrengt, in de waarste zin van het woord, en wat ze daar teweeg heeft gebracht, moet je vervolgens aan de buitenwereld meedelen. Dat wil Keto niet. Ze heeft haar pantser nodig. God mag weten waarvoor, maar het is zo.'

Die zin prentte ik – terwijl ik in mijn kamertje meeluisterde – in mijn geheugen. Nog steeds, lichtjaren verwijderd van dat moment en die plaats, klinkt hij in me na. Ik kon toen nog niet weten hoe goed oom Givi naast noten ook mensen kon lezen.

De baboeda's waren algauw door hun argumenten heen en gaven zich teleurgesteld gewonnen. Ze bedankten oom Givi overdreven onderdanig voor zijn bezoek, en hij had zijn hielen nog niet gelicht of ze onderwierpen mij aan een eindeloos verhoor of ik niet toch iets had uitgespookt, tot zich een diepe melancholie van hen meester maakte en je zag dat ze afscheid namen van hun droom om van hun kleindochter een groot musicienne te maken.

Ondanks alle verschillen, alle tegenstrijdigheden die hun levensloop vertoonde, waren mijn beide grootmoeders door en door mensen van hun tijd, dat wil zeggen dat ze gevormd waren door de Sovjet-Unie en duidelijk onderscheid maakten tussen 'hoge' en 'lage' kunst. Klassieke muziek, ook ballet en bepaalde takken van sport die in de Sovjet-Unie heel populair waren, berustten op discipline, op onvermoeibare ijver, je moest je vingers blauw spelen, je voeten stuk dansen, je lichaam trainen tot je erbij neerviel om iets te bereiken, want als kunstenaar of sporter moest je succesvol zijn, zichtbaar, behangen met medailles en erkend, als kunstenaar moest je grenzeloze bewondering wekken en trofeeën in de wacht slepen, terwijl alles wat je gemakkelijk afging (en daaronder viel ook mijn tekenkunst) niet serieus was en niet voor stimulering in aanmerking kwam. Het was gewoon tijdverdrijf, kinderspel, en je mocht een kind niet sterken in de veronderstelling dat je in het leven iets cadeau kreeg, dat je iets kon bereiken zonder hard te werken, dat je door iets wat je 'zomaar kwam aanwaaien' in het leven gelukkig kon worden.

Mijn blik blijft hangen bij de eerste verdieping, het stukje van de foto in vogelperspectief: de Iasjvili's. Naast oom Givi de enige andere bewoners van het rode bakstenen huis. Vreemd genoeg zie ik niet als eerste Levan voor me; het is Nina, zijn moeder, die voor mijn geestesoog verschijnt. Die zachtmoedige, gastvrije, liefdevolle, beschaafde vrouw met de doorschijnende huid, de groene ogen en de omfloerste blik van een sirene had iets van een personage van Tsjechov met haar gehaakte omslagdoek, haar keurig gekapte haar en haar alpinopetjes. Ze werkte in de staatsbibliotheek en was bij mijn grootmoeders even geliefd als geacht. Hoewel ze een generatie jonger was dan de baboeda's, leek ze veel meer met hen gemeen te hebben dan met haar leeftijdgenotes in de buurt. Wat vormden ze een mooi trio, de baboeda's en Nina aan onze keukentafel, waar ze nu eens met de een, dan weer met de ander backgammon speelden. Af en toe rookten Nina en Oliko een sigaret of praatten ze over een boek dat ze net hadden gelezen. Nina voorzag de baboeda's van boeken die op de index stonden en waar gewone stervelingen niet zo gemakkelijk aan konden komen. En meteen wordt die idyllische herinnering overschaduwd door haar gruwelijke, wolfachtige gehuil op de dag dat de dood onaangekondigd op haar deur klopte.

Nina's man Rostom, ook zijn gezicht zie ik duidelijk voor me, zijn melancholie, zijn reusachtige bril en het lichte, dunne haar. Ik zie mezelf zijn donkere kamer binnengaan, Dina's favoriete plek in het hofje. Ik vraag me af of ik me die woning als mijn thuis had kunnen voorstellen. Heb ik er ooit over nagedacht daar te wonen, heb ik geloofd daar gelukkig te kunnen worden? Ik weet het niet meer.

Rostom, ja, Rostom, die zwijgzame, in zijn eigen wereld levende man. Was het *De Communist* waarvoor hij als fotograaf werkte? Ja, ik geloof het wel, tenslotte gold dat als een gerespecteerde baan, ook al ontwikkelde hij veel liever zijn grote portretfoto's dan de motieven die de staat gewoonlijk verlangde. Ik zie de muren voor me van die sober ingerichte en meestal naar gebak ruikende woning, die vol hingen met zijn foto's, en hoewel het allemaal portretten van kennissen en buren waren, ook van familieleden, had ik telkens het gevoel dat ik ze op zijn foto's voor het eerst zag.

Wat vonden we het als kind prachtig om in het zachte rode licht van zijn ruime donkere kamer de aan een waslijn opgehangen fotoafdrukken te bestuderen. Wat heb ik daar vaak, onder het voorwendsel dat ik Rostoms foto's wilde bekijken, de nabijheid gezocht van zijn jongste zoon, die zijn genegenheid nooit openlijk wilde tonen, maar van die gelegenheid gebruikmaakte om even mijn schouder of mijn hand aan te raken. Wat was het waardevol, dat schuchtere contact in het rode licht!

Waarschijnlijk was het voor Rostom net zo, waarschijnlijk vond hij in dat schemerige licht de nodige rust. Slechts af en toe, als een van zijn zoons iets uitspookte of Nina's geduld opraakte, kwam hij voor de dag en zag hij zich genoodzaakt het woord te nemen en de strenge vader te spelen, hoewel hij als geen ander begrepen moet hebben dat Saba, zijn oudste zoon, noch Levan, zijn tweede zoon, bang was voor de consequenties waarmee hij dreigde. Wat stak Levan vaak de draak met die geforceerde strengheid van zijn vader! En Saba, de mooie Saba, 'Sneeuwwitje', wat haatte hij die naam, die mijn broer hem had gegeven en die zo goed bij hem paste. Ik moet even mijn ogen dichtdoen, ik moet even diep ademhalen, weer denk ik erover om te vluchten.

Wat heb ik me vaak afgevraagd of mijn broer een andere weg ingeslagen zou zijn als dat met Saba niet was gebeurd. Die beeldschone jongen met zijn pikzwarte krullen, zijn groene ogen en zijn sneeuwwitte huid. De meest geliefde en meest onmisbare vriend van mijn broer. Ik moet glimlachen als ik denk aan zijn schuchterheid en onhandigheid, die totaal niet pasten bij zijn ontwapenende verschijning. Wat kon hij slecht omgaan met de vrouwelijke aandacht, waar al zijn vrienden, ook zijn broer, hem om benijdden. Maar Saba's grootste charme was nu juist dat hij zich niet bewust was van het effect dat hij had op andere mensen, in het bijzonder op het andere geslacht. In vrouwelijk gezelschap gedroeg hij zich onhandig en leek hij zich geen raad te weten, hij kreeg altijd een kleur als je hem direct aansprak en hij leek mijn onverschrokken, doortastende broer nodig te hebben als iemand die hij kon imiteren, aan wie hij een voorbeeld kon nemen om in deze wereld vol eisen en verwachtingen zijn weg te vinden.

Ik heb nooit begrepen waarom hij zich vaak zo weinig op zijn gemak voelde, want hij had alles om bewonderd, aardig gevonden, zelfs aanbeden te worden, maar misschien had hij dat van zijn vader, misschien had hij ook een donkere kamer nodig die hem de nodige veiligheid en rust gaf. Ook hij zou een goede romanfiguur zijn geweest, maar niet uit Tsjechovs universum, nee, eerder uit een Franse roman, misschien van Flaubert of Proust. Des te absurder leek het me dat hij uitgerekend mijn broer als zijn beste vriend koos. Mijn broer Rati stond voor alles wat Saba niet belichaamde, Rati vertegenwoordigde een mannenwereld die Saba vreemd was, hij sprak de taal van de straat, hij was mannelijk op de manier die in ons land gewaardeerd en gerespecteerd werd. Maar ook de motieven van mijn broer voor deze ongelijke vriendschap zijn me niet duidelijk, nog altijd is het me een raadsel wat mijn koppige, radicale, rusteloze, rebelse broer zocht en vond bij die gevoelige jongen, die alles belichaamde waar Rati meewarig om glimlachte. Saba was zijn tegenpool: rustig, in zichzelf gekeerd, zwijgzaam, onhandig, bedeesd en vooral schrikachtig. Nooit heb ik gezien dat Saba iemand lastigviel, laat staan dat hij een vorm van lichamelijk of verbaal geweld gebruikte, voor Rati en zijn andere maten toch dagelijkse kost. Ergens diep in mijn broer, in een verborgen hoekje moet er iets zijn geweest wat naar Saba's bedachtzaamheid en ingetogenheid verlangde.

En Rati's beschermende hand garandeerde Saba de onaantastbaarheid die hij nodig had om zichzelf te kunnen zijn. Als prijs voor die onaantastbaarheid moest hij mee naar de ruzies en vechtpartijen van Rati en zijn vrienden. Het was dan Saba's taak om bij de diverse *razborki* als een soort bemiddelaar op te treden en op de rem te trappen als de situatie uit de hand liep.

Opeens hoor ik Levans stem, die onnatuurlijk lage stem, alsof hij al op z'n tiende elke dag een sigaar rookte, en tegelijk die wat bitse, altijd licht provocerende toon. Ik slik, iets knijpt mijn keel dicht. Ik heb zijn geur in mijn neus, die leerachtige, sterke geur van de eeuwige zoeker, die nooit heeft gevonden waar hij naar verlangde. Levan was een wervelwind aan energie, een opvliegend en onverschrokken eeuwig kind. Als ik aan mijn schooltijd denk, schiet me altijd wel een of andere streek, een of ander kattenkwaad te binnen waar hij verantwoordelijk voor was, en dan zie ik het beschaamde gezicht van zijn moeder voor me, die vanwege zijn opstandige gedrag op school moest komen. Hoewel hij me met zijn domme praatjes en zijn drukke gedoe vaak witheet maakte, was hij me het dierbaarst van al Rati's vrienden. Hij straalde zo'n benijdenswaardig vertrouwen uit, zo'n bruisende positiviteit, dat je je onmogelijk aan zijn charme kon onttrekken. Hij was het zwarte schaap van de verder nogal zwaarmoedige en tot neerslachtigheid neigende familie Iasjvili. Als Nina door haar fijnzinnigheid en haar positie niet zoveel aanzien bij onze directrice had genoten, zou hij meer dan eens van school zijn gestuurd.

Levan was kleiner en beweeglijker dan zijn oudere broer, had wel ook een dikke bos krullen, maar zijn gelaatstrekken waren wat grover dan die van de dandyachtige Saba, alleen de ogen van de broers waren identiek – omlijst door dichte wimpers, groot, altijd verbaasd, altijd ergens naar op zoek, bij Saba stralend groen, bij Levan moerasgroen. Wanneer heb ik voor het laatst in Levans ogen gekeken, ik weet het niet, en het is nu ook niet meer van belang. Maar ik denk aan zijn krullen en mijn vingers woelen in gedachten door zijn dichte manen.

Ik weet niet waarom, maar de broers Iasjvili fascineerden me van jongs af aan. Hoe die tegenstellingen zich in de twee broers verenigden had iets filmisch, alsof de natuur haar best had gedaan omgekeerde spiegelbeelden te creëren, een haast penibele symmetrie van verschillen. Ook al voelde ik me onzeker in Levans aanwezigheid, toch mocht ik hem om zijn onstuimigheid, zijn gevoeligheid en zijn hartelijkheid. Gaandeweg raakte ik aan zijn nabijheid gewend en vond ik het vreemd als hij een tijdje uit mijn gezichtsveld verdween. Ook als ik niet precies wist waar hij was, kon ik er zeker van zijn dat hij elk moment zou opduiken.

Wanneer begon die wonderlijke genegenheid? Ik weet alleen nog dat ik op een gegeven moment verbaasd vaststelde dat zijn houding tegenover mij als een blad aan de boom omsloeg wanneer we alleen waren, wat uiterst zelden voorkwam, maar dan veranderde hij volkomen onverwachts in een nieuwsgierige, enigszins verlegen lijkende jongen, die de hele tijd iets van me wilde weten. Ik hield wel van die weetgierigheid en gaf op al zijn vragen bereidwillig antwoord. Of het nu ging om mijn culturele voorliefdes of om mijn tekeningen, die hij op een dag toevallig in onze loggia zag en die hem om de een of andere reden interesseerden – zodra we op de binnenplaats met z'n tweeën achterbleven, bestookte hij me met vragen. Maar als een van de baboeda's erbij kwam, viel hij snel terug in zijn rol en deed hij weer afwijzend.

Jarenlang duurde die merkwaardige verhouding, die me gaandeweg begon te ergeren. Zijn gedrag was voor mij niet te volgen, ik begreep niet waarom hij me opzocht en zich daar tegelijk voor leek te schamen, maar ik durfde hem er niet over aan te spreken, in plaats daarvan wende ik aan dat spannende geheim en naarmate ik ouder werd, begon ik het zelfs opwindend te vinden. Ik deelde iets bijzonders met hem en dat bijzondere was alleen voor mij bedoeld – voor de anderen bleef hij de rouwdouw. Ik genoot van die exclusiviteit, genoot van zijn onuitputtelijke nieuwsgierigheid, zijn dubbelzinnige blikken tijdens die toevallige, nooit afgesproken ontmoetingen.

In de loop der jaren ontwikkelde ik een zekere routine bij die ontmoetingen: ik vermoedde wanneer we alleen zouden blijven en hij met een snelle blik zou nagaan of we echt niet werden gestoord, om dan meteen ter zake te komen: 'Waarom teken je ons hofje altijd vanuit hetzelfde perspectief?' – 'Ik heb een cool nieuw album van een te gekke Engelse zangeres, Kate Bush heet ze, wil je het horen en zeggen wat je ervan vindt?' – 'Rood staat je goed, waarom draag je dat niet vaker?' – 'Hou je ook van klassieke muziek?' De vragen kwamen vaak zonder enige samenhang en razendsnel. Soms had ik het idee dat hij ze verzamelde in de tijd dat we elkaar niet zagen en wachtte op de eerste de beste gelegenheid om me aan een van zijn kruisverhoren te onderwerpen. Langzamerhand ontdekte ik een zekere logica in die verwarde vragen en kwamen mijn antwoorden ook vlugger. Het kostte me geen moeite meer om van mijn muzikale voorkeur over te stappen op bepaalde tekentechnieken, van mijn lievelingskost op een of andere ruzie op school en daarna op een nieuwe film in de bioscoop Oktober. Ik leerde mettertijd uit Levans vragen zijn interesses af te leiden, ze vertelden zoveel over hem, en in mij zette zich een nieuw, speciaal beeld van hem vast, dat hij om een geheime reden alleen aan mij wilde laten zien.

Hij was een muziekgek, die niet alleen van klassieke muziek hield maar er ook verbazend veel van wist. Anders dan bij mij hadden de lange middagen bij oom Givi, waartoe zijn moeder ook hem had verplicht, bij hem kennelijk zin gehad. Hij gaf om kunst, maar in tegenstelling tot zijn broer liet hij die belangstelling niet openlijk blijken om vooral niet uit de rol van de harde, onverstoorbare rouwdouw te vallen. Toch verlangde hij naar iemand met wie hij zijn gevoelige kant kon delen. Ik was degene die hij daarvoor had uitgekozen en ik nam die heimelijke uitwisseling als een klein, onverwacht geschenk aan. Soms vroeg ik me af wat me ervan weerhield gewoon zelf de binnenplaats over te steken en bij hem langs te gaan om onze gesprekken in alle rust te voeren, maar iets in me vermoedde dat ik met die stap ons aarzelende, uiterst behoedzame contact op het spel zou zetten, en ik zag ervan af.

En hoe zouden ze ons beschrijven, de Kipiani's? 'De Kipiani's', ja, zo noemden ze ons in het hofje, onze achternaam stond voor alle drie de generaties in de driekamerwoning, zoveel jaren, zoveel verledens, zoveel toekomstmogelijkheden in zich verenigend, zoveel tegenstellingen, zoveel vervlogen dromen...

De baboeda's, wat mis ik ze! Ze markeren het begin van mijn persoonlijke tijdrekening. Baboeda 1, baboeda 2. Twee beginpunten van een en hetzelfde verhaal. Voor ik werd geboren, noemde mijn broer hen allebei *bebia*, gewoon grootmoeder. Maar dat zorgde telkens voor verwarring. Als mijn broer om 'bebia' riep, draaiden ze steevast allebei hun hoofd naar hem om en begonnen hem te bemoederen om ook op dat punt niet voor elkaar onder te doen. Toen mijn broer genoeg kreeg van die eeuwige rivaliteit, besloot hij hun allebei de status van grootmoeder te ontzeggen. Eerst noemde hij hen tot hun ontzetting bij hun voornaam – Eter, de grootmoeder van vaderskant, en Oliko, de grootmoeder van moederskant –, later koos hij voor de benaming baboeda, 'zus van de grootvader', wat niet logisch was, maar waarmee hij het conflict op een kinderlijk intuïtieve manier van zijn scherpe kantjes ontdeed. Bovendien gaf hij hun ook nog een nummer: Eter werd baboeda 1 en Oliko baboeda 2.

Baboeda 1 was geboren in het jaar dat de kortstondige Georgische democratie werd ingelijfd door de bolsjewieken, en ze herhaalde steeds dat dat geen toeval was, dat er tussen het gewelddadige einde van de democratie en haar streven naar autonomie en discipline beslist verband bestond. Ze was een heel nuchtere, in feite intellectuele vrouw, die echter een hang had naar mystiek en sentimentele heroïek. Ze was volgens haar in dat noodlottige jaar geboren omdat het leven alleen uitverkorenen sterk genoeg achtte voor dergelijke keerpunten. Het universum wist dat zij die persoonlijke uitdaging aan zou kunnen. Dat die uitdaging voor haar hele volk bedoeld was, vergat ze maar al te graag, vooral omdat het haar er speciaal om ging tegenover baboeda 2 haar superioriteit te bewijzen, want die had pas twee jaar later het levenslicht aanschouwd in een veel minder met symboliek beladen jaar.

Dat dwaze concurrentiegedrag liep als een rode draad door hun beider leven, alsof alles, maar dan ook alles aan die kokette rivaliteit ondergeschikt moest worden gemaakt. Ik had heel graag geweten wanneer ze daarmee waren begonnen, en vooral wie van de twee. Soms dacht ik dat ze alleen op de wereld waren gekomen om elkaar het leven zuur te maken, dat zelfs mijn ouders alleen waren getrouwd om die twee botte, eigenzinnige zielsverwanten en rivalen bij elkaar te brengen en absoluut niet om mijn broer en mij te verwekken of in hun korte huwelijk gelukkig te worden.

De baboeda's kwamen in evenveel opzichten met elkaar overeen als dat ze van elkaar verschilden. Er was voortdurend wrijving tussen hen, waardoor er energie vrijkwam die hen allebei in leven hield. Met het klimmen der jaren leken ze steeds afhankelijker te worden van die energiebron, en als er even niets was om over te twisten, als zich even geen conflict van buitenaf aandiende, dan zochten ze gewoon onenigheid, dan maakten ze gewoon ruzie. Hun woordenwisselingen leken hen aan te vuren, hen tot topprestaties aan te sporen, zo hielden ze hun geest en hun hoofd helder, zoals anderen elke dag lichamelijk actief zijn om in vorm te blijven. Ze waren de steunpilaren van onze familie, alsof zij elkaar hadden uitgekozen en niet mijn ouders, alsof het niet gewoon toeval was dat ze door het huwelijk van hun kinderen bij elkaar waren gekomen, maar er een geheim kosmisch plan bestond, dat ze van kindsbeen af hadden gevolgd.

In Eters verhalen over haar kinderjaren kwamen altijd sprookjesachtige figuren voor, je had er gouvernantes uit Dresden en handwerkleraressen uit Krakau, zelfs een paardrijleraar uit Armenië voor haar jongste broer. Ik stelde me mijn grootmoeder in die jaren voor als een meisje met bolle wangen, Turkse strikken in haar haar en lakschoentjes, zoals ik het in onze oude Engelse uitgave van *Alice in Wonderland* had gezien. Ik zag haar met een ernstig gezicht en een kaarsrechte houding in een in licht badende kamer roodborstjes op een linnen zakdoekje borduren. Die lichte en aangename kinderjaren bezorgden me koude rillingen, want uit de verhalen wist ik dat er spoedig donkere, duistere tijden zouden aanbreken en dat het mooie huis met de fraaie bogen en de vergulde spiegellijsten door een boze toverkracht zou worden getroffen: de bolsjewieken zouden komen en hun alles afpakken. In mijn kinderlijke voorstelling waren de bolsjewieken allemaal boze machten van de duisternis, ze droegen zwarte gewaden en hadden maar één oog, zoals de cycloop in ons boek over de Griekse mythologie, waar ik als kind zo dol op was. Wat ik toen niet begreep, was dat die bolsjewieken niet gekomen en weer vertrokken waren, maar meer dan zeventig jaar bij ons bleven en dat ook ik onder hen leefde.

De scène waarin haar vader, een voorname zijdefabrikant, op een nacht werd opgehaald, zie ik nog steeds voor me, mijn voorstelling ervan is nog altijd even levendig als in de tijd dat ik met grote ogen en open mond naar dat vreselijke verhaal luisterde.

Ik zie ze voor me, obscure mannen die hem om drie uur 's morgens komen halen, als de stad nog in diepe slaap verzonken is. Ik hoor haar moeder huilen, hoor hoe haar vader zijn vrouw troost en haar moed inspreekt en de bolsjewieken met opgeheven hoofd verzoekt hem niet aan te raken, hij wil zelf waardig in de wachtende auto stappen. Ik zie hoe de slechte bolsjewieken beschaamd naar de grond kijken – in verlegenheid gebracht door zoveel zelfbeheersing – en hoe de kleine Eter, wakker geworden van het lawaai, op blote voeten de woonkamer binnenrent en haar vader tegen haar zegt dat het maar een spelletje is, een soort verstoppertje voor volwassenen, en dat ze niet bang hoeft te zijn, hij zal zich op een 'heel veilig plekje' verstoppen.

De in licht badende kamer werd vervangen door een

donker, vochtig kot in de buurt van de Ortatsjala-vesting, waar ze niemand kenden en waar alleen arbeidersgezinnen woonden, die een andere taal spraken. 'Ze hadden alleen verachting voor ons, ze dachten dat wij ons beter voelden dan de rest,' benadrukte Eter altijd als ze bij dat punt aankwam. De brieven uit Astrachan, waarnaar haar vader was gedeporteerd, werden zeldzaam en haar moeder kreeg tuberculose. Toen Eter, net zeventien, trouwde met een jonge bolsjewiek die bezeten was van de permanente revolutie en het marxisme als de laatste redding van de mensheid prees, koesterde ze de hoop daarmee haar familie uit de bittere nood te helpen en haar vader terug te halen. Want als kinderen van een 'verrader van het vaderland' hadden ze geen kans op een opleiding of een fatsoenlijke baan. Haar hoop ging in rook op: eerst kreeg ze een brief uit Astrachan dat de gevangene op een bouwplaats dodelijk was verongelukt, daarna werd de Grote Vaderlandse Oorlog uitgeroepen en moest zowel haar broer als haar kersverse echtgenoot naar het front. Een jaar later sneuvelde haar geliefde broer Goeram, die gedichten in het Duits schreef en 'als geen ander' aria's van Puccini zong, op het schiereiland Kertsj. 'Hij was niet gemaakt voor de oorlog, hij had de ziel van een zwaan,' herhaalde Eter op dat punt, en ik probeerde me een Goeram voor te stellen die niet mijn gelijknamige vader was, die gedichten in het Duits schreef en een zwanenziel had, wat me met de beste wil van de wereld niet lukte.

Haar man, die ze bijna alleen kende uit de brieven die hij haar van het front schreef en in wie ze, als hij dan niet voor romantische held deugde, met alle geweld een oorlogsheld wilde zien, liet maar één belangrijk spoor in haar leven achter, en dat ook alleen omdat het toeval wilde dat hij na een verwonding in het laatste oorlogsjaar voor herstel naar een ziekenhuis in Tbilisi werd overgebracht.

Tijdens dat verblijf moet mijn vader zijn verwekt, die vervolgens als halve wees het levenslicht aanschouwde, omdat zijn vader, zodra hij genezen was, opnieuw ten strijde trok en de laatste dagen van de oorlog niet overleefde.

De status van jonge oorlogsweduwe maakte het leven voor Eter iets draaglijker, ze slikte haar woede en teleurstelling in als een bitter, maar noodzakelijk medicijn, stroopte haar mouwen op en begon het leven opnieuw uit te vinden. Ze gaf haar zoon de naam van haar geliefde broer Goeram en mijmerde over de dingen die haar gelukkig hadden gemaakt. Ze dacht aan de in licht badende middagen waarop haar broer Goeram en zij met elkaar wedijverden in het opzeggen van gedichten om een wit voetje te halen bij hun Duitse gouvernante Martha. Naar die magische plek keerde ze altijd weer terug op zoek naar wat ze daar had achtergelaten. En ook al waren veel mensen verbaasd – de oorlog was nog maar net voorbij en Duits was de taal van de vijand –, toch besloot ze germanistiek te studeren, want voor haar bestond er ook een ander Duitsland, Martha's Duitsland, het Duitsland van haar vader, die daar vaak voor zaken was geweest, het Duitsland van de gebroeders Grimm en Heine en Kleist en Novalis en Hölderlin – en natuurlijk van haar geliefde Goethe.

Ze studeerde germanistiek en wist zelfs een beurs in de wacht te slepen, waarvan ze net rond kon komen. Hoe vaak mijn broer en ik niet moesten aanhoren dat de Duitse taal en cultuur haar leven hadden gered. Die taal bleef ze tot aan haar dood trouw, in die taal vond ze troost en warmte, goedheid en verhevenheid – alles wat het leven haar sinds de arrestatie en deportatie van haar vader had ontzegd. Eén truc van mijn broer miste later nooit zijn doel: ze was altijd diepgeraakt en verontwaardigd als hij zei dat Duits klonk 'als een pneumatische hamer' en dat hij het vertikte om het te leren.

Eigenlijk is het jammer dat ik de urenlange kibbelpartijen en discussies tussen haar en baboeda 2 over de superioriteit van het Duits tegenover het Frans niet op de een of andere manier heb vastgelegd. Het waren ware gladiatorengevechten, echte schoolvoorbeelden van discipline in het verbale duel. Wat voor absurde argumenten ze soms aanvoerden, wie en wat ze er niet allemaal bij haalden: de *Nibelungensage* tegenover het *Roelantslied*, Goethe tegenover Racine, Voltaire tegenover Kant, Musil tegenover Proust. Die ruzies, die eeuwige argumenten, dat vergelijken van Franse met Duitse deugden was de eeuwige achtergrondmuziek van mijn jeugd. En we wisten allemaal dat er in die strijd geen winnaar kon zijn, dat het altijd bij een onbevredigend gelijkspel zou blijven.

'Duits is de mooiste taal ter wereld, alleen al omdat er tussen *Leben* en *Lieben* maar één kleine i staat,' zei baboeda 1 op een zonnige ochtend aan het ontbijt. Mijn vader was verdiept in zijn krant, mijn broer en ik maakten ergens ruzie over, Oliko luisterde naar folkloristische kitsch op de radio, alles was zoals altijd. Allemaal voelden we de eindeloze discussie al aankomen.

'Deda, alsjeblieft, niet alweer, en vooral niet nu!' verzuchtte mijn vader.

'Hoezo? Het moet gewoon eens gezegd worden.'

Eter keek tevreden naar Oliko, die deed alsof ze niets had gehoord, hoewel je merkte dat ze beslist respect had voor de knappe openingszet van haar rivale.

'Kun je me de boter even aangeven, lieverd?' vroeg Oliko aan mijn broer.

Eter verwachtte geen loftuiting, maar je voelde dat ze dat banale zinnetje absoluut als een kleine overwinning beschouwde, en ze ging tevreden door met eten. Maar vlak voordat we allemaal van tafel gingen, kwam de tegenzet: 'En weten jullie waarom Frans de mooiste taal ter wereld is?'

Oliko's fonkelende ogen gingen van de een naar de ander. (Dat wij bij die eeuwige discussies betrokken werden, waren we gewend, wij waren de arena, we vuurden hen aan, zonder ons zou het spel zinloos en saai zijn.)

'Omdat alleen in het Frans het orgasme "de kleine dood" wordt genoemd. *La petite mort*,' voegde ze er in haar elegante Frans vergenoegd aan toe.

Mijn vader verslikte zich in zijn thee.

'Ben je nou helemaal gek geworden, er zitten kinderen aan tafel!' riep Eter verontwaardigd, maar het klonk niet echt overtuigd, je hoorde dat ze respect had voor haar tegenstandster.

'Wat is een orgasme?' vroeg mijn broer, terwijl hij de twee oudere vrouwen met een brede grijns schijnheilig aankeek.

Eter Kipiani gold als coryfee van het Germanistisch Instituut van de Staatsuniversiteit, waar ze eerst als hoogleraar, later als instituutshoofd werkte. Haar zoon, mijn vader Goeram, was een veel te vroeg volwassen geworden jongen, die aan de hoge intellectuele eisen van zijn moeder probeerde te voldoen en als scholier al zijn best deed om gelijke tred te houden met haar geliefde studenten, over wie ze aan één stuk door praatte. Ze wijdde haar zoon in al haar zorgen en problemen in, maar onderschatte de emotionele last die ze daarmee op zijn schouders legde. In de loop van zijn leven moest mijn vader in de omgang met zijn dominante moeder dus een bepaalde strategie ontwikkelen, waaraan hij tot haar dood vasthield: hij kwam tegemoet aan wat ze wilde horen en zien, en wat hem werkelijk bezighield of bedrukte, hield hij voor zich.

Ik ben er nog steeds van overtuigd dat de eindeloze rivaliteit tussen de beide baboeda's oorspronkelijk daar begon: in het hart van mijn vader.

Mijn vader had al vroeg een grote passie voor de natuurwetenschappelijke vakken. In een gesprek met zijn klassenlerares zat zijn moeder zwijgend te knikken en zei ten slotte met lichte spijt in haar stem: 'Ik had hem zo graag enthousiast gemaakt voor de wezenlijke dingen...' De lerares keek Eter enigszins verward aan: 'Ik wilde hem opgeven voor de landelijke wiskundeolympiade!' Maar Eter haalde alleen haar schouders op.

Hij won de olympiade en werd het jaar daarop naar de Komarov-school voor hoogbegaafden gestuurd, waar ook andere bebrilde wiskundegenieën les kregen. Daar ontdekte hij zijn grote passie: de natuurkunde. En nadat hij met de hoogste cijfers zijn eindexamen had gehaald, het vooral tegenover mijn broer vaak aangehaalde 'rode diploma', besloot hij natuurkunde te gaan studeren. Dankzij een goed woordje van een paar leraren werd hij aangenomen op het Instituut voor Fysica en Technologie in Moskou, een van de toonaangevende elite-instituten in de Sovjet-Unie.

De moeder van mijn moeder, baboeda 2, officieel Olga geheten, maar meestal Oliko genoemd, had een niet minder tragisch lot dan haar eeuwige tegenspeelster. Ook zij was geboren in de roerige tijden van de sovjetisering van Georgië, en als telg van de bourgeoisie zou ze, net als Eter, het vooruitzicht hebben gehad op een onbekommerd, lichtvoetig leven. Vooral een mooi leven. Want anders dan mijn vaders moeder was ze een esthete in hart en nieren en totaal verslaafd aan schoonheid. Alles op de wereld werd door haar op schoonheid beoordeeld, en vond ze eenmaal iets mooi – een bloem, een mens, een huis, een kat of een boek –, dan was het, tenminste tot de volgende ontdekking, het object van haar totale verrukking. Ze moest voortdurend verliefd zijn: op de wereld, op de mensen, op zichzelf. Ze moest in vervoering raken, dronken zijn van alles wat haar omringde om te voelen dat ze leefde. Die eigenschap, daar ben ik van overtuigd, redde vaak haar leven en maakte dat ze ondanks alle zware verliezen – ten slotte het verlies van haar eigen kind – niet verbitterd raakte en niet haar grootste talent verloor: ook in de alledaagse dingen zoeken naar een wonder. Ja, baboeda 1 had beslist gelijk als ze beweerde dat Oliko op een vlinder leek, die rondfladderde en weliswaar mooi, maar tegelijk uiterst wispelturig was. En soms verflauwde haar belangstelling even snel als ze was opgelaaid, en natuurlijk werden de meeste van haar plannen en voornemens niet uitgevoerd, iets wat Eter uiterst verdacht vond, want zijzelf was een toonbeeld van grondigheid, maar voor Oliko kwam het daar absoluut niet op aan.

Als ik er nu over nadenk, schiet me eigenlijk niemand anders te binnen die zo grenzeloos gelukkig kon zijn. En dat het leven haar zo karig bedeelde met geluk, lijkt me even onrechtvaardig als dom. Want het leven zou iemand die bereid is om het elke dag te vieren, tegemoet moeten komen, het zou een levenslange dans met hem moeten dansen. Zoals zo vaak liet het het leven echter koud met welke verwachtingen we het benaderen – maar in Oliko's geval liet het om te beginnen vooral de bolsjewieken koud.

Oliko's vader was chirurg en een francofiel sociaaldemocraat van het eerste uur, een vurig aanhanger van de republiek, die in zijn zonnige vaderland slechts drie jaar stand had gehouden, maar hoewel zijn broer, die nog voor de revolutie naar Frankrijk was geëmigreerd, erop aandrong hem te volgen, besloot hij in zijn vaderland te blijven – zo'n vaart zou het niet lopen. Dat bleef hij herhalen tot op de dag dat hij, onteigend en vernederd, door in het zwart gestoken tsjekisten werd opgehaald en in de Metechi-gevangenis werd gegooid. (Oliko noemde hen altijd 'de tsjekisten' en het duurde even voor ik begreep dat 'de tsjekisten' en 'de bolsjewieken' een en dezelfden waren.) De geneesheer-directeur van het Michajlovski-ziekenhuis zouden ze niet zomaar achter de tralies zetten, had hij steeds opnieuw benadrukt. En toch had hij bij zijn arrestatie, waarbij hij geen woord gezegd schijnt te hebben, een gepakte koffer onder zijn bed vandaan gehaald.

In de loop der jaren werd die bruine, versleten koffer ook voor mij een symbool van al het kolossale en eruptieve dat van de ene op de andere dag ons leven kan treffen en alles kan verwoesten wat we met jaren werken moeizaam hebben opgebouwd.

Er begonnen lange, kwellende maanden van onzekerheid. Oliko's moeder stond nachtenlang voor de Metechi-gevangenis, die vol zat met mensen die hadden geweigerd de valse goden te eren. 'Deportatie was erger geweest, in elk geval had hij nog de hoop in zijn stad en dus dicht bij zijn gezin te blijven.' Op dat punt van het verhaal viel Eter haar vaak in de rede, alsof ze zich ook in het verdriet met haar innig geliefde concurrente moest meten. Op z'n laatst als Oliko over de enige ontmoeting tussen haar vader en moeder begon – hoe het haar moeder lukte de bewakers om te kopen en het met veel moeite samengestelde pakket met voedsel en wat schone kleren door de dikke gevangenismuren te sluizen, en hoe haar aan difterie lijdende en verzwakte vader het pakket toen liet vallen omdat zijn handen te erg trilden –, vond Eter het welletjes en onderbrak ze Oliko met haar scherpe commentaar. Háár moeder was er tenminste in geslaagd haar vader iets te geven. Dan verloor Oliko haar zelfbeheersing en snauwde ze baboeda 1 met die typische, hoge stem van haar toe:

'Hoe durf je zoiets te zeggen! Jij hebt er toch geen idee van hoe het voor mijn moeder was en hoe wij ons voelden! Jou hebben ze tenminste je moeder laten houden, mij hebben ze ook haar afgepakt...'

En dan begon de hele poppenkast van voren af aan, met in de hoofdrollen: Eter, de strenge, gedisciplineerde, bitse moeder van onze vader, en Oliko, de dromerige, eeuwig romantische en kinderlijk enthousiaste moeder van onze dode moeder.

Meestal eindigden zulke ruzies ermee dat een van de twee het veld ruimde voor haar concurrente en beledigd de kamer uit stormde. Maar wij bleven hoe dan ook in de ban van hun verhalen, voor ons leken ze helemaal niet zoveel te verschillen: ze waren allemaal even treurig en even angstaanjagend en even ver weg. Mijn broer en ik waren ertoe veroordeeld de eeuwige toehoorders te zijn, en zelfs hij, die zich later in zijn compromisloze rebellie zo van de familie afwendde, begreep in die tijd dat ze ons nodig hadden, meer nog dan wij hen, dat hun tragedies en komedies zich steeds achter gesloten deuren hadden afgespeeld en dat dat misschien wel het allergrootste drama van hun leven was.

Oliko's vader bleef de goelag bespaard. Want de erbarmelijke omstandigheden in de gevangenis, het gebrek aan hygiëne, maar vooral de onmenselijke behandeling van zijn medegevangenen door de bewakers, waarvan de altijd zo levenslustige arts getuige werd, kostten hem spoedig het leven. En toen het gezin dacht het ergste te hebben gehad, werd ook Oliko's moeder opgehaald en naar Petsjora in de deelrepubliek Komi gedeporteerd. Als vee opeengepakt in benauwde, vensterloze hutten op een klein schip doorkliefden ze de hoge golven van de Witte Zee en voeren naar het einde van de wereld, waar je alleen kon overleven als je je mens-zijn aflegde als een prachtige zijden cape, die in het hartje van de winter nutteloos blijkt te zijn.

Dan kwam het punt waarop mijn broer en ik allebei tranen in onze ogen kregen, hoe vaak we het ook al hadden gehoord en hoe goed we Oliko's beschrijving ook kenden. Het was iets wat haar pas jaren later door een overlevende was verteld, namelijk hoe haar moeder in de arctische wildernis, bij een onvoorstelbare kou, de andere vrouwen in het kamp Georgische liederen leerde en hoe ze bij het houthakken meerstemmig 'Tsitsinatela' zongen. Oliko's stem stokte op dat punt en er viel een ondraaglijke stilte, die geen van ons wist te vullen.

Oliko's zus, die volgens Oliko nog nooit van haar leven een omelet had gebakken en in plaats daarvan hele dagen boeken in drie verschillende talen las, zag zich gedwongen voor zichzelf en haar zus een manier te vinden om hun leven meer zekerheid te geven. En dus trouwde ze, net als mijn baboeda 1, met een 'apparatsjik' (ook zo'n woord dat ik even bedreigend en vreemd vond als een gevaarlijk toverwezen uit een sprookjesboek), een medewerker van de NKVD, de binnenlandse veiligheidsdienst. Ze zei ja tegen iemand die ze hartgrondig verachtte. Het slechte geweten vanwege het offer dat haar zus voor haar bracht, raakte Oliko haar leven lang niet kwijt. Ze overleefden het allebei. Ook de oorlog, die de hele wereld op zijn grondvesten deed schudden en de tijd terugdraaide naar het jaar nul.

Toen Oliko's eerzuchtige apparatsjik-zwager een functie bij de NKVD in Moskou aangeboden kreeg, bleef Oliko alleen achter. Haar zwager bezorgde haar in elk geval zijn ruime woning in de buurt van de universiteit, waar ze Franse taal en letterkunde ging studeren en op die manier haar vader het nodige respect dacht te bewijzen. Ze werd meteen in het eerste studiejaar verliefd op een jonge hoogleraar, die ze 'mijn troubadour' noemde, en stortte zich halsoverkop in het avontuur van de liefde. Ze was een bijzonder aantrekkelijke jonge vrouw geworden. (Ik zie de vele zwart-witfoto's met de kartelranden voor me waarop ze als jonge vrouw is vereeuwigd.) Ze was tenger en omgeven door een aura van tijdloosheid, zo compleet anders dan de trieste en rampzalige naoorlogse realiteit. De mensen hadden te veel gruwelen meegemaakt, nu dorstten ze naar schoonheid, en Oliko was bereid die in overvloed te geven. Hun liefde moest voorlopig geheim blijven, ze was tenslotte zijn studente, ook al was ze maar een paar jaar jonger dan hij. Dus ontmoetten ze elkaar stiekem in portieken en in de schemerige, met kinderkopjes geplaveide steegjes van de oude binnenstad. Waarschijnlijk kwam het door die tijd, waarin ze haar liefde over de hele stad met al haar schuilhoekjes moest verdelen, dat Oliko Tbilisi in zich opzoog alsof het een gedicht was.

'De Ninosjvilistraat is ideaal om pruimen te eten en moppen te tappen.' Niet zelden lanceerde ze dat soort vreemde opmerkingen. 'Achter de karavanserai kun je heerlijk zoenen, daar is een prachtige rozentuin.'

Kennelijk was hun liefde alleen geschikt voor schuilhoekjes, voor heimelijk gefluister en steelse blikken, want zodra ze aan het licht kwam, verwelkte ze als een schaduwplant die niet te veel zon verdraagt. Al op weg naar het stadhuis voelde Oliko de betovering verdwijnen, maar ze durfde het lang gekoesterde plan niet te torpederen. Precies een jaar hield het huwelijk stand, Oliko deed haar uiterste best om een voorbeeldige huisvrouw te zijn en gaf zelfs haar baan als docente Franse taal en letterkunde op. Maar haar troubadour had zich allang ontpopt als een typische Kaukasiër, die elke ochtend gestreken overhemden op de stoel verwachtte en een warme maaltijd als hij thuiskwam. Oliko verveelde zich dood en begon onder het neuriën van Franse chansons lange wandelingen door de stad te maken. Met een van die chansons betoverde ze een keurige man met een chique hoed, die na een pijnlijke scheiding juist een nieuwe woning zocht.

De keurige heer was een galante ingenieur en een gepassioneerd bergbeklimmer, zodoende ontdekte Oliko haar liefde voor de Kaukasische bergen. De liefde voor de bergen overleefde ook dat korte en eveneens kinderloze huwelijk. Na haar tweede scheiding vond Oliko eindelijk haar roeping, die ze haar leven lang trouw zou blijven. Ze begon Franse literatuur te vertalen. Bij Anatole France had ze haar onschuld als vertaalster verloren, voegde ze er op dat punt giechelend als een klein meisje graag aan toe. De echtgenoten kwamen en gingen, maar France, La Rochefoucauld, Rolland, Balzac, Sand, Flaubert, Verne en Montaigne bleven, evenals haar 'grote liefde' Baudelaire, die ze voor een deel illegaal voor de samizdat vertaalde.

Bij de schrijversbond leerde ze een redacteur van de commissie poëzie kennen, haar derde en laatste man en onze onbekende grootvader. De respectabele redacteur met de literair-heroïsche naam Tariel hield van poëzie, goede wijn en mooie vrouwen, bovendien had hij een heldhaftige reputatie: hij had echt aan de bestorming van de Rijksdag in Berlijn deelgenomen en op zijn borst prijkte menige orde van verdienste. Aan haar derde huwelijk hield Oliko uiteindelijk iets veel belangrijkers over dan de bergen of de geheime straatjes in de stad: ze hield er een dochter aan over, die ze Esma noemde, naar een vrouw uit de bergen die ze tijdens een trektocht op de Kazbek had leren kennen en die haar geitenmelk te drinken had gegeven, opdat Oliko's schoonheid haar en haar geiten geluk zou brengen. En hoewel Oliko een hekel had aan geitenmelk, dronk ze de kan leeg. Zo wil althans de legende het.

Tariel was een goede vader, maar geen goede echtgenoot. Zijn honger naar wijn en vrouwen was onverzadigbaar en het huwelijk werd na vijf jaar ontbonden. Kort voor Rati's geboorte stierf Tariel op weg naar een afspraakje met zijn zoveelste vlam aan een hartinfarct.

Esma groeide op tot een avontuurlijke jonge vrouw en leerde in het door haar schoonmoeder verafschuwde Moskou mijn vader kennen. Ze werd onze moeder en leefde haar leven zonder enige snelheidsbeperking, tot ze op een sombere, vochtige ochtend in februari met een duizelingwekkende vaart... maar dat is een ander verhaal, ik blijf nog even bij ons hofje.

Ik laat mijn blik rusten op onze gevel, die vanuit de hoogte zo klein lijkt. Ik denk aan mijn vader Goeram. Ik heb al vroeg geleerd hem met zijn formules alleen te laten. Woorden leken voor hem altijd iets belastends, iets onnodigs. Hij beantwoordde weliswaar alle vragen beleefd, maar verspilde nooit ook maar één zin die niet een of ander doel diende. Het minst van al kon hij over gevoelens praten.

Er waren eigenlijk maar twee onderwerpen waarbij hij niet zuinig was met woorden: natuurkunde en jazz, waardoor hij als student werd aangestoken en waarin hij zijn leven lang altijd weer zijn toevlucht vond. Evenals in Moskou, hij hield van die stad en van de tijd die hij er had doorgebracht. Misschien omdat hij, de streber met de bril, daar voor het eerst echte vrienden vond. In Moskou, als student aan het gerenommeerde Instituut voor Fysica en Technologie, was hij onder gelijkgezinden en niet meer de betweter en zonderling die altijd argwaan wekte. Toen hij in de vakantie thuiskwam, moet zijn moeder hem amper hebben herkend: zijn overhemden waren niet meer gesteven en tot het bovenste knoopje dicht, zijn haar was langer dan de socialistische leer billijkte, zijn borstelige wenkbrauwen waren niet meer belachelijk maar markant, zijn gang was niet meer slepend, zijn schouders leken breder – zo stapte hij, met opgeheven hoofd en een chique aktetas, het hofje van zijn kinderjaren binnen en trok alle aandacht.

Bovendien leerde hij in die grote, grauwe stad zijn persoonlijke god, de Nobelprijswinnaar Aleksandr Michajlovitsj Prochorov kennen, een pionier op het gebied van de kwantumelektronica, die algauw een tweede vader en mentor voor hem werd. Hij koos hem als promotor en de grote wetenschapper bood hem als waarnemend directeur een onderzoeksplaats in het laboratorium voor kwantumelektronica bij het Lebedev-instituut aan. Voor Goeram ging zo een grote droom in vervulling. Hij vertrok uit het studentenhuis en begon het leven van een ziekelijk eerzuchtige wetenschapper, drong in subversieve kunstenaarskringen door en ontdekte zijn tweede grote passie: jazz. Hoe vaak hebben Rati en ik de geschiedenis van de Sovjetjazz niet moeten aanhoren! Eindeloos kon hij vertellen over leegstaande pakhuizen en verlaten fabriekshallen, waar verboden jamsessies werden gehouden, die leken op geheime bijeenkomsten van een sekte en waar iedere ingewijde maar één introducé mee mocht brengen. En zo bracht iemand op een dag mijn moeder mee.

Vanaf het eerste moment was hij 'zwaar onder de indruk' van haar, vertelde mijn vader, en dat was misschien wel de meest emotionele beschrijving waaraan hij zich ooit heeft gewaagd. Ja, ik geloof hem, iemand als hij moet wel onder de indruk zijn geweest van die jonge vrouw met het kekke pagekopje en de nerveuze mimiek van een gedrevene, die geen seconde te verliezen had.

Hij was uitermate verrast toen hij met haar in gesprek raakte en vaststelde dat ze ook uit Georgië kwam en aan de Lomonosov-universiteit afstudeerde in kunstwetenschappen. Zij was overdreven blij geweest met die ontdekking, alsof er in heel Rusland buiten hen tweeën geen andere Georgiërs waren. Die jonge vrouw met de naam die associaties oproept met besneeuwde Kaukasische bergen, werd de moeder van Rati en mij.

Ik wend mijn blik af van de foto en draai me om.

DINA

Nog even, dan worden de twee grote deuren met de vergulde deurklinken opengerukt en zullen de mensen binnenstromen en laag voor laag de tijden als kalenderbladen afscheuren, ze zullen ze blootleggen, proberen het verleden zijn geheimen te ontfutselen, zich door gezichten en plaatsen heen graven – ijverige archeologen op zoek naar het bijzondere. Ze zullen in ons leven wroeten, ze zullen proberen ons te doorzien. Ze zullen langs de verschrikkelijke beelden slenteren en intussen aan hun glas nippen en kleine hapjes in hun welgevormde mond stoppen, met de bedoeling de beelden te ontwijken en iets milders te zoeken. Slechts een enkeling, die door de wol is geverfd, zal de confrontatie met de verschrikkingen aangaan, hij zal de beelden in zich opnemen omdat hij dat de kunst verschuldigd meent te zijn, maar hij zal niet begrijpen dat deze kunst niets te maken heeft met schoonheid en esthetica, dat het geen bewust gekozen vorm is om een maatschappelijk relevant statement te maken, maar enkel en alleen een overlevingspoging, niet meer en niet minder.

Ik voel me nerveus worden, misschien geldt dat ook voor Ira, die zichtbaar moeite doet om niet uit de toon te vallen, die glimlacht en interesse toont voor de gesprekken, op de juiste momenten knikt en bij de gemaakte kwinkslagen lacht.

Ik voel dat ik het warm krijg, mijn handpalmen zijn drijfnat, het zweet staat op mijn voorhoofd, ik zoek het bordje EXIT, ik moet de uitgangen steeds in het oog houden, ik moet klaarstaan om te vluchten. Ik verontschuldig me, maak me los van het groepje met de curatoren, Anano en Ira en volg haastig de pijlen naar het toilet, ik heb water nodig, ik moet lucht krijgen, ik moet me beter wapenen, hoewel ik weet dat ik me onmogelijk kán wapenen tegen alles wat me te wachten staat.

Ik loop met snelle passen over het parket, onderweg blijft mijn blik hangen aan een foto, ik sta onmiddellijk stil, ik heb geen controle meer over mijn lichaam, de foto is als een magneet, ik kan mijn ogen er niet van afhouden. Ook die foto ken ik niet. Uit welk jaar is die? Ja, het moet er een zijn uit haar beginperiode, net als de foto van ons hofje.

Een zelfportret, sober en radicaal in zijn eenvoud. Zij met de befaamde zelfontspanner in de hand. Ik ben als door de bliksem getroffen, ik word misselijk, ze is zo schaamteloos jong, zo mooi, zo boordevol levenshonger, ze heeft nog zoveel ruimte, nee, een heel paleis vol beloften in zich, beloften die wachten om waargemaakt te worden. Ze kijkt in de camera, ze is zo helemaal zichzelf op die foto dat ik het amper kan verdragen en toch kijk ik haar in de ogen. Ik zie haar honger naar de wereld, de openheid waarmee ze de toeschouwer uitdaagt. Hoe oud zou ze zijn, zeventien, achttien? Wat heeft ze die dag gedaan, beleefd, gezegd? Hebben we elkaar die dag gezien, hebben we hem, zoals zoveel dagen ervoor en erna, soms samen doorgebracht? Hebben we gelachen, hebben we elkaar reden gegeven om ons op te winden? Hebben we elkaar geheimen toegefluisterd?

Ik weet het niet meer en die onwetendheid brandt op mijn tong, het tast hem aan, ik wil die zekerheid terug, ik wil haar aan de willekeur van de herinnering ontrukken, maar hoe zinloos, hoe belachelijk is mijn wens.

Ik kijk haar in de ogen, ik laat me provoceren door die duistere blik, die alles wil zien, elk donker hoekje doorzoekt, elke afgrond verkent, elke tronie bestudeert, elk gevaar nagaat. Door de tijden heen kijkt ze me aan, ze lijkt te leven, veel meer dan ik en alle anderen die zich in deze zaal bevinden, alsof ze haar eigen dood te slim af is geweest, alsof ze een manier heeft gevonden om terug te komen, me aan te kijken en tegen me te zeggen dat het toch de moeite waard is geweest... ondanks alles.

Het is dat schalkse lachje, de kokette manier om haar hoofd een beetje schuin te houden, met dat weerbarstige haar dat in haar gezicht valt, dat nooit doet wat ze wil. Ze weet zoveel meer dan wij. Ik staar terug en dan begrijp ik mijn misvatting, ja, ik heb een verkeerde conclusie getrokken, ik heb me vergist: het zijn niet de zoete beloften, de talloze mogelijkheden die ik terugvind in de vroege zelfportretten, die me de keel dichtsnoeren en weerzin bij me oproepen omdat het leven haar zo heeft bedrogen en teleurgesteld – nee, het is een vergissing om te denken dat ze op deze vroege zelfportretten zo schaamteloos jong, zo open en levendig lijkt omdat ze nog geen weet heeft van de onaangename wendingen in het leven, omdat ze hoopt dat het haar goedgezind zal zijn en haar wensen in vervulling zal laten gaan. Het tegendeel is waar. De magie van deze foto's, de kracht van deze vroege portretten en vooral van dit hier zit hem niet in de hoop, maar in haar bewuste flirt met het dodelijke risico, met de mogelijkheid van mislukken, van niet in vervulling gaan. Daarom is dit portret zo moeilijk te verdragen: het viert zichzelf, het moment en alles wat er nog komt, het staat open voor alle eventualiteiten – terwijl dit gezicht al vermoedt dat je eigen wensen een valstrik kunnen zijn en het leven een slagveld, aan het eind waarvan geen heerlijk feest wacht, maar een bodemloze afgrond, en je het toch waagt je er met hart en ziel aan over te geven.

Ik wankel achteruit, vlucht het damestoilet in en barst

in tranen uit. De ondraaglijkheid van dit inzicht is door niets te verlichten.

Ik weet nog heel goed dat ik haar voor het eerst in het hofje zag. Die dag en elk detail van die dag staan voorgoed in mijn geheugen gegrift. Zelf herinnerde ze zich die middag niet, voor haar was er niets bijzonders aan, want ze had toen al haar eigen tijdrekening, een subjectiviteit die een vloek en een zegen tegelijk was. Zij besloot dat onze vriendschap begon op die late avond waarop ze met haar zaklamp in mijn gezicht scheen. Maar voor mij begon het eerder: op de dag toen er een grote KamAZ-vrachtauto de binnenplaats op reed en daar parkeerde, toen haar moeder uitstapte, het zweet van haar voorhoofd veegde en haar kinderen met volgepakte dozen en koffers heen en weer stuurde. (Het doen en laten van dit trio, dat zo opvallend anders was, moet me die dag zo hebben gefascineerd dat ik er nog dezelfde avond een tekening van maakte, die ik jaren in de la van mijn bureau heb bewaard.)

Ik stond boven bij het raam van de loggia naar die bedrijvigheid te kijken. Het was warm, de zomervakantie was net begonnen en veel mensen waren de stad al ontvlucht, daarom leek de binnenplaats uitgestorven. Alleen Tarik zat bij de kraan in de hoek zonnebloempitten te eten, onzeker of hij de nieuwelingen zijn hulp moest aanbieden of niet. Door de hoogte en de afstand kon ik de gezichten van de nieuwe bewoners niet goed zien, maar ik herinner me dat de donkerblauwe soulbroek van de jonge vrouw, die haar kinderen zo doelbewust over de binnenplaats dirigeerde, de nonchalante gebaren, de zonnebril op haar hoofd en de espadrilles aan haar voeten (voor mij een totaal nieuwe, modieuze ontdekking, die iets westers uitstraalde) een blijvende indruk achterlieten en me meteen fascineerden. Ik kon mijn ogen niet van het drietal afhouden, van deze kennelijk nieuwe leden van onze microkosmos, die uitgerekend in het souterrain kwamen wonen, nog onder de Armeense schoenlapper Artjom en het Koerdische gezin. De begane grond was al bestemd voor mensen die geen andere keus hadden, maar een souterrain, waar bijna geen zonlicht binnenkwam, waar je alleen de benen van de voorbijgangers zag, alsof de architect daarmee de sociale status van de bewoners nog eens extra wilde benadrukken, een souterrain dat bovendien jaren leeg had gestaan en met een kolossaal roestig slot afgesloten was geweest, werd beschouwd als een behuizing voor paria's. Mij was het een compleet raadsel wat die smaakvol geklede, mondain aandoende vrouw met haar kinderen daar te zoeken had. De oudste van de twee zusjes moest van mijn leeftijd zijn, ik was pas acht geworden, de jongste zat misschien net op de basisschool. Allebei leken ze de indrukwekkende nonchalance van hun modebewuste moeder te hebben geërfd, ze hadden hetzelfde wilde haar, dezelfde dikke donkere krullen; een paar lange losse slierten dansten om hun hoofd, zodat ik moest denken aan een leeuw uit een natuurfilm, die zich in slow motion gereedmaakt voor de dodelijke sprong. Alle drie kwamen ze levendig en haast beangstigend onstuimig over, alsof ze geen moment stil konden zitten. Ze straalden een voor mij in die tijd ongewone vorm van vrijheid uit, alsof het hun absoluut niets kon schelen wat voor indruk ze achterlieten – iets wat ik in mijn socialistische kinderjaren nog nooit had meegemaakt.

Maar het was ook een strikt persoonlijke indruk: van jongs af aan had ik me een heel eigen, uit brokjes informatie, foto's en fantasieën samengestelde voorstelling van mijn moeder gemaakt, en in mijn voorstelling was ze vooral één ding: anders. Anders dan iedereen die ik kende. Beter, vrijer, wilder, levenslustiger, moediger, slimmer, onverschrokkener – en waarschijnlijk bracht ik die jonge, mooie moeder daar op de binnenplaats meteen in verband met het beeld dat ik, zolang ik me kan herinneren, van mijn dode moeder in mijn hart droeg.

Mijn hele kindertijd werd bepaald door het zoeken naar aanwijzingen die dat bijna onbereikbare ideaalbeeld van een moeder konden bevestigen, en nog altijd zijn er momenten dat ik me betrap op de gedachte: Ja, dat had ze vast leuk gevonden. – Ja, dat zou ze in zo'n situatie hebben gedaan. Ik klampte me vast aan eigenschappen die me begerenswaardig of bijzonder leken en schreef die aan mijn moeder toe. Ik weet niet of die voorstelling alleen voortkwam uit mijn innige wens dat mijn vrijheidslievende moeder anders was geweest of dat ze echt zo uit de pas liep als sommige verhalen over haar deden vermoeden. Maar ik kon gewoon niet anders dan elk teken van afwijkend gedrag uitleggen als iets nastrevenswaardigs. Aan de ene kant bevestigden alle verhalen die mijn broer en ik over haar kenden, alle herinneringen die we hadden, het beeld van een opstandige, levenslustige, nieuwsgierige, op avontuur beluste vrouw. Aan de andere kant had ze evengoed een overspannen, teleurgestelde en met huid en haar aan de dagelijks sleur overgeleverde vrouw kunnen zijn, die gewoon aan haar verbittering wilde ontsnappen. Daarom denk ik dat mijn weg, die me onvermijdelijk in Dina's armen dreef, zonder haar moeder niet mogelijk was geweest. Zonder Lika, die mijn onbereikbare moederideaal door een tastbaar, reëel moederbeeld verving, was ik waarschijnlijk voorzichtiger geweest en had ik me voor Dina's duizelingwekkende wensen in acht genomen. Achteraf denk ik dat het vooral Lika's openheid was die ik vanuit mijn uitkijkpost bespeurde en die me zo magisch aantrok. Pas daarna kwamen haar moed en het verbluffend non-conformistische, misschien ook wat hippieachtige, waar ik toen nog geen naam voor had.

Opgewekt laadden de drie hun spullen uit, en ik verbaasde me niet eens over de afwezigheid van mannelijke helpers, die normaal bij geen enkele Georgische verhuizing ontbraken. Maar ze leken niets en niemand te missen, en ook al had ik geen idee hoe ze de zware meubels in die donkere woning wilden krijgen, ik was ervan overtuigd dat ze een oplossing bij de hand zouden hebben. Ze zagen er niet uit als mensen die hulp verwachtten. Ze hadden een vaste werkwijze, hun bewegingen waren vloeiend en elke greep was trefzeker. Zelfs het kleinste meisje pakte met haar tengere armpjes manden vol serviesgoed en droeg ze behendig als een jongleur de vier treden af naar het souterrain. Op een gegeven moment pauzeerden ze en gingen op de grond zitten. De vrouw deelde kersen aan de meisjes uit en schonk uit een thermoskan een rode vloeistof voor ze in. Meteen voelde ik de vurige wens om tussen hen in te zitten en ook die kersen te eten en die rode vloeistof te drinken. Ik wilde ook die luchtigheid, die zorgeloosheid, waar ik geen woorden voor had, ik wilde ook zulke sandalen als het oudste meisje en zo'n leren armband om mijn pols als het jongste. Iets in mij kromp ineen, ik hield het amper uit.

Ik wendde mijn blik af en liep weg van het raam. Ik deed de deur van de koelkast open en zocht iets eetbaars. Baboeda 1 kwam de keuken binnen.

'Heb je honger, *boekasjka*?'

Ik snauwde haar toe dat ze me niet meer met die stomme koosnaam moest aanspreken en zei dat ik kersen wilde.

'We hebben geen kersen, boe... Keto, maar wel heerlijke aardbeien, die heeft je vader gisteren meegebracht van de markt.'

'Ik wil geen aardbeien, ik wil kersen,' mopperde ik en ik

droop af naar mijn kamer. Ik was opeens chagrijnig, voelde me plomp, mijn bewegingen waren schutterig en mijn lichaam was gespannen, mijn kleren waren truttig en door de baboeda's gesteven en gestreken, ik rook naar middelmatigheid, ik was onooglijk, ik had niets waarmee ik de aandacht van dat gezin zou kunnen trekken.

Het klopt, ik was een verlegen, afwachtend kind, altijd in de schaduw van mijn moeilijke en opvliegende broer, die zich steeds op de voorgrond plaatste en alle aandacht trok – wat mij in staat stelde me met mezelf bezig te houden, wat ik dan ook zorgvuldig en uitvoerig deed. De wereld was me te snel en te wispelturig, ik wilde de dingen in alle rust tot op de bodem uitzoeken. Het best hielpen me daarbij mijn potloden en mijn schetsboeken, die ik bijna altijd bij me had. Ik tekende onder de les als ik me verveelde en de werkelijkheid wilde ontvluchten. Ik tekende onder het eten op de gevouwen papieren servetten, ik tekende met krijt op de muren van onze binnenplaats. Ik tekende voorwerpen en mensen, soms zo realistisch mogelijk, soms als ondefinieerbare, abstracte constructies die ik zelf niet kon verklaren; ik tekende Rati en zijn vrienden in alle mogelijke situaties, mijn vader als hij in zichzelf gekeerd naar jazz luisterde, ik tekende de katten van Nadja Aleksandrovna en Tarik met een straathond, de handen van baboeda 1 en de haarspelden van baboeda 2 terwijl ze me een door haar vertaald gedicht van Verlaine voorlas, ik tekende de eindeloze cipressen van Sololaki en de scheve houten balkons van de huizen. Ik bewonderde mijn vader, maar voelde van jongs af aan dat hij zich elke dag afvroeg of het niet beter voor hem was geweest als hij geen gezin had gesticht. Afgezien van de uren die hij met zijn boeken en zijn formules doorbracht, vergde het gezinsleven te veel van hem. Hij kon het niet verkroppen dat mijn moeder hem zomaar in de steek had gelaten, voor hem was haar dood een ongehoorde belediging, alsof ze een streep door zijn rekening had willen halen. Om haar had hij zijn veelbelovende baan in Moskou opgegeven, had hij de helderste sterren aan de natuurkundehemel en louter toekomstige Nobelprijswinnaars de rug toegekeerd, was hij naar zijn bekrompen vaderland teruggekeerd en had hij zich erbij neergelegd in plaats van de ware hoogten van de kwantumelektronica te beklimmen in de stoffige kamer van de Academie van Wetenschappen jarenlang mee te werken aan lexica en handboeken. Hij had de fout gemaakt verliefd te worden op een eeuwig zoekende en nooit tevreden vrouw, voor wie het huiselijk leven van alledag een gruwel was. Hij had niet de moed gehad zijn zwangere vrouw alleen achter te laten, maar haar wel laten voelen dat een vrouw die hem in Moskou aan de wetenschap had overgelaten, aan hem als geslaagd wetenschapper meer plezier zou hebben beleefd. Met zijn promotor en idool Prochorov, die in 1964 de Nobelprijs voor zijn werk op het gebied van de kwantumelektronica kreeg, had hij onderzoek kunnen doen en de wereld een stuk beter kunnen maken. In plaats daarvan was hij veroordeeld tot een leven als pantoffelheld, die zijn potentieel als wetenschapper nog niet voor de helft mocht benutten en maar mondjesmaat aan zijn rol als huisvader kon voldoen. Zijn avonturen vonden plaats in de laboratoria en onderzoekscentra, zijn uitstapjes maakte hij in de wereld van de boeken en conferenties, hij interesseerde zich niet voor wat zich buiten zijn theorieën afspeelde, het leven leek hem één trieste opeenvolging van plichten en teleurstellingen, alleen in zijn formules vond hij het pure geluk, daar lag iets verborgen wat ontdekt kon worden, terwijl het echte leven deprimerend voorspelbaar was.

Ik had mijn moeder graag willen vragen of het huwelijk

en wij, haar kinderen, voor haar ook een soort kooi waren gebleken, en dan van haar een duidelijk nee als antwoord willen krijgen, maar ik vrees dat ze me dat nee niet met de gewenste duidelijkheid had kunnen geven.

Het blijft me een raadsel wat mensen die zo totaal verschillend zijn als mijn ouders ertoe brengt voor elkaar te kiezen. Is het de verliefdheid die hen aanzet tot zo'n irrationeel avontuur, of zoeken mensen in de ander in feite steeds wat ze zelf niet zijn en zelf niet bezitten?

Ik weet niet of mijn moeder met die vragen net zo heeft geworsteld als mijn vader, die gewoon niet kon erkennen dat er niet voor alles een verklaring bestond, dat er niet voor alles op de wereld een oplossing was. Want als ze dat hadden toegegeven, als ze hadden geprobeerd die betonnen stellage van voorstellingen en verwachtingen omver te stoten, dan hadden ze misschien weer kunnen zijn wie ze waren. Dan had ik niet mijn hele jeugd op een teken van hem hoeven wachten, een teken van zijn waardering, van zijn keuze voor mij, voor ons. Dan had mijn broer misschien... Maar dit soort gedachten zijn een doodlopende weg, ze leiden tot niets.

Tot het moment dat ik Dina en haar familie leerde kennen, wilde ik maar één ding: de volwassenen geen last bezorgen. Dat deed mijn broer wel, en dat werkte al genoeg op hun zenuwen en veroorzaakte zo vaak trammelant dat ik alles deed om het evenwicht te herstellen. Daar hoorde bij dat ik op school goede resultaten behaalde, niets deed waar narigheid van kon komen en mijn vader niet onnodig met mijn probleempjes lastigviel. Dat had echter tot gevolg dat mijn vader mij beschouwde als zijn tinnen soldaatje, dat altijd paraat stond, altijd een handje hielp en er in feite was om hem zoveel mogelijk plezier te doen. Ik haatte de manier waarop hij met me omging – de werktuiglijke aai over mijn wang als ik een goed cijfer voor Russisch haalde, zijn opvliegendheid als hij me met mijn huiswerk hielp en ik niet, zoals verwacht, alles meteen begreep, en zijn verbazing als ik – wat zelden voorkwam – ziek was en 's avonds niet met hem naar *De wereld der dieren* kon kijken. Voor hem was ik een perfect functionerende moleculaire verbinding, terwijl mijn broer een soort instabiele atoomkern vormde, die alles verwoestte. Dat Rati juist tegen die verwachtingen in opstand kwam, dat hij zich koste wat het kost tegen hem wilde afzetten, dat kwam bij mijn vader nooit op.

Tot ik Dina leerde kennen, wilde ik gewoon zonder kleerscheuren het leven doorkomen. Ik wilde me nergens aan branden, ik wilde niet te veel hopen en wensen, geen toppen beklimmen, want de angst zat me op de hielen. En als ik droomde – en dat deed ik vaak en koortsachtig –, dan altijd in de wetenschap dat het maar dromen waren, die niet per se hoefden uit te komen.

De dag dat Dina ook mijn bestaan opmerkte, kwam algauw. Ik was met mijn vader naar de verjaardag van een van zijn collega's geweest, hij had me vooral meegenomen om een excuus te hebben om vroeger weg te moeten, maar nu was het toch laat geworden, het was donker en het hofje lag verzonken in een hete zomerslaap.

Mijn vader liep naar het trappenhuis, maar ik wilde per se de wenteltrap nemen, liep de binnenplaats op en daar zag ik haar. Ze zat op de treetjes naar hun souterrain, hield een zaklamp in haar ene hand en scheen daarmee op iets wat ze in haar andere hand hield. Ik kon niet zien wat het was en bleef even staan, als betoverd. Ze was te jong om zo laat in haar eentje buiten te zijn, maar op dat moment wist ik nog niets van de vrijheden in hun gezin. Toen ze me bleef negeren, raapte ik al mijn moed bijeen en stevende op haar af, met mijn handen in de zakken van mijn feestelijke jurk, die Oliko had genaaid en die ik alleen bij bijzondere gelegenheden droeg. Plotseling schoot de zaklamp omhoog en scheen in mijn gezicht. Zo stond ik daar, verblind en betrapt, en was haar een antwoord schuldig.

'Ik wilde alleen...' stamelde ik.

'Jij woont toch daarboven?' vroeg ze en ze liet de zaklamp zakken.

'Ja, ik ben Keto. Van de tweede.'

'Hallo, Keto van de tweede. Ik ben Dina van de nulde.'

Ze barstte in lachen uit en ik was verbaasd, want die lach kon onmogelijk van een meisje zijn, hij klonk rauw en vals, zoals een zeeman lachte, en ik kreeg een onbehaaglijk gevoel.

'Kom, ik zal je iets laten zien, Keto van de tweede.'

Alsof ze mijn gedachten had gelezen, gaf ze me een teken om dichterbij te komen en ik nam het aanbod dankbaar aan. Ik ging naast haar op de harde treetjes zitten en ze liet me een op karton geplakte foto zien. Ik kon eerst niets herkennen, maar toen ik beter keek zag ik dat het een heel oude zwart-witfoto was. Er stonden drie jonge vrouwen op, allemaal in een witte jurk en met lang haar, ook zij zaten op treetjes zoals wij tweeën, alleen waren die van marmer en leek het huis op de achtergrond wel een paleis: drie engelen in een volmaakte wereld.

Even staarden we zwijgend naar de foto. De zaklamp verlichtte de gezichten van de meisjes en versterkte de bovenaardse indruk die ze maakten.

'Die in het midden is mijn overgrootmoeder, kun je je dat voorstellen?' zei ze met een geheimzinnige stem, en ik voelde me meteen twee koppen groter, alsof ik was ingewijd in een staatsgeheim.

'Ze was ooit een prinses, tot de bolsjewieken kwamen,' vervolgde ze op samenzweerderige toon, en ik boog automatisch wat dichter naar haar toe.

'En ze was verloofd met een koning, een sjeik uit Perzië. Hij was verliefd geworden op een foto van haar, had gewoon alleen haar foto gezien en was onsterfelijk verliefd op haar geworden, kun je je dat voorstellen?' vroeg ze, alsof ze wilde nagaan of ik genoeg verbeeldingskracht had om haar fantasie te kunnen volgen.

'Maar toen raakte ook een Russische graaf verliefd op haar en begonnen ze om haar een oorlog.'

'Welke?'

Dat was de stem van mijn vader, die altijd in mijn hoofd klonk als ik bepaalde informatie niet vertrouwde. Ik had bewijzen nodig.

'Hoezo welke?'

'Nou, welke oorlog bedoel je?' vroeg ik.

Ze keek me verbluft aan en stond even in dubio of ze me ontzettend verwaand of ontzettend slim moest vinden; die reactie kende ik van klasgenootjes. Ik had al spijt van mijn idiote vraag en wilde me verontschuldigen om haar sympathie niet meteen te verspelen, maar ze was me voor en ontwapende me met haar eerlijkheid.

'Ik heb je erin geluisd. Die vrouw is helemaal niet mijn overgrootmoeder, we hebben bij de verhuizing een doos vol foto's gevonden en die zijn allemaal zo mooi!' riep ze enthousiast en ze keek omhoog. Er was een briesje opgestoken, dat donkere wolken langs de maanverlichte hemel joeg.

Ik ergerde me aan mijn goedgelovigheid en haar stomme streek, maar mijn ergernis duurde niet lang, want ze lachte weer haar harde, diep uit haar keel komende lach en sprong ineens op. Ik deed hetzelfde, ik wist niet goed wat ik met de situatie aan moest, tegelijk kwam de gedachte bij me op dat ik misschien al werd gezocht, maar mijn nieuwsgierigheid was sterker, ik kon me niet van haar losmaken, nog niet. Er ging zoveel kracht van haar uit, zoveel sprankelende energie. Ik volgde haar en we liepen de tuin in, die met een lage omheining afgescheiden was van de rest van de binnenplaats, een rechthoekig stukje grond met seringen- en rozenstruiken, een perzik-, een moerbei- en een granaatappelboom en een smalle houten tafel waaraan de mannen meestal backgammon speelden en van hun wijn nipten. Aan de rand verhief zich een trotse cipres, ook stonden er een verwaarloosde oude schommel en een piepende wip. Hoewel ik de tuin als mijn broekzak kende, had ik het gevoel dat ik er voor het eerst kwam, als in een betoverd land op een nog niet ontdekt continent. Op hetzelfde moment begonnen de bomen te ruisen, het briesje veranderde in een striemende wind, aan de hemel pakte zich iets samen, er kondigde zich een zwaar zomeronweer aan. Maar het maakte me niets uit, ik bespeurde de zuigkracht van iets groots, dat vreemd en tegelijk vertrouwd aanvoelde. Ze bleef bij de schommel staan en riep me. Eerst dacht ik dat ze aangeduwd wilde worden, maar ze zei dat ik op de smalle plank moest gaan zitten en wurmde zich achter me. Ze zwaaide haar benen naar voren en trok ze dan telkens weer in, we begonnen heen en weer te schommelen, hoger en hoger, tegen de wind in. Haar gewicht drukte tegen mijn rug, ik voelde haar warmte, haar kracht, en er trok een nieuw gevoel door me heen: ik voelde me onoverwinnelijk, op dat moment leek het of we de koninginnen van de wereld waren. En misschien waren we dat ook wel, dankzij onze moed misschien, dankzij onze blijdschap dat we elkaar hadden gevonden.

Als ik iemand moet uitleggen wat me met Dina verbond, waardoor ik ten slotte in haar dook als in een diep, bodemloos meer, dan begin ik te stotteren en blijf ik steken in banaliteiten. Ik heb het nooit helemaal begrepen, hoewel ik op sommige momenten dacht dat ik dicht bij de waarheid was gekomen. De waarheid over deze vriendschap, die alles heeft overleefd, zelfs de dood.

En nu sta ik hier in Brussel en moet ik denken aan die ene foto van Lika, om de een of andere reden zie ik hem voor me, hij hangt hier vast tussen alle andere foto's. Lika, die fantastische vrouw, zonder wie ik niet geworden zou zijn wie ik ben. Die vrouw, die hier toch echt niet had mogen ontbreken. Haar donkere krullen, haar brede lach. Op de foto die door mijn hoofd spookt, zie je haar op blote voeten op een zonovergoten drempel staan, het lijkt alsof ze die zon in zich heeft. En precies zoals haar dochter haar op die foto heeft vereeuwigd, heb ik haar altijd gezien – zo vol leven, vol warmte, vol goedheid. Dat eeuwige hippiemeisje, de vrouw in de tuinbroek en de mannenoverhemden, die zelfs in de zwaarste uren van haar leven een glimlach voor me overhad. Ik verlang opeens heel erg naar haar. Hoelang is het geleden dat ik met haar heb gebeld? Hoe is haar afwezigheid in mijn leven te rechtvaardigen? Ik ben woedend en zie tegelijk haar stralende ogen, zoals ze op die foto zijn vastgelegd. Hoe oud is ze daar? Eind dertig? Begin veertig? Ik weet het niet meer, voor mij blijft ze eeuwig jong, ook al is ze allang grijs en heeft ze vanwege gewrichtspijn haar atelier, haar toevluchtsoord en kleine oase, moeten opgeven en woont ze nu bij haar jongste dochter en haar man, een bankier, ergens buiten de stad in een groot bakstenen huis, en krijgt ze er nooit genoeg van om met mij over de problemen en kneepjes van tuinieren te praten – nog een gemeenschappelijke passie, naast het beroep dat we al die jaren gemeen hadden. Ja, die foto is om te zoenen, om verliefd op te worden, ik moet hem beslist vinden, moet me er opnieuw door laten betoveren.

Lika, de dochter uit een eenvoudig arbeidersgezin uit

Batoemi, was boven alles een vrouw van de zee. Ze hield van de lichtheid van de zonnige middagen en van de kleurige stenen onder haar voeten, ze hield zelfs van de eeuwige vochtigheid van haar geboortestad, alsof ze zelf van zeeschuim was gemaakt. Ze was een aartsdromer, een door talloze teleurstellingen en afwijzingen in het leven gedesillusioneerde vrouw, en toch had ze, toen ik haar leerde kennen, nog steeds iets van een meisje, dat altijd weer warm kon lopen voor iets nieuws, alsof het leven zich alleen van zijn zonnige kant had laten zien.

Haar ouders moesten niets van de jeugddromen van hun dochter hebben. Als eerzame vrouw diende je na je schooltijd te trouwen en een gezin te stichten. Geluk en vervulling van het leven verwachten leek hun bijna onbehoorlijk. Lika was heel muzikaal en toen haar moeder haar naar de obligate pianoles stuurde, had ze geen idee dat ze haar dochter daarmee een kant op wees die mijlenver afstond van haar eigen voorstellingen van het 'echte' leven. Lika was dol op pianospelen en omdat ze thuis geen piano hadden, bleef ze uren in de kale lokalen van de oude muziekschool oefenen en zingen. Haar vader, die zelfs zwemmen in de Zwarte Zee tijdverspilling vond, mopperde aan één stuk door op zijn vrouw dat ze het kind eindelijk tot rede moest brengen en voor eens en altijd een einde aan die 'frivoliteiten' moest maken. Maar Lika had geluk: ze kreeg een lerares die haar talent stimuleerde, haar moeiteloos meerdere octaven beslaande stem prees en haar aanraadde auditie te doen bij een kwartet waarvan ze de leden 'een reizend volk' noemde. Lika wist dan wel niet wat de lerares daar precies mee bedoelde, maar het woord 'reizen' fascineerde haar en dus liet het haar volstrekt koud waar een engagement haar zou brengen en voor hoelang. In een lege zaal van de Komsomolclub liet ze zich van haar beste kant horen en veroverde daarmee een plaats in de tot dan toe vierkoppige mannenband, die uit drie Oekraïners en een Georgiër bestond en op diverse Russische passagiersschepen optrad. Lika, net klaar met school en – zoals ik me voorstel – blozend en stralend, werd ter plekke aangenomen en pakte nog diezelfde nacht haar spullen. Ze bracht natuurlijk niemand van haar familie op de hoogte van haar plan en stapte voor het eerst op een schip, dat eigendom was van een West-Duitse rederij en kapitaalkrachtige, westerse passagiers aan boord had, die weleens een kijkje achter het IJzeren Gordijn wilden nemen en daarom een cruise op de Zwarte Zee maakten. In een handomdraai betoverde Lika met haar Russische romances en Georgische chansons de op exotisch vermaak beluste passagiers. Uiteraard was er ook een medewerker van de KGB aan boord, die het doen en laten van de Sovjetmedewerkers en ook van de musici met argusogen in de gaten hield. Die kon weliswaar voorkomen dat de euforische, aan de bekrompenheid van haar traditionele familie ontsnapte Lika verliefd werd op een passagier uit Bonn of Stuttgart en samen met hem een avontuurlijke vlucht plande, maar dat ze verkikkerd raakte op een lid van de band, een violist uit Odessa, dat kon zelfs hij niet verhinderen.

De violist, wiens naam ik nooit te weten ben gekomen, was een charmante romanticus van de oude stempel, die niet afkering was van alcohol. Hij droeg een witte halsdoek, een krijtstreepbroek en beschikte over een indrukwekkende voorraad Russische liefdesgedichten, die hij op elk moment van de dag en de nacht kon opzeggen, en over een onuitputtelijke verzameling complimenten, die elk nog zo ijzig vrouwenhart konden ontdooien. Des te eenvoudiger moet het geweest zijn om Lika's volkomen onbevlekte hart sneller te doen kloppen en haar ten slotte te veroveren, de piepjonge Lika, die de liefde alleen uit films en boeken kende en die ze zich precies zo voorstelde: bij zonsondergang op het dek van een schip staand, beneveld door een paar glazen krimsekt en luisterend naar een hartverscheurend gedicht, dat een voor haar knielende man met stralende ogen voordraagt. Natuurlijk ging ze overstag, natuurlijk gaf ze toe, natuurlijk verloor ze elk plan, mocht ze er al een gehad hebben, en elk muzikaal doel uit het oog en volgde ze hem naar zijn hut.

En zo had het nog jarenlang door kunnen gaan – overdag genoot ze van de complimentjes en de bewondering van de passagiers en 's nachts zwichtte ze voor de mooie liefdesgedichten van haar galante violist, die uiteraard zwoer dat hij tot aan zijn dood niet van haar zijde zou wijken.

Toen het schip voor één dag in de haven van Odessa aanlegde en ze samen met hem, opgetogen dat ze de geboortestad van haar geliefde zou zien, aan land wilde gaan, viel haar algauw zijn vreemde gedrag op. Hij verzon smoezen, zei dat hij haar de stad helaas pas de volgende keer kon laten zien en liet haar met de andere bandleden alleen door de stad dwalen.

Pas toen het schip de volgende ochtend de haven weer verliet, drong de hele ellende tot haar door, want de violist kwam in gezelschap van een vrouw met een volle boezem en een gebloemde jurk en twee jongetjes in korte broek naar de steiger, waar ze als gedresseerde circusdieren net zolang stonden te zwaaien tot ze als nietige stipjes aan de horizon vervaagden.

Ik moet er niet aan denken hoeveel overwinning het Lika moet hebben gekost om de volgende dagen aan de zijde van de booswicht vrolijke liefdesliedjes te kwelen. Maar Lika was altijd – in elk geval geloof ik dat ze dat wonderbaarlijke talent toen al bezat – uiterst professioneel. Wat ze ook deed en onder welke omstandigheden, ze deed het gewetensvol en met heel haar hart.

Ze bleef op het schip en zong elke avond sentimentele liedjes over de eeuwige liefde, maar het vuur en het onbeperkte geloof in die klanken ontbraken, en alle pogingen van haar violist om haar te paaien en met eindeloze verontschuldigingen en bezweringen weer in zijn hut te lokken bleven zonder succes. Lika was niet te vermurwen. En zo nam ze het onvermijdelijke schandaal in haar familie op de koop toe en ging ze terug naar Batoemi, in de hoop zich snel te kunnen aanmelden op een muziekschool. Zingen zou haar verdere leven bepalen; zingen, maar geen musicerende mannen meer.

De zwangerschap, die zich aankondigde door hevige misselijkheid, haalde een streep door de rekening. De violist was verdwenen, woonde in Odessa met twee kinderen in korte broek en een onvermoeibaar zwaaiende vrouw. Het was zinloos om hem überhaupt van de zwangerschap op de hoogte te brengen, maar dat haar ouders het kind zouden accepteren en haar zouden helpen een bastaard groot te brengen, was ook een illusie. Ze zou het alleen moeten rooien.

Vaak moet ik denken aan Lika's indrukwekkende consequentheid. In de vele uren samen met haar in haar werkkamer, de plek die me later zo dierbaar werd, heb ik geprobeerd te begrijpen waar ze die kracht vandaan haalde, maar ik heb nooit een duidelijk antwoord gekregen. Vóór Lika kende ik niemand die dag in dag uit op blote voeten liep, met een sigaret tussen haar lippen en een potlood in haar haar, die naar harde rockmuziek luisterde terwijl ze abrikozen en watermeloen at. Ze verdiepte zich met een enorme overgave in haar bezigheden, of ze nu kookte of restaureerde of kaartte, wat ze niet zelden met haar dochters deed. Haar lichaam straalde een rust en tevredenheid uit die ik hooguit kende van de filmsterren uit het tijdschrift *Buitenlandse film*. Omdat het haar zo weinig kon schelen wat voor indruk ze maakte, leek haar chaotische verschijning des te begerenswaardiger en sensueler. Ze was volkomen zichzelf, iets wat haar oudste dochter op dezelfde intuïtieve manier zou uitstralen.

Lika koos dus voor het kind en pakte opnieuw haar spullen. Een vriendin van haar had in Tbilisi een studieplaats gekregen en een kamer in een studentenhuis weten te bemachtigen, daar zou ze voorlopig blijven. Ze had op het schip wat geld gespaard, waarmee ze het een poosje kon uitzingen. Haar lerares had haar weliswaar aanbevolen bij de Big Band van het Technisch Instituut, een tot buiten de landsgrenzen bekende groep die veel op tournee was, maar ze zag er weinig heil in om daar auditie te doen. Over een paar maanden moest ze thuisblijven en zich met andere dingen bezighouden dan met muzieknoten.

Weer kwam het toeval haar te hulp. Ze ging met haar vriendin naar een feestje van een medestudent. Het was een groot huis met een tuin vol beelden, de vader van de medestudent was een in ongenade gevallen beeldhouwer, die zich inmiddels in meubelrestauratie had gespecialiseerd. Lika dwaalde door het huis en ontdekte ten slotte in een als werkplaats ingerichte kamer een zwijgzame, ietwat grimmig overkomende man met een witte baard, met wie ze in gesprek raakte. Door haar belangstelling leefde hij op en begon hij over zijn werk te vertellen. Voor ze midden in de nacht terugging naar het studentenhuis, vroeg de man of ze hem wilde helpen, hij had het erg druk en kon wel een paar extra handen gebruiken. Lika hield haar belofte om over twee dagen uitgerust en vol energie terug te komen en bleek niet alleen bijzonder leergierig en ijverig, maar ook heel talentvol. Ze legde een indrukwekkende precisie aan de dag. De beeldhouwer hielp haar aan een inschrijfformulier – hij was ooit een gerespecteerd man met invloedrijke vrienden geweest, tot hij op een dag een verkeerde Lenin had gemaakt –, zodat Lika algauw een eigen kamer met een gemeenschappelijke badkamer in een hofje in de buurt van het station kon betrekken.

Met haar buik groeide ook haar kundigheid. Tot Dina werd geboren, bekleedde ze stoelen, herstelde houten oppervlakken, repareerde handvatten, scharnieren en zwenkwieltjes, kitte scheuren dicht, bewerkte tafels en commodes met een afbijtmiddel en gaf intussen haar Russische en Georgische liedjesrepertoire ten beste. Het idee om van dit handwerk ooit haar beroep te maken wees ze fel af, ze bleef zich vastklampen aan haar droom van een zangcarrière. Ze moest die sprong wagen om een betere uitgangspositie voor het leven met haar kind te krijgen. En zoals zo vaak voegde ze meteen de daad bij het woord. De beeldhouwer was wel verdrietig, maar vol begrip en beloofde dat ze elk moment terug kon komen als het toch niets werd met de muziek. Hij schonk haar een prachtig, van oud hout gemaakt kinderbedje.

Alsof het lot haar goedgezind was, werd er kort daarop een secretaresse gevraagd bij de staatsradio, en hoewel ze geen enkele ervaring had, dacht ze ook dat werk wel aan te kunnen – in de hoop zo de nodige contacten te leggen om uiteindelijk weer terug te keren op het podium, waar ze volgens haar thuishoorde.

De vriendin uit het studentenhuis was de enige die voor het ziekenhuis wachtte en de kurken liet knallen toen Dina ter wereld kwam. Lika gaf haar dochter die ongewone voornaam Dina als eerbetoon aan haar grote idool Dinah Washington, van wie een heimelijke bewonderaar uit Stuttgart of Kaiserslautern haar op het cruiseschip als afscheidscadeautje een dubbelalbum had gegeven.

Toen Dina drie maanden was, vertrouwde Lika haar toe aan een oppasmoeder en keerde ze terug naar de radiozender, waar ze als receptioniste allerlei musici in- en uitliet. Ze was niet meer zo zelfverzekerd als in de tijd dat ze in het diepste geheim op dat schip stapte, maar aan opgeven dacht ze ook niet. Ze zong af en toe op verjaardagen en drinkgelagen bij particulieren, waar ze niet zelden de kleine Dina mee naartoe nam, die op een gegeven moment tussen de kussens van de talrijke banken en bedden in slaap viel. Lika hunkerde naar waardering en hield ervan om verliefd te zijn, ook al stortte ze zich niet meer als een kip zonder kop in romantische avonturen. Maar hoe heerlijk het ook was om plezier met haar te maken en een tijdje met haar van een onconventioneel leven te dromen, geen man nam zo iemand als Lika mee naar huis, een meisje zonder degelijke familieachtergrond, met een onecht kind en luchtige zomerjurken, waar ze meestal geen bh onder droeg.

    Het tij leek te keren toen ze op zo'n feest de aandacht trok van een heer op leeftijd. Hij zei dat hij op het conservatorium zangles gaf en een 'goede stem' bij de eerste noot herkende. Bovendien had hij connecties, zijn beste vriend Maksim werkte voor de bekendste Russische platenmaatschappij Melodia in Moskou.

    Net als haar dochter later kon Lika ongelofelijk naïef zijn. De zangdocent nam haar mee naar het chique restaurant Tbilisi in het Funicular Park, en beneveld en onbezonnen bij de gedachte aan de zich aankondigende grote ommekeer in haar leven vertelde Lika hem over haar hoop om op een dag niet meer bij de receptie van de radiozender te hoeven zitten. Nu al bewonderde Lika die legendarische Maksim, nu al stond ze in vuur en vlam en keek ze reikhalzend uit naar de dag dat hij naar Georgië zou komen en beslist verliefd zou worden op haar stem. Maar Maksim stelde zijn reis uit, de ijverige docent bleef Lika mee uit nemen en voerde haar met nieuwe illusies.

Lika wantrouwde haar eigen verwachtingen, maar durfde de docent niet af te wijzen, want achter zijn avances lonkte tenslotte het vooruitzicht dat de beroemde Maksim haar eindelijk bij de hand zou nemen en haar zou brengen waar ze thuishoorde, namelijk op het podium.

Omdat de docent nooit later dan tien uur naar huis ging en hun ontmoetingen nooit in privévertrekken plaatsvonden, ging Lika ervan uit dat hij getrouwd was, wat haar geruststelde, maar tegelijk de alarmbel deed rinkelen. Toen hij op een keer na een van de vele restaurantbezoeken niet zoals anders afsloeg naar het Heldenplein, maar rechtdoor naar Vake reed en voor een groot bakstenen huis stopte, vond Lika zichzelf opeens oerstom. Ze gingen een ruime woning met een vleugel binnen.

'Mijn broer woont hier, hij is met zijn gezin naar Soechoemi, nu worden we eindelijk niet gestoord,' zei hij, terwijl hij een fles wijn opentrok. Ze zaten aan tafel, hij vertelde iets over zijn studenten. Lika nipte afwezig van haar wijn. Natuurlijk zou er geen Maksim komen, natuurlijk had haar docent nooit iets anders op het oog gehad dan deze tafel, deze wijn en dan het bed, dat ongetwijfeld ergens in de buurt op haar wachtte.

Alsof ze van haar ketenen was bevrijd sprong ze op, haar stoel viel met een harde klap achterover, en ze zei tegen haar manipulerende vereerder: 'Bedankt voor alles, maar ik ga nu.'

Hij keek haar ontzet aan, zijn gezicht betrok en hij zei de zin die Lika van haar leven niet zou vergeten: 'Weet je wel wat al die etentjes en al die wijn met jou me hebben gekost?'

En nog voor ze iets terug kon zeggen, had hij haar al bij haar schouders gepakt, haar jurk van haar lijf gerukt en haar op de bank gegooid.

Nadat ik dat hele verhaal had gehoord, durfde ik Lika niet te vragen waarom ze een kind dat met geweld en valse beloften bij haar was verwekt toch had gehouden. Ik weet het niet en het speelt allang geen rol meer, maar altijd als ik erover nadenk, twijfel ik of ik die beslissing moet zien als een ongelofelijk moedig gebaar of als een soort waarschuwing.

Ze hield Anano en ze hield van beide meisjes met dezelfde toewijding, dezelfde wanordelijkheid en verstrooidheid die haar liefde kenmerkten, en ze gaf hun allebei de vrijheid om zichzelf te zijn.

De docent ontpopte zich niet alleen als verkrachter, maar ook als een laffe verrader. Uit angst dat Lika zijn vergrijp aan de grote klok zou hangen en zowel zijn reputatie als zijn huwelijk kapot zou maken, praatte hij in op de chef van de radiozender. Die liet Lika een paar weken na het incident op zijn kantoor komen en vertelde haar dat er bezuinigingen waren geweest en dat ze, als ze bij de radio wilde blijven werken, naar het archief in de kelder moest verhuizen. Lika spuugde hem in zijn gezicht en zei: 'Wat die vent je ook heeft verteld, je dekt een monster en wordt er daardoor zelf ook een.'

Ze verliet het gebouw van de radiozender met opgeheven hoofd, zonder dat het haar ooit vergund was geweest door de glazen deur te stappen waar ze jarenlang voor had gezeten.

Na de geboorte van Anano, met twee kleine kinderen volledig op zichzelf en de goedheid van een paar vrienden aangewezen, op het dieptepunt van haar wanhoop, dacht ze weer aan de beeldhouwer met de witte baard, aan de rust in zijn werkplaats en de geur van oud hout en lijm, dus belde ze hem en was oneindig dankbaar dat er geen spoor van leedvermaak in zijn stem te horen was. Ze vertelde hem alles en was in zekere zin zelfs opgelucht dat hij getuige was, getuige van die nieuwe rampzalige mislukking, die haar eigen domme schuld was.

'Luister, we doen het als volgt: ik ben geen goede leraar. Want als ik dat was, had ik je enthousiast genoeg kunnen maken en was je niet weggegaan. Maar ik ken iemand die dat wel kan, de allerbeste, niemand in Georgië is zo goed als hij. Mensen uit de hele Sovjet-Unie komen naar hem toe. Ik zal hem bellen. Hij zal je alles leren wat er over meubelrestauratie te leren valt.'

En nog geen drie dagen later begon ze inderdaad in de werkplaats van Goeram Evgenidze.

Vreemd genoeg hadden Dina en Lika de meeste namen uit hun verhalen geschrapt. De violist was altijd de violist en de docent bleef de docent, maar van hem noemden ze altijd de voor- en achternaam: Goeram Evgenidze werd voor Lika wat Prochorov ooit voor mijn vader was geweest. Nu denk ik dat die man de vader was die ze graag had willen hebben, en de eerste man die haar een thuis bood, met een blinde loyaliteit en een liefde die geen voorwaarden stelde. Goeram Evgenidze had in Rusland en Polen voor restaurator gestudeerd en droomde ervan oude kloosters in de Kaukasische bergen te restaureren. Maar omdat het onderhoud van kerken in de Sovjetstaat niet de hoogste prioriteit had, zag hij zich gedwongen iets veel profaners te doen en specialiseerde hij zich in meubelrestauratie. En mettertijd werd hij een coryfee in zijn vak: van tafels uit de gründerzeit tot schminktafeltjes uit de belle époque – alles belandde op een gegeven moment bij Goeram, en er was bijna niets wat hij geen nieuw leven kon inblazen, wat hij niet de verloren schoonheid kon teruggeven.

Lika's opluchting moet enorm zijn geweest toen hij voor al haar 'eigenaardigheden', die door de maatschappij werden verguisd, verklaringen en zelfs namen vond. Hij gaf haar boeken te lezen die hij voor zelfkennis onmisbaar achtte – van Jung tot Burroughs, van Lao Tse tot Gourdjieff – en deed om het uur ademhalingsoefeningen. Hij was hoogstwaarschijnlijk gewoon een wereldvreemde zonderling, maar in de realiteit van de Sovjet-Unie werd je dan voor gek versleten: een vegetariër in een tijd dat dat begrip nog niet eens bestond, aanhanger van de boeddhistische leer, pleitbezorger van de psychoanalyse en archivaris van het verleden. Zijn vrouw Lilja, een niet minder gekke yogi en de ideale partner voor deze outsider, die hij op een geheim spiritueel congres in Bakoe had leren kennen, sloot Lika eveneens in haar hart. Het huwelijk van Goeram en Lilja was kinderloos gebleven, wat hun genegenheid voor Lika moet hebben versterkt. Volkomen onverwachts – ze waren allebei eind zestig toen Lika in hun leven kwam – dook er nog een dochter op, die ze misschien altijd al hadden gewenst en die zo weetgierig was als een kind. Lika's aangeleerde achterdocht verdween gaandeweg, ze trok met haar dochtertjes bij de Evgenidzes in en leerde hoe je een notenhouten commode behandelt, de gebreken van een Normandische bruidskast in Louis XV-stijl herkent of een gustaviaans keukenrek zijn oude glans teruggeeft. Maar een gitaar of een piano raakte ze nooit meer aan, en ook haar zangstem bleef voor altijd als een geest in een fles in haar lichaam opgesloten. Ze beschouwde haar beroep nu niet meer als een bijverdienste in de hoop op een dag haar eigenlijke roeping te kunnen volgen, maar leerde respect te hebben voor de dingen die ze in handen kreeg – een les die van grote invloed op mijn leven zou zijn.

Toen er na vijf jaar samenwerking bij Goeram Evgenidze een hersentumor werd vastgesteld en hij hooguit nog vier maanden te leven had, week ze niet van zijn zijde. Hij stierf een paar dagen nadat hij Lika tot erfgename had gemaakt. Lika nam de werkplaats over en mond-tot-mondreclame deed de rest: de opdrachten bleven niet uit, zelfs uit Tallinn of Boedapest kreeg ze meubels toegestuurd om op te knappen. Eindelijk kreeg ze ook financieel wat lucht, en ze nam een privéleraar voor haar dochters in dienst. Alleen haar besluit om zich verre te houden van de muziek bleef ze trouw, zodoende kregen Dina en Anano, tegen het opvoedingsideaal van de Sovjet-Unie in, geen muziekles. Toen Lilja een paar jaar later ook stierf, verkocht Lika de oude, half vervallen woning en verhuisde ze naar het souterrain in de Wijnstraat. Ze was in al die jaren bij de Evgenidzes zo gewend geraakt aan vochtigheid en duisternis dat ze als nieuw onderkomen het liefst een soortgelijke schuilplaats wilde. Een van de kamers richtte ze in als haar werkplaats, waar ze het gereedschap van haar meester onderbracht en een portret van hem en zijn vrouw aan de muur hing, een foto die ik al die jaren dat ik naast haar zat, soms druk in gesprek, soms bedachtzaam, maar nooit ongemakkelijk zwijgend, bestudeerde tot ik het gevoel kreeg dat ik het oude echtpaar zelf had gekend.

Dina kwam bij mij in de klas en ook al zaten we een paar banken van elkaar af, toch voelde ik vanaf de eerste dag die al zo vertrouwde maar ook zo beangstigende euforie die ik bij onze eerste ontmoeting had bespeurd: alsof ze niet een meisje van dezelfde leeftijd met dezelfde problemen en zorgen was als ik, maar de belofte van iets belangrijks. Ze groette me in de gang, maar praatte in de grote pauze met de andere meisjes uit de klas. Tot mijn grote verbazing ging ze even gemakkelijk om met de strebers als met de schoonheidskoninginnen, met de elitekinderen als met de paria's, die de achterste rijen bevolkten en zich oefenden in onzichtbaarheid.

Een paar dagen nadat de school weer was begonnen had

ik natuurkunde, het oude verfomfaaide boek *De poort naar de natuur* lag opengeslagen voor me, en ik haatte haar al. Ze leek zich alleen voor alle anderen te interesseren, ik was haar al kwijt voor ik haar überhaupt voor me had gewonnen – ze was van iedereen, de exclusiviteit van ons schommelavontuur had geen enkele waarde meer. Ik zat te piekeren en nam me vast voor haar in het voorbijgaan op z'n minst een duw te geven of, nog beter, voor haar ogen te struikelen. Maar zover kwam het niet, na de laatste les wachtte ze me nog in het lokaal op en vroeg of ik zin had om met haar mee te gaan.

'Waarheen?' vroeg ik verwonderd, mijn wrok was nog niet verdwenen.

'Naar de begraafplaats.'

'Naar de begraafplaats?'

Ik verafschuwde begraafplaatsen. De dodenmaandag na Pasen was de meest gehate dag in mijn leven. Op die dag gingen we altijd naar het graf van mijn moeder, waar we rode wijn dronken, rode eieren op de grond legden en kaarsen aanstaken. Ik stond er meestal wat verloren bij, terwijl Oliko geluidloos huilde, Eter met een strak gezicht in de verte staarde, mijn vader in de aarde wroette en zich bedronk en mijn broer vreemde grafstenen opzocht om vervolgens aan één stuk door de namen van de overledenen op te dreunen, alsof dat een uiterst vermakelijke bezigheid was. Ik wist niet wat ik moest voelen, ik kon die toestand slecht verdragen. Natuurlijk wist ik dat ik verdrietig en bedrukt moest zijn, ik wist dat ik in de tragische rol van een kind zonder moeder moest kruipen, maar alles in me verzette zich daartegen. Mijn moeder was zo vroeg uit mijn leven verdwenen dat ik het moest doen met herinneringen en beschrijvingen van anderen. En daarom benijdde ik iedereen die een voorsprong op me had. Zij hadden allemaal iets geweldig kostbaars, een levende herinnering, terwijl ik genoegen moest nemen met kruimels. Maar ik ergerde me vooral aan Rati, die er ook nog zichtbaar van genoot om het tragische kind uit te hangen, het kind dat door alle mensen werd beklaagd zodra ze hoorden dat hij geen moeder had.

En nu werd ik door dat eigenzinnige meisje, op wie ik toch al kwaad was, gevraagd om mee te gaan naar een begraafplaats.

'Wat wil je daar? Ik bedoel, naar wie z'n graf wil je?' vroeg ik.

'Het graf van mijn vader,' zei ze doodnuchter, zonder een zweem van verdriet, en heel even bewonderde ik haar om die volwassen manier van doen. Ze pakte mijn hand en trok me mee naar buiten.

'Ga nou maar gewoon mee.'

Daarmee was mijn vonnis geveld, daarmee bezegelde ze iets groots, en meteen voelde ik me weer exclusief, bijzonder.

We namen de trolleybus naar het hippodroom. Ik kwam zelden in het nieuwe stadsdeel, voor mij was het een halve wereldreis, in m'n eentje had ik me nog nooit zo ver van huis gewaagd. Van de bushalte liepen we hijgend de lege en met cipressen omzoomde straat naar de begraafplaats Saboertalo op. Het was heet en stoffig. In mijn herinnering volgde ik haar zwijgend, terwijl zij me doelgericht tussen de rustplaatsen van de overledenen door leidde, door dat labyrint van namen, geboorte- en sterfdata, langs verdorde en verse bloemen, naamloze grafheuvels en eenvoudige houten kruisen.

Op een gegeven moment bleven we staan voor een laag, met krullen versierd hekje met daarachter een goed onderhouden grafsteen, waarop verse anjers lagen. Het was een sobere zwarte granieten steen, waarin alleen de naam Davit Pirveli en de data waren gegraveerd. Hij was niet erg oud geworden, wat hem natuurlijk meteen een tragisch aura gaf. Ik wist niet wat ik moest zeggen, keek vanuit mijn ooghoeken naar haar en bewonderde haar om haar kalmte. Ze liep even weg, kwam terug met een gieter, gaf een seringenstruik naast de steen water, verdeelde de anjers en ging helemaal op in haar serieuze bezigheid. Ik stond naast haar in de felle junizon en had geen idee waarom ze me naar zo'n intieme plek had meegenomen, maar dat ze me alweer inwijdde in een soort geheim streelde me enorm.

'Waar is hij aan gestorven?' vroeg ik, toen ik het zwijgen onaangenaam begon te vinden.

'Hij was te goed voor deze wereld,' antwoordde ze op dezelfde, zakelijke toon. 'Zijn hart is ontploft. Boem! Zo!'

En ze probeerde met haar hand een explosie na te doen. Ik was onder de indruk van die uitleg en knikte aandachtig. Natuurlijk was hij de beste vader van de wereld geweest, want bij zo'n fantastisch gezin met zulke bijzondere vrouwen paste alleen een heel bijzondere en buitengewoon gevoelige man, die wel aan de gemeenheid van de wereld kapot moest gaan.

Op de terugweg naar de bushalte zei ik met nadruk in mijn stem: 'Je hebt vast veel van hem gehouden.'

'Ja, heel veel,' antwoordde ze. En voor het eerst klonk er verdriet in haar beheerste stem. En toen, omgeslagen als een blad aan de boom, zei ze op een aanstekelijk vrolijke toon: 'Nu gaan we een ijsje eten. Ik weet een ijssalon niet ver hiervandaan, waar ze extra veel chocoladevlokken op het ijs doen.'

Vanaf die dag waren we onafscheidelijk.

Pas twee jaar en ettelijke bezoeken aan de begraafplaats later kwam ik erachter dat Dina met de man onder die grafsteen alleen de achternaam deelde en dat haar lijfelijke vader, de scheepsviolist, hoogstwaarschijnlijk in goede gezondheid in Odessa woonde en geen flauw benul had van Dina's bestaan. Toen ik ontdekte dat ze me had bedrogen, was ik een paar uur kwaad, ik mokte en noemde haar een leugenaar, maar op een gegeven moment was ook dat over, en ik zwichtte prompt weer voor haar charme toen ze me uitlegde: 'De doden zijn toch altijd blij als er iemand komt. Hij krijgt nooit bezoek van iemand. Stel je voor dat je dood bent en er komt niemand.'

Daar had ik niet van terug en ik gaf me gewonnen.

IRA

Ze heeft gemerkt dat ik ben verdwenen en volgt me. Ik hoor haar karakteristieke voetstappen als ze het verder lege damestoilet binnenkomt en me roept.

'Ik kom zo!' roep ik van achter de deur en ik probeer zo beheerst mogelijk te klinken en alle onzekerheid in mijn stem te verdoezelen, maar het is me duidelijk dat ze van mijn machteloosheid en mijn angsten op de hoogte is, en ik kan niet zeggen wat ik erger vind: dat ze ervan weet of dat het zo is. Hoewel we zoveel jaar geen contact hadden en er de grootst mogelijke afstand tussen ons was, zijn een paar seconden voldoende om in oude patronen te vervallen. Zodra ik tegenover haar sta, weet ik dat het geen zin heeft om me anders voor te doen. Zoals ook zij weet dat ik door haar geforceerde zelfverzekerdheid heen kijk, dat ik nog steeds de bebrilde, aarzelende Ira voor me zie, die aan haar nameloze, andersoortige begeerte te gronde gaat. We hebben allebei weet van onze inspanningen, onze zwaarbevochten successen, onze westerse manieren waarachter we ons verschansen. We weten dat we onszelf en de hele wereld voor de gek houden door te doen alsof we het overleefd en gemaakt hebben. Want iets essentieels hebben we niet kunnen redden, iets wat voor altijd in die zwart-witwereld blijft vastzitten en als een zwakke echo naar ons heden zal overslaan.

Ik verlaat de wc-cabine, vermijd oogcontact, ga voor de wastafel staan en gooi koud water in mijn gezicht. Ze kijkt me in de spiegel aan. Haar onflatteuze bril met de dikke glazen, die haar ogen zo klein maakten, is allang vervangen door een elegant zwart hoornen montuur, YSL staat er overduidelijk op de zijkant van de poot, natuurlijk moet het het fijnste van het fijnste zijn, ze heeft er tenslotte hard voor gewerkt. Haar ogen zien er nu heel anders uit, ik moet er nog aan wennen, ze liggen diep, valt me ineens op, ze had altijd al kringen onder haar ogen en nu ik beter kijk, zie ik die donkere randen weer, en het doet me bijna goed om in die veranderde verschijning iets vertrouwds te ontdekken. Haar teint is olijfkleurig, slechts een paar zonnestralen en ze heeft al die supergezonde kleur op haar gezicht. Ik ben blij dat ze haar haar niet verft, ze is een van de weinige vrouwen die bij het ouder worden een nieuw soort erotische aantrekkingskracht krijgen. Aan haar lichaam is de training af te zien, de discipline, de grote moeite om zich onder controle te houden. Geen grammetje vet, nergens, geen moment van zwakte, geen greintje lichtzinnigheid. Ik aarzel tussen bewondering en afkeuring.

Ze woont in Chicago, is senior partner bij een gigantisch advocatenkantoor, gespecialiseerd in internationaal recht en verantwoordelijk voor rendement en winstoptimalisatie van de fortuinlijken dezer aarde. Vroeger wilde ze de wereld veranderen, toen zag ze in dat ze die strijd niet kon winnen en besloot ze in plaats van de wereld zichzelf te veranderen, te optimaliseren. Nu wil ze zonder enige wroeging haar welverdiende premie innen. Ze neemt wat ze nodig heeft, en alles wat haar stoort wordt uit de weg geruimd. Is de angst om terug te kijken misschien ook een van de redenen waarom ze haar leven zo aantrekkelijk heeft ingericht? Ik weet het niet. Maar iets van de oude Ira die ik op deze tentoonstelling op zoveel foto's zal tegenkomen, is er nog, en ik voel hoe ik me aan dat oude vertrouwde vastklamp, hoezeer dat bekende me de nodige zekerheid geeft om vandaar een brug naar mezelf te slaan, om iets in mezelf terug te vinden van het meisje dat me van de zwart-witte tijdsdocumenten zal aanstaren.

'Gaat het?' vraagt ze, terwijl ze me een open flesje water toesteekt. Ik neem een slok en knik.

'We redden het wel,' zegt ze en ze probeert te glimlachen. We staan zij aan zij en kijken elkaar in de spiegel aan. Ik haal mijn poeder uit mijn tas en probeer mijn stress te camoufleren.

'Eigenlijk kan dit niet,' zegt ze en haar gezicht verandert op slag, onaangekondigd staat de oude Ira ineens voor me, de grote twijfelaar, de meest onbaatzuchtige en daadkrachtige van ons allemaal. Ik zou haar in mijn armen willen nemen, nee, veel liever wil ik dat zij haar afgetrainde armen om mij heen slaat, zoals daarnet, toen we elkaar voor het eerst terugzagen. De avond belooft lang te worden, we hebben nog vele uren voor ons. We moeten het proberen, besluit ik op dat moment.

'Hoe bedoel je?' vraag ik met enige vertraging.

'Dat we elkaar nooit zien. Ik bedoel, op z'n minst wij tweeën. Dat we zo weinig van elkaar weten, dat jouw leven zich zonder mij en het mijne zich zonder jou afspeelt.'

Zo'n openlijke sentimentele bekentenis had ik uit Ira's mond niet verwacht, wat moet het haar moeite kosten om die woorden uit te spreken, maar ik ben haar dankbaar. Vraag ik mezelf niet ook af waarom ik het in vredesnaam zo lang zonder haar moest doen, zonder die zelfverzekerde voetstappen die me volgen zodra ze ziet welke wolken zich boven mijn hoofd samenpakken, zonder die stalen armen die me opvangen en me een flesje water aangeven, zonder die donkere ogen die me in de spiegel aankijken? Hoe speelt ze het klaar om me sneller dan wie ook een gevoel van veiligheid te geven? En toch weet ik het antwoord maar al te goed, zoals ook zij heel goed weet waarom de dingen zijn zoals ze zijn en waarom we naar dit toilet zijn gevlucht om elkaar moed in te spreken voor wat ons te wachten staat. Want met onze herinneringen is er geen intact heden mogelijk, omdat het te pijnlijk is, omdat we onszelf eeuwig moeten voorhouden dat wij in leven zijn gebleven, terwijl de wereld waaruit we afkomstig zijn in puin ligt.

'Je hebt gelijk, daar moet verandering in komen. Dat dacht ik ook toen je hier binnenwandelde als een verdomd chique business lady met rolkoffer.'

Een bespottelijke poging om de scherpe kantjes van die bekentenis af te halen. Ira neemt mijn aanbod dankbaar aan. En kaatst de bal meteen terug: 'Nou ja, tegen jouw sophistication kan ik niet op.'

Af en toe sluipen er Engelse woorden in haar wat onbeholpen geworden Georgisch.

'Moet je die mocassins van je zien, nou vraag ik je: zulke rode mocassins, als dat geen overkill is!'

Ze lacht en ik lach met haar mee.

'Beloof me dat je er niet tussenuit knijpt, Keto. Laat me hier niet alleen, ik heb je nodig vandaag,' zegt ze nog voor ons lachen is verstomd. Ik kijk haar aan, ik keer me naar haar toe.

'Ik beloof het. En vandaag hou ik me aan mijn belofte.'

Ze weet precies wat ik daarmee bedoel, maar ze onthoudt zich van commentaar. In plaats daarvan pakt ze mijn hand en samen gaan we met vastberaden tred terug naar de orkaan. We zijn weer veertien, zo meteen zullen we het verbogen hek in de Engelsstraat hebben overwonnen en gaat het grote avontuur beginnen.

Diezelfde zomer, vlak voor het eind van de schoolvakantie, kreeg ons hofje weer nieuwe aanwas. Ira en haar familie betrokken de eerste verdieping en Ira kwam bij ons in de klas.

Ira's vader was arts in het Stadsziekenhuis nr. 9, een gerespecteerd anesthesist en gepassioneerd tuinier, die al zijn vrije tijd doorbracht in zijn datsja in Kodzjori, waar hij zijn planten koesterde alsof het zijn eigenlijke patiënten waren. Je had het gevoel dat hij een hekel had aan de stad, hoewel hij er al zijn hele leven woonde, en hij zou zijn doktersjas vermoedelijk aan de wilgen hebben gehangen en naar het platteland zijn verhuisd als zijn altijd even actieve vrouw, de matriarch van het gezin, dat had toegestaan. Ter wille van haar verdroeg hij het stadsleven en telde de dagen tot het weekend, wanneer hij naar buiten vluchtte. Dan stapte hij in zijn blauwe 06 en reed de groene heuvels in, waar hij werd opgewacht door zijn zes of zeven honden, die tijdens zijn afwezigheid door een buurman werden verzorgd.

Het was een stille man, die je, als hij al eens thuis was, alleen met een geruite deken in zijn stoel voor de tv zag zitten of op het houten balkon zijn balkonplanten zag verpotten. Toen ik een keer met Ira mee mocht naar hun datsja en daar een weekend met vader en dochter doorbracht, stond ik er versteld van hoe actief en alert meneer Tamas – zoals iedereen hem noemde – overkwam. Alsof de natuur een ander mens van hem maakte.

Voor alle buren was het een groot raadsel hoe meneer Tamas zijn vrouw had leren kennen en vooral hoe hij van haar had leren houden. Zelden heb ik zo'n ongelijk paar gezien. Ira's moeder, Gioeli, was het absolute tegendeel van haar man. Uiterst pragmatisch ingesteld en altijd uit op een voordeeltje, alsof het leven compleet zinloos was als je er niet constant een slaatje uit kon slaan. Ze werkte op het Bureau voor Woningtoewijzing en hing constant aan de telefoon. Of ze praatte iemand iets uit het hoofd of ze praatte iemand iets aan. En het duurde niet lang of ze was in de hele buurt gehaat, in het gunstigste geval gevreesd, omdat ze meteen in de eerste weken na haar verhuizing de oude Tsitso – zonder rekening te houden met haar al genoemde onaantastbaarheid vanwege haar dode zoon – overhaalde om voor een zacht prijsje een kamer aan haar af te staan, wat Tsitso zonder veel tegenspraak deed, opgetogen als ze was bij het idee dat ze nu eindelijk haar grote droom kon verwezenlijken en naar Leningrad kon gaan om een bezoek te brengen aan de Hermitage. Toen Tsitso terugkwam, had Gioeli al muren opgetrokken, haar keuken uitgebouwd en Tsitso de toegang tot haar woning via het trappenhuis versperd, waardoor er voor de oude Tsitso niets anders op zat dan voortaan vanaf de binnenplaats via de gammele wenteltrap naar boven te gaan – geen sinecure voor een bejaarde dame met heupproblemen. Binnen de kortste keren verspeelde Gioeli ook de sympathie van de Tatisjvili's, doordat ze dreigde een klacht in te dienen als Davit niet onmiddellijk zijn wijnranken zou dwingen een andere kant op te groeien, anders zouden ze namelijk haar ramen overwoekeren en haar het zonlicht benemen.

Gioeli was altijd hectisch en altijd snel, mensen die haar tempo niet konden bijhouden, strafte ze met openlijke minachting. Alleen voor haar man scheen ze een uitzondering te maken. De altijd op leren pantoffels rondschuifelende Tamas liet ze zijn gang gaan, ze joeg hem niet op, zoals ze bij haar andere medemensen deed, ze mopperde niet en vroeg niets van hem, alsof ze al lang geleden had ingezien dat dat niets zou helpen en ze zich bij haar lot had neergelegd. Als je hen samen aan de eettafel zag zitten of samen het hofje zag verlaten (wat uiterst zelden voorkwam, want Gioeli had een hekel aan het buitenleven en vooral aan de honden en ging nooit met haar man mee naar Kodzjori), vroeg je je af wat die totaal verschillende mensen bij elkaar hield. Zelden gingen hun gesprekken verder dan de dagelijkse banaliteiten, bijna nooit zeiden ze iets wat niet met de boodschappen, het weer of het televisieprogramma te maken had. Gasten hadden ze zelden, Gioeli scheen haar man lang geleden uit zijn hoofd te hebben gepraat om collega's of vrienden mee naar huis te brengen. Het lawaai van dronkenlappen en luid gezang kon ze sowieso niet uitstaan, en buren die graag tot diep in de nacht feestvierden konden rekenen op dreigementen en scheldkanonnades van haar kant. 'Je bent alleen maar jaloers, stomme trut, hou eindelijk je klep en gun anderen wat jou niet is gegund. Misschien krijgt er nog eens iemand medelijden en word je ook een keer uitgenodigd!' hoorde ik op een nacht Nani, de koningin van de zwarte markt, over de binnenplaats roepen. Maar ook zinnen als: 'Ze zouden je moeten opsluiten, idioot die je bent, ga eindelijk eens naar de psychiater, ouwe gifslang!' vlogen niet zelden in de richting van de eerste verdieping met de merkwaardige uitbouw, die het luchtige straatje onderbrak en als enige betonnen constructie tussen de verder uit hout opgetrokken woningen, balkons en gaanderijen een soort fremdkörper vormde in het hofje.

Even vermenigvuldigt de tijd zich, ik heb het gevoel dat ik hallucineer, ik zie Ira, die stalen, zelfbewuste vrouw, die me onder haar vleugels neemt en mee terug de zaal in trekt, en tegelijk zie ik het kleine meisje voor me dat ze ooit was. Met haar stille, behoedzame bewegingen er voortdurend op bedacht niet te veel aandacht te trekken loopt ze in gedachten verzonken voor me uit, een beetje stijf met haar knokige knieën in de altijd keurig opgetrokken witte kousen. Ik zie de reusachtige bril op haar neus, waarmee ze heel volwassen overkomt, en het strak achterovergekamde haar, dat haar gezicht iets droevigs geeft. Haar donkere teint, een erfenis van haar strenge moeder, is nog dezelfde als vroeger, maar de sporen van haar vroegere schuchterheid zoek ik vergeefs.

'Kijk, daar heb je het nieuwe meisje van de eerste. Ze ziet er best leuk uit, vind je ook niet, boekasjka?' riep baboeda 1 toen we samen het hofje in liepen, waarna ik haar een por met mijn elleboog gaf, omdat ik absoluut niet wilde dat het nieuwe meisje die achterlijke en door mij verafschuwde koosnaam hoorde. Ira stond op de binnenplaats en keek om zich heen alsof ze iets zocht. Ik deed of ze me niet bijster interesseerde en slenterde nonchalant langs haar heen. Maar zij keek op, fixeerde me met haar ernstige blik achter de dikke brillenglazen en liep me toen stilletjes voorbij, gewend om over het hoofd gezien te worden. Iets in haar manier van lopen stemde me treurig, en ik moest onwillekeurig denken aan Dina en hoe totaal verschillend die twee nieuwkomers in ons hofje waren. De een gewend om altijd te winnen en de wereld naar haar hand te zetten, de ander als het ware ingekapseld in haar eigen kosmos, die zo sterk naar eenzaamheid riekte.

De volgende dagen voor de school begon, toen het hofje zich langzaam weer vulde met kinderen die van hun zomervakantie terugkeerden naar de stoffige augustushitte van Tbilisi, kregen we haar niet meer te zien. Eén keer zag ik haar voor het raam van hun keuken naar de gezellige drukte op de binnenplaats kijken. Die aanblik had iets deprimerends, ze oogde zo serieus, alsof ze ergens op wachtte, op een teken van iemand. Misschien hoopte ze dat iemand haar zou roepen, zodat ze met de ravottende kinderen mee kon doen, maar ik durfde het niet, want de manier waarop ze daar met haar armen over elkaar stond, had iets afwijzends.

Ik weet niet waarom ik zo verrast was toen ze op de eerste schooldag ons lokaal binnenkwam. De lerares hield haar als een klein kind bij de hand, gevolgd door ons luide gegiechel en onze vinnige commentaren. Ze werd aan ons voorgesteld als Irine Jordania. Haar ouders waren uit een ander deel van de stad hiernaartoe verhuisd en wij moesten nu ons best doen om Irine in onze klas op te nemen en welkom te heten. Maar iets zei me dat het bij Irine anders zou gaan dan bij Dina Pirveli, die de aandacht van alle medeleerlingen trok als een bijzonder zeldzame bloem. Irina leek niet iemand met wie je meteen contact zocht. Ook ik negeerde haar eerst. Aan de ene kant werd ik zo volledig opgeslokt door mijn nieuwe vriendschap dat er amper plaats was voor iemand anders, aan de andere kant was er iets in Irine, die zichzelf Ira noemde, wat me op een afstand hield. Die afstand tussen ons werd de volgende weken des te groter naarmate duidelijker werd dat Irine met haar prestaties iedereen – zelfs Anna Tatisjvili – pijlsnel inhaalde en zich algauw opwerkte tot de nummer 1 van de klas. Ze blonk uit in bijna alle vakken, wat natuurlijk de afgunst wekte van de modelleerlingen en ook van degenen die nog naar die positie streefden, en haar tot hun concurrent maakte. Wat de gemoederen nog het meest verhitte was het feit dat ze er, in tegenstelling tot iemand als de voorbeeldige Anna Tatisjvili, amper moeite voor deed. Ze vroeg zelden het woord, stak haast nooit uit zichzelf haar vinger op, maar telkens als de leraren haar iets vroegen, dreunde ze de goede antwoorden op. Dat maakte ons allemaal argwanend. Wat was dat voor meisje? Zat ze eindeloos op haar kamer te blokken of kwam al die kennis haar echt zomaar aanwaaien? Ook leek ze geen behoefte te hebben aan vriendschap. Pas veel later heb ik begrepen dat ze gewoon niet beter wist; ze was altijd al een einzelgänger geweest en had de keren dat ze haar moed bijeen had geraapt en op leeftijdgenootjes was afgestapt, bitter betreurd. Je zag haar altijd met haar propvolle schooltas door de Engelsstraat lopen en ons straatje inslaan. Dan verdween ze in het trappenhuis en dook een paar uur later weer op om met dezelfde schooltas naar een of andere cursus te gaan. Later hoorde ik van de baboeda's, die diep onder de indruk waren, dat ze niet alleen lid van de debatclub in het Pionierspaleis was, maar ook nationaal jeugdkampioen schaken. Je zag haar eigenlijk alleen maar naar binnen en naar buiten gaan, altijd met dezelfde geconcentreerde uitdrukking op haar gezicht, alsof ze buiten zichzelf niets waarnam.

Eigenlijk was Ira een meisje dat meer dan wat ook ter wereld geliefd wilde zijn. Ze leerde omdat het haar gemakkelijk afging en omdat ze er waardering door hoopte te krijgen, ze was terughoudend omdat ze dacht dan niemand te storen, ze was gehoorzaam omdat ze geloofde dan niet negatief op te vallen. En telkens was ze wanhopig als ze merkte dat ze met haar gedrag het tegendeel had bereikt, dat ze juist nog meer werd afgewezen. Dan begreep ze de wereld niet meer, ze trok zich terug en probeerde zichzelf wijs te maken dat ze een wereld die zich op die manier van haar afkeerde niet nodig had. Haar altijd 'goede' gedrag provoceerde iedereen om haar heen, ook ik was daar geen uitzondering op; als je maar lang genoeg naar haar keek, kon je het niet laten om in haar bijzijn iets onbehoorlijks te doen, je kreeg onmiddellijk zin om kattenkwaad uit te halen of iets geks te zeggen. Het was een soort natuurwet, die in werking trad zodra je bij Ira in de buurt kwam. Soms had ik er spijt van, ik vroeg me af waarom ik haar in de kleine pauze met een waterpistool natspoot, waarom ik uit het raam van de bel-etage sprong en allebei mijn knieën openhaalde toen zij voor de deur stond, of waarom ik kauwgom onder haar schoolbank plakte, maar ik kon er niets aan doen. Haar 'goed' spoorde mij altijd aan tot 'fout'. Maar met Dina veranderde dat, net als alle andere dingen.

Als ik aan die toestand met het dagboek denk, slaat mijn stemming onmiddellijk om en voel ik me loodzwaar worden. Ik zou het meisje dat ze toen was zo graag vragen of ze de vrouw die nu naast me staat graag mag, maar ik sla mijn ogen neer en haal me Anna Tatisjvili voor de geest, het mooiste meisje van de klas, de vroegere nummer 1, voor wie Ira vanaf de eerste dag een doorn in het oog was. (Nee, ik wil niet aan Ophelia denken, aan de sporen die ze achterliet...) Anna werd altijd door iedereen bewonderd, daar leek ze voor in de wieg gelegd en elke bedreiging daarvan werd met een valse tactiek bestreden. Ja, ze was gewend om steeds een pluimpje en een aai over haar bol te krijgen, in een zee van complimentjes te baden: voor haar schoonheid, haar voorbeeldige gedrag, haar goede cijfers. Ze vond het heerlijk om een koningin te zijn en iedereen die ze in haar buurt duldde mocht zich gelukkig prijzen. Zelfs toen ze op een leeftijd was waarop jongens hun genegenheid eigenlijk alleen laten blijken door porren, plagen en stompen, kreeg ze op Vrouwendag bloemen en lagen er op haar verjaardag kleine anonieme cadeautjes voor haar deur. Niet Ira's uiterlijk, maar haar intelligentie wekte onmiddellijk Anna's rivaliteit op. Bovendien moest Anna zich enorm uitsloven voor haar goede prestaties, ze kreeg bijles en zat aan één stuk door te blokken, terwijl het voor Ira allemaal gesneden koek leek. Dat kon Anna niet verkroppen. Ze gaf haar gevolg, twee meisjes die als slavinnen voor haar kropen en achter hun rug door ons 'de dienaressen' werden genoemd, opdracht om Ira's zwakke plekken op te sporen. Ze bespioneerden haar, papten met haar aan en hadden algauw beet: ze ontdekten dat Ira geregeld in een uitpuilend, verfomfaaid schrift schreef en gingen ervan uit dat dat haar dagboek was. En dus wachtten ze de eerste de beste gelegenheid af om haar het schrift afhandig te maken. Toen Ira een keer onder de les naar de wc moest en haar schooltas open liet staan, pikte de walgelijk onderdanige Eka het dikke schrift en gaf het aan haar 'bazin'. Het duurde niet lang of het dagboek ging van hand tot hand, het hele schoolplein las eruit voor, het was lachen, gieren, brullen. Toen Ira vol ontzetting de diefstal ontdekte, probeerde ze Anna het dagboek uit de hand te rukken, maar ze merkte dat ze zich daardoor alleen nog maar belachelijker maakte. Ira was fysiek erg onhandig, alsof al haar talenten zich concentreerden op haar intellectuele capaciteiten. In het gevecht om het schrift klapte ze keihard tegen de grond, en ze moest huilend door de leraren naar huis worden gestuurd, onder hoongelach van de hele klas.

Ik schaamde me dat ik het niet voor haar had opgenomen en haatte Anna stiekem, maar ik stond machteloos tegenover haar, ze had de klas allang in haar zak. Onder het mom ook aan Anna's kant te staan sloop ik naar Eka en vroeg of ik na school een blik in het dagboek mocht werpen. Wat ik daar zag, verraste me zo dat ik er stil van werd. In elk socialistisch huishouden hing een kalender aan de muur waar je elke dag een blaadje van afscheurde. Soms stond er een korte biografie op van een voorbeeldig socialist die op de betreffende dag was geboren of gestorven, soms was het een anekdote of een recept voor de voorbeeldige huisvrouw. Ira's schrift was volgeplakt met zulke afgescheurde kalenderblaadjes, die allemaal met een klein, heel volwassen handschrift waren beschreven. Bij Gagarins verjaardag stond: 'Slecht geslapen, Iago heeft last van zijn maag, hoop dat we hem niet moeten laten inslapen, papa moppert over zijn koppige patiënten en mama wil er weer niets over horen.' Bij de Dag van de Arbeid stond: 'Binnenkort verhuizing. Nieuwe wijk. Nieuwe woning. Nieuwe school. Er zal wel niets veranderen.' En zo ging het het hele jaar door. De zorgvuldigheid waarmee de kalenderblaadjes waren afgescheurd en in het schrift geplakt, het serieuze handschrift, het had allemaal iets onbeschrijflijk deprimerends, ik voelde me gemeen, het gelach en gegiechel van Anna Tatisjvili en haar dienaressen kreeg opeens een heel nare bijsmaak. Uit die opmerkingen sprak een eenzaam meisje dat volledig op zichzelf aangewezen was, zonder te begrijpen waarom de wereld haar de rug toekeerde en haar zo wreed behandelde. Zelden waren er opwekkende aantekeningen bij, en als ze er waren, dan gingen ze meestal over een schaakwedstrijd of een gewonnen toernooi. Opvallend was ook dat ze bijna niets over anderen schreef, hooguit over haar ouders of over de honden van haar vader.

Ik voelde me ellendig. Op de korte weg naar huis maakte Dina weer gekheid, ze huppelde voor me uit en wilde me straks per se laten zien hoe je een taart bakt. Maar hoe ik me daar ook op verheugde, het gevoel dat ik bij het lezen van het schrift had gekregen raakte ik niet kwijt. Ik voelde me een mislukkeling. Ik dacht de hele tijd aan dat ernstige, trieste meisje met de dikke wenkbrauwen en de schrandere ogen, en hoe ze zich zou voelen nu die stomme Tatisjvili en haar gevolg haar intiemste gedachten aan de grote klok hingen.

'Wat heb je?' vroeg Dina, toen haar opviel dat ik zo ernstig keek en zo stil was.

'Het is vreselijk wat ze met die arme Ira hebben gedaan,' mompelde ik. Tot mijn verbazing bleek Dina er niets van gemerkt te hebben, hoewel de halve school had meegedaan. Verbluft keek ze me aan en vroeg: 'Die van ons hofje? Die knapkop?'

'Ja, die.'

Ze hield me staande en liet me elk detail vertellen.

'Kom mee,' zei ze nadat ik alles meer dan eens uit de doeken had gedaan. Ook dat was typisch voor haar: iets beslissen zonder je in te wijden en dan verwachten dat je haar blindelings vertrouwde, blindelings volgde. Ik deed het. Ja, meestal deed ik het.

'Wat ben je nu van plan? Wat ga je doen?'

Op mijn eindeloze vragen tijdens de verdere weg naar huis kreeg ik geen antwoord meer. In plaats daarvan sleepte ze me mee het trappenhuis in en belde aan bij de Tatisjvili's. De altijd even vriendelijke Natela deed open en vroeg ons meteen binnen.

'Aniko is aan het leren, maar ik zal haar even roepen. Willen jullie soms een stuk perentaart? Ik heb hem net gebakken.'

Het rook inderdaad verrukkelijk en ik had bijna geknikt, maar Dina liet het niet zover komen. 'Nee, dank u,' antwoordde ze nogal bot en ze bleef in de gang staan.

Anna kwam met een handdoek om haar natte haar haar kamer uit en keek ons verveeld aan.

'Wat is er?'

Ze had er nooit een geheim van gemaakt dat ze ons te min vond.

'Jij hebt dat dagboek toch nog?' vroeg Dina verrassend vriendelijk.

'Ja, en?'

'Nou, Keto kan goed tekenen en ik dacht dat het wel lollig zou zijn als ze er een paar tekeningen in krabbelde.'

Ik begreep niet wat ze van plan was en probeerde mijn verbazing niet te laten merken.

'Voor mijn part. Maar ik wil het dagboek vanavond terug hebben,' antwoordde Anna even onverschillig als altijd. Het kwam geen moment bij haar op dat we haar te grazen namen; ze twijfelde niet aan haar superioriteit. Ze verdween even en ik siste Dina toe: 'Wat ben je van plan?'

Maar voor ze antwoord kon geven, was Anna alweer terug met het dikke, verfomfaaide schrift. Ze gaf het zonder enige aarzeling aan Dina, die het meteen aan mij doorgaf.

'Dank je, dat wordt echt leuk!' zei ze en ze deed de deur open, liet mij voorgaan, draaide zich vervolgens met een ruk om en duwde Anna uit alle macht tegen het schoenenkastje.

'Vuil kreng!' siste ze haar toe. Anna vertrok haar gezicht tot een pijnlijke grimas, de schrik om wat Dina met haar deed was duidelijk groter dan de werkelijke pijn. Ze was verontwaardigd en beledigd.

'Alles goed daar?' hoorden we Natela vanuit de keuken roepen en Dina legde haar wijsvinger op haar lippen. Iets in haar blik maakte dat Anna zweeg.

'Ja, alles oké, deda,' riep ze terwijl ze overeind krabbelde. 'Wat denk je wel, misbaksel dat je bent.'

Ze keek ons vol haat aan.

'Jullie zijn er geweest.'

'Ben je gek geworden?' vroeg ik aan Dina toen we weer buiten stonden. 'Je hebt haar geslagen!'

Iets in mij kwam daartegen in opstand en tegelijk was ik oneindig trots op mijn nieuwe vriendin, die vol verrassingen zat.

'Ik heb haar alleen een duw gegeven. Ze verdient erger. Soms moet je iemand een dreun verkopen als hij het anders niet begrijpt,' zei Dina, en ik wist dat ze niet van die overtuiging af te brengen was.

'Geven we het dagboek nu aan Ira terug?' vroeg ik.

'Nog niet.'

We gingen naar Dina, naar het altijd donkere souterrain, en installeerden ons aan de grote ronde houten tafel in de eetkamer, die tegelijk dienstdeed als keuken. Het rook er naar vochtig leem en hout, naar verf en lak. Overal stonden oude meubels, die mensen hadden weggegooid en die Lika nieuw leven had ingeblazen en in kunstwerken had veranderd. Ik vond ze allemaal even mooi. De zware, kleurig beschilderde eiken kast waar ze het serviesgoed in bewaarden. De witgeverfde commode met de vergulde handgrepen. De gordijnen met de kleine handgeborduurde honden en leeuwen. Het stapelbed waarin de twee zusjes sliepen en dat Lika met rode stippen had versierd, zodat het leek of het bed puistjes had. Samenzweerderig legde Dina het dikke schrift op de keukentafel en sloeg het open. Toen begon ze te lezen. Ze nam de aantekeningen maar vluchtig door, ze las niets helemaal uit, alsof ze het onaangenaam vond om zulke intieme ontboezemingen te lezen. Plotseling stond ze op, haalde een pennenzakje uit haar schooltas, pakte er een scherp potlood uit en begon iets naast Ira's handschrift met de keurige krullen te krabbelen. Naast de aantekening op Gagarins verjaardag over de maagklachten van Iago en het gemopper van haar vader noteerde ze: 'Ik zag er vandaag heel mooi uit.' Bij de Dag van de Arbeid, waar stond dat er na de verhuizing toch niets zou veranderen, schreef ze: 'Alles wordt anders. Ik krijg nieuwe vrienden. En dat zal voor eeuwig zijn.' Bij haar verjaardag, waar Ira had geschreven: 'Heb het boek gekregen dat ik had gevraagd: *De graaf van Monte-Cristo*. Maar verder niets bijzonders gebeurd', voegde ze toe: 'Ik ben een jaar ouder en nog slimmer geworden.' Na een tijdje stopte ze, stond op en schonk zichzelf een glas water in.

'En?' vroeg ik.
'Wat en?'
'Zal ze...?'
'Wat bedoel je precies?'
'... zal ze nieuwe vrienden krijgen? Voor eeuwig?'
'Ja, wíj worden haar vrienden.'

Telkens als Dina voor ons samen iets besliste, voelde ik even wrevel opkomen. Maar meestal was ik het met haar eens en liet ik mijn ergernis niet blijken. En ook nu gaf ik haar in feite gelijk: ik wilde voortaan ook Ira's vriendin zijn.

's Avonds klopten we bij Ira aan. Ze verscheen in de deuropening, nog steeds in schooluniform, en deinsde instinctief achteruit toen ze ons zag.

'Ja?' stamelde ze geschrokken.

'Wie is daar? Wie moet er op dit uur nog op de deur bonken?' hoorden we Gioeli roepen.

'Het is voor mij, deda,' antwoordde Ira met de gebruikelijke onzekerheid in haar stem, alleen haar blik bleef rustig op ons gericht.

'Ik heb iets voor je, iets wat van jou is,' zei Dina en ze gaf haar met gebogen hoofd het schrift.

'Dank je,' zei Ira en voor we nog iets konden zeggen, deed ze de deur voor onze neus dicht.

De volgende drie dagen kwam ze niet op school. De officiële reden was de valpartij, de officieuze waarschijnlijk schaamte. Toen ze weer terugkwam, leek ze nog onzekerder dan anders; je voelde dat ze zich het liefst onzichtbaar had gemaakt. Anna Tatisjvili en haar dienaressen lieten haar met rust, maar hun verachtelijke blikken in onze richting maakten duidelijk dat ze al op de volgende wraakactie zaten te broeden. Op weg naar huis haalde Ira Dina in en fluisterde haar in het voorbijgaan een schuchter 'Dank je' toe. Daarna liep ze met snelle passen langs ons heen.

'Wacht even!' riep Dina en ze ging haar achterna. Angstig keek Ira om, met hangende schouders stond ze voor ons en wroette met de punt van haar schoen in de aarde.

'Ga je mee naar het Moesjtaidipark?' vroeg Dina met een stralende glimlach. Ik wist niets van dat plan en waarschijnlijk bedacht ze het ook ter plekke.

'Ik kan niet, ik moet naar huis en daarna naar schaken,' mompelde Ira verlegen.

'Onzin, dat kan altijd nog, ga mee, het wordt heel leuk. In het park heb je de lekkerste suikerspin van de hele stad!'

En meteen marcheerde ze vastberaden voor ons uit, als een generaal die onvoorwaardelijke gehoorzaamheid van zijn troepen verwacht. Ira keek verward naar mij, ik haalde mijn schouders op.

'Ik krijg er ook last mee,' was het beste wat me te binnen schoot. Ik zag de aarzeling en het wantrouwen al in haar ogen en de angst voor de consequenties die zo'n onaangekondigd uitstapje zou hebben.

Die dag stond de bonte zweefmolen er, waar Dina ons gratis in wist te smokkelen, we lachten veel en hielden een wedstrijd wie de lelijkste bekken kon trekken, we giechelden en onze vingers plakten van de suikerspin. Die dag waren we trots dat we boven onszelf waren uitgestegen, en dat alleen omdat er plotseling iemand was die ons liet zien hoe gemakkelijk dat ging. En opeens was er een 'wij'.

NENE

Ze is er niet. Mijn twijfels worden dus bevestigd. Ik voel Ira's toenemende nervositeit, die ze met veel te hard gelach en overdreven nonchalance probeert te verbergen.

De deuren zijn open, de medewerkers van het museum laten de mensenmassa met een beleefd lachje de zaal binnenstromen. Het ruikt naar rouge, dure geurtjes, chique restaurants, airport boutiques, middagprosecco en exotische aftershave. De kelners in wit overhemd en zwart gilet laveren met hun dienbladen handig tussen de bezoekers door. In dure stoffen gehulde dames kussen kunstminnende heren op de wang, medewerkers van de ambassade schudden ijverig handen, cultureel attachés van de EU maken van de gelegenheid gebruik om in de menigte naar mogelijke partners voor nieuwe projecten te zoeken, sponsoren laten zich met alle egards behandelen. The show must go on.

Nene is niet gekomen. Ira wil dat nog niet toegeven, ook ik geef de hoop niet op, veel te vroeg, veel te laat, ik weet het niet, maar ik wil niet om de paar seconden naar de deur kijken. De zalen zijn vol, overvol, het illustere publiek staat bol van de exclusiviteit en aast op het spektakel. De curatoren begeven zich naar de rechterhoek van de zaal, waar een klein podium is opgebouwd. Microfoons worden klaargezet. Een kakofonie van Babylonische gesprekken vult de ruimte.

De curatoren beginnen. Vermoeiende toespraken en dankbetuigingen zullen volgen, maar we zijn allemaal goed gedresseerde paarden, we kennen het protocol en niemand is van plan het te verstoren. We zijn geduldig, het royaal geserveerde, door een Georgische wijnboer gesponsorde wijnassortiment helpt ons het ongemak te negeren, de gasten krijgen een glas in de hand gedrukt, er wordt bijgeschonken. Ira wijkt niet van mijn zijde, ook al moet ze steeds weer iemand groeten, sommigen met vluchtige kusjes op de wang, ze heeft al zoveel functies gehad, haar professionele spectrum bestrijkt zoveel terreinen en plaatsen, ze is een soort boegbeeld geworden, even gevreesd als bewonderd. Ik voel haar denkbeeldig over mij uitgespreide armen en weet me veilig. Ik heb al van de kostelijke witte wijn gedronken en laat de teugels een beetje vieren. Ik ben vast van plan van deze avond te genieten – wat er ook gebeurt. Anano zweeft rond als een glimwormpje, haar meisjesachtige manier van doen maakt altijd weer indruk op me, haar flexibiliteit, haar niet gespeelde vriendelijkheid, haar oprechte trots op dit evenement. De directrice van het Paleis voor Schone Kunsten en dus de beschermvrouwe van de expositie opent deze indrukwekkende overzichtstentoonstelling en vertelt over haar dynamische, internationaal vermaarde cultuur- en kunstcentrum, een levensader in het hart van het Belgische culturele landschap, zoals ze het noemt, ze vergeet niet te vermelden dat we ons in een art-decomeesterwerk, in een van de grootste architectonische schatten van Brussel bevinden. En hoewel het Paleis op zijn meer dan vierduizend vierkante meter al vele duizenden concerten, tentoonstellingen, toneel- en dansvoorstellingen, literaire manifestaties en filmvertoningen heeft beleefd, benadrukt ze het bijzondere van deze expositie. Ze heeft het over haar persoonlijke affiniteit en over haar liefde voor de Kaukasus en voor Georgië in het bijzonder, niet zonder te benadrukken dat juist Dina's foto's voor haar als een brug naar de Georgische cultuur hebben gediend. Tot slot voegt ze er met een overdreven grijns aan toe dat er omwille van Dina Pirveli's kunst een grote uitzondering is gemaakt en het schenken van drankjes in de zalen is toegestaan, want Georgische wijn mag bij een dergelijke overzichtstentoonstelling niet ontbreken, maar ze verzoekt ons voorzichtig te zijn en met de glazen niet te dicht bij de foto's te komen.

Ik luister allang niet meer, maar probeer me Dina voor te stellen. Wat zou ze denken als ze hier vandaag was en al dat euforische gepraat over haar kunst en haar kunnen moest aanhoren, hoe zou ze op al die lofzangen reageren, zou ze uit kunnen maken wie haar echt bewondert en wie zich alleen maar koestert in haar roem? Zou ze me op een gegeven moment giechelend meetrekken, een glas grijpen en er samen met mij op drinken dat het daar niet om gaat in het leven, dat wij allang hebben gevonden wat er echt toe doet?

Ira trekt me aan mijn mouw. Ik doe mijn ogen open en staar weer naar het podium. Nu proberen de curatoren 'de magie' van het werk van onze dode vriendin te doorgronden, woorden te vinden voor wat geen woorden nodig heeft. Ze lichten de samenstelling toe, het brede spectrum dat de tentoonstelling bestrijkt, hun aanpak bij de keuze, de chronologische indeling, die Dina's leven en haar ontwikkeling volgt. Het persoonlijke in haar werk, steeds weer valt het woord 'radicaal', steeds weer heeft de Brit het over de 'meedogenloosheid tegenover zichzelf en de toeschouwer', hij licht ook haar gewoonte toe om haar foto's van op het eerste gezicht onbegrijpelijke titels te voorzien, waar in werkelijkheid een diepe betekenis achter schuilt. Ze bedanken om beurten het wereldwijd gevierde culturele centrum, de stad, de diverse sponsoren en de ambassade, de Georgische touwtjestrekkers mogen zich vooral niet veronachtzaamd voelen, het kleine land mag hier niet ondervertegenwoordigd zijn, tenslotte hebben alle tentoongestelde stukken in de een of andere vorm iets met dat land te maken. Daarna poneert de museumdirecteur uit Rotterdam een paar kunsthistorische stellingen, twee citaten van Foucault mogen niet ontbreken, dan volgt er een citaat van Helmut Newton. Thea, de Georgische kunstwetenschapster met de zwarte overall en de gifgroene pumps, mag een korte inleiding houden in de Georgische geschiedenis van de afgelopen honderd jaar, waarbij de perestrojka- en de postperestrojka-periode het zwaartepunt van haar lezing vormen, want die tijd vormt volgens haar het kader van het oeuvre en het mag de toehoorders tenslotte niet aan belangrijke informatie en verhelderende basisgegevens ontbreken.

Wij, de kinderen van die periode, laten deze nogal droge uiteenzettingen over ons heen gaan, alsof begrippen als 'onafhankelijkheidsstrijd', 'burgeroorlog', 'neergeslagen demonstraties', 'economische crisis' niets met ons te maken hebben, alsof we die begrippen alleen van horen zeggen kennen, alsof ze ons leven niet eens hebben geraakt. De ambassadeur, een gedrongen man met een prachtige volle bos haar, spreekt uit zijn hoofd geleerde dankbetuigingen uit, schraapt meer dan eens zijn keel en nodigt de aanwezigen uit voor een receptie na afloop in de tuin.

Dan mag ook Anano een paar woorden zeggen, om de een of andere reden klappen een paar trouwe fans al zodra ze op het podium stapt, en ze glimlacht verlegen. Ze wordt rood en is zo opgewonden dat het even duurt voor ze in haar charmante, Georgisch gekleurde Engels over haar zus kan vertellen. Ira en ik hangen meteen aan haar lippen. Haar ontroering is hartverscheurend oprecht en ook al is ze allang een vrouw die bijna aan de tweede helft van haar leven begint, voor ons blijft ze het meisje dat constant onze aandacht vraagt, het eeuwig kleine, jongere zusje, dat een grote lichtheid uitstraalt. Dat uitgerekend

Nene haar hier in de steek laat, terwijl zij Anano het meest mocht en bewonderde, vind ik op dit moment onvergeeflijk.

Ze heeft het over het onverbiddelijke talent waarmee haar zus was gezegend en dat tegelijk een vloek bleek te zijn, die obsessie om zo lang en precies te kijken tot je zelf verdwijnt en met het object voor de camera versmelt. Ze heeft het over haar eeuwige koorddans in dit leven, dat alles van haar vroeg, de spanning tussen moeten en willen en hoe duur haar zus haar eigen compromisloosheid heeft moeten bekopen. Anano probeert niet te veel van de bezoekers te vergen, het is goed gedoseerde informatie, een anekdote hier, een anekdote daar. Het zware, het onuitsprekelijke laat ze volledig over aan de foto's van haar zus. Totaal onverwachts richt ze zich opeens tot ons, ze stelt ons voor als 'Dina's inspiratie en houvast', alle hoofden draaien zich naar ons om, zoeken ons in de menigte. Ira ondergaat het lijdzaam, glimlacht en laat het gefluister over zich heen komen. Maar ik kan Anano wel wurgen, hiermee heeft ze ons officieel tot expositiestukken verklaard en kan ik ervan uitgaan dat wij niet minder keurende blikken zullen krijgen dan de foto's aan de wanden. Ze bedankt ons, ze bedankt ons voor onze komst en benadrukt dat we ons niet hebben laten afschrikken door de reis, Ira uit Amerika, ik uit Duitsland en Nene – ze praat over haar alsof ze onder ons is – rechtstreeks uit Tbilisi! En ze voegt eraan toe: 'Jullie aanwezigheid betekent heel veel voor me, dat weten jullie hopelijk.' Ze roept de aanwezigen op om na afloop in de tuin 'uitgebreid feest te vieren, zoals Dina het graag zou hebben gezien', wenst iedereen 'veel plezier' en verlaat het podium.

Er wordt geklapt, en op het moment dat het applaus losbarst zie ik haar. Ira heeft haar nog niet ontdekt en ik ben blij dat ik dat moment niet met haar hoef te delen, zo geamuseerd ben ik, geamuseerd en opgelucht, en ik wil de eerste zijn die Ira van deze late verrassing op de hoogte brengt. Natuurlijk, ik had het kunnen weten: Nene komt te laat, ze komt altijd te laat, waarom zou het deze keer anders zijn?

Ik ben opeens zo ontroerd dat het me de grootste moeite kost om niet op haar af te stormen en haar op te tillen, die paradijsvogel, die opvallende verschijning, dat zachte, sierlijke figuur met het zwaar opgemaakte poppengezicht, dat bedrieglijke uiterlijk – want niemand kan ook maar bij benadering vermoeden welke oerkracht er in die extravagante kleine vrouw schuilt. Ze draagt een opvallende knalgele wikkeljurk met geborduurde zwarte zwaluwen, toont royaal haar imposante decolleté, komt op halsbrekend hoge hakken bevallig en tegelijk gejaagd de zaal binnen, alsof het hele Paleis alleen van haar is. Ze kijkt rond, ze zoekt duidelijk een bekend gezicht, misschien zoekt ze ons, ik wil het graag geloven, ze duikt onder in het oorverdovende applaus alsof het voor haar bestemd is, ze had altijd al een goed gevoel voor timing.

Ik geef Ira een zachte por in haar zij en wijs met mijn hoofd in Nene's richting. Ik zie de vuist die zich plotseling om haar hart balt, steeds vaster, steeds harder. Ze klemt haar lippen op elkaar, ze wil niet huilen, ze kan niet huilen, tranen zijn iets voor een kortstondige opluchting, maar de opluchting die zij nodig heeft is die van een hele eeuw, een heel leven. Ze heeft kwijtschelding nodig, bevrijding waar ze al meer dan twintig jaar op wacht, en de macht om haar te bevrijden heeft maar één persoon op deze aardbol en die persoon is net de zaal binnengekomen, in een felgele jurk, en verschillende hoofden draaien zich naar haar om. Nu is het mijn beurt om Ira te steunen, ik verbeeld me dat ik haar hart hoor bonzen, ze is helemaal verdwenen, die zelfverzekerde senior partner uit Chicago met haar stalen biceps en haar designpakken. In plaats daarvan staat de kleine Ira weer voor me, het eeuwig hunkerende meisje met haar hevige en toch onzichtbare verlangen. Nene ziet ons. En ze zwaait, voordat ze haar tedere, kokette lachje lacht – en een fractie van een seconde is alles weer goed, is alles weer in orde.

Nene en ik leerden elkaar kennen onder een tafel. Ik weet niet meer wie er trouwde, ik weet alleen nog dat het een grote, feestelijke bruiloft was en dat bijna de hele buurt was uitgenodigd. Mijn broer en ik werden gekamd, opgedoft en door de baboeda's meegesleept. Het feest werd gehouden in een zaal ergens aan de rand van de stad, de tafels leken eindeloos en bogen door onder de opeengestapelde gerechten, de mensen zaten zo dicht op elkaar dat ze geen vin konden verroeren. Er werd veel gedronken en luidruchtig en langdurig getoost. De bruid droeg een witte jurk tot op de grond met een gigantische sleep, waar ik zo van onder de indruk was dat ik ter plekke besloot zo gauw mogelijk te trouwen om ook zo'n jurk te mogen dragen.

Zoals zo vaak op zulke feesten konden wij kinderen niet lang stilzitten en begonnen we de omgeving te verkennen. De kleinsten en vlugsten onder ons onderzochten de geheimzinnige wereld onder de feestelijk gedekte tafels en kropen door het labyrint van schoenen en kousen. Op een van die speurtochten stootte ik met mijn hoofd tegen Nene Koridze. We keken elkaar verward aan, maar barstten meteen daarna in lachen uit. Met haar vrolijke en levendige verschijning nam ze me onmiddellijk voor zich in. Ze had iets van een pluizig poesje met haar blonde haar, haar grote lichtblauwe ogen en haar roze wangetjes. Ze droeg een groene jurk met ruches en had een strik van dezelfde kleur in haar haar. Haar kleine, mollige lichaam was ongelofelijk lenig, ze kroop in een adembenemend tempo tussen de ontelbare benenparen door. Later gingen we samen naar buiten en voerden we de straathonden in de verdorde tuin. Het was moeilijk om Nene niet meteen aardig te vinden. Ze trok een soort welwillende aandacht en ontlokte iedereen die naar haar keek een vertederd lachje. Haar verschijning als een engel op een renaissanceschilderij werd versterkt door haar fluisterstem, alsof ze de woorden uitademde in plaats van uitsprak, alsof elke inspanning haar vreemd was. Ook haar manier van lopen had iets luchtigs, alsof haar voeten nooit helemaal de grond raakten.

Mijn vreugde was groot toen ze op de eerste schooldag een paar banken voor me ging zitten. Het duurde even voor ik besefte dat er met dit meisje iets bijzonders aan de hand was en dat haar familie een zekere uitzonderingspositie innam. Onze juf liet haar stem altijd dalen als ze de naam 'Nestan Koridze' uitsprak. En ook in de reacties van de andere volwassenen bespeurde ik een mengeling van eerbied, angst en respect als haar familie ter sprake kwam.

Op een dag, in de derde of vierde klas misschien, zag ik voor de inrit van ons hofje een grote zwarte auto, waarvoor twee eveneens in het zwart geklede mannen met een zonnebril heen en weer liepen. De binnenplaats gonsde van het gefluister, iedereen hing uit het raam en Tsitso had zelfs de moeite genomen om bij ons op de gaanderij te komen, waar ze een beter uitzicht had. Op een gegeven moment ging de deur van de Tatisjvili's open en bracht Davit een lange, potige man met een brede rug en een stierennek naar de auto, hij maakte onderdanige buigingen, alsof hij de status van de man nog wilde onderstrepen. De potige man droeg een zwartleren jasje en had een witte handdoek om zijn schouders, een merkwaardig accessoire waarvan ik de functie niet kon verklaren. Hij klopte de kruiperige Tatisjvili stevig op zijn schouder en verdween toen achter de getinte ramen van zijn auto. De hele avond en ook de volgende dag hoorde je op de binnenplaats nog maar één naam: Tapora. En ik maakte daaruit op dat iemand met zo'n naam geen bijster sympathieke figuur kon zijn. Onder het avondeten liet ook mijn broer die naam vallen en raakte niet over hem uitgepraat. Hij leek wel euforisch, alsof hij God in levenden lijve had gezien. Waarschijnlijk had hij nog eindeloos doorgepraat als mijn vader op een bepaald moment niet met zijn vlakke hand op de tafel had geslagen en verontwaardigd tegen Rati had gezegd: 'Weet je eigenlijk wel over wie je praat? En hoe je over hem praat? Hebben wij je zo opgevoed dat je een afzetter en een dief je idool noemt? Een crimineel in hart en nieren?'

'Wat heeft hij dan gedaan, papa?' wilde ik meteen weten, maar ik kreeg als antwoord alleen een zacht vermanend 'Sst' van een van de baboeda's.

'Hij helpt een hoop mensen!' rechtvaardigde mijn broer zich, en ik wist niet meer wie ik moest geloven. 'Hij is tenminste fair en zorgt voor zijn gemeenschap.'

'Gemeenschap, wat voor gemeenschap?' zei mijn vader verontwaardigd. 'Ben je niet goed bij je hoofd? Dito Koridze is dus fair, hebben jullie dat gehoord, hebben jullie gehoord wat mijn zoon daar uitkraamt?'

'Koridze?' vroeg ik. Opeens ging me een licht op. 'Is die man de vader van Nene?'

'Nee, haar oom, maar praktisch haar vader,' legde mijn broer uit.

'Die man is een dief... een...' Mijn vader kwam niet tot bedaren en zoals meestal als hij zo over zijn toeren raakte, wat niet vaak voorkwam, verstomden de anders altijd praatlustige baboeda's en gaven hem de ruimte om tekeer te gaan.

'Misschien is hij een dief, maar dan wel een "dief in de wet", dat is iets anders!' antwoordde Rati koppig en hij sloeg snel zijn thee achterover.

Ik weet niet zeker of ik dat begrip al eens eerder had gehoord, maar sinds die avond stond het onuitwisbaar in mijn geheugen gegrift. Pas in de loop van mijn vriendschap met Nene zou ik inzicht krijgen in die eigenaardige duistere wereld, in de wetten en gedragscodes ervan, en de slachtoffers tellen die ze eiste. Ja, toen was het een vreemde, afstotende wereld, tot ze op een gegeven moment onze eigen, schijnbaar geordende en vredige wereld helemaal onder zich bedolf en ons haar wetten oplegde. Ik begreep toen misschien niet veel van die wereld, maar ik vermoedde dat Dito Koridze, die door iedereen alleen Tapora werd genoemd, een van de machtigste en meest gevreesde schaduwmannen van de stad was. Later, toen ik als jongere zelf al door die wereld werd gegijzeld, deed ik onderzoek en ontdekte ik tot mijn verbazing dat het begrip 'dief in de wet', *vor v zakone*, eigenlijk afkomstig was uit de wereld van de goelags, dat dit type Sovjetcrimineel ontstaan en gevormd was door de stalinistische repressies. In de wrede hiërarchie van de Sovjetkampen vormden veroordeelde dieven, de *vory*, soms de machtigste groep onder de gevangenen en leken ze voorbestemd om als een soort beheerder of opzichter te fungeren. Ze regelden de dagelijkse gang van zaken in het kamp en stelden hun eigen wetten op. Ze creëerden een soort staat binnen de staat, een parallelle werkelijkheid, die zich na Stalins dood ook buiten de kampen uitstrekte en waarin uitsluitend de 'dievenwet' gold, wat gepaard ging met de absolute afwijzing van elke staatsstructuur en elke samenwerking met de autoriteiten. Hun leden mochten geen regulier werk doen. Het illegaal – meestal door roofovervallen en afpersing – verdiende geld werd in een *obsjtsjak*, een gemeenschappelijke kas, gestort. De criminele autoriteiten moesten blindelings worden gehoorzaamd, de 'oudsten' mochten geen gezin stichten om zo min mogelijk kwetsbaar te zijn. In de ongeschreven dievenwetten was vastgelegd dat drugs en prostitutie verachtelijke zaken waren en dat sommige tatoeages alleen waren voorbehouden aan bepaalde rangen. Tegenwoordig vraag ik me af wanneer het gouden tijdperk van die schaduwmannen eigenlijk begon, en ik kom tot de conclusie dat het in de jaren zeventig onder de *zastoj* van Brezjnev moet zijn geweest. De schemertoestand van de Communistische Partij en de bloeiende corruptie vormden toen een ideale voedingsbodem voor die criminele beweging, die drie decennia aan de macht bleef en ons op het hoogtepunt in gemuteerde, geperverteerde vorm in een pikzwarte, barbaarse afgrond zou storten.

Was het Nene of mijn broer die me over die bijeenkomst in Kislovodsk vertelde? In 1979 moet er in het verre kuuroord Kislovodsk een geheime bijeenkomst van alle belangrijke vory en de *tsechoviks* hebben plaatsgevonden, waarbij de vory de corrupte tsechoviks opdroegen tien procent van hun inkomen aan hen af te dragen en hun in ruil daarvoor bescherming garandeerden. Het was vast Nene, voor haar was het tenslotte normaal om over dat soort dingen te praten. Ze praatte even vanzelfsprekend over *sjodka* als over de 'krengenoorlog' of de 'messenkus'.

Hoe meer respect en aanzien de staat verloor, hoe openlijker de burgers leugenaars, uitbuiters en manipulatoren voor Vadertje Staat zagen werken, hoe duidelijker de ideologie een farce werd en vooral hoe meer de sterkste band met de staat, namelijk de angst, bij de burgers verloren ging, des te onvermijdelijker rukte de dievenwet in de samenleving op. Zelfs mijn grootmoeders vonden mensen die met de politie samenwerkten 'ratten'.

Ik hoor mijn broer door de tijden heen razen en tieren. Ik hoor hem verbitterd argumenten tegen mijn vader aanvoeren, hoor die twee ruziemaken, nee, ze zullen elkaars wereldbeeld nooit kunnen aanvaarden, ze zullen hun waarden nooit kunnen delen en nooit ophouden zich daarover op te winden.

'In tegenstelling tot die klotepolitici van jou houden zij tenminste hun woord. Het zijn echte kerels, die geen loze beloften doen. Ze pakken iets af van degenen die ons allemaal bestelen en verdelen dat eerlijk. Zij laten hun gemeenschap niet in de steek, zoals die waardeloze overheid van jou! Voor hen heeft het begrip "eer" nog betekenis!' hoor ik Rati mijn vader toesnauwen. 'Want die klotestaat van jou, en dat weet je zelf ook, papa, is de grootste dief van allemaal!'

Nene wilde haar hele kindertijd een meisje met ruches, lakschoentjes en zwierige jurkjes zijn, met glinsterende sieraden en nagellak, ze wilde geliefd en vertroeteld worden. Ze leefde in zo'n gesloten mannenwereld dat ze daar per se iets tegenover wilde stellen, iets wat voor die mannen onbereikbaar was. Van Nene's te vroeg overleden vader heb ik me nooit een goed beeld kunnen vormen. Was hij nu een crimineel of stond hij alleen in de schaduw van zijn oppermachtige broer? Officieel werkte hij in een tabaksfabriek, officieus voerde hij bepaalde opdrachten uit voor zijn alomtegenwoordige broer, die op dat moment nog een van zijn talloze gevangenisstraffen uitzat, maar vanuit de gevangenis de lakens uitdeelde. En dus moest Nene's vader geheime boodschappen overbrengen, geld van schuldenaars innen en in diverse conflicten en ruzies het machtswoord van zijn broer uitspreken. We wisten dat hij het slachtoffer was geworden van een onnozel conflict tussen twee handlangers van Tapora. De jongeman die het grenzeloze vertrouwen in zijn oudere broer met zijn leven betaalde, liet twee zoontjes van zes en drie en een zwangere vrouw achter.

Tapora kwam pas twee jaar na dat voorval vrij, maar het gerucht ging dat hij de moordenaar nog vanuit de bajes meedogenloos liet uitschakelen: naakt en met negen messteken in zijn lichaam werd hij in een bos gevonden. Tapora kwam vrij en bleef. Ik weet niet of dat was omdat hij zich schuldig voelde tegenover de weduwe en de kinderen van zijn broer of omdat hij door de dood van zijn broer een gezin kreeg, iets wat hem vanwege zijn positie ontzegd was. Hij werd het officieuze gezinshoofd van de Koridzes. Die familie was altijd al het middelpunt van mythen geweest; één daarvan was dat Tapora al in zijn jonge jaren verliefd was op Manana en dus ook rijkelijk profiteerde van de dood van zijn broer. Tot op de dag van vandaag heb ik geen antwoord op de vraag of Manana zich gewoon bij haar lot neerlegde of werkelijk dacht dat dit leven goed voor haar was en zich bereidwillig toevertrouwde aan de hoede van haar bedrijvige zwager. Altijd als ik aan Manana denk, zie ik die grote, trage, volledig in het zwart geklede vrouw, die zelden lachte, meestal somber en neerslachtig was en geplaagd werd door hevige migraineaanvallen, die haar soms dagenlang veroordeelden tot stille afzondering in totale duisternis. Ze was aartsconservatief en wees elke afwijking van de norm fel af. Uit haar gezicht sprak altijd een zekere vermoeidheid, maar achter dat masker ging iets anders schuil, een schrikbarende berusting. Ik had haar graag als jong meisje willen zien, voordat het leven haar met de broers Koridze in contact bracht. Maar dankzij die onberekenbare reus leidde ze een zorgeloos leven in een riante woning en wist ze dat haar kinderen nooit gebrek zouden lijden en alles zouden krijgen wat ze nodig hadden – behalve één ding: de vrijheid om te leven zoals ze wilden leven.

Haar vijfkamerwoning in de Dzierżyńskistraat, voor Sovjetbegrippen een soort paleis, keek ironisch genoeg uit op het gebouw van het Centraal Comité en op een afgesloten, verwilderde tuin. Manana kon zowel Tsjechische kristallen vazen en Frans porselein verzamelen als gouden sieraden uit het tsaristische Sint-Petersburg, zowel bontjassen uit het Moskouse warenhuis GUM als schoenen uit Italië. Er werden elke dag verse levensmiddelen van het platteland bij haar thuisbezorgd, zodat ze nooit een voet hoefde te zetten op de markt of in een armetierige Gastronom-supermarkt. En als ze met haar gezin vakantie hield, dan niet aan de Georgische Zwarte Zeekust, maar aan de gouden stranden van Bulgarije of aan de Oostzee in Estland. Maar de prijs voor al die materiële goederen en privileges was dat ze elke vorm van zelfbeschikking opgaf.

Goega, de oudste van de twee broers, was een angstige, schichtige jongen. Ondanks zijn lengte en zijn brede schouders was hij een nogal slome figuur, die graag veel at en voetbal keek. Hij moest 'mannelijk', dominant en strijdlustig zijn, hij moest constant de twijfelachtige familie-eer verdedigen en naar zijn oom luisteren. Toen hij op z'n vijftiende weigerde zijn onschuld op te geven bij een prostituee, omdat hij al een hele tijd onsterfelijk verliefd was op Anna Tatisjvili, dreigde zijn oom met een pak slaag als hij zijn 'mietjesgedrag' niet onmiddellijk achterwege liet en werd hij bovendien vierkant uitgelachen door zijn broer, die al op z'n twaalfde door toedoen van zijn oom 'tot man' was gemaakt.

Terwijl Goega zich dus terughoudend opstelde en Nene de lieve dochter speelde, die altijd even meegaand was, veel warme, bemoedigende woorden nodig had en voortdurend probeerde haar driftige oom te sussen, was de drie jaar jongere Tsotne uit heel ander hout gesneden. Hij was heel slank en iets kleiner dan zijn oudere broer, zijn gezicht leek al op jonge leeftijd volwassen en in tegenstelling tot zijn broer en zus had hij niets dromerigs. Ik heb in hem nooit de aantrekkelijke man gezien voor wie alle mogelijke meisjes uit de buurt bij bosjes in zwijm vielen. Zijn door een litteken in tweeën gespleten wenkbrauw, zijn zeeblauwe ogen, (alleen de kleur van de ogen hadden alle kinderen Koridze gemeen), zijn kaalgeschoren hoofd en zijn nerveuze, gejaagde manier van doen zorgden ervoor dat ik als kind al bij hem uit de buurt bleef. Op z'n zevende vloekte hij al zoals zijn oom en op z'n twaalfde perste hij jongens uit de parallelklas geld af. Hij stond bekend als koelbloedig en onverschrokken – de beste voorwaarden om in de voetsporen van zijn oom te treden. Zijn moeder mocht geen vriendschap sluiten met bepaalde vrouwen, van wie de man bij een overheidsinstelling werkte. Alleen in de perioden dat Tapora afwezig was, kon Manana doen waar ze zin in had. Maar daar kwam een eind aan toen Tsotne Tapora geregeld over haar doen en laten begon in te lichten en Manana's gevangenis nog kleiner en triester werd.

Terwijl Manana elk conflict met haar jongste zoon uit de weg ging en Goega bang was voor zijn broer, bond Nene niet zelden de strijd met Tsotne aan. Ze vochten tot bloedens toe, als twee dieren die van razernij niets en niemand meer waarnamen. Ik was niet zelden verbaasd over de kracht van de kleine, op het eerste gezicht zo onschuldig lijkende Nene. Nu weet ik wel beter. Nooit had iemand kunnen vermoeden dat er achter dat onschuldige gezicht zoveel kracht en razernij schuilging, dat er in dat sierlijke lichaam zoveel samengebalde energie, woede en vastberadenheid zat. Maar Nene's driftbuien werden afgewisseld door berusting, die ons niet minder vrees aanjoeg. Niet zelden hoorden we van Nene zinnen als 'Dat heeft toch geen zin' – 'Ik kan toch niets doen' – 'Dat zal nooit veranderen'. De manier waarop ze die zinnen uitsprak raakte ons allemaal, maar wie zich de meeste zorgen maakte was Ira, die Nene vanaf de dag dat ze zeker was van haar genegenheid alleen nog maar kon verafgoden.

Aanvankelijk moest Nene lachen om Ira's overdreven zorgzaamheid, maar met de jaren werd die een noodzaak en een last tegelijk. Ira, hoe paradoxaal het ook mag lijken, de rationeelste en bedachtzaamste van ons allemaal, was ervan overtuigd dat Nene tegen zichzelf en haar familie in bescherming moest worden genomen, en ze zag daarbij over het hoofd dat Nene ondanks alle tegenstrijdigheden en problemen te zeer deel uitmaakte van haar familie om zich ervan te kunnen losmaken. Want die verscheurdheid zat in Nene zelf. En zo is het nog steeds, daar ben ik van overtuigd. In die spagaat speelt haar leven zich af. De ene dag ging ze over de schreef om de volgende dag weer vrijwillig in de gouden kooi van het voor haar bestemde leven terug te keren. Dat begreep ik, dat begreep Dina, alleen Ira kon dat tot op het laatst niet accepteren en wilde de waarheid niet onder ogen zien. Zou ze, nu ze tegenover Nene staat en omringd is door al die zwart-witfoto's, nog steeds weigeren dat in te zien? Ik hoop dat ze met die tegenstrijdigheid heeft leren leven.

Al op de basisschool raakten Nene en ik bevriend. Eerst was het een vluchtige, eerder terloopse vriendschap, zonder verplichtingen. We zochten elkaar op omdat we elkaar, net als toen op die bruiloft onder de tafel, gewoon meteen leuk vonden, maar we verwachtten niets van elkaar. We nodigden elkaar uit op onze verjaardag, op schoolreisjes zaten we in de bus vaak naast elkaar te giebelen, in de pauzes waren we aan het stoeien, maar buiten school spraken we nooit af. De meeste ouders waarschuwden hun kinderen om niet te dicht bij de kinderen Koridze in de buurt te komen, ze waren allemaal bang dat dit onberekenbare gevolgen kon hebben. Ik weet niet meer hoelang Dina, Ira en ik al onafscheidelijk waren, toen Nene op ons afkwam en iets heel vreemds vroeg: 'Kunnen jullie me ergens bij helpen?'

Ze had zich direct tot Dina gewend, alsof ze wist dat zij van ons drieën degene was die je het eerst moest overtuigen.

'Tuurlijk, vertel op!' antwoordde Dina en ze blies haar een roze kauwgombel van haar favoriete merk Donaldo in het gezicht. (Meteen komt de geur daarvan in mijn neus, die kunstmatige, zoete geur...)

'We moeten mijn broer afleiden, zodat mijn moeder kan afspreken met een vriendin,' zei Nene.

Ira trok haar wenkbrauwen op, zoals altijd wanneer ze iets hoorde wat haar bekende scepsis wekte. Dina keek Nene een moment lang ongelovig aan, toen gooide ze haar hoofd in haar nek, lachte haar diepe, rauwe lach en riep enthousiast: 'Allicht, doen we, wat is het plan?'

Het plan was om Tsotne het huis uit te lokken, zodat Nene's moeder ongestoord een bij Tapora in ongenade gevallen vriendin kon ontmoeten. Nene stelde voor dat wij met z'n drieën naar haar huis gingen en Tsotne zouden vragen gauw mee te komen, omdat ze was gevallen en ondersteund moest worden. Intussen kon Manana dan ongezien het huis verlaten en haar vriendin ontmoeten zonder door haar zoon te worden bespied.

'Hoezo moet je moeder zich eigenlijk verstoppen voor je broer?'

Ira stelde de vraag die ons allemaal op de lippen brandde. We konden geen van drieën begrijpen waarom een volwassen vrouw door haar puberzoon verboden opgelegd kreeg. Ira sjokte weliswaar achter ons aan, maar je merkte dat ze het idee absoluut niet zag zitten.

Ik herinner me het verblufte gezicht van mijn beide vriendinnen toen Tsotne de deur voor ons opendeed. De grote gelambriseerde hal, de eindeloze gang die zich voor onze ogen uitstrekte, het vijf meter hoge plafond – Ira en Dina wisten niet wat ze zagen. Ik kende de woning al van Nene's verjaardagsfeestjes, maar ook ik was telkens weer onder de indruk als ik er binnenging. Niemand van ons woonde zo riant.

Jaren later, toen de dammen braken, toen de lichten doofden, toen mensen en honden dol van woede en op zoek naar buit door de straten zwierven en de schoten hadden leren negeren, zei Dina tegen Ira en mij hoe macaber het was dat uitgerekend die bijna eindeloze kamers en gangen, die kolossale, met luxe volgestouwde vertrekken de grootste gevangenis vormden. Ira en ik wisten daar niets op te zeggen en verzonken in gepieker over zorgen en ontberingen, die eenzaam maakten, omdat de zorgen en ontberingen, hoezeer ze ook op elkaar leken, ieder van ons op een andere manier in beslag namen.

Maar nu stond de gespierde Tsotne met zijn kale kop en het opvallende litteken zelfbewust voor ons, en met een stuk brood in zijn hand en een volle mond keek hij ons verbaasd aan.

'Wat is er?' vroeg hij met een verachtelijke blik op Dina, die meteen naar voren schoot.

'Je zus is gevallen, je moet haar ophalen van school, ze loopt mank,' zei Dina en ze probeerde haar woorden kracht bij te zetten door somber te kijken.

'Wat heeft ze gedaan, die stomme trut?'

'Ze is gevallen. Heb je wat aan je oren?'

Dat was Ira's stem op de achtergrond, en ik verbaasde me over haar vastberadenheid. Ira, die haar leven lang alleen maar toeschouwer was geweest, ging opeens over tot daden en deze keer wist ik zeker dat het niets met Dina te maken had. Nene had iets in haar losgemaakt, er was een tedere zorgzaamheid, een onderdrukt instinct in haar ontwaakt en ik wist niet goed wat ik daarvan moest denken.

'Zo praat je niet tegen een volwassene!' snauwde Tsotne haar toe en we stonden versteld van de absurde vanzelfsprekendheid waarmee hij zichzelf als volwassene beschouwde. En zonder nog een reactie af te wachten brulde hij door de hele gang: 'Goega, kom hier, nu meteen, je moet Nene van school halen!'

Hij ging weer naar binnen en liet de deur openstaan. Met die mogelijkheid hadden we geen rekening gehouden. Ik voelde paniek opkomen, Ira kromp in elkaar en Dina keek ons allebei geschrokken aan.

'Wat nu? Verdorie, dat had Nene toch moeten weten, dat die idioot zijn broer zou sturen,' fluisterde ik. We mochten onze nieuwe vriendin niet teleurstellen, niet meteen bij de eerste grote opdracht die ze ons had toevertrouwd.

Plotseling verscheen de forse Goega in de deuropening. Hij zag er zo anders uit dan zijn jongere broer, ondanks de doordringende blauwe Koridze-ogen, waarvan de uitstraling nauwelijks te verdragen was. Maar er was geen spoor van wrok te bekennen, alleen totale openheid, alsof hij niet naar de wereld kon kijken, maar de wereld bij hem binnenviel. Hij keek verward om zich heen en kreeg een kleur toen hij ons zag.

'Ga met ze mee en haal Nene vlug naar huis,' beval Tsotne zijn broer, terwijl hij de rest van zijn brood doorslikte.

'Is er iets gebeurd?' vroeg Goega geschrokken.

'Nee, niets ergs, maar ze kan niet goed lopen,' mompelde ik verlegen en ik voelde me de grootste slappeling ter wereld.

'Tuurlijk, ik ga mee,' antwoordde Goega en hij begon zijn schoenen aan te trekken.

'Nee, jíj moet haar halen,' zei Ira opeens en ze zette een stap in de gang. We keken haar verrast aan. Het was een andere Ira dan de Ira die we kenden. Ze stond daar als een kleine amazone, die koste wat het kost wilde vechten.

'Hoezo?' wilde Tsotne weten.

'Ze is niet zomaar gevallen. Ze is geduwd,' zei Ira razendsnel.

'Geduwd? Welke klootzak heeft mijn zus een duw gegeven?'

Tsotnes toon veranderde. Zijn onverschillige arrogantie had plaatsgemaakt voor agressieve bezorgdheid.

'Ja, een of andere jongen, en ze wil dat jij hem een lesje leert.'

In Dina's ogen flitste waardering op. Ira had voor elkaar gekregen wat ons tweeën niet was gelukt: ze had in een mum van tijd begrepen welke taal Tsotne verstond. Ze had dat fenomenale gevoel voor iemands zwakke plekken. Als een seismograaf registreerde ze de trillingen die uitgingen van de angsten en dromen van de mensen, van hun behoeften en zorgen. Dat talent heeft haar waarschijnlijk tot de vrouw gemaakt die nu naast me staat, gewend om te krijgen wat ze wil. Maar bij één persoon werkte het niet, bij één persoon sloeg haar sensor niet uit, en dat was de dromerige, wispelturige en eeuwig naar genegenheid hunkerende Nene.

'Je kunt hier blijven, Goega, ik doe het wel, die klootzak zal het berouwen...'

Vliegensvlug had Tsotne zich aangekleed en liep voor ons de trap af, de verwarde Goega op de drempel achterlatend.

Wij waren tevreden, bijna gelukkig. We hadden een volwassen vrouw in staat gesteld om te ontsnappen. We waren de helden die de booswicht te slim af waren geweest. We holden hand in hand door de Dzierżyńskistraat, terwijl die smeerlap om de tuin werd geleid, we werden met elke stap lichter, nog even en we zouden opstijgen, over de zonnige daken en de grote, diepgroene cipressen vliegen, over schuttingen en balkons, over met kinderkopjes geplaveide straten en geparkeerde auto's, over backgammon spelende oude mannen en kijvende buurvrouwen, over blaffende honden en zonnende katten, over onze steeds kleiner wordende stad. We waren onoverwinnelijk, de tijd brokkelde stukje bij beetje af, als stuc van de muren, hij speelde geen rol meer, we hadden van nu af aan een eigen tijdrekening, die we als een kompas onverstoorbaar volgden. En in de volmaaktheid van dat moment vermoedden we niet dat onze wereld op het punt stond in te storten. We vermoedden niet dat onze grootste bescherming, het veilige slakkenhuis van onze kinderjaren, spoedig van ons af zou vallen en ons volkomen naakt zou overleveren aan de nieuwe tijd, dat we onszelf terug zouden vinden in een nieuwe wereld.

We vlogen verder en wilden niets van dat alles weten.

TWEE

DE HONDENJAREN

Ужасный век, ужасные сердца

Een verschrikkelijke eeuw – verschrikkelijke harten

Poesjkin

LEICA

Wat is ze weinig veranderd, denk ik en ik snuif haar geur op, ik hou haar in mijn armen, laat haar niet los, voel Ira's nerveuze blik in mijn nek branden. Ira weet geen raad met zichzelf, met haar lichaam, ze is aan haar overgeleverd, ook nu nog. Nene's lichaam daarentegen is na drie kinderen, na... hoeveel mannen, het moeten er heel wat geweest zijn, na gewonnen en verloren veldslagen, die elke huursoldaat zouden doen verbleken van nijd, nog altijd stevig, rond en glad, haar huid is zacht. Ze ruikt nog altijd naar poeder, heeft haar haar nog even kunstig opgestoken, gesticuleert nog even levendig en druk. Ik hou van haar om die bestendigheid, ook al weet ik wat een enorme prijs ze ervoor heeft betaald, ze had zo vaak een andere afslag kunnen nemen, naar een ander ik, waarmee ze gemakkelijker had kunnen leven, maar anders dan Ira, anders dan ik heeft zij daar niet voor gekozen.

Is ze alleen naar Brussel gekomen, waar zijn haar zoons, hoe gaat het met haar? Ik wil alles weten, nu meteen, ik snap niet hoe ik het zo lang zonder die antwoorden heb kunnen stellen. Toch maak ik me los van haar vertrouwde lichaam en ruim het veld voor Ira, zodat die twee elkaar kunnen begroeten.

Nene's gezicht verandert, een beetje maar, dankzij haar familie is ze een expert in het dragen van maskers. Ze kon altijd al goed glimlachen, zelfs als haar wereld instortte. Ook nu blijft ze beleefd, vol aandacht, maar als je beter kijkt, merk je toch hoe ze haar tot een smal streepje geëpileerde wenkbrauwen fronst en haar neus iets optrekt, hoe ze slikt en hoe haar glimlach langzaam verstart. Maar haar ogen blijven helder, er is geen verwijt te bespeuren. Ze wil duidelijk maken dat ze met vreedzame bedoelingen naar Brussel is gekomen, dat ze klaar is voor deze ontmoeting en het verleden wil laten rusten.

'Hallo Ira,' zegt ze alleen en ze gaat een beetje op haar tenen staan, buigt naar voren en drukt een kus op Ira's wang. Ira blijft stokstijf staan, net als vroeger, ondanks de eindeloze uren in de fitnessstudio is ze een gevangene van haar verkramptheid, haar angst en haar verlangen. Na de kus deinst Nene onmiddellijk achteruit, haar vredesaanbod moet geen verkeerde indruk wekken, want er is niets vergeten. Ze heeft haar niet vergeven, ze speelt alleen de vergevingsgezinde, omdat het anders niet mogelijk was hiernaartoe te komen om dit feest met ons te vieren en onze dode vriendin eer te bewijzen.

'Ik ben heel blij dat je bent gekomen,' mompelt Ira.

Ik zou haar zo graag helpen, een paar minuten geleden was ze nog het zelfverzekerde roofdier, de steradvocate, nu kan ze zich nauwelijks goed houden, moet ze accepteren dat ze wordt afgewezen.

'Hoe had ik niet kunnen komen,' zegt Nene met een veelbetekenende blik en een ontwapenende glimlach naar mij. Om haar ogen ontdek ik nieuwe lachrimpeltjes, die door de dikke laag make-up heen schijnen, de ouderdom geeft haar een andere aantrekkingskracht, een soort sluimerende erotiek. Het vechtlustige, lichtelijk vulgaire lijkt uit haar bewegingen en haar mimiek verdwenen, ze is zichzelf geworden, nee, ze is nooit van zichzelf vervreemd, opeens begrijp ik het: ze is niet bang meer, ze heeft haar angst overwonnen, achter zich gelaten, en dat maakt haar zo aantrekkelijk. Weer doet het ontzettend pijn, weer vind ik het ongehoord dat ik niets van die ontwikkelingen, van al haar bevrijdingsacties heb meegemaakt.

Een jonge kelner in een wit overhemd en een zwart gilet

en met een glimlach die de titelheld van een romantische komedie niet zou misstaan, schiet op ons af met een dienblad vol glazen rode en witte wijn, hij wil iets zeggen over de Georgische wijnen die worden geserveerd, maar ik val hem in de rede, pak een glas witte wijn en zoek daarin mijn toevlucht. Ook Ira tast toe, zichtbaar opgelucht. Nene vraagt in haar gebrekkige Engels of er ook iets sterkers is, hij weet wel. De jongeman is van zijn à propos, begint te blozen en kijkt verward naar mij.

'Het is oké,' probeer ik hem gerust te stellen.

'Ze houden toch niet zo'n gigantische overzichtstentoonstelling met Dina's foto's zonder wodka of *tsjatsja*, dat maakt u mij niet wijs.'

Nene schudt haar hoofd en grijnst dubbelzinnig. De kelner lijkt onzeker, hoewel hij nergens verantwoordelijk voor is. Dan pas herinner ik me Nene's effect op mannen, die blikken die het midden houden tussen fascinatie en sprakeloosheid: moet je haar nou voor gek verklaren met haar opzichtige gedrag of voor haar popperige verschijning bezwijken? Ook deze jongeman vraagt zich dat waarschijnlijk af, hij weet nog niet wat het wordt, maar hij heeft nog de tijd, hij kan in de loop van de avond beslissen.

Nene geeft hem een bemoedigende knipoog. Ira gniffelt, ik doe mijn best om het niet uit te proesten, het doet me goed om te merken hoe snel we weer een team worden, de vriendinnen die we ooit waren, die van elke stap van de anderen op de hoogte zijn. Zijn antwoord verrast ons alle drie: 'Ik kan even beneden kijken, misschien is de bar al open en kan ik iets regelen. Wodka met ijs, is dat goed?'

Zijn beslissing is gevallen. Hij zou haar zoon kunnen zijn, bedenk ik. Ira schudt alleen haar hoofd en strijkt met haar hand door haar haar, een vertrouwd gebaar.

'Zou je dat willen doen, echt? Wodka-martini zou het

allerbeste zijn, maar desnoods neem ik ook wodka met ijs. Echt lief van je, ja.'

Ira en ik doen ons best om serieus te blijven.

'Ja, geen punt. Ik zal kijken wat ik kan doen.'

'*You made her day*,' roept Ira hem in haar onberispelijke American English na, en ook die toon ken ik goed, een echo uit een andere tijd, het vinnige, licht sarcastische in haar stem. Ik barst in lachen uit en ook Ira lacht met haar hand voor haar mond.

'Wat is er nou?' vraagt Nene overdreven naïef en ze haalt haar schouders op.

'Wat mooi dat sommige dingen nooit veranderen,' zeg ik met een knipoog.

'Jullie tweeën zijn anders wel behoorlijk veranderd,' geeft Nene lik op stuk, en meteen is de luchtigheid verdwenen en onze verbondenheid niet meer dan een glimp van vroeger. Ik wou dat ik haar die voorzet niet had gegeven, in mijn compliment is een bom ontploft.

'Zo bedoelde ik het niet.' Mijn stem moet sussend klinken. 'Het is toch mooi als je zo... Ach, laat ook maar.'

Ik ben opeens woedend op haar, op haar onuitgesproken verwijt. Tenslotte ben ik ook bij alle verwikkelingen betrokken. Maar tegenover mij heeft ze haar toevlucht in afstandelijke beleefdheid gezocht en me nooit openlijk de schuld gegeven.

Sinds ik onze stad heb verlaten en in een nieuw leven ben gevlucht, was er amper een dag waarop ik mezelf geen verwijten maakte vanwege haar. Tussen Ira en haar is het tot een cruciale botsing gekomen, een botsing die nooit verjaart, het conflict tussen hen ligt nog open, maar tussen Nene en mij staat het onuitgesprokene als een monoliet, die de weg naar elkaar verspert.

'Laten we van deze avond genieten, oké?'

Opeens is het Ira die uit is op harmonie.

Nene's gezicht klaart weer op, ja, de avond moet positief verlopen, de rest speelt geen rol, we moeten wijn of wodka-martini drinken en de nalatenschap van onze vriendin vieren.

'Hoe gaat het met je kinderen? Hoe gaat het met jou?'

Ik wil het echt weten, ik wil zoveel weten. Nene trekt even haar wenkbrauwen op, alsof ze meteen wil zeggen wat je meestal op zo'n vraag zegt, maar dan geeft ze geduldig en uitgebreid antwoord: 'Het gaat goed met ons. Echt. Aan de tweeling heb ik wel mijn handen vol, het zijn nog steeds vechtersbazen, maar Loeka is een geweldige jongen, alle meisjes zijn gek op hem, hij is net zo knap als zijn vader.'

Ik zie zijn vader voor me, zijn groene ogen, die onschuldige dromerige uitstraling, iets in me krimpt ineen, de doden zijn er weer en vullen het vertrek. Deze tentoonstelling is één enkele dodenwake, één enkele rouwdienst. Ik huiver, ik zou graag ter plekke onzichtbaar worden.

'Als je wilt, laat ik je straks een paar foto's van ze zien,' voegt Nene eraan toe. 'En nog iets... in juli ga ik weer trouwen.'

Ze lacht koket en haar blik gaat naar Ira, ze kan het niet laten, ze wil haar reactie zien, ze wil weten of er nog iets over is van Ira's onvoorwaardelijke en gekwetste liefde, waar ze haar leven lang van op aan kon. Ira kijkt de andere kant op, ze reageert niet, een prof die een pokerface opzet.

'Wow, dat is nog eens nieuws! Nee, je bent echt geen spat veranderd,' flap ik eruit en weer schiet ik in de lach.

'Tja, voor de liefde ben je nooit te oud!' giechelt Nene en haar blik blijft ergens in de verte hangen. Ik probeer erachter te komen wat haar aandacht heeft getrokken, maar ik kan niets ontdekken.

'O god, kijk eens, kom, dat is de foto van onze sprong. Dat zijn wij!' roept ze opgetogen en ze rent weg. Als twee vijftienjarigen rennen we achter haar aan, slalommen om verschillende groepjes heen, die met een glas in de hand voor de foto's staan. Nu herken ik de foto die Nene's aandacht heeft getrokken, het is er een uit de tijd dat Dina het fotograferen pas had ontdekt en de gekste experimenten deed. Hij is gemaakt met de camera van mijn dode moeder.

Zij aan zij blijven we voor de foto staan. We ademen in hetzelfde ritme, onze borstkas gaat in hetzelfde tempo op en neer, zo staan we met z'n drieën voor de erfenis van de vierde en we vragen ons af wat die meisjes op de foto gemeen hebben met ons, de volwassen vrouwen die er nu schouder aan schouder voor staan.

We springen allemaal tegelijk omhoog, onze mond lachend opengesperd, alleen Ira kijkt ernstig, zoals meestal als ze werd gefotografeerd, ze buigt haar hoofd een beetje opzij, alsof ze de camera wil ontwijken. Dina en ik in het midden, Nene rechts en Ira links. Een vreugdesprong, die Dina ons liet maken, opgenomen met de zelfontspanner van de camera die van mijn moeder was geweest. Ik zie niet zozeer een sprong als wel fiere triomfantelijkheid, een vreugdefeest op een vulkaan.

Het was Dina's idee om naar het terrein van de verlaten lakenfabriek te gaan om daar foto's te maken. Ik was eerst mordicus tegen vanwege het risico dat we de avondklok zouden overtreden en last zouden krijgen. Ira was het met me eens, maar om de een of andere irrationele reden reageerde Nene laaiend enthousiast op het voorstel, vermoedelijk omdat haar oom en haar broer weg waren en ze met volle teugen van haar kortstondige vrijheid wilde genieten. Ira en ik gaven ons ten slotte gewonnen, het plezier en de avonturenlust van de twee anderen waren te groot en te aanstekelijk.

Pas een paar weken daarvoor had Dina een Smena van haar moeder cadeau gekregen en ze kon over niets anders meer praten dan over geschikte plekken om te fotograferen, over het goede licht en de beste motieven. Normaal gesproken raakte ze even snel enthousiast over iets als dat ze haar belangstelling weer verloor. Maar deze passie zou blijvend zijn: ze was zo vol vuur, zo leergierig dat ze fotoboeken van Rostom Iasjvili leende en zich alle details liet uitleggen; ze bracht uren door in zijn donkere kamer en droeg het nieuwe fototoestel altijd op haar borst, waar het als een kostbaar amulet aan een leren riempje bungelde.

Haar favoriete motief waren wij drieën. Ze leek ons en onze gezichten door de lens opnieuw te ontdekken en drukte zo vaak op de ontspanner dat het ons amper nog opviel. Nene was de enige die er zichtbaar van genoot om constant gefotografeerd te worden. Ze maakte er een act van en poseerde met opgeslagen reeënogen en een pruilmondje, maar Dina verbood zulke poses. Ze vond niets zo stom als die vorm van liegen. De foto die op die dag op het terrein van de verlaten lakenfabriek werd gemaakt, vormde echter een uitzondering, want om de een of andere reden koos Dina die keer wel voor een enscenering. Je ziet ons midden in de sprong, in de lucht, met opgetrokken benen en een lachende mond. Het is een ode aan ons op de drempel van onze jeugd, onwetend van wat de toekomst ons brengen zal.

We staarden toen naar een grimmige, bewolkte septemberlucht. Er was verandering op til, maar wij hadden belangrijker dingen aan ons hoofd dan politiek. Het enige wat telde was het nu. We deden alles om te ontsnappen aan de blauwachtig flikkerende propaganda waarmee de televisie ons constant bestookte, en aan de avondklok die sinds 9 april in de stad gold. We maakten ons uit de voeten als de volwassenen weer eens verwikkeld waren in de verhitte politieke discussies die elke dag, ook in het hofje, tussen de buren werden uitgevochten. Wij wilden niet over de 'Abchazische kwestie' en niet over de 'nationale kwestie' praten, wij wilden geen 'minderhedenproblemen' bespreken en ook niet de doden tellen die een paar maanden daarvoor bij de demonstratie op 9 april waren gevallen en aan wie de rode tulpen op de Roestaveli Avenue ons elke dag herinnerden. We speelden het zelfs klaar om de patrouillerende soldaten en de Russische tanks te negeren die de hoofdstraten blokkeerden. Maar aan mijn eigen familie kon ik moeilijk ontsnappen, want na 9 april, het gifgas en de spaden die de hoofden, slapen en nekken van de demonstranten hadden geraakt, na de met bloed doordrenkte straten, de afgedekte lijken en de vermoorde hoop was er in baboeda 2 een onverschrokken vastberadenheid ontwaakt, die iets beangstigends had. Haar verzoenlijkheid en evenwichtigheid waren omgeslagen in compromisloosheid en woede. De jarenlang opgekropte haat tegen het systeem dat haar alles had ontnomen, barstte los en veranderde de anders zo zachtaardige, liefdevolle Oliko in een blinde activiste.

'Stenigen en ophangen moeten ze die man. Eindeloos door de straten jagen en lynchen, ja, lynchen, voor alles wat hij ons heeft aangedaan!' brieste ze toen ze Gorbatsjovs nieuwjaarstoespraak op tv hoorde. 'En in Europa denken ze dat hij verstandig is en voor alle volkeren vrede wil! Hoe blind kun je zijn. Dat hun Muur is opengegaan, vinden ze genoeg, verder willen ze niets meer zien en horen,' tierde ze verder, terwijl mijn vader de sekt ontkurkte en met een plechtig gezicht wachtte om met ons op het nieuwe jaar 1990 te klinken. 'Hij is alleen vrij slim en voor de verandering eens geen zuiplap, boerenpummel of psychopaat zoals zijn voorgangers. Maar kapot maakt hij ons evengoed!'

Oliko kwam niet meer tot bedaren. Wij stonden beduusd om de tafel, tot Rati naar de televisie liep en hem uitzette, zodat we eindelijk konden klinken en elkaar gelukkig nieuwjaar konden wensen, maar natuurlijk kwam het niet zover omdat nu baboeda 1 losbarstte: 'Ben jij nou helemaal gek geworden? Kijk toch eens om je heen, luister hoe je vrienden van de universiteit praten, die nationalisten, gewetenloze fascisten zijn het, zeg ik je, nationalisme op elke hoek van de straat, en als ze ons onze gang laten gaan, slaan we elkaar nog de hersens in!' concludeerde ze, terwijl ze naar het nu donkere scherm wees. 'Hoor hoe ze over Abchazen praten, die vrienden van je, ik was laatst in de bibliotheek en kwam daar Kote tegen, die van anglistiek, en ik was geschokt toen hij zei dat ze met hen moesten doen wat Stalin al met zoveel succes in praktijk had gebracht: als het hun bij ons niet zinde, moesten ze maar op de boot stappen en ophoepelen, er waren genoeg onbewoonde plekken op deze aarde, in Siberië konden ze dan met hun Russen op de volkerenvriendschap drinken,' imiteerde Eter die ons onbekende Kote van anglistiek.

'Kunnen we nu eindelijk klinken?!' riep mijn broer geïrriteerd.

'Nee!' schreeuwde baboeda 2. 'Is het een wonder dat Kote zo praat? Nou? Bijna zeventig jaar waren we slaven en nu komen de mensen eindelijk in opstand, wat is daar zo moeilijk aan te begrijpen? Maar als je jou hoort praten, merk je hoe goed de propaganda werkt: ze hebben je familie uitgeroeid en toch neem je het voor ze op en wil je hun slaaf blijven.'

'Jij en je vrienden, jullie zijn blind en doof en gaan op in dat ontaarde nationalistische patriottisme van jullie. Ja, wij zijn de besten, de tofsten en onze cultuur is de grootste, wij zijn het gelukkige, gezegende land, waar iedereen ons om benijdt. Geloof je echt in die onzin?' Eter liet haar blik dramatisch rondgaan.

Rati, wiens neusvleugels trilden van opkomende woede, sloeg even zijn ogen neer om Oliko's pathetische blik te ontwijken.

'De zaak loopt sowieso op niets uit,' vervolgde Eter, 'kijk maar om je heen, het land is uitgeput, de Russen hebben op het moment zelf problemen genoeg, ze kunnen de Sovjetrepublieken niet houden. Je hebt toch gezien hoe ze op 9 april hebben gereageerd. Ik wil gewoon geen nieuw zinloos bloedvergieten.'

Eter liet zich uitgeput op haar stoel vallen, pakte de door beide baboeda's gewaardeerde *Literatoernaja Gazeta* van het krantentafeltje en wapperde zich lucht toe.

Baboeda 2 ging stijfjes en met een strak gezicht op haar stoel zitten en wierp verachtelijke blikken in Eters richting: 'Jij stond in 1981 vast voor het Sportpaleis naar hem te zwaaien, hè? Jou kennende was je compleet euforisch en had je bloemen voor hem meegebracht, misschien ben je zelfs naar het concert geweest en heb je ter ere van hem aan die hele poppenkast meegedaan...'

Rati en ik keken elkaar verward aan, we hadden geen idee over wie het ging en waar Oliko's tegenaanval op doelde.

Ik keek naar de tengere moeder van mijn dode moeder, haar lichte, pientere ogen, de restjes lippenstift om haar smalle mond, de fijne neus als van een standbeeld, het fraai achterovergekamde en met een zilveren speldje bijeengehouden, lichtbruin geverfde haar. En tegenover haar de forse, lange Eter met de van woede trillende volle boezem in een vormeloze donkerbruine wollen jurk, waarvan ze een heel assortiment leek te hebben, het model was altijd hetzelfde, alleen de kleur varieerde van donkergroen tot donkergrijs. Eter met het strenge gezicht van een kostschooldirectrice, de dikke wenkbrauwen die mijn vader had geërfd, de hoge jukbeenderen en de typisch Georgische arendsneus, de heldere donkerbruine ogen, waaraan niets leek te ontgaan.

'Over wie heeft ze het? Wie heb jij met bloemen verwelkomd?' vroeg Rati aan baboeda 1, die zich met het literatuurtijdschrift hoofdschuddend en zichtbaar boos nog heftiger lucht toewapperde.

'Ze bedoelt waarschijnlijk Brezjnev, die in 1981 in Georgië op staatsbezoek was,' legde Eter uit, 'en de zogenaamde elite heeft hem natuurlijk triomfantelijk onthaald, en je grootmoeder is niet te beroerd om mij over één kam te scheren met die lui, die hem zonder eergevoel en zonder schaamte in z'n kont kropen in de hoop op meer privileges!'

'Ophouden, onmiddellijk ophouden, anders verlaat ik met Rati en Keto voorgoed dit huis!' schreeuwde mijn vader, terwijl hij met het sektglas in zijn hand zijn moeder en schoonmoeder met woedende blikken strafte. Rati gaf mij een knipoog en wij trokken meteen een somber gezicht om vaders dreigement kracht bij te zetten. De strijdbijl was hiermee voor korte tijd begraven. En zo sloten we vrede en klonken we allemaal op het nieuwe jaar.

Rati. Welke van de vele Rati's zal mij vanaf deze wanden aanstaren, voor welke zal ik het langst blijven staan? Meteen is er weer die tegenstrijdigheid, zijn vederlichte, honingzoete tederheid, die plaats kon maken voor bittere woede en hevige driftbuien. Hij was mijn oriëntatiepunt, mijn stuurman in de ondoorzichtige wereld van de volwassenen. En hij schonk me zijn persoonlijke herinnering aan onze moeder. Het is vreemd, denk ik, dat uitgerekend Rati me in mijn kindertijd de meeste veiligheid en stabiliteit kon geven. Wat had ik hem nodig, met zijn heethoofdigheid en opvliegendheid, zijn enthousiasme en rechtvaardigheidsgevoel. Alles hield bij hem verband met onze dode moeder; zij was zijn tempel, zijn heilige, zijn maatstaf. Hij aanbad het beeld dat hij van haar had en kende aan haar anders-zijn zoveel betekenis toe dat ze gaandeweg de legitimatie en de sleutel van al zijn doen en laten werd. De keerzijde was dat hij onze vader overal de schuld van gaf: van elke verwoeste droom, elke teleurstelling en vooral van zijn moederloze jeugd. Naar zijn idee had onze moeder geen enkele tekortkoming, in de loop der jaren bouwde hij voor haar nagedachtenis een soort altaar waarop alleen plaats was voor het goede, en natuurlijk maakte onze vader tegen een dode geen schijn van kans. Op een bepaald moment stond het voor Rati vast dat onze vader onze moeder op de vlucht had gejaagd. Hoe ongegrond dat ook was, voor Rati was het eenvoudiger om een schuldige te hebben die hij met de vinger kon nawijzen als er iets misging.

Ik moet denken aan het eerste grote conflict tussen mijn vader en Rati: we zitten in een beige auto, die mijn vader, die nooit een auto heeft gehad, van een collega had geleend om met ons naar Ratsja te gaan. In de bergen, in het kristalheldere water van de meren en het sappige groen van de heuvels wilden we de hitte van de stad ontvluchten.

Mijn vader had een hekel aan vakantie. Zijn gekwelde gezicht als hij tot nietsdoen was veroordeeld – ik heb nu nog met hem te doen. De zomervakantie betekende voor hem een deprimerende periode van verveling; zolang wij nog klein waren en de baboeda's nog niet te oud, scheepte hij daarom de beide vrouwen met ons op, die dan met ons naar zee gingen. Meestal naar Pitsoenda in Abchazië, naar het chique en zeer gewilde kuurhuis, een verblijf dat mogelijk werd gemaakt doordat onze vader lid was van de Academie van Wetenschappen. Zelf bleef hij in Tbilisi of ging hij naar vrienden in Moskou, althans zolang de wereld nog intact was en hij zich een vliegticket kon veroorloven.

Die zomer maakte hij voor ons een uitzondering. Rati was net twaalf of dertien geworden, hij liet de onschuldige kinderleeftijd achter zich en begaf zich op onbekend terrein, en waarschijnlijk was mijn vader bang voor de uitdagingen die dat met zich mee zou brengen en besloot hij daarom de tijd voor ons te nemen. Ik zat achterin, met het raampje naar beneden en mijn hand in de koele rijwind, en ik verheugde me op de avonturen in de bergen. Maar Rati zat in zichzelf gekeerd en met een nors gezicht voorin te mokken. Op een gegeven moment verloor mijn vader zijn geduld, zette de radio uit en zei beledigd tegen zijn zoon: 'Moeten we nou de hele week tegen dat gezicht aankijken?'

Hij had zoveel moeite gedaan, alles gepland, alles georganiseerd, en dat die ondankbare zoon van hem nu roet in het eten gooide, leek hem een hemeltergend onrecht.

'Je had me niet mee hoeven nemen,' antwoordde Rati bot.

Ik zei niets, mijn vader verwachtte vast dat ik het voor hem opnam, ik liet me vaak in hun conflicten betrekken, uit angst mijn vader of mijn broer teleur te stellen. Ik was een soort vredesduif, die op moest vliegen als niets meer hielp. Maar Rati was niet voor rede vatbaar: 'Ik haat de bergen!'

In die zin klonk zoveel verbittering en woede door dat ik onwillekeurig ineendook, mijn knieën optrok en mijn armen eromheen sloeg, alsof ik me in een cocon wilde terugtrekken.

'Hoezo? Je kent de bergen amper.'

Mijn vader was Rati's felheid ontgaan, Goeram was geen man van nuances.

'Als die klotebergen er niet waren, was deda nu nog bij ons.'

Op dat moment had mijn vader moeten aanvoelen hoe hachelijk de situatie was en het onderwerp moeten laten rusten, maar in plaats daarvan antwoordde hij geprikkeld: 'Wat een onzinnige reden om dit uitstapje te boycotten.'

'Dat noem jij een onzinnige reden? De dood van mijn moeder noem jij een onzinnige reden?' Rati schreeuwde het uit.

'Rati, ik waarschuw je om niet zo'n toon tegen me aan te slaan, er zijn grenzen, ja? We rijden daar nu naartoe en houden vakantie, of jij dat nu leuk vindt of niet. We laten ons uitstapje niet door jou verpesten, hè, Keto?'

Hij wierp me een verzoenende blik in de achteruitkijkspiegel toe. 'Wat kunnen de bergen eraan doen dat jullie moeder kennelijk meer van hen hield dan van haar eigen gezin.'

Ik kneep mijn ogen dicht in afwachting van de volgende donderslag, die niet lang op zich liet wachten.

'Neem dat onmiddellijk terug!' schreeuwde Rati. 'Ze is naar de bergen gegaan omdat ze het niet meer uithield bij jou!'

'O, zit het zo! Jij denkt dus dat ze om mij hartje winter naar Svanetië is gegaan? En een jongetje van vijf en een meisje van één thuis heeft achtergelaten?'

Zijn gezicht liep rood aan, het spuug spatte van zijn lippen, hij omklemde het stuur en gaf gas.

'Ik moet plassen, kunnen we alsjeblieft even stoppen!' piepte ik vanaf de achterbank, maar niemand luisterde.

'Ja, ze haatte je, ze had genoeg van je! Geen wonder, echt!' brulde Rati.

'En van wie weet je dat? Heeft ze soms in een droom tegen je gepraat of reageer je je eigen frustraties af op mij?'

Plotseling was de woede uit zijn stem verdwenen. Wat restte waren een verpletterende treurigheid en een immense teleurstelling dat hij, Goeram Kipiani, lid van de Academie van Wetenschappen, voormalig topleerling van Nobelprijswinnaar Prochorov, die baanbrekende ontdekkingen op het gebied van de kwantumelektronica had kunnen doen, vanwege de liefde naar zijn geboortestad was teruggekeerd, en dat het offer dat hij had gebracht en de moeite die hij had gedaan, niet hadden kunnen voorkomen dat de vrouw voor wie hij al die ontberingen op de koop toe had genomen, hem met twee kleine kinderen liet zitten om op een sombere februaridag de 5200 meter hoge Sjchara te beklimmen, de op twee na hoogste berg van de 'grote drie', de grillige en moeilijk te bedwingen Grande Dame van de Grote Kaukasus. Hoe had het zover kunnen komen, op welk moment in zijn leven was er iets zo misgegaan dat hij nu opgesloten zat in deze auto, gevangen in zijn verantwoordelijkheid als vader?

Ik meende die vraag in de achteruitkijkspiegel over zijn gezicht te zien glijden en had met hem te doen, ja, ik had op een vreemde manier altijd met hem te doen, en weer was ik verbaasd dat mijn zich volwassen voordoende, altijd norse broer, die voor ieder ander mens, voor ieder behoeftig wezen opvallend veel begrip kon opbrengen en een uitgesproken rechtvaardigheidsgevoel had, niet zag hoe hulpeloos onze vader was.

Zonder een reactie af te wachten vervolgde mijn vader: 'Aan mij heeft het waarachtig niet gelegen. Nee, madame wilde avontuur, ze wilde plezier, dus moest er plezier komen, hartje winter, bij totaal ongeschikt weer! Waarom? Waren wij zo'n bezoeking voor haar dat ze midden in februari die vervloekte klimtocht moest maken? Iedere leek weet dat je met zulk weer niet moet gaan klimmen in de Kaukasus! En ik zat midden in de voorbereidingen voor de belangrijkste conferentie van mijn leven, maar nee, dat telde allemaal niet...'

Mijn vader was niet meer te houden, Rati was te ver gegaan en moest rekenen op de maximumstraf. En ik ook.

'De hele herfst hing ze al rond met die alcoholisten en lapzwansen van bergbeklimmers. Die wilden het Georgische alpinisme zogenaamd nieuw leven inblazen, laat me niet lachen! Ze zocht alleen een smoes om van huis weg te kunnen, het was haar allemaal te bekrompen en te saai. Als moeder van twee kinderen! Natuurlijk, dan kan het best eens saai zijn om thuis te zitten en voor de kinderen te zorgen!'

'Hou op, stil!' smeekte Rati. Maar hij zou niet ophouden, dat wist ik.

'Wat een egoïsme, ik kan er nog steeds niet bij... Avontuur! Avontuur met die baardapen en nietsnutten, ze wilde alleen met haar kont voor ze draaien!'

'Hou je mond!'

Het was geen schreeuwen meer, maar janken. Op hetzelfde moment ging het portier van de bijrijder open en rolde het lange, pezige lichaam van mijn broer over de weg. Gelukkig reed mijn vader net in een heel nauwe bocht en had hij vaart geminderd. De auto kwam met een enorme schok tot stilstand en ik kon er niets aan doen: mijn blaas liep leeg op de achterbank van de geleende auto.

Die middag dat we naar de bergen reden om er nooit aan te komen, was het begin van Rati's levenslange protest. Altijd als ik aan hem denk, is het eerste wat bij me opkomt die uitstraling van iemand die zich bedrogen voelt. Bedrogen door het leven, door zijn eigen vader, later door de corrupte en moreel verdorven staat waarin hij helaas was geboren. Terwijl hij als kind in opstand kwam tegen zijn vader, gold zijn protest vanaf die middag de staat en het systeem. Hij volgde alles kritisch, trok alles in twijfel en maakte constant ruzie met familieleden en leraren, met kennissen en buren. Hij vond het leuk om taboes te doorbreken en dingen bij de naam te noemen waar nooit openlijk over werd gepraat. Hij genoot er zichtbaar van om anderen in verlegenheid te brengen en ze te ontmaskeren als huichelaars en leugenaars met wie hij niets te maken wilde hebben: mensen die voor hun kinderen goede cijfers en een studieplaats kochten, die hun spullen ondershands voor het dubbele en driedubbele doorverkochten, die anderen een dienst bewezen om zich van privileges te verzekeren, die hun principes en overtuigingen verloochenden voor een vakantie aan de Abchazische kust of op de Krim, mensen die drieroebelbiljetten in het handschoenenvakje hadden liggen om ze de ordehandhavers bij een verkeerscontrole zonder commentaar in de hand te stoppen, die de Partij bejubelden om ergens te mogen zingen, dansen of publiceren, die anderen slecht bouwmateriaal in de maag splitsten om het goede voor hun eigen datsja te gebruiken, of mensen die voor hun criminele kinderen vrijspraak kochten. In Rati's ogen waren ze allemaal schuldig, onderdeel van het corrupte systeem, radertjes in een uiterst gecompliceerd uurwerk, ze steunden de staat en pleegden elk uur verraad aan zichzelf en hun medemensen en beroofden iedereen van het vooruitzicht op vrijheid. En terwijl die veldslagen aanvankelijk werden uitgevochten in onze woonkamer, strekten ze zich gaandeweg uit tot het hele hofje, de school en daarna de straten van onze wijk. Als hij werd aangespoord om op school beter zijn best te doen, antwoordde hij prompt dat hij daar het nut niet van inzag, dat het toch allemaal een kwestie van geld was, en als hij genoeg bij elkaar had, kon hij zo medicijnen gaan studeren. Als er werd gezegd dat hij meer respect voor volwassenen moest hebben, snauwde hij dat die volwassenen dat respect eerst moesten verdienen, een corrupte ambtenaar die de hielen van de overheid likte, verdiende nu eenmaal geen respect, net zomin als een gewiekste zwarthandelaarster die voor een goede prijs haar eigen ziel nog zou verkopen.

Zolang nog de illusie bestond dat hij jong en kneedbaar was, werd alles in het werk gesteld om hem van 'slechte invloeden' weg te houden. Als ik denk aan alle absurde pogingen van de baboeda's om hem 'tot rede te brengen', moet ik me inhouden om niet in lachen uit te barsten. Ze stuurden hem bijvoorbeeld naar de paardentherapie voor moeilijk opvoedbare jongeren in het hippodroom. Of naar privéles bij een zogenaamd geniale filosoof, met wie hij over zijn 'ideeën' moest praten, wat tot gevolg had dat Rati Machiavelli ontdekte en zijn opvattingen nog radicaler werden. Uit pure wanhoop verloren de baboeda's zelfs hun gezond verstand en riepen ze de hulp in van een vrouw met 'bovennatuurlijke gaven'. Rati maakte er een grap van, deed alsof hij een epileptische aanval kreeg, beweerde dat hij van een demon bezeten was en joeg de arme vrouw op de vlucht.

Op z'n veertiende werd hij voor het eerst van school gestuurd, hij had de directeur uitgemaakt voor 'leugenachtige partijlul'. Oliko schoof de schuld op de slechte invloed van zijn onbehouwen en vechtgrage vrienden, die haar 'engel' de straat op lokten, waar, zoals bekend, nog nooit iemand beter van was geworden. Hoe vaak werd ik niet naar beneden gestuurd, naar de hoek Lermontovstraat en Kirov- of Gogebasjvilistraat, om hem van een van de *birzja's* naar huis te halen. Ik herinner me nog altijd de nieuwsgierige blikken van die uit de kluiten gewassen en tegelijk zo naïeve lummels als ze me hun zonnebloempitten voor de voeten spuugden en riepen: '*Privet*, Kipiani, is er nog nieuws?'

Die horden jongens, die grote plannen hadden, wilde, snode plannen, die moedig wilden zijn en in eer en moraal geloofden, die veel wilden en het liefst helemaal niets deden – uit angst dat ze hun doel misschien niet bereikten en zouden eindigen in dezelfde bekrompen, brave, leugenachtige wereld als degenen die ze zo verachtten. Die *dsveli bitsjebi*, die het midden hielden tussen bohemiens en nietsnutten, die would-be Robin Hoods waren in feite heel gewone kwajongens die flirtten met de criminaliteit. Ja, ons land heeft altijd al gesympathiseerd met de Robin Hoods van deze wereld, met antihelden en *system crashers*, het is vervuld van het rebelse verlangen van een klein volk naar vrijheid en de bijbehorende mythen van de eigen onverzettelijkheid. Het eeuwige verhaal van de eenvoudige man die in z'n eentje ten strijde trekt tegen een oppermachtig apparaat. Onze maatschappij met haar dubbele moraal, vol drop-outs en weigeraars, die zich niet in dienst van een leugenstaat wilden stellen om 'eerzaam' te zijn en die daarbij vergaten dat weigering, afzijdigheid en boycot onvermijdelijk leiden tot criminaliteit. Terwijl de meeste mensen deden of ze vurige communisten waren en wel voeren bij hun door de staat voorgeschreven normaliteit, wilden deze tegenstanders de barricades op. En dat deden ze ook. Dat deden ze zo consequent en zo lang tot er van normaliteit geen sprake meer was.

Vanaf een bepaalde leeftijd verplaatste Rati's leven zich naar de straat, met als gevolg dat iedereen in de familie een taak kreeg: de baboeda's moesten voortdurend zijn vrienden en hun familie bellen, ik moest de buurt afzoeken en mijn vader hield de donderpreek als hij weer voor de deur stond. Een van de meest dramatische scènes speelde zich af toen hij, net volwassen geworden, tijdens een gewone maaltijd doodgemoedereerd verkondigde dat hij het vertikte om zijn school af te maken. Het onderwijssysteem was volgens hem één grote farce, zoals het meeste in dit land, en hij was niet van plan om mee te spelen in die klucht. De avond eindigde ermee dat Tamas Jordania gebeld moest worden, omdat Oliko's bloeddruk omhoog was geschoten en ze zich niet goed voelde, terwijl Eter met opgeheven armen – als in een antiek drama – de afwezige goden aanriep en zich beklaagde over de onrechtvaardigheid van het lot. Smeekbeden en dreigementen haalden niets uit, Rati hield zijn poot stijf en weigerde ook maar één dag terug naar school te gaan.

Dina, die bijles kreeg van Oliko, kwam een van die dagen naar haar les en zat geduldig op haar lerares te wachten, toen mijn broer opdook, stralend en in een opperbest humeur. Hij was spraakzaam en deed zichtbaar moeite om een goede indruk te maken, wat zelden voorkwam. Rati en Dina kenden elkaar al jaren, maar alleen vluchtig. Het leeftijdsverschil was toen nog te groot en ik had toch al niet veel zin om hem of zijn vechtgrage kliek met mijn vriendinnen in contact te brengen. Maar die dag gebeurde er iets. Ik hoef mijn ogen maar dicht te doen of ik zie de veertienjarige Dina weer voor me, een meisje dat, met de vastberadenheid en overgave die haar eigen waren, net had besloten om al haar interesse op iemand te richten. Totaal onverwachts kreeg ze Rati in het vizier, zomaar ineens, alsof hij in haar ogen van het ene op het andere moment van een gewone jongen was veranderd in een onderzoeksobject, waaraan ze vanaf nu al haar aandacht moest wijden. Ja, het was een besluit. Het overkwam haar niet, zoals de meesten en ook mij, wanneer je op je veertiende, vijftiende, misschien zestiende plotseling die onbegrensde genegenheid voor iemand ontdekt, de verliefdheid van die hachelijke levensfase. Rati hoorde niet, zoals Tsotne Koridze, bij het soort jongens die hun eigenwaarde ontlenen aan vrouwelijke belangstelling en de daaruit voortvloeiende macht. Ook was hij niet bijzonder gevoelig of romantisch. En dus was hij aan Dina overgeleverd, hij, die tot dan toe weinig aandacht had besteed aan het vrouwelijk geslacht en zich alleen had opgehouden in zijn Robin Hood-wereld, stond machteloos tegenover haar.

'Jij wilt dus kappen met school?' vroeg ze aan mijn broer, die net een bord gebakken aardappelen voor zijn neus kreeg. Rati tilde langzaam en met tegenzin zijn hoofd op, dit was geen goed onderwerp om met hem een gesprek over te beginnen, en ik was bang dat hij zo een misplaatste opmerking zou maken.

'Ja, precies, dat ben ik van plan. Heb je daar een probleem mee?' antwoordde hij provocerend en hij verdiepte zich in zijn aardappelen, want hij was ervan overtuigd dat hij dat wicht met zijn botte reactie had geïntimideerd en dat de kous daarmee af was. Maar Dina trok zich niets van zijn ergernis aan.

'Nee, ík heb geen probleem. Alleen geloof ik je niet,' zei ze betweterig, terwijl ze een stuk brood uit het broodmandje pakte. 'Je zus zegt dat je het waardeloos vindt op school, maar...'

'Maar wat?'

'Maar ik denk dat je gewoon bang bent.'

'Bang, ik?' Rati lachte opvallend hard. 'Waar zou ik bang voor zijn? Voor school?'

'Ja, precies.'

'Hoe dat zo?' Rati deed geamuseerd, maar was duidelijk verbluft.

'Nou ja, dat je het misschien verknalt, dat je het examen verprutst en...' Dina zocht naar de goede woorden '... dat je tegenover je maten een modderfiguur slaat.'

'En jij denkt dat het mijn vrienden ook maar iets kan schelen wat voor cijfers ik haal?'

'Ja, best wel. Want je bent toch een soort aanvoerder, of niet? En die moet toch een beetje hersens hebben.'

'Aanvoerder?' Nu lachte hij echt.

'Ja, aanvoerder, wat anders? Jij geeft toch altijd de toon aan. Rati zegt zus, Rati zegt zo. En als aanvoerder moet je in elk geval wat in je mars hebben.'

Ik was sprakeloos. Ook Oliko leek niet goed te weten of ze zich in dit gesprek moest mengen en rommelde op de achtergrond met potten en pannen.

'Hé, meisje, steek jij je neus niet in iets wat je geen moer aangaat?'

Rati was geïrriteerd. Hij wilde een punt achter de discussie zetten, er werd toch al over niets anders gepraat en dit meisje was wel de laatste door wie hij zich de les wilde laten lezen.

Dina stopte een stuk brood in haar mond, haalde haar schouders op en zei volkomen nonchalant en luid smakkend: 'Nou, ik zeg alleen wat ik vind, je hoeft niet te luisteren.'

'Dat ga ik ook heus niet doen!'

'Zo klinkt het anders niet. Kijk eens hoe je je opwindt. En dat doe je alleen als iemand je de waarheid vertelt.'

'Kom, kinderen, rustig nou en proef mijn gehaktballen eens, ze zijn zo klaar.'

Er klonk onzekerheid in Oliko's stem. Ook ik wist niet wat ik van Dina's provocatie moest denken. Waarom vond ze het opeens zo belangrijk dat Rati weer naar school ging?

'Ik snap echt niet wat je probleem is, meisje.'

Rati keek bij die woorden verwijtend naar mij.

'Ik wil alleen dat je het toegeeft. En ik heet trouwens Dina, gesnopen?'

'Wat moet ik toegeven? Wat heeft ze toch, Keto?'

Hij wierp mij een woedende blik toe.

'Dat je bang bent,' herhaalde Dina.

'Ik ben voor geen meter bang. Waarom zou ik bang zijn, en wie heeft jou naar je mening gevraagd, meisje?'

'Nog één keer: ik heet Dina en ik heb geen toestemming nodig om mijn mening te geven. Je bent gewoon bang.'

'Wat belachelijk! Zeg dat ze me met rust moet laten!'

Rati wist niet wat hij met de situatie aan moest. Dina was niet een van zijn vrienden, over wie hij de baas kon spelen, Dina was ook niet zijn vader, tegen wie hij openlijk kon ingaan, Dina was niet een van de baboeda's, Dina was niet zijn zus, ze was geen van de mensen die hij kon negeren.

'Bewijs het dan!'

'Aan wie? Aan jou soms?'

Rati keek haar hooghartig aan.

'Ja, voor mijn part.'

'En waarom zou ik dat doen?'

En toen zei Dina de zin die in mijn keel bleef steken, alsof ik hem zelf had gezegd en me erin had verslikt.

'Omdat ik dan met je rock-'n-rol. Ik ben de beste rock-'n-rolldanseres ter wereld. Jij bent toch gek op rock-'n-roll?'

Op de achtergrond hoorde ik Oliko giechelen, ik kuchte. Rati barstte in lachen uit.

'Ze is gek. Hé, Keto, je vriendin is gek!'

Ik had haar inderdaad verteld dat Rati heel graag en best goed danste. Hij wist me altijd zover te krijgen dat ik op 'Jailhouse Rock' van Elvis Presley met mijn heupen zwaaide. Dan zwierde hij me in het rond en ging helemaal op in de muziek, werd vrij en ontspannen, zoals je hem zelden meemaakte.

'Misschien wil ik helemaal niet met jou dansen, heb je

weleens aan die mogelijkheid gedacht?' antwoordde Rati zelfingenomen en hij verdiepte zich weer in zijn aardappelen, maar vanuit mijn ooghoeken zag ik dat Dina's ontwapenende manier van doen hem niet koud liet.

'Wacht maar tot je me ziet dansen.'

Weer hoorde ik Oliko op de achtergrond giechelen.

'Jij rock-'n-rolt?'

'Ja.'

'Echt zo goed als je beweert?'

'Ik ben de beste. Wil je het zien?'

'Oké, kom op dan.'

'Maar ik doe het niet voor nop.'

'Wat wil je ervoor hebben?'

'Je moet me meenemen naar je eindexamenfeest en daar met me dansen.'

'Wat wil ze van me, kan iemand me dat vertellen?' Rati rolde met zijn ogen.

'Wil je me nou zien dansen of niet?' drong Dina aan.

'Oké, oké. Keto, vooruit, pak Elvis en zet de pick-up aan.'

Rati schudde zijn hoofd, maar zowel Oliko als ik voelde de lichtheid die zich van hem meester had gemaakt, het plezier in provoceren, er was iets in hem losgekomen.

Ik rende naar mijn vaders kamer, zocht de plaat op, zette de pick-up aan, rukte de deur open, zodat we de muziek op volle sterkte konden horen, en wachtte op de show die Dina ons had beloofd. Ik wist niets van haar rock-'n-rollbevlieging, maar baboeda 2 en ik waren opgewonden, want we vermoedden dat Dina op het punt stond een kolossale overwinning te behalen, die voor onze hele familie van groot belang kon zijn, en we wachtten vol spanning op het duel. Dina schoof haar stoel naar achteren, sprong op en stak haar hand uit naar mijn broer.

'Moet ik met je meedansen?' Hij keek haar ongelovig aan.

'Allicht, want in je eentje rock-'n-rollen, daar is geen fluit aan!' riep ze lachend. En Rati gaf zich over, mijn ontembare, recalcitrante broer boog voor haar wil. Hij sprong ook op en trok haar aan haar hand mee naar de woonkamer. Oliko en ik volgden hen en werden getuige van een schouwspel dat zoveel meer was dan alleen een dans: het was het moment waarop ik verliefd werd op de chemie tussen die twee mensen, ook al wist ik niet hoe ik dat gevoel moest plaatsen en wat ik van Dina's plotseling opgelaaide belangstelling voor Rati moest denken. Ik zie hoe ze ineenvloeien en gewichtloos worden. Ik zie hoe hij haar heen en weer zwiert, hoe zij tussen zijn benen door glijdt en hij haar weer omhoogtrekt – wat passen ze perfect bij elkaar, wat zijn hun lichamen goed op elkaar ingesteld, alsof ze maandenlang voor een danswedstrijd hebben geoefend. Ik vraag me af hoe zij dat allemaal kan, ik zie Rati voor mijn ogen veranderen. Hoe mijn stugge broer, die vechtgrage rouwdouw, een soepel, zacht, verzoeningsgezind wezen wordt dat blij is dat iets hem zo goed lukt.

Toen het zachte gekras van de naald aan het eind van de plaat hen uit hun extase wekte en naar het schemerige licht van de woonkamer terughaalde, bleven er twee slaapwandelaars achter, die zich leken af te vragen hoe ze daar waren beland. Rati vond het duidelijk pijnlijk dat hij zich zo had laten gaan en droop meteen af naar zijn kamer, Oliko schraapte haar keel alsof er net iets onbehoorlijks was gebeurd en zei tegen Dina dat ze haar lesboeken tevoorschijn moest halen. Ik stond er verloren bij. Ik proefde de zilte smaak van tranen in mijn mond en begreep niet waarom ik moest huilen. Misschien treurde ik al om een verlies dat ik nog niet onder woorden kon brengen, waarbij niet eens duidelijk was of het ging om het verlies van Rati of van Dina of zelfs van allebei. Ik wankelde terug naar de loggia, blij dat Oliko zich met Dina had teruggetrokken, zodat ik op adem kon komen voordat ik mijn vriendin zou overstelpen met vragen, waarvan ik de antwoorden vreesde.

Zonder er nog een woord aan vuil te maken sleepte Rati zich voortaan weer naar school, en wij drongen er bij mijn vader en baboeda 1 op aan daar geen commentaar op te leveren. Naar zijn eindexamenfeest in het zomerhuis van een vriend in Tskneti nam hij Dina mee en danste daar twee uur lang onafgebroken de rock-'n-roll met haar. Toen ze terugkwamen van het feest, liet hij zich aangeschoten en met gloeiende wangen in een stoel vallen en trok me naar zich toe om me aan zijn borst te drukken en door mijn haar te woelen. Hij hield me in zijn armen en ik rook zijn verandering: die rook lekker, naar rode wijn, naar nietsdoen. Hij rook als iemand die verliefd is. Verliefd zoals een achttienjarige verliefd is, onnavolgbaar, met de kracht van een lawine en de lichtheid van de vleugelslag van een vlinder. En om de een of andere reden kreeg ik opnieuw tranen in mijn ogen. Deze keer deed ik geen moeite om ze te verbergen en viel ik hem snikkend om de hals. Hij aaide me over mijn wangen, kuste me op mijn voorhoofd en kneep me in mijn neus. Maar ik huilde vanwege een vreemd voorgevoel dat ik opeens kreeg, een zwaar gevoel waar ik geen woorden voor had. Ik huilde vanwege het grote vuur dat zij samen zouden ontsteken en dat mij evenzeer aantrok als dat het me op de vlucht joeg.

Na het eindexamenfeest ging Rati Dina een hele tijd uit de weg. Die zomer hing hij weer de harde straatcowboy uit, verdreef de tijd met zijn vrienden in de buurt en ging voor het eerst alleen met Saba en zijn eeuwige handlanger Sancho (Hoe kwamen ze toch op die naam? Leek hij echt op Sancho Panza en wie van hen had dan ooit een letter van

Don Quichot gelezen?) naar zee, naar Batoemi, een reis die mijn vader uit blijdschap over Rati's diploma bereidwillig betaalde.

Rati kwam eind augustus terug, bruin, atletisch, en terwijl hij me kleine souvenirs uit Batoemi gaf, begon hij me uit te vragen over mijn 'gekke vriendin'. Ik vertelde dat ze de hele tijd fotografeerde, dat ze van haar moeder een camera had gekregen en sindsdien helemaal verkocht was. 'Aha,' zei Rati alleen en hij deed alsof hij het druk had. Een paar dagen later werd ik wakker van de woedende stem van mijn vader, het duurde niet lang of ik begreep dat hij woedend was op Rati. Ik ging naar de loggia, waar mijn vader opgewonden heen en weer liep en Rati doodgemoedereerd zijn geliefde zwarte thee dronk.

'Die idioot heeft...'

Mijn vader stikte haast van kwaadheid.

'Wat heb je nu weer gedaan? Zeg op!'

Ik keek mijn broer getergd aan.

'Hij heeft de camera van je moeder... van jouw moeder weggegeven. Een echte Leica, een ongelofelijk kostbaar toestel, het heeft een vermogen gekost...'

Hij was zo verontwaardigd dat hij amper kon praten. Ik wist dat we een kostbare camera hadden, die Prochorov zelf voor hem uit Europa had meegebracht – zo luidde althans het verhaal –, maar deze opwinding kon ik met de beste wil van de wereld niet in verband brengen met die camera, die hij zelf nooit gebruikte en die al jaren in de kast lag te verstoffen.

'Als een dief is hij mijn kamer binnengeslopen en heeft hem gestolen! Hij heeft hem weggegeven om indruk te maken op een meisje.'

Nu pas ging me een licht op. Rati had de Leica van onze moeder aan Dina gegeven. En daar keek ik van op: hij had Dina iets van zijn moeder, zijn grote idool geschonken, wat alleen kon betekenen dat hij het serieuzer met haar meende dan ik had aangenomen.

'Hij heeft hem aan Dina gegeven, papa, mijn Dina. Dat is niet zomaar een meisje,' probeerde ik te bemiddelen, maar zonder succes.

'Dat maakt niets uit. Hij heeft hem gepakt zonder me iets te vragen.'

'Je gebruikte hem nooit. Het is toch zinloos om zo'n topcamera te laten verroesten! Zij gaat er te gekke foto's mee maken,' bracht Rati in.

'Edelmetaal met een magnesiumlegering roest niet, stommeling,' schold mijn vader en het spuug vloog uit zijn mond op het puntje van mijn neus.

'Ik zal het haar uitleggen, dan geeft ze hem wel terug, papa, rustig nou maar, ze zal het wel begrijpen,' mompelde ik.

'Daar komt niks van in, hoor je, Keto? Ik vermoord je als je dat doet!' schreeuwde Rati.

'Die camera had dit huis nooit mogen verlaten!'

Met die woorden stormde mijn vader de loggia uit. Rati en ik bleven alleen achter, beduusd stonden we tegenover elkaar.

'Waarom heb je dat gedaan? Ik bedoel, je wist toch dat hij door het lint zou gaan?'

Ik ging aan tafel zitten en haalde diep adem.

'Hij lag daar toch maar te verstoffen.'

'Maar hij had hem aan deda gegeven.'

'Deda zou blij geweest zijn. Ze wilde vast niet dat hij als souvenir in een kast eindigde.'

'Ja, maar hij is nu eenmaal van hem.'

'Nee, hij is niet van hem. Hij was van deda. Maar het doet er niet toe, nu is hij van Dina.'

Mijn vader ging ook de volgende dagen tekeer, hij zei constant dat we de camera terug moesten halen, tot Eter zich een keer bij het avondeten liet ontvallen: 'Breng die jongen niet in zo'n moeilijk parket. Hij gaat ons toch al de hele tijd uit de weg, geef hem niet nog meer aanleiding om zijn familie te ontwijken. Hij zit in een moeilijke leeftijd, we moeten hem allemaal een beetje ontzien. Eigenlijk zou je hem juist moeten belonen en prijzen, Goeram. Hij wilde indruk maken op dat meisje. En als het je te doen is om het filmpje dat nog in de camera zit, dan kunnen we haar toch vragen dat terug te geven, het is tenslotte een verstandig meisje. Je schoonmoeder' – zo noemde ze Oliko altijd als ze met haar zoon praatte – 'kan dat wel regelen, zij geeft haar tenslotte bijles, dan is dat probleem opgelost.'

'Wat voor filmpje?' vroegen Oliko en ik bijna tegelijk.

'Vind je het gepast om daar nu over te beginnen, deda?' siste mijn vader en hij pakte de boter.

'Wat voor filmpje?' Oliko liet het er niet bij zitten.

'Vertel het haar, Goeram,' zei Eter. 'Het doet er nu niet meer toe, het probleem moet de wereld uit.'

'Dat is dus precies de reden waarom ik jou nooit meer iets ga vertellen!' bromde mijn vader, waarmee hij zinspeelde op zijn nauwe band met Oliko, die zijn geheimen nooit zou prijsgeven en in de strijd tussen Esma en hem niet zelden zijn kant had gekozen, terwijl zijn eigen moeder hem in deze hachelijke situatie afviel en nog meer onder druk zette.

'Wat voor filmpje? Goeram, waar heeft ze het over?' Oliko wist van geen ophouden.

'Laten we dit een andere keer bespreken. Keto...'

'Nee, ik ga niet naar mijn kamer. Misschien heeft dit ook een heel klein beetje met mij te maken? Dina is tenslotte mijn beste vriendin.'

Mijn armzalige argumenten klonken niet erg overtuigend, daar was ik me heel goed van bewust, maar ik wist niet wat ik nog meer kon zeggen om niet als een klein kind te worden weggestuurd.

'Die camera was mee naar de bergen.' Eter maakte een eind aan de ondraaglijke spanning. 'Ze had hem bij zich toen... toen het gebeurde. Maar hij wil het filmpje dat erin zit absoluut niet ontwikkelen. Wat ook zijn goed recht is,' voegde ze er sussend aan toe.

'Is het vanwege...? Is het... Wil je dat filmpje niet laten ontwikkelen vanwege hem?' Oliko's stem stokte en ze hield haar hand voor haar mond.

'Wie is "hem"? Hallo?' Ik kon de spanning niet langer verdragen en tegelijk was ik bang voor het antwoord.

'Je moeder had een dierbare vriend, op wie je vader een beetje jaloers was.'

Eters zoetsappige toon beviel me niet. Ze praatte tegen me alsof ik vijf was.

'Een dierbare vriend? Een dierbare vriend, ja, deda? Bravo! Geweldig!'

Mijn vader draaide zich om en verliet de snikkende Oliko, de gepikeerde Eter en mij, zijn in haar eigen angst gevangen dochter, die volwassener wilde lijken dan ze in werkelijkheid was.

'Ze zou nooit bij je weggegaan zijn, ze hadden niets met elkaar, Goeram, hoe vaak moet ik dat nog zeggen, ze waren vrienden, ze kenden elkaar van kindsbeen af, ze konden gewoon goed met elkaar overweg, lieve hemel, als ze iets met elkaar hadden gewild, hadden ze dat voor jouw tijd wel gedaan, ze deelden gewoon dezelfde passie, Goeram, alsjeblieft, doe niet zo dwaas en kom terug!'

Baboeda 2 veegde met haar mouw haar tranen weg, terwijl baboeda 1 een verachtelijke blik op haar wierp en haar hoofd schudde.

Die nacht klopte ik op de deur van mijn vader en ging op de rand van zijn eeuwig piepende, prehistorische houten bed zitten, dat hij voor geen goud wilde vervangen. Hij lag met zijn rug naar me toe en was verdiept in een boek.

'Ik zorg dat je dat filmpje krijgt,' zei ik.

'Dat is goed. Jij moet je niets van die hele zaak aantrekken, je bent een braaf meisje,' mompelde hij zonder me aan te kijken, en ik haatte hem om die terloopse zin, die klonk als een holle frase. Ik wilde allang geen braaf meisje meer zijn, ik wilde mezelf zijn, mezelf mogen zijn. Wat zou er op het filmpje staan dat mijn vader al die jaren niet wilde bekijken? Een roekeloze en tegelijk gelukkige groep bergbeklimmers in de Grote Kaukasus, voordat ze door een lawine werden meegesleurd, of een vrouw die op zoek naar zichzelf in de armen van een andere man was beland?

'Ik zorg dat je dat filmpje krijgt, maar ik laat Dina de camera houden. Vanwege Rati. Het is belangrijk voor hem,' zei ik. 'Ik zorg voor dat filmpje, maar' – en ik raapte al mijn moed bijeen – 'onder één voorwaarde.'

'Voorwaarde? Jij stelt mij een voorwaarde?'

'Dat je het weggooit.'

'Dat kan ik niet. Het is het laatste aandenken aan je moeder...'

'En je durft die foto's niet te bekijken. Al die jaren heb je het niet gedurfd. Misschien vind je het dan toch niet zo belangrijk.'

'Ik doe het als de tijd er rijp voor is.'

'De tijd wordt nooit rijp. Je moet kiezen hoe je haar in herinnering wilt houden, wat er op die foto's staat speelt geen rol. Als het wel een rol had gespeeld, had je dat filmpje allang laten ontwikkelen.'

Hij zweeg. Toen ging hij eindelijk rechtop zitten en keek me aan.

'Misschien heb je gelijk. Ik weet zelf niet waarom ik het al die jaren niet heb gedaan.'

'Je zult je redenen wel hebben gehad, maar die zijn nu niet meer van belang, papa. En beloof me dat Rati er niets van te weten komt.'

Hij leek onder de indruk van mijn vastberadenheid, alsof hij wou dat hij net zo besluitvaardig was, wat de verzoening met zijn verleden zoveel gemakkelijker zou hebben gemaakt, maar hij was gedoemd om met zijn woede en zijn twijfels te leven.

En nu sta ik voor die foto en kijk naar onze sprong, vastgelegd met mijn moeders camera, die uiteindelijk zijn geheimen voor altijd voor zich heeft gehouden en waarmee de nieuwe eigenares nog zoveel magische momenten aan de vluchtigheid van het leven heeft ontrukt. Ik zie hoe we – op Ira na – allemaal lachen en geen idee hebben in welke toekomst we zullen belanden, zodra onze voeten weer de aarde raken. Ik kijk naar die sprong en denk aan de mensenmassa's die in die tijd de hoofdstraten vulden, voorzien van spandoeken en veel dromen. En ik hoor Gorbatsjov ons in het journaal toespreken, zijn 'verbouwingsplannen' aankondigen. Het moet kort voor die sprong zijn geweest dat Nene ons deelgenoot maakte van haar verliefdheid. Ze was onsterfelijk verliefd op Saba Iasjvili, vertelde ze met de wijsheid van een vrouw van honderd. En ik herinner me hoe Ira na die bekentenis opstond en de speelplaats verliet. 'Je bent niet goed snik!' had Nene haar verontwaardigd nageroepen.

Ik verdiep me in Ira's ernstige gelaatsuitdrukking op de foto en herinner me hoe ze ons op een dag vertelde dat ze niet meer naar schaakles ging en nooit meer zou schaken. 'Hoe dat zo?' wilde Nene weten. 'Ik dacht dat je een tweede Nona Gaprindasjvili wilde worden?' En Ira antwoordde: 'Ik wil voortaan alleen nog iets doen waarbij ik echt kan winnen. Niet alleen maffe oorkonden en stomme bekers.' Niet lang daarna deelde ze ons mee dat ze rechten wilde studeren. Wij drieën hielden de deur naar de toekomst nog dicht, we dachten het heden op afstand te kunnen houden en niets te hoeven zien van de tulpenzee op de bloedige straten na 9 april, niets van de Russische soldaten en de toenemende angst voor de pas opgerichte Mchedrioni-bende en haar wapens. We klampten ons vast aan de laatste zomerdagen van onze kindertijd. En zo stonden we op het fabrieksterrein en poseerden we voor Dina's Leica, als om iets voort te zetten wat lang geleden in de besneeuwde Kaukasische bergen was afgebroken.

'Mijn oom vermoordt me als hij hierachter komt!' begon Nene te jammeren toen we weer op straat stonden en merkten hoe angstaanjagend stil en leeg het was. De avondklok was ingegaan.

'Ik heb jullie gewaarschuwd,' reageerde Ira nogal aanmatigend.

'We komen wel thuis, doe niet zo schijterig,' zei Dina, maar ook zij was bang, dat voelde ik aan haar gespannenheid, aan haar hoekige, werktuiglijke bewegingen. 'We nemen de sluipweggetjes, ik ken deze buurt, we mijden de hoofdstraten en zijn op z'n laatst over twintig, vijfentwintig minuten thuis, oké?' riep ze op de geforceerd vrolijke toon van een pionierleider.

'Ze vermoorden me echt,' kermde Nene. Op sommige momenten zakte de moed haar in de schoenen en veranderde ze in het angstige kleine meisje dat zonder het toezicht van haar mannelijke familieleden verloren was.

'Niet meteen in paniek raken.' Ira bleef zoals altijd rustig. Logisch denken was haar kompas en ook nu zocht ze de veiligste route naar huis. 'We hebben geen keus, onze ouders bellen zou nog gevaarlijker zijn. Ze controleren alleen de hoofdstraten, daar heeft Dina gelijk in, we nemen kleine straatjes en nauwe steegjes.'

Dina wachtte de meningen van de anderen niet af en zette zich in beweging, dus zat er voor ons niets anders op dan haar te volgen. Ook ik kende deze wijk een beetje, met Dina en mij als gids zouden we wel veilig thuiskomen.

'Wat willen ze eigenlijk? Ik bedoel, wat moet die stomme avondklok?' klaagde Nene, terwijl we door de smalle, onverlichte zijstraat in de richting van het Vorontsovplein liepen.

'Doe je nou met opzet zo onnozel?' siste Ira. Sinds Nene steeds weer zei dat ze Saba Iasjvili 'om te zoenen' vond, was Ira uiterst prikkelbaar en door niets en niemand op te vrolijken.

'Wat zit je op me te katten? Concentreer je liever op de weg!'

'Jij weet dus niet wat de Russen bij ons willen?'

'Dina, Keto, zeg dan iets, ze doet echt gemeen tegen me!' Nene probeerde Ira in te halen en achter zich te laten.

'Ze willen niet dat we onafhankelijk worden, zo simpel is dat!' riep Ira haar na. '9 april heeft hun intocht alleen maar gelegitimeerd. Ze hebben mensen gedood en doen alsof het onvermijdelijk was.'

Het was de eerste keer dat ik zoveel woede in Ira's stem hoorde. Ik wist niet tegen wie die was gericht, tegen Saba Iasjvili of de Russische troepen die onze stad gijzelden. Ik herinner me dat ik even bleef staan en me naar haar omdraaide, verbaasd over de felheid van haar woorden. Ze keek me vragend aan.

'Ik wist niet dat je zo... nou ja, zo betrokken was.'

Er schoot me geen beter woord te binnen. Onze stemmen galmden vreemd na in het kleine straatje, wat de lugubere sfeer versterkte, alsof we ons in een spookstad bevonden.

'Betrokken? Betrokken?'

Ira's wrevel leek met de minuut toe te nemen.

'In tegenstelling tot jullie interesseert het me in wat voor land ik leef en of ik vrij ben of een slaaf,' riep ze pathetisch.

Voor ik antwoord kon geven, draaide Nene zich om, liep terug, ging vlak voor Ira staan en ademde haar in haar gezicht: 'Ben je nou helemaal geschift? Je beledigt ons aan één stuk door en denkt dat je de slimste bent en alles onder controle hebt. Nou, vergeet het maar!'

Het was iets tussen hen tweeën en ik wilde me er het liefst buiten houden, al was dit niet het moment om je ergens buiten te houden en ook niet om ruzie te maken, maar er was iets gekanteld en dat was niet meer terug te draaien. Dina, die nog steeds voorop liep, hoorde hen niet of wilde hen niet horen, haar voetstappen waren ons oriëntatiepunt in het donker. Wat was er met de straatlantaarns aan de hand? Waren die ook bang voor de Russen?

'Hé, we moeten verder, we kunnen hier niet blijven staan,' probeerde ik tussenbeide te komen, maar ze waren net twee honden die zich op de aanval voorbereiden en hun tanden laten zien.

'Ik hou tenminste het overzicht, terwijl jij je alleen maar laat leiden door je nukken en grillen. De hele wereld moet draaien om jou en die wereldvreemde Saba van je!'

Ira was de wanhoop nabij en verloor haar zelfbeheersing.

'Je bent alleen maar jaloers! Keto, zeg dat ik gelijk heb!' riep Nene mij te hulp. Ze had altijd medestanders nodig, pleitbezorgers, alsof alleen anderen de macht hadden om haar waarheid tot waarheid te verheffen.

'Jaloers, ik? Jaloers waarop? Dat jij uit de verte smachtend kijkt naar een stuk onbenul dat jou niet eens ziet staan?'

'Hij ziet me heus wel staan, stomme trut!' zei Nene verontwaardigd. 'Als je daar een probleem mee hebt, is dat jammer voor je, dan kun je je maar beter niet met mijn leven bemoeien!'

'Hè, toe nou, we moeten echt verder... En schreeuw niet zo!' siste ik hun toe, maar ze leken doof voor mijn smeekbeden.

'Je leven? Het gaat mij er juist om dat je een leven krijgt en niet zo'n figuur aan de haak slaat die zegt wat je moet denken en doen!'

'Zo zie je mij dus? Nou, bedankt! Wat wil je van me? Jij bent toch de beste! Waarom ben je eigenlijk nog met me bevriend?'

'Ik...'

Ira zweeg. Ik stond ernaast en wist niet wat ik moest doen. In de verte hoorde ik Dina roepen.

'Zie je, je weet het niet eens. Zo'n vriendin hoef ik niet.'

Als laatste troef zette Nene haar beroemde trots in, ze deed of ze diep gekwetst was en speelde de ongenaakbare. Ira maakte rechtsomkeert en rende de andere kant op. Ik raakte in paniek. Ik kon haar niet achternalopen, dat zou betekenen dat we ons opsplitsten en dat was te gevaarlijk. Ik besloot eerst Dina te zoeken om dan met z'n drieën achter Ira aan te gaan. Nene volgde me zwijgend en we liepen een hofje in, dat compleet uitgestorven leek. Dina leunde tegen een betonnen muur.

'Waar bleven jullie nou? Waar is...'

'Ze hadden ruzie en Ira is 'm gesmeerd,' legde ik hijgend uit.

'Het was haar eigen schuld, zeg het, Keto, ze was onuitstaanbaar tegen me, de hele tijd al!' begon Nene zich te verdedigen.

'Dat doet er nu niet toe, Nene, ze kan hier niet in haar eentje rondlopen, we moeten haar vinden,' zei ik voordat Dina met een voorstel kwam.

'Ja, er zit niks anders op,' viel ze me bij en we gingen terug. Deze keer renden we niet, we waren al gewend aan de angst, aan de duisternis en de beklemmende stilte. Langzaam liepen we het stuk terug dat we een paar minuten eerder nog zo haastig hadden afgelegd. Nog geen drie straten verder vonden we Ira. Ze stond onder een houten balkon met wapperende was, geflankeerd door twee soldaten in moerasgroen uniform, die haar duidelijk steeds meer in het nauw dreven.

Ik verstijfde, van pure spanning vergat ik adem te halen. Nene sloeg haar hand voor haar mond om het niet uit te gillen. Op Dina's gezicht tekende zich binnen een paar seconden een heel palet van emoties af: eerst paniek, daarna ontreddering, daarna walging en het verlangen om direct rechtsomkeert te maken, daarna weer moed en ten slotte het besluit om in actie te komen.

Zonder ons aan te kijken deed ze opeens een paar stappen naar voren, zodat ze in het gezichtsveld van de soldaten kwam, die geen kalasjnikov hadden, maar wel een pistool in de holster aan hun koppelriem. Ira zag ons meteen, de twee mannen volgden haar blik en draaiden hun hoofd ook onze kant op. We stonden aan de overkant van de straat, verstijfd en verlamd van angst. Een van de soldaten, die amper ouder was dan wij, riep iets naar ons, maar op dat moment liep Dina nog dichter naar hen toe en trok haar geruite blouse omhoog. Ze onthulde haar zwarte bh en haar volle borsten. En voor ik iets kon zeggen, zag ik Nene hetzelfde doen. Ze deed het vlug, zonder aarzelen, ze knoopte haar gebloemde jurk los en stond midden in de lege straat in het schijnsel van een zwakke lantaarn, als een mannequin die haar betoverende lichaam toont. Zonder erbij na te denken schoof ook ik mijn T-shirt omhoog, waarbij ik mijn ogen stijf dichtkneep, alsof ik me onzichtbaar wilde maken.

Ira opende haar mond toen de soldaten, aangetrokken door onze aanblik en zichtbaar ontregeld, langzaam op ons afkwamen. En terwijl de soldaten bij het zien van hun onverwachte, kostbare buit begonnen te fluiten en te brullen, rukte Ira zich los en rende de straat uit. Even later stoven we alle drie met doodsverachting achter haar aan.

DE LAATSTE BEL

Ik kijk om me heen, maar ik zie de andere twee niet. De mensen verdringen zich voor de foto's. Over de zaal hangt een wirwar van talen, als een gigantisch net. Ik heb mijn glas leeggedronken en hoop dat een van de rondrennende kelners me er gauw nog een aanbiedt. Ik probeer in de drukte tenminste Nene's zwaluwen te ontdekken, maar zonder succes. Ik loop verder, volg de onomkeerbare chronologie van ons verleden. Bij één foto blijf ik staan, hoewel ik van plan was om vlug langs deze wand heen te lopen. De foto maakt deel uit van een serie kleinere, die in eenvoudige lijsten een soort drieluik vormen. Vage, cryptische foto's. Je denkt iets bekends te zien, maar als je beter kijkt, blijkt dat een vergissing, want door de manier van fotograferen is het bekende iets onbekends geworden.

Ik herken mijn stad, ik herken de straten, ik zat tenslotte bij haar in de auto toen ze met haar camera en haar bovenlichaam in de wind in haar eenvoudige, prachtige jurk uit het raampje hing, gillend op weg naar het nieuwe leven, naar de vrijheid, naar haar eigen eindexamenfeest, waar haar inmiddels officiële vriend mee naartoe ging. Levan, ik en de beduusde, maar gelukkige Tarik zaten achterin.

Nu ik voor de foto's sta, heb ik het gevoel dat ik iets cruciaals heb gemist, iets belangrijks over het hoofd heb gezien. Tegelijk vervult het me met ongekende trots dat ik iets voorheb op al die mensen die hier zo aandachtig naar de zwart-witte expositiestukken staren. Op een van de kleinere foto's rechts zie ik de Narikala-brug, waar we overheen reden toen ze de foto maakte van de half afgescheurde, in de wind van de voorbijrijdende auto's wapperende verkiezingsaffiches die aan de leuning hingen. RONDE TAFEL – EEN VRIJ GEORGIË lees ik, en op een flard van een van de affiches zie ik stukjes van de eerste president, zijn arm en zijn schouders, een deel van zijn voorhoofd en zijn ogen. De verkiezingsleus is moeilijk te ontcijferen, de opname is erg vaag. En hoewel het een warme dag was, krijg je de indruk dat het koud en winderig is en dat de twee wazige voorbijgangers op de brug ergens voor vluchten.

De verkiezingen, ja, de verkiezingen en de absurde taart die baboeda 2 bij die gelegenheid bakte. Die dag was het bijna stormachtig, de wind joeg alles op: stof, bladeren, hoop, angsten en van de waslijnen gerukt wasgoed. Voor het eerst sinds de sovjetisering van Georgië werd er een meerpartijenverkiezing voor de Opperste Sovjet gehouden. De reacties liepen uiteen: triomf en vreugde bij baboeda 2 vanwege de overwinning van de nationalisten en de man op wie ze al haar hoop had gevestigd: Gamsachoerdia, en bij Eter ontzetting en ergernis over de verkiezing van die 'radicale esotericus', een benaming die me is bijgebleven. Baboeda 2 negeerde Eters bedenkingen en bakte dus die taart, die ze voor de feestelijke gelegenheid versierde met de Georgische vlag. En ik denk aan het feest waarvoor ik die avond was uitgenodigd en waarop ik me al zo lang had verheugd: Levans verjaardag, die met veel vrienden in de mooie woning in het bakstenen huis werd gevierd. Levan en de schaduw van zijn lange, dichte wimpers op mijn wangen. Levan met de onafscheidelijke lucifer tussen zijn tanden, waar hij als een bezetene op kauwde. Het getik van zijn gympen op de houten vloer, de eeuwige zenuwtrek, de onmogelijkheid om rust te vinden. De nieuwsgierigheid in zijn glanzende ogen. Zijn geur van dennen, aftershave en sigaretten.

De woonkamer van de Iasjvili's is overgoten met schemerig, oranje licht, op de achtergrond speelt 'Tom's Diner'. Ik zit aan de rijk beladen tafel die Nina Iasjvili zo liefdevol heeft gedekt, de bedachtzame, melancholieke Rostom loopt met zware wijnkaraffen heen en weer. Ik voel me tevreden, want we mogen drinken, hoeven het niet meer stiekem te doen, velen van ons zijn volwassen of worden het binnenkort. Ik zie de knappe Anna Tatisjvili, die omringd door haar dienaressen in de hoek van de bank zit te giechelen. Natuurlijk groet ze ons niet, daar is ze te verwaand voor.

Ik zie Tsotne Koridze aan het eind van de tafel zitten en ben verbaasd – was hij daar echt, kan het echt zo geweest zijn, of haal ik de dingen door elkaar? Ja, hij was er, ze waren er allemaal, alle drie de Koridzes, toen kon dat nog, want ook Tarik leefde nog, er waren nog geen offerlammeren geslacht, geen schoten gevallen, de trekker van het jachtgeweer was nog niet overgehaald, we waren nog niet in de modderige dierentuin geweest en een mensenleven was nog meer waard dan vijfduizend dollar.

Tsotne Koridze praatte met Anna Tatisjvili; haar smachtende blik, haar bewondering, haar gloeiende wangen waren niet over het hoofd te zien. Ook Saba zat aan tafel, de eeuwige dromer en in zichzelf gekeerde romanheld, de ziekelijk schuchtere Sneeuwwitje; hij maakte een wat verloren indruk tussen mijn en zijn broer, het vrolijke, aangeschoten feestvarken. Die niet bij hem passende en toch beste vriend van mijn broer, die dat jaar aan zijn studie bouwkunde aan de kunstacademie was begonnen en in tegenstelling tot Rati, die weigerde naar de universiteit of hogeschool te gaan, reikhalzend uitkeek naar zijn toekomstige beroep. Die stap in de richting van de bourgeoisie werd hem door zijn vriendenkliek alleen vergeven omdat Rati iedereen op niet mis te verstane wijze duidelijk had gemaakt dat hij geen domme praatjes zou dulden over Saba, over wie achter zijn rug werd gezegd dat hij een 'beschermeling' van Rati Kipiani was.

Ik probeer nog even stil te staan bij die heuglijke dag, waarop de mooie Saba met zijn eerste kus wordt beloond – en niet aan de kreten van zijn moeder te denken.

Rati en Dina waren de eersten die de leeggemaakte woonkamer bestormden en alle aandacht op zich vestigden. De tijd van de geheime telefoontjes en afspraakjes was voor hen voorgoed voorbij. Mijn broer vond dat Dina nu oud genoeg was om het geheim van hun relatie, dat allang geen geheim meer was, te onthullen. Die avond waren de twee bedwelmd door hun onvoorstelbare geluk, dat ze het liefst van de daken hadden geschreeuwd.

De meesten waren van tafel gegaan en stonden her en der in de kamer met hun glas in de hand of zaten in groepjes in een hoek te praten. Diehards zoals Tsotne Koridze waren blijven zitten en dronken stug door. De muziek werd harder gezet, een teken dat de dansvloer was vrijgegeven. Alle blikken gingen naar Rati en Dina, niemand durfde met hen te wedijveren, iedereen stond vol verbazing en bewondering te kijken, alsof het om de openingsdans van een bruidspaar ging. Ze waren mooi en hun dans was wild, ze hadden genoeg aan elkaar, alles om hen heen viel van hen af, zoals bij een bevrijdingsritueel of een duiveluitdrijving. Toen de muziek was weggeëbd en hun ingestudeerd aandoende dansnummer was afgelopen, waagden ook de andere gasten zich op de dansvloer. Nene, Ira en ik zagen hoe Nene's broer Goega al zijn moed bijeenraapte en op Anna Tatisjvili afliep, of liever gezegd waggelde, en haar schuchter ten dans vroeg – gevolgd door spottend gegiechel van Anna's onderdanen. Anna nam hem argwanend op, gniffelde, keek geamuseerd om zich heen en stond toen langzaam op, tenslotte was hij de broer van Tsotne en mocht ze hem niet al te bot afwijzen.

'O shit!' verzuchtte Nene, en ze zei wat ook Ira en mij bij het zien van het onbeholpen danspaar in één klap duidelijk werd: 'Goega valt op dat kreng! En zij dweept met Tsotne!'

Ik had met Goega te doen. Wij wensten niemand Anna Tatisjvili als vriendin toe, tenzij voor straf. En wat ik niet durfde te zeggen, sprak Ira op haar nietsontziende manier uit: 'Voor Goega is het erg, Tsotne zou echt beter bij haar passen.'

Ira stak niet onder stoelen of banken dat ze Tsotne verafschuwde en hem voor Nene's leven in de 'gouden kooi' verantwoordelijk achtte, niet alleen haar oom.

'Doe niet zo rottig. Tsotne kan ongelofelijk charmant zijn als hij wil.'

Zoals altijd nam Nene het onmiddellijk voor haar broer op als iemand hem openlijk bekritiseerde, hoewel ze hem zelf niet zelden de tering en de tyfus wenste en op hem schold als een viswijf.

'Tuurlijk, hij is een echte gentleman, vooral als hij jou terroriseert en het leven van je moeder tot een hel maakt, dan is hij bijzonder charmant,' antwoordde Ira ironisch.

Zulke kibbelpartijen tussen Ira en Nene waren inmiddels aan de orde van de dag, maar ik wilde van deze avond genieten, beneveld en met de lichtheid van die dagen. Ik droeg een vermaakte rok van mijn moeder, een van de weinige relikwieën die alleen van mij waren, die ik niet met mijn broer hoefde te delen, en ik voelde me tevreden en mooi. Anders dan Nene, die haar vrouwelijkheid volop vierde en zodra haar broer uit het zicht was haar blouse tot op de grens van het toelaatbare losknoopte, of Dina, die haar nieuwe lichaam accepteerde met een vanzelfsprekendheid alsof ze al ervaring had met het vrouw-zijn, en ook anders dan Ira, die haar lichamelijke verandering uit alle macht onderdrukte, was ik onzeker, onevenwichtig en bang voor wat er komen ging. Ik kon nog niet wennen aan dat landschap van welvingen, rondingen en reliëfs, die nieuw waren op de landkaart van mijn lichaam. Ik bekeek mezelf vaak in de spiegel en herkende de vertrouwde gelaatstrekken. Ik herkende de bruine ogen, de markante, door mij zo gehate wenkbrauwen van mijn vader, de welgevormde mond van mijn moeder, de lichte welving van mijn neus, de ronde wangen. Maar tegelijk was er iets vreemds in die vertrouwde aanblik geslopen, iets wat ik niet eens duidelijk kon benoemen.

Een traag en treurig liefdesliedje lokte verschillende stelletjes naar de provisorische dansvloer, waar ze ietwat onhandig schuifelden en opletten dat ze niet te dicht bij elkaar kwamen. Anna Tatisjvili had zich na de onvrijwillige dans gauw van Goega losgerukt en weer plaatsgenomen tussen haar dienaressen op de bank. Goega bleef zichtbaar aangeslagen achter, alsof hij uit een droom ontwaakte. Ik vroeg me af of hij eigenlijk in de gaten had dat Anna met zijn broer dweepte. Wij zaten achterstevoren op onze stoel naar de deelnemers aan dit uiterst emotionele schouwspel te kijken. Ik zou er graag bij horen, samen met Levan naast Dina en mijn broer dansen, ook al kon ik helemaal niet dansen en geneerde ik me. Ira leek dat soort wensen niet te koesteren. Ze nipte aan haar wijnglas en leverde op alles en iedereen commentaar. Vooral op Anna had ze het voorzien, ze had haar de diefstal van haar dagboek en de spot waaraan ze was blootgesteld nooit vergeven. Ook hun concurrentiestrijd duurde tot de laatste schooldag voort, Ira bleef moeiteloos de beste van de klas, maar Anna stevende eveneens af op een 'rood diploma'.

'Ik geloof dat veel mensen haar knap vinden. Terwijl ze zo trots en verwaand is. Maar dat schijnt jongens juist aan te spreken,' concludeerde ik – toen Levan opeens voor me stond en vroeg of ik even meeging. Als gehypnotiseerd stond ik op en volgde hem. Hij nam me mee naar de donkere slaapkamer van zijn ouders en vandaar naar het balkon aan de straatkant. De kriebels die op dat korte stukje door mijn lijf dansten, voel ik nu nog.

'Ik wil je iets laten zien,' zei hij en hij wachtte even. Het kostte hem duidelijk zelfoverwinning om de daad bij het woord te voegen, hij keek een paar keer om zich heen en toen hij zich ervan overtuigd had dat er ook op straat niemand was, verdween hij even en kwam terug met een etui. Het zag eruit als een instrumentenkoffertje. Ik keek hem verrast aan en probeerde mijn verbazing niet te laten merken. Hij opende het etui en haalde er een houten instrument uit dat op een fluit leek.

'Dit is een Armeense doedoek. Kenjedie?' vroeg hij met een grijns van oor tot oor. Hij was gewend de woorden vlug achter elkaar uit te spreken, alsof hij er gauw vanaf wilde zijn, waardoor hij soms moeilijk te verstaan was.

'Die heb ik vast weleens gezien, maar...' Ik wist niet wat ik moest zeggen.

'Ga zitten,' zei hij en hij schoof een krukje naar me toe. Ik gehoorzaamde, blij dat ik niet te dicht bij hem hoefde te staan en hem niet in de ogen hoefde te kijken. Hij zette het instrument aan zijn lippen en begon een zachte, hypnotiserende melodie te spelen. Iets in mij kromp ineen.

Iets in mij krimpt ineen. Ik hoor die melodie en kijk om me heen, verbaasd dat niemand hier in de zaal de klank lijkt te horen behalve ik. Maar hij is er, luid en duidelijk, oosters en zwaarmoedig, die klank vol verlangen naar verre oorden. Ik sluit mijn ogen en keer terug, het is zo fijn om op dat nachtelijke balkon te staan en te weten dat iedereen er is, alleen door een muur van ons gescheiden, aangeschoten, vrolijk, verliefd en bedwelmd. Ik weet niet hoelang hij speelde, drie minuten of een halfuur, ik was elk gevoel voor tijd kwijt en werd meegesleept door die weemoedige melodie en de aanblik van de toegewijde, tedere Levan, die het smalle instrument vasthield en liefkoosde als een klein schattig beestje.

Toen hij klaar was met spelen, zwegen we een tijdje. Ik stond op en keek hem aan, daarna zei ik glimlachend: 'Dat was heel mooi. Echt heel mooi. Hoelang speel je al?'

'Geen idee. Ik ben als kind begonnen en ging dan altijd bij Givi oefenen. Het is een fantastisch instrument, dat veel te weinig aandacht krijgt,' voegde hij er als een professional aan toe, terwijl hij de doedoek behoedzaam weer in het etui legde.

'Dat zou je vaker moeten doen. Het is geweldig als je zoiets moois uit jezelf kunt halen,' zei ik en ik was verbaasd over mijn eigen woordkeus.

'Datkunjijtochook?' zei hij stralend.

'Nee, ik ben niet muzikaal, zelfs Givi zegt dat.'

'Jij kunt schilderen. Dashetzelfde.'

'Nou ja, hetzelfde is het niet, bovendien teken ik, ik heb nog nooit met verf en op een ezel gewerkt.'

'Zoujewelmoetendoen,' neuzelde hij en hij hield het etui tegen zijn borst.

'En jij zou meer tijd aan muziek moeten besteden.'

Ik ergerde me dat ik net zo praatte als mijn baboeda's en schaamde me voor mijn toon.

'Dit is nu ons geheimpje, hè?' Hij keek me opeens een beetje angstig aan.

'Hoe bedoel je?'

'Dat van de doedoek.'

'Geheimpje?'

'Ja, jij bent de enige die het weet.'

'Maar...'

'Rati en de jongens hoeven er niets van te weten,' zei hij streng, bijna geïrriteerd. Ik vond dat absurd. Waarom moest hij iets waar hij van hield geheimhouden voor de jongens? Waren het niet zijn beste vrienden? Wat was dat voor vriendschap als hij niet zichzelf kon zijn, als hij zijn passie niet met hen kon delen? Hij haalde een verfrommeld pakje sigaretten uit zijn broekzak en stak er een op. Vanuit de woonkamer drongen flarden muziek tot ons door, vergezeld van geroezemoes. We stonden dicht naast elkaar op het smalle balkon, mijn elleboog raakte zijn arm. Ik durfde me niet te verroeren, alleen zijn hand ging omhoog om de sigaret naar zijn mond te brengen. Toen hij de peuk van het balkon knipte, draaide hij zich naar me toe, zodat ik zijn adem op mijn huid voelde, en vroeg fluisterend: 'Zal ik je nog iets laten zien?'

Gefascineerd door die drang om geheimen te onthullen knikte ik als een gehoorzaam kind. Hij nam me bij de hand en trok me de donkere slaapkamer in. In de verlichte gang doken we weer op, toen trok hij me verder mee, we kwamen langs de woonkamer met de luidruchtige, vrolijke gasten en gingen het kleine kamertje van hem en Saba binnen. Hij maakte geen licht, alleen de door de glazen deur schijnende ganglamp gaf een beetje licht. De muren hingen vol met zwart-witte krantenknipsels en posters uit het tijdschrift *Buitenlandse film*. Ik herkende Chuck Norris en Bruce Lee, boven zijn bed hing een poster waar alle jongens in de klas jaloers op waren: een originele affiche van *Once Upon a Time in America*, de film waar mijn broer en veel van zijn vrienden helemaal gek van waren.

Ik hoor Morricones melodie in mijn hoofd, zie een paar filmfragmenten als in een flipboekje voor me en vraag me af waarom uitgerekend die film, die met vijf jaar vertraging bij ons in de bioscopen kwam, een soort bijbel van een generatie kon worden. Alle jongens van mijn generatie leken zich zonder uitzondering met Noodles en zijn bende te identificeren, en dat terwijl de film zich afspeelt in het New York van de jaren twintig van de vorige eeuw.

'Rati heeft die film wel honderd keer gezien,' zei ik tegen Levan, omdat me niets beters te binnen schoot en ik de stilte onaangenaam vond. Hij lag op zijn knieën voor zijn bed en zocht iets.

'Tuurlijk. Wij allemaal. Minstens tweehonderd keer,' zei hij terwijl hij een stoffige schoenendoos tevoorschijn haalde. Hij wenkte me dichterbij. Voorzichtig tilde hij het deksel op en liet me in de doos kijken. Eerst dacht ik dat het speelgoed was, namaak, ik begreep niet goed wat hij me daar liet zien, dat voorwerp leek des te absurder omdat hij me pas een paar minuten eerder in zijn muzikale geheim had ingewijd. Wat ik daar zag kon ik niet in verband brengen met de doedoek spelende jongen.

'Een echte Makarov. PM wordt hij ook wel genoemd,' hoorde ik hem zeggen terwijl ik naar het zware, kille, zwarte metaal staarde. Ik zou mezelf – de ik die ik toen was – zo graag toeroepen dat ik mijn afschuw moest overwinnen, het pistool moest pakken en dan zo snel mogelijk naar buiten moest rennen, de binnenplaats op, de straat in, steeds verder, naar beneden naar het Leninplein, vandaar door de bochtige, smalle steegjes naar de karavanserai en dan de trappen af naar de oever van de Mtkvari om het zware voorwerp in de rivier te gooien, in het troebele groenige water, in de hoop dat het nooit werd gevonden, dat het op de bodem van de rivier zou vergaan, nooit zou worden gebruikt en ons leven niet zou herschrijven. Maar in plaats daarvan stond ik daar maar, als versteend en in de war, gedoemd de allang vastgelegde loop van de geschiedenis te volgen.

'Waar heb jij een wapen voor nodig?'

'Het is van ons allemaal. Van de bende. Ik bewaar het.'

Zijn stem klonk trots, anders dan bij de smalle, elegante doedoek kostte het hem geen zelfoverwinning om me dit voorwerp te laten zien. Ik kende Rati's mes, een Lisitsjka, hij had het boven de schoenenkast in de gang verstopt, waar de baboeda's en onze vader het niet konden vinden, ik kende van Sancho het Victorinox-mes, dat hij altijd bij zich droeg en waar iedereen hem om benijdde, maar van echte wapens wist ik niets, ik wist niets van een Makarov, ook wel PM genoemd, die onder het smalle bed met de geruite wollen deken van Levan Iasjvili lag.

'Waar hebben jullie een wapen voor nodig?' drong ik aan en ik merkte dat mijn ademhaling sneller ging en mijn gezicht rood aanliep.

'Hoezowaarvoor? Dasnogalwiedes. We zijn een bende,' voegde hij er lachend aan toe.

'Wat voor bende?'

'Zoalsindefilm.'

Hij klapte de doos weer dicht en maakte een lichte beweging met zijn hoofd naar de affiche.

'En dat wil jij ook? Een bende?'

'Natuurlijk wil ik dat. Ik bedoel, we willen ons niet langer laten belazeren. We gaan onze eigen gang en laten ons door niemand vertellen wat we wel en niet moeten doen. Iedereen denkt dat de Koridzes de wijk in hun greep hebben, maar dat zullen we nog weleens zien... Nu zijn wij aan de beurt, ja, wij!'

Het klonk als een vanbuiten geleerde tekst en het was of ik mijn broer tegen me hoorde praten. En voor het eerst voelde ik me niet op mijn gemak bij hem, ik wilde weer terug naar de woonkamer, naar het feest, naar het licht, weg van die merkwaardige gebaren en dreigementen en dat wapen onder het bed, ik wilde terug naar mijn vrienden, naar de wereld waar ik thuishoorde. Vooral weg van deze duistere versie van mijn broer.

Voor het eerst begreep ik dat er iets ten einde liep. Onstuitbaar. Tenzij... en opeens kreeg ik een ingeving, een idee, als een bliksemflits: als het Dina was gelukt Rati zover te krijgen dat hij zijn school afmaakte, zou het haar misschien ook lukken hem van dat vreemde verlangen te bevrijden en terug te halen naar de werkelijkheid. Terug naar ons. Ik moest met Dina praten, ik moest Dina gebruiken om mijn broer af te houden van iets waar ik geen naam voor had, maar dat ik sinds een paar seconden met elke vezel van mijn lijf voelde.

Ik kan niet meer precies zeggen wanneer die merkwaardige concurrentiestrijd tussen mijn broer en Tsotne Koridze was begonnen. Ze hadden elkaar nooit gemogen, in het begin duldden en respecteerden ze elkaar, hielden ze zich aan de ongeschreven wetten van de straat en namen ze de 'fatsoensregels' in acht. Maar met de jaren werd de strijd om de leidende rol in de buurt harder. Het waren allebei alfamannetjes, allebei werden ze gedreven door ziekelijke eerzucht, hun motieven waren ongetwijfeld verschillend, maar ze waren allebei even blind in hun verlangen naar erkenning en zelfbeschikking. Ik voelde allang dat er tussen Tsotne en Rati iets broeide, maar dat Rati doelbewust aanstuurde op een conflict, was nieuw voor me. In tegenstelling tot Tsotne had Rati echter geen *krysja*, hij had niemand die hem privileges en bescherming garandeerde. Een openlijk conflict met Tsotne zou hem in de problemen brengen en al zijn vrienden met hem.

Ik wilde meteen naar Dina in de woonkamer om haar te waarschuwen en haar te vragen met Rati te praten, maar voor ik tot actie kon overgaan, voelde ik Levans greep om mijn pols. Hij trok me stevig tegen zich aan en drukte zijn lippen op de mijne. Als ik me die kus weer voor de geest haal, voel ik opnieuw die schaamte. Ik dacht dat hij meteen zou merken dat ik niet wist hoe je een kus moest beantwoorden en me zou uitlachen. Maar ik bleef in die onhandige houding staan en mijn lippen leken iets te weten wat ik zelf niet wist, en ze beantwoordden iets waarvan ik nooit had gedacht dat ik het beantwoorden kon.

Toen we terugkwamen in de kamer, waren een paar mensen al opgestapt. Ira zat nog waar we haar hadden achtergelaten en at restjes taart van mijn bord. Dina en Rati waren nergens te bekennen, ook Tsotne en Anna Tatisjvili en haar dienaressen waren verdwenen. Saba zat op de bank waar Anna eerst had gezeten en wierp af en toe een schuchtere blik in Nene's richting. Alleen Nene, waarschijnlijk blij dat haar bewaker was vertrokken, danste uitgelaten met een paar jongens van school. In haar diep uitgesneden jurk zwierde ze rond en ze straalde zo'n honger, zo'n begeerte uit dat je er duizelig van werd. Uit haar gezicht sprak een ongekende ontspannenheid, een diepe tevredenheid, en die vrijheid had iets uitdagends en frivools. Goega, die duidelijk te veel had gedronken, zat in een hoek wat te lallen. Zijn slappe, kolossale verschijning had iets meelijwekkends.

Toen Tsotne ver na middernacht nog steeds niet was opgedoken, waagde Nene het nog even met ons naar de tuin op de binnenplaats te gaan; tussen de moerbei- en de granaatappelboom zaten we met z'n drieën op de roestige wip en gaven we ons over aan ons dronken geluk. Van Dina ontbrak nog steeds elk spoor.

'Jullie kunnen het je niet voorstellen, maar ik ben zo verliefd!' verzuchtte Nene en ze sloeg haar armen om mijn schouders. Nene en ik zaten aan de ene kant van de wip, die door ons gewicht tegen de grond werd gedrukt, aan de andere kant hing Ira met een somber gezicht met haar benen in de lucht en had alleen minachting over voor ons domme geklets.

'Wat is er dan gebeurd, vertel op!' wilde ik weten, want sinds we op de binnenplaats waren, schreeuwde ze haar geluk van de daken.

'Ik heb hem gekust!' riep ze en ze begroef haar gezicht in mijn nek.

'Je hebt Saba Iasjvili gekust?'

'Ja, hij is zo'n schijterd, als het van hem had moeten komen had ik nog jaren kunnen wachten.'

'Ik wil naar beneden!' hoorden we Ira aan de andere kant van de wip roepen.

'Hoe dan, waar is het gebeurd?'

Ik was te nieuwsgierig en vond het des te opwindender omdat zij niet de enige was die die ervaring had opgedaan.

'We liepen even de kamer uit en hij ging naar de badkamer, toen ben ik hem gewoon achternagegaan. Hoe hij daar stond, hij was volkomen perplex en overdonderd en werd knalrood, mijn hemel, wat was hij lief! En toen heb ik hem alleen maar aangekeken, het ging heel vlug, je hebt geen idee, ik ben op mijn tenen gaan staan en heb hem gekust. Ik zei toch al dat hij gek op me was, hij is gewoon verlegen, zo schattig...'

'Laat me eindelijk naar beneden, verdomme!' hoorden we Ira's woedende stem vanuit het donker.

'En was het fijn?' vroeg ik door.

'Het was fantastisch! Hij heeft zulke mooie lippen. Hij is helemaal zo mooi! We zouden zulke leuke baby's kunnen krijgen!' kraaide Nene. We hadden Ira's nijdige stem compleet genegeerd.

'Nu sla je door!' Ik lachte. 'Misschien is het nog een beetje te vroeg om aan baby's te denken, vind je niet?'

'Nee, je moet overal aan denken... Ik wil tenslotte geen lelijke kinderen! En hij smaakte naar dragonlimonade!'

'Ik heb Levan gekust,' flapte ik er opeens uit, en het verbaasde me hoe trots ik klonk.

'Echt?' Nene pakte me bij mijn schouders en keek me in de ogen.

'Echt.'

'Kleine slet die je bent, dat geloof ik niet! Vertel...'

Opeens klonk er een doffe smak en hoorden we Ira schreeuwen. We renden naar haar toe, ze lag op de grond en probeerde overeind te komen.

'Ben je gek geworden?' Nene stak haar hand naar haar uit. 'Heb je je pijn gedaan?'

'Nee, laat me met rust, ik wil gewoon naar huis, dit is zo stom...'

Ze stond op en trok haar kleren recht, Nene's hand negeerde ze.

'Wat is er met je, Ira? Kun je niet gewoon blij voor ons zijn?'

Deze keer stond ik aan Nene's kant. Ira gedroeg zich egoistisch, ze was gewoon jaloers.

'Dank je, Keto, eindelijk zegt er iemand iets!' verzuchtte Nene dramatisch. 'Zo doet ze al weken!'

'Jullie zijn zo ordinair... Ik heb gewoon geen zin... Laat me nou eindelijk...'

In Ira's stem klonk zo'n enorme teleurstelling door dat ik mijn oren spitste en haar de weg versperde.

'Alsjeblieft, Ira, zeg wat er aan de hand is, wat hebben we je misdaan?' smeekte ik.

'Nou, wat dacht je? Zij had ook graag gekust willen worden. Maar als je zo chagrijnig en geremd bent als zij, krijg je nooit een vent!' reageerde Nene en ze begon op haar manier te dollen om de scherpe kantjes van haar woorden af te halen. Ze huppelde om Ira heen, versperde haar de weg en begon haar te kietelen. Ira verweerde zich verbeten en duwde haar steeds weer van zich af.

'Laat me onmiddellijk met rust!'

Ze klonk vreselijk wanhopig.

'Nene, laat haar gewoon gaan.'
Het werd me duidelijk dat Ira het meende.
'Nee, nee, want onze Irine wil ook gekust worden, niet dan, niet dan, niet dan... Zal ik je laten zien hoe het moet? Ik kan het je leren, ik ben er namelijk heel goed in!'
En zonder antwoord af te wachten ging ze vlak voor Ira op haar tenen staan, zoals ze het een paar minuten eerder had beschreven, en kuste haar beste vriendin. Ze kuste haar vol overgave en hartstocht, ze kuste op een manier die niet bij haar leeftijd paste. Ik keek naar hen als een voyeur en wist zelf niet wat me het meest fascineerde: Nene's bedrevenheid of het feit dat ze die bedrevenheid bewees bij onze vriendin. Ik stond er als verstard en met grote ogen bij, ik kon me niet van die aanblik losrukken: twee compleet verschillende mensen gaven elkaar iets en pakten het tegelijk van elkaar af, de een schonk de ander een vluchtige vreugde en besmette haar tegelijk met iets fataals, dat onmiddellijk wortel schoot.

Samen met ons veranderden het land, de mensen en de woorden. Alles uit onze kindertijd wat onuitgesproken, verborgen en voor het oog van de staat geheim was gehouden, werd blootgelegd, alsof er een gordijn opzij was geschoven. Het werd met de dag moeilijker om de tanks en de militaire voertuigen in onze straten, de avondklok en de gespannen sfeer die als een loden deken over de stad lag, te negeren; er waren eindeloze betogingen, door megafoons geschreeuwde eisen, mensenmassa's voor de universiteit en het gebouw van het Centraal Comité.

Alleen Nene leek in die sinistere sfeer echt op te bloeien, hoe somberder de gemoederen van de anderen werden, des te uitgelatener leek zij te worden, hoe zwijgzamer en mistroostiger haar medemensen waren, des te harder klonk haar lach, des te feller was haar make-up. Al haar aandacht ging vanaf nu uit naar Saba Iasjvili. Nene ontwikkelde een merkwaardige obsessie, alsof ze al haar onderdrukte lust voor die jongen had opgespaard, alsof ze nu in naam van die eerste liefde tegen haar gouden kooi in opstand wilde komen.

Intussen trok Ira zich steeds meer terug in een cocon. Ze leek zich uit alle macht te verzetten tegen de veranderingen om haar heen. Met onverholen afschuw sloeg ze Nene's euforie gade. In de grote schoolpauzes zocht ze een stil hoekje op het plein om haar geliefde *kada's* op te eten, die ze in een servetje meebracht van thuis. Terwijl het leren haar vroeger gemakkelijk afging, veranderde ze in het laatste schooljaar in een verbeten, door ziekelijke eerzucht gedreven leerling, die voor goede cijfers en complimentjes van de leraren alle plezier uit haar leven bande. En als ze toch eens tijd met ons doorbracht, maakte ze voortdurend ruzie en verweet ze ons politieke en maatschappelijke desinteresse. Wij waren in haar ogen onverantwoordelijke types, die geen boodschap hadden aan de toekomst van hun land. Ze preekte onvermoeibaar burgermoed en burgerplicht, wat tot gevolg had dat we steeds vaker achter haar rug om met z'n drieën afspraken en ons geweten susten om onze apolitieke behoeften te kunnen botvieren. Ik ging eronder gebukt, want ik kon mijn ogen niet sluiten voor het feit dat haar stoïcijnse weigering om met onze zwaarbevochten lichtzinnigheid mee te doen haar veroordeelde tot eenzaamheid, een eenzaamheid waaruit we haar ooit met zoveel moeite hadden verlost toen we haar onze vriendschap aanboden. Ik moest de hele tijd kiezen tussen de standvastigheid en ernst van Ira en de zorgeloosheid en onbevangenheid van Nene. Ik hield vol, alsof ik ademloos wachtte op iets ongehoords en noodlottigs. Ira vergiste zich als ze aannam dat ik me niet interesseerde voor de wereld om me heen; zolang ik me kan herinneren is het zelfs mijn zwakste punt dat ik me veel te veel zorgen om anderen maak. Ik zat in over de afstand die steeds vaker tussen Dina en mij ontstond als ze zich terugtrok in haar denkbeeldige wereld, die ze zich alleen nog wilde voorstellen met mijn broer. Ik volgde met stijgende spanning Nene's wilde ontsnapping uit het keurslijf van haar familie, alsof ze, als een hogepriesteres die in haar tempel een opstand voorbereidt, allerlei onheil over zich afriep.

Ik registreerde de geprikkelde stemming bij ons op school en in het hofje, de zinderende spanning, die alles en iedereen beheerste. Ik moest steeds weer denken aan Levan met zijn doedoek en aan Levan met zijn Makarov. Wat er om me heen gebeurde viel niet te veranderen en de enige manier om dat te verdragen was tekenen. Ik tekende als een bezetene, in de bus, op het schoolplein, onder de les. Ik tekende omdat het me kalmeerde, alsof alleen al het vastleggen van de dingen de naderende dreiging kon tegenhouden.

Niemand had me verteld hoe je volwassen wordt, niemand had me verteld hoe je mensen die je dierbaar zijn door de onzekerheden loodst die het leven nu eenmaal met zich meebrengt. Niemand had me uitgelegd hoe het kan dat je van een jongen houdt en bij hem in de smaak wilt vallen, hem vluchtige en veelzeggende blikken toewerpt, terwijl je bang voor hem bent, voor zijn wensen en de geheimen die hij onder zijn bed bewaart. Niemand had me geleerd de verontwaardigde en boze stemmen uit de aangrenzende kamers te negeren; ze dachten zeker dat grammatica en wiskunde je op het leven voorbereidden. Maar ik had niet geleerd de duizelingwekkende veranderingen bij te houden in een land dat zijn ware gezicht al zeventig jaar achter een masker verborg.

'Wat vertelt hij jou zoal?' vroeg ik op een middag terloops aan Dina, toen we bij haar in het schemerige souterrain met Anano oefenden voor een schoolvoorstelling waarin ze 'Nestans brief' uit *De ridder in het pantervel* moest voordragen.

'Wat bedoel je, wat hij mij zoal vertelt?'

Ik haatte de manier waarop ze deed of haar neus bloedde als ze een vraag wilde ontwijken.

'Rati komt alleen nog thuis om te slapen. Mijn vader draait helemaal door. En Levan zei laatst dat hij en zijn vrienden met de Koridzes willen concurreren. Ik maak me gewoon zorgen...'

'Kunnen we verdergaan?' viel Anano ons boos in de rede; ze stond midden in de kamer om de brief voor te dragen.

Ik zie haar daar weer staan, in haar lange jurk – hoe kwam ze aan die jurk tot op de grond –, en ik kijk om me heen en zoek die sympathieke, elegante vrouw met haar grote oorringen. Ik zie haar in de verte, onmiskenbaar duikt haar profiel op in de menigte, met de jaren gaat ze steeds meer op haar zus lijken. Ze staat aandachtig naar iemand te luisteren en heeft geen idee dat ik haar als vijftien- of zestienjarige voor mij en Dina zie staan om Nestans hartverscheurende smeekbede aan haar geliefde voor te dragen.

'Straks,' zei Dina sussend, en tegen mij: 'Ik begrijp alleen niet wat je van me wilt weten.'

'Mijn hemel, Dina!' Ik kon mijn ergernis niet langer bedwingen. 'Jij bent degene die het dichtst bij hem staat.'

'Heb je daar soms een probleem mee?'

Haar toon kreeg iets agressiefs en haar wenkbrauwen trokken zich samen tot een streep, ze ging in de aanval. Waar was ze bang voor? We hadden tot nog toe nooit geheimen voor elkaar gehad, we hadden alles met elkaar gedeeld en waren er trots op dat we elkaar zo ruimhartig inwijdden in onze verborgen wensen, dromen en zorgen. Sinds wanneer was ze mij als een bedreiging gaan zien?

'Kunnen we nou...' jammerde Anano.

'Hé, ga jij eens even naar buiten, we roepen je wel als je terug kunt komen, je ziet toch dat wij iets serieus te bespreken hebben!' wees Dina haar zusje terecht. De vredelievende Anano liep beledigd de keuken uit en riep nog iets waar we geen aandacht aan schonken. Ik had er meteen spijt van dat ik aan deze discussie was begonnen.

'Laat haar toch, laat haar maar mokken als ze niet begrijpt wanneer ze te veel is,' besloot Dina. Aan die hardheid, die meedogenloosheid zou ik tot aan haar dood niet wennen. Die hardheid zowel tegenover zichzelf als tegenover anderen. Die bijna onhaalbare eisen waaraan je als buitenstaander sowieso nooit kon voldoen. Die duizelingwekkende klippen waarop ze zelf stukliep.

'Luister, jij bent mijn beste vriendin en hij is mijn broer, mijn god, het is toch logisch dat ik me zorgen maak...'

'Zorgen? Waarom zorgen? Omdat wij iets met elkaar hebben?'

'Ja, dat ook, je moet me niet zo rigoureus buitensluiten.'

Ik verdedigde me, maar begon tegelijk aan mezelf te twijfelen omdat ze zo duidelijk vraagtekens zette bij mijn bedoelingen. Was ik soms jaloers? Gunde ik haar mijn onbezonnen broer niet, of wilde ik mijn beste vriendin met niemand delen?

'Nou, ik vind hem geweldig zoals hij is. En ik ga hem niet dwarsbomen,' zei ze met klem, alsof dat haar laatste woord was. Ze pakte een appel uit de fruitschaal die op tafel stond.

'Wat bedoel je met dwarsbomen? Waarin?'

'Jij wilt toch alleen dat ik hem probeer over te halen om te doen wat jullie vader wil. Maar dat doe ik niet. Ik vind hem geweldig zoals hij is, van mij hoeft hij niet te worden zoals jullie hem willen hebben.'

'Jullie, jullie?' Ze kwetste me met opzet. 'Ik wist niet dat ik opeens bij een "jullie" hoorde,' zei ik terneergeslagen.

'Zo bedoelde ik het niet, maar ik ga niet van hem vragen iets te doen wat hij zelf niet wil. Ik ben toch geen spion die jou informatie toespeelt over wat hij van plan is en met wie,' zei ze enigszins dramatisch en ze liet zich op een stoel vallen. Nu begon ze zelf te mokken. Ze nam een hap van de appel en rolde demonstratief met haar ogen. Uit de kamer ernaast klonk muziek. Lika was een oude secretaire aan het restaureren, twee sterke mannen hadden het meubelstuk onlangs door de smalle deur van het souterrain gewurmd. Als ze werkte, had ze meestal een plaat op staan en hoorde je haar niet zelden neuriën.

'Snap dat dan: hij kan in de problemen komen. Denk je echt dat de Koridzes het zomaar pikken als hij en zijn zogenaamde gangsters in hun vaarwater komen? Bovendien kun je het toch niet goedvinden als hij niets van zijn leven maakt?'

'Je praat als een echte bourgeois!'

'Als een wat?'

'Als een bourgeois.'

'Dat is belachelijk...'

Waren dat de woorden van mijn broer? Wie werd hier eigenlijk door wie beïnvloed?

'Het is misschien niet de weg die de meesten volgen.'

Plotseling laaide er iets in haar op. Ze raakte in vuur en vlam en begon Rati met haar gebruikelijke geestdrift te verdedigen.

'Je vader zegt dat hij moet studeren en leren. Maar dat heeft toch geen enkele zin, Keto. Wees nou eerlijk, iedere idioot kan de universiteit binnenlopen en een studieplaats kopen, of gelijk een diploma. Zo is het toch?! Rati wil niets half doen, net zomin als ik. Hij wil vooral niet meer meedoen aan die hypocriete leugenachtigheid. Iedereen om ons heen weet maar al te goed' – en ze maakte een dramatisch gebaar – 'dat ons leven en dit hele land één grote leugen zijn. We willen eindelijk vrij en eigen baas zijn, we willen ons niet langer laten belazeren. Niet door de Koridzes en niet door de staat. En trouwens, ik ga ook niet studeren!'

'Allemachtig, Dina, je praat al net als hij! Ik had iets meer zelfstandigheid van je verwacht,' zei ik met opzet kwetsend. 'Dat is toch allemaal geouwehoer. Wat kan hij nou tegen de Koridzes beginnen? Ik bedoel, weet je niet wie Tapora is, welke macht hij heeft? De halve stad is van hem.'

'Dat is het hem nu juist. Of je betaalt aan de politie of aan een of andere crimineel. En waarom? Omdat iedereen bang is! Dat is wat onze maatschappij draaiende houdt: angst. Maar Rati is niet bang. Voor niemand. Daarom is hij anders dan alle anderen,' voegde ze er met bijna moederlijke trots in haar stem aan toe.

'Iedereen is ergens bang voor,' zei ik meer tegen mezelf dan tegen haar. 'En ook al heb je gelijk, wat kan hij nou doen? Hoe wil hij de Koridzes in vredesnaam een halt toeroepen?'

'Hij wil de mensen beschermen. Hij en zijn maten. Beschermen tegen lui als Tapora en consorten. Hij wil ze beschermen tegen die afpersers. En daar vraagt hij veel minder voor dan die inhalige en corrupte schoften.'

Ik kon er met mijn verstand niet bij. Rati had haar met zijn obscure overtuigingen aangestoken. Hoe kon ze zo blind zijn? Of was ik degene die zich vergiste? Was ik te fantasieloos en te vastgeroest in mijn opvattingen, te laf en te conservatief, zoals ze insinueerde?

'En jij denkt dat Tapora en zijn mensen dat zomaar pikken?'

'De tijden veranderen,' zei ze op een toon alsof het een feit was.

Ik kon er niet tegen dat ze me buitensloot omdat ik een obstakel vormde op de weg die ze met Rati dacht te moeten inslaan. Ze deed dat zo radicaal, zo moeiteloos, zo vastberaden dat mijn adem stokte.

'Hoe kun je...' Ik kreeg tranen in mijn ogen. 'Ik dacht dat wij tweeën, dat wij...'

Even zag ik een lichte aarzeling in haar donkere ogen. Ze voelde zich niet op haar gemak, door mij in de hoek gedreven, ze wilde weer ontsnappen, de situatie ontvluchten, toch was er iets wat haar daarvan weerhield. En plotseling sprong ze op, sloeg haar armen om me heen en gaf me een zoen in mijn nek.

'Doe niet zo stom. Natuurlijk horen we bij elkaar!'

'Ik wil alleen dat alles weer is zoals vroeger,' piepte ik en ik ergerde me dat ik niet langer dan een tel kwaad kon zijn op Dina, dat het ook nu geen zin had om het te proberen. Ik gaf me gewonnen, omhelsde haar en verborg mijn gezicht in haar hals.

'We willen in september trouwen,' zei ze terwijl ze zich van me losmaakte.

'Wat?!' riep ik.

'Haha, gefopt! Onzin! Ik ga nooit trouwen! Je kent me toch. Maar nu moet ik mijn zusje gaan zoeken en met haar oefenen, blijf jij gerust hier, we zijn zo terug.'

En ze verliet het vertrek.

Ik bleef nog even in de ruime keuken met het mooie oude aanrecht zitten, luisterde naar het tikken van de wandklok en wilde opstappen, ik had mijn schooltas al in mijn hand, maar de muziek uit de achterkamer, het mooiste vertrek in de woning, met ramen die uitkeken op de straat en weinig licht binnenlieten, fascineerde me en dus klopte ik aarzelend op de deur.

'Keto, ben jij het, lieverd, kom binnen!'

Lika keek me stralend aan en weer was ik volkomen overgeleverd aan haar hartelijkheid. Er zat een potlood in haar haar, waarmee ze haar wilde lokken in bedwang probeerde te houden, en ze droeg een tuinbroek, die haar bijna net zo flatteerde als een elegante avondjurk. Ze liep op blote voeten, zoals meestal als ze thuis was, en haar welgevormde teennagels waren glanzend rood gelakt.

'Waar zijn de meisjes?' vroeg ze.

'Ze oefenen voor Anano's optreden op school.'

'O ja, natuurlijk. Wacht, ik zal de muziek zachter zetten, zo kun je je eigen woorden niet verstaan.'

Ik wilde haar tegenhouden en haar vragen verder niet op mij te letten en gewoon door te gaan met haar werk, ik wilde alleen maar toekijken, getuige zijn van haar toverkunst. Maar ze zette de muziek zachter en vroeg me op een krukje tegenover haar te komen zitten.

Het was een vertrek waar de tijd stilstond, als een portaal naar een parallelle wereld. Hier voelde je je altijd geborgen. Hier rook alles altijd hetzelfde. De stukken gereedschap, waarvan ik de namen toen nog niet kende, lagen steeds uitgespreid op de vloer, altijd stond er ergens een theekopje en af en toe lag er een sigaret in de asbak. Hier drong de buitenwereld niet binnen, in dit vertrek deed het er niet toe waar het met de wereld daarbuiten naartoe ging. En voor het eerst begreep ik waarom ik me hier altijd zo prettig en veilig, zo thuis had gevoeld: hier had de wereld met haar steeds hogere eisen geen vat op me, hier waren de stemmen uit de megafoons niet te horen, net zomin als de opgewonden commentaren op de televisie. Alles wat Lika in haar handen hield, had al geleefd en de tijd getrotseerd en was nu door deze toveneres met haar wilde manen voor verval behoed en gedoemd verder te leven. Dat besef drong opeens ten volle tot me door. De wens om met dit vertrek te vergroeien, de wens om deel van deze wereld uit te maken en er voorgoed te blijven, deed op dat moment bijna fysiek pijn. Ik herinner me nog heel goed dat Lika die dag aan een biedermeier rolluiksecretaire werkte. Ik herinner me de wanorde rond het meubelstuk, die in mijn ogen als een prachtig stilleven was gerangschikt: het schuurpapier, de verschillende penselen, lijm, schroevendraaiers, een hamer, kunstwas, scharnieren. Ik herinner het me allemaal, het kunstlicht van de bouwlampen, de loep die ze af en toe gebruikte, de sporen van haar rode lippenstift op het theekopje.

Jaren later, ik kan tot op de dag van vandaag niet verklaren waarom, toen ik in het Palazzo Massimo alle Terme in Rome voor een tussen 40 en 20 voor Christus gedateerde muurschildering stond, moest ik aan die middag denken, aan de dag dat ik voor het eerst door het geheime portaal was gelopen en mijn onschuld had verloren. Ik stond daar, tot tranen toe geroerd door de naaldboom op het fresco, en ik wilde niets liever dan dat moment met Lika delen. De ongelofelijke intensiteit van de kleuren en tegelijk de laag van de eeuwen eroverheen, de talloze mensen die met die boom in aanraking waren geweest – die wetenschap overviel me, rukte me los uit het heden en voerde me mee naar een dimensie voorbij ruimte en tijd.

'Jij lijkt voor deze dingen hier' – en ze liet haar blik ronddwalen – 'duidelijk meer belangstelling te hebben dan mijn beide dochters,' zei Lika en ze nam een slok thee.

'Ja, ik vind het heel fijn in deze kamer... en ik vind het mooi dat jij iets redt wat anders weggegooid zou worden,' voegde ik er onzeker aan toe.

'Dat heb je mooi gezegd,' zei ze en ze schonk me haar warme glimlach. Ik hunkerde naar de diepgewortelde kalmte die deze vrouw zo majestueus uitstraalde, en ik begreep dat al die rust en geborgenheid weinig te maken hadden met de geur van houtlijm of met het stilleven van het gereedschap, maar dat ze uit haar binnenste kwamen.

'Vroeger, toen ik zo oud was als jullie, wilde ik zangeres worden, kun je je dat voorstellen?' vroeg ze zachtjes, terwijl ze een penseel schoon begon te maken. Ik wist bijna niets over Lika, ze leek in haar eigen wereld te leven. Als Dina en ik de eetkamer in beslag namen of in de slaapkamer op het bed rondsprongen, sloop ze tussen ons door alsof ze gewichtloos was. Het enige waar ze niet tegen kon, was onbeleefdheid. Ze accepteerde het niet als Dina grof was, haar zusje kwetste of iemand een bot antwoord gaf. Mettertijd werd ik Lika's pleitbezorgster en vloog ik iedereen in de haren die zich kritisch over haar uitliet. Bijvoorbeeld de baboeda's, die vonden dat ze Dina en Anano veel te vrij liet, met name Dina had in menig opzicht een strengere hand nodig, vonden ze. Zelfs bij ons op school gingen er allerlei verhalen over Lika's ruimdenkendheid. Ik koos partij voor Lika, niet zelden verweet ik haar critici dat ze jaloers waren, want – daar ben ik nog steeds van overtuigd – iedereen die zich genoodzaakt voelde negatief over haar te oordelen, benijdde haar stiekem om haar vrijheid.

Maar in de loop van de jaren die ik aan Lika's zijde doorbracht, toen als haar leerling en niet meer als vriendin van haar dochter, leerde ik haar ook van een andere kant kennen. En natuurlijk werd mijn ideaalbeeld bijgesteld. Ik maakte gaandeweg kennis met haar demonen, was niet zelden getuige van haar eenzame, voor de meeste mensen onzichtbare strijd met de wereld waarin ze gedoemd was te leven, van haar woede op die wereld, op de mensen die haar in de steek gelaten, verraden en misbruikt hadden. Maar nog steeds, terwijl ik de foto's van haar dochter bestudeer, voel ik die allesomvattende warmte, dat bijna onnatuurlijke vertrouwen wanneer ik haar beeld voor mijn geestesoog oproep.

'Nou, als dat zo is, vooruit, pak dan die doek en maak dat penseel schoon,' zei ze die middag totaal onverwachts tegen me, waarmee ze zonder het zelf te weten de basis legde voor alles wat komen zou.

'Wat zit je me nou verbaasd aan te kijken? Wil je me helpen of niet? Mooi zo, pak de doek, ja, hier vastpakken en voorzichtig elk haartje apart schoonmaken. Dit is een speciale chemische reinigingsvloeistof, daarom kun je beter handschoenen aantrekken, zodat je geen uitslag krijgt, ze liggen links in de hoek. Ja, die.'

Ik gehoorzaamde haar, oneindig dankbaar dat ze zich over me ontfermde zonder dat ik het haar had hoeven vragen.

'Nou ja, zangeres ben ik niet geworden, zoals je ziet.' Ze lachte schamper. 'Daarna dacht ik dat tenminste de liefde me schadeloos zou stellen, maar dat was een onzinnige hoop. Nog onzinniger dan mijn droom om zangeres te worden. De liefde heeft me wel iets gegeven, maar niet wat ik had verwacht.'

Ze lachte opnieuw en die rauwe, hese lach die soms ineens uit haar losbarstte, deed me denken aan de harde lach van Dina.

Nadat ik het penseel had schoongemaakt, moest ik schroeven sorteren en houtlijm aanmaken. Ze ging bij het raam staan, waardoor je alleen voeten zag, en stak een sigaret op. Ik concentreerde me op mijn nieuwe taken; ik had nog uren, dagen haar instructies kunnen opvolgen.

'Vroeger ging men ervan uit dat bij de restauratie van een kunstwerk, vooropgesteld dat elk kunstwerk een uniek stuk is, de oorspronkelijke toestand moest worden hersteld,' zei ze met haar rug naar me toe en gehuld in de rook van haar sigaret. 'Pas later, na de Tweede Wereldoorlog, won de opvatting terrein dat het bij het restaureren uiteindelijk om conserveren gaat. Dat het onmogelijk is de vroegere toestand één-op-één te herstellen, want we weten gewoon niet hoe het kunstwerk er vroeger werkelijk uitzag, daarom besloot men datgene te behouden wat men aantrof. Geen historische gebeurtenis, geen historisch moment, geen tijd kan worden herhaald, zodoende moet elke restauratie worden opgevat als het behoud van een stuk heden, dat het verleden vasthoudt.'

Ik wist niet zeker of ik haar kon volgen, maar ik probeerde elk woord van haar te onthouden, ik wilde alles in me opzuigen wat ze bereid was me te geven.

'Je moet het je zo voorstellen, Keto: je hebt vast weleens een heel mooie steen in zee gevonden, op het strand van Batoemi of Soechoemi. De mooiste stenen noemen we levende stenen. Die zijn kleurig en hebben een ruw, oneffen oppervlak. Dat komt doordat ze bedekt zijn met eencelligen en algen, met koralen en soms met heel kleine schelpdiertjes. Dat maakt ze zo bijzonder, zo interessant. Zo is het ook met wat wij hier moeten doen.'

Dat 'wij' gaf me een ongekend gevoel van euforie. Bedoelde ze mij, was het mogelijk dat ze al bezig was mij in haar geheime orde op te nemen?

'We proberen een stuk van het heden te conserveren, waarmee een stuk verleden is vergroeid. Dat is helemaal niet zo eenvoudig, kan ik je vertellen...'

Ze schraapte haar keel, draaide zich naar me om en drukte haar half opgerookte sigaret uit in een oud conservenblik.

'Laten we doorgaan, dan zul je het wel begrijpen.'

Pas toen beide baboeda's een voor een de Pirveli's belden om te vragen waar ik was, stuurde Lika me naar huis. Ik rende met een paar treden tegelijk de trap op en somde de namen op van alle werktuigen die ik die dag voor het eerst had gehoord.

Ik moet Lika bellen, denk ik. Ik moet haar vertellen hoe ik toen in Rome aan haar dacht en daarbij geluidloos huilde. Ik moet haar vertellen dat ik aan al die dingen denk en tegelijk vaststel dat haar dochter op haar ontspannen, unieke manier hetzelfde heeft gedaan als wat wij in jarenlange noeste arbeid geprobeerd hadden te realiseren. Ja, ook zij heeft geprobeerd het heden, waarmee een stuk verleden was vergroeid, te conserveren.

De weken daarop ging ik bijna elke dag naar Lika en dook onder in haar wereld. Nog nooit was mijn weetgierigheid zo groot geweest, nog nooit was het leren me zo gemakkelijk afgegaan. Ik was als was in haar handen en liet me leiden; in de lange tunnel die mijn leven in die maanden leek te zijn, was zij mijn fakkel.

Lika stelde geen vragen, ze accepteerde mijn aanwezigheid gewoon, prees me om mijn belangstelling voor haar werk en om mijn handigheid, leverde kritiek als ik mijn hoofd er niet bij had of eens een steek liet vallen, waarschuwde me steeds alert te zijn en heel zorgvuldig met het gereedschap om te gaan. Ze maakte beschuit met suiker of fruit voor me klaar als de middag lang duurde, ze zette thee voor ons, rookte tussendoor, altijd met haar rug naar me toe en uit het raam kijkend. En als het avond werd, bepaalde ze wanneer het 'welletjes voor vandaag' was. Alleen wanneer er niet veel te doen was of ze werk had waarbij ik onmogelijk kon helpen, mocht ik op het lage krukje naast haar zitten tekenen. Ze gaf geen commentaar, ze zei niets, schonk me alleen af en toe een nauwelijks merkbaar lachje of een bemoedigende blik.

Op een keer vroeg ze waarom ik geen schilderkunst ging

studeren, ik zat immers vlak voor mijn eindexamen, of ik al een idee had wat ik later wilde worden. En voor het eerst sprak ik openlijk uit wat me al die tijd benauwde: mijn angst voor verantwoordelijkheid, angst om voor een leeg doek te staan en niet aan de eisen te kunnen voldoen. Angst voor de verf en voor de onmogelijkheid om de complexe werkelijkheid vast te leggen. Ik bekende dat ik het gemakkelijker vond om instructies op te volgen en een precies omschreven opdracht uit te voeren. Bij haar, in dit vertrek, was ik veilig, er was een duidelijke werkwijze die ik kon volgen en als ik iets niet wist, was zij er om me te helpen. Alleen al het idee om mijn schetsboek te verruilen voor een ezel en een doek verlamde me.

'Al die dingen kun je alleen ontdekken door ze te doen,' zei ze, verdiept in een boek waarin ze iets opzocht. Ik gaf geen antwoord, ik liet het erbij en zij begreep het, zoals ze meestal zwijgend de behoeften van de ander begreep. Ze zou me niets opdringen, me de tijd geven die ik nodig had, en ik wist dat ik intussen van dit toevluchtsoord verzekerd was.

Op 26 mei 1991, de dag van onze diploma-uitreiking, werd Zviad Gamsachoerdia de eerste vrij gekozen president van Georgië. Wij maakten ons daar niet druk over, we wilden veel liever onze vrijheid vieren. En ook al ging die vrijheid gepaard met de vrijheid van ons land, het had voor ons weinig betekenis. Die dag ging de bel voor de pauze extra lang, hij was voor ons, alleen voor ons, de schoolverlaters. De leraren feliciteerden ons en krabbelden hun naam op onze witte schorten en overhemden.

Na de symbolische, ietwat sentimentele laatste les, waarin zelfs de onruststokers van de klas stil en nadenkend waren, stormden we de gangen in, rukten alle deuren open en gilden en zongen en vierden onszelf en alle toekomstbeloften. Het rook bedwelmend naar seringen, zoals het in mei altijd ruikt in onze stad. (Is het nog wel mijn stad? Kan ik haar nog zo noemen nu ik al zoveel seringenseizoenen heb gemist? Wanneer houdt iets op van jou te zijn, waar ligt de grens waarop het vertrouwde vreemd wordt? Kan onze eigen kindertijd ooit vreemd voor ons worden?)

We verzamelden ons op het schoolplein, de jongens dronken wijn uit limonadeflessen, sommige meisjes hadden zich al bij hen aangesloten. Zelfs Ira, die de laatste weken als een non had geleefd, was weer tot leven gekomen en straalde. We renden de straat op, genoten van de bewonderende blikken van de jongere leerlingen, die ons met een mengeling van jaloezie en verlangen nakeken. We wilden elk moment van die bijzondere dag voor onszelf hebben, hem drinken als een levenselixer. Alles leek die dag mogelijk, alsof alle wegen voor ons openlagen.

Hand in hand staken we het kale veld over waar de lessen lichamelijke opvoeding meestal waren gehouden. Later zwierden we dronken van vreugde en joelend door de Engelsstraat, iedereen moest ons zien en horen, want eindelijk waren we baas over ons eigen lot. Eindelijk waren we koning in ons eigen rijk. Wat waren we toch naïef...

Diezelfde avond lagen we met z'n vieren op Nene's brede bed en gaven we ons over aan onze dromen. Tsotne was die zomer met zijn oom voor 'zaken' naar Rostov, waardoor Nene een tot dan toe ongekende vrijheid genoot. Terwijl Goega van puur liefdesverdriet leek weg te kwijnen, bloeide Nene steeds meer op en werden de smoesjes en leugens die ze haar moeder opdiste om zoveel mogelijk tijd met Saba door te brengen steeds gewaagder.

'En wat ga jij doen, heb jij al een idee wat je wilt studeren?' vroeg Ira opeens aan mij, terwijl ze zich op haar rug draaide, haar benen in de lucht stak, haar bekken met beide handen ondersteunde en als een acrobate in die houding bleef liggen.

'Keto is zo saai, die zit de hele tijd in mijn moeders atelier en hangt de modelleerling uit,' schamperde Dina en aan haar stem hoorde ik dat het haar niet beviel.

Er was inderdaad een zekere spanning tussen ons ontstaan sinds ik geregeld bij Lika in het atelier zat. Ik had geen zin in haar verwijten en deed of ik niets van haar ergernis merkte. Eén keer had ze een opmerking gemaakt die me verbijsterde: 'Ik heb jouw broer en jij hebt in ruil daarvoor mijn moeder gekregen. Dat lijkt me fair.'

'Wat doe je eigenlijk bij Lika? Is het niet supersaai om van die oude meubels op te poetsen?' vroeg Nene en ze rekte zich op het bed uit als een oude kat.

'Het is helemaal niet saai! Het is gigantisch veel werk en je moet onwijs veel kunnen!'

Zo ging het altijd met Dina: zij mocht iedereen bekritiseren, maar de anderen mochten geen verkeerd woord over haar zeggen, en al helemaal niet over degenen van wie ze hield.

'Zo bedoelde ik het niet, ik bedoelde saai voor Keto,' lichtte Nene toe.

'Mens, laat haar toch voor zichzelf praten!' mopperde Ira en ze liet zich weer op het bed vallen. 'Ik wilde tenslotte háár mening horen.'

'Ik denk er nog over na, maar ik...'

'Waar moet jij nog over nadenken? Je weet toch allang wat je gaat doen.' Dina keek me opeens recht aan.

'O, is dat zo? En wat weet ik dan allang?' antwoordde ik geërgerd.

'Jij gaat voor restaurateur leren. Je denkt dat je daarmee aan de veilige kant zit. Voor de schilderkunst heb je niet genoeg lef, als ik het goed begrijp.'

Ik had haar een draai om haar oren kunnen geven voor

die opmerking, maar in feite had ze gelijk. Ik speelde al geruime tijd met dat idee, maar durfde het niet hardop te zeggen. Ik had op de kunstacademie wat informatie ingewonnen en dacht voortdurend over die optie na.

'Dat zou heel... ongewoon zijn, maar waarom niet,' oordeelde Ira op haar typische peinzende toon.

Even viel er een veelzeggende stilte.

'Het spijt me je te moeten teleurstellen dat je geen interessante schilderes als vriendin krijgt,' zei ik op ijzige toon tegen Dina.

'Waar slaat dat nou weer op? Denk je dat ik dat voor mezelf zeg?'

Haar blik was opeens weer open, vol warmte en tederheid, en ik kreeg al spijt dat ik zo gemeen was geweest.

'Waarom dring je dan zo aan?' vroeg ik en ik sloeg mijn ogen neer. 'Ik ben nu eenmaal geen kunstenares zoals jij... Sorry.'

'Daar gaat het niet om. Het zal me een zorg zijn hoe je het noemt. Voor mijn part word je vuilnisvrouw, als dat je gelukkig maakt. Ik geloof alleen dat je de moed moet hebben om te zijn wie je bent. Mijn moeder had geen keus, zij is het niet geworden omdat ze het per se wilde.'

'Jemig, Dina, ik heb niet één schilderij, denk je dat ze me aannemen met die stomme tekeningen van me? Weet je wel hoeveel mensen schilderkunst willen studeren?'

'Ja, maar hoeveel van hen zijn het echt, ik bedoel, schilder of schilderes?'

'En waarom geloof je heilig dat ik het wel ben?'

'Omdat ik je ken!'

Iets in die uitlating raakte me diep, maar dreef me tegelijk in het nauw. Het liefst was ik meteen opgesprongen en naar buiten gerend, naar Wijnstraat nummer 12 om daar de paar treden naar het souterrain te nemen. Ik begreep haar felle reactie niet. Waarom reageerde ze zo? Waarom zette ze me zo onder druk met haar verwachtingen? En toch kon ik niet anders dan haar dankbaar zijn: ze daagde me uit, onze hele vriendschap was gebaseerd op zulke uitdagingen, waarmee ze onbedoeld maakte dat ik groeide, ook al verwenste ik haar soms om dat gedram.

'Je moeder is blij met haar beroep, je moet het niet afkraken,' zei ik terwijl ik haar recht aankeek.

'Ik kraak het niet af,' barstte ze opeens uit. Er viel een ijzige stilte in de kamer. 'Jij hebt totaal geen benul! Weet je hoeveel ze heeft geleden en hoe moeilijk dat was voor Anano en mij?'

Ik verbaasde me over haar woede en het vleugje zelfmedelijden, iets wat ik niet van haar kende.

'Sorry, Dina, maar ik heb het gevoel dat je het over jezelf hebt. Jij zult je weg wel vinden, Keto heeft vast goede redenen waarom ze restaurateur wil worden,' merkte Ira peinzend op. Ik was Ira oneindig dankbaar dat ze met haar bedachtzame toon de situatie redde.

'Ik heb me in elk geval al opgegeven voor de toelatingsexamens aan de universiteit,' besloot ze zelfverzekerd en ze stond op van het zachte bed. Dina had zich afgewend en zat met haar rug naar ons toe.

'Echt, Ira? Je zet door? Je gaat inderdaad rechten studeren?'

Opgelucht greep ik de kans aan om het gesprek af te leiden van mezelf.

'Ja, ik zet door. We zijn nu een onafhankelijk land, we gaan nieuwe wetten uitvaardigen, nieuwe ideeën ontwikkelen, en ik wil erbij zijn als dat gebeurt,' voegde ze er ietwat pathetisch aan toe.

'Zolang dit systeem blijft bestaan, onafhankelijkheid of niet, zet ik geen voet in de universiteit!'

Ik hoorde mijn broer in Dina's woorden en probeerde mijn ergernis niet te laten merken.

'Maar je moet toch iets doen...' drong Ira aan.

'Ik doe ook iets. Ik fotografeer. Of ik ga in de dierentuin werken. Als oppasser. Ik vind dieren sowieso beter dan mensen.'

'Echt waar?' vroeg Nene verbaasd; ze liet zich altijd door Dina in de maling nemen, ze trapte er altijd in. Maar het was ook moeilijk om bij Dina de grens te trekken tussen fantasie en werkelijkheid, en zelf beschouwde ze haar ideeën nooit als leugens, ze geloofde erin, daardoor kwam ze zo overtuigend over.

'Toe nou, Nene... Ze wordt geen oppasser!' zei ik korzelig.

'Jij weet net zomin als wij wat er morgen zal gebeuren, dus kun je absoluut niets uitsluiten,' antwoordde Dina beledigd. En op dat moment sprong Nene op van het bed en verkondigde met haar heldere stem: 'En ik wil gewoon een dolgelukkige mevrouw Iasjvili worden!'

We keken haar allemaal verbluft aan en proestten het tegelijk uit.

DE GELIEVEN VAN TBILISI

Anano staat opeens naast me en schenkt me haar warme glimlach.

'Gaat het een beetje, is alles oké? Heb je wel iets te drinken?'

Ze kijkt naar mijn lege glas. Ik knik en probeer geruststellend te glimlachen. Ze ziet eruit als iemand die alles onder controle heeft zonder dat het haar bijzonder veel moeite kost. We praten over Lika, die sinds twee jaar bij Anano in huis woont. Ik denk aan de tijd dat ik haar nog elke week vanuit Duitsland belde, wat een steun en toeverlaat ze toen voor me was. Terwijl ik amper geld had voor die peperdure telefoonkaarten. Maar zij was mijn brug, de garantie dat ik in geval van nood elk moment terug kon komen. Ik schaam me dat ik zo lang niets van me heb laten horen en denk weer aan mijn tranen in Rome.

'Vertel me liever iets over jezelf, over de kleine Rati, die natuurlijk allang niet klein meer is. Ik weet van mama hoe druk je het hebt. Ze geeft altijd hoog op van je talent en is ook een beetje trots, alsof jouw succes voor een deel haar verdienste is,' zegt ze met een knipoog. 'Je kent haar...'

'Het is helemaal haar verdienste, niet alleen voor een deel.'

'Ze zegt dat je gespecialiseerd bent in de renaissance en al voor jaren volgeboekt bent.'

'Nou, ik heb genoeg opdrachten en ben veel op pad, dat is het voor- en nadeel van dit beroep. Maar sinds Rati het huis uit is, is het een stuk gemakkelijker geworden. Jij en je moeder moeten beslist een keer bij me langskomen, ik heb het al vaak tegen Lika gezegd.'

'Tja, ze is de jongste niet meer en ook al wil ze het niet toegeven, de leeftijd eist toch zijn tol. Maar misschien ben ik de komende winter sowieso in Duitsland voor de galerie, we organiseren een grote tentoonstelling van jonge Georgische schilders, het Westen ontdekt ze steeds meer en wij willen ze daarbij steunen.'

'Dat is dan een mooie gelegenheid om bij me aan te wippen.'

'Mama vertelde dat je midden in het bos woont. En een fantastische tuin hebt.'

'Het is een oude boerderij, die ik jaren geleden heb gekocht en heb opgeknapt, de ideale plek om je terug te trekken. En de tuin was eerlijk gezegd het idee van je moeder. "Als je zoveel ruimte hebt, plant dan iets, dat geeft ongelofelijk veel rust," zei ze en ze had gelijk. Waar heeft die vrouw eigenlijk geen gelijk in?'

We moeten allebei lachen. Ik vervolg: 'Voor Rati werd het op een gegeven moment natuurlijk te saai, hij is naar de grote stad verhuisd en geniet van het wilde leven, en hij reist graag, dat hebben we gemeen. Hij interesseert zich voor muziek, maar voor het soort muziek waar ik geen benul van heb. Elektronische muziek in de ruimste zin van het woord. Nou ja, wij zijn al een soort dinosauriërs... Jij nog niet, maar ik duidelijk wel.'

Anano lacht en schudt haar hoofd.

'Wat een onzin...'

Ik weet niet waarom ik het doe, want eigenlijk haat ik het om iemand een smartphone met duizenden foto's uit virtuele albums voor zijn neus te houden, maar ik geef toe aan een impuls en laat haar het turquoise meer en mijn tuin zien, die ik bijna moederlijk aanprijs. Ik moet er zelf om lachen.

Ik vraag me af wanneer ik de eenzaamheid ben gaan zoeken. Hoelang hadden we toen al uit de koffer geleefd? Hoelang heb ik na de scheiding in schaars ingerichte, tijdelijke behuizingen gewoond? Wilde ik soms geen plek om thuis te komen? Achteraf begrijp ik het niet, want nu zou ik niet meer zonder die tuin, zonder die rust kunnen. Misschien ligt de oorzaak wel heel ergens anders. Want ik herinner me nog zo duidelijk het gevoel dat me de eerste jaren na mijn verhuizing niet losliet, het gevoel dat alles maar tijdelijk was, dat ik op doorreis was. En ook al sprak ik het nooit hardop uit, diep in mijn hart wist ik dat er voor mij eigenlijk maar één doel kon zijn: terug. Terug naar Tbilisi.

Maar ik schudde mijn verleden van me af, ik ging door, gedisciplineerd als een militair in een elite-eenheid. Ik deed het vooral voor mijn kind. En ik kon het doen dankzij de kalme stem van mijn vader, die ik elke week belde, er altijd op gespitst of er in zijn stem geen verdriet of ongemak doorklonk, alsof ik alleen maar zat te wachten op een aanleiding om eindelijk terug te mogen gaan. Maar hij gaf me geen reden, hij hield zijn zorgen, zijn enorme eenzaamheid voor zich, hij luisterde nog steeds naar Cole Porter en hield de kwade geesten in de fles. Hij wilde me koste wat het kost op een afstand houden, op een afstand van het inferno waaraan we waren ontsnapt.

Nadat Anano zich tot een paar bewonderende woorden over mijn tuin heeft laten verleiden, dwaalt haar blik weer naar de foto's waar het vanavond eigenlijk om gaat. We blijven allebei staan voor de foto met de romantisch klinkende titel *De gelieven van Tbilisi*. De intensiteit, de levendigheid van het daar vastgelegde moment is amper te verdragen: die voor eeuwig verstarde verliefdheid, die lichtzinnigheid en jeugd, die op het moment van de opname onverwoestbaar lijken. Wanneer heeft ze die foto zo genoemd, vraag ik me af, toen ze nog verliefd was en dacht dat ze voor die liefde alles kon verdragen en overwinnen? Of toen de liefde al voorbij was en ze had gemerkt dat gelieven de laatsten zijn die zulke offers weten te waarderen?

Een tijdlang had ze de techniek met de zelfontspanner geperfectioneerd. Uit die periode is ook deze foto. (Later wilde ze zichzelf niet meer laten zien, integendeel, toen was de camera haar schild, waarachter ze zich kon verbergen en helemaal kon verdwijnen, terwijl ze haar motieven voor zich liet spreken.)

De gelieven van Tbilisi... waar zijn ze allemaal gebleven? De stad van mijn kinderjaren en mijn jeugd, zoals die op deze foto's weer opdoemt, bestaat niet meer. Ze is veranderd, ze is verveld, een koningin van de metamorfosen, ze is aan de duistere tijden ontsnapt en heeft zich in een nieuw jasje gestoken, wie zal het haar kwalijk nemen, zo heeft ze tenslotte vijftienhonderd jaar overleefd. De gelieven van Tbilisi zijn niet meer zo standvastig en robuust. Ja, waar zijn ze allemaal gebleven? Hebben ze niet meer lief, is hun liefde allang gedoofd of verdrongen door al die nieuwe stellen, de moderne, minder dramatische, opgewekte en ongecompliceerde stellen?

Was ik een van hen? Rekende ze mij tot die kapotte heiligen? En de mensen die vandaag langs ons heen lopen, zien ze de liefde, de zo zwaarbevochten en duur betaalde liefde aan ons af? Zien ze het zinloos verschoten kruit, het alleen nog smeulende vuur, de verjaarde kussen en weggekwijnde omhelzingen? Zien de anderen aan ons hoeveel we wilden en hoe meedogenloos de tijden ons voor onze onverzadigbaarheid hebben gestraft? En zelfs als de mensen die vandaag langs ons heen lopen alles wisten – zouden ze ons dan herkennen? Ons, de gelieven van Tbilisi?

Nee, dat zouden ze niet, daarvoor moet het leven je al een keer hebben fijngemalen en verteerd, moet het je hebben uitgekotst; zij, aan wie het leven zich van de zonnige kant laat zien, zouden ons niet herkennen.

Weer moet ik aan Norin denken. Aan zijn extreme zwaarmoedigheid, ik bedenk dat hij me misschien alleen heeft gezocht en gevonden omdat ik zijn gepersonifieerde ongeluk was, de overlevende die nooit klaagde, en hij zich ervan wilde overtuigen dat zijn leven, dat hem louter goede gaven had geschonken die hij voortdurend negeerde, eigenlijk fantastisch was en hij zich gedwongen zag de goden, in wie hij niet geloofde, te danken...

Opeens voel ik mijn woede, ik wil die foto's van de wanden rukken, ze meenemen naar mijn sprookjesachtige Duitse idylle, naar die veilige plek waar alleen degenen toegang hebben die door het leven zijn uitgekotst. Waarom mag iedereen hier die liefde zien, die kus? Hun lippen, de lippen van mijn broer... Ik sla mijn ogen neer en kijk naar mijn voeten. Anano is doorgelopen, ik ben opeens alleen – te midden van talloze mensen.

En dan plotseling de gedachte aan Rezo. Als het oplaaien van een allang gedoofde hartstocht. Ik mis hem, zijn nuchtere vertrouwen en het feit dat hij me beter kent dan ik mezelf ooit zal kennen, alsof ik een boek ben in een vreemde taal, die ik niet spreek maar die hij perfect beheerst. Ik zou hem graag vragen of hij gelukkig is in zijn nieuwe leven, met zijn nieuwe gezin. Of hij de liefde krijgt die hij verdient. Vreemd dat ik bij het woord liefde onmiddellijk aan hem denk, hoewel ik van alle mannen met wie het leven mij in contact heeft gebracht bij hem het minst een 'geliefde' kon zijn.

Ik wil verder lopen, maar ik blijf staan en kijk opnieuw naar de foto. Ze kussen elkaar zo hartstochtelijk dat je er duizelig van wordt. Ze gaan op in elkaar als twee kleuren die door een meester tot een ongekende, verbluffende tint worden vermengd. Ze zijn één, beademen elkaar, maar ondanks alle passie heeft die kus niets verwoestends, niets bezitterigs. Ze zijn vrij, ze zijn nog half kind in wat ze willen, ze oordelen niet, ze vragen niet naar het waarom, ze 'zijn', en misschien is dat juist de kracht van deze foto.

Nu ik beter kijk, herken ik haar schooluniform. Dat moet ze speciaal voor deze foto hebben aangetrokken, want hij is ongetwijfeld na ons eindexamen gemaakt. Waarom heeft ze dat gedaan? Ze haatte dat uniform, zoals alles wat haar individualiteit uitwiste. Een ironisch gebaar? Dat past niet bij de onvoorwaardelijkheid van die jaren, het past niet bij haar leeftijd en haar bedwelmende verliefdheid. Mijn gedachten dwalen af naar de dag dat ze haar uniform voorgoed uitdeed en een eenvoudige mouwloze jurk aantrok om haar vrijheid en alles wat die vrijheid beloofde ongeremd te vieren.

Eind juni, ja, het moet eind juni zijn geweest, we hadden voor ons eindexamenfeest speciaal een feestzaal aan de oever van de Mtkvari gehuurd en kosten noch moeite gespaard. We hadden geld ingezameld, een overvloedig menu samengesteld, een gigantische muziekinstallatie laten aanrukken en ons wekenlang het hoofd gebroken over de passende muziek. Er waren met de hand getekende uitnodigingen en bloemen voor alle leraren. Dagenlang bespraken we wat we zouden aantrekken, Lika had voor Dina die eenvoudige mouwloze jurk genaaid, waarin ze eruitzag als een koningin. Ze droeg een schitterend gouden kettinkje om haar hals en tere kamillebloesems in haar haar, dat ze die zomer kort had geknipt, waardoor haar gezicht nog beter uitkwam. Ze straalde gewoon en uit de ogen van mijn broer, die ons met de auto naar de feestzaal bracht, sprak een zeker onbehagen bij het zien van die pracht, die hij met talloze andere mannelijke blikken zou moeten delen.

Ik had eerst ook veel moeite gedaan en in oude *Burda's*

van de baboeda's naar het beste patroon gezocht, baboeda 2 had zelfs een hele middag de pas geopende 'coöperatief' met me afgestroopt, waar sinds kort tegen exorbitante prijzen 'importartikelen' te koop waren. Ze had me in de stationswijk meegesleept naar de 'speculanten', die helemaal niet meer zo heetten en ook niet meer illegaal waren, in de hoop daar een geschikt kledingstuk te vinden, maar niets wat ik uit de rekken haalde paste, niets leek aan mijn eisen te voldoen. Ik had gewoon niet het zelfbewustzijn van Dina om iets eenvoudigs tot zijn recht te laten komen, laat staan het theatrale en zinnelijke van Nene om iets pompeus met een gewaagd decolleté te dragen, waarin ze eruitzag als Catharina de Grote. (Elke afwezigheid van haar oom en broer werd ten volle benut.) Ira, die alleen maar met haar ogen rolde als het gesprek op de kleding kwam, zou iets aantrekken waar niemand op rekende, daar was ik van overtuigd, ze zou haar anders-zijn benadrukken.

Een paar dagen voor het bal gaf ik het op en wilde ik van pure ellende thuisblijven. De beide baboeda's praatten hoofdschuddend op me in, streken over mijn haar, maakten mijn lievelingseten, zaten me voortdurend op te hemelen, waardoor ik me nog stommer en triester voelde. Ik liet me snikkend op mijn bed vallen en kwam mijn kamer niet meer uit. De situatie werd nog penibeler toen de baboeda's mijn vader op me afstuurden, zijn pogingen om me op te vrolijken waren bijna grotesk, want hij zei dingen als: 'Over Lise Meitner werd misschien ook niet direct gezegd dat ze een schoonheid was, maar wat een vrouw, wat een briljant stel hersens, wat een goddelijke gaven...' Waarop ik nog onbedaarlijker begon te huilen en hem gillend mijn kamer uit joeg.

Laat in de nacht – ik was op een gegeven moment doodmoe, badend in tranen en uitgeput van zelfmedelijden met kleren en al in slaap gevallen – wekte Oliko me door met haar koele hand zachtjes mijn voorhoofd aan te raken.

'Wakker worden, Keto, ik wil je iets laten zien.'

Ik wreef mijn ogen uit, kwam met tegenzin overeind en bromde wat voor me uit.

'Ik ga niet proberen je om te praten, maar ik heb ondanks mijn slechte ogen zoveel moeite gedaan dat je dit beslist moet passen, al doe je het maar voor mij.'

Nu zag ik pas de centimeter die om haar hals bungelde en de twee brillen die ze over elkaar droeg, waardoor ze iets had van een trieste clown. Anders dan Eter was baboeda 2 altijd een modebewuste vrouw geweest, die veel waarde hechtte aan haar uiterlijk en de nummers van de *Burda* jarenlang als heilige geschriften bewaarde. Maar sinds haar ogen achteruit waren gegaan, stond de oude Singer onder zijn houten kap in de hoek van de woonslaapkamer te verstoffen.

'Kom, sta op!' spoorde ze me aan en ze kwam met haar handen in haar rug overeind. Iets in haar aanblik ontroerde me: dat keurig bijeengebonden, bruingeverfde haar, waarin een paar witte slierten glinsterden, die licht gebogen houding, de smalle schouders en de dunne knokkels, de rood geborduurde pantoffeltjes en de nauwsluitende, zwarte jurk. In tegenstelling tot Eter droeg ze nooit een peignoir of een jasschort. Zelfs haar sieraden, een paar eenvoudige, fijne zilveren ringen en een onuitputtelijk assortiment oorbellen, deed ze nooit af.

Ik zie haar voor me en al mijn tedere gevoelens voor haar komen weer boven, ik volg haar en kan mijn ogen niet afhouden van haar rug, die zo broos lijkt en zoveel heeft moeten doorstaan. Ze is nog altijd de romantische moeder van mijn dode moeder, de vrouw die mij als klein meisje gedichten van Victor Hugo liet opzeggen; de onafhankelijkheidsbeweging en de president hebben haar nog niet veranderd in de agressieve revolutionair die algauw geen demonstratie meer zou overslaan.

In de keuken zei Oliko dat ik de kleine schemerlamp moest aandoen en me moest uitkleden. Ze verdween even en kwam terug met een zachte, soepel vallende stof, die ze behoedzaam in haar handen hield, alsof het een baby was. Pas toen ik beter keek, zag ik dat het een mooie lichtblauwe jurk van chiffon was, die onder de buste was ingesnoerd met een wit lint.

'De mouwen waren kapot, die heb ik er dus afgehaald, en boven de taille hadden de motten huisgehouden, maar ik geloof dat ik hem heb kunnen redden, hij heeft niets van zijn vroegere glans verloren. Pas hem eens!'

En ze overhandigde me de kostbare jurk.

'Wat is dat voor jurk, baboeda?'

'Het was Esma's lievelingsjurk. Ze droeg hem vaak, bij elke bijzondere gelegenheid. Hij bracht haar geluk, zei ze. Hij lag ingepakt bij mij in de kast. Misschien past hij je.'

Ik streek met mijn vingers over de zachte stof en durfde de jurk pas na een poosje aan te trekken. Bibberend van spanning wapende ik me tegen een grote teleurstelling – te klein, te groot, het verkeerde model. Maar ik hoefde niet eens in de spiegel te kijken om te weten dat hij paste en ik me er meteen goed in voelde. Ik moest mijn tranen inhouden, ik wilde niet aan alle feestelijke gelegenheden denken waarbij mijn moeder dit prachtige kledingstuk niet meer zou kunnen dragen.

'Wat is er?' vroeg Oliko bezorgd. 'Vind je hem niet mooi?'

'Dank je,' mompelde ik zwakjes, ik pakte haar hand en trok haar tegen me aan.

Ik wist hoeveel moeite het haar had gekost om die oude jurk van haar dochter weer nieuw leven in te blazen, hoeveel uren ze met haar herinneringen had moeten doorbrengen, en dat alleen om aan mijn ijdelheid tegemoet te komen.

'Kom, je bent groot genoeg, nu drinken we een glaasje rode wijn, die heeft de vader van een leerlinge voor me uit Kachetië meegebracht, hij smaakt goddelijk. We klinken op je nieuwe levensfase!'

Ze pakte twee glazen uit de eikenhouten kast, schonk het bloedrode vocht in, gaf me een glas en liet me beloven de volgende dag naar het eindexamenfeest te gaan.

Opeens ruik ik dat parfum. Hoe bestaat het! Wie in deze overvolle zaal gebruikt dezelfde aftershave als mijn broer, jaren... ja, hoeveel jaren geleden? Of kan een plotselinge herinnering je zintuigen zo scherpen dat ze zelfs een geur oproepen? Hoe dan ook, ik ruik die scherpe houtachtige geur en zie ons op hem wachten: Dina en ik, opgetut als twee trouwlustige dorpsschonen. We stonden op de binnenplaats en konden ons hart horen bonzen. Om zes uur zou Rati komen om met ons een beetje door de stad te toeren voor we naar de feestzaal moesten.

De Armeense schoenlapper Artjom stak met een blikken pan de binnenplaats over om bij de eeuwig druppende kraan water te halen. Zolang ik me kon herinneren had hij thuis problemen met de waterleiding. Zijn gang had iets loodzwaars, je zou denken dat hij honderd was, maar zijn ogen begonnen te glimmen en zijn mondhoeken gingen razendsnel omhoog als iemand met kapotte schoenen zijn optrekje in de Bethlehemstraat binnenstapte. Geen schoen die hij niet van de definitieve ondergang wist te redden. Slechte voeten bestonden niet, alleen slechte schoenlappers, zei hij altijd.

'O, gaat er iemand trouwen? Heb ik iets gemist?' vroeg hij in zijn grappige mengelmoesje van Georgisch en Russisch, toen hij ons in onze uitdossing zag staan.

'Nee, oom Artjom, we hebben vanavond ons eindexamenfeest,' antwoordden Dina en ik als uit één mond.

'Pas maar op dat jullie onderweg niet worden geschaakt, zo knap als jullie zijn!' riep hij met een knipoog en hij vervolgde zijn weg naar de kraan.

Omdat mijn broer nog op zich liet wachten, liepen we de tuin in, waar nu bijna tien jaar geleden onze vriendschap was begonnen. Dina ging op de roestige schommel zitten en ik duwde haar aan. Toen hoorden we geritsel en ontdekten we Tarik onder de moerbeiboom. Hij zat daar met een heel geconcentreerd gezicht en maakte grappige fluitgeluiden. Waarom hij na de negende klas van de Russische school was gegaan, kregen we nooit te horen. Sindsdien besteedde hij nog meer tijd aan de zwerfhonden en -katten, de hele dag leek hij op de binnenplaats of op straat door te brengen. Slechts een enkele keer zag je hem met zijn zware gereedschapskist ergens heen gaan, de baboeda's vertelden dat hij 'gouden handen' had en hier en daar klusjes deed om wat extra geld te verdienen, dat hij uitgaf aan honden- en kattenvoer.

Hij zat in de grond te wroeten en ging zo in zijn bezigheid op dat hij ons niet eens in de gaten had.

'Hé, Tarik!' riep Dina. Hij schrok op, keek verward om zich heen, alsof hij uit een droom was gerukt, kneep zijn ogen tot spleetjes en grijnsde, zoals hij meestal deed als hij niet wist wat hij anders moest doen.

'Daar, daar, kijk dan, daar, daar!' fluisterde hij. We kwamen dichterbij en hij wees naar een kleine grijze vlek vlak bij de wortel van de boom. Pas toen we beter keken, zagen we dat het een pas uit het ei gekropen vogeltje was met een gele snavel en grijsbruine veertjes.

'Uit het nest gevallen,' voegde hij er bedroefd aan toe.

'O nee, we moeten dat kleintje redden!'

Dat was typisch Dina om zich van het ene op de andere

moment op iets volkomens nieuws te storten.

'We moeten hem verzorgen en neerzetten op een goed zichtbare plek, zodat zijn moeder hem kan vinden,' besloot ze prompt.

'Ja, ja, we moeten hem redden!' Tarik leek dolgelukkig dat hij een gelijkgezinde had gevonden. 'Anders eten de poekies hem op.'

Ik wilde protesteren, maar het was al te laat. Dina gaf ons nauwkeurige aanwijzingen. Ik moest watten en droog brood halen, Tarik een oude handdoek, en zij zou voor een nest zorgen. In een mum van tijd hadden we alles bij elkaar. Zij had een rieten mandje meegebracht, dat we aan de laagste tak van de boom hingen, daarna deden we de watten erin en vervolgens het beestje, dat we kleine kruimeltjes voor de snavel hielden. Opeens leek het overleven van het vogeltje belangrijker dan ons eindexamenfeest.

'En nu geven we elkaar een hand en gaan we voor hem bidden!' zei ze als een vrome discipel en ze pakte ons bij de hand. En zo stonden we als een kleine occulte kring om het jonge vogeltje heen: Dina, bruisend van energie en stralend als een filmster, ik in de blauwe jurk van mijn dode moeder en Tarik in een versleten geruite blouse en een broek waar hij uit was gegroeid.

Toen de minuut stilte voorbij was, draaide Dina zich om, omhelsde Tarik en vroeg of hij mee wilde. Ik trapte haar zachtjes op haar voet in de hoop haar van dat absurde plan af te brengen, maar het had geen zin.

'Ik heb toch helemaal niet bij jullie op school gezeten!' antwoordde Tarik volstrekt logisch, toen hij begreep waarvoor hij uitgenodigd werd.

'Dat doet er niet toe! Jij bent gewoon de beste!'

Dina was in die merkwaardige stemming die ik haar 'hoogspanningscapriolen' noemde en was niet meer te stuiten. Op zulke momenten leek ze een vreemde voor zichzelf, zei volkomen tegenstrijdige dingen en leek heen en weer geslingerd te worden tussen een allesomvattend, onbestemd verlangen en een vage angst. Meestal wilde ze dan iedereen omhelzen en iedereen hoop geven en de hele wereld ten goede veranderen. Ik was daarentegen al bij voorbaat bang voor de reacties van de anderen als Tarik in ons kielzog op het feest zou verschijnen. Ook had ik weinig zin om de hele avond op hem te letten, Dina's bui kon zo weer omslaan en dan zou ze zich met dezelfde overgave aan iets of iemand anders wijden. Maar Dina dreef haar zin door, Tarik kreeg een bruin colbertje van zijn vader en ook de geruite blouse werd verwisseld voor een witte, alleen de te korte beige broek hield hij aan. Met ladingen gel in zijn achterovergekamde haar en penetrant naar goedkoop parfum ruikend stapte hij met ons in de glanzende dennengroene auto, die werd bestuurd door mijn broer. Tot mijn stomme verbazing ontdekte ik op de achterbank een elegante Levan in een zwart pak met een rood vlinderdasje, dat bij hem iets koddigs had. Allebei keken ze ons ongelovig aan toen we Tarik op de achterbank duwden, maar Dina fluisterde Rati vanaf de bijrijdersstoel iets in het oor, daarmee was de zaak afgedaan en Rati startte de motor.

'De eerste westerse auto waarin ik zit!' riep Dina opgetogen en ze begon de auto eens goed te bekijken.

'Hoe komen jullie daaraan?' wilde ik weten.

'Spiksplinternieuw. Een Mercedes, regelrecht uit Duitsland geïmporteerd, dames, en in overeenstemming met jullie schoonheid!' verkondigde Rati trots.

'Is die van jou?' Ik was sprakeloos.

'Van ons allemaal. Je mag ons feliciteren.'

'Hoe komen jullie aan het geld voor zoiets?' vroeg ik opgewonden, maar Dina's strenge blik in de spiegel maakte me duidelijk dat dit niet het goede moment was.

Rati haalde een pakje Pall Mall Blauw uit zijn zak en bood zijn vriendin een sigaret aan. Kennelijk wilde hij haar met zijn westerse verworvenheden imponeren, wat hem ook leek te lukken. Ik sloeg het zelfvoldane tweetal gade. We hielden ons gezicht in de warme wind die door de omlaaggedraaide raampjes naar binnen woei. Ik was blij dat Tarik naast me zat, zodat ik niet vlak naast Levan hoefde te zitten. Sinds zijn verjaardag hadden we elkaar nog wel af en toe gezien, maar alleen vluchtig met elkaar gepraat, in de vochtige gangen van de school, op straat of op de binnenplaats, soms ook bij ons thuis als hij bij Rati langskwam en ze zijn kamer blauw paften en samenzweerderig 'iets zakelijks' bespraken. Ik zocht dan telkens naar een of andere bevestiging dat onze kus iets had betekend, dat er iets op moest volgen, en voelde me stom omdat ik niet de moed had hem daarover aan te spreken. Contact onder vier ogen ontweek hij en ik wist niet hoe ik dat ontwijkgedrag moest uitleggen. Dat prikkelende verlangen, die vage hoop maakte me murw. Ik hield mezelf voor dat de geheimen waarin hij me had ingewijd alleen voor mij waren bestemd. Ik keek uit het raampje, de opgewonden Tarik kletste honderduit, Levan zweeg en durfde blijkbaar niet mijn kant op te kijken.

Het was waarschijnlijk de laatste dag dat alles nog volgens de oude, mij vertrouwde orde verliep, de laatste dag voordat alles om me heen begon in te storten als in een bijzonder wrede, in slow motion verlopende apocalyptische choreografie. Het was ook een van de laatste dagen dat mijn stad nog op zichzelf leek, voordat ook zij een ander gewaad aantrok, een met bloed besmeurd gewaad.

Tijdens die rit dacht ik na over mijn liefde voor deze stad, ik herinner me het weemoedige, sentimentele gevoel dat me beklemde toen we door de steile, met kinderkopjes geplaveide straten en de met platanen omzoomde avenues reden. Dina en ik zwaaiden steeds weer naar de voorbijgangers en trokken gekke gezichten, alsof we hen in onze vreugde en opwinding wilden laten delen. Ik had niet gemerkt dat ze haar camera had meegenomen en was nogal verbaasd toen ze het toestel op de voorbijflitsende landschappen en gebouwen en de afgescheurde verkiezingsaffiches richtte. Die foto's had ik al eens eerder op een tentoonstelling gezien, een van de eerste van haar die ik bezocht. De schoonheid en weemoed ervan hadden me toen al zwaarmoedig gemaakt, omdat ze beladen waren met een gevoeligheid die ik amper kon verdragen.

In de pompeuze zaal met de feestelijk gedekte tafels, die doorbogen onder de last van de gerechten, deden we of we volwassen waren. Het was een aandoenlijk schouwspel, al die jongens die een toost uitbrachten, de meisjes die hun lachen verbeten en alleen veelzeggend knikten of van hun wijn nipten, die lippenstift en spiegeltjes uit hun handtas opdiepten en probeerden als gelijken met de leraren te praten, alsof er een onzichtbare slagboom was opengegaan. We voelden ons volwassener dan de volwassenen, en zelfs de leraren speelden het spel mee en keken rustig toe hoe de alcohol iedereen vrolijker en ontspannener maakte, hoe de muziek steeds harder werd, hoe de hoge hakken geleidelijk werden uitgeschopt en we met opgetrokken jurk de dansvloer op renden.

Ik zat tussen Ira en Tarik in, links daarvan was Levan gaan zitten, gevolgd door Dina en Saba, die op een bepaald moment door Nene was binnengesmokkeld. Officieel waren er geen introducés toegestaan, maar iedereen leek een oogje dicht te knijpen, vooral bij stelletjes, zodoende was het ook vanzelfsprekend dat Rati zich bij ons aansloot. Saba leek zich in het begin niet helemaal op zijn gemak te voelen, maar naarmate er meer gedronken werd, klaarde ook zijn gezicht op en genoot hij van de onbewaakte momenten met zijn aanbedene. Ondanks alle zinnelijkheid en beminnelijkheid straalden ze die avond ook iets gejaagds en geforceerds uit. Nene, die anders constant onder toezicht stond, gedroeg zich alsof ze meespeelde in een opera; elk gebaar, elk blijk van genegenheid moest groots en overdreven zijn, betekenisvol en melodramatisch. Als Saba haar aanraakte, viel ze hem meteen om de hals, ze vergat alle fatsoen waarin ze als dochter van goeden huize was getraind. Saba liet haar gevoelsuitbarstingen over zich heen komen met de stoïcijnse gereserveerdheid waarmee hij anders ook door het leven ging. Zij hield van hem met de impulsiviteit van de eerste liefde, en hij sloot bij elke omhelzing zijn ogen, alsof hij zich aan haar wil overgaf.

Dina leek die avond een vlinder. Ze bleef nooit lang zitten, stond nergens lang te praten, maar fladderde meteen weer verder door de zaal, ze raakte de overvloedige maaltijd nauwelijks aan, zat soms even op een leuning en legde haar hand op iemands schouder, voortdurend giechelend, lachend, haar hartelijkheid en haar charme gul en eerlijk verdelend.

Inmiddels was Levan naast me komen zitten, ik zat op mijn stoel geplakt, alsof er onherroepelijk iets kapot zou gaan als ik opstond. Af en toe voelde ik zijn blik op me rusten, dan sloeg ik mijn ogen neer of deed alsof ik het niet merkte. Ik greep elke gelegenheid aan om me tot Tarik te wenden, me als een ijverige gastvrouw om hem te bekommeren. Ik kreeg amper iets van het verrukkelijke eten door mijn keel, de spanning maakte mijn maag hard en het beetje wijn dat ik dronk, steeg me dadelijk naar het hoofd.

Op een gegeven moment, toen Dina Tarik de dansvloer op trok – tot verdriet van veel jongens uit onze klas, die graag met haar hadden willen dansen, omdat ze tenslotte bekendstond als de beste danseres van de school —, greep ik de gelegenheid aan om naar beneden te vluchten, naar de dichtbegroeide tuin. Grote cipressen staken omhoog in de donkere lucht en het ruisen van de Mtkvari had een kalmerende, bijna slaapwekkende uitwerking op me. Ik ontdekte een bank met een metalen tafel, waarboven overrijpe moerbeien hingen, ik veegde een paar rotte bessen van het tafelblad en ging zitten. Helaas hield ik niet van roken, want dit was hét moment om een sigaret op te steken. De harde muziek uit de feestzaal vervaagde steeds meer tot een achtergrondgeluid. Ik concentreerde me op de rivier, op de langs de oever rijdende auto's, waarvan de koplampen telkens over mijn tafel gleden en die fel verlichtten. Er drukte een merkwaardige last op mijn schouders en ik ergerde me omdat ik niet met volle teugen van het feest kon genieten. Ik was onrustig en als het ware geblokkeerd. Toen ik voetstappen achter me hoorde, keek ik geschrokken om.

'Ik ben het, jehoeftnietbangtezijn!'

Ik herkende zijn opgewekte stem, zijn staccato, zijn snelle spreektempo, alsof hij bepaalde lastige klanken gewoon inslikte.

'Wat doe je hier?' wilde Levan weten en hij ging naast me op de bank zitten.

'Ik denk na.'

'Waarover?'

'Over van alles. Ergens is het toch ook triest dat de schooltijd nu voorbij is.'

'Wees toch blij dat je niet meer elke dag tegen al die koppen hoeft aan te kijken.'

Altijd hing hij de grapjas uit, de vrolijke frans, de onverstoorbare.

'Ik ga studeren,' zei ik opeens en ik stond zelf te kijken van die onthulling. 'Ik ga me voor restauratie opgeven,' voegde ik er met een merkwaardige vastberadenheid aan toe. Het was voor het eerst dat ik die wens hardop uitsprak.

'Echt, wil je dat? Interessant.'

Hij zweeg even, haalde toen een sigaret van achter zijn oor en stak hem met een lucifer aan. Hij had iets kinderlijks en tegelijk straalde hij een indrukwekkende wilskracht uit, die niet bij zijn leeftijd paste.

'Dan doe je het vast goed.'

Weer sprak hij de zin uit als één enkel woord: Dandoejetvastgoed. Hij keek me ernstig aan. Ik doorstond zijn blik. Hij boog zijn hoofd naar me toe en kuste me.

'En jij?' Ik wendde me af. Hij mocht vooral niet merken dat ik bijna geen lucht meer kreeg.

'Wat ik?'

Hij slikte en schraapte zijn keel.

'Ga jij ook studeren?'

'Nee, nu nog niet.'

'Waarom niet? Weet je nog dat je in de vijfde klas een gedicht hebt geschreven en dat onze lerares overliep van enthousiasme?'

Hij lachte, schril en vals. Zijn reactie had iets verbitterds, iets stelligs wat me niet beviel.

'Waarom lach je? Wil je serieus je hele leven met die nozems rondhangen en doen alsof je een of andere gangster uit New York bent?'

Hij keek me geërgerd aan, die zin wilde hij niet uit mijn mond horen, hij was me niet hierheen gevolgd om over zijn toekomst te praten. Ik had de intimiteit tussen ons verstoord.

'Je moet het zo zien, Keto, dat zeg ik ook steeds weer tegen mijn broer: als we echt willen dat er iets verandert, mogen we er niet voor terugschrikken om onze handen vuil te maken.'

'Wat wil dat zeggen? Wat doen jullie eigenlijk? En waar

komt die idiote auto vandaan?'

Opeens begreep ik dat alles al in gang was gezet, dat die dingen allang gebeurden, dat het allang geen puberaal gezwets meer was, dat Rati en zijn vrienden dat leven al leefden.

'We hebben al elf coöperatieven onder onze protectie. Dus er gaat ook elf keer minder winst naar Tapora en consorten. En elf keer minder naar corrupte smerissen.'

'Maar jullie doen toch niets anders dan die corrupte smerissen. Ik bedoel, jullie krijgen toch ook een percentage voor die "protectie"?'

'Wij werken met die mensen samen, wij zijn zakenpartners en geen afzetters, wij vragen minder, we zijn hun vrienden, niet hun vijanden.'

Ik had geen zin meer om met hem in discussie te gaan. Ik vond het alleen maar deprimerend, ik wilde ineens weg, naar huis, of nog liever naar Lika in het souterrain, naar een zinvolle bezigheid waarbij ik me nuttig voelde.

'Je ziet er vandaag zo mooi uit!' mompelde hij en ik wist niet hoe ik dat compliment moest opvatten.

'Waar ben je bang voor, Keto?'

Ik begreep zijn vraag niet.

'Hoe bedoel je? Waar zou ik bang voor zijn?'

'Dat vraag ik aan jou.'

'Ik ben niet bang, ik ben alleen in de war omdat ik niet weet wat jij van me wilt...'

Ik wist me uit zijn omhelzing los te maken en liep een paar passen van hem vandaan.

'Wat ik van jou wil?' Hij leek echt verbaasd.

'Ja, precies, wat jij van me wilt...'

'Ik... ik vind je aardig. Ik vind het fijn als je bij me bent.'

Hij stamelde, zocht naar de juiste woorden. Ergens stelde hij me teleur, maar wat had ik dan verwacht, meer vastberadenheid of zelfs een ondubbelzinnige liefdesverklaring? Wilde ik van hem horen wanneer hij van plan was mijn broer te vertellen wat hij voor me voelde?

'Ik ga weer naar binnen, oké?'

'Maar wat is er dan? Heb ik iets verkeerds gezegd? Keto...?!'

Ik draaide me niet meer om, maar stormde de zaal in en dook onder in de dansende massa. Rati danste innig omstrengeld met Dina, Tarik wankelde lallend rond, leraren dansten met leerlingen, ook Goega was er, hij zat in de hoek bij Anna Tatisjvili's dienaressen naar de dansende Anna te gluren. Nene en Saba waren nergens te bekennen. Eerst leek niemand daar verbaasd over, het feest liep langzaam op zijn eind, sommigen stonden in de tuin, anderen nog op het terras, maar op een gegeven moment zagen we Goega steeds zenuwachtiger naar zijn zus zoeken. Tsotne had hem opdracht gegeven om op haar te letten en ook al wist iedereen dat hij daar niet geschikt voor was, toch voelde hij zich verplicht die taak zo goed mogelijk te vervullen. Nerveus informeerde hij bij iedereen naar zijn zus.

'Man, laat die tortelduifjes toch met rust!' protesteerde iemand. Op een bepaald moment stond hij voor Ira en mij en zijn stem klonk zo wanhopig dat zijn ongerustheid op ons oversloeg.

'Is ze nog steeds niet opgedoken?'

Ira's gespannen stem maakte dat ik mijn oren spitste.

'Wat bedoel je met "nog steeds?"' vroeg ik en ik keek in het hulpeloze gezicht van Goega.

'Ze zijn tenslotte al bijna twee uur weg,' zei Ira op ijzige toon, en ik wist dat Ira's bezorgdheid een goede graadmeter was.

'Waar zijn ze dan naartoe?' wilde Goega weten en hij leek mij met zijn blik om hulp te vragen. Ira vond hij maar eng, de meeste jongens van haar leeftijd wisten niet wat ze van haar moesten denken.

'Ik heb geen idee.' Ira haalde haar schouders op.

'Ze zullen de kans aangegrepen hebben om even alleen te zijn. Ze komen wel terug als het tijd is, maak je geen zorgen.' Ik probeerde opgewekt en positief te klinken. 'Laten we nog een poosje wachten en neem jij zolang nog een glas wijn, Goega,' voegde ik er ietwat onbeholpen aan toe.

'En als ze 'm gesmeerd zijn?'

'O nee, alsjeblieft niet...' Ira kromp ineen, aan die mogelijkheid had ze blijkbaar nog niet gedacht. 'Dat zou een ramp zijn, dat zal ze toch niet gedaan hebben...'

En terwijl Ira steeds weer dezelfde zinnen mompelde, bekroop mij een vaag vermoeden, ik raakte er steeds meer van overtuigd dat de afwezigheid van haar oom en haar broer er in combinatie met haar mateloze verliefdheid toe had geleid dat ze iets totaal ondoordachts en spontaans had gedaan. En terwijl ik me de consequenties van zo'n vlucht probeerde voor te stellen, zag ik dat Ira tranen in haar ogen kreeg. Ik zag haar voor het eerst huilen en er was nog iets anders wat me sprakeloos maakte: ik begreep iets wat ik eigenlijk allang vermoedde, nee, allang wist, en wat tot dan toe niemand van ons had durven uitspreken. Ja, natuurlijk hield ze van Nene, en ze hield van haar op een andere manier dan in een vriendschap misschien 'geoorloofd' was. Ik herinnerde me hun kus in de donkere tuin onder de granaatappelboom en opeens viel alles op zijn plek. Ik wist niet wat ik ermee aan moest, maar wat was er op dit moment belangrijker: dat inzicht of het feit dat Nene er hoogstwaarschijnlijk met Saba vandoor was? En toch vroeg ik me af hoe Ira al haar hoop uitgerekend op Nene kon vestigen. Waarom werd ze uitgerekend verliefd op het meisje dat haar zelfbeeld zo sterk afhankelijk maakte van het mannelijk geslacht? En hoe zat het met Nene, had zij het ooit gemerkt, had zij het überhaupt ooit durven denken? En Dina? We hadden er nooit over gepraat, er nooit over doorgedacht. Ik kende de juiste woorden niet, ik was opgegroeid in een wereld waarin je alleen mannen en vrouwen had, iedereen gevangen in zijn eigen rol die iets bepaalds beoogde en andere dingen uitsloot.

'Ira, het spijt me zo...' was het beste wat me op dat moment te binnen schoot. Ik keek haar recht in de ogen. Ze zette haar bril af en boog haar hoofd. 'Ik ben er voor je, ik bedoel, als je wilt praten.'

Ik schaamde me voor mijn onbeholpenheid, maar tegelijk dwong ik mezelf om aan Nene te denken, ik ging alle mogelijkheden na, alle plaatsen waar ze konden zijn. Moesten we hen zoeken of was het beter om hen te laten gaan? Wie waren wij om over hun toekomst te oordelen? Het stond vast dat Nene's oom die beslissing nooit zou accepteren, hij zou haar nooit met Saba Iasjvili laten trouwen: de consequenties zouden fataal zijn.

'Het moest er een keer van komen. Ik bedoel, niet nu, maar ooit,' zei Ira, terwijl ze haar bril met de punt van haar hemd schoonmaakte. Toen zette ze hem weer op; ze dwong zichzelf tot de nodige zelfbeheersing. Maar het geheim was geen geheim meer.

'Ik ga Dina zoeken en dan bedenken we iets.'

Ik ging terug naar de zaal en rukte Dina uit Rati's armen. Woedend volgde ze me naar het terras.

'Wat bezielt je?'

Ze rook naar alcohol en sigaretten.

'We denken dat Nene en Saba ervandoor zijn.'

Gelukkig waren wij drieën de enigen op het terras.

'Hoe bedoel je, ervandoor?' Dina keek me ongelovig aan.

'Je weet wel...' Ira probeerde de juiste woorden te vinden, Dina's ogen werden groot. Ze schudde haar hoofd en vroeg iemand die langsliep om een sigaret.

'We moeten ze vinden voordat Tapora en Tsotne er lucht van krijgen.'

'Die zijn toch weg?'

'Hoe gauw denk je dat die weer hier zijn als ze ervan horen. En uitgerekend Saba Iasjvili, Tapora gaat door het lint...'

Dina dacht na. Ze liep heen en weer, trok aan haar sigaret, haar wangen gloeiden. Ze was zo mooi, zo vol van haar ontluikende geluk, alsof het bestond uit een magische tuin met talloze planten die allemaal tegelijk in bloei stonden.

'Ik ga Rati halen, we stappen in de auto en gaan alle vrienden af waar Saba zou kunnen zijn. Ga na wie van hun kennissen een datsja of een vakantiehuisje heeft. In zulke situaties vlucht je toch de stad uit,' dacht ze hardop. 'Levan kan ons misschien een paar tips geven.'

En zonder mijn antwoord af te wachten stormde ze de zaal weer in.

Goega had het zweet op zijn voorhoofd staan, hij was wit weggetrokken. Het kostte me de nodige moeite om hem duidelijk te maken wat we vermoedden. Als een mantra herhaalde hij dat Tsotne hem zou vermoorden. Op een gegeven moment greep Ira hem bij zijn mouw en trok hem mee. Zonder afscheid te nemen van de anderen renden we de brede stenen trap af naar de uitgang.

Ik kijk om me heen, zoek Nene en Ira, mijn steunpilaren om deze avond heelhuids door te komen. Ira is nergens te bekennen, Nene staat iets verderop geanimeerd te praten met twee Georgische meisjes, die aandacht willen trekken met hun kleding, wat hun moeiteloos lukt. Nene geniet van de aandacht. Het exclusieve wodkaglas onderstreept haar speciale rol. Haar kleine postuur straalt een ongelofelijke kracht uit, ik voel het bijna fysiek. Ik vraag me af wie van ons drieën het meest is veranderd, misschien is het helemaal niet Ira, zoals ik dacht, misschien ben ik degene die het meeste is kwijtgeraakt van wat me vroeger kenmerkte. Nu lacht ze; haar lach is hetzelfde gebleven, die is nog net zo klaterend, zo uitbundig en koket als vroeger. Zou ze die avond ook zo hebben gelachen toen ze samen met Saba op weg was naar de vermeende vrijheid, zou ze zich vrolijk over ons hebben gemaakt omdat ze ons een streek had geleverd? Of zou ze, dronken van haar triomfantelijke geluk, ons compleet zijn vergeten, geen enkele gedachte aan ons hebben verspild? Zich in de armen van haar geliefde een wolkeloze toekomst hebben voorgesteld? Als ik haar nu zie, zie ik het overdadig uitgedoste meisje, dat haar prille liefde bijna ordinair vierde op het feest dat de poort naar een nieuw leven moest zijn en in plaats daarvan naar een nieuwe kerker leidde.

We zochten de hele nacht en de hele volgende dag, zonder resultaat. Tot de middag wisten we Nene's moeder aan het lijntje te houden, we verzonnen allerlei smoesjes om tijd te winnen. Rati en Levan belden alle vrienden van wie de familie een vakantiehuisje had, maar geen van hen had Saba een sleutel gegeven. Nene had behalve ons geen vriendinnen, daarom had het geen zin om onze dronken klasgenoten uit te horen. Saba en Nene waren spoorloos verdwenen en de Iasjvili's moesten op de hoogte worden gebracht; Goega's paniek sloeg op ons over.

'We moeten ze absoluut vinden. Absoluut!' zei Rostom, de vader van Levan en Saba met trillende stem en een shagje tussen zijn droge lippen. Hij had ons in hun woonkamer bijeengeroepen voor een soort crisisoverleg. We staken de koppen bij elkaar en gingen alle gegevens na die we hadden en bekommerden ons afwisselend om de totaal ontredderde Goega, die op de gebloemde bank zat en door de zachtaardige Nina met haar poederwitte handen werd bemoederd.

'We hebben alles afgezocht, iedereen gebeld, geen spoor,' gaf Rati kleintjes toe. Levan zat half van me afgewend en beet op zijn nagels. We hadden geen van allen geslapen en waren een karikatuur van een reddingsbrigade.

'Als ik erachter kom dat jij hem dekt, vermoord ik je eigenhandig!' riep Rostom op een gegeven moment in Levans richting; het was de eerste keer dat ik hem zijn stem hoorde verheffen. Maar wat kon Levan weten? Die twee hadden hun vlucht waarschijnlijk niet eens gepland. Nene had zo'n geheim nooit voor zich kunnen houden. Voor een rationele, nuchtere beslissing zou ze de moed niet hebben gehad, ze was te bang voor de consequenties. Het moest aan de feestelijke stemming hebben gelegen dat ze zich, aangemoedigd door de alcohol en haar overstelpende gevoelens voor haar lief, in zo'n ondoordachte actie had laten meeslepen.

'Mijn hemel, dan is het maar zo, dan moeten ze maar trouwen en een gezin stichten.'

Levan sprong geërgerd op, hij was zijn zenuwen niet langer de baas.

'Vergeet niet van wie ze een nichtje is!' antwoordde zijn vader droog.

'Hij is geen god, maak je niet zo druk!'

Levan wilde zich niet gewonnen geven, ook al overtuigde zijn gespeelde zorgeloosheid me niet.

'Ze zijn te jong voor zoiets! Ze moeten eerst volwassen worden, iets leren, dan kunnen ze er eens over nadenken of ze een gezin willen stichten! Je broer kan niet eens een ei bakken!' zei Nina verontwaardigd.

'Tapora kennende heeft hij voor Nene vast een andere kandidaat op het oog,' zei mijn broer rustig, als het ware tegen zichzelf. 'Hij wil zaken met Nene doen, zoals met alles en iedereen.'

We keken vragend zijn kant op. Er viel een angstaanjagende stilte, die alleen werd verbroken door het tikken van de klok.

'Hoe bedoel je?' wilde Ira weten. Ik was bijna vergeten dat zij ook in de kamer was, ze had al een eeuwigheid geen woord meer gezegd en al die tijd bij het open raam naar de binnenplaats staan staren.

'Nou ja, je hoort weleens wat...'

Rati vond het vervelend dat iedereen naar hem keek, hij sloeg zijn ogen neer en begon zijn schoenen te bestuderen.

'En wat hoor je dan weleens?'

Nu was het Dina, die mijn broer met een vaag vermoeden op haar gezicht aankeek.

'Nou ja, ik wil hier geen geruchten verspreiden...'

Rati had al spijt dat hij zijn mond open had gedaan. De bel kwam hem zeer gelegen, hij rende naar de deur.

Het was even na twaalven, de zon stond op zijn hoogst, de in het zwart geklede Manana stormde de kamer binnen met een bonte waaier in haar hand, waarmee ze zich lucht toewapperde, ze stortte zich jammerend op Goega en begon luidkeels tegen hem te schreeuwen. De overdreven beleefde Nina was zo verbijsterd dat ze een stap opzij deed en als een zoutpilaar bleef staan. Goega begon als een klein kind te snikken.

'Verdomde idioot, vervloekte stommeling!' riep de razende Manana en ze sloeg met haar vuisten op hem in. Goega hield alleen zijn handen voor zijn gezicht en verweerde zich niet.

'Hoe kon je dat laten gebeuren, waarvoor heb ik je naar dat feest gestuurd?'

Rostom probeerde tussenbeide te komen en het voor Goega op te nemen.

'Hoor eens, niemand heeft dit zien aankomen, Goega wist er niets van, net zomin als wij hier allemaal...'

Rostoms stem wekte Manana uit haar trance, nu richtte ze haar vuur schietende ogen op hem.

'U had een fatsoenlijke man van uw zoon moeten maken in plaats van een vrouwenschaker! Nene zou zoiets nooit doen, ik ken mijn dochter, uit respect voor haar dode vader en haar oom zou ze dat nooit doen. Hij heeft haar ontvoerd!'

Nu kwam ook Nina weer tot leven.

'Ontvoerd, mijn Saba? Hoe kunt u zoiets zeggen? Hoe moet hij haar ontvoerd hebben? We leven niet in de middeleeuwen, mijn zoon en uw dochter houden van elkaar en willen gewoon samen zijn.'

'Samen zijn, laat me niet lachen! Van elkaar houden! Ze heeft toch geen idee wat liefde is!'

'Neemt u me niet kwalijk, maar mijn broer is een fatsoenlijke jongen, waarom moet hij een meisje ontvoeren dat van hem houdt?'

Ik hoorde verontwaardiging in Levans stem. Het verbaasde me dat Rati zo rustig bleef, hij zat roerloos aan tafel en keek door ons allemaal heen; ik probeerde te raden wat hij wel wist en wij niet, welke informatie hem zo moedeloos en terneergeslagen maakte.

'Ik verwacht van u dat u hen vindt. Nene moet zo snel mogelijk thuiskomen, voordat mijn zwager en mijn zoon terug zijn. En ik hoop voor ons allemaal dat ze daar waar ze zijn niets van dit alles te horen krijgen, anders... Nee, daar wil ik niet eens aan denken. En jullie, onnozele wichten, jullie hebben haar zeker ook nog in haar fantasieën gesterkt?'

Nu richtte haar woede zich ook tegen ons, Nene's vriendinnen. Ik zag hoe Dina naast me begon te steigeren en in de aanval wilde gaan, nog even en ze zou ontploffen en die onderdrukte vrouw letterlijk in haar gezicht spugen. Ik legde mijn hand op haar arm en kneep erin, dit was beslist het verkeerde moment, we moesten geen olie op het vuur gooien.

'Ze is geen koopwaar!' zei opeens de door ons allemaal vergeten Ira vanuit de hoek bij het raam. Iedereen draaide zijn hoofd naar haar om.

'Ze is geen speelgoed waarover je kunt beschikken. Ze heeft een eigen wil en moet doen wat zij goedvindt!'

Ira had zich als in slow motion naar ons omgedraaid. Haar ogen waren gezwollen, haar gezicht rood, haar bril vlekkerig, haar lippen gesprongen. Ondanks alles stond ze daar waardig en slingerde ze ons de waarheid in het gezicht die niemand durfde uit te spreken.

'Ze is een vrij mens, of jullie dat nu leuk vinden of niet, en als ze van Saba houdt en bij hem wil zijn, dan is dat haar goed recht,' vervolgde ze vastberaden. Ze leek doorzichtig, alsof het felle zonlicht door haar heen scheen.

'Voor zulke uitspraken zouden ze je je tong moeten uitrukken!' riep Manana met schrille stem. 'Voor zoiets had je vroeger slagen met een leren riem gekregen, en terecht, volkomen terecht, dan zou de lust om zoiets te zeggen je wel zijn vergaan, Irine. Ik zeg maar één ding: zorg dat jullie haar vinden voordat mijn zwager en Tsotne er lucht van krijgen. Want als Dito zijn mensen moet inschakelen' – ze noemde Tapora altijd bij zijn burgerlijke naam – 'dan ziet het er niet best voor ons uit, geloof me.'

Toen Ira met opgeheven hoofd langs Manana heen liep en de woning verliet, maakte ik van de gelegenheid gebruik om ook te vertrekken. Dina kwam achter ons aan. De felle zon verblindde ons. We bleven voor de ramen van oom Givi staan. Dina was gekalmeerd. Ira was zichtbaar aangeslagen, maar haar toon was beheerst, koel en zakelijk.

'Ik moet nu slapen. Ik ben zo ontzettend moe. Ze heeft

haar beslissing genomen, laten we hopen dat ze gelukkig wordt.'

'Je hebt haar moeder gezien, tegen dat front kan ze niet op,' wierp Dina tegen, terwijl ze haar gekreukte jurk gladstreek.

'We moeten haar helpen. Als ze dit wil, moeten we haar helpen,' zei Ira terwijl ze aanstalten maakte om weg te gaan. Die zin uit Ira's mond verbaasde me.

'Dat heb je goed gezegd, Ira, ik ben trots op je!' riep Dina haar na, toen ze de tuin al uit was en naar het trappenhuis liep.

'Maar het was niet echt slim,' zei ik en ik zette me langzaam ook in beweging. 'We moeten haar niet aanmoedigen, tegen de Koridze-clan heeft ze geen schijn van kans.'

'En jij bent verdomd laf, weet je dat, Keto?'

Ze keek me met zoveel verachting aan dat het niet veel scheelde of ik was in tranen uitgebarsten.

'Ik probeer verstandig te zijn!' verdedigde ik me.

'Verstandig, jij, natuurlijk! Wie wil je hier eigenlijk in de maling nemen?'

'Hoe stel je je dat voor? Moeten we soms iedere Koridze in coma slaan? Je hebt toch zelf gezegd dat ze nooit zullen toestaan dat Nene met Saba...'

'Ja, maar dat betekent nog niet dat je je zonder slag of stoot moet overgeven!'

Ze wachtte mijn antwoord niet meer af en verdween in huis.

Toen van het schaamteloze liefdespaar drie dagen later nog steeds elk spoor ontbrak, liet Manana het erop aankomen en riep ze haar zoon terug naar Tbilisi. Hoe langer Nene wegbleef, hoe moeilijker het zou worden om hun gezicht en hun twijfelachtige 'familie-eer' te redden, daarom besloot ze een escalatie te riskeren. Al mijn pogingen om van Rati te weten te komen welke plannen Tapora met Nene zou hebben, mislukten. Pas toen Tsotne net terug was in Tbilisi, belde Saba naar huis om te vertellen dat Nene en hij een kamer in Batoemi hadden gehuurd om daar hun 'wittebroodsweken' door te brengen. Tsotne reed van het vliegveld linea recta naar Batoemi. Ook Rati begon haastig zijn tas te pakken. Er werd een groot aantal telefoontjes gepleegd en besloten dat Rostom Iasjvili diezelfde avond de nachttrein naar Batoemi zou nemen.

Nene werd bij haar lurven gepakt en de auto in gesleurd, Saba reed met mijn broer, Levan en Rostom terug naar Tbilisi. Het was inderdaad een spontaan, impulsief besluit geweest, zoals Nene later toegaf. Ze hadden achter de feestzaal staan zoenen en toen wist ze, nee, toen wisten ze allebei dat ze niet langer gescheiden wilden zijn en dat het geen zin meer had om te wachten.

'Ik hou van haar. Zij houdt van mij. Zij is mijn vrouw en ik ben haar man, en daar kan niemand iets tegen doen,' moet Saba vlak voor Koetaisi heel vastberaden hebben verkondigd.

Wat een vergissing, wat een vreselijke vergissing!

Om te beginnen werd Nene verbannen: naar Soechoemi of Pitsoenda, ik weet het niet meer, samen met haar moeder, de hele hete maand juli. Ik hoor nog haar wanhopige gesnik toen we haar probeerden te troosten terwijl ze haar koffer pakte. Dina en ik keken machteloos en terneergeslagen toe; Ira ging ons sinds Nene's gedwongen terugkeer uit de weg.

'Het is maar voor een paar weken, tot de gemoederen zijn bedaard, je zult het zien. Aan het eind van de zomer ziet alles er heel anders uit. En natuurlijk kunnen jullie daarna weer samen zijn...'

Ik had me moeten schamen voor die naïeve woorden, maar wat konden we anders doen dan haar troosten en de waarheid achterhouden. Want haar familie zou nooit toestaan dat ze met Saba Iasjvili trouwde, en met dat vooruitzicht viel er weinig troost te bieden. Dina zat er met lege ogen bij, inwendig kookte ze.

'We zullen jullie helpen. We sparen geld. Daarmee kunnen jullie een poosje naar het buitenland. We fiksen het wel!' zei ze opeens met de vastberaden stem van een vrijheidsstrijdster en ze balde theatraal haar vuisten. Voor het eerst tilde Nene haar hoofd op en hield ze op met huilen.

'Denk je?'

'Absoluut!'

Dina's stellige toon gaf haar moed, ze keek hoopvol op naar mij. 'En jij, geloof jij dat ook, Keto?'

'Ja, natuurlijk geloof ik dat.'

Ook al geloofde ik het in de verste verte niet, ik kon mijn smoorverliefde vriendin niet nog meer teleurstellen. Ik kon haar onmogelijk vertellen wat er op dat moment door mijn hoofd ging. Ik kon haar onmogelijk vertellen dat je in onze stad niet kon houden van degene van wie je hield. Want in onze stad liepen de mensen weg voor hun wensen. In onze stad moest je van je verlangens afzien om jezelf niet in het ongeluk te storten. Je leerde een vreemde voor jezelf te worden, dat was de beste manier om in onze stad je draai te vinden. In onze stad was de liefde van korte duur en verdampte ze als de ochtendnevel zodra de zon opkwam. In onze stad waren de meisjes poezelig en ragfijn, ze waren gemaakt om aan de eer van hun man te weven en warm brood voor hem te bakken, ze waren er om zijn verwachtingen te weerspiegelen. In onze stad waren de meisjes goudvissen, waarvoor de jongens een aquarium moesten bouwen om er hun allerliefste vissen in te laten zwemmen. In onze stad waren de meisjes vleugelloze engelen, aan dunne draadjes vastgehouden door moeders, tantes en grootmoeders, die vroeger ook niet weg mochten vliegen. In onze stad waren de jongens kopieën van hun vader, oom en grootvader, die de spelletjes van hun kindertijd ook niet uit mochten spelen en die in één klap volwassen en sterk moesten worden. In onze stad waren gelieven wilde dieren en alle anderen dompteur. Uiteindelijk lieten de wilde dieren zich temmen, of ze werden in een kooi gestopt en als afschrikwekkend voorbeeld tentoongesteld. Ik kon Nene moeilijk vertellen dat de gelieven van Tbilisi altijd al op de vlucht waren.

'Vergeet me niet en doe de groeten aan Ira. Ik weet dat ze kwaad op me is. Maar zeg dat ik haar mis,' riep ze ons in het trappenhuis nog na toen we al beneden waren.

De volgende dag ging ik naar de kunstacademie om me op te geven voor de toelatingsexamens aan de faculteit voor Restauratie en Conservering. Ik had het al die tijd voor me uit geschoven, maar op de terugweg naar huis, lopend door de hete straten van Sololaki, realiseerde ik me hoe dom het was geweest om er zo lang tegen aan te hikken en mijn kans onbenut te laten. Ik vertelde het zelfs niet aan Lika, ik moest eerst mezelf bewijzen. De enige die mee mocht naar een van de examens was Ira, die met het maximale aantal punten was aangenomen bij de juridische faculteit van de Staatsuniversiteit. Ze stelde geen vragen en haar aanwezigheid gaf me een rust en een stabiliteit die mijn angst en onzekerheid tot zwijgen brachten. Geduldig wachtte ze tot ik het laatste mondelinge examen achter de rug had, waarna we samen over het met kinderkopjes geplaveide terrein van de kunstacademie naar de Roestaveli Avenue slenterden.

'Gelukkig hebben ze marxisme dit jaar als verplicht vak afgeschaft, anders waren we vast allebei gezakt,' grapte ze en ze sloeg een arm om me heen. We liepen langs een paar van de 'commissiewinkels', die als paddenstoelen uit de grond schoten, maar bleven niet voor de etalages staan, de artikelen die daar te koop waren konden we ons toch niet permitteren. Ongeveer in die tijd moet het ook geweest zijn dat ik voor het eerst in mijn leven een meerdere uren durende stroomuitval meemaakte. Toen wisten we nog niet dat die plotseling invallende duisternis een vast onderdeel van onze toekomst zou worden en vonden we de daaropvolgende opwinding in ons hofje nog amusant; buren kwamen met kaarsen aanzetten, een paar anderen hadden oude petroleumlampen opgeduikeld, iemand riep over de hele binnenplaats dat we voortaan niet alleen kaarsen moesten hamsteren, maar ook moesten zorgen dat we voldoende water in voorraad hadden, je wist maar nooit.

De meeste fabrieken en bedrijven werden gesloten, uit de voormalige kolchozen stroomden mensen naar de stad om als taxichauffeur of bouwvakker de kost te verdienen. Baboeda 2 klaagde over uitblijvende vertaalopdrachten, niemands hoofd stond naar Voltaire of Zola, ook was er een tekort aan papier om nieuwe boeken te drukken. Daardoor zag ze zich gedwongen twee nieuwe leerlingen aan te nemen voor bijles Frans.

Onze stad is nooit goed geweest in het bewaren van geheimen, zodoende riep mijn vader me op een ochtend bij zich en keek me vragend aan door zijn leesbril, die voortdurend afzakte of aan een fijn kettinkje op zijn borst bungelde.

'Moet jij me niet iets vertellen?'

'Hoe bedoel je?'

'Restaurateur? Restauratie en Conservatie? Waarom en waarom zo stiekem?'

'Ik wilde niet dat jullie zouden proberen me om te praten, en ook niet dat jij me zou helpen.'

'Helpen? Ik kan je daar helemaal niet helpen, dat is mijn faculteit niet.'

'Je weet wel wat ik bedoel: een telefoontje naar deze of gene, een goed woordje, je weet toch hoe dat gaat.'

'Ik moet toegeven dat ik behoorlijk verbaasd was toen ik gebeld werd door Otar, mijn oude schoolvriend die beeldhouwkunst geeft. Hij zat schijnbaar in de examencommissie en wilde gewoon even informeren of jij inderdaad mijn dochter was.'

'O nee, zeg alsjeblieft niet dat je het hem hebt verteld, ik wil geen krysja!'

'Ik heb hem eerlijk verteld dat ik van niets wist en het eerst aan jou moest vragen.'

Ik kon er in elk geval volkomen zeker van zijn dat hij de waarheid sprak; mijn vader verdient nog altijd een trofee als slechtste leugenaar aller tijden.

'Komt het door Dina's moeder? Heeft zij het je aangeraden?'

'Lieve hemel, ik wilde het zelf! Ik heb het zelf besloten. Lika weet er niets van.'

'Maar ik begrijp het niet... Waarom geen schilderkunst, je hebt toch je hele kindertijd onze portretten getekend?'

'Vind je een studie restauratie niet elitair genoeg voor je nageslacht?'

Ik was zelf verbaasd over mijn scherpe toon.

'Voor zover ik weet heb ik jou noch je broer ooit ergens toe gedwongen.'

Hij was gekwetst.

'Ik geloof dat ik niet goed genoeg ben om kunstschilder te worden,' zei ik en ik keek naar de grond.

'Goed. Het is jouw beslissing. Kom eens hier, waarom sta je daar zo?'

Ik liep langzaam naar zijn stoel met de versierde armleuningen en ging, zoals ik als kind vaak deed, op de brede leuning zitten. Hij sloeg zijn arm om me heen, iets wat hij uiterst zelden deed, en zo bleven we een poosje zitten, allebei wat onhandig, maar genietend van het moment.

'Ik ben trots dat je het zo hebt gedaan. Het was moedig en ik hoop dat daar een paar professoren rondlopen die hun ziel nog niet hebben verkocht en die je talent en je kundigheid herkennen, zodat je ook zonder bemoeienis van bovenaf wordt toegelaten.'

Hij aaide me over mijn wang. Wat was hij toch onbeholpen zodra hij het terrein van zijn formules en zijn theorieën verliet. Maar nu zag ik die ontspannen uitdrukking op zijn gezicht die hij anders alleen had als hij naar Jimmy Cobb of Cannonball Adderley luisterde, en voor het eerst begreep ik waarom mijn moeder verliefd op hem was geworden. Want in die ontspannenheid lag zoveel vrijheid, zoveel openheid. Het moment dat het gezicht van mijn eeuwig teleurgestelde vader heel even openbrak, hield een belofte in. Daarna liet hij me gaan en verliet ik zijn rijk met de ontelbare schriften, de boekenstapels tot aan het plafond en de groene bibliotheeklamp, met de twee wat armetierige cactussen die zijn moeder in zijn kamer had gezet – een schamele poging om 'een beetje leven in dit mausoleum' te brengen –, met de grote oude globe waar mijn broer en ik als kind zo dol op waren en waar we zo vaak wild aan hadden gedraaid om vervolgens blindelings met een vinger een plaats aan te wijzen.

Ook al waren Rati's schoolprestaties een ramp, hij had één lievelingsvak: aardrijkskunde. Hij leek gefascineerd door onze planeet en bij elk spelletje stad-land-rivier was hij onoverwinnelijk en versloeg hij zelfs onze vader. Hij keek graag naar tv-programma's over verre landen of exotische dieren en was verzot op het grote, door mijn vader uit Moskou meegebrachte boek met de simpele titel *Onze aarde*. Daarin werden alle landen van de wereld opgesomd, met vlag en gebruiken, flora en fauna en aantal inwoners. Algauw kende hij het boek uit zijn hoofd en schepte hij maandenlang op met zijn kennis.

'Madagaskar! Het is Madagaskar!' hoor ik mijn broer door de tijden heen roepen. En ik was apetrots dat ik zo'n slimme broer had, die op een dag misschien de Sahara zou doorkruisen of op zoek zou gaan naar een uitgestorven diersoort in de Amazone...

Ik werd aangenomen. Iemand die 'zijn ziel nog niet had verkocht', had zich over me ontfermd. 's Avonds reden Rati, Dina, Ira, Levan en ik naar Mtscheta. We aten lekkere bonensoep en dronken slechte wijn. Rati aaide me over mijn wang. De hele tijd moest hij aan iedereen vertellen dat ik het 'op eigen houtje' had klaargespeeld. Op de terugweg reden we met de raampjes omlaag schreeuwend en zingend door de nacht.

Lika kreeg tranen in haar ogen toen ze het hoorde en pakte haar geliefde Armeense cognac, die ze voor het eerst ook aan mij aanbood, en zo klonken we en vielen we elkaar nogal melodramatisch in de armen. Ze was murw van de dagelijkse discussies die ze de afgelopen weken met haar oudste dochter had gevoerd, die stug weigerde te gaan studeren, omdat ze nu eenmaal fotografe was en zich zelf wel kon bijbrengen wat ze daarvoor allemaal moest weten, bovendien ging ze binnenkort stage lopen bij de krant waar Rostom Iasjvili voor werkte. Lika ging gebukt onder die weigering, maar anders dan bij de baboeda's of mijn vader ging het haar niet zozeer om maatschappelijke erkenning of zekerheid voor de toekomst, zij voelde zich door die weigering persoonlijk gekwetst, omdat haar dochter alles afwees waarvoor zij al die jaren zo hard had gevochten en wat ze voor haar mogelijk had willen maken. Zij, die haar dromen zo duur had betaald, wilde haar kinderen dat lot besparen en begreep niet waarom haar oudste, die zo pienter was, daar geen boodschap aan had.

Op een gegeven moment had Lika er genoeg van en stelde ze haar dochter een ultimatum: als ze dan zo slim was en alles beter wist en kon, moest ze ook maar zelf aan de kost zien te komen. En ik wist zeker dat Dina ondanks de moeilijke omstandigheden daar iets op zou vinden, al was het maar om haar moeder en de hele wereld te bewijzen dat ze het kon.

Van Nene kregen we een kitscherige ansichtkaart met alleen banale vakantienieuwtjes, waardoor we meteen wisten dat haar post werd gecontroleerd. Dus schreven we in bedekte termen, gebruikten we codes om haar te verzekeren dat Saba het goed maakte en hij uiteraard vol verlangen op haar wachtte. Ik was blij dat we wat dat betrof niet hoefden te liegen. We zagen Saba elke dag met slepende tred het hofje verlaten, als iemand die zijn oriëntatie kwijt was. Rati en Levan verloren hem geen moment uit het oog, dat permanente toezicht vormde een extra belasting voor hem, ook al was het om hem te beschermen. Achteraf lijkt die zomerse, doffe rust me een waarschuwing, want de gesloten luiken in de Dzierżyńskistraat beloofden niet veel goeds.

En toen kwam de dag dat Dina buiten adem op mijn deur bonkte en hijgend riep: 'Nene gaat met Otto Tatisjvili trouwen, het is niet te geloven! Nene moet met die dierenbeul trouwen! Dat mogen we niet toelaten, we moeten haar...'

'Van wie weet je dat?'

'Rati heeft het net gehoord. Van Otto zelf. Ik heb die sadist nooit kunnen uitstaan. Net zomin als die zus van hem, die tuthola!'

Ik keek haar aan, haar ontzetting over die absurditeit was onmiskenbaar. Ik ging op mijn hurken zitten, de grond onder mijn voeten wankelde.

Uitgerekend die kwaadaardige jongen, die kattenmoordenaar met de kille ogen en de lichtbruine haarslierten, die hij constant uit zijn gezicht blies, uitgerekend hij moest Nene's man worden? Wat hadden hij en Nene gemeen, hadden ze überhaupt ooit een woord met elkaar gewisseld? Nee, het ging alleen maar om de zaken die zijn vader met haar oom deed. Kon een dergelijke achtergrond een huwelijk rechtvaardigen? Kon je de liefde van Nene en Saba gewoon uitwissen door haar met de verkeerde man naar het altaar te sturen?

'Ja, we moeten ze helpen. Ze moeten hier weg, naar Turkije misschien, visa zijn niet zo moeilijk te krijgen en het geld scharrelen we op de een of andere manier wel bij elkaar.'

'Ik kan het niet geloven, hoe kan haar eigen moeder haar dat aandoen?'

Dina's ontzetting kwam voort uit het verbijsterende besef dat kinderen ook een verkeerde moeder kunnen hebben, dat de liefde niet altijd een uitweg biedt, dat tederheid je niet tegen de wreedheid van de wereld beschermt, dat vrouwen voor bepaalde mannen alleen maar handelswaar zijn. Ze stikte haast in haar tranen.

'Kom, vooruit, we moeten meteen met Nene gaan praten, ze zal wanhopig zijn...'

Ik had hardop gedacht, maar door de uitdrukking op Dina's gezicht viel ik onmiddellijk stil, ik keek haar verward aan.

'Wat is er?'

'Heb ik al gedaan. Ik heb haar gebeld, meteen nadat Rati het me had verteld. Maar ze reageerde zo vreemd, ze zei dat ze een beetje aangeslagen was en weer van zich zou laten horen als ze zich beter voelde. Nou vraag ik je: aangeslagen? Dat klinkt niet naar Nene, nee, absoluut niet, Keto.'

'Nou ja, ze zal wel niet alleen zijn, waarschijnlijk is Tapora de hele tijd in huis om haar te bewaken, maar dat maakt niet uit, we gaan naar haar toe.'

Iets in Dina's aarzeling maakte me onzeker en stemde me tot nadenken. Ze hield iets voor me achter.

'Wat is er, Dina, dat maakt toch niet uit, we gaan nu meteen naar haar toe!'

We drukten als een gek op de bel bij de hoge metalen deur van de Koridzes. We waren voor niets en niemand bang en vast van plan onze vriendin uit de klauwen van die booswichten te redden.

Manana deed in haar eeuwig zwarte gewaad open en keek ons argwanend aan.

'Nene voelt zich niet goed, heeft ze dat niet gezegd?' zei ze zonder onze begroeting af te wachten. Ze keek ons met een gekunstelde glimlach aan.

'Ja, maar we hebben haar zo lang niet gezien, we blijven ook maar even,' zei ik, en we glipten over het geboende parket vlug langs haar heen naar de kamer van haar dochter.

Nene lag inderdaad in bed. In een met bloemetjes geborduurd lila nachthemd, dat eruitzag als een prinsessenjurk, lag ze daar met opgetrokken knieën in de foetushouding. We wierpen ons op haar bed en kusten en omhelsden haar.

'Je bent er weer! Eindelijk!' fluisterde Dina, terwijl ze haar als een klein kind tegen zich aan drukte.

Nene's omhelzing was lauw, ze leek afwezig, haar glimlach was geforceerd.

'Wat is er met je?' wilde ik weten. Manana deed de deur open, keek ons onderzoekend aan en zette een grote schaal met sappige stukken meloen en vijgen voor ons neer.

'Niets, ik had alleen... ik weet niet, een of andere infectie, geloof ik.'

'Je gaat niet met hem trouwen. We hebben al een plan, ik beloof het je, we krijgen jullie het land uit,' mompelde

Dina bezwerend. 'Turkije moet te doen zijn. De grenzen zijn open. Je kunt gemakkelijk aan een visum komen en...'

'Hé, Dina, het is oké, maak je geen zorgen!'

Nene kwam overeind, streek met een hand haar lange haar uit haar gezicht en keek ons met een berustende blik aan. 'Het is uit tussen Saba en mij.'

Opeens voelde ik walging opkomen, die als een gif mijn ledematen verlamde. Ze hadden onze vriendin haar bruisende, stralende liefde uit het lijf gerukt.

'Hoe bedoel je: het is uit?' Dina's toon werd scherper.

'Het is over.'

'Maar jullie hebben elkaar sindsdien helemaal niet meer gezien? Wat is er gebeurd?'

'Het heeft geen zin. Mijn familie zal het nooit accepteren en ik wil niet, ik kan niet... Ik kan zo niet leven.'

'Hoe kun je dat nou zeggen? Dat ze jullie uit Batoemi hebben teruggehaald, betekent niet dat ze jullie overal zullen vinden!'

Dina werd boos, ze praatte nadrukkelijk op Nene in, hield een vurig pleidooi voor haar liefde, haar moed, haar vastberadenheid. Maar hoe langer Dina praatte, hoe afweziger en geprikkelder Nene werd. Iets in haar leek onherroepelijk beschadigd, ze geloofde nergens meer in, het enige wat ze nog wilde, was een einde maken aan de kwelling die die lichtzinnige relatie haar had opgeleverd. Ik keek naar haar doorzichtig lijkende huid, haar diepliggende ogen; haar anders zo beweeglijke lichaam leek slap en op een wanhopige en deprimerende manier oud. Ze had het opgegeven.

'Ga je echt met Otto Tatisjvili trouwen?' Ik was opgestaan van het bed. Ik luisterde allang niet meer naar Dina's woorden en argumenten, had hun de rug toegekeerd en een stuk watermeloen in mijn mond gestopt om mijn walging weg te slikken.

'Ja, Keto, ik ga met Otto trouwen.'

Haar antwoord kwam zonder aarzeling, haast opgelucht sprak ze eindelijk uit wat ik allang had begrepen, en verontschuldigend voegde ze eraan toe: 'Ik moet nu echt slapen, ik kan niet meer, neem me niet kwalijk, ik ben zo moe. Ik bel jullie zodra ik me beter voel, oké? Wees alsjeblieft niet boos op me...'

Ze liet zich achterover op haar grote kussen vallen.

Dina zei niets meer, alsof alle woorden op haar lippen bestorven waren. Ze wachtte niet op mij, rukte de deur open en liep de kamer uit. Ik bleef nog even staan en toen ik ten slotte de deurklink vastpakte, hoorde ik Nene zachtjes zeggen: 'Ze zal me haten.'

Ik wist dat ze het over Ira had. Ik gaf geen antwoord en liep achter Dina aan.

Ik vond haar op een bank voor de fontein van het gebouw van het Centraal Comité. Ze zat daar met haar gezicht in haar handen te huilen. Ik ging naast haar zitten en legde mijn hoofd op haar schouder.

'Ze zal niet gelukkig worden. Ze zal hem haten, ze zal zichzelf haten. Wat moet dat voor leven worden? Wie doet nou zoiets? Ik bedoel, wie verkoopt er nou zijn eigen kind?'

Het duurde lang voor ze gekalmeerd was en we in de drukkende middaghitte van de laatste augustusdagen naar huis liepen. De vertrouwde straten van onze wijk zagen er plotseling heel anders uit, alsof we andere ogen hadden gekregen.

In ijltempo werd de bruiloft vastgesteld op eind september. Natuurlijk moest het een vorstelijk feest worden, natuurlijk moest iedereen van rang en stand in de stad komen, natuurlijk moest iedereen de mond vol hebben van dat onvergetelijke feest.

Van Rati hoorde ik dat de Iasjvili's hun zoon naar het platteland hadden gestuurd. Rati hield zich op de achtergrond, hij bemoeide zich nergens mee om de geladen spanning in de buurt niet nog meer op te voeren, maar Levan, die in die dagen vaak bij Rati op zijn kamer zat, kon zijn groeiende haat amper verbergen. Hij bezwoer Rati de vernedering door de Koridzes niet zomaar te slikken, hij had het over het 'respect' dat ze 'op straat' zouden verliezen als ze dit over hun kant lieten gaan. Rati probeerde Levan te kalmeren: 'Hé, man, als dat meisje zegt dat ze het zo wil, wat kunnen wij dan doen? Ze gaat met die eikel trouwen. Als het tegen haar zin was, konden we die hele Koridze-bende tot moes slaan, maar nu? Geef ze even de tijd, dat huwelijk is toch een lachertje, dat houdt niet lang stand, ik zweer je dat die Tatisjvili compleet impotent is en dan kan...'

'Wil je daarmee zeggen dat Saba die slet dan als een afgelikte boterham van Otto Tatisjvili moet overnemen?' onderbrak Levan hem woedend.

'Als je haar nog één keer een slet noemt, krab ik je ogen uit je kop!'

Ik had hen door de dunne muur afgeluisterd en was bij die laatste woorden naar hen toe gegaan. Levan keek me sprakeloos aan, ook mijn broer vertrok zijn gezicht.

'En ik maar denken dat jij beter was dan die idioten!' zei ik vol walging en ik keek Levan recht in zijn opengesperde ogen. Rati keek ongelovig van Levan naar mij en weer terug.

'Wat hebben jullie eigenlijk met elkaar?' vroeg hij op de man af en ergens luchtte die vraag me op, alsof iemand me van een loodzware last had bevrijd.

'Wat moeten wij met elkaar hebben?' Levan vond de situatie duidelijk pijnlijk, hij vermeed mijn blik en stak een sigaret op. Ik keek hem aan en hoopte, hoopte, hoopte. Ik telde de seconden, die aanvoelden als jaren, ik wilde geloven dat hij de kans zou aangrijpen om Rati de waarheid te vertellen. Ik wilde een eind maken aan dat belachelijke verstoppertje spelen.

'Val jij op mijn zus?'

Rati's ogen vernauwden zich, zijn gezicht stond op onweer. En voordat Levan het opnieuw kon ontkennen, zei ik zonder erbij na te denken: 'Ja, ik val op hem.'

Ik triomfeerde inwendig, ook al had die triomf een bittere bijsmaak, want ik zag Levans verbouwereerde gezicht. Hij deed zijn mond open, wilde iets zeggen, maar deed hem gauw weer dicht. Rati trok een gezicht alsof hij iets zuurs had gegeten, zoals altijd als hij zich geen raad wist.

Opeens had ik het gevoel of ik in brand stond, de schaamte trok over mijn huid als een bijtend zuur.

'Zijn jullie gek geworden?'

Rati haalde diep adem. Hij zocht zijn sigaretten om tijd te winnen. Maar ik kwam hem te hulp. 'Maak je geen zorgen, Rati. Het wordt toch niks tussen ons,' zei ik kortaf en ik liep de kamer uit. Achter me hoorde ik luid geschreeuw en een paar stevige vloeken. Maar het ging me niets meer aan, ik ging naar Lika in het souterrain. Lichamelijk werk was het enige wat me kon redden.

Hoe heette het ook alweer, dat als een kerstboom flonkerende restaurant waar het grote feest werd gehouden? Ik weet het niet meer, maar ik herinner me eindeloze rijen tafels, ik had het tot dan toe niet voor mogelijk gehouden dat er zoveel mensen op een en hetzelfde feest konden verschijnen. Ik herinner me een band met mannen in rok en de een of andere criminele grootheid, die door iedereen 'de Monnik' werd genoemd en speciaal uit Moskou zou zijn ingevlogen om voor *tamada* te spelen. Rati was uit solidariteit met Saba niet gekomen, hoewel hij een uitnodiging had gehad. Dina moest invallen als Nene's getuige, Ira had stellig voor die eer bedankt. En ik was blij dat Nene mij niet had gevraagd. Ira overhalen om niet weg te blijven van het feest kostte heel wat moeite. Ze leek wel een zwijggelofte te hebben afgelegd sinds ze van Nene's aanstaande huwelijk had gehoord, ze zei niets, gaf geen commentaar, maar bleef bij Nene uit de buurt en stortte zich op haar net begonnen studie.

Nene troonde in een zee van wit naast een zelfingenomen glimlachende Otto in een zwart pak. Haar jurk kwam op me over als een gevangenis, een gevangenis van lagen tule, ze leek nietig, bijna verloren in dat gewaad met die eindeloos lange sleep. Een met politieke doeleinden uitgehuwelijkte prinses, die de troon besteeg van een rijk waarover ze nooit zou heersen.

Mijn blik dwaalt door de volle tentoonstellingszaal. Ik zie haar iets verderop geanimeerd met de knappe kelner praten. Ze geniet ervan hoe hij haar met zijn ogen bijna verslindt. Ze weet precies hoever ze kan gaan om te zorgen dat zijn honger nooit helemaal wordt gestild. Die zelfverzekerdheid bevalt me wel. Ik kijk naar haar en herken nog de trekken van het meisje in die overdreven keizerinnenjurk dat aan het hoofd van een ellenlange tafel zit, maar tegelijk kan ik me amper voorstellen dat die zelfbewuste en ongeremd flirtende vrouw dezelfde is die voor mijn geestesoog verschijnt als ik aan die farce denk, aan dat feest met de forellen in granaatappelsaus, het speenvarken met rammenas in zijn bek, de kalkoen in walnootsaus en de bergen groene en rode *pchali*, met de schalen vol kaviaar naast in ijs drijvende boter, de geur van champignons die uit de *ketsi* opstijgt, de eindeloze stroom wijn en wodka en de beschonken omhelzingen en wankelende mannen die elkaar voortdurend hun liefde verklaren. De obligate dans van het bruidspaar was zo houterig en geforceerd dat je je plaatsvervangend schaamde. Manana zat naast haar potige zwager, die een tevreden indruk maakte met zijn rode kop, zijn getatoeëerde armen en de onafscheidelijke handdoek om zijn hals, waarmee hij constant het zweet van zijn gezicht veegde, en ik vroeg me steeds weer af waarom ze haar kind niet beter kon beschermen. Later op de avond, toen de meeste gasten al dronken de dansvloer vulden, vonden wij vieren elkaar terug op het heuveltje achter het restaurant, waar Dina en Nene stiekem konden roken.

Er viel weinig te zeggen. Ira stond er roerloos en zwijgend bij. Nene trok gretig aan de sigaret die Dina uit haar minuscule handtasje tevoorschijn had getoverd. Ik hoopte dat dit macabere feest gauw afgelopen zou zijn.

'Is hij aardig tegen je?' verbrak Ira de stilte.

Nene haalde haar schouders op, alsof het haar volkomen koud liet wie haar man was geworden, zolang het Saba niet was. Ik vroeg me af of er ooit een onverschilliger bruid was geweest.

'Waar gaan jullie wonen?' wilde ik weten.

'Hij trekt voorlopig bij ons in. Hij wilde een eigen huis, maar dat vind ik volkomen absurd. Wat moet ik met hem alleen in een vreemd huis?'

'Jullie kunnen het beste gewoon gaan scheiden, ik bedoel na een poosje, als er gras over is gegroeid...'

Dina klampte zich kennelijk vast aan het laatste sprankje hoop. Maar Nene's botte antwoord deed ons ineenkrimpen: 'Vergeet het maar. Vergeet Saba en mij, het is definitief voorbij.'

Ze drukte Dina haar brandende sigaret in de hand. 'Ik moet naar binnen, stel dat mijn broer of Otto me zoekt en ons hier ziet.'

In haar jurk kon ze zich amper bewegen, ze verdween

erin, nee, ze verdronk erin. We keken haar na tot ze uit ons gezichtsveld was verdwenen. We waren gedoemd toe te kijken, niet bij machte iets te doen, iets tegen te houden.

'Ik heb er geen goed gevoel bij,' zei Dina ten overvloede en ze nam een trek van Nene's sigaret met de knalrode lipafdruk.

Ook ik had er geen goed gevoel bij, maar ik verbood mezelf te gissen. Dat leidde tot niets. Deze zaak zou een staartje krijgen. De spanning tussen Tsotne en zijn mannen aan de ene kant en mijn broer en zijn bende aan de andere kant was in de hele buurt voelbaar. Alleen al om de heerschappij in de wijk zou mijn broer vroeg of laat een ruzie uitlokken. Tsotnes macht, zijn invloed en mogelijkheden waren vergeleken met die van Rati ronduit immens, maar Rati had één voordeel: terwijl Tsotne als 'zoon' onder voortdurende protectie van zijn oom stond, was Rati bezig zich op eigen kracht omhoog te werken – een grote troef, want de tijd van de selfmade men was aangebroken.

Otto Tatisjvili trok in bij de Koridzes en Nene sloot zich op in de paleisachtige woning. Uit angst om Saba tegen het lijf te lopen kwam ze bijna de deur niet meer uit. Haar schaamte ketende haar aan die plek en ik kookte inwendig bij het zien van het onrecht dat haar werd aangedaan. Ook ons ging ze uit de weg, wij waren een spiegel voor haar mislukking, onze vrijheid was voor haar een aansporing en onze zelfstandigheid zout in haar wonden. Mijn woede op Levan onderdrukte ik door onder te duiken in mijn nieuwe wereld, in de creatieve en ongedwongen, chaotische en tegelijk enigszins stoffige sfeer van de academie. Ook al miste ik bij de docenten betrokkenheid bij de actualiteit, toch voelde ik me hier op mijn plaats. Ik was trots deel uit te maken van deze geheime, bijzondere wereld.

Ik trok in die tijd veel op met Ira. Ook zij ging helemaal op in haar leven op de universiteit en ook al vond ze daar niet direct gelijkgezinden, toch maakte ze een evenwichtige indruk, het leren ging haar even gemakkelijk af als altijd. Omdat de academie op haar weg naar huis lag, haalde ze me na de colleges af en liepen we samen verder naar het voormalige Leninplein, dat was omgedoopt tot Vrijheidsplein. Ik wist dat ze mijn gezelschap zocht en nodig had, misschien meer dan ooit, want ik was ingewijd in iets wat niemand anders wist en daarom hoefde ze zich bij mij niet meer te verbergen of in bochten te wringen. Ook al zei ze bijna nooit iets over Nene en haar huwelijk, toch wist ik dat ze de hele tijd aan haar dacht en dat Nene's lot haar ook fysiek aangreep: ze at duidelijk weinig en haar ingevallen wangen verraadden haar rusteloosheid, haar zorgen en haar verlangen naar onze zo zinloos en wreed opgeofferde vriendin.

Rostom Iasjvili had woord gehouden. Weliswaar had hij Dina niet ondergebracht op de redactie van zijn al ten dode opgeschreven krant, maar haar aanbevolen bij een pas opgericht blad, dat zich erop beroemde de eerste onafhankelijke krant van het land te zijn en waar Dina niet lang daarna werd aangesteld als assistent. Ze liep over van enthousiasme. *De Zondagskrant*, een kritisch, politiek georiënteerd medium, moest de nieuwe spreekbuis worden van het onafhankelijke Georgië: vrij, onpartijdig, alle maatschappelijk relevante onderwerpen bestrijkend. Dina vond er algauw haar draai, haar mentor was niemand minder dan Alek Posner in eigen persoon, een in het hele land bekende en door iedereen gewaardeerde fotograaf, die van de Praagse Lente tot de oorlog in Afghanistan alle omwentelingen, alle politieke uitbarstingen had vastgelegd en er telkens als door een wonder in was geslaagd de censuur van de Sovjets te omzeilen. Die vlotte, leeftijdloos uitziende, Russisch sprekende man zou een soort vaderfiguur voor Dina worden.

Veel van wat ik hier vandaag bekijk, houdt direct verband met hem en zonder dat ik hem echt heb gekend, vind ik het triest dat hij zijn leerlinge geen eer kan bewijzen, dat hij haar niet kan prijzen, dat hij niet kan laten merken hoe trots hij op haar is. Wat lijkt zijn dood opeens macaber, nadat hij al zoveel revoluties, oorlogen en bloedbaden had overleefd. Maar waarom verbaast me dat, uiteindelijk is er altijd een kogel waardoor je wordt geraakt – alleen soms van een kant waarvan je het nooit had verwacht.

Ik denk met veel warmte terug aan die kleine, met stapels papier volgestouwde redactie in een hofje aan de Plechanov Avenue, en het heeft iets troostends dat Dina daar zoveel jaren een thuis, een toevluchtsoord kon vinden. Dat die plek in haar korte leven de enige zou blijven waar ze geen teleurstelling en geen verraad hoefde mee te maken, waar haar pretenties nooit te hoog en haar verwachtingen nooit te buitensporig konden zijn, waar haar krankzinnige ideeën en haar vermetele plannen in goede aarde vielen.

Elke dag bracht Rati zijn vriendin met zijn nieuwe auto naar haar werk. Wat liepen ze trots over de binnenplaats, wat ketsten de nieuwsgierige en deels spottende blikken van de buren moeiteloos op hen af, wat leken ze gelukkig. Hoewel ik tijd genoeg had om aan die aanblik te wennen, bleef mijn blik toch altijd op hen gevestigd als ik ze het hofje uit zag rijden, waar mijn broer met zijn dennengroene Mercedes de ingang had versperd. Toen had ik er geen woorden voor, maar nu heb ik het idee dat ze iets onkwetsbaars hadden.

En toen brak de oorlog uit. De oorlog die Tbilisi bereikte, begon niet pas toen de mensen elkaar met handgranaten en tanks te lijf gingen, nee, voor mij begon hij in de huidige Jeruzalem- en toenmalige Risjinasjvilistraat op een zonnige dag, die onverwacht warm en licht was voor de verder okerkleurige maand oktober. En het eerste slachtoffer van die eerste veldslag in de toenmalige Risjinasjvilistraat was misschien ook het gruwelijkst, omdat het te wijten was aan de roulette van de willekeur. Misschien zou onze ontzetting nooit meer zo groot zijn als bij die eerste val uit het paradijs van de onschuld. En dat terwijl er nog talloze andere slachtoffers zouden volgen, maar we wenden eraan, de tijd beteugelde het verdriet, onze verbijstering bij het zien van die eindeloze verschrikkingen werd zwakker, ja, de ontzetting kan verdoofd worden, maar de hoop blijft, ze is als een meerkoppige draak, waarbij telkens als je hem een kop afhakt een nieuwe op zijn geschubde schouders groeit.

Omdat Saba en ik op dezelfde academie zaten, liepen we vaak samen van de Wijnstraat naar de Roestaveli Avenue. We zeiden niet veel, hij was in zichzelf gekeerd, alsof hij ronddoolde in het labyrint van zijn eigen gedachten. Maar iets in zijn houding, in zijn afwezige blik, in de schichtige manier waarop hij bij elk hard geluid, bij elke toeterende auto angstig omkeek, zei me dat niets was zoals het moest zijn en dat zijn gezicht maar vaag deed vermoeden in welke afgrond hij elke dag keek.

Wat Saba Iasjvili die dag in de Risjinasjvilistraat te zoeken had en waarom hij daar op een bank zat, weet niemand. Ook al had hij zich vanwege zijn studie uit het 'straatleven' teruggetrokken, zoals mijn vader het uitdrukte, toch bleef Saba ondanks al zijn fijnzinnigheid en intelligentie een kind van deze stad en zou hij de vernedering die hem was aangedaan maar moeilijk te boven komen. Het moet pijnlijk voor hem zijn geweest om met Rati en Levan twee tandenblikkerende bulterriërs achter zich te hebben, die hij echter nooit mocht inschakelen. Nog pijnlijker was het waarschijnlijk om te leven met de schaamte, die loodzwaar op hem drukte. Maar het ondraaglijkst was het zwijgen waartoe hij was veroordeeld.

En zo zie ik hem daar zitten, die mooie, eenzame, bedrukte jongen in dat volle honinggele licht, ik zie hem zwaaien naar Tarik, die toevallig langsloopt. En alleen omdat het Tarik is, die nog verlorener en eenzamer is dan hij zelf, wil hij hem in zijn buurt hebben. Iedere van geluk stralende of door succes verwende kennis of vriend zou door Saba niet zijn opgemerkt. Maar bij het zien van Tarik zie ik hem glimlachen, Tarik met zijn clowneske gang, zijn veel te grote stappen, alsof hij telkens over een plas heen moet springen, Tarik vrolijkt hem op en hij wenkt hem, want het wordt hem warm om het hart als hij hem ziet en hij wil zijn gewonde hart een kleine adempauze gunnen. En Tarik loopt blij naar hem toe, hij mag hem sinds zijn kindertijd, want Saba draagt hem nooit iets op, hij stuurt hem nooit ergens heen, Saba roept nooit: 'Hé, Tarik, haal eens een zak zonnebloempitten, het wisselgeld mag je houden.' Tariks stappen worden nog groter, nog blijer, in een mum van tijd zit hij naast Saba Iasjvili. Ja, soms is er in Tariks leven een verrassende wending en hij is – passend bij zijn aard – nooit wantrouwig, hij neemt zo'n aanbod dankbaar aan, of het nu een uitnodiging voor andermans eindexamenfeest is of een teken van Saba om bij hem op de bank te komen zitten. En met de perenlimonade die Saba hem toesteekt is hij niet minder blij. Hij is dol op zoetigheid, in vaste of vloeibare vorm.

'Jij bent een goede jongen, weet je dat, Tarik,' hoor ik Saba tegen hem zeggen. Tarik kan zijn oude buurjongen en vriend uit zijn kindertijd niet volgen, maar hij wil zijn woordenstroom niet onderbreken, blijkbaar heeft Saba behoefte om te praten. Heeft hij het over het lelijke gezicht van onze stad of over het onrecht in deze wereld, over de harteloosheid van de vrouwen? Tarik weet het niet, hij weet alleen dat het belangrijk is om te luisteren, dat Saba hem nodig heeft en dat geeft hem een goed gevoel. En daarom luistert Tarik naar Saba, hij laat zich meevoeren, hij geeft zich eraan over, zoals hij alles in het leven verdraagt, hij knikt af en toe instemmend omdat anderen dat ook doen – tot Saba volkomen onverwachts opspringt en begint te schreeuwen. Tarik is in de war, hij begrijpt niet waarom Saba als een razende tekeergaat, Tarik kent die jongen met dat engelachtige gezicht zo niet, hij ziet Saba de straat over rennen zonder op de auto's te letten, er wordt getoeterd, er wordt gescholden, er wordt gevloekt, maar hij lijkt het niet eens te merken, en dan pas ziet Tarik Tsotne Koridze met een vriend door de straat lopen. De andere jongen kent Tarik van gezicht, zijn echte naam weet hij niet, maar zijn bijnaam is beroemd, die heeft hij te danken aan zijn zakmes Lisitsjka, dat hij even vaak in zijn hand ronddraait als die schurk van een Chuck Norris, terwijl hij intussen zijn getatoeëerde onderarmen laat zien, Tarik weet dat zulke armen horen bij mannen die minstens één gevangenisstraf hebben uitgezeten.

En Tarik wil Saba waarschuwen, hij wil iets verhinderen wat hij zelf niet goed begrijpt, hij wil iets zeggen, maar Saba heeft zich al op het tweetal gestort. Lisitsjka probeert Tsotne van hem weg te houden en zo belanden ze allebei op de grond; een paar voorbijgangers blijven staan, een al wat oudere vrouw schreeuwt, iemand laat een boodschappennet met appels vallen, ze rollen over straat... (Waarom zie ik die sappige rode appels voor me? Wie heeft me over die appels verteld, of verzint mijn fantasie ze erbij?) Er komen lelijke woorden uit Saba's mond, zulke woorden had Tarik nooit van hem verwacht. Saba schreeuwt en slaat in op Lisitsjka, die Tsotne, zijn eigenlijke doelwit, nog steeds afdekt, en misschien vraagt Tarik zich af wie nu de echte Saba is, de melancholieke Sneeuwwitje met zijn leren tas onder zijn arm of de Saba die nu buiten zichzelf op die twee jongens inslaat. En dan moet hij ineens aan het mes denken, Lisitsjka trekt het vast zo uit zijn zak, Tarik moet Saba op de een of andere manier beschermen, hij moet iets doen en steekt de straat over, hij knijpt zijn ogen dicht, gooit zijn handen in de lucht en springt in de mensenkluwen van vloeken en pijn, die Tarik net als al het andere in het leven denkt te moeten verdragen. En hij doet de jongens uit ons hofje na, die zouden hun vriend in zo'n situatie verdedigen en hun vuisten gebruiken, dus slaat hij wild om zich heen. Maar iemand geeft hem een duw, hij gaat onderuit, belandt op het harde asfalt, het wordt hem zwart voor de ogen, zijn bewustzijn glipt weg, hij wordt heel slap en nog slapper, het gaat snel... Later wordt er gezegd dat het tien centimeter lange lemmet het hartzakje heeft geraakt en dat hij geen schijn van kans had.

GOGLI-MOGLI

Mijn mobiel trilt, ik krimp ineen van schrik, ik ben een relict uit een andere eeuw: hoe vaak ik dat toestel ook gebruik, het zal nooit een vanzelfsprekend voorwerp voor me worden. Ik diep de telefoon op uit mijn tas en als ik de oproep wil wegdrukken, zie ik dat het mijn zoon is en loop ik vlug de zaal uit. In het trappenhuis haal ik diep adem en neem op.

'Waar hang jij uit?'

Zijn stem klinkt opgewekt, het lijkt goed met hem te gaan, ik ben opgelucht.

'Ik ben in Brussel. Op die overzichtstentoonstelling. Daar heb ik je over verteld, weet je nog?'

'O ja, natuurlijk, die van Dina. Ik heb de data niet meer in mijn hoofd, sorry. En hoe is het?'

'Het is, nou ja, een beetje enerverend, maar... maar de tentoonstelling op zich is overweldigend.'

'En heb je veel oude kennissen teruggezien?'

Toen hij naar Berlijn verhuisde, dacht ik dat hij die afstand nodig had en dat ik steeds achter hem aan zou moeten bellen, maar nee dus; mij als constante factor in zijn leven hebben en met mij van gedachten wisselen lijkt voor hem niet minder belangrijk dan voor mij. En ik durf hem niet te vertellen dat ik blij verrast ben dat hij zijn leven zo bereidwillig met me deelt. Het vervult me met haast kinderlijke trots dat het me tegen de verwachting in en ondanks alle tekortkomingen en beproevingen in mijn leven toch gelukt is een vesting voor hem te worden, die niet zomaar in te nemen is en vanwaar hij zich in het leven kan storten.

'Zit je in Berlijn? Heb je al nagedacht over dat toelatingsexamen?'

'Nee, ik ben thuis, eigenlijk om iemand aan je voor te stellen.'

'Je bent bij ons? Waarom heb je dat niet gezegd?'

Ik heb meteen een slecht geweten.

'Het moest een verrassing zijn. Maar het geeft niet, we blijven een paar dagen. Je komt toch gauw terug?'

'Ja, waarschijnlijk neem ik morgen om zes uur het vliegtuig. De auto staat op het vliegveld, ik zou tegen achten thuis kunnen zijn. Wie wilde je aan me voorstellen?'

'Bea.'

'Wie is Bea?'

'Die leer je morgen kennen. Je vindt haar vast aardig.'

'Vind jij haar aardig?'

'Ja, ik vind haar heel aardig.'

'En vindt zij jou aardig?'

'Ik hoop het.'

'Dan vind ik haar vast ook aardig.'

Ik grijns. Hij lacht zijn gereserveerde lach, een lach waarbij hij zich altijd lijkt te beheersen, alsof hij iets van zijn vreugde voor zich wil houden en zich nooit helemaal bloot wil geven. Hij houdt helemaal veel voor zich, waarom zou het met zijn lach anders zijn? Is er wel genoeg te eten in de koelkast? Wanneer heb ik voor het laatst boodschappen gedaan? Hij zal het meisje niet laten verhongeren. Desnoods moeten ze naar de supermarkt. Dat kan toch geen probleem zijn. Hij is oud en wijs genoeg. Ik moet daar eindelijk eens mee ophouden. Hou je daar als moeder ooit mee op?

Waarschijnlijk staat hij in onze eetkamer, het middelpunt van het huis, ik heb de muren uit laten breken om één groot vertrek te krijgen, het hart van onze leefruimte. Vermoedelijk krabt hij zich op zijn achterhoofd of bijt hij op zijn duim, en als ik nu voor hem stond, zou ik zijn hand wegslaan zoals ik altijd doe als hij op zijn nagels bijt. We hebben samen een geheime code, een taal die alleen wij tweeën spreken, met onze wenkbrauwen, onze mondhoeken, onze voorhoofdsrimpels, met een zachte por van onze elleboog. Ik vind het fijn dat ik niet alles hoef uit te spreken. En ik vind het leuk dat hij mijn gewoonte heeft overgenomen om zijn ogen dicht te doen als hij zich concentreert en dat hij in het Georgisch vloekt als hij zich opwindt over het verkeer. Ik hou van zijn gebrekkige Georgisch, waar mijn vader me elke zomer, als we naar Tbilisi gaan, verwijten over maakt.

Zijn zoektocht is nog niet begonnen, hij zal een keer terug willen. Een deel van hem, een deel dat hemzelf vreemd is, zal hem roepen. Het eerste teken is dat hij weer contact heeft gezocht met zijn vader en hem heeft geschreven of met hem heeft gebeld. Ik begrijp niet goed dat hij me daar niets over vertelt, misschien is hij bang om me met die voortvarendheid te kwetsen. Maar dat is niet zo. Hij zoekt naar de sporen van het verleden, die eigenlijk nog te vaag voor hem zijn, net als de toekomst, die voor hem alleen nog maar een begrip is, en dat is goed. Hij verdient een heden waarin het leven de moeite waard is. En nu is er ene Bea, die hij aardig vindt en die hem hopelijk ook aardig vindt en die ik ook aardig moet vinden.

'En hoe zit het nu met dat toelatingsexamen?' vraag ik voorzichtig, ik probeer elke druk uit mijn stem weg te filteren.

'Daar wilde ik het ook met je over hebben. Ik denk dat ik nog even de tijd neem. Ik wil niets overhaasten, ik wil duidelijker weten wat ik wil en tijd voor mijn muziek hebben. Ik heb genoeg opdrachten. Volgende maand heeft een best wel vette club in Berlijn me voor vier gigs gevraagd, ik red het wel, en nee, begin daar nu niet weer over, ik hoef geen geld. Ik geef wel een gil voor ik onder de brug beland.'

Ik schud mijn hoofd en heb het gevoel dat hij me kan zien.

'Nee, deda, maak je geen zorgen, ik beland niet onder de brug. Bovendien... bovendien denk ik erover om...'

'Ja?'

'Laat me uitpraten. Ik denk erover om een tijdje in Tbilisi te gaan studeren. Bea wil als vrijwilligster naar het buitenland en ik dacht dat we dat misschien konden combineren. We zouden bij opa kunnen wonen en dan zou jij je niet constant zorgen om hem hoeven maken.'

'In Tbilisi?'

Het komt toch sneller dan verwacht.

'Ja, waarom niet?'

Ja, waarom niet? Tbilisi is geen plaats meer met kaarsen en petroleumlampen, geen plaats met steekpartijen en kalasjnikovs, geen plaats met een avondklok en ijskoude woningen en zinloos weggerukte levens. Tegenwoordig is de stad 'hip', tegenwoordig wil iedereen erheen omdat je er wilde clubs en een bruisende kunstenaarsscene hebt, een plaats waar westerlingen hun honger naar het 'authentieke' kunnen stillen. Dus waarom niet? Toch ben ik verrast, of is het meer dan verrast zijn? Ben ik bang? Wat kan hem daar overkomen? De stad zou hem met open armen ontvangen en hij zou misschien zijn accent kwijtraken, hij zou met zijn Bea, die hem hopelijk aardig genoeg vindt, iets zoeken en iets anders vinden. Ik wil die zorgen uitstellen tot morgen, als ik weer in het vliegtuig zit en mezelf in veiligheid heb gebracht voor de foto's om me heen.

'We kunnen het er morgen over hebben, als ik weer thuis ben.'

'Is er iets met je?'

'Wat zou er zijn?'

'Je stem, staat mijn plan je niet aan?'

'Jawel, ik ben alleen een beetje verrast... Je vertelde zo

enthousiast over Berlijn en dat de opleiding compositie er daar zo fantastisch uitzag, zo open voor elektronische en experimentele muziek...'

'In Tbilisi heb je ook een opleiding compositie,' valt mijn zoon me in de rede, 'ik heb de site van het conservatorium bekeken en...'

'Natuurlijk heb je die daar. Je hebt daar alles, maar...'

Ik schrik zelf van de heftigheid van mijn reactie.

'Maar wat?'

'Laten we er in alle rust over praten als ik thuis ben, ja? Ik moet nu weer naar binnen. Hier is de hel losgebroken.'

'Zoals je wilt. Alles oké.'

We beëindigen het gesprek. Hij heeft er een hekel aan als we iets niet afmaken, dat is Rezo's opvoeding. Zijn stempel is onmiskenbaar. Heeft hij soms al met hem gepraat? Dat idee raakt me. Ik was altijd al jaloers op die twee, op hun mannenverbond. *Alles oké.* De echo van zijn woorden klinkt nog een paar tellen na in mijn hoofd. *Alles oké.* Wat heerlijk om dat vertrouwen te hebben, wat heerlijk om in een deken van jeugd en zelfvertrouwen gehuld te zijn, verliefd op een meisje met wie je plannen hebt die niet door kalasjnikovs aan flarden worden geschoten. Hij is in veiligheid. Ik heb hem in veiligheid gebracht. Ik heb mijn taak vervuld. In Berlijn en misschien ook in Tbilisi – maar aan dat idee ben ik nog niet toe. En ja, al die verschillende steden en verhuizingen hebben hem geen kwaad gedaan, tenminste niet wezenlijk, ze hebben hem niets ontnomen, en het vaderloos-zijn nadat Rezo uit zijn leven verdween, dat als een stil verwijt altijd boven me hangt, wordt goedgemaakt door alle mogelijkheden die hem de vrijheid geven, die ik aan het lot heb ontrukt, voor hem. Daar moet ik me aan vasthouden als aan een balustrade. Ik haal diep adem, stop mijn mobiel in mijn handtas en ga terug... naar het verleden.

Als je de geruchten mag geloven, heeft Tapora kapitalen aan Lisitsjka betaald om de naam Tsotne Koridze buiten dat incident te houden, dat incident dat een onschuldig mens het leven kostte. Tsotne dook een paar weken onder en keerde toen terug in de straten van onze wijk, alsof er niets was gebeurd. Lisitsjka zat een bespottelijk korte gevangenisstraf uit, waardoor Tariks dood nog zinlozer leek.

Maar Tarik was en bleef dood. Wij kenden de Koerdische gewoonten niet en voelden ons geremd, we wachtten tot zijn ouders en andere familieleden hun verdriet de vrije loop lieten. De kreten van zijn moeder toen de houten kist waarin hij, gewikkeld in een witte doek, over de binnenplaats werd gedragen, waren de ergste klaagzangen die ik ooit heb gehoord. De vloekende en machteloos in elkaar zakkende vrouw toen haar dode, onschuldige zoon naar de begraafplaats werd gedragen, was een van de eerste echt verschrikkelijke beelden in mijn jeugd. En Saba en mijn broer, die de kist droegen, de pijnlijk opeengeklemde lippen van Levan, de vreedzame, gedrongen, sterk behaarde vader van Tarik, die op de begraafplaats instortte toen zijn zoon volgens hun traditie uit de kist werd getild en met zijn gezicht naar Mekka in de aarde werd gelegd.

Tariks dood luidde de nog onzichtbare oorlog in, de tijd waarin de schaduwmannen allang niet meer de koningen van de gevangeniscellen en achterplaatsen waren, maar in het volle daglicht regeerden, mee de wetten bepaalden, mee de toekomst van het land vormgaven en waren doorgedrongen tot in het regeringspaleis. In die jungle kon je van gedaante veranderen, de tijd van de kameleons was aangebroken, de staat was immers niets anders dan een wankele constructie, een kaartenhuis dat bij elke windvlaag in kon storten. De president, een charismatische dissident met een hang naar esoterie, had in een mum van tijd vijanden weten te maken. En zijn medestrijders waren dood of hadden zich van hem afgekeerd.

De macht van een van de invloedrijkste schaduwmannen, de door vrouwen verafgode en door mannen gerespecteerde zware crimineel en dissident Dzjaba (zijn volledige naam werd niets eens uitgesproken, alsof er op de hele wereld maar één Dzjaba bestond), nam ongekende vormen aan. Hij beschikte over een privéleger, een paramilitaire eenheid van rebellen, jonge romantici, brute afpersers en perspectiefloze jongeren, die de 'bescherming' van het volk moesten garanderen en waartoe steeds meer jongemannen zich aangetrokken voelden. Iedereen die zich bij de Mchedrioni aansloot, droeg een ketting met een afbeelding van Sint-Joris die de almachtige draak doodt, en moest een eed zweren op zijn land, zijn volk en zijn kerk. Wat grotesk, wat erbarmelijk! Als ik er alleen al aan denk en dan het gezicht van die kaalkop weer voor me zie, zijn uniform, het gouden kruis om zijn stierennek, zijn dreigementen en zijn gebrul, in de modder, in de dierentuin, naast de apenrots...

De tijd trok me destijds mee als een moeder haar koppige kind. De herfst viel op de stad aan als een uitgehongerd dier, de mensen begonnen zich te wapenen tegen de winter, die niet veel goeds beloofde, want de inflatie rees de pan uit. Wat was er het eerst? De kou of de angst, mijn permanente metgezel in de daaropvolgende jaren? Met het invallen van de kou hulde de hele stad zich in kerosinestank, de centrale verwarmingen deden het allang niet meer en de radiatoren belandden een voor een bij de schroothandelaar. Het hele hofje slaakte een zucht van verlichting toen er werd gezegd dat 'de Koerden' zouden vertrekken; een getrouwde dochter in Bakoe nam haar ouders bij zich in huis. De treurende moeder wilde na Tariks dood niet langer de straten vegen van de wijk die haar zoon zo gewetenloos tot slachtoffer had gemaakt, en de vader ging niet meer naar de zwavelbaden om de ruggen in te wrijven van al die mannen die zijn zoon niet hadden beschermd. Op een dag waren ze weg, niemand nam afscheid van ze of wenste ze geluk. Het was alsof ze er nooit waren geweest, alsof ze nooit in de Wijnstraat hadden gewoond. Het hele hofje leek opgelucht, want de eindeloze klaagzangen van Tariks moeder en het strakke, onbeweeglijke gezicht van zijn vader hadden ons voortdurend herinnerd aan ons falen, hadden gemorreld aan onze met veel moeite overeind gehouden façade van normaliteit. Alleen bij het zien van de hongerige katten en honden in onze buurt krompen we heel even ineen. Al die achtergelaten dieren leken verweesd, ze vormden een klaagkoor dat de harteloosheid van de mensen aan de kaak stelde.

Vanuit de andere hoek van de zaal glimlacht Nene naar me. Haar blik is vol geheimen, een schatkist aan verhalen en herinneringen, en ik ben haar dankbaar dat ze zich ervan wil verzekeren dat onze oude band nog bestaat, dat ik haar gangen volg, in haar buurt blijf. En tegelijk zoeken mijn ogen onze derde musketier, ik zoek Ira, die ik in de drukte eerst niet kan vinden. Maar nee, ze is er en wacht er ook op om samen het deksel van de stoffige kist op te tillen.

Nene krijgt net een nieuw drankje, de galante kelner is in haar netten verstrikt geraakt, hij zal geen wens van haar meer kunnen weigeren, en ik denk aan die grijze novemberdag dat ik op de trap naar het metrostation naast het grote, ooit zo goed gevulde en toen al deprimerend lege Univermag-warenhuis werd aangetrokken door haar stralend gele jas en in gedachten verzonken achter haar aan liep. Het was een natte dag, de bomen leken zich voor hun naaktheid te schamen en het Vrijheidsplein lag leeg en grijs voor ons als een uitgepakt, ongewenst geschenk. De mensen haastten zich met een uitdrukkingsloos gezicht naar de metro. Maar haar verschijning straalde me tegemoet. Ze had haar dikke vlasblonde haar kunstig opgestoken en droeg glimmende laklaarzen. Ik was haar een paar minuten zwijgend gevolgd, helemaal in de ban van haar manier van lopen, die iets zwierigs, iets verends had. Het leek of ze zweefde en ik verbaasde me over die nieuwe lichtheid. Was ze soms gelukkig met Otto? Was het huwelijk met hem misschien toch niet zo erg als verwacht? Had ze een punt gezet achter haar verleden en een nieuw begin gemaakt?

'Nene!' riep ik door de motregen en ze bleef staan en keek geschrokken om zich heen, alsof ze onheil verwachtte.

'Keto?!'

Ze leek verbaasd en blij tegelijk. Ze keek nerveus over haar schouder, alsof ze er zeker van wilde zijn dat niemand ons volgde.

'Wat doe jij hier?' vroeg ik en ik viel haar om de hals. Ik had haar al weken niet gezien. Na haar bruiloft waren we maar één keer bij haar langs geweest – Dina en ik, want Ira wilde niet mee. Het was een onnatuurlijk, geforceerd bezoek; omdat haar hele familie erbij was, konden we niet openhartig met elkaar praten en werden we ongewild acteurs in een slecht toneelstuk. Manana had ons uitgenodigd voor het eten, Otto en Tsotne zaten ook aan tafel en wij voelden ons onvrij en geremd. Alleen bij het afscheid hadden we een ongestoord moment; toen kon Dina haar nieuwsgierigheid niet langer bedwingen en vroeg ze Nene direct naar het gedrag van haar onsympathieke echtgenoot. Ze zag hem amper, antwoordde ze, hij was de laatste tijd constant met haar broer op pad, voor schimmige zaken, hij zat dus 'niet op haar nek'. 'En 's nachts,' wilde Dina weten, 'nou ja, je weet wel?' – 'Mij krijgt hij niet, ik zal me nooit aan hem geven, de rest is uit te houden,' zei ze zonder enige verbittering, zonder enige emotie. Wij wisten geen van beiden wat we met de situatie aan moesten en lieten onze vriendin alleen achter. We voelden ons schuldig en tegelijk wilden we daar niet constant aan herinnerd worden.

Maar dat was op dat moment allemaal vergeten, voor me stond mijn oude vriendin en ik kon weer vrij zijn. Ik drukte haar lang tegen me aan, daarna bekeek ik haar. Ja, ze straalde, onmiskenbaar en oogverblindend.

'Ik moet naar de metro,' zei ze snel en ze keek me ietwat verlegen aan.

'Sinds wanneer ga jij met de metro?'

'Als Otto en Tsotne het druk hebben, heb ik tijd voor mezelf. En dan neem ik de metro!'

Ze lachte op haar typische kokette manier, met haar hoofd in haar nek.

'Och, weet je, ik ga met je mee, ik heb je zo lang niet gezien, mijn eerste twee colleges kan ik wel missen. Ze merken niet eens of ik er ben of niet.'

En zonder haar antwoord af te wachten gaf ik haar een arm. Ze leek aan de ene kant blij me te zien, aan de andere kant leek ze geremd, ze keek opnieuw om zich heen alsof ze iets te verbergen had.

'Is het wel goed als ik meega?' vroeg ik toen we al op de roltrap stonden, en ze knikte enigszins terughoudend. 'Ik heb je zo gemist... ik bedoel, we zien elkaar de laatste tijd helemaal niet.'

'Jullie hebben het ook allemaal zo druk, Ira neemt niet eens op als ik haar bel,' zei Nene met een licht verwijt in haar stem, en ik voelde een plotselinge woede opkomen, woede op mezelf, op mijn lafheid en mijn zwakheid. Natuurlijk had ze gelijk en ik schaamde me.

'Je weet hoeveel ze van je houdt. Ze weet geen raad met de situatie. Met ons praat ze ook niet, ze vlucht in haar wetboeken.'

De scherpe, warme lucht van de metro drong in mijn neus.

'En jullie? Hoe is het met jullie?'

Dat was een ongebruikelijke vraag voor Nene, die anders elk onaangenaam gesprek en elk mogelijk conflict koste wat het kost vermeed, maar deze keer wilde ze een eerlijk antwoord van me.

'Ik weet het niet, Nene. We waren zo vaak van plan om je op te zoeken en dan... ik geloof dat we niet goed weten hoe we ermee om moeten gaan, jij hebt het op de een of andere manier ook afgehouden, het was zo anders toen we de laatste keer bij je waren...' Ik zocht naar de juiste woorden.

Het perron was vol. We drongen naar voren. Weer keek ze vlug om zich heen, alsof ze iemand zocht. Ze zei niets meer en we wurmden ons in de overvolle trein. De benzine was schaars geworden, steeds meer mensen namen de metro en zo had het reizen met de metro iets van een overlevingsstrijd uit een prehistorische tijd. Twee haltes voor het station, vlak na de halte Roestaveli, ging er opeens een schok door de trein en bleven we compleet in het donker staan. Overal klonk geschreeuw: 'Hoe bestaat het!' – 'Die stomme idioten!' – 'Dit land had nooit onafhankelijk moeten worden, ze kunnen niet eens voor een fatsoenlijke stroomvoorziening zorgen!' – 'Krijg toch de klere!' – 'Ik moet mijn kind van school halen, wat moet ik nu?' – 'Aanklagen moeten ze die lui; zelf in buitenlandse auto's rondrijden en het arme volk laten creperen!' – 'Die hoge heren en hun familie zouden voor eeuwig in het donker moeten vastzitten!'

Het waren de gebruikelijke klachten in die dagen. De anders zo paniekerige Nene bleef kalm en alsof ze zich op deze situatie had voorbereid, haalde ze een kleine zaklamp uit haar handtas.

'Je lijkt op alles bedacht te zijn,' zei ik met een blik op de zaklamp.

'Ja, zoiets kan gebeuren. Rond deze tijd valt de stroom vaker uit.'

Haar antwoord maakte me achterdochtig. Als ze dat wist, waarom nam ze dan de metro? Haar familie was tenslotte niet op het openbaar vervoer aangewezen. Een paar andere ervaren passagiers haalden ook hun zaklamp tevoorschijn, weer anderen begonnen een praatje met hun buurman. Iemand uit de volgende wagon begon op het raampje te kloppen en gebaren te maken. Een al wat oudere dame werd niet goed, iemand gaf haar een krant om als waaier te gebruiken.

'En nu?' wilde ik weten.

'We stappen uit en lopen naar de volgende halte, want de storing zal nog wel even duren. Maar eerst moet de hoofdconducteur daar toestemming voor geven.'

'En hoe doet hij dat zonder microfoon?'

'Iemand uit de voorste wagon geeft het door.'

Met de zelfverzekerdheid van een helderziende beschreef ze de volgende stappen. Misschien was het voor haar een groot avontuur, misschien probeerde ze wat afleiding in haar huwelijksleven te brengen door zich onder het volk te begeven en de dagelijkse ellende van normale stervelingen mee te maken. Maar dat paste absoluut niet bij Nene, daarvoor was ze te verstrooid, te dromerig en ook te egocentrisch.

Het duurde inderdaad niet lang voordat uit de voorste wagon het bericht kwam dat we door de tunnel tot aan de halte Mardzjanisjvili moesten lopen. Met blote handen werden de deuren opengeschoven, eerst werden de vrouwen en kinderen eruit gelaten, tot we allemaal als een gehoorzaam leger de duisternis in stapten. We liepen een stuk naast de rails, maakten ons zo smal mogelijk om langs de brede wagons te komen en belandden vervolgens in een nauwe, bedompte, vochtige tunnel. Onze stoet werd geleid door een paar met zaklampen uitgeruste gidsen, die al een zekere routine in zulke bevrijdingsmanoeuvres bleken te hebben. Onverschrokken lichtte mijn kleine vriendin me bij op weg door de ondergrondse. Ik vond de situatie macaber, de weg leek eindeloos, ik was elk tijdsbesef kwijt, tot Nene me opeens, zonder waarschuwing, bij mijn pols greep en me aan de kant trok. Voor ik er erg in had, bevond ik me in een kleine onderhoudsschacht, die achter een roestige metalen deur verborgen lag. Er drupte water van de zoldering en ik was al bang voor ratten, maar de tevreden glimlachende Nene naast me straalde zo'n rust uit dat ik niet in paniek raakte.

'Wat moeten we hier?'

Ik begon het langzamerhand griezelig te vinden.

'Ik blijf even hier, jij kunt doorlopen, we zien elkaar dan over een halfuur bij de halte Mardzjanisjvili,' zei ze verlegen, terwijl ze een sigaret uit haar handtas haalde. 'De stoet is lang, maar zo meteen komen de laatsten hierlangs, daar sluit je je dan bij aan, oké?'

Toen toverde ze god weet waarvandaan een leeg conservenblikje met een kaars tevoorschijn en stak hem aan. Hield ze me voor de gek? Ik begreep er niets meer van.

'Nene, je wilt toch niet hier blijven?'

Maar nog voor ik de zin helemaal had uitgesproken, begreep ik hoe de vork in de steel zat. Natuurlijk: dit was hun schuilplaats, op deze absurde plek konden ze ongestoord samen zijn. Ze ontmoetten elkaar hier, uitgerekend in deze afschuwelijke, angstaanjagende schacht. Natuurlijk had ze zich niet zomaar bij haar lot neergelegd. Natuurlijk had ze een manier gevonden om Saba te blijven zien. Ja, ze hield weer van hem of liever gezegd: ze was er nooit mee opgehouden.

'O god, Nene!'

Ik sloeg mijn hand voor mijn mond om het niet uit te schreeuwen. Tegelijk had de situatie iets ongelofelijk komisch, maar ik wist niet zeker of lachen gepast was.

'Het is Saba, hè? Jullie zien elkaar weer?'

Ze grijnsde en nam vol genot een trek van haar sigaret.

'Zien we elkaar dan straks bij de halte Mardzjanisjvili? Je moet opschieten, anders zijn de mensen weg en dan wordt het hier pikdonker,' zei ze, terwijl ze even mijn schouder aanraakte. 'Tegenover het theater is een nieuw café, daar kunnen we een kop koffie drinken.'

Ik knikte en moest lachen om haar mondaine zelfverzekerdheid, ze had duidelijk plezier in haar rol van femme fatale. Ik ging gauw naar buiten en sloot me aan bij het eind van de stoet. Als in een rampenfilm liepen we door het donker, als de laatste overlevenden, de laatste mensen op deze planeet. Om zekerheid te krijgen draaide ik me nog een keer om en zag inderdaad Saba's dikke haarbos achter de roestige deur verdwijnen.

Het licht trof me als de toorn van een wraakzuchtige god. Ik was buiten adem na de eindeloze treden van de stilstaande roltrap. Een geüniformeerde dame dirigeerde ons de Georgische onderwereld uit. Het duurde even voor ik weer aan het licht gewend was, ik ging op het trottoir zitten en begon te huilen. Ik wist niet eens waarom ik huilde, of ik woedend was omdat ik zoveel over het hoofd had gezien, zoveel verkeerd had begrepen, genegeerd en verdrongen, of dat ik ontroerd was door de blinde moed van dat stel. Misschien was het ook een vage, maar met elke vezel van mijn lichaam gevoelde bezorgdheid om die twee, die door hun liefde in de waarste zin van het woord gedwongen waren af te dalen in de onderwereld. Ik huilde bitter en lang. De hemel keek onverschillig op me neer en geen van de mensen die uit de metro kwamen, bleef staan, ze haastten zich allemaal ergens heen, dankbaar en opgelucht dat ze weliswaar niet op hun bestemming waren aangekomen, maar toch uit de donkere tunnel waren ontsnapt.

Ik moest denken aan Levan, die me duidelijk uit de weg ging na onze ruzie waarbij ik hem tegenover mijn broer voor schut had gezet. Ik was trots op mijn moed, maar tegelijk maakte het me verdrietig. Zijn stomme idealen uit een of andere Amerikaanse spaghettiwestern leken belangrijker dan ik; hij was bang bij Rati uit de gunst te raken en voor mij zat er niets anders op dan me daarbij neer te leggen. Maar tegelijk verlangde ik naar hem, naar de Levan met zijn doedoek, naar zijn vrolijkheid en nieuwsgierigheid. Ik verlangde naar zijn blik, naar dat soort bevestiging, naar zijn originele commentaren en zijn verlegen en tegelijk dubbelzinnige knipoogjes.

Nene verscheen op de afgesproken tijd. De stroomtoevoer van de metro leek het ritme van hun liefdesleven te bepalen. Haar lippenstift was uitgelopen en haar wangen gloeiden verdacht. We zochten een tafeltje in het pas geopende café en bestelden ieder een kop koffie.

'Wat een avontuur, hè?' riep ze euforisch, alsof we de opwindendste ervaring van ons leven achter de rug hadden.

'Niet ongevaarlijk wat jullie doen.'

Meteen ergerde ik me aan mijn idiote opmerking. Maar wat moest ik zeggen? Wat waren hier de passende woorden? Moest ik haar moed inspreken of haar waarschuwen? Welk rol speelde ik in dit scenario met zijn verrassende wendingen?

'Je hebt gehuild?' Ze keek me onderzoekend aan en stak opnieuw haastig een sigaret op. 'Je ogen zijn helemaal rood.'

'Ik moest eerst weer aan het daglicht wennen,' zei ik ontwijkend. 'Hoe zijn jullie in vredesnaam op die afschuwelijke schacht gekomen?'

'Is toch geweldig?' Ze klapte in haar handen. 'Het was toeval. Bij ons eerste weerzien, toen we nog niet wisten waar we elkaar konden ontmoeten, hebben we de metro genomen. We deden alsof we toevallig in dezelfde wagon zaten en toen viel plotseling de stroom uit... Dat was zo romantisch, en toen we allemaal door die tunnel liepen, trok hij me dat verborgen hoekje in en kuste me, ik dacht dat ik flauw zou vallen, zo fijn was het. We kennen inmiddels alle schachten tussen het station en de halte Samgori. We noemen ze onze liefdesschachten.' Ze lachte hard. 'Hij kan zo ongelofelijk lekker zoenen, Keto, dit is geluk, geloof me, puur geluk!'

Ik kijk weer haar kant op, nu staat ze met haar rug naar me toe, bij wijze van uitzondering praat ze met niemand en is ze verdiept in een foto. Ik loop langs een wand met foto's waarvoor ik niet blijf staan omdat zich daar te veel bezoekers verdringen, maar ik vang toch een glimp op van die ene opname. Het is een foto van demonstranten die met zelf beschilderde spandoeken in hun handen voor het parlementsgebouw staan. Het verleden schuift onmiddellijk over het heden heen, ik word weer die tijd in gezogen, de stemming van die dagen is meteen weer terug: de spanning, de geprikkeldheid en het niet willen toegeven aan de angst, die als een hongerig roofdier overal op de loer lag.

Ik greep toen elke gelegenheid aan om het huis uit te vluchten, omdat ik daar was blootgesteld aan de eindeloze discussies tussen Eter en Oliko, waaraan sinds kort ook mijn vader meedeed. Oliko ging steeds weer naar demonstraties om de president te steunen en was een paar keer ternauwernood ontsnapt aan een knokpartij. Dat was voor mijn vader aanleiding om zijn sprookjeskasteel van jazz en natuurkundige formules te verlaten en aan de huiselijke veldslagen tussen zijn moeder en schoonmoeder deel te nemen. Wij konden Oliko's plotseling ontvlamde fanatisme geen van allen volgen. Zij zag in de president de ware patriot, die de 'overgebleven jakhalzen van de oppositie' kon ontmaskeren en het land naar de langverwachte democratie kon leiden. Zijn steeds nationalistischer gekleurde toespraken en totale wereldvreemdheid leek ze graag op de koop toe te nemen. 'Nu hebben jullie een echte sekte opgericht en zijn jullie aanhanger van de enig ware messias, hè?' zei mijn vader altijd sarcastisch. Maar in Oliko's ogen waren de Georgiërs het ondankbaarste volk ter wereld en moesten bepaalde offers nu eenmaal worden gebracht.

Het feit dat mijn vader twee keer op het politiebureau moest komen om vernederende ondervragingen over zijn zoon te ondergaan, zorgde voor extra spanning, na afloop moest hij elke keer valeriaandruppels slikken en namen de baboeda's zijn bloeddruk op. Hij was nog niet eerder met dienaren van de wet in aanraking gekomen en leek daar niet tegen opgewassen te zijn. Rati trok zich er weinig van aan. Volgens hem viel hem niets te verwijten en als ze al iets tegen hem in handen hadden, waren ze allang zelf bij hem opgedoken, ze waren alleen jaloers op zijn status en aasden op een percentage van zijn 'business'. Onze vader moest zich niet bang laten maken door 'die flikkers', de Koridzes zaten erachter, dat was voor hem zo duidelijk als wat. Ze wilden hem uit de weg ruimen, 'maar dan komen ze bedrogen uit, dan zijn ze aan het verkeerde adres', riep mijn broer triomfantelijk.

Hoewel ik het verloop en de uitkomst van zulke discussies maar al te goed kende, werd ik er elke keer weer treurig van. Ik had medelijden met mijn vader, die maar niet kon begrijpen dat zijn zoon zo'n vreemde, voor hem ongrijpbare, bedreigende werkelijkheid tot zijn wereld had gemaakt. Ik voel dat verdriet nog als ik aan die huiselijke scènes denk, aan mijn vader met zijn gesteven overhemden en zijn borstelige wenkbrauwen, zijn peinzende ogen en zijn onvermogen om met zijn zoon om te gaan, zijn onbegrip voor de weg die Rati had gekozen.

Helaas bleken de politieverhoren slechts een voorbode van wat er komen zou. Kort voor de putsch werden we 's nachts gewekt door drie zwaargewapende mannen in burger, die zich voorstelden als hoge politiebeambten. Ze zeiden dat ze een huiszoekingsbevel hadden en dat het voor iedereen 'prettiger' was als we buiten wachtten terwijl zij hun werk deden. Gedwee als kleine kinderen trokken we onze jas aan en gingen naar buiten, ook ik wankelde half slapend de gaanderij op, we begrepen niet goed wat die mannen zochten. Alleen Rati weigerde mee te werken en bleef maar zeggen dat we weer binnen moesten komen, ze moesten de huiszoeking in ons bijzijn doen, anders konden ze hem 'god mag weten wat in de schoenen schuiven'. Uiteindelijk wist mijn vader zijn woedende zoon ook de gaanderij op te sleuren, waar Rati van pure kwaadheid zijn zelfbeheersing verloor: 'Die schoften, ze mogen hier helemaal niet komen, ze zullen er nog spijt van krijgen dat ze ons midden in de nacht overvallen, dat huiszoekingsbevel is toch je reinste verlakkerij, heeft een van jullie het gezien? Hebben ze het getoond?' Op dat moment kwamen de politiebeambten naar buiten, en mijn broer spuugde ze in het gezicht en zei dat ze z'n reet konden likken, waarop de kleinste van de drie erop los sloeg en de andere twee ook niet lang aarzelden om hun vuisten te gebruiken. Als in slow motion zag ik mijn broer tegen de grond gaan. Ik herinner me nog goed het gevoel dat ik naar een film keek. Alsof het allemaal niet echt was, alsof zijn bloed maar nepbloed was en ik me geen zorgen hoefde te maken, alsof ik rustig in mijn bioscoopstoel achterover kon leunen en met enige weerzin, maar tegelijk geboeid kon kijken naar wat er op het witte doek gebeurde. Misschien kwam het doordat ik voor het eerst zag hoe iemand zo compleet aan anderen was overgeleverd en uit de tevreden gezichten van de aanvallers opmaakte hoeveel plezier ze hadden in de ravage die ze aanrichtten.

Natuurlijk namen ze hem mee. Zodra het licht werd, gingen mijn vader en ik naar het politiebureau, waar het een eeuwigheid duurde voor we erachter kwamen dat hij niet werd vastgehouden omdat hij zich had verzet, maar omdat er tien gram heroïne bij hem zou zijn aangetroffen. Natuurlijk logen ze. In die tijd was Rati mijlenver verwijderd van elke vorm van escapisme en breinbeneveling, hij probeerde zich als leider te profileren en vond verslaving een zwakte. Bovendien was heroïne toen nog terra incognita in ons zonnige land en was er voor iemand als Rati onmogelijk aan te komen.

Hoewel mijn vader getuige was geweest van de bruutheid van de staat, weigerde hij de feiten onder ogen te zien en gaf hij zijn zoon de schuld. Ik schreeuwde, maar ik schreeuwde vooral omdat ik me machteloos voelde. Oliko huilde en Eter zat als een zoutpilaar in de keuken en zei geen woord. Mijn vader liep te vloeken en te schelden en vroeg zich hardop af wie hij moest inschakelen en wat de volgende stap moest zijn. Ik zette koffie op het gasstelletje dat we sinds kort gebruikten omdat de centrale gastoevoer het geregeld liet afweten.

's Avonds kwamen Levan, Saba en Sancho langs. Ook zij waren woest en riepen dat ze hen alleen maar uit de wijk wilden verdringen.

'Maar dan hebben die schoften zich lelijk vergist! Van "Hamster" uit de Kirovstraat hoorde ik dat Tsotne onlangs bij de jongens die daar pokeren is opgedoken en heeft gezegd dat er niet meer achter gesloten deuren mag worden gespeeld, omdat zij een gokkantoor gaan openen. Nu willen ze ook de speelhallen inpikken,' riep Sancho woedend.

'Heet die figuur echt Hamster?' vroeg ik.

Ze keken me allemaal verward aan, ik kon mijn lachen niet inhouden en proestte het uit, ik stelde me een figuur met wangzakken en knaagtanden voor. Alle spanning kwam eruit, ik kwam niet meer bij.

'Zo kan-ie wel weer!'

Ik hoorde de irritatie in Levans stem. Sinds hij binnen was, had hij mijn blik ontweken, maar nu had hij geen andere keus en keek hij me vermanend aan.

Maar ik bleef lachen, ik lachte steeds harder in de duisternis, die door de uitgevallen stroom plotseling over ons was neergedaald. Iemand stak een aansteker aan. Baboeda 2 klopte op de deur en gaf ons een kaars.

'Die onmensen hebben de stroom weer uitgeschakeld! Zelfs in de oorlog heersten hier niet zulke toestanden!' klaagde ze en ze bedoelde de Tweede Wereldoorlog. 'Willen jullie misschien iets drinken, jongens?'

'Alles oké, tante Oliko, we hoeven niets.'

'We hebben nog wat in de obsjtsjak,' zei Sancho. 'Dat kunnen we naar die gehaaide advocaat brengen, je weet wel, Levan, hoe heet hij ook alweer, ik bedoel die vent die Gagoea ook vrij heeft gekregen, die zal ze wel flink op hun kloten geven!'

'Hé, een beetje dimmen, man,' mengde Saba zich in het gesprek. 'We zijn hier niet alleen.'

'Ja, ik denk ook dat we geld bij elkaar moeten schrapen. Hoe zit het met Rati's auto? Kunnen jullie die niet verkopen? Die zou aardig wat opleveren,' opperde ik. Zowel

Sancho als Levan sloeg zijn ogen neer, een slecht teken.

'Wat is er?' drong ik aan.

'Nou ja, die auto. Wat zal ik zeggen.' Sancho krabde zich op zijn hoofd. 'Die auto is speciaal, die heeft geen papieren, als je begrijpt wat ik bedoel.'

'Wil dat zeggen dat hij gestolen is?'

Mijn boosheid was onmiddellijk terug.

'Dat nou ook weer niet, we hebben er alleen geen officiële vergunning voor en kunnen hem niet zomaar verkopen,' legde Levan uit, terwijl hij een sigaret opstak.

'Nou, lekker dan. Geweldig. En hoe moeten we zoveel geld bij elkaar krijgen? Ik bedoel, we kunnen wat sieraden verkopen, maar ik neem aan dat dat niet genoeg zal zijn.' Ik dacht hardop na. 'Hij mag daar niet te lang blijven.'

'We krijgen hem wel vrij en dan geven we hun allemaal op hun kloten...' siste Levan. 'Sorry, Keto!'

'Maar jullie moeten je intussen wel gedeisd houden, geen ruzie, geen gedoe, de fronten mogen niet nog meer verharden. Jullie weten dat Tapora contacten heeft bij het OM,' zei ik en het verbaasde me hoe moeiteloos ik overstapte op hun taal, hoe kalm en bedachtzaam ik bleef, alsof ik mijn leven lang al deel uitmaakte van die onderwereld.

'Kijk eens aan, Keto is helemaal ingeburgerd in het straatleven. Rati zal trots op je zijn!' zei Sancho lachend, alsof hij mijn gedachten had gelezen, en hij liet zich in de versleten leunstoel vallen waarin Rati anders naar zijn geliefde films keek of heel geconcentreerd Super Mario of Tetris speelde.

Op een gegeven moment stuurde Levan Sancho en Saba weg en bleven wij bij kaarslicht achter in de verweesde kamer van mijn broer. Alsof het de normaalste zaak van de wereld was had Levan het heft in handen genomen. Zolang Rati er niet was, maakte hij de dienst uit in de bende. En hij zou ook de advocaat opsporen. Eens te meer besefte ik dat hij, als Rati's rechterhand, mij volgens hun erecode niet mocht aanraken, dat hij niet van me mocht houden zoals ik wilde dat hij van me hield. Ik was voor altijd veroordeeld tot de rol van het kleine zusje. Ik haatte die idiote regels en onduidelijke wetten die door mannen werden gedicteerd en door mannen werden uitgevaardigd. Toen ik hem in het schemerige kaarslicht aankeek, voelde ik zelfs geen woede meer, alleen nog spijt, bittere spijt, omdat zijn standpunt me zo zinloos leek, ik beschouwde hem als iemand die in celibaat leefde en vrijwillig van alle aardse geneugten afzag.

'Je doet de laatste tijd zo afwijzend tegen me,' zei hij en hij keerde me de rug toe en keek door het raam naar de straat, die volkomen in het donker lag.

'Ik? Ik doe afwijzend?' Ik dacht dat ik het verkeerd had verstaan.

'Ja, niet dan?' Hij draaide zich met een ruk om.

'Sinds dat laatste gesprek met mijn broer kijk jíj dwars door me heen, alsof ik lucht ben.'

'Wat had je dan verwacht, je hebt me voor lul gezet, en nog een lul zonder ballen ook.'

'Heb ik soms geen gelijk?'

Ik wilde hem met opzet kwetsen, ik wilde dat hij dezelfde afwijzing te voelen kreeg als ik.

'Dat moet je zelf maar zeggen, Keto Kipiani!'

'Ik dacht dat dat tussen ons iets voor je betekende en... Maar dat doet er nu niet toe. We moeten zien dat hij gauw weer op vrije voeten komt.'

'Je weet dat het iets voor me betekent, heel veel zelfs. Dat weet je toch?'

'Waarom merk ik er dan niets van?'

'Jij bent het meest bijzondere meisje dat ik ken,' zei hij met hese, treurige stem. Hij kwam naar me toe, ik wist me geen houding te geven, bleef verlegen op de rand van het bed zitten en sloeg mijn ogen neer.

'Voor ik in slaap val, stel ik me voor dat wij samen naar zee of naar de film gaan, dat ik je hand vasthoud, dat ik een sjaal voor je brei... Ja, lach niet, ik kan heel goed breien, als kind breide ik constant sjaals voor de hele familie.'

En hij lachte als een kleine jongen.

'En dan stel ik me voor dat ik je mag zoenen wanneer ik maar wil.'

Hij kwam bij me zitten en sloeg zijn arm om me heen.

'En ik stel me voor dat ik naar je kijk terwijl je zit te tekenen. En soms bedenk ik dat je nu op die vrijgevochten academie allemaal kerels leert kennen, die ik alleen al bij het idee dat ze in je buurt komen stuk voor stuk zou kunnen vermoorden. Ja, ik stel me van alles voor, Keto, maar ik weet gewoon niet hoe ik van je moet houden...'

Hij legde zijn hoofd op mijn schouder. Ik zat er roerloos bij en staarde naar de vlam van de kaars, ik was bang dat ik van pure spanning nog zou vergeten te ademen. Ik sloot mijn ogen, alsof ik gratie of executie verwachtte, wat allebei even verschrikkelijk, even mooi zou zijn. Ik voelde zijn vochtige lippen in mijn hals. De stad leek samen met mij haar adem in te houden, het was zo vreselijk stil. Waar waren alle mensen gebleven? Waar waren de auto's of de verweesde honden van Tarik? De duisternis was zo allesomvattend, alleen het tere vlammetje straalde, alsof het de enige lichtbron in het hele universum was.

We kusten elkaar, ik sloeg mijn armen om hem heen, hij legde zijn hand om mijn taille, ik liet me op het zachte bed van mijn broer zakken, hij deed hetzelfde. Hij raakte mijn borsten aan, ik woelde door zijn dikke haar, speelde met zijn krullen. Ik zweefde als in een droom, gewichtloos en toch geborgen, als in een warm, veilig hol.

Ik hoor de liefdesverklaringen die hij me in het oor fluistert, ik denk hem een fractie van een seconde naast me te voelen, ik hoor hem zeggen hoe lief ik ben, ik koester me in dat gevoel, ik merk hoe ik mijn buik intrek, me klein maak, me naar hem voeg, hoe mijn hele lijf zich spant, en ik kijk beschaamd om me heen alsof ik me in het bijzijn van al die mensen heb overgegeven aan een liefdesspel.

Hij kwam op me liggen, door ons gewicht zakten we diep weg in het bed. Ik hield van hem, dat begreep ik op dat moment, ik hield zo hartverscheurend veel van hem als je alleen van iemand kunt houden wanneer je voor het eerst verliefd bent. Ik wilde hem vasthouden, hem bij me houden, de rest was zinloos, druiste in tegen elke wetmatigheid. Mijn gedachten sloegen op hol, terwijl mijn lichaam nog worstelde met de lust en de opwinding. Ook ik was bereid in duistere schachten af te dalen om bij hem te zijn. Het had geen zin om me tegen deze intimiteit te verzetten. Hij maakte knorrende geluiden en ik keek naar de deur uit angst dat een van de baboeda's elk moment binnen kon vallen. Ik voelde hoe zijn hand in mijn broekje verdween, hoe hij mijn dijen uit elkaar duwde, ik begroef mijn gezicht in zijn hals en klampte me aan hem vast.

'Ik hou van je, Keto!' zei hij opeens, en ik begon te huilen. Ik huilde geluidloos, hij zag mijn tranen niet, ik huilde van opluchting. Mijn hand ging naar zijn broek, ik ritste zijn gulp open, het vreemde van zijn lichaam leek me opwindend, mijn nieuwsgierigheid was grenzeloos. Ik maakte me los, waarna hij zich op zijn rug draaide en ik op hem ging zitten, hij keek me verward en wazig aan, ongelovig vanwege mijn doortastendheid. Ik wilde niet langer wachten, hopen, vrezen, ik wilde niet aangewezen zijn op zijn gunst, ik wilde de dingen zelf bepalen en over hem beschikken, zoals hij over mij beschikte. Toen ik zijn broek naar beneden trok, duwde hij me van zich af en keek me onthutst aan.

'Wat doe je nu?'

Ik begreep zijn vraag niet.

'Ik raak je aan,' zei ik en ik had onmiddellijk spijt van mijn ongeduld. Ik probeerde zijn gedachtegang te volgen. Hij kon mijn gedrag, mijn verlangen niet goed plaatsen, het was hem ingeprent dat vrouwen geduldig moesten zijn en zich moesten overgeven, dat vrouwen niet namen, maar altijd gaven. Weer voelde ik verbijstering en razernij in me opkomen, gevolgd door hevige verbittering.

'Dat moet je niet doen...' stamelde hij schutterig en hulpeloos. Ook al had ik weinig ervaring, ik voelde dat de hartstocht onmiddellijk verdwijnt als die wordt getemd. Waarom begreep hij dat niet? Hij zat vast in die fuik van idiote veronderstellingen en verkeerde conclusies.

'Maar ik wil het,' antwoordde ik, mijn woede gaf me het nodige zelfvertrouwen. Toen kuste ik hem, stormachtig, dwingend. Hij was zo overrompeld dat hij zich gewillig overgaf. Ik ging opnieuw op hem zitten, maar voor ik me helemaal had uitgekleed, stootte hij een dierlijk geluid uit, het klonk als verzet, als een uit de diepte komend protest; hij kromp ineen en zakte weg in de kuil in het bed.

We zeiden een hele tijd niets. We verroerden ons niet. Onze adem kwam langzaam weer tot rust. Ik durfde hem niet aan te kijken. Ik durfde hem niet aan te raken. In de keuken draaide iemand de kraan open.

'Niet alle vrouwen zijn zoals jij misschien denkt.'

Het was een aarzelende poging om te praten over wat er was gebeurd, maar hij kapte het meteen af.

'Ik moet nu weg,' zei hij.

'Weet ik.'

'We zien elkaar morgen.'

'Ja.'
'Ik neem Rati's auto en ga morgenochtend meteen naar die advocaat, ik hou je op de hoogte.'
'Goed.'
'Maak je geen zorgen. We krijgen je broer weer vrij.'
'Ja.'
'Is alles oké?'
'Ik weet het niet.'
'Ik ben verantwoordelijk voor je. Ik mag niet...'
Ik had grote moeite om het niet luidkeels uit te schreeuwen.

'Ik vind wel een manier, Keto, maak je geen zorgen, ik vind een manier om met je samen te zijn,' zei hij, alsof hij me wilde troosten, me weer iets van hoop wilde geven.
'Het is zo belachelijk...' verzuchtte ik.
'Het is niet belachelijk. Iedereen betaalt een prijs.'
'En in jouw geval ben ik zeker de prijs?'
Hij gaf geen antwoord. Hij kuste me schuchter en verdween.

De advocaat, een gluiperig figuur met een snor en een te strak zittend grijs pak, schetste geen al te rooskleurig beeld van de situatie. Verzet tegen ambtenaren in functie, bovendien bezit van illegale substanties, zo luidde althans de voorlopige aanklacht. Het was ons woord tegen dat van de politie, dat was geen gunstige uitgangspositie. Hij zou zijn best doen, maar het was het slimst om het ondershands te regelen, want als het tot een proces kwam, kon hij niets garanderen. Acht jaar gevangenis hing hem boven het hoofd. Tien gram was nu eenmaal tien gram. Verboden bezit en verkoop van drugs, dat was geen geringe overtreding. Tja, er was een mogelijkheid om die tien gram terug te brengen tot twee, maar... we begrepen wel dat daar een fors bedrag mee gemoeid was.

'Over welk bedrag hebben we het hier concreet?' wilde mijn vader weten.

'Zo precies kan ik het niet zeggen, maar op vijfduizend dollar moet u toch wel rekenen.'

'Hoeveel?!' riepen we tegelijk.

Dat was toen een astronomisch bedrag, met zoveel geld kon je in die tijd, midden in de rampzalige inflatie, een huis kopen. Zoveel viel met de verkoop van sieraden alleen nooit van z'n leven bij elkaar te schrapen.

'Dat is absurd, dat is onmogelijk...' mompelde mijn vader.

'De afdelingschef, de officier van justitie, de hoofdcommissaris en natuurlijk de drie agenten, die moeten allemaal een gezin onderhouden,' voegde de advocaat er schouderophalend aan toe. 'Ik begrijp uw ergernis en uw woede, met die onrechtvaardigheid heb ik ook elke dag te maken. Het is voor mij ook niet zo gemakkelijk, weet u.'

Ik keek hem vanuit mijn ooghoek aan en wilde hem toebijten dat hij eindelijk zijn mond moest houden. Hij was net zo goed onderdeel van dat systeem en die voedselketen als degenen die hij net had opgesomd. Hij verwachtte natuurlijk ook zijn aandeel.

'Zoveel geld krijgen we onmogelijk bij elkaar,' verzuchtte mijn vader. 'Mijn salaris is al twee maanden niet uitbetaald en alle sieraden van mijn moeder brengen nog geen tiende op, en geld lenen, ik bedoel, van wie moeten we zoveel lenen, niemand heeft geld op het moment, iedereen moet bezuinigen om de eindjes aan elkaar te kunnen knopen.'

Ik vroeg de advocaat ons even te excuseren en trok mijn vader mee naar de keuken.

'De jongens zullen ons helpen. Levan had het over een obsjtsjak. Ga op zijn deal in, we hebben geen keus, voor Rati is elke dag achter de tralies vergif.'

'Wat voor obsjtsjak? Wil je dat ik gestolen geld aanneem? Ben je niet goed wijs? Dan draaien we allemaal de bak in!'

'Papa, begrijp het nou toch, al het geld in dit land is tegenwoordig op de een of andere manier gestolen. We moeten het aannemen. Het is onze enige kans!'

'Nee, Keto, dat kan ik niet! In geen geval! Het kan best dat de wetten voor de meesten niet meer gelden, dat de meesten geen geweten meer hebben en dat dit geen land meer is, maar een... een...' – hij zocht naar woorden – 'een *gogli-mogli*. Maar er zijn nog mensen met eer en zelfrespect. Dat anderen iets verkeerds doen, wil nog niet zeggen dat jij dat ook moet doen.'

Iets in de manier waarop hij dat zei, maakte me duidelijk dat deze discussie zinloos was, hij zou zich niet laten ompraten. Ik boog mijn hoofd. Gogli-mogli. Hoe kwam hij erbij? Wanneer had ik voor het laatst gogli-mogli gegeten? Rati en ik waren als kind dol op dat Russische toetje. Ik proef het nog: eigeel vermengd met suiker en cacao, net zolang geroerd tot de kleverige taaie massa een bruin, schuimend mengsel wordt.

Ik probeerde verder te bemiddelen tussen de advocaat, Levan, mijn vader en Rati. De eerste keer dat we Rati bezochten – in bijzijn van twee gorilla-achtige bewakers, die de hele tijd sceptisch naar ons keken –, moest ik me enorm inspannen om niet in tranen uit te barsten. Hij zag er zo verloren uit, zo misplaatst, zo geïntimideerd, ook al deed hij zijn best om een zorgeloze, zelfverzekerde indruk te maken. Zijn gezicht was nog gezwollen en zijn armen zaten vol blauwe plekken. Mijn vader vermeed het hem recht aan te kijken, ik wist dat het hem evenveel moeite kostte als mij om niet onmiddellijk op te staan en naar buiten te rennen. De vernedering bij het zien van Rati, van die kale betonnen ruimte, die muren en die bewakers was hem te veel.

'De jongens zullen jullie helpen.'

Rati probeerde ons moed in te spreken.

'Ik wil niet dat die criminele vrienden van jou me helpen!'

Mijn vader sloeg met zijn vuist op tafel. Een belachelijk gebaar, dat niets zei en niets teweegbracht.

'Waar slaat dat nou weer op?' siste Rati. 'Jullie moeten je laten helpen!'

Hij keek mij smekend aan.

'Ja, we vinden wel een oplossing, maak je geen zorgen.' Ook ik deed mijn best om zorgeloos te klinken.

'Doe geen beloften die je niet kunt nakomen, Keto!'

Ik kon mijn vader op dat moment wel wurgen.

'Je weet toch dat ik niks heb gedaan? Ik ben onschuldig, je snapt toch wel wie erachter zit! Keto, dat is hem hopelijk duidelijk gemaakt, of niet soms?'

Rati's stem werd luider, de gorilla's wierpen een waarschuwende blik in onze richting.

'Rustig nou. We fiksen het wel. Je kent hem toch...'

'Praat niet over mij alsof ik er niet bij ben!' Mijn vader was een zenuwinzinking nabij. Ik wist niet wiens toestand zorgwekkender was, die van Rati of die van mijn vader.

'Ik heb niks gedaan, die schoften hebben me die shit in de schoenen geschoven, je was er toch zelf bij, je hebt het toch met eigen ogen gezien, hoe kun je nog twijfelen, hoe kun je me hier laten verrekken?'

Rati verloor zijn zelfbeheersing.

'Een laatste waarschuwing, kameraad Kipiani!' klonk het vanuit de hoek.

'Ik ben je kameraad niet, vuile hielenlikker!' schreeuwde Rati. Ik zag het aankomen, zag hoe de twee bewakers zich op hem stortten, hem van zijn stoel lichtten en het vertrek uit sleurden. Mijn vader wendde zijn gezicht af en schudde steeds weer zijn hoofd, alsof hij hoopte de realiteit op die manier van zich af te kunnen schudden.

Toen we de troosteloze, grijze dag in stapten, begon het te sneeuwen. Ik deed geen moeite meer om mijn verontwaardiging te verbergen.

'We laten mijn onschuldige broer niet acht jaar in de gevangenis verrotten vanwege jouw ego!'

'Hij is niet onschuldig! Door zijn manier van leven heeft hij zichzelf in deze situatie gebracht; waarom wordt mij of jou geen drugsbezit in de schoenen geschoven?'

'Wat mankeer je in godsnaam?! Je bent zijn vader!'

'Ja, en daarom moet hij leren verantwoordelijkheid te dragen voor zijn daden.'

'Je wilt hem dus een lesje leren, ja? Maar daarbinnen leert hij niets, hij gaat daar kapot, hij zit daar tussen echte criminelen, wil je dat? Je weet toch dat hij die drugs nooit van zijn leven heeft gehad?'

'Daar gaat het niet om...'

'Daar gaat het wel om! Het gaat om die rottige tien gram heroïne! Je kunt niet zo over zijn leven en zijn toekomst beslissen, om wat voor reden dan ook. Dat laat ik niet toe,' zei ik voor we in de trolleybus stapten, die wonder boven wonder op hetzelfde moment bij de halte aankwam als wij.

Op de dag dat de putsch begon, zaten wij in de striemende sneeuwregen in een reuzenrad. Het was Nene's idee geweest om net als in de goede oude tijd op een sombere decembermiddag met z'n vieren de tandradbaan naar het Funicular Park te nemen, daar naar het pretpark te gaan en onszelf 'een beetje plezier' te gunnen. Zij beloofde voor iets te zorgen 'om warm te worden' en vroeg ons allemaal iets te eten mee te nemen.

Of de tandradbaan reed hing van de stroomvoorziening af en we hadden geluk dat het beruchte blok 9 niet net weer was uitgevallen en de stad lamlegde. Ik nam Nene's voorstel dankbaar aan, aan de ene kant om aan de eeuwige zorgen om mijn broer en de eindeloze discussies met mijn vader te ontsnappen, aan de andere kant in de hoop dat Nene haar geheim zou ontsluieren, want mijn stilzwijgende medeplichtigheid werd een steeds zwaardere last.

De demonstranten bezetten bijna alle centrale pleinen in de stad en barricades versperren de weg, alsof het gebrek aan vervoermiddelen al niet voor genoeg overlast zorgde. Bij de dagelijkse stroomstoringen kwam nu ook de toenemende schaarste aan brandstof; warme kruiken en dikke sokken volstonden niet meer om de winter te trotseren. Voor benzine moest je inmiddels uren in de rij staan, de levensmiddelen werden op rantsoen gesteld, de stad leek op een labyrint vol levensgevaarlijke parcoursen.

Het pretpark was zoals verwacht uitgestorven. De meeste draaimolens stonden stil en bij die temperaturen zag je er alleen verdwaalde stelletjes die niet gestoord wilden worden. Vreemd genoeg werkte het reuzenrad wel. Nene had hoogtevrees en ik stond met dit weer ook niet te popelen om de lucht in te gaan, maar we wilden er per se van genieten dat we weer eens met z'n vieren bij elkaar waren, dus gingen we akkoord toen Dina voorstelde een ritje in het reuzenrad te maken. Ik was opgelucht dat Ira Nene eindelijk weer wilde zien. Nene had een fles cognac opgeduikeld, waarschijnlijk uit de onuitputtelijke drankvoorraad van Tapora, en we hadden allemaal iets te eten bij ons. Dina was een beetje te opgewonden. Ze vertelde enthousiast over haar mentor Posner en over de fantastische collega's bij *De Zondagskrant*, die afwisselend op bruin en wit, op dun en dik papier werd gedrukt, afhankelijk van wat de redactie op de kop wist te tikken. Ze vertelde over de avontuurlijke reis van een paar redacteuren naar Turkije om daar bruikbare generatoren voor de drukkerij te kopen, zodat er ook bij stroomuitval kon worden gedrukt.

Hoewel ik de meeste verhalen al kende, luisterde ik geboeid in de hoop dat haar goede humeur een beetje op mij over zou slaan, maar dat wilde niet erg lukken. Ik was met mijn gedachten bij Nene, die mijn blik meed, en ik slaagde er niet in de spanning van de afgelopen weken kwijt te raken. Ik miste de rustige uren in Lika's werkplaats. Aan het begin van mijn studie had ze me aangeraden een soort time-out te nemen om me helemaal op mijn studie te kunnen concentreren, en ik had haar advies opgevolgd. Maar inmiddels waren er andere redenen om weg te blijven: ze had te weinig opdrachten. Ook al sprak ze het nooit openlijk uit, toch merkte ik dat ze krap zat. Haar zorgen waren af te lezen aan de fijne rimpels in haar voorhoofd, en ik wist van Dina dat ze elke opdracht aannam om de eindjes aan elkaar te kunnen knopen, ten slotte had ze zelfs naaiwerk mee naar huis gebracht.

We stapten in een krakende, naar vochtige roest ruikende gondel van het reuzenrad. In het midden was een metalen tafeltje, waar we onze tassen op legden. Een jong stelletje stapte in de volgende gondel. Zij was gehuld in een dikke nepbontjas en kroop tegen haar slungelachtige vriend aan, die alleen een dun leren jasje droeg en kennelijk de geharde, galante aanbidder wilde uithangen. Twee gondels verder stapte een ouder echtpaar in met dikke wollen mutsen op. We gingen omhoog, de grijze hemel tegemoet. Het begon steeds harder te regenen, de stad onder ons werd kleiner en versmolt tot een grijsgroene massa, de gebouwen veranderden in miniatuurhuisjes.

'Waarom doe ik mezelf dit aan?' jammerde Nene en ze kneep haar ogen dicht.

'Kom, doe niet zo schijterig en neem een slok, daar word je warm van en het geeft je moed!'

Dina stak haar de cognacfles toe, waaruit Nene met een vies gezicht een slok nam. Ook al had ik het koud en waren mijn voeten in de kletsnatte laarzen half bevroren, toch voelde ik me goed; naarmate we hoger kwamen, leek de druk van de laatste tijd minder te worden. Ira nam ook een slok uit de fles. Dina stond op, spreidde haar armen uit, haalde diep adem en riep vanuit de gondel: 'Kijk, Tbilisi, hier zit je stoerste bende, kijk dan!'

De twee stellen keken geërgerd onze kant op, we moesten lachen. We vertelden elkaar hoe onze dagen verliepen, welke zorgen en problemen we op het moment hadden, en omdat Nene bleef doorvragen kregen we het ook over Rati.

'En dat allemaal dankzij jouw broer en jouw echtgenoot, ze willen ons monddood maken.' Dina kon zich niet inhouden en keek Nene bij die hatelijke opmerking misprijzend aan.

'Hij is mijn echtgenoot niet!' Nene bleef kalm, haar toon was beheerst.

'Hoezo is hij jouw echtgenoot niet, wat is hij dan?' wilde Dina weten.

'Ik heb al een man, van wie ik hou en die van mij houdt.'

In die zin, hoe absurd ook, klonk een rotsvaste overtuiging, een onwankelbare zekerheid door.

'Waar heb je het over?'

Ira keek haar verbluft aan. Maar precies op dat moment voelden we een geweldige schok en stonden we hoog in de lucht stil.

'Lieve hemel, wat is er gebeurd, dat kan toch niet waar zijn! Wat is er aan de hand, storten we nu neer?'

Nene sloeg haar handen voor haar gezicht. Het jonge meisje in de nepbontjas begon panisch te gillen. Ik keek omlaag, we waren bij de tweede omwenteling ongeveer halverwege blijven steken en ik zag de machinist beneden naar ons gebaren.

'Stil even!' Ira boog zich voorover. 'Hij probeert iets tegen ons te zeggen.'

'Blok 9, het is blok 9! Complete stroomuitval. We moeten geduld hebben,' vertaalde ik zijn gebaren. Dat vervloekte getal was inmiddels het symbool van de duisternis geworden.

'O nee, dat kan niet waar zijn, we vriezen hierboven nog dood. Dat gaat een eeuwigheid duren, ze moeten iemand bellen...'

Nene bleef maar jammeren.

'Er zal je niets gebeuren, we moeten gewoon dicht tegen elkaar aan kruipen en stevig drinken, dan krijgen we het niet koud.' Ik stak de fles omhoog. 'Vooruit, laten we op ons drinken!'

'Zeg tegen hem dat ik altijd van hem zal houden!' verkondigde Nene met theatrale stem en ze nam met haar ogen dicht een grotere slok dan daarnet.

'Dus toch: Saba! Jullie zien elkaar nog steeds?' Ira wilde haar vermoeden bevestigd zien.

'Hoe dan?' Dina spitste haar oren.

Nene keek mij aan. Ik haalde mijn schouders op en liet de beslissing aan haar over.

'Ja, we zien elkaar, stiekem,' zei ze met een zekere trots. En toen gooide ze alles eruit, alsof ze de hele tijd op deze gelegenheid had gewacht. Op de exclusieve toon die verliefde mensen eigen is, vertelde ze over hun eerste toevallige weerzien na Tariks dood, over hun eerste rit met de metro, het gelukkige toeval van de stroomstoring, de heimelijke rendez-vous in de metroschachten (bij dat detail klapte Dina enthousiast in haar handen en zette Ira grote ogen op) en tot slot over de steeds roekelozer risico's die ze op de koop toe nam.

'Wow, ik heb je duidelijk onderschat, echt, ik sta paf, ongelofelijk! Ja toch, ik bedoel, dit is fantastisch!'

Dina was zichtbaar onder de indruk, opgewonden stak ze een sigaret op. Wij drieën zwegen.

Terwijl wij naar Nene's hartverscheurende monoloog luisterden, viel onder ons, onder de ruige rotsen en dicht opeenstaande dennen, de tandradrails, de Vader-Davidkerk en het Pantheon, de met kinderkopjes geplaveide hellingen van de Mtatsminda en de wijk Sololaki, het eerste schot. De dag daarvoor was in Alma-Ata, het huidige Almaty, besloten de Sovjet-Unie te ontbinden. Georgië had, net als de Baltische staten, geweigerd lid te worden van het pas opgerichte en door Rusland gedomineerde Gemenebest van Onafhankelijke Staten. 'Dat zal Rusland niet zomaar over zijn kant laten gaan!' had mijn vader gezegd, terwijl hij naar de televisie keek, en zijn moeder was hem bijgevallen: 'Ik heb toch gezegd dat die idioot het hele land aan zijn ego zal opofferen!' Die opmerking over de Georgische president was natuurlijk bedoeld voor Oliko, die in de kamer ernaast zat. 'Wees blij dat we hem hebben, zonder hem waren we allang verloren!' luidde het commentaar dat prompt uit de andere kamer kwam. De president had onlangs de langzaam aan zijn controle ontglipte 'Nationale Garde' van haar macht beroofd en met de opheffing ervan gedreigd. Maar de ooit door de president zelf benoemde commandant van die Garde, een bohemien met het uiterlijk van een maffioso, weigerde hem te gehoorzamen en trok zich met zijn ongeveer vijftienduizend man ergens aan het Meer van Tbilisi terug. Hij maakte bekend dat hij zich bij de oppositie zou aansluiten en liet de inmiddels door de president gearresteerde legeraanvoerder en toneelschrijver Dzjaba uit de gevangenis halen, die zich met zijn machtige en op daden beluste Mchedrionileger eveneens bij de oppositie aansloot. Behalve hij werden er nog achtduizend zware criminelen uit de gevangenissen losgelaten, die allemaal naar de wapens grepen en de straten bestormden om de oppositie te steunen. Nog geen dag na de ontbinding van het Rode Imperium veranderde dat duo, in het gevecht tegen de aanhangers van de president, de binnenstad van Tbilisi binnen een paar uur in een strijdtoneel. Kalasjnikovs werden ingezet, de president werd naar een bunker overgebracht, gebouwen werden bezet en scherpschutters geïnstalleerd.

Maar wij hadden nog geen idee van dat alles, wij zaten halverwege de hemel in onze krakende gondel, dronken cognac en probeerden Nene's liefde te vieren, brachten onze angsten tot zwijgen en dronken onszelf moed in. We aten het heerlijke, inmiddels schaars geworden hartige Georgische brood dat Nene had meegebracht, de gepofte aardappelen van mij en de cake op melkpoederbasis van Ira, terwijl onder ons de stad sidderde en de Roestaveli Avenue door tanks werd afgesloten, net als twee jaar eerder, met dit verschil dat het toen Russische tanks waren. Nu waren het Georgiërs die elkaar te lijf gingen, nu ging het om mensen die beweerden zoveel van hun land te houden dat ze naar de wapens moesten grijpen. Er brak brand uit en de vlammen lekten met hun hongerige tongen aan de schitterende gebouwen aan de hoofdstraat: het parlementsgebouw, de Eerste School, het ooit werkelijk majestueuze Hotel Majestic, dat rond de eeuwwisseling gasten uit de hele wereld ontving en later als socialistisch modelhotel tot Hotel Tbilisi werd omgedoopt – ze werden allemaal verzwolgen door de vlammen. Maar wij wisten van niets, we waren nog te dicht bij de hemel.
'Hoe moet dat verder, hoelang willen jullie dat geheimhouden? Je weet hoe je broer en je man zullen reageren als ze er lucht van krijgen.'
Het was Ira die het kortstondige zwijgen verbrak.
'Ze komen er niet achter, geen van beiden, dat mag gewoon niet,' zei Nene stellig.
'Maar jullie moeten toch een plan B hebben? Ik bedoel,

op den duur hebben jullie er toch niet genoeg aan om elkaar in een of andere metroschacht te ontmoeten?' Ira gaf het niet op.

'Misschien gaan we ervandoor, ja, ik denk dat dat het beste is. Misschien wel naar Europa,' antwoordde Nene in gedachten verzonken. Het was maar al te duidelijk dat ze geen concrete voorstelling van haar toekomst met Saba had. Ze volgde haar verlangen, ze bewoog zich als een blinde op onbekend terrein.

'Er stijgen rookwolken op, er staat iets in brand!' hoorden we het meisje in de gondel onder ons roepen. We volgden met onze ogen haar wijsvinger en zagen inderdaad rook opstijgen.

Toen de stroom het weer deed, was het al donker en waren we tot op het bot verkleumd. De woedende machinist vertelde wat er op aarde was gebeurd terwijl wij in de hemel vertoefden.

'De Roestaveli is versperd door tanks, er wordt geschoten en de bevolking wordt aangeraden thuis te blijven...'

Hij praatte hijgend en het duurde even voor we begrepen wat hij bedoelde. Ik dacht eerst dat Jeltsin, zoals baboeda 1 had voorspeld, zijn ontevredenheid de vrije loop had gelaten en dat het dus opnieuw het Russische leger was dat greep op onze stad probeerde te krijgen.

'Het is onze roemrijke militaire junta, de putsch waarmee ze dreigden, de Russen hebben bij wijze van uitzondering niets met deze hel te maken, die hebben we helemaal zelf veroorzaakt,' zei het oudere echtpaar met een verpletterende bitterheid in hun stem.

'We nemen de kortere weg over de rotsen. Hebben jullie stevige schoenen aan? Gelukkig zitten we aan de goede kant van de rivier en dus min of meer in onze wijk.'

Dina probeerde ons moed in te spreken. Voor we met z'n vieren aan de terugtocht begonnen, verkondigde Nene nog koket: 'Deze keer laat ik niemand mijn tieten zien, die zijn nu alleen nog voor Saba's ogen bestemd.'

Ik maakte ruzie met mijn vader, mijn vader maakte ruzie met Rati, Rati stuurde telegrammen en brieven uit de gevangenis, wij stuurden pakjes met het hoogstnodige en met geld, dat achter de tralies even onmisbaar was als in vrijheid. Ik probeerde achter de rug van mijn vader om de vijfduizend dollar voor de advocaat bij elkaar te scharrelen. Levan had me de helft uit zijn kas beloofd en de baboeda's verkochten behalve hun sieraden een kostbaar porseleinen servies.

In de straten lagen als confetti in de oudejaarsnacht overal patroonhulzen verspreid, afketsende kogels raakten onschuldige voorbijgangers, er werden handgranaten gegooid en gebouwen in brand gestoken. We liepen voortdurend te hoesten, de dikke rook uit de Roestaveli Avenue steeg op tot in de heuvels van Sololaki. We slopen stilletjes door de straten en verzekerden ons met ingehouden adem van een plaats in de rij voor brood. Sommige routes meden we. We durfden niet eens meer naar het Vrijheidsplein. We zaten opgesloten in onze hofjes en straatjes. Eén keer waagde ik het om samen met Dina Rati te bezoeken. We liepen drie uur naar de gevangenis in het district Gldani, onderweg kwamen we niet één auto tegen en ook de metro reed niet. Tussendoor hoorden we schoten en doken we onwillekeurig in elkaar. Dina pakte mijn hand. We waren de enigen op de hele boulevard, eindeloos liepen we langs de troebele rivier. Dina hield de hele tijd haar camera in de aanslag en drukte steeds weer op de ontspanner. Het klikken van de camera had iets geruststellends voor me, het was het enige vertrouwde tussen al die nieuwe achtergrondgeluiden, die voornamelijk uit schoten en mannenstemmen bestonden, alsof alle vrouwen, kinderen en dieren plotseling in een diepe slaap waren gevallen. Geen groente- en fruitboeren, geen gescheld van automobilisten, geen kletspraatjes bij het open raam, geen geritsel van dennentakken en cipressentwijgen, geen hondengeblaf, geen spelende kinderen – dat was allemaal als bij toverslag tot zwijgen gebracht. We liepen door een apocalyptische stad.

'Je moet doen alsof je in een film zit,' zei ik tegen Dina toen ik haar angst voelde.

'Hoe bedoel je? En in welke dan?'

'Die bedenken we zelf. We doen of we twee spionnen zijn in het naoorlogse Berlijn. De stad is bezet en in vieren gedeeld. We moeten van de ene sector in de andere zien te komen.'

'Dat klinkt als een echte film, dat heb je niet net verzonnen!' Ze giechelde. 'Maar goed, ik doe mee. Ben jij een vrouw of een man?'

'Ik ben liever een man. Dan kan ik alles doen waar ik zin in heb,' zei ik vastberaden.

'Onzin, een vrouw is veel beter, dan ben je niet zo snel verdacht en denkt iedereen dat je zwak en dom bent. Terwijl je intussen overal atoomwapens heen kunt smokkelen. En hoe heet jij?'

'Ik wil geen Russische spion zijn. Die zijn saai en dragen achterlijke kleren.'

'Oké, dan zijn we Amerikanen.'

'Ja, met een coole Ray-Ban en Wrangler-jeans?'

'Keto, we zitten in de jaren veertig.'

'Ik wil Frans klinken. Ik wil een Franse naam!'

En zo liepen we als twee spionnen door het naoorlogse Berlijn, slopen langs de muren, doken in elkaar zodra we iets verdachts hoorden, glipten over kruisingen, gaven elkaar rugdekking en tastten steeds weer naar ons kleine elegante pistool, waarvan de greep met parelmoer was versierd en dat goed bij ons chique pak en onze trenchcoat paste. We waren onkwetsbaar en gingen in een op elkaar afgestemde choreografie op ons doel af.

Ik voel een vreemde huivering, alsof iemand in deze majestueuze zaal de ramen heeft opengerukt en er in plaats van warme meilucht arctische kou is binnengedrongen. Ik sla mijn armen om mijn lijf, het zal zo wel overgaan, het zijn gewoon de herinneringen, de foto's aan de wanden brengen ze tot leven, ze komen gevaarlijk dicht bij het heden, ze doen het verbleken, ik zou me ertegen moeten verzetten, ze een halt moeten toeroepen, misschien zou ik me ook in een van de geanimeerde gesprekken om me heen moeten mengen. Ik zou Rati een berichtje moeten sturen om te informeren naar hem en zijn Bea, die hem hopelijk zo aardig vindt dat ze hem naar het bergachtige Georgië volgt. Maar in plaats daarvan doemt dat beeld voor me op, het zinnebeeld van die eindeloze kou, het beeld dat me bewust maakte van de volle omvang van onze hachelijke situatie, van de hele wanhoop van die precaire, vernederende, uitzichtloze, volstrekt desolate toestand. Het moet kort na de putsch zijn geweest, kort voordat de door baboeda 2 als een halfgod vereerde president het land ontvluchtte en de militaire junta de teugels van de staat in handen nam, in het nieuwe jaar, na de meest troosteloze en stille oudejaarsavond van mijn leven, die we zonder Rati moesten vieren. We toostten met goedkope sekt, wensten elkaar een gezond en gelukkig nieuwjaar, wel wetend dat het pas aangebroken jaar daar weinig hoop op gaf. Rond middernacht ging ik naar Dina, ook Ira voegde zich bij ons. We knabbelden op de lekkere *gosinaki* van Gioeli en gingen toen naar buiten in de hoop nog wat van het vuurwerk mee te pikken, maar toen we vanuit het hofje de straat in wilden slaan, deed Natela Tatisjvili haar raam open en riep met paniek in haar stem dat we zo gauw mogelijk terug moesten komen, en iets in haar wanhoop maakte dat we instinctief gehoorzaamden. Nog in de overdekte gang naar het hofje hoorden we schoten en ergens in de buurt het geluid van ruiten die sprongen.

'Alles in orde?' riep een van de buren.

'Ja, ons mankeert niets,' zei ik en ik voelde mijn knieën knikken.

Maar ondanks de pure doodsangst in die nacht begreep ik pas later hoezeer we aan de inktzwarte werkelijkheid waren overgeleverd. De aanblik van het kleine meisje, dagen of weken na die macabere oudejaarsnacht, markeerde een punt vanwaar elke ommekeer ondenkbaar werd. Ik wou dat ik me haar naam herinnerde, want ze was sindsdien altijd bij me, een treurig boegbeeld in mijn leven. In plaats van haar naam herinner ik me haar gezicht, dat gezicht is onuitwisbaar in mijn geheugen opgeslagen. Ik zou haar zo kunnen tekenen, haar gelaatstrekken en haar tengere gestalte waarheidsgetrouw op papier kunnen vastleggen. Ik herinner me haar piepstem en de kleurige slipovers die ze altijd droeg, ik herinner me zelfs de astrakan jas van haar moeder. Ze was een leerling van baboeda 1 en kwam van jongs af aan bij haar voor Duitse les. Eter prees haar buitensporig en verwachtte veel van haar. Ik vond het meisje iets te uitsloverig en deed soms onaardig tegen haar, maar stiekem was ik jaloers op haar, de ideale kleindochter, die niets anders deed dan Goethe en Schiller uit haar hoofd leren en op haar achtste al wist dat ze germanistiek wilde studeren en naar Jena of Leipzig wilde om op Hölderlin te promoveren. Ze was uiterst serieus voor haar leeftijd, alsof ze op de wereld was gekomen met een deprimerende kennis, die als een last op haar schouders drukte. Ik was ervan overtuigd dat ze op haar twintigste of zelfs op haar zestigste nog precies dezelfde gelaatsuitdrukking zou hebben – die lichtelijk verbaasde en tegelijk alles doorziende blik, alsof ze al een heel leven achter zich had. Ze liep kaarsrecht en had een voorbeeldige houding, alsof ze op een katholiek meisjesinternaat had gezeten, ze had strak achterovergekamd haar, bijeengebonden in een keurige vlecht met een strik, en droeg platte schoenen, geruite rokken en die slip-overs, waarvan ze een heel assortiment leek te hebben. Haar stem was ijl en onzeker, ze durfde je bijna nooit aan te kijken als ze met je praatte, en Rati en ik hadden er lol in om haar nog meer te intimideren door heel familiair tegen haar te doen, haar bij de begroeting te omhelzen of een amicale toon aan te slaan. Ze begon meteen te blozen, vooral als mijn broer in de buurt was.

Een tijdlang kon ik niet naar de academie, de colleges vielen uit omdat de Roestaveli Avenue versperd was en men het vanwege de gevechten in de buurt te riskant vond om les te geven. Zodoende besloot ik naar Didi Digomi te gaan, omdat ik van iemand had gehoord dat daar, aan de rand van de stad, hout te koop was. De baboeda's probeerden me ervan te weerhouden, maar ik kon en wilde niet langer wachten.

'Of ik nu hier doodvries of buiten door de hand van een couppleger sterf, dat komt toch op hetzelfde neer!' riep ik heldhaftig en ik rende de trap af naar de binnenplaats. Levan zou me brengen, hoe hij aan de benodigde benzine was gekomen wilde ik niet weten, ik was gewoon dankbaar dat hij me wilde rijden. Want de kou was vreselijk. De kou tastte mijn hersens aan. Niets hielp nog, geen dekens, geen sokken, geen kruiken. En de potkachel die mijn vader ergens had opgeduikeld had hout nodig, want alle kurken, oude stukken parketvloer en krantenstapels waren opgestookt. De kou leek mijn grootste vijand, die belette me te tekenen, te denken, te voelen dat ik leefde. Mijn handen leken klauwen en mijn neus was zo rood als die van een alcoholist. De kou was erger dan de duisternis, erger dan de tanks, erger dan het gerantsoeneerde brood, erger dan die eindeloze voettochten.

Levan en ik moesten omrijden, opletten dat niemand ons aanhield, ervoor zorgen dat we voor de avondklok terug waren, want daarna veranderde stad in een kannibaal. De leden van de Nationale Garde en de Mchedrioni zwierven door de straten op zoek naar buit. Het privéleger stond bekend als een zwaargewapende criminele bende, ging ver buiten zijn boekje en plunderde en roofde alles wat het te pakken kreeg.

In de auto pakte Levan mijn hand en zo reden we zwijgend door de elektrisch geladen middag. Nadat we ons door de jungle van prefabflats heen hadden gewerkt, vonden we op een binnenplaats inderdaad een vrachtauto vol hout, waarvoor zich een lange rij kopers had gevormd. We sloten achter aan. Levan liet al die tijd mijn hand niet los, en op dat moment dacht ik dat ik daaraan zou kunnen wennen.

Toen we eindelijk aan de beurt waren, gaf ik de handelaar al het geld dat ik had en kreeg daarvoor een paar kilo hout, waarmee we het een tijdje moesten kunnen uitzingen.

'Ik zal zorgen dat je geen kou hoeft te lijden. Zodra Rati op vrije voeten is, pakken we terug wat van ons is!' zei Levan bemoedigend, en bij die woorden kromp ik ineen. Ik gaf geen antwoord en verdrong elke gedachte aan de toekomst.

Hij hielp me het hout naar boven te dragen en verdween toen weer met geheimzinnige smoesjes. Ik hield een paar houtblokken in mijn arm en drukte ze tegen me aan, alsof het de kostbaarste schat was die ik ooit had gehad. Ze zouden ons die meedogenloze kou even doen vergeten, en ik rekende in mijn hoofd al uit hoeveel hout ik aan de Pirveli's kon afstaan, hoeveel ik kon missen, want ik wist dat zij het nog moeilijker hadden. In het toch al vochtige souterrain was het bijna onmogelijk om een tijd zonder verwarming te zitten.

'Kijk eens wat ik heb!'

Trots en dolgelukkig stormde ik naar binnen, maar niemand gaf antwoord. Ik hoorde de kraan in de badkamer lopen, dat moest een van de baboeda's zijn. De loggia was leeg, ook mijn vader was nog niet terug – sinds een paar weken kwamen hij en zijn medewerkers samen in de nabijgelegen woning van een collega, omdat ook de weg naar de Academie van Wetenschappen versperd was. Terwijl ik mijn jas uittrok liep ik naar de kamer van de baboeda's en toen zag ik haar.

Soms, op de schaarse momenten in mijn volwassen leven dat de wroeging me als een vraatzuchtig, gewetenloos beestje overvalt en ik het betreur dat ik niet zelf iets heb gemaakt, dat ik het tekenen, het vastleggen van de wereld heb opgegeven, zie ik dat beeld weer voor me en heb ik er spijt van dat ik het niet op z'n minst als schets aan het papier heb toevertrouwd. Als ik dat toen had gedaan, had ik me een zeker pathos veroorloofd en de tekening de titel *Georgische Madonna zonder kind* gegeven.

Als een aanbiddelijke icoon zat het meisje met haar keurige vlecht, met een ernstig gezicht en een rechte rug midden in de woonkamer, alleen stond er op de plek waar ze anders met baboeda 1 aan tafel zat te leren, nu een trap, waar zij op de bovenste tree zat, alsof het een gouden troon in een betoverd rijk was. Ze droeg niet zoals anders een kleurige slip-over, maar het versleten skipak van mijn broer dat hij als kind op ijskoude dagen had aangehad. Zo zat ze daar, met een verfomfaaid boek op haar schoot, en ze was zo verdiept in haar lectuur dat ze niet eens merkte dat ik binnenkwam. Het moest een idee van mijn vader zijn, dat stond buiten kijf. Waarschijnlijk had hij medelijden met de ijverige leerlinge van zijn moeder gehad en besloten haar op zijn droge wetenschappelijke manier te helpen. Terwijl ik gefascineerd naar haar stond te kijken, hoorde ik hem zeggen: 'Hoe luidt de tweede wet van de thermodynamica? Wist je dat het mogelijk is om mechanische, chemische of elektrische energie volledig om te zetten in warmte-energie?' Hij had vast voor het meisje gestaan als voor een denkbeeldig publiek en met wijd opengesperde ogen uitgelegd dat warme lucht opstijgt omdat de dichtheid ervan geringer is dan die van koude lucht. En iets in die voorstelling deed mijn hart ineenkrimpen, want misschien was dit wel de nobelste en zinvolste daad in zijn wetenschappelijke carrière: dat meisje het warmste kledingstuk geven dat hij kon vinden, haar een trap op laten klimmen en haar zo tegen de meedogenloze kou beschermen, zodat ze de gedichten kon blijven bestuderen die als enige misschien zin en schoonheid aan haar jonge, onbarmhartige leven gaven. Iets in die aanblik, in die gedachte was, nee is, ongelofelijk ontroerend.

Ik drukte de houtblokken als een baby aan mijn borst en vocht tegen mijn tranen. Toen zag ze me en keek verstrooid op van haar boek.

'O, het spijt me, ik heb je niet binnen horen komen,' stamelde ze en ze kreeg meteen een kleur. Het was een wonderlijke situatie: zij op haar troon en ik aan haar voeten met houtblokken in mijn armen.

'O, geen punt, hoor,' zei ik en ik slikte alle in me opkomende verbittering weg. Verbittering over de vrijheid, die niets dan kou had gebracht en het beetje hout, dat gauw verkoold zou zijn. Verbittering over het feit dat ik van een jongen hield die het zich nooit zou permitteren in het openbaar mijn hand vast te houden. Zo stond ik daar voor die kleine godin, voor wie mijn vader een troon had opgericht, en ik was als verlamd. We hadden onze toekomst verspeeld voordat ze überhaupt was begonnen. We hadden haar, die kleine Maria, haar toekomst afgepakt. We logen haar allemaal voor. We lieten haar Hölderlin uit haar hoofd leren, terwijl wij granaten gooiden en alle schoonheid in brand staken, terwijl zij die ons moesten beschermen, ons plunderden en ons voor vijfduizend dollar de vrijheid verkochten. Ik schaamde me, ik hield die open, vragende blik van haar niet uit.

Wat zou ik graag geloven dat ze Eters vurigste wens heeft vervuld en een toonaangevende germaniste is geworden, met twee doctorstitels en een leerstoel aan de universiteit, en nu anderen enthousiast maakt voor Hölderlin, wat zou ik graag geloven dat het leven daar geen stokje voor heeft gestoken.

De president vluchtte eerst naar Azerbeidzjan en later naar Armenië. Het oppositionele trio, bestaande uit twee warlords en een vroeger partijgetrouwe communist die de Partij had afgezworen, nam in camouflagejack en behangen met kalasjnikovs de leiding van de staat op zich. Sommigen zeiden dat er in die weken tweehonderd, anderen dat er duizend, weer anderen dat er tweeduizend mensen waren omgekomen. Ik weet het nog steeds niet. Niemand had tijd om de doden te tellen, tenslotte moest iedereen het vege lijf zien te redden. Maar het volk was in beroering, de demonstraties namen niet af, het land was verscheurd, de aanhangers van de president, onder wie ook mijn grootmoeder, eisten 'gerechtigheid' en bezetten de straten. Oliko stond in haar wollen mantel met nertskraag, haar zwarte alpinopet en haar puntige rijglaarsjes voor het gebouw van de staatstelevisie, voor het afgebrande parlementsgebouw, voor de Academie van Wetenschappen de naam van haar president te roepen. En intussen rekte de naakte Nene zich in de ondergaande avondzon spinnend en geeuwend uit als een speelse poes en wenkte haar lief.

Afgezien van de armoedige kamer in Batoemi was het het eerste bed dat ze deelden, en ze waren ongelofelijk trots dat ze hun donkere schuilplaatsen achter zich hadden gelaten. Een oude vriend van Saba, die met zijn familie naar Oekraïne was geëmigreerd, had hem de sleutel van hun datsja in Tskneti gegeven. En dus benutten ze de laatste tijd elke gelegenheid om weg te vluchten naar die kleine, boven de stad gelegen idylle, naar het elitaire zomerdomicilie van de vroegere nomenklatoera.

Ik stel me voor dat ze in dat huis gelukkig waren. Dat zij gelukkig was, dat zij dat allemaal wilde. Met hem.

DE DIERENTUIN

Ik kom nu bij haar misschien wel bekendste foto, de foto die met haar naam verbonden is zoals 'Le Violon d'Ingres' met Man Ray, 'De kus' met Cartier-Bresson en 'De vallende soldaat' met Robert Capa. Het is de foto op het omslag van de meeste opstellen en essays over haar, van de fotoboeken die de afgelopen jaren bij gerenommeerde uitgeverijen van kunstboeken zijn verschenen, de foto die als eerste opduikt als je haar naam in een zoekmachine intypt. De foto waar ik zo'n hekel aan heb dat ik hem ook nu nog het liefst van alle wanden en uit alle boeken zou rukken en voorgoed zou vernietigen.

Die foto is schokkend, volstrekt meedogenloos en ondraaglijk naakt. Hij markeert de ergste dag in haar en mijn leven, de cesuur tussen alles wat was en wat komen zou, het moment waarop we nog niet wisten dat we aan het eind van de dag iemand anders waren geworden. Ergens heb ik er nog steeds moeite mee dat ze die verschrikking, die hel, die we achter ons gelaten dachten te hebben, voor de hele wereld toegankelijk heeft gemaakt.

De foto heeft als titel *De dierentuin* en de meeste mensen nemen aan dat dat slaat op de in beestachtige excessen ontaarde demonstraties, het moment waarop de mensen elk laagje beschaving afschudden; er zijn zoveel teksten over die foto geschreven waarin het bloed in verband wordt gebracht met de gewelddadigheden tijdens een demonstratie en waarin ervan uit wordt gegaan dat hij mij toont vlak nadat ik me in veiligheid heb gebracht. Slechts drie mensen in deze zaal weten waarom die foto echt zo is genoemd. Maar wij zullen niets verraden. We zullen bij deze feestelijke gelegenheid niemands humeur bederven. We zullen vriendelijk glimlachen en het postume eerbetoon aan onze vriendin met veel glamour vieren.

Ik kan me de schok herinneren toen ze uitgerekend op dat moment haar camera pakte en die, voor mijn gevoel onverschillig, op me richtte. Die zwart-witopname zet me zo genadeloos te kijk, stelt me zo meedogenloos bloot, toont me vol angst en toch sterker dan ooit tevoren. Je voelt de verschrikking, maar kunt haar niet vatten, ze is ongrijpbaar. En juist dat lijkt me de kracht van die foto: alles wat je moet weten, wat je kunt weten, weerspiegelt zich in het gezicht van het meisje dat ik ooit was, het meisje met de dikke paardenstaart en de wijd opengesperde ogen. Hoewel hij iets blootlegt, blijft de foto provocerend en geheimzinnig – misschien is dat de reden waarom hij op een veiling in de VS een exorbitante prijs opbracht en zo vaak is afgedrukt. Hij lijkt haast geënsceneerd en is tegelijk zo puur als het leven alleen op zijn gruwelijkste momenten kan zijn. Je ziet mij, met bloed besmeurd, op mijn knieën voor de plas met mijn braaksel, onder een eenzame lantaarn, met een gezicht dat door angst getekend en toch strijdbaar is, op de achtergrond – en dat fascineert de kunstwetenschappers vooral – zie je een apenrots. Op een boomstam zit één enkele aap, waarschijnlijk aangelokt door de nachtelijke herrie, hij lijkt zich over mij te verwonderen, hij zit bijna op gelijke hoogte met mij, alleen het hek scheidt ons, hij kijkt verbaasd en tegelijk vol medeleven, alsof hij me wil troosten.

Ik voel me onbehaaglijk, ik bereid me inwendig al voor op het gefluister dat straks door deze overvolle, naar petitfours en duur parfum geurende zalen zal gaan. Ze zullen de koppen bij elkaar steken en fluisteren: 'Kijk, dat is ze, die van de apenfoto...' En ik zal me afvragen of dat klopt, of dat meisje op de zwart-witopname nog iets gemeen heeft met de vrouw die er nu naar staat te kijken.

Levan had me die ochtend gewekt. Hij en 'de jongens' hadden de rest van het geld bij elkaar en ik moest zo gauw mogelijk naar de advocaat, er was geen tijd te verliezen, wat mijn vader ook zei. Ik wankelde op blote voeten en slaapdronken de kou in en hij overhandigde me op de gaanderij een dikke, verkreukelde, vlekkerige envelop. Ik deed het geld dat ik onder mijn matras bewaarde erbij en begon me razendsnel aan te kleden.

Dina was op de redactie, maar het lukte me haar aan de telefoon te krijgen. We spraken af op het Mardzjanisjviliplein om vandaar samen naar Saboertalo te gaan, waar de advocaat zijn kantoor had. Dina was aan de telefoon van blijdschap gaan huilen, een paar collega's – ik hoorde hen op de achtergrond – slaakten kreten van vreugde. Mijn vader was gelukkig al weg en Eter verwachtte een leerling, ze stond haar grijswitte haar te kammen toen ik haar in de badkamer verraste en haar van achteren omhelsde.

'O, boekasjka, waar heb ik die plotselinge uitbarsting van liefde aan te danken?'

'We hebben iets te vieren: we hebben het geld bij elkaar, Rati komt gauw vrij!'

Baboeda 1, anders wars van elke vorm van sentimentaliteit, verloor haar kalmte, draaide zich om, pakte mijn gezicht met beide handen vast en kuste me euforisch op mijn wangen.

'O, meisje van me! Lieve boekasjka, eindelijk kunnen we die jongen eruit halen, wat een fantastische zus ben je, ik ben zo blij, zo blij, daar heb je geen idee van.'

Ze kwam niet meer tot bedaren en ging meteen koffiezetten, omdat ze wist dat ik haar koffie bijzonder lekker vond.

'Waar is Oliko? Ze moet het met ons vieren!' zei ik, terwijl ik keek hoe Eter het fijngemalen poeder in het oeroude blikken kannetje deed.

'O, dat moet je mij niet vragen. Vandaag is er een grote demonstratie gepland, een mars door de halve stad. Vijftigduizend aanhangers van de president uit alle hoeken van het land hebben hun komst aangekondigd. Ze verzamelen zich bij het station en willen tegen het Militair Comité demonstreren en hun geliefde messias huldigen. Ik ben het zat en heb het opgegeven: als ze wil, moet ze hem maar tot in Armenië nareizen en onderweg zijn naam scanderen,' verzuchtte ze, terwijl ze de magisch ruikende pikzwarte drank inschonk. Ik zag baboeda 2 al in haar zwarte jas, met haar puntige laarsjes, haar keurige knotje, haar fijne mohairen alpinopet en haar lange handschoenen ergens in Armenië een bord met het konterfeitsel van de verjaagde president omhooghouden en zijn naam roepen. Nee, dat paste totaal niet bij mijn melancholische grootmoeder met haar vertalingen van Rolland en Zola, met haar vergevingsgezinde en wereldvriendelijke aard.

'Elke dag bid ik tot God dat geen van onze vroegere collega's haar op zo'n mallotige demonstratie ziet. Ik schaam me: een gerespecteerd taalwetenschapster, een eminent vertaalster, en dan staat ze daar tussen het gepeupel "Zviad, Zviad!" te roepen, alsof hij God in hoogsteigen persoon is!'

'Een eminent vertaalster,' herhaalde ik, 'en dat uit jouw mond, dat zal ik tegen haar zeggen!'

'Ik heb haar literaire verdiensten nooit ontkend, maar dat wil niet zeggen dat ik op haar als mens niets aan te merken heb...'

'Ik moet ervandoor.'

Ik sprong op, gaf haar een kus op haar wang en stormde de keuken uit.

'Ga vooral niet met de metro, ze zeggen dat er door die vervloekte demonstratie storingen en blokkades komen,' riep ze me nog na.

De noodtoestand was nog van kracht, de wonden van de stad lagen nog altijd open. De wrede burgeroorlog had de binnenstad afgesneden van de rest, daar lagen nu de slagvelden, want de meeste gevechten hadden midden in het centrum plaatsgevonden. De Roestaveli Avenue passeren was een uitdaging, veel van de bekende gebouwen, al die plekken die voor ieder van ons verbonden waren met onze kindertijd, lagen in puin. Skeletten van huizen, opgeblazen of afgebrande gevels als symbool van vervlogen hoop, het oude bestond niet meer en het nieuwe was in de moederschoot gesmoord.

Te midden van dat alles werd ik bevleugeld door de blijdschap over het geld in de binnenzak van mijn jas. Ik ging een stuk met de trolleybus, tot die strandde voor een wegversperring. Overal zag ik geüniformeerde soldaten van de Garde en leden van de Mchedrioni met hun camouflagejacks en hun belachelijke hoofdbanden, hun Ray-Bans en hun wapens. Ik probeerde ze te negeren en me op mijn doel te concentreren. Niet opvallen, geen aandacht trekken, dat was het enige waar het op aankwam. Ik zag een mensenmassa van de Elbakidzestraat oprukken naar de Verabrug, die nu allang een andere naam heeft, als om de schande uit te wissen waarvan hij die dag getuige was. De mensen scandeerden de naam van de president en eisten zijn terugkeer. Gedisciplineerd als bij een ingestudeerde dans bewogen ze zich in de richting van de brug, ze straalden een beklemmende gehoorzaamheid uit, en automatisch zocht ik met mijn ogen mijn grootmoeder. Aan de ene kant hoopte ik haar te ontdekken en tegelijk was ik er bang voor. En er kwam nog een ander gevoel bij:

schaamte. Zonder te weten waarom schaamde ik me dat zij deel uitmaakte van die massa. Iets in mij verzette zich daartegen. Toen het Heldenplein langzaam dichterbij kwam, realiseerde ik me dat ik me een weg door die mensenmenigte moest banen om bij Dina te komen, want ons ontmoetingspunt lag aan de overkant van de rivier.

Ik zag twee tanks met een slakkengangetje naar het Heldenplein rijden. Ik tastte telkens naar het geld in mijn jaszak en liep vastberaden door. Toen ik bij de Verabrug kwam, zwol het tumult aan. Ik werd gegrepen door een mensenzee, die over me heen spoelde en me meesleurde. De overwegend donker geklede vrouwen deden me denken aan klaagvrouwen in een antiek drama. 'Zviadi, Zviadi!' riepen ze als uit één mond. Ze leken voor niets en niemand bang, gelijkmatig en onverstoorbaar bewoog die zee van duizenden hoofden en armen zich ritmisch voort, het tij was niet te keren.

Ik zweette van angst, maar ik wilde er niet aan toegeven, ik moest mijn missie volbrengen, misschien wel de zinvolste taak in mijn leven tot nu toe: mijn broer uit die hel halen, hem zijn toekomst teruggeven, een toekomst waar hij ondanks zijn weigering om een normaal leven te leiden recht op had. Ik stelde me voor dat ik een zalm was die tegen de stroom in zwom, ik zwom door de zee van mensen zonder hun stroom te verstoren.

Vlak nadat ik de brug achter me had gelaten en afstevende op het Mardzjanisjvilitheater, waarvoor ik met Dina had afgesproken, was ergens in de verte het eerste schot te horen. Ik kromp in elkaar, hoewel ik de afgelopen maanden had geleerd het gevaar aan de hand van de geluidssterkte in te schatten. Het was ver genoeg weg en ik liep stug door. Even later zag ik Dina en versnelde ik mijn pas. Ze kwam haastig het redactiegebouw uit, haar camera bungelde in de afgesleten leren tas om haar schouder. Ondanks de gespannen uitdrukking op haar gezicht leek ze te midden van die grauwe troosteloosheid te stralen. Ze droeg een blauw jasje, een gewaagd kort geruit rokje en afgetrapte donkerbruine laarzen, haar wilde manen stonden om haar hoofd als de veren op een helm. Ze zag er zo vrij en vreemd uit te midden van het mijnenveld dat ooit ons land was geweest.

Ik vloog haar om de hals, ik was geweldig opgelucht dat ze voor de verandering eens niet te laat was.

'Je moest zeker dwars door die demo, hè? Alles is oké, we komen vast veilig in Saboertalo, daar heb je niet van die gekken, dat zweer ik je,' zei ze met een knipoog. 'En ook die schoften van de Mchedrioni concentreren zich op deze kant van de rivier, op de redactie zeiden ze dat de grootste demonstratie in Didoebe werd gehouden, dus wij kunnen zonder problemen naar Saboertalo.'

Ze trok me aan mijn hand mee alsof ik een kind was en zij mijn moeder, en ik gaf me met plezier over aan haar optimisme en vastberadenheid en zette mijn twijfel opzij, hoewel tussen ons en de advocaat het gebouw van de staatstelevisie stond, waar ook een manifestatie was aangekondigd.

De metro-ingang op het Mardzjanisjviliplein was afgesloten, we namen een minibusje dat net aan kwam rijden en passeerden zo zonder problemen de Plechanov Avenue. Alleen de bedrukte gezichten van de andere passagiers voorspelden niet veel goeds. Toen we na de filmstudio's links afsloegen en de minibus niet de afrit naar de oever nam, maar weer richting Heldenplein reed, besefte ik dat we beter te voet hadden kunnen gaan. De minibus bleef abrupt staan, de chauffeur draaide schouderophalend het raampje omlaag en keek met een hulpeloos gezicht om naar zijn passagiers, alsof hij persoonlijk beledigd was dat hij hen niet veilig naar hun bestemming had kunnen brengen.

'Wat nu? Omkeren?' vroeg ik besluiteloos.

'Geen sprake van, toch niet vanwege die misdadigers!' besloot Dina en ze pakte opnieuw mijn hand en trok me achter zich aan. Deze keer volgde ik heel wat minder gewillig, want ik had in de verte al een paar camouflagejacks en hoofdbanddragers met kalasjnikovs en moerasgroene legerauto's ontdekt, en dat zag er niet bepaald vertrouwenwekkend uit. Weer tastte ik naar het geld in mijn jaszak. Het was angstaanjagend stil om ons heen.

'We glippen tussen deze mensen door en dan lopen we gewoon verder, we moeten alleen dit vervloekte plein zien over te steken.'

Haar stem werd heser en klonk iets hoger dan anders, zoals meestal als ze gespannen was. Toen zagen we vanaf de andere kant langzaam een militaire colonne op ons afrijden, de mitrailleurlopen van de Mchedrioni-leden staken dreigend uit de open autoraampjes.

Waar moest dit op uitdraaien? Zouden ze ons op het uitgestrekte plein omsingeld houden tot ook de laatste demonstrant de president had afgezworen? Moesten we zweren dat we nooit meer onze honger naar democratie zouden stillen, gedwee, onderdanig, gezagsgetrouw? Zouden ze hetzelfde doen als het Russische leger een kleine drie jaar geleden, dat met spaden op scholieren en studenten had ingeslagen, zouden ze soms ook difenylchloorarsine door het traangas mengen om ons buiten gevecht te stellen?

Opeens werd ik overmand door een verlammende wanhoop en kon ik geen stap meer verzetten. Hoe moesten we deze hindernis nemen? Ik begon op Dina in te praten dat we meteen rechtsomkeert moesten maken en de trap naar het circusgebouw moesten nemen, waar we als kind zo vaak waren geweest, waar we suikerspin hadden gegeten en van oude vrouwtjes zelfgemaakte kleurige ballen aan een elastiekje hadden gekocht. Vlak bij me werd een schot gelost. Het kwam van een jongen, amper ouder dan wij, met een paar zielige donshaartjes op zijn bovenlip, ik herinner me zijn gezicht nu nog. Hij schoot met zijn wapen in de lucht om zijn miserabele macht te demonstreren.

'Oprotten, stelletje tuig, wegwezen jullie!' schreeuwde hij en de menigte begon te brullen, het extatische geroep om de president werd luider. Dina bleef verbazingwekkend kalm en ik vroeg me af hoe ze in extreme situaties – of het nu ging om vechtpartijen op school of om Nene's nachtelijke verdwijning op het eindexamenfeest – zo rustig en beheerst kon blijven, alsof het extreme haar natuurlijke toestand was. Ook nu hield ze haar hoofd erbij, pakte me bij mijn schouder en schreeuwde in mijn oor dat ze een plan had en dat ik haar moest volgen. Daarop duwde ze iemand met een vlag opzij en doken we weer onder in die zee van mensen, vlaggen, portretten van de president, kalasjnikovs, klam zweet en bruisend, aanzwellend geweld.

Het zwemmen door de massa ging licht, de linkerstroom bepaalde het ritme, de rest paste zich aan, al zwemmend bedacht ik dat ik volkomen onverwachts deel was geworden van het 'volk' waar baboeda 2 zo vaak vol vuur over praatte. Weer klonken er schoten, nu ergens in de verte en een paar keer achter elkaar, het moest dus een semiautomatisch wapen zijn. De zee begon ogenblikkelijk te kolken, het gelijkmatige ritme was verstoord, iemand slaakte een woedende kreet en toen, alsof iedereen alleen op de schoten had gewacht, klonk er van alle kanten 'Zviad, Zviad, Zviad!' en 'Leve een vrij Georgië!' En daarna kwam de golf omhoog, werd hoger en hoger, straks zou hij het hele plein overspoelen en alles onder zich bedelven.

Mijn greep om Dina's hand werd vaster, ze trok me resoluut achter zich aan, ze wist wat ze deed. Toen ik begreep dat ze op de nabijgelegen dierentuin afstevende, leek dat me opeens de slimste zet die je kon doen, want voor de ingang werd het minder druk, daar zaten alleen een paar uitgeputte, angstige figuren. Maar wij letten niet op ze, nu was ik het die Dina achter me aan trok, we stormden naar de ingang met de stenen leeuwen en het draaihek van roestig metaal.

De dierentuin grensde aan de achterkant aan het Mzioeripark; tussen de twee recreatieterreinen lag een dichtbegroeide kloof waardoor de Vera stroomde, die altijd gewoon 'riviertje' werd genoemd, alsof men de kracht ervan wilde bagatelliseren. Wij gingen vroeger graag naar de dierentuin als we spijbelden, en om entreegeld uit te sparen slopen we meestal aan de achterkant naar binnen door over de dikke roestige buis te balanceren die op duizelingwekkende hoogte over de dichtbegroeide kloof naar de dierenverblijven liep.

'We lopen naar beneden naar de kloof en dan over de buis naar het park. Daarna zijn we in veiligheid!'

Nu was ik het die onze overlevingsstrategie bepaalde. Dina ging zonder iets te zeggen akkoord en volgde me met zware, snelle passen. Ze drukte de cameratas steeds weer tegen zich aan om het kostbare toestel te beschermen. We klommen vliegensvlug over het lage draaihek, passeerden de gesloten kassa's en liepen langs de leeuwen, tijgers en kamelen, in de verte hoorden we nog meer schoten, het geschreeuw drong door de hekken tot ons door en de paniek sloeg ook over op de dieren, die nerveus in hun kooien heen en weer liepen. De schoten werden zachter, ook het geschreeuw veranderde in een vreemde, ondefinieerbare echo, die overstemd werd door de dierengeluiden; de wereld van de woede en de bedreigingen, de wereld van de haat verdween langzaam. We kwamen bij de helling, nog even en we waren in de wildernis, het moeilijk over te steken 'riviertje' beloofde onze redding te worden. En toen hoorden we het: niet ver van de apenrots met de brutale chimpansees en de wijze orang-oetans klonk de eeuwige achtergrondmuziek van onze jeugd, vol agressieve dreigementen en vulgaire beledigingen, de onmiskenbare, universele taal van het geweld.

'Ik rijg je ingewanden aan het hek, stuk ongeluk, zo meteen ga je eraan, net als je maat. Je woord niet houden, maar wel ons geld vergokken, hè? Gore flikker!'

Daarna een doffe klap, als van een geweerkolf die op botten neerkomt. Toen een kreet en een trap met een laars, weer dreigementen, gevloek, een afschuwelijke verwensing.

We bleven als aan de grond genageld staan, niet in staat ook maar één stap te verzetten, in welke richting dan ook. We stonden onder de enige nog brandende lantaarn en staarden naar de twee mannen in camouflagejack, die met een groot Obrez-pistool in hun hand bezig waren een jongen in een gescheurde, met bloed doordrenkte spijkerbroek in elkaar te slaan. Ernaast lag een roerloze gedaante in een lamsleren jas met zijn gezicht in de modder.

Op dat moment besefte ik in een flits dat er geen uitweg was. We zaten gevangen tussen de schoten en het gegrom, onder de enige lichtstraal in de stad, in een land dat niet meer of nog niet bestond, omdat er geen betere versie van ons was, omdat we nu eenmaal waren wie we waren – met onze geweren, met het bij elkaar gespaarde geld in onze jaszak, met onze messias op de borst, met onze overlevingsdrang en de angst om toe te geven dat we de langverwachte en duur betaalde vrijheid hadden verleerd als een vreemde taal die je tientallen jaren niet meer hebt gesproken. We zaten gevangen in een eindeloze herhaling.

De aanvoerder met zijn kaalgeschoren kop, die net nog

met een geweerkolf op de jongen met het bloedende been had ingeslagen, draaide zijn hoofd onze kant op. De andere, die een wat onzekerder indruk maakte en zich vastklampte aan zijn reusachtige wapen, volgde prompt zijn voorbeeld. Alleen de op de grond liggende gedaante, van wie ik nu ook het felrode achterhoofd ontwaarde, zag niets.

'Wat zoeken jullie hier?' vroeg de kaalkop, die zich nu helemaal naar ons toe had gekeerd.

'We... we willen gewoon naar huis, we zijn in de demonstratie verzeild geraakt en...' stamelde ik en bij het zien van de nog altijd roerloze gedaante in de lamsleren jas voelde ik een hevige misselijkheid opkomen.

'Gewoon naar huis, aha.' De vechtjas krabde aan zijn oor. 'Wat vind je, Ika, zullen we ze laten lopen?'

Hij wendde zich tot zijn maat, die op zijn beurt op zijn achterhoofd krabde en toen zijn schouders ophaalde.

'Of gaan jullie thuis vertellen wat je hier gezien denkt te hebben, nou?'

Ik schudde driftig mijn hoofd. Dina stond daar maar en verroerde zich niet. Ik was verbaasd dat ze zo stil was.

'Nee, we hebben niets gezien...'

Ik stond op het punt over te geven, want het werd me steeds duidelijker wat we hadden gezien en nog steeds zagen.

'We willen echt alleen de rivier over en...' hakkelde ik met een zijdelingse blik op Dina, die er als in trance bij stond en voor zich uit staarde alsof ze overal doorheen keek. En toen, alsof iemand hem een klap had gegeven, begon de bebloede roodharige jongen opeens te schreeuwen: 'Wat hebben jullie met hem gedaan, wat hebben jullie met hem gedaan, vuile schoften?'

Terwijl zijn folteraars afgeleid waren, was hij naar zijn roerloze vriend gekropen en had hij geprobeerd hem om te draaien. Ik keek naar Dina, die haar mond opende zonder dat er geluid uit kwam, als een hongerig kuiken hapte ze telkens naar lucht. En toen zag ik het ook. Ik zag de bloederige massa die uit de schedel puilde en zich met de modder vermengde. En ik hield mijn adem in, want de zekerheid kwam in één klap, verdovend en meedogenloos: hij was dood.

'Hou je bek!'

De kaalkop gaf de jongen een trap in zijn maag.

'Hé, Ika, wat doen we, moeten we die meisjes laten lopen?'

Ik hoor ze. Ik sluit mijn ogen, ik ben niet meer daar, maar hier, ik ben in veiligheid, er kan me niets meer gebeuren, alles wat kon gebeuren, is al gebeurd, ik bevind me op een mooie plek, lichtjaren verwijderd van die bloederige orgie, ik kan opgelucht ademhalen, maar nee, de scène duurt voort, er is nooit een eind aan gekomen, ik ben nooit aan die gruwelijke plek ontsnapt. Ik word misselijk, ik moet niet zoveel wijn drinken, wanneer heb ik voor het laatst iets behoorlijks gegeten, afgezien van de kleffe sandwich in het vliegtuig? Ik zoek met mijn ogen mijn vriendinnen, hun aanblik zal me kalmeren. Ik ontdek Ira, die niet ver van me vandaan verdiept is in een foto, overgeleverd aan haar eigen herinneringen. Ik haal opgelucht adem, ik sta nog steeds voor mezelf, achter me de aap in de kooi, die medelijden met me heeft omdat ik een mens ben.

Klopt het dat de nerveuze Ika zich duidelijk minder op zijn gemak voelde dan zijn walgelijk arrogante chef, die al de nodige ervaring leek te hebben met zulke slachtpartijen? Die wist dat zijn tijd was gekomen, dat hij en de zijnen zich alles konden permitteren, dat er geen instantie meer was die hun iets kon beletten? Zij waren het koninklijke leger, ze waren bewaker, rechter en beul ineen, hun macht was grenzeloos, en dus liet het hem uiteindelijk volkomen koud of Dina en ik zijn gezicht zouden herkennen, hem zouden verraden en aanklagen, want hij wist dat we kansloos waren – tegenover hem en de duizenden die hem rugdekking gaven. In zijn ogen waren we niets anders dan twee bange, domme meisjes, met wie hij een beetje kon spelen, die hij een beetje wilde intimideren en provoceren.

'Of willen jullie blijven? Je vriendin lijkt nogal gefascineerd te zijn. Val je op wapens, op sterke kerels met wapens, meisje?' vroeg hij schaterlachend. Toen richtte hij zich weer tot zijn slachtoffer, gaf hem opnieuw een trap in zijn zij en schreeuwde tegen hem, zodat zijn speeksel in het rond vloog: 'Ik moet dat geld hebben, vandaag nog! Ik heb het jullie gezegd, ik heb het jullie gezegd, of niet soms, gore flikker? Ik moet het vandaag hebben, niet morgen, niet overmorgen. Heb ik dat tegen die debiele maat van je gezegd of niet? Dat dat gore stuk vreten de pijp uit is, is alleen jouw schuld, en als je me niet onmiddellijk vertelt hoe ik aan het geld kom, loopt het met jou net zo af, mietje dat je bent, heb je me begrepen?'

Hij boog zich over hem heen en drukte de loop van zijn Obrez tegen zijn wang. De roodharige jongen verroerde zich niet.

'Je hebt hem vermoord, je hebt hem gewoon vermoord, smeerlap, je hebt...' mompelde hij, terwijl hij met veel moeite overeind kwam.

'En nou is het genoeg. Mijn geduld is op. Zeg waar mijn geld is, anders liggen jouw hersens straks naast die van je vriend.'

'Ik heb het geld niet. Ik heb dat geld nooit gezien. Ik speel niet eens. Je hebt hem van kant gemaakt... wat wil je nog meer? En laat die meisjes lopen, laat ze lopen. Ze hebben er niets mee te maken.'

Bij die zin stolde het bloed in mijn aderen. Ik greep Dina's hand en deed aarzelend een stap naar voren.

De knal explodeerde in mijn oren, gevolgd door een schrille fluittoon, die alles overstemde. Dit schot was anders dan de vorige, ik wist intuïtief dat het niet zomaar in de lucht was gelost, maar een duidelijk doelwit had: een mensenleven. Pas daarna drong het tot me door dat Dina gilde als een mager speenvarken, en met haar stem vermengde zich een andere, lagere: die van de roodharige, die in zijn been was geraakt en kronkelde van de pijn.

'Ik geef je precies vijftien minuten om me te vertellen hoe ik aan dat geld kom, kontneuker, anders blaas ik je hersens uit je kop!'

Alles vervaagt, alles wat geweest is, alles wat komt, alles is uitgewist. Ik hoor mijn hart kloppen, één enkele gedachte bonst in mijn hoofd: we moeten aan de dood ontsnappen. En ik neem een beslissing die onomkeerbaar is, ik doe een stap weg van mezelf, van wat ik dacht te zijn. Ik kies voor mijn en Dina's leven en voor de toekomst van mijn broer, die ik in mijn jaszak draag. Ik kies tegen de roodharige jongen.

De duisternis kon ons elk moment opslokken, waardoor een vlucht over de buis op duizelingwekkende hoogte boven de kloof onmogelijk werd. Ik pakte Dina's hand en trok haar mee, ik was zelf verbaasd over de helderheid van mijn gedachten, verbaasd dat het me lukte niet aan de dode jongen op de grond te denken, maar in plaats daarvan aan Rati en dat hij vrij moest komen. Ik verwachtte elk moment een kreet, verwachtte dat de mannen ons tegen zouden houden en terug zouden sleuren, maar niets van dat alles gebeurde. En dus werd mijn pas steeds sneller, mijn greep steeds steviger. Ik hoorde Dina achter me hijgen, maar er kwam geen geluid uit haar mond en ik was dankbaar dat ze zonder protest meeging.

Ik rende als een roofdier door de dreigende duisternis naar de kloof, die onze redding moest worden, aangetrokken door het eentonige, geruststellende ruisen van de rivier. Ik rende steeds harder, ik was op de vlucht, ik dacht dat ik moest vluchten voor de dood, maar nu denk ik dat ik vooral op de vlucht was voor het ooggetuige zijn van iets waartegen ik niet opgewassen was.

Waarom ben ik mezelf ontrouw geworden? Die vraag heb ik me tot op de dag van vandaag talloze malen gesteld, met masochistische wreedheid, keer op keer dat moment analyserend. Had ik kunnen vermoeden dat je niet alleen door wapens een plotselinge dood kunt sterven, maar dat je ook vanbinnen dood kunt gaan en je leven lang kunt rouwen om wie je was voordat je moest wennen aan de aanblik van vochtige februari-aarde die zich met hersenmassa vermengt? Had ik kunnen vermoeden dat de beslissingen allang waren genomen en dat elke afslag vanaf die avond hoe dan ook naar de ondergang zou leiden?

Ik rende zonder aarzelen door en trok de verlamde Dina achter me aan, ik bleef niet staan, ik keek niet om. Ik voelde opnieuw misselijkheid opkomen, maar ik moest volhouden, ik mocht pas instorten als alles voorbij was, eerst moest ik Dina en mezelf veilig naar de overkant brengen, weg van de schoten, weg van de lijken, weg van het onuitsprekelijke. We kwamen bij de buis, de duisternis rukte al gevaarlijk op, maar ik hoopte nog op tijd aan de overkant te komen en zette voorzichtig mijn ene voet voor de andere, zonder Dina los te laten. Ongeveer in het midden voelde ik een ruk. Dina had haar hand opeens losgetrokken en was blijven staan. Ik draaide me naar haar om. De uitdrukking op haar gezicht maakte me bang. Alle angst, alle walging en onzekerheid waren verdwenen. Voor me stond weer de vuurvreter, ze leek teruggekeerd te zijn, de echte, ware Dina, de beste en tegelijk de onberekenbaarste Dina van alle Dina-varianten.

'Wat is er?' vroeg ik angstig.

'We moeten terug,' zei ze beslist. 'We kunnen niet zomaar de benen nemen. Je weet dat ze hem van kant zullen maken. We kunnen niet zomaar weggaan en verder leven.'

Het geschreeuw achter ons was verstomd, ik wist niet of dat een goed of een slecht teken was. Ik wilde niet horen wat ze zei, hoewel ik besefte dat ze gelijk had en dat ze dadelijk iets van me zou vragen wat groter was dan ikzelf.

'Wat moeten we doen?'

Een overbodige vraag, want ik wist het antwoord allang.

'Geef me het geld, Keto,' zei ze en ze stak haar trillende, vuile hand naar me uit. Ze snotterde een paar keer en toen pas begreep ik dat ze huilde, stille tranen liepen zonder klacht over haar wangen.

'Hoe moet het dan met Rati?'

Mijn stem begaf het, ik begon ook te huilen.

'Ik haal Rati uit de bak, dat beloof ik je, ik haal hem eruit, maar eerst moeten we terug, je weet dat we terug moeten.'

Alsof het lot haar woorden bevestigde, klonk achter ons opnieuw een schot, we verstijfden. Ik liet mijn tranen de vrije loop en mijn lichaam schokte. Op hetzelfde moment hoorde ik een kreet, de roodharige jongen leefde.

'We geven ze een deel, hè? We geven ze toch niet al het geld... Dina, Dina, ik bedoel...' stamelde ik en ik haalde de envelop tevoorschijn en begon de biljetten in het donker te sorteren.

Op de achtergrond hoorden we opnieuw geschreeuw.

'Geef me het geld, Keto!' schreeuwde ze. 'En hou daarmee op! We hebben geen tijd, vooruit, geef me de envelop. Ze gaan ons toch fouilleren als we eenmaal met de poen op de proppen komen. Geef op!'

'Maar...'

Ik probeerde me vast te klampen aan een zinloze hoop.

'Keto, verdomme!'

Ze rukte de verkreukelde envelop uit mijn hand en balanceerde met gespreide armen weer terug zonder op me te wachten. Ik wankelde en was even bang dat ik omlaag zou storten, de duisternis had ons al opgeslokt.

'Hé, jullie, wacht!' hoorde ik Dina's kalme, heldere stem.

'Wat moet jij weer hier? Zei ik het niet, Ika, die kleine valt op wapens! Wil jij hem afknallen? Wat krijg ik als ik je laat schieten?'

'Jullie moeten hem vrijlaten! Nu meteen,' hoorde ik Dina's scherpe bevel. Er volgde hoongelach.

'Hij en zijn vriend zijn ons een hele hoop geld schuldig. En zijn vriend kan ons vast niets meer terugbetalen... Zonder dat geld kan ik hem helaas niet laten gaan, schoonheid. En voor ik echt kwaad word, kun je je beter uit de voeten maken. Je vriendin was zo slim om 'm te smeren, dus ga jij hier nou niet de held uithangen.'

Die zin was de draai om mijn oren die ik nodig had. Ik veegde met de mouw van mijn jas mijn tranen weg en liep het laatste stuk terug naar de plek des onheils.

'Hoeveel?'

Ik hoorde hoeveel zelfbeheersing dit gesprek Dina kostte en hoe ze op het punt stond die weer te verliezen.

'Ik ben 'm niet gesmeerd,' zei ik rustig en ik keek naar de roodharige, wiens broekspijp zich helemaal had volgezogen met bloed. In het zwakke licht van de lantaarn was te zien hoe ongezond zijn huidskleur was.

'Te veel. En nu wegwezen, we hebben het druk.'

Hij laadde zijn Obrez en deed een stap in de richting van de roodharige.

'Is vijfduizend genoeg?' riep Dina.

'Wat zei je?'

De stomme grijns was van zijn gezicht verdwenen. Hij liep met zijn geladen halfautomatische pistool naar haar toe en raakte al bijna het puntje van haar neus aan toen hij voor haar bleef staan.

'Dollar! Is vijfduizend dollar genoeg?'

'En die wil jij ophoesten? Jij?'

Hij haalde een sigaret van achter zijn oor en stak hem tussen zijn lippen.

'Ja,' zei Dina, en ik hoorde haar ademhaling sneller gaan.

'Wanneer?'

'Zodra je hem laat gaan.'

'En waar wou je zoveel geld vandaan halen, schoonheid?'

'Noem me niet zo, eikel!'

Ik kromp in elkaar, ze moest voorzichtig zijn, ze mocht hem niet te veel provoceren. Ik zag zijn glazige ogen. Die ogen kenden geen genade, geen consideratie, geen grenzen.

'Sorry, zus.' Blijkbaar vond hij het nog vermakelijk genoeg om haar belediging te slikken.

'Dat is mijn zaak. Laat je hem dan gaan?'

'Zeker, geen probleem. Als die melkmuil je dat waard is, met alle plezier.'

'Mijn vriendin brengt hem naar de uitgang en als ze buiten zijn, krijg jij je geld. Ik blijf hier. Als je gijzelaar, zo je wilt,' zei ze en ze gaf geen duimbreed toe.

'Tja, zoals je wilt. Maar je weet wat er gebeurt als je je woord niet houdt? Je krijgt geen bonuspunten omdat je een meisje bent, hè? Voor een meisje kan het nog een graadje erger worden dan voor deze imbeciel, dat begrijp je zeker wel?'

En hij grijnsde vuil.

'Ja, daar kan ik me wel iets bij voorstellen,' zei Dina. 'Laat die twee nu gaan.'

Ik keek haar ontzet aan, maar gelukkig zei de kaalkop: 'Nee, nee, zo zijn we niet getrouwd, schoonheid. Je kleine vriendin gaat met jullie held naar de uitgang en komt dan terug, tenzij ze wil dat er iets heel vervelends met jou gebeurt. Maar dat wil ze vast niet, het is zo'n lief meisje... Moet je haar zien, Ika. Zij brengt hem naar buiten en komt dan terug. Twee zijn nog altijd een betere garantie dan één.'

'Nee, ik laat je toch niet alleen met dat stel!' riep ik.

'Jawel, Keto, doe wat hij zegt. En vlug ook, hij verliest te veel bloed.'

Ze duldde geen tegenspraak. Ja, dat was ze, de beste Dina van alle Dina-varianten, de Dina aan wie ik me als kind al met huid en haar had overgeleverd. Ik keek naar het bloed en gehoorzaamde. Het nerveuze knechtje kwam op me af en ging dreigend voor me staan, en ook al ging de bangmakerij hem nog niet goed af, hij was op een walgelijke manier kennelijk leergierig.

'Laat haar, Ika,' zei de kaalkop lachend.

'Nee, ik kan jullie hier niet alleen laten, ik blijf.'

Plotseling liet de roodharige zich weer horen, net nu ik zijn leven inwisselde voor de toekomst van mijn broer.

'Hou jij je mond!' blafte Dina tegen hem, en ik kon niet anders dan haar bewonderen, ook al vond ik haar vastberadenheid tegelijk onuitstaanbaar. 'Ons gebeurt niets!' En ze wierp een verachtelijke blik in de richting van de kaalkop. 'Zij gaat mee, zij zal je helpen.'

Dat ging over mij. En ze zou gelijk krijgen. Natuurlijk was hebzucht hun belangrijkste drijfveer. Ika begon eerst mij te fouilleren, mijn broekzakken, mijn handtas, mijn portemonnee, daarna Dina, en ten slotte vond hij de envelop. Ik zal nooit vergeten hoe hij keek toen hij de envelop opende en de biljetten telde, en hoe de kaalkop zijn lippen likte en zijn slaafje steeds weer op de schouder klopte, die verbazing vermengd met het onbegrijpelijke geluk dat hun in de schoot viel.

Ik voel die droge, koude hand op mijn rechterborst, ik hou mijn adem in, ik wil niet laten merken hoe bang ik ben, maar hij is haast nog banger en dat maakt hem des te onberekenbaarder, hij vertrouwt op de kaalkop en op zijn Obrez, meer zekerheden heeft hij niet in het leven. Waar zou hij nu zijn, vraag ik me af, zou hij dood zijn, op een van hun rooftochten de verkeerde zijn tegengekomen, iemand die meedogenlozer, doortastender was dan hijzelf, of zou de kaalkop hem op een dag door een zelfbewuster, handiger slager hebben vervangen? Ik voel hoe zijn hand mijn borst vastpakt, ik voel zijn ruwe hand, die schilferig is van de kou en het metaal, een hand die wapens kan vasthouden maar geen vrouw kan aanraken, ik voel het kloppen van zijn hart, zijn koude, ongezonde, naar nicotine ruikende adem strijkt langs mijn gezicht, ik zou hem graag wegduwen, zou graag dat wapen uit zijn hand rukken, het tegen zijn slaap zetten en de trekker overhalen... Dat denk ik tenminste, zo stel ik het me tenminste voor. Tot op de dag van vandaag zijn die fantasieën het enige wat me verlichting geeft, wat me al die jaren een soort kortstondige genoegdoening heeft verschaft, soms geef ik me eraan over als aan een vertrouwde minnaar die precies weet wat ik nodig heb, ook nu verzet ik me er niet tegen, ik verdoof mezelf ermee, terwijl de druk van zijn hand op mijn borst steeds sterker wordt, tot ik het uitschreeuw.

Iemand kijkt om zich heen, een lange man in een donkerblauw pak, moeilijk te zeggen waar hij vandaan komt, beslist geen Georgiër.

'Alles oké?' vraagt hij in onberispelijk Engels.

'Ja hoor, dank u, alles is prima.'

'Ik dacht dat u iets zei.'

Hij geeft het niet op. Hij schijnt zo iemand te zijn die per se altijd wil helpen.

'Ik was iets te veel in gedachten verdiept, sorry.'

'Wacht eens even, dat bent ú toch?'

Hij kijkt me onderzoekend aan, kijkt dan naar de foto die voor ons hangt en waarvan ik me al zoveel minuten, nee, al zoveel jaren geen centimeter heb verwijderd. Ik knik nauwelijks merkbaar en vervloek mezelf om mijn ongewilde kreet. Ik wil dat hij me met rust laat en tegelijk ben ik hem dankbaar voor deze banale afleiding, die me toch onverwachts goeddoet.

'Mijn hemel, dit is echt ongelofelijk. Ik ben een van Dina Pirveli's grootste bewonderaars.'

Hij is uit op een gesprek. Ik ken dit soort situaties maar al te goed: ik ben interessant omdat ik dicht bij haar heb gestaan, omdat ik geheime kennis bezit en daardoor een bijzondere plaats inneem tussen de bezoekers. Hoe vaak hebben mensen al niet geprobeerd mijn aandacht te trekken om de illusie te kunnen koesteren daardoor een stuk dichter bij Dina te komen. Het is belachelijk en tegelijk ontroerend. Nene en Ira kennen dat vast ook, ik vraag me af of Anano er ook last van heeft, maar Anano was lang niet zo vaak haar motief als wij, alsof ze haar kleine zusje heeft willen beschermen.

Ik moet hem teleurstellen en mompel iets over een vriend, dat ik hier niet alleen ben. De man is galant en maakt het me gelukkig niet moeilijk. Hij geeft me wel zijn visitekaartje en stelt zich voor als een galeriehouder uit Kopenhagen, hij plant binnenkort een 'kleine, exclusieve expositie' van Dina's werk in zijn stad. Ik bedank hem vluchtig en keer terug... naar de dierentuin.

'Zo doen we het niet,' hoorde ik Dina opeens roepen. 'Het geld blijft bij mijn vriendin. Zij brengt hem naar de uitgang en pas als hij buiten is, komt ze terug en krijgen jullie de envelop, begrepen? Zo hebben we het afgesproken. Kom jij je woord niet na? Ben je zo'n lafbek die op zeker speelt, zelfs bij een meisje?'

Ze wilde hem provoceren, hem tegen de zwakke en willoze Ika uitspelen. Ze vreesde wat ook door mijn hoofd spookte: dat ze, nu ze het geld hadden ontdekt, ons gewoon naast die roerloze jongen konden leggen en er met het geld vandoor konden gaan. Aan de andere kant waren wij geen serieuze bedreiging, ons doden of in leven laten kwam voor hen op hetzelfde neer, het hing er maar van af hoe hun pet stond. Als de kaalkop alleen was geweest, had hij ons misschien ter plekke tot zwijgen gebracht, het geld gepakt en zich uit de voeten gemaakt. Maar het leek hem om iets anders te gaan: hij wilde de show stelen, de sterke man uithangen, die de erecode van de criminelen respecteert, en zo eens te meer zijn superioriteit bewijzen. Dus ging hij in op de deal. Hij keek geërgerd onze kant op, nam mij even sceptisch op en zei toen tegen Ika dat hij de envelop aan mij moest geven.

'Oké, mij best.'

Daarmee velde hij het vonnis over onze toekomst.

Pas bij de derde poging lukte het me de gewonde jongen overeind te krijgen. De metaalachtige, scherpe geur van bloed drong in mijn neus. Zijn bloed kwam op mijn jas, mijn broek, mijn handen. Hij hing met zijn hele gewicht aan mijn schouder, ik had nooit gedacht dat iemand zo zwaar kon zijn, maar op de een of andere manier wist ik wankelend de ene stap na de andere te zetten, hij sleepte zijn bloedende been als een lastig, nutteloos voorwerp achter zich aan. Hij trilde en leek niet te begrijpen dat hem een wonder overkwam. Maar tegelijk keek hij telkens om, alsof hij worstelde met zichzelf.

'Vooruit! Schiet nou op!'

Dina schreeuwde en haar stem klonk wanhopig, alarmerend. Het duurde een eeuwigheid voor ik hem bij de ingang afzette, of liever gezegd tegen de stenen muur zette, hij leek steeds zwakker te worden en bleef bloed verliezen. Ik liep naar het hek en keek naar het Heldenplein. De demonstranten waren verdwenen. Het hele plein leek verlaten. Afval, kledingstukken, zelfs losse schoenen slingerden rond, armzalige bewijzen van wat er was gebeurd. Iets verderop zag ik twee mensen die op de grond iets zochten wat ze bij de demonstratie verloren moesten hebben, en ik begon te roepen. Ze keken verward om zich heen, tot ze mij ontdekten en haastig over het plein naar me toe kwamen.

'Wat is er gebeurd?'

Toen ik de bezorgde stem van de vrouw hoorde, wist ik dat de roodharige jongen in veiligheid was, ik maakte meteen rechtsomkeert en rende terug.

'Hoe heet je, hoe heten jullie, hé?' hoorde ik hem met zijn laatste krachten roepen.

Maar ik had geen woorden meer om te antwoorden, en een naam had ik misschien ook niet meer.

Ik overhandigde het geld voor de vreemde jongen, het geld dat eigenlijk bestemd was voor de vrijheid van mijn broer. De beulen vertrokken, het lijk van hun jonge schuldenaar lieten ze liggen als bewijs van hun overwinning, hun gewetenloosheid, en Dina en ik bleven achter met de eenzame lantaarn, de gruwelen waar we geen woorden voor hadden en de onrustige dieren. Toen ik voor de apenrots in elkaar zakte, pakte ze haar camera en fotografeerde het slagveld met mij op de voorgrond, terwijl ik al mijn angst, walging, verbijstering, verdriet en ontzetting dat ik niet voor een mensenleven, maar voor de vlucht, voor mijn broer had gekozen, al mijn kwaadheid op Dina die per se het goede wilde doen, mijn geschoktheid over het gebeurde, mijn woede op dit land waar een leven vijfduizend dollar waard was, mijn totale falen – terwijl ik dat allemaal uitkotste.

Met bebloede, naar kots ruikende kleren en gezwollen ogen wankelde ik het hofje in. Thuis vertelden we allebei dat we in de demonstratie terecht waren gekomen en voor de schoten de dierentuin in waren gevlucht, dat we daar een jongen met een schotwond hadden aangetroffen en hem naar het ziekenhuis hadden gebracht. De rest hielden we voor ons. Dat had Dina me met een handdruk, trillende oogleden en knikkende knieën laten beloven op het moment we de dierentuin achter ons lieten.

'Ik zorg dat Rati vrijkomt, dat heb ik je beloofd, geef me alleen even de tijd en hou je koest, oké?'

Ik had geen antwoord meer gegeven. Ik had er de kracht niet meer voor.

'Hoe is het met baboeda? Waar is Oliko?'

Dat was het enige wat ik die nacht nog wilde weten.

'Thuis. Ze heeft geluk gehad. Ze had heel veel last van haar reuma en is halverwege omgekeerd.'

Ik sliep lang en droomloos. Toen Dina me de volgende dag wakker maakte, duurde het lang voor ik weer bij mijn positieven was. Maar onmiddellijk kwamen de gebeurtenissen van de vorige dag weer in alle hevigheid op me af.

'Hoe laat is het?'

'Tegen tienen, denk ik. De baboeda's hebben me binnengelaten. Geef me twee dagen, oké?'

'Twee dagen waarvoor?'

Ik kwam overeind en wreef mijn ogen uit.

'Twee dagen om het te regelen. Zonder dat je iets tegen

Levan en de jongens zegt, oké?'

'Dina, wat ben je van plan? Hoe moet ik dat geheimhouden? Het geld is weg en de jongens komen er gauw genoeg achter dat we niet bij de advocaat zijn geweest.'

'Ik ga naar Tsotne. Ik heb Nene gebeld om te vragen waar hij zit.'

'Tsotne? Uitgerekend Tsotne? En wat wil je bereiken? Dat hij de strijdbijl begraaft? Doe niet zo stom alsjeblieft!'

'Laat het maar aan mij over.'

'Hij zal nooit toegeven dat hij achter Rati's arrestatie zit!'

Nu was ik wakkerder dan me lief was.

'Vertrouw me, Keto.'

'Bovendien gaat Rati door het lint als hij hoort dat jij...' Ik gaf het niet op.

'En juist daarom mogen hij en zijn vrienden er niets van weten.'

'Maar... Dina...wacht.'

Ze was al opgestaan.

'Ik heb je gisteren beloofd dat ik Rati uit de bak haal, dus haal ik hem er ook uit.'

'Maar waarom zou uitgerekend Tsotne jou een plezier doen?'

'Omdat hij op me valt.'

Ik was sprakeloos.

Ze gaf me een kus op mijn wang en liep naar de deur. Voor ze mijn kamertje verliet, draaide ze zich nog een keer naar me om en zei: 'We hebben gedaan wat we moesten doen, Keto.'

Ik liep naar de keuken en schonk een kop van Eters koffie in, terwijl zij in de woonkamer een leerling ontving. Ik ging in de loggia zitten, nipte van de zwarte toverdrank en hoorde baboeda 1 een hartstochtelijke voordracht over Roths *Radetzkymars* houden, terwijl ik de beelden van de vorige dag, die als lichtflitsen voor mijn ogen begonnen te flikkeren, probeerde uit te wissen. Alleen de wandklok boven de eettafel, een erfstuk van Oliko's grootmoeder, verbrak de gruwelijke stilte in me. Ik rook nog steeds de scherpe, roestige lucht die de roodharige jongen verspreidde toen ik hem naar de uitgang bracht. Toen sprong ik op en rende naar de telefoon.

Het was Goega die opnam. Hij vertelde dat Nene met Otto was weggereden. Ik zei dat ze me dringend terug moest bellen. Daarna kleedde ik me vlug aan en rende naar beneden naar Lika, die al weken alleen nog met naaiwerk het hoofd boven water hield. Dina was al weg. Zonder iets te zeggen zette Lika haar geliefde groene thee voor me. Anano was eerder uit school gekomen omdat de lessen wegens gebrek aan brandstof waren uitgevallen. Ze zat in de kamer ernaast te bellen.

'Jullie hebben ons wel de stuipen op het lijf gejaagd,' zei Lika met een warme glimlach. Ze kwam bij me aan de ronde tafel zitten en keek me indringend aan.

'Is alles in orde, Keto? Vertellen jullie wel de hele waarheid? Je weet dat ik niet graag doorvraag, maar er is iets met jullie.'

Het kostte me moeite om tegen Lika te liegen, maar het was voor iedereen beter als we ons aan onze afspraak hielden, terwijl ik er veel voor over had gehad om mijn hart te kunnen luchten, om alles als een vreselijke nachtmerrie van me af te schudden. In plaats daarvan zocht ik naar een manier om mijn vraag te stellen zonder Lika misschien onnodig bezorgd te maken. 'Omdat hij op me valt'; die zin galmde onheilspellend in mijn hoofd na en ik moest erachter zien te komen hoe serieus of naïef of noodlottig hij was. Kon me dat echt zijn ontgaan? En zo ja, waarom had ze het voor me verzwegen? En wanneer zou Tsotne überhaupt de kans hebben gehad om Dina zijn genegenheid te tonen? Zolang ik me kon herinneren, had Tsotne nooit ons gezelschap gezocht en nooit belangstelling gehad voor de vriendinnen van zijn zus, er was eerder sprake van een permanente irritatie als wij in zijn buurt waren, en zijn afkeer van Ira was onmiskenbaar. Bovendien had hij, als je de verhalen mocht geloven, niet te klagen over vrouwelijke aandacht en ging hij vaak uit met oudere meisjes of vrouwen, zonder dat er ooit een serieuze relatie uit was voortgevloeid. Tsotnes belangstelling, daar was ik rotsvast van overtuigd, ging alleen uit naar de zaken van zijn oom, zijn macht en de positie die hij daardoor kreeg. Nene had het vaak gehad over spanningen tussen Tsotne en haar oom, dat Tsotne niet zelden te ver ging en steeds meer rechten en vrijheden opeiste en dat Tapora zelfs had gedreigd hem naar Rusland te verbannen als hij niet inbond. Volgens Nene's verhalen was Tsotne een ongeleid, licht ontvlambaar projectiel, onverschrokken en in staat tot het uiterste te gaan. Wat wilde Dina van hem? Dat hij de corrupte smerissen terugfloot? Dat hij haar geld gaf? Ik begreep er niets van. Iedereen in de buurt wist van de rivaliteit tussen Rati en Tsotne. Waarom zou Tsotne Dina willen helpen als hij en zijn oom er persoonlijk verantwoordelijk voor waren dat mijn broer achter de tralies zat?

'We leven in gevaarlijke tijden, Keto. Als jullie ergens in verzeild zijn geraakt, moeten jullie het ons vertellen, het kan ernstige gevolgen hebben, we moeten samen naar oplossingen zoeken. Ik bedoel, jullie zijn gedwongen voor volwassene te spelen, maar dat zijn jullie nog niet,' zei Lika en ze blies in haar thee. Ik zweeg.

'Oom Givi vertelde dat er gisteren drieëntwintig mensen om het leven zijn gekomen... Ik wil het me niet eens voorstellen.'

Ze sloeg haar handen voor haar gezicht.

'Mag ik je iets heel anders vragen?' onderbrak ik haar.

'Natuurlijk.'

'Is Tsotne Koridze hier weleens geweest? Ik bedoel, heeft hij Dina ooit opgezocht, of heeft hij haar op de een of andere manier, nou ja, hoe zal ik het zeggen, avances gemaakt?'

'Tsotne wie? O, je bedoelt de broer van Nene?'

'Ja, die.'

'Nee, voor zover ik weet niet. Natuurlijk vertelt ze me niet alles. Maar ik kan het me niet voorstellen, het is een buitengewoon onsympathiek figuur.'

'Hij heeft haar een vette diamanten ring gegeven,' hoorde ik Anano's hoge stem uit de kamer ernaast, blijkbaar was ze klaar met bellen en had ze ons gesprek afgeluisterd. Omdat Dina en zij niet zelden ruzie hadden, probeerde Anano zich voor een belediging of krenking stiekem op Dina te wreken door te klikken. Twee tellen later stond ze in de deuropening.

'Wat zeg je?' Lika keek haar dochter verbaasd aan.

'Ja, echt, ze heeft wel geprobeerd hem terug te geven, maar dat wilde Tsotne niet, en toen heeft ze hem verkocht, in het Pirimze, ik ben toen met haar mee geweest. Ze heeft er voor jou die dure penselen van gekocht en voor mij die grote pop, weet je nog?'

Anano was de kamer binnengekomen en wreef in haar handen.

'Is er iets te eten? Ik heb een reuzehonger!'

'Wanneer was dat, Anano?' Ik was opgestaan en keek haar strak aan.

'O, een of twee jaar geleden, geen idee. Deda, wanneer was dat ook alweer?'

'Aan mij heeft ze verteld dat ze dat geld had gevonden,' zei Lika hoofdschuddend. 'Ik wist dat ze loog, maar ze bleef zo hardnekkig bij die versie dat ik het ten slotte bijna geloofde. En jij wist ervan en hebt me niets verteld?'

'Nou ja, ik wilde die pop niet kwijt,' zei Anano met een verlegen lachje.

'Ik ga maar weer eens.'

Ik stond op, Lika liep met me mee naar de deur, ook dat vond ik zo sympathiek van haar: ze probeerde je nooit tegen te houden.

'Ze zit toch hopelijk niet in de problemen?' vroeg ze, terwijl ze me onderzoekend aankeek.

'Nee, ze liet laatst alleen zoiets vallen en ik wilde het zeker weten,' loog ik, maar ik geloofde het zelf niet.

'Jullie moeten je niet met die dingen bemoeien, Keto. De mannen spelen oorlog en de jongens doen hen na, en op een gegeven moment zullen ze bereid zijn verder te gaan dan hun vader. Binnen de kortste keren zullen ze de leiding overnemen en dan is de stad van hen, dan wordt het één grote chaos, een nog grotere chaos dan we nu al hebben,' zei ze peinzend, terwijl ze me aan haar borst drukte. 'Ga niet alleen naar die advocaat, hè? Zorg dat er een volwassene meegaat,' zei ze, terwijl ik naar buiten liep. Ik meed haar blik, knikte alleen en stormde de binnenplaats op. Ik had het idee in een verkeerd leven gevangen te zitten. En toen klopte dat onmiskenbare gevoel, dat ik al die jaren niet kwijt zou raken, voor het eerst bij me aan: haat vergezeld van machteloosheid.

Zonder te weten wat ik deed ging ik naar huis, opende de deur van de badkamer, vond nieuwe scheermesjes voor het scheerapparaat van mijn broer, haalde er een uit het pakje, ging op de rand van het bad zitten, trok mijn broek naar beneden en maakte twee gelijke, horizontale sneden in mijn dijen. De pijn gaf onmiddellijk verlichting.

DE STAD VAN DE JONGENS

Ik sla de rest van mijn wijn achterover. De avond glijdt de duisternis in. Ik ben omringd door mensen en toch ben ik alleen. Ira loopt langs me heen en geeft me een knipoog, ze lijkt haast te hebben, ze stevent af op een foto, ze zoekt iets bepaalds. Ik volg haar met mijn blik en ben blij dat niemand me aanspreekt, dat ik me van de vers opengereten wond, van de 'dierentuin', kan afwenden. Ik vraag me af wanneer ik opgehouden ben in gedachten met haar te praten – of ik er ooit mee opgehouden ben. De eerste jaren van mijn tweede leven, mijn nieuwe begin in Duitsland, waren één onafgebroken dialoog met haar. We lagen voortdurend met elkaar in de clinch en die discussies gaven me de kracht om mezelf te hervinden, mezelf opnieuw te definiëren, ze hielden me in leven. Ze dreven me voort, de onzekerheid tegemoet, helemaal naar haar smaak, helemaal naar haar wil. Ik zocht haar in elk spiegelbeeld en elke ontmoeting, ik zocht haar sporen in elk schilderij. Ik zocht haar, al die jaren, ademloos, wanhopig en toch hardnekkig.

Ze leek van de aardbodem verdwenen. Ook op de redactie was ze niet geweest, wat niets voor Dina was, zeiden ze toen ik belde. Ik op mijn beurt meed Levan; toen hij me wilde spreken liet ik de baboeda's aan de telefoon liegen en vluchtte ik naar Ira. Maar die was met haar vader naar Kodzjori om daar hun boomgaard en moestuin te verzorgen, inmiddels een bijna onbetaalbaar, benijdenswaardig bezit, waar de meeste stedelingen een moord voor zouden doen. Direct naar de Koridzes gaan leek me geen goed idee, ik was bang Tsotne tegen het lijf te lopen. Maar er zat niet veel anders op. Ik beloofde mijn vader voor de avondklok weer thuis te zijn en ging op weg naar de Dzierżyńskistraat.

Voor Nene's huis stopte net een zwarte jeep, Otto en Nene stapten uit. Ik had hen sinds de bruiloft amper samen gezien en omdat ik op de hoogte was van haar onderaardse liefde voor Saba kostte het me moeite het spel mee te spelen. Ik bleef even op een afstandje staan om het onvrijwillige stel te observeren. Ik concentreerde me vooral op hem, die verwende, koelbloedige jongeman, die sinds kort een baard droeg en zich een gemillimeterd militair kapsel had aangemeten. Een grote man met een brede rug, die me altijd een onbehaaglijk gevoel gaf. Vermoedde hij iets? Die vraag drong zich onvermijdelijk aan me op. Of dacht hij dat ze gaandeweg van hem zou leren houden? Ze leken twee treurige vreemden die elkaar niets te zeggen hadden. Hij keek haar niet eens aan toen hij bijna werktuiglijk het portier voor haar openhield; compleet in gedachten glipte ze langs hem heen, ik herkende haar vederlichte tred, die hartstochtelijke, onbezonnen liefde in al haar bewegingen, alleen was die niet voor hem, die bebaarde man die achter haar aan liep en op zijn hoofd krabde, alsof hij zich geen houding wist te geven.

Zonder verzet, uit eigen vrije wil, had hij zich overgeleverd aan de gewetenloze Tapora en leefde nu een karakterloos, twijfelachtig leven. Zijn onverschilligheid tegenover Nene was anders en ging veel verder dan die van haar. Haar gebrek aan belangstelling voor hem had te maken met haar liefde voor een andere man, er was gewoon geen ruimte meer voor iemand anders in haar gedachten. Maar hem lieten haar gedachten koud. Ik moest denken aan de kat van Nadja Aleksandrovna, die hij had verdronken omdat hij benieuwd was hoe het voelde om een levend wezen van het leven te beroven en omdat de kat hem niet interesseerde. Iets in die gedachte had een afschuwelijke bijsmaak, maar ik kon daar nu niet bij stilstaan, nu maakte ik me zorgen om iemand anders.

'Nene!'

Ze bleef onmiddellijk staan. Ze droeg een nepbontjas met luipaardprint en reusachtige ringen in haar oren, haar lippen waren vuurrood gestift en haar haar was in een krans om haar hoofd gevlochten. Toen ze me herkende, klaarde haar gezicht op en stormde ze op me af. Otto drukte met een strak gezicht een kus op mijn wang.

'En, Kipiani, alles kits?' begroette hij me op zijn typische geforceerde toon.

'Kan ik je even alleen spreken?' De woorden schoten uit mijn mond. Ik zag opnieuw het dode lichaam in de modder voor me en knipperde een paar keer met mijn ogen.

'Natuurlijk. Kom maar mee naar boven,' zei Nene en ze omhelsde me. 'Alles goed?'

'Nee, ik wil niet... ik bedoel, ik zou je graag ergens buiten spreken, kunnen we niet gewoon hier blijven?'

'Je moeder zal moeilijk doen, je weet wel...' bemoeide Otto zich ermee en ik had de neiging hem in zijn gezicht te spugen, maar gelukkig zei Nene vlug: 'Het is oké. Ga maar naar boven en zeg dat ik achter het huis op de bank zit. Jullie hoeven niet met het eten op me te wachten.'

'Zoals je wilt,' zei hij en hij liep met logge passen naar binnen. 'Het beste, Kipiani.'

Ik gaf Nene een arm, we gingen niet naar de bank achter haar huis, maar liepen wat rond tot we voor een in puin geschoten huis in de Tsjaikovskistraat stonden.

'Wat doen we hier?' vroeg ik verbaasd.

'Hier worden we niet gestoord. Hier spreek ik weleens af met Saba of rook ik een sigaret. Dit huis heeft pas de volle laag gekregen. En nu ziet het er zo uit... ga zitten.' Ze wees naar een zwaar brok puin alsof het een comfortabele bank was. Ik ging zitten en voelde opnieuw een zwarte, zuigende paniek opkomen, mijn knieën knikten en ook de misselijkheid van de vorige dag was er weer.

'Wat is er, Keto?'

Ze raakte even mijn schouder aan en haalde een pakje Marlboro uit haar tas.

'Je moet me twee dingen vertellen en zweren dat je eerlijk tegen me bent.'

'Natuurlijk, wat je maar wilt,' zei ze en haar zeeblauwe ogen werden groot.

'Heeft je oom mijn broer laten opsluiten?'

Ze aarzelde even, sloeg haar ogen neer, drukte haar net opgestoken sigaret uit met de punt van haar laars.

'Tapora, nee, nooit. Natuurlijk, hij moet niets van Rati hebben, dat weet jij ook, hij ziet hem als een probleem, maar hij zou nooit met de smerissen samenwerken. Hij betaalt ze natuurlijk steekpenningen, maar hij heeft nooit direct contact met ze. Maar voor Tsotne... ik bedoel, hij is mijn broer, maar voor hem steek ik mijn hand niet in het vuur. Tsotne probeert zich op het moment op te werken. Hij zit sinds kort ook in de gokbusiness. Meer weet ik echt niet.'

Ik vond het vervelend haar te dwingen om over die dingen te praten. Ik wist hoeveel moeite het haar kostte. We hadden de onderwerpen die met onze broers, hun rivaliteit en hun plannen te maken hadden, tot nu toe altijd omzeild, we hielden de spanningen tussen Tsotne en Rati buiten de deur, alsof ze niet bestonden of in onze wereld geen rol speelden. Ik was Nene dankbaar voor haar eerlijke antwoord. Ik rekende haar niets aan, waarom zou ik, het was onmogelijk om Nene verantwoordelijk te stellen voor de daden van haar broer. We hadden ons vaak afgevraagd hoeveel Nene van de machinaties van de Koridzes meekreeg, hoe goed ze van hun zaken op de hoogte was. Ze deed alsof ze van niets wist, dat was haar strategie, ze bemoeide zich niet met de 'aangelegenheden van de mannen', zoals ze het noemde. Maar Nene was beslist niet zo naïef als ze zich voordeed, en sinds onze ontmoeting in de metro bekeek ik haar met andere ogen.

'En de tweede vraag?' Nene keek me argwanend aan.

'Heeft Tsotne ooit een of andere opmerking gemaakt over Dina? Speelt er iets tussen die twee?'

'Pardon?' Ze keek me ongelovig aan. 'Tsotne en Dina? Dat zou toch... Dat is toch...' Haar gezicht verstarde. 'Waar wil je heen?'

Ze haalde een nieuwe sigaret uit het pakje en wierp voor de zekerheid een blik naar de straat, waar geen mens te bekennen was.

'Dina wil met Tsotne praten, ze hoopt dat hij haar helpt om Rati vrij te krijgen. En ze zei iets vreemds wat me niet loslaat.'

'Bedoel je...'

Ze leek naarstig in haar geheugen te zoeken.

'Hoe zit het, Nene? Heeft hij ooit iets gezegd, een toespeling gemaakt?'

'Nou ja, het is wel een eeuwigheid geleden, maar ik heb ooit een foto van Dina bij hem in de la ontdekt. Hij deed alsof hij niet wist hoe die foto bij hem terecht was gekomen, maar dat geloofde ik niet. Het was er een uit die serie aan het Meer van Tbilisi, weet je nog? Je vader had ons meegenomen, we gingen zwemmen, en er zijn een paar foto's van ons vieren. Op een daarvan staat Dina in haar badpak op de oever zo schalks te kijken.'

'Ja, ik herinner het me vaag.'

'Hij heeft me toen de huid vol gescholden, hoe ik het in mijn hoofd haalde om in zijn spullen te snuffelen. Maar dat Tsotne... Ik bedoel, ik kan het me absoluut niet voorstellen.'

Zelf had ik me de afgelopen uren de hele tijd lopen verbazen over dat geheim. Ik voelde me op een vreemde manier bedrogen en kon niet geloven dat Dina zulk schokkend nieuws jaren voor me verborgen zou hebben.

'Ik zal jullie helpen, dat beloof ik. Ik zal met hem praten of ik stuur Otto op hem af, hij moet zijn aasgieren terugfluiten zodat ze Rati vrijlaten, en jij dringt er bij je broer op aan dat hij zich voortaan niet meer met Tsotnes zaken bemoeit. Dan kan die idiote strijdbijl misschien worden begraven. Dat krijgen we wel voor elkaar, kop op, arme kleine Keto!'

Ze drukte me troostend tegen zich aan.

'Desnoods praat ik met mijn oom. Ik vraag of hij me een plezier wil doen, dat zal hij niet weigeren, ik zweer het je.'

Haar stem, haar vastberadenheid gaven me vertrouwen. Voor het eerst koos ze zo openlijk partij, ze was veranderd door Saba, ze was moediger geworden, ze zou het misschien echt klaarspelen. Ik omhelsde haar en liep in de laatste stralen van de avondzon naar huis.

Tot laat in de avond wachtte ik op Dina. Ook Lika was bezorgd. Anano had last van haar geweten, ze verweet zichzelf dat ze haar zus had verraden. Pas kort voor middernacht kwam Dina de binnenplaats op. Al van verre zag ik dat er iets gebeurd moest zijn, dat het te laat was, dat ze een beslissing had genomen, voor ons allemaal. Ze zag er heel anders uit dan anders, ik had haar nog nooit in zulke kleren gezien: een kort spijkerrokje, de witte laarzen van haar moeder, een dun leren jasje dat duidelijk te koud was voor de tijd van het jaar en een vrij diep uitgesneden blouse. Ze had haar haar opgestoken en zich opgemaakt, iets wat ze anders nooit deed. Maar waar ik het meest van schrok, was de koortsachtige glans in haar ogen, als de verre weerschijn van een vuur. Haar adem rook naar alcohol en om haar mond speelde een cynisch lachje. Het was te laat, ik had het niet kunnen voorkomen. Ze had een offer gebracht dat groter was dan ik kon overzien. Haar keus voor 'het goede' halverwege de buis over de Vera had een kettingreactie aan 'foute daden' teweeggebracht, en er zouden nog meer dominostenen vallen.

Lika stortte zich op haar, schold haar uit en viel haar vervolgens uitgeput om de hals.

'Sorry, ik was de tijd vergeten, er was een leuk feestje op de redactie,' loog ze en ze keek me vanuit haar ooghoeken aan. 'Ik ben zo moe, ik ga meteen naar bed, goed? Het was een lange dag,' zei ze en ze verdween in de slaapkamer. Ik volgde haar.

'Wat heb je gedaan?'

Ik keek hoe ze zich uitkleedde en was bang dat haar lichaam iets kon verraden wat me tegen zou staan.

'Niets. Ze trekken de aanklacht in. Ze zullen zeggen dat het voor eigen gebruik was. Dan komt hij er af met een geldboete, die hij niet hoeft te betalen.'

'Hoe dat zo? En wie betaalt die dan? Alsjeblieft Dina, praat met me...'

'Ik kan niet meer. Ik ben doodmoe. Later, oké?'

Ik vroeg niet door, maar het idee dat Tsotne Koridze de corrupte ambtenaren, die hij eerst had omgekocht om mijn broer achter de tralies te krijgen, nu 'schadeloos stelde' om hem te laten lopen, had zoiets absurds dat het mijn voorstellingsvermogen te boven ging. Tegelijk hoopte ik dat mijn broer de waarheid over zijn vrijlating nooit te weten zou komen.

Rati kwam met de eerste voorjaarszon vrij, tegelijk met de wilde explosie van de magnolia- en kersenbloesems, die de straten omzoomden en een grotesk contrast vormden met onze desolate toestand. Op die verloren, armzalige plek, een eenzaam, verwaarloosd, met prikkeldraad afgezet en van roestige venstertralies voorzien gebouw midden op een leeg terrein, stonden mijn vader, Levan, Dina en ik met bonzend hart op hem te wachten. (Na de schrik over de demonstratie waarin Dina en ik zogenaamd verzeild waren geraakt, had mijn vader zijn verzet opgegeven en was zonder commentaar meegegaan.)

Rati was afgevallen en deed met zijn kaalgeschoren hoofd denken aan een weesjongen uit het dickensiaanse universum. Hij had vochtige ogen toen hij Dina in zijn armen sloot en haar in het rond draaide. Levan sloeg hem steeds weer op zijn schouder en streek met zijn hand over zijn hoofd. Ik wachtte geduldig tot ik aan de beurt was en drukte hem zo stijf tegen me aan dat mijn gewrichten kraakten.

'Ik ben zo blij dat ik weer vrij ben!' jubelde hij. Hij draaide het raampje aan de bijrijderskant omlaag en hield zijn hand in de zon.

'De baboeda's hebben de tafel al gedekt en we hebben ook voor wijn gezorgd!'

Ik probeerde opgewekt te klinken om mijn innerlijke onrust te verdoezelen, die ik sinds Dina's geheime pact met Tsotne Koridze niet meer kwijtraakte. Sinds de nacht dat ze Tsotne had opgezocht, was ze veranderd. Ze leek mijn gezelschap te mijden en was op een ongrijpbare manier verstrooid en afwezig. Toen ik haar daarover aansprak, zei ze alleen dat het druk was op de redactie, en ze werd kwaad toen ik suggereerde dat ze kennelijk geen tijd met me wilde doorbrengen. Ik vond geen rust en wilde weten wat er tussen haar en Tsotne was gebeurd, waardoor hij mijn broer weer op vrije voeten had gesteld. Zodra ik aan haar ruilhandel dacht, werd ik heen en weer geslingerd tussen een beklemmende bezorgdheid en woede. De nachten waarin de beelden uit de dierentuin me kwelden, maakten me toch al prikkelbaar en ik sliep amper nog. Ik kon me niet op mijn studie concentreren en me ook niet met iets anders bezighouden. Ik zat gevangen in mezelf en behalve Dina was er niemand met wie ik die gevoelens en angsten kon delen; zij was de enige getuige van die nachtmerrie, en dat ze deed alsof er niets was gebeurd, had iets onheilspellends.

In die slapeloze nachten, als ik lag te woelen en de spoken uit mijn kamer probeerde te verjagen, stelde ik me huiverend voor wat Dina gedaan kon hebben. Ik zag haar naakt in Tsotnes armen en schoot hijgend overeind. Dat beeld kon ik niet verdragen. Overdag, als ik langs de ruïnes aan de Roestaveli Avenue naar de academie liep, maakte ik mezelf wijs dat het onmogelijk zo gebeurd kon zijn, zo'n troef zou ze Tsotne nooit in handen hebben gegeven.

Vlak voor Rati's vrijlating had ik het niet langer uitgehouden. Ik had haar voor de redactie opgewacht en haar meegetrokken naar een parkje aan de Plechanov Avenue, dat nog de laatste sporen van de winter vertoonde en verweesd en kaal voor ons lag.

'Je moet met me praten!' had ik gezegd.

'Er valt niets te praten, Keto. Laten we het allemaal gewoon vergeten. Straks is Rati weer bij ons en dan komt alles goed.'

'Dat is grote onzin, dat weet jij ook. Je moet me vertellen wat er tussen jou en Tsotne is gebeurd.'

'Rati komt gauw vrij, dat is het belangrijkste.'

'Ja, maar niet ten koste van alles, Dina...'

'O, nee? Wat hadden we dan moeten doen? Hadden we die jongen gewoon moeten laten afknallen? Had jij daarmee kunnen leven? Had je dat gekund, Keto?'

'Ik weet het niet...'

Ik ging op de vochtige bank zitten in de hoop dat ze naast

me zou schuiven, maar ze bleef staan en rookte een sigaret.

'Maar ik weet het wel: ik had het niet gekund en niet gewild.'

'Ja, dat begrijp ik, maar ik bedoelde eigenlijk dat met Tsotne...'

'Dat met Tsotne, zoals jij het zo mooi zegt, is een consequentie, een onvermijdelijkheid, zo je wilt, een gevolg van onze beslissing.'

'Maar Tsotne gaat dat toch tegen Rati gebruiken, hij zal het nooit voor zich houden. Ik bedoel, sinds wanneer denk jij dat Tsotne een man van eer is?'

'Dat is een zaak tussen hem en mij. Dat was altijd al een zaak tussen hem en mij.'

'Nu wordt het me echt te gortig! Praat eindelijk eens zo dat ik je kan volgen.'

'Ik wil niet praten, Keto. Hoe minder je weet, hoe beter, geloof me. Rati komt vrij en de jongen uit de dierentuin heeft het overleefd. Dat is het enige wat telt.'

'Maar Dina... ik moet het begrijpen.'

Ze sloeg haar ogen ten hemel. Toen slaakte ze een diepe zucht.

'Ik heb het al vroeg gemerkt, ik kan het niet precies uitleggen, je weet hoe hij is. Op een verjaardag bij de Koridzes heb ik hem er zelfs een keer over aangesproken, hij ontkende natuurlijk alles. Maar ik merk het als jongens iets voor me voelen.'

Ze zei het absoluut niet opschepperig, integendeel, het klonk als een onrechtvaardig vonnis, een zwaar lot dat haar was overkomen.

'Maar wat betekent dat precies, ik bedoel, hij is niet zomaar iemand, maar Tsotne Koridze!'

'Dat hij het zo heftig ontkende, bevestigde in wezen mijn gelijk. Ik ben het tegendeel van alles wat hem aanstaat en wat hij goed vindt, ik ben het toppunt van alles wat hem tegenstaat. Des te onverteerbaarder zou het zijn als hij door mij werd afgewezen. Dus besloot hij het voor zich te houden tot hij het op een dag vergeten zou zijn.'

'Maar dat is hij niet?'

'Nee, dat is hij niet.'

'Allemachtig, Dina, waarom heb je me dat nooit verteld?'

Haar blik werd opeens kil en afstandelijk, ze voelde zich in het nauw gedreven. Ik moest haar met rust laten, anders ontglipte ze me nog. Maar ze vermande zich en dwong zichzelf verder te praten.

'Ik heb het voor Rati gedaan. Ik ben naar Tsotne...'

Ik voelde hoe mijn keel werd dichtgesnoerd en keek haar aan.

'Kijk niet zo, Keto! Doe niet zo moralistisch!' siste ze me toe.

'Maar ik wil toch alleen dat die hele horror ophoudt,' zei ik kleintjes.

'Die horror is nu ons leven, begrijp dat dan! Wat ons is overkomen, is geen uitzondering, dat gebeurt elke dag. Het had ook je broer of Levan kunnen zijn die daar in de modder lag. We kunnen ons geen moraal meer permitteren, niemand in dit land handelt nog moreel. Dus wat verwacht je van me, dat ik Rati in de gevangenis laat verrotten en de kuise maagd uithang?'

'Maar Rati krijgt er lucht van, Tsotne houdt dat toch nooit voor zich...'

'Ik ben niet een of andere trofee voor hem, Keto, ik... Ach, vergeet het gewoon!'

Ze schudde gelaten haar hoofd.

Ik gaf het niet op, ook al wist ik niet zeker of ik tegen de waarheid bestand zou zijn.

'Wat heeft hij met je gedaan?'

'Geneukt.'

Ze keek me aan alsof ze genoot van de verwoesting die ze in me aanrichtte.

De dag lachte ons toe en Rati keek ongelovig naar de opengesperde muilen van de verwoeste gebouwen en het zwarte roet, de erfenis van de springstofladingen van de midden in de stad uitgevochten veldslagen.

De dag lachte ons toe en Rati raakte telkens de knie aan van zijn lief, die haar lichaam had ingezet om hem vrij te kopen. De dag lachte ons toe en ik stelde me voor hoe Nene intussen in het huis van Saba's afwezige vriend in Tskneti voor huisvrouw speelde, hoe ze haar lief inpalmde en liefkoosde. De dag lachte ons toe en ik vroeg me intussen voortdurend af of ik wel het recht had om Dina's dubbele beslissing te veroordelen, of ik de kracht zou hebben gehad om te leven met mijn halve beslissing, die ik dankzij mijn vriendin op het laatste moment had kunnen terugdraaien. De dag lachte ons toe en we voerden elkaar met onze blijdschap, met onze opnieuw ontsproten hoop. Ik vroeg me af of ze genoeg van elkaar zouden kunnen houden, of Rati's verlangen hem ertoe zou kunnen bewegen zijn bedenkingen overboord te zetten en Dina te vragen bij hem te blijven. Want ondanks zijn vrijlating bleef Rati een gevangene van zijn wereld en de daar heersende wetten, waaraan ook zijn verlangen onderworpen was: een echte relatie met Dina was alleen te legitimeren door een huwelijk. Maar Dina, de eeuwige rebel, de vuurvreter, erkende zijn wetten niet. Ze schilderde de wereld in haar eigen kleuren. En zo had ze hem stap voor stap zover gekregen dat hij de regels schond, zich uit het nauwe keurslijf van de verboden bevrijdde en zich halsoverkop overgaf aan zijn lusten. Maar nu had ze haar lichaam geschonken aan een andere man, voor wie dat geschenk een wapen was. De dag lachte ons toe en ik huiverde bij de gedachte dat mijn broer misschien de sporen van zijn gehate vijand op haar huid zou ontdekken.

We gaven ons over aan vluchtige genoegens en lieten ons bedwelmen door de geur van de magnolia's, we lieten ons afleiden en aansteken door lichtzinnigheid. We hadden het niet over lijken en schoten, we vierden feest en dronken barnsteenkleurige wijn, de tafel vulde zich met Rati's vrienden, die allemaal kwamen om zijn vrijheid te bejubelen. Ik zag het geluk in de ogen van mijn broer wanneer hij Dina met zijn blikken kuste en haar over haar haar streek. We dronken er lustig op los en vergaten alles. We deden ons best om gewoon jong te zijn, lichtzinnig, onverstandig en egoïstisch, we lieten ons meeslepen door elkaar en door de toekomst, die zich als een vruchtbaar dal voor ons uitstrekte. We wilden zo graag weer beginnen waar we geëindigd dachten te zijn, voordat de tijd zich tegen ons keerde als een verkeerd afgeschoten pijl.

Het deprimerendst aan onze geveinsde feestvreugde was de eenzaamheid waartoe we op de een of andere manier waren veroordeeld. Hoe kon ik lezen wat er achter de ogen van mijn broer verborgen lag? Wat hij in zijn gevangeniscel had meegemaakt? Hoe kon ik Saba's uitzichtloosheid begrijpen of Nene's haat tegen een vreemde man in haar bed? Hoe kon ik Levans verscheurdheid bevatten en de pijn die Dina voor mijn broer dacht te moeten verdragen? En hoe kon ik iemand vertellen over de opluchting die ik voelde zodra ik met het scheermesje in mijn huid sneed?

Tsotne was met zijn oom weer op 'zakenreis' en Otto was met zijn vader naar Ratsja om te jagen – iets waar Davit Tatisjvili vanaf zijn vroegste jeugd verzot op was. En dus had Nene de gelegenheid aangegrepen en met Ira als alibi thuis verteld dat ze met haar vriendin een weekend naar Kodzjori ging.

Ze had uit de rijkgevulde provisiekamer van de familie levensmiddelen gepikt, Saba opdracht gegeven de zoete kindzmarauliwijn te kopen die hij zo graag dronk, en toen waren ze samen naar het grote leegstaande huis van de afwezige vriend in Tskneti gegaan om te oefenen voor een leven als verliefd stel. Eindelijk konden ze naast elkaar in slaap vallen en wakker worden, eindelijk konden ze tijd met elkaar doorbrengen zonder voortdurend achtervolgd te worden door het tikken van de klok. Zij speelde de vrouw des huizes, en hoewel ze eerlijk gezegd een beroerde huisvrouw was en nog nooit iets had gekookt, stortte ze zich vol enthousiasme op een maaltijd voor haar lief. In een totaal misplaatste abrikooskleurige jurk en met hoge hakken stond ze in een vreemde keuken van gestolen levensmiddelen een gerecht voor hem te bereiden. Halfgaar zette ze het op de fraai gedekte tafel, omdat ze nergens zo bang voor was als voor aangebrand eten, en Saba slikte het braaf door en deed of hij het lekker vond. Maar meteen bij de eerste hap merkte Nene de blunder en brak ze de hele ceremonie af; de kaarsen werden gedoofd, het schort werd weer voorgebonden en ze begon aan de tweede poging. Tegen halfnegen gingen ze opnieuw aan tafel en deze keer was de ovenschotel wel wat waterig en niet zo kruidig als ze het gewend was van haar moeder, maar hij was in elk geval niet meer half rauw. Saba verzekerde dat hij nog nooit zo heerlijk had gegeten. Ze grijnsde en liet zich door hem op haar oorlelletje, kin en voorhoofd kussen, miljoenen kleine tedere gebaren als eerbetoon, als beloning voor haar grenzeloze liefde.

Bij de zware kindzmarauli, die Saba via de zwarthandelaarster Nani op de kop had getikt, hield hij een lange monoloog over de schoonheid van de architectuur; voor het eerst vertelde hij haar openhartig over zijn grote dromen en zijn passie, en zij luisterde gefascineerd. Ze verbaasde zich over het geluk deze gevoelige en fijnzinnige man naast zich te hebben en keek hem onafgebroken aan, zijn stem vervaagde in de verte en daarmee ook de Frans klinkende naam Le Corbusier, over wie hij enthousiast vertelde, maar wat maakte het uit waarover hij praatte, als het zo heerlijk was om naar die stem te luisteren, beneveld als ze was door de wijn en haar eigen overmoed, door het besef dat dit moment volmaakt was. Zo stel ik me voor dat het geweest moet zijn, en ook nu ik hier sta en eraan denk, zie ik dat overdadige geluk voor me, ik kan het bijna aanraken. En wat straalde zijn blik, wat vonkten zijn ogen, waarvan ze hoopte (ze had dat zo vaak tegen ons gezegd) dat haar kinderen die ooit zouden erven, en wat keek hij haar hartverscheurend en inwendig juichend aan, alsof de hele wereld blij voor hem was dat hij deze vrouw had veroverd. Dat was precies wat ze wilde. Niet meer en niet minder. Was het zo verwerpelijk dat ze geen andere eisen aan deze wereld stelde? Ze wilde de wereld niet veranderen zoals Ira of Dina, ze wilde gewoon daar zo mogen zitten, voor haar liefste iets lekkers klaarmaken en luisteren naar het vuur in zijn stem, ze wilde zoenen in haar nek en op haar slapen krijgen en weten dat hij genoeg aan haar had.

Ik zie haar voor me, de Nene van toen, en probeer dat beeld te rijmen met de vrouw die niet ver van me vandaan een wodka-martini van een getatoeëerde kelner krijgt en koket lacht, die trouw blijft aan haar eigen dromen, hoewel ze er geen moment aan twijfelt dat ze nooit meer uit zullen komen.

Maar die avond, toen ze naar zijn verhalen luisterde, geloofde ze er rotsvast in: ze zou gewoon de juwelen van haar moeder pakken, Saba van de academie ophalen, linea recta met hem naar het vliegveld rijden en wegvliegen, naar een vreemd land, naar een ander continent, ver weg van haar altijd herrie schoppende broer en haar almachtige oom, van haar gewelddadige echtgenoot, over wie ze de lelijke waarheid meende te moeten verzwijgen. Als ze de waarheid over de nachtelijke gevechten met Otto uitsprak, zou er iets weerzinwekkends de wereld in sluipen, zou Saba nog meer lijden en zouden haar vriendinnen zich nog machtelozer voelen dan ze al deden. Ze was bang de controle te verliezen.

Dus zweeg ze en hoorden wij pas hoe wanhopig ze was geweest toen alles allang aan diggelen lag. Hoe hij haar dwong met opgetrokken jurk voor hem neer te knielen terwijl hij zich aftrok, omdat ze weigerde met hem te slapen. Hoe de nood voor hem een obsessie werd. Hoe hij haar aanpraatte dat ze hem ziek had gemaakt, omdat ze hem niet gaf wat hem toekwam. Hoe hij prostituees mee naar huis bracht en van Nene eiste dat ze toekeek. Hoe hij haar op een dag met zijn riem sloeg en op een nacht een sigaret op haar rug uitdrukte. Hoe hij steeds agressiever werd als ze weigerde zich naar zijn grillen te schikken. Hoe hij haar sloeg en tegen haar schreeuwde dat zijn 'perversie' haar schuld was. Hoe hij er steeds meer plezier in kreeg haar pijn te doen, omdat ze haar echtelijke plichten verzaakte. Hoe ze elke nacht met angst en beven naar bed ging, omdat ze verwachtte dat hij die nacht definitief zijn zelfbeheersing zou verliezen en met geweld zou nemen waar hij recht op meende te hebben.

En hoe ze bleef bij haar voornemen elke pijn uit te houden – alleen om hem de ultieme genoegdoening te weigeren, alleen om zijn lichaam niet te hoeven verdragen.

'Je kunt gerust met andere vrouwen uitgaan, dat maakt mij niets uit,' had ze hem kort na de bruiloft aangeboden. 'We hoeven niet te doen alsof we van elkaar houden, oké? Het is genoeg als we de schijn ophouden.'

Dat was haar aanbod geweest, een soort vredesverdrag, en ze had gehoopt dat hij het in dank zou aanvaarden.

Maar hij zweeg en zij vatte dat zwijgen op als instemming. Ze had haar vijand beter moeten kennen, dan had ze misschien vermoed dat het vredesverdrag zou uitdraaien op een marteling. Nu was het te laat en ze wist niet hoe ze zich moest losmaken uit die benarde situatie. Hoe naarstig ze ook zocht, ze vond geen achillespees bij haar gehate man. Hij leek met onveranderlijke minachtende onverschilligheid op het leven en de mensen neer te kijken.

In de loop der jaren was ze een goede dompteur geworden, ze wist hoe je die roofdieren moest temmen, moest sussen. Ze beheerste de subtiele gebaren om Tsotnes driftbuien te temperen, ze beheerste de taal om haar oom tot bedaren te brengen, maar bij Otto was ze machteloos, want hij leek nergens om te geven, alles was even waardeloos en even oninteressant. Hij was het middelpunt van zijn wereld en de anderen gingen hem alleen iets aan als hij verwachtte dat ze zijn wensen zouden vervullen. En dus bleef Nene's enige wapen haar emotionele afwezigheid: ze liet geen pijn zien, ze liet geen woede zien, ze verhief nooit haar stem, ze klaagde nooit, ze dreigde niet eens. Haar machtigste wapen was iets wat ze in hoge mate voor hem voelde: verachting. Dat was haar stille verzet, haar manier om te vechten, dat was haar wraak.

Toen ze ons later opbiechtte hoeveel ellende en hoeveel moeite het haar had gekost om de vernederingen en de pijn te verdragen, zei ze dat het moeilijkste was geweest om Saba niets te laten merken. Ze hadden stilzwijgend afgesproken niet over Otto te praten, allebei wisten ze dat dat de enige mogelijkheid was om hun liefde levend te houden. En ze hield zich ook aan die afspraak, tot de avond dat ze het naar een vanbuiten geleerd recept van haar moeder klaargemaakte gerecht in de oven schoof en overmand werd door een ongekend vertrouwen. Ja, die avond dacht ze alles te kunnen doorstaan, als hij maar bij haar bleef, als hij maar van haar bleef houden, dan zou ze zegevieren, over alle verkeerde echtgenoten en alle familiehoofden, over het hele mannelijke geslacht.

'Wat is er?' vroeg hij, terwijl hij keek hoe ze een sigaret opstak.

'Ik geloof dat ik het echt voor elkaar krijg. Deze keer krijg ik het voor elkaar, Saba. Ik ben bang, maar het gaat ons lukken.'

'Waar heb je het over?'

'Praat met die kennis van je. Laten we die visa voor Turkije aanschaffen. Ik hou het niet meer vol. Ik wil niet meer terug naar huis. Naar hem.'

'Ik heb het geld nog niet bij elkaar,' wierp Saba meteen tegen.

'Ik pak sieraden van mijn moeder. Ze heeft er genoeg. Daar komen we voorlopig mee toe. Bovendien weet ik een paar plekken in huis waar geld verstopt is.'

'Daar komt niets van in!'

'Begin jij nu ook nog? Het maakt toch niet uit wie z'n geld we gebruiken om samen te verdwijnen en een nieuw leven te beginnen. We zouden eerst een tijdje in Istanboel kunnen blijven. Jij zou kunnen studeren, ik zou Turks leren en een baantje als kokkin...'

Hij keek haar aan en ze barstten allebei in lachen uit. Toen zei hij vastberaden: 'Nee, ik wil dezelfde fout niet nog eens maken, Nene. Deze keer wil ik alles goed voorbereiden.'

Zijn gezicht betrok en zijn toon werd ernstig.

'Als we verdwijnen wil ik er zeker van zijn dat niemand ons vindt. Dat niemand je terughaalt. Die hel overleef ik geen tweede keer.'

'Dat weet ik, maar...'

'Niks te maren. Ik heb je toch verteld over dat uitwisselingsprogramma. Als ik mijn best doe, word ik aangenomen en kan ik naar Europa. Er zitten een paar Europese universiteiten bij. Frankrijk, Duitsland, Zwitserland. De deadline is eind juni, ik ben mijn Engels al aan het bijspijkeren. Ik ga alvast vooruit, zoek woonruimte en laat jou nakomen. Daar zijn we in veiligheid.'

'Ik weet niet of ik het zo lang volhoud,' verzuchtte ze. 'Bovendien, als jij vertrekt, ik bedoel, als jij weg bent...'

Ze verborg haar gezicht in haar handen, ze wilde niet dat hij haar tranen van woede zag.

'Nestan, Nene, hé, kijk me aan.'

Hij begon haar te kussen, eerst schuchter, onzeker, maar haar warmte maakte hem moediger, doortastender, dwingender. Hij kuste haar, proefde haar zilte tranen en zij voegde zich, zijn vastberadenheid nam haar aarzeling weg. En toen ontwaakte het verborgene, dat alleen voor hem bestemd was en waar hij zo van hield. Het zachte en devote dat bij haar leek te horen, verdween en in plaats daarvan kwam er iets heerszuchtigs tevoorschijn, kwellend en genotvol tegelijk. In het begin van hun relatie was hij daar bang voor geweest, hij had het gevoel dat ze hem zou verslinden, dat ze niets van hem over zou laten als hij zich helemaal aan haar gaf, maar inmiddels hield hij van haar honger en was hij er trots op dat hij dat vuur veroorzaakte, dat die hartstocht voor hem was bedoeld. Hij pakte de sigaret uit haar hand en drukte hem uit, ze begon hem uit te kleden en trok hem naar zich toe, ze omklemde hem met haar sterke dijen en keek hem steeds weer aan, als om zich ervan te overtuigen dat hij het echt was, dat hij haar en niemand anders wilde, daarna overlaaddde ze hem met kussen en bracht zijn hand tussen haar benen. (Ik huiver als ik eraan denk onder welke omstandigheden en in welke toestand ze me die avond in alle details heeft beschreven, ze leek die herinneringen te moeten archiveren, ze leken haar houvast te geven, ze had ze nodig om haar verstand niet te verliezen, en ik luisterde, ik luisterde alleen maar...)

Hij wist niet dat ze alles wat ze haar wettige echtgenoot weigerde voor haar geliefde opspaarde en hem des te ongeremder en vuriger moest liefhebben om de vernederingen en de schaamte te vergeten, om liefde en begeerte van walging en verachting te ontdoen. Ze moest hem met zoveel overgave liefhebben om zich ervan te overtuigen dat er ook een andere wereld bestond dan de wereld die haar gijzelde. Ze moest al haar onderdrukte en in verkeerde banen geleide kracht in die liefde steken, eindelijk zichzelf laten zien, met alles wat in haar zat en waar ze zelf amper een idee van had. Hij keek haar in het gezicht en de lust die zich daar aftekende, maakte hem zwak en gewillig, hij volgde de paden die zij voor hem baande. Ze schreeuwde het uit, sloeg een hand voor haar mond en liet zich op zijn borst zakken. Haar wangen gloeiden, kleine zweetdruppeltjes parelden op haar voorhoofd. Voorzichtig trok hij zijn hand terug, omhelsde haar, hield haar vast.

De Duitse herder van de buren begon te blaffen, daarna viel er iets op de grond. Het geluid was dichtbij. Nene schrok.

'Wat was dat?' vroeg ze zachtjes, zonder haar hoofd op te tillen, nog steeds hijgend.

Op hetzelfde moment hoorden ze haastige voetstappen vlak voor het huis, iemand moest de tuin zijn binnengedrongen. Saba sprong onmiddellijk op en rende naar het raam, maar het was te donker buiten, de tuin was opgeslokt door een diep zwart. Maar er was iemand, dat leed geen twijfel. Saba rukte het raam open en wilde iets roepen, maar op dat moment hield ze haar hand voor zijn mond, trok hem zachtjes terug en legde een wijsvinger op haar lippen.

'Sst!' fluisterde ze en ze deed het raam weer dicht. De

voetstappen klonken nu uit de verte.

'Waarom hield je me tegen? Het zou een van de jongens kunnen zijn,' antwoordde Saba. Ze was wit weggetrokken, je zag hoeveel moeite het haar kostte om haar angst te onderdrukken.

'Of het was gewoon een inbreker. Ik bedoel, ze krijgen er in de buurt gauw lucht van als de bewoners een tijdje weg zijn.'

Saba probeerde opgewekt te klinken en haar gerust te stellen.

Ze stak weer een sigaret op, hij liep naar haar toe en masseerde haar nek, gaandeweg ontspande ze zich. Een restje angst flakkerde nog als een nauwelijks zichtbare schaduw op de muren, maar ze gingen vlug naar bed, in een vreemde ouderslaapkamer met klamme, kille lakens. Ze sloegen hun armen om elkaar heen, kropen tegen elkaar aan, praatten niet over het heden, klampten zich vast aan de toekomst, hoopten de tijd gunstig te stemmen.

Toen ze niet veel later weer wakker werden van het lawaai, duurde het even voor ze de vreemde geluiden met voetstappen in verband brachten. Er klonk gerammel, iemand bonkte op de oude deur van de veranda, hij moest dus al door het ijzeren tuinhek zijn gekomen of eroverheen zijn geklommen, hoewel Saba het zorgvuldig had afgesloten.

'Het is vast Tsotne, iemand moet ons hebben gezien, hij is eerder teruggekomen of niet eens met Tapora meegegaan, shit...' fluisterde Nene en ze beet op haar vuist om het niet uit te schreeuwen.

'Goed, dan moet het maar, dan zullen we de zaak nu voor eens en voor altijd ophelderen.'

Saba begon zich vlug aan te kleden.

'Nee, alsjeblieft niet, in geen geval, Saba, je mag de deur niet opendoen! We moeten door een achterdeur verdwijnen en in Kodzjori zien te komen, Ira weet ervan, zij dekt me wel.'

Normaal raakte Nene in extreme situaties snel van de wijs, maar die avond moet ze het onheil hebben vermoed, moet ze de draagwijdte ervan hebben voorzien. Ze versperde Saba de weg. Hij leek te aarzelen, ze zag de onzekerheid in zijn blik. De huiseigenaren hadden gelukkig goede voorzorgsmaatregelen genomen, voor elk raam waren ijzeren tralies aangebracht. Ze konden zich een tijdlang verschansen, maar Tsotne zou in staat zijn een heel leger op de been te brengen en hen te omsingelen, alsof het oorlog was. Koortsachtig ging Nene alle opties na die ze nog hadden, en ze vroeg zich af waar haar broer allemaal toe in staat was, om tot de conclusie te komen dat haar fantasie tekortschoot. En terwijl ze haar lief stevig bij zijn mouw pakte en haar adem inhield, hoorde ze opeens die krassende, zo gehate stem.

'Doe de deur open, slet, anders vermoord ik je! Nu meteen, of wil je dat ik je hele familie optrommel?'

Zijn stem klonk hees van de drank. Eerst was Nene bijna opgelucht dat het niet Tsotne of Tapora was, aan de andere kant had Otto als haar echtgenoot helaas het recht om hier op te duiken.

'Doe open, hoer!' klonk het opnieuw van buiten en Saba maakte zich los, struikelde, bleef overeind en stormde naar de deur. Ze probeerde hem tegen te houden, greep naar zijn arm, struikelde ook, miste hem en kon hem er niet nog een keer van weerhouden de grendel opzij te schuiven en de deur open te rukken. Toen Saba als in slow motion tegen de grond ging, begreep ze eerst niet wat er aan de hand was, pas toen ze een paar stappen naar voren had gedaan, zag ze dat Otto een jachtgeweer op hem richtte. Saba wist met moeite rechtop te gaan zitten en schoof op zijn achterwerk terug naar binnen, terwijl Otto hem met zijn loop voor zich uit dreef.

'En, heb je je tong verloren, smeerlap? Is de moed je in de schoenen gezonken?' vroeg hij zelfingenomen. 'Waar is die loopse teef van een vrouw van me?'

Nene begon te schreeuwen, maar Otto negeerde haar, dwong in plaats daarvan Saba op te staan en duwde hem terug de kamer in, waar hij hem met de loop van het geweer beduidde aan tafel te gaan zitten.

'Hoe haal je het in je hoofd,' brulde Otto en hij sloeg Saba met de geweerkolf in zijn gezicht. Het bloed spoot uit zijn neus. Nene stortte zich op Otto, maar die pakte haar bij haar haar, sleurde haar over de grond en dwong haar ook op een stoel te gaan zitten. De bebloede Saba stond op en strompelde op Otto af in een armzalige poging hem te ontwapenen. Maar Otto was een ijzervreter, een goede vechter, in tegenstelling tot Saba had hij geweld nooit geschuwd, hij had geen moeite om erop los te slaan en miste zelden zijn doel. Saba daarentegen was het verleerd, sinds zijn kinderjaren had hij zijn vuisten niet meer hoeven gebruiken, zijn broer en Rati hadden ervoor gezorgd dat hij bij vechtpartijen altijd achteraan kon blijven staan, misschien had hij daar op dat moment spijt van. Otto sloeg opnieuw toe en stelde hem in een oogwenk buiten gevecht.

'Als je ons ook maar één haar krenkt, zal mijn broer je vermoorden, dat snap je zeker wel, perverse, impotente smeerlap.'

Het was Nene's bijna beheerste, nuchtere stem, waarvan Saba, als hij bij bewustzijn was geweest, verbaasd had moeten opkijken. Die stem weerhield Otto van verder geweld. Nene voelde zijn onzekerheid, het paste duidelijk niet in zijn concept dat zij het heft in handen nam; hij was immers degene die de spelregels bepaalde.

'Denk je echt dat je broer niet zou begrijpen dat ik door het lint ben gegaan omdat die vuilak mijn vrouw neukt?'

'Hij zou je misschien begrijpen, maar hij zou je toch van kant maken.'

'Ik voelde me plotseling bijna bevrijd, alsof het hele kaartenhuis eindelijk instortte, alsof alle leugens, alle walgelijke halve waarheden eindelijk aan het licht kwamen en ik vrij was. Ik werd iemand anders,' hoor ik Nene door de tijden heen tegen me zeggen. 'Het was een vreemde stem die uit mijn mond kwam, Keto, en weet je wat het absurde was? Ik was niet bang meer, voor het eerst in mijn leven was ik niet bang meer – voor niets en niemand. En al helemaal niet voor die sadist.'

'Waarschijnlijk niet als ik hem vertel dat je als een schurftige teef zijn pik hebt gelikt. Dat heb je toch gedaan?'

'Jazeker. En maar wat graag! Daar heb jij geen idee van.'

'Moet je hem daar zien zitten, die grote liefde van je, hoort hij ons nog wel? Of is hij flauwgevallen als een of andere meid? Hé, meid, kun je ons horen?'

'Je mag hem gerust een meid noemen, maar hij neukt in elk geval als een man,' zei ze, terwijl ze doodgemoedereerd een sigaret opstak. Haar stem, haar kalmte, haar zelfbeheersing brachten hem van zijn stuk.

'En mij vond je niet mans genoeg?'

Zijn verweer klonk zielig, hij zocht naar woorden. Hij greep de karaf met de rest van de wijn, liet zich op een stoel vallen en nam een gulzige slok. Het geweer legde hij op zijn schoot, liefdevol als een zieke poes.

'Je bent niet alleen niet mans genoeg, je ben een lapzwans. Leg dat bespottelijke schietijzer weg als je durft,' zei ze en ze blies rook in zijn richting. Hij vermande zich en ging niet op haar woorden in.

'Ik wist het van het begin af aan, en weet je waarom? Omdat je altijd naar een vent rook als je naast me lag.'

'Ik dacht dat hij een meid was, hoe kon ik dan naar een vent ruiken?'

Ze bleef hem strak aankijken. Zijn mondhoeken trilden. Zo meteen zou zijn eigen ego hem parten gaan spelen, hoopte ze. Ze leunde tevreden achterover en wierp voor het eerst sinds ze aan die tafel zaten een blik in Saba's richting. Met een schok drong het tot haar door dat zijn met bloed besmeurde gezicht en zijn gezwollen oog haar haar leven lang zouden achtervolgen, nooit meer zou ze in hem alleen die mooie, gave jongen kunnen zien, het gehavende, het onzegbare zou voorgoed met hem en zijn fijnbesneden gezicht versmelten.

'Vecht het met mij uit. Kom op, jij en ik, man en vrouw. Laat Saba gaan, hij moet naar de dokter. Vertel me eindelijk eens wat je probleem is, ik heb nog steeds niet begrepen waarom je zo'n zielenpiet bent.'

Saba was weer bij bewustzijn, hij keek hulpeloos en verward om zich heen, zijn linkeroog zat bijna dicht en zijn onderlip bloedde. Nene keek de andere kant op en probeerde haar ademhaling onder controle te krijgen. Ze mocht nu niet haar zelfbeheersing verliezen, ze moest Otto met gelijke wapens bestrijden. Die begon door de kamer te ijsberen, haar kalmte maakt hem zichtbaar nerveus.

'Waar wil je met me over praten, hoer die je bent?'

'Over het feit dat jij anderen moet vernederen om 'm overeind te krijgen. Denk je niet dat mijn broer en mijn oom er begrip voor zouden hebben als ik je op een dag afslacht in een van die bezemkasten waar jij me heen sleurt?'

Ze hoopte en bad dat ze Saba, als deze nachtmerrie voorbij was en ze zijn leven had gered, alles kon uitleggen. Ademloos vervolgde ze: 'Ik heb van het begin af aan gezegd dat ik nooit van je zal houden, je had me gewoon met rust moeten laten, je leven moeten leven en het geld van mijn familie verbrassen, de grote macho uithangen, zuipen en je in bordelen amuseren, want ik betwijfel of er een vrouw is die zich vrijwillig met jou inlaat... Ja, wat zit je me nou aan te kijken? Richt dat geweer toch op mij, of heb je daar het lef niet voor? Ben je zo bang voor Tsotne?'

'Nene, hou op...'

Het was Saba. Ook die smekende stem zou haar haar leven lang bijblijven, zijn verzoek en het besef dat ze daar geen gehoor aan kon geven, dat ze al het gave en heilige tussen hen kapot moest maken.

'Hou je mond, sloerie, je bent niet in de positie om eisen te stellen, geloof me, je wilt niet weten waartoe ik in staat ben!'

Nene stond op en bewoog zich in de richting van haar folteraar. Hij zou niet op haar schieten. Hij was niet het type dat in een opwelling handelde. Hij was de zwijgende voyeur. Voyeur, dat woord klonk in haar hoofd na, terwijl ze als een hongerig roofdier om hem heen sloop tot het zweet op zijn voorhoofd stond. Voyeur... dat was het toverwoord, dat was de oplossing! Ze kon Saba naar buiten loodsen, ze kon hem uit dit moeras trekken. Hij moest hier weg, hij moest verdwijnen, dat ging de hele tijd door haar hoofd. Saba hing als een ledenpop op zijn stoel, alle kracht, alle geloof was uit hem weggesijpeld, alsof er niets meer was om voor te vechten. Hij zat daar als een gebroken gevangene die gedwee wacht op de voltrekking van zijn vonnis. Ze voelde een zweem van boosheid, ook al verslond haar woede op Otto alles, die was genoeg voor tien, zelfs haar kleinkinderen zouden er nog in kunnen delen. Maar voor Saba bestond er niets ergers dan lelijkheid en wat zich nu tussen haar en Otto afspeelde, moest wel het lelijkste zijn wat hij ooit te zien had gekregen. De angst begon haar weer parten te spelen. Stel dat die idioot toch de trekker overhaalde? Zou hij het lef hebben? Ze was te overmoedig geworden, ze voelde haar knieën knikken, hoelang zou ze het volhouden? Maar ze moest nu handelen, dringend, snel. Voyeur... ze had geen andere keus. Ze zou tot het uiterste gaan.

Langzaam, bijna dansend ging ze op Saba af.

'Wat moet dat? Ga weer zitten, gore slet!' hoorde ze haar echtgenoot zeggen, maar ze negeerde hem. Ze drukte haar achterste tegen Saba's borst. Hij deinsde achteruit, mompelde iets, hij kon amper praten met al dat bloed in zijn mond. Maar ze ging door. Hij moest begrijpen dat ze een plan had. Hij moest het spel meespelen. Zijn lichaam leek automatisch te functioneren, hij zou zich aan haar overgeven, móéten overgeven, hij mocht haar niet afwijzen. Ze schurkte zich tegen hem aan.

'Wat doe je daar? Ben je gek geworden?' vroeg Otto, en zonder naar hem te kijken, alleen aan zijn stem hoorde ze dat de hekserij werkte.

'Ik dacht: ik doe je een plezier. En dan staan we quitte, jij pakt je spullen en verdwijnt uit mijn leven. Wat vind je van die deal?'

Ze bewoog zich wulps langs Saba's verdoofde lichaam en lette niet op het kokhalzen dat ze in haar nek voelde.

'Wat is er? Wat zit je me aan te staren? Dit is toch waar je op geilt, dit is toch wat je wilt? Toekijken? Toekijken hoe anderen het doen? Of heb ik iets verkeerd begrepen in ons huwelijk?'

Het was zo stil geworden dat ze een paar bloeddruppels uit Saba's mond op de donkere houten vloer hoorde vallen. Straks zou het licht worden, de zon zou opkomen, tegen die tijd moest ze Saba hier heelhuids weg hebben gekregen. Ze moest zien dat hij zijn beurs kreeg en door Europa kon reizen, de architectuur daar kon bewonderen – misschien zou ze zelfs moeten leren hem los te laten.

Voor het eerst was ze bereid hem te laten gaan, voor het eerst leek die optie niet het einde van de wereld, want het einde van de wereld was al aangebroken. Saba moest hier weg, die gedachte werd steeds luider, steeds urgenter, die gedachte spoorde haar aan, maakte van haar angst een klein tam dier. En daarvoor was ze bereid haar echtgenoot voor het eerst iets te geven.

'Nene, alsjeblieft, hou op...' hoorde ze Saba fluisteren, maar hij was te zwak, hij kon niets doen tegen haar uitdrukkelijke wil hem Venetië en Parijs te laten bewonderen.

'Wat moet dat!'

Otto's stem was hees, zijn aandacht was al tot het uiterste gespannen, hij zou geen weerstand kunnen bieden, niet kunnen ontsnappen. En zij mocht niet zwak worden, geen twijfel koesteren, Saba niet aankijken, ze moest haar plan uitvoeren, ze moest elke schaamte, elke bedenking verjagen.

'Dit wil je toch! Is dit niet precies wat je wilt?'

Nene ging schrijlings op Saba zitten, met haar rug naar hem toe. Als ze hem aankeek, was het gevaar te groot dat ze haar plan liet varen.

'Laat hem gaan en ik doe wat je wilt. Je mag alles zien, je mag elk detail in je geheugen prenten. Maar laat hem gaan,' zei ze zachtjes. Ze rook Saba's bloed en zijn machteloosheid, ze proefde zijn schande in haar mond, maar ze mocht nu niet ophouden, ze mocht niet aarzelen, ze moest doen wat ze zich had voorgenomen. Dan was hij gered. Verlost van haar en van de vloek die op haar rustte.

'Je bent geschift!' mompelde Otto en hij liet het geweer zakken, zijn woorden moesten verstandig en beheerst overkomen, maar in zijn stem klonk fascinatie en tegelijk onbehagen door.

Ze draaide zich plotseling om, begon met gesloten ogen Saba's bebloede mond te kussen, ze sloeg haar armen om zijn schouders, vlijde zich tegen hem aan, ze maakte zich klein, voegde zich, verloor haar folteraar niet uit het oog.

Saba verstijfde van ontzetting, alsof hij niet kon begrijpen wat ze deed, alsof hij de vrouw die al die dingen had gezegd niet kende, hij leek te walgen en toch gaf hij zich over, en hoewel haar dat van pas kwam, stuitte het haar tegen de borst. Later heb ik haar vaak gevraagd of ze liever had gehad dat hij had gevochten, dat hij had gereageerd, dat hij haar had tegengehouden, maar daar heeft ze nooit antwoord op gegeven.

Ze voelde Otto's gloeiende blik op haar huid. Ze zou willen overgeven, maar ze wist dat ze deze strijd tot het bittere einde zou uitvechten, dat ze geen enkel middel schuwde en allang had afgezien van elke vorm van morele verhevenheid. Saba fluisterde nog een paar keer zwakjes, nauwelijks hoorbaar 'Hou op'. Maar zijn lichaam verzette zich niet, integendeel, hij leek bijna opgelucht dat ze zich over hem ontfermde, alsof ze hem even de illusie gaf dat ze hem zou genezen. Ze ving hem op, ze zalfde zijn wonden, ze verloste hem van de kloppende pijn. Ze deed iets met zijn lichaam en hij reageerder erop, ondanks de absurde situatie wilde hij haar. En hij leek er geen controle over te hebben, zijn lichaam verraadde hem en zij gebruikte dat als wapen tegen hun gemeenschappelijke vijand.

Haar blik bleef onafgebroken op Otto gericht, terwijl ze bezit nam van Saba's lichaam, terwijl ze voldeed aan alle geheime wensen die hij haar in zoveel schuilplaatsen en metroschachten had toegefluisterd, in de lange, donkere maanden van hun naar de onderwereld verbannen liefde.

Otto staarde haar aan, hij kon niet anders, zijn drift was sterker dan zijn verstand, en voor het eerst die nacht voelde ze een soort triomf, ze wist dat ze op weg was naar de bevrijding. Hij zou geen macht meer over haar hebben, nu ze zijn geheimen, zijn verborgen verlangens aan het licht had gebracht. En het jachtgeweer van zijn vader noch de mogelijkheid om Tsotne over haar verraad in te lichten zou daar iets aan kunnen veranderen. Langzaam, als een mot die door het licht wordt aangetrokken, bewoog hij zich in de richting van zijn vrouw, die op het punt stond de broek van een andere man los te knopen. Hij staarde haar aan, of hij wilde of niet, hij was als een teek die vreemd bloed nodig heeft om te overleven. De liefde van anderen was wat hij het meest begeerde. Hij wilde weten hoe het voelde, hij wilde weten hoe het was om te leven, alsof hij zelf dood ter wereld was gekomen. Misschien waande hij zich in Saba's plaats, ik weet het niet.

En zo gunde ze haar wettige echtgenoot voor het eerst een blik op iets wat echt belangrijk voor haar was, ze liet hem binnen in de schuilhoeken en de geheime gangen van haar hart. Ze streek met haar hand over Saba's blote borst, voelde in het flakkerende kaarslicht het trillen van Otto's oogleden, zijn ziekelijke, koortsachtige opwinding. Het geweer zakte steeds verder, hij liep nog dichter naar het liefdespaar toe, hij zweeg, maar aan zijn sneller wordende ademhaling hoorde ze hoe opgewonden hij was.

Op hetzelfde moment keek ze Saba voor het eerst in de ogen en zag daar de ontzetting, de totale capitulatie voor zijn eigen onmacht, voor de uitzichtloosheid, en toch schemerde er nog iets anders doorheen, iets wat ze bij hem nooit eerder gezien had: verachting. Ze wendde haar blik onmiddellijk af, keek opzij, ook al wilde ze een fractie van een seconde stoppen, de deur openrukken, de nacht in rennen en alles vergeten, alles en iedereen achter zich laten.

Ze likte met het puntje van haar tong over zijn bebloede oor.

'Op je knieën!' klonk het opeens achter in de kamer. Otto had een stap achteruit gedaan en leunde nu tegen de muur, het geweer had hij naast zijn rechtervoet gezet. Gedreven door zijn lust pakte hij zijn rol in dit perfide spel. Ze juichte inwendig, nog even en het was gelukt, nog even en deze nacht was voorbij. Maar eerst moest ze hem in elke kronkel van zijn hersens volgen, hoe pervers en verafgelegen ook. Ze wist dat ze het kon, want ze had lang genoeg tussen roofdieren geleefd, nu werd ze er zelf een.

Ze ging op haar knieën liggen en begon Saba's broek naar beneden te trekken. Saba kromp in elkaar en legde zijn hand beschermend tussen zijn benen.

'Hou op!' mompelde hij.

'Speel gewoon mee, blijf zitten en speel mee, vertrouw me...' siste ze hem toe.

'Schiet op!'

Otto werd alerter, agressiever, hij leek opeens weer in zijn element. Met een ruk trok ze Saba's jeans tot aan zijn enkels naar beneden.

'Saba, alsjeblieft...' fluisterde ze tegen hem.

Maar op dat moment stoof er iets op, als een donderslag bij heldere hemel. Saba rukte zich los, duwde haar uit alle macht tegen de grond, sprong jankend overeind, trok met een ruk zijn broek omhoog en stortte zich op de man met de gloeiende ogen en het geweer naast zich.

'Jullie zijn ziek, jullie zijn allebei ziek, ik vermoord je, ik vermoord je, vuile perverse smeerlap!'

Die laatste woorden uit de mond van haar geliefde, de kracht waarmee het bloed van een mens als neerkletterende rode regen opspat wanneer een lichaam van dichtbij met een jachtgeweer wordt neergeschoten, dat alles zal Nene Koridze nooit vergeten. Ook niet hoe stil het wordt nadat het schot is weggeëbd. En hoe de onherroepelijkheid er bij zonsopgang uitziet.

IN DE RIJ

Voor de volgende foto staan mensen in de rij. Beschaafde Europeanen hebben correct en geduldig een rij gevormd, terwijl de Georgiërs, de afgelopen dertig jaar gehard in de overlevingsstrijd, van alle kanten naar voren dringen en proberen te profiteren van de chaos. Ik moet glimlachen. Maar welke foto is het die zo'n grote populariteit geniet? Maakt dat iets uit? Zijn niet al haar foto's het waard om ervoor in de rij te staan? Moet ik ook aansluiten en wachten tot ik aan de beurt ben om een blik op mijn eigen verleden te werpen? Ik besluit dat ik dat niet hoef. Ik heb lang genoeg in de rij gestaan en loop door. Want hoelang heb ik wel niet in de rij gestaan...?

Voortdurend stonden we in ellenlange rijen te wachten: in de hoop op het harde, nergens naar smakende blikbrood, in de hoop op een beter leven, in de hoop op levensmiddelen uit de vs, die als humanitaire hulp werden gestuurd en tegen exorbitante prijzen onder de toonbank werden verkocht. We stonden in de rij in de hoop op een beetje mededogen. We stonden in de rij en hoorden de laatste roddels, de rijen waren een nieuw soort persagentschap, dat ook zonder elektriciteit werkte. We stonden ook in de rij omdat je de tijd beter doorkwam als je samen wachtte en het samen koud had. We gingen naar de lege winkels met de neergelaten rolluiken om ons uren voor de verwachte levering te verzekeren van een plaats in de rij voor brood, voor hout, voor bonen, voor Amerikaans melkpoeder.

In de rij werden we verrast door catastrofes en in de rij

werden kleine feestjes gevierd. Ik weet nog dat ik in de rij voor brood in de Kirovstraat een keer heb geklonken op een pasgeboren baby: een goedgemutste man liet een paar meegebrachte blikken bekers en een jerrycan huiswijn rondgaan, omdat hij net had gehoord dat zijn zoon was geboren terwijl hij in de rij stond voor zijn hoogzwangere vrouw. Het was ook in de broodrij in de Kirovstraat dat Ira met een strak gezicht langzaam op me afkwam. Dat beloofde niet veel goeds en ik spande mijn spieren in afwachting van de volgende jobstijding. Ik had een gunstige plek in de rij weten te bemachtigen, vanwaar ik vlug bij de grijze vrachtwagen zou zijn als die de hoek om kwam, zijn laadbak opende en het gedrang begon en de twee dikke verkoopsters vloekend hun ellebogen zouden gebruiken om de menigte uiteen te drijven.

'Je moet meekomen,' zei ze, en aan haar gezicht was te zien dat ze geen tegenspraak duldde. Het was nog vrij vroeg in de ochtend, ik was van plan om nadat ik brood had bemachtigd naar de academie te gaan, want sinds de lente haar warme adem weer over de stad blies en haar tot leven wekte, werd er ook weer geregeld college gegeven. Een van mijn favoriete docentes had me over haar geplande reis naar Kachetië verteld, ze zou daar een paar fresco's in een oude kerk restaureren en zocht een geschikte assistent, en ik had me voorgenomen in de selectie te komen.

Ik volgde Ira en gaf zonder aarzelen mijn zwaarbevochten plaats in de rij op, zo'n urgentie straalde ze uit. Voor het imposante gebouw van de Centrale Bank zei ze toen die drie woorden, met achter elk woord een punt, alsof ze ertegen protesteerde: 'Saba. Is. Dood.'

De zon scheen. De stad rook naar seringen. Alles hunkerde naar leven. De lange, afschuwelijke winter moest uit het geheugen worden gewist en de natuur leek daar een bijdrage aan te willen leveren. Die zin paste niet bij die zonnige dag. Hij paste niet bij die ochtend vol kleine lichtpuntjes. Hij paste vooral niet bij Saba en zijn mooie groene ogen, niet bij zijn dromen, die hem naar Europa hadden moeten brengen. Die zin paste niet bij onze levenshongerige Nene en haar liefde, waarvoor ze in het onderaardse was afgedaald. Hij paste niet bij een jongeman van drieëntwintig. Die zin was verkeerd, alles eraan was verkeerd. En ik weet nog dat ik me de eerste seconden vastklampte aan de bizarre hoop dat Ira zich vergiste, dat het verkeerde informatie was, een gruwelijke, mislukte grap.

Ik schudde mijn hoofd en wist dat dit kinderlijke verzet me nergens tegen zou beschermen, dat het niets ongedaan zou maken. De mooie Saba en de dood, dat was niet in drie woorden te vatten, dat was te verschrikkelijk om je voor te stellen.

'Hoe kan dat, nee, dat kan niet...'

'Otto heeft het gedaan.'

Ik keek Ira in de ogen, die achter haar dikke brillenglazen vol tranen schoten, en zakte door mijn knieën. Ik viel op de harde tegels aan de voet van de uit steen gebeitelde Atlas, die het gebouw op zijn gespierde schouders droeg; samen met zijn tweelingbroer naast hem torste hij zwijgend en gelaten de hele last van het gebouw, van de hele wereldgeschiedenis. Ira kon niet weten dat ik bij haar woorden meteen aan het roerloos in de modder liggende lichaam in de lamsleren jas moest denken en de behoefte had een snee in mijn been te maken om niet te stikken in dit onverteerbare nieuws. Een diepe, nauwkeurige snee naast de vele andere die zich de afgelopen maanden op mijn dijen hadden verzameld. Maar ik kon hier niet weg, ik was weerloos aan dit bericht en aan deze stenen reuzen overgeleverd.

'Keto, we moeten nu het hoofd koel houden. Dina is al de hele tijd op zoek naar Rati en jij moet Levan tegenhouden, zodat er niet nog meer bloed vloeit,' siste Ira met opeengeklemde tanden en ze trok me aan mijn pols overeind. Pas na een paar pogingen lukte het me op te staan, ik was helemaal verkrampt, de wereld om me heen stond stil en ik haatte de zon, die het lef had om zo fel en zelfingenomen aan de hemel te stralen.

In de verte blaften honden, gedreven door honger zwierven ze al geruime tijd in meutes door de stad en zaaiden angst en paniek, want er werd gezegd dat ze allemaal aan hondsdolheid leden en voor niemand bang waren.

Hoe moest Nene met dit feit verder leven, hoe moest ze zich uit die poel van ellende zien te redden? En hoe moest ik Levan tegenhouden? Hem troosten? Op de hele wereld waren er geen armen genoeg om de pijn op te vangen die zo'n abrupt einde achterliet. Ik volgde Ira zonder te vragen waar we naartoe gingen. Blijkbaar had ze een taak voor me, die ik dadelijk te horen zou krijgen, en ik was opgelucht dat zij voor mij dacht. In de Macharadzestraat bleef ze plotseling staan en begon te trillen, ze schokte en kromp in elkaar.

'Ik was haar alibi! Keto, begrijp dat dan, ik was haar uitvlucht! Ik ben over mijn schaduw heen gesprongen, heb mijn egoïsme opzijgezet en mezelf gedwongen blij voor haar te zijn... Ze was zo gelukkig dat ze een weekend met hem in Tskneti door kon brengen, ver van haar gestoorde familie. Ik wilde een goede vriendin voor haar zijn, ik wist dat ze me nodig had, ze heeft zich sinds de bruiloft door mij in de steek gelaten gevoeld, en ergens was dat ook zo. Ik heb haar de afgelopen maanden gemeden, ze dacht dat ik haar verwijten maakte, maar eigenlijk schaamde ik me, want ik miste haar zo erg... En toen heb ik haar rugdekking gegeven en heeft ze thuis gezegd dat wij samen naar

Kodzjori gingen. O god, o god, Keto... Ik kan dit niet aan, hoe moeten we hierdoorheen, dit is voor ons, op onze leeftijd, toch geen leven!'

Ze snikte en haar lippen trilden alsof ze in de vrieskou was verdwaald. Ik pakte haar hand. Hoe kon ik haar helpen? Nog nooit had ik Ira zo gezien, nog nooit die ontreddering bij haar gevoeld. Ze praatte ademloos, alsof ze werd achtervolgd, en moest steeds weer pauzeren.

'Nachtenlang heb ik me afgevraagd wat ze moet voelen, wat ze moet doorstaan. Wat ze allemaal voor afschuwelijks moet doen. Ik heb haar in de steek gelaten, dat hebben wij allemaal, en ik wilde het goedmaken. Toen ik hoorde dat ze Saba weer zag, was ik blij. Hij maakte haar gelukkig.'

Ze trilde over haar hele lijf, voor me stond een naakte, weerloze, onzekere Ira, die hartstochtelijk liefhad en hunkerde naar waardering. Ik omhelsde haar en hield haar vast. We stonden midden in de Macharadzestraat. Met onze armen als de takken van een treurwilg ineengestrengeld ondersteunden we elkaar en waren tegelijk zo licht dat elke windvlaag ons had kunnen wegblazen. De mensen liepen langs ons heen, de tijd verstreek, maar wij stonden daar en durfden niet in beweging te komen. Nog even wachten, nog even de tijd te slim af zijn, want dadelijk zou hij ons opzwepen en wegjagen.

'Hij heeft Saba recht in zijn hart geschoten. Voor Nene's ogen.'

Zodra we de Wijnstraat insloegen, hoorde ik de hartverscheurende stem van het verlies. De anders zo liefdevolle, stille, terughoudende Nina Iasjvili deed de wereld verstommen. Ze klaagde het absurde lot aan en het hele hofje was in rep en roer, als mieren krioelden de buren over de binnenplaats, er heerste grote verbijstering. De mannen stonden met gebogen hoofd in de hoek en snoven of schraapten hun keel, menigeen haalde een gesteven zakdoek tevoorschijn. De vrouwen putten zich uit in doelloze bezigheden, renden bezorgd heen en weer. Deuren werden opengedaan en weer dichtgeslagen. En steeds weer klonk het dierlijke klaaglied van Saba's moeder boven het geroezemoes uit en deed het bloed in onze aderen stollen. Eters ogen waren gezwollen, ook zij hoorde bij het koor van klaagvrouwen. Maar mijn ogen zochten andere gezichten, ik zocht naar iemand van de Tatisjvili's, maar die bevonden zich als enigen niet tussen de buren. De familie van de moordenaar durfde niet naar buiten te komen. Misschien wisten ze ook nog niets van het lot waartoe hun zoon hen had veroordeeld.

'Waar is Rati?' vroeg ik aan baboeda en ze maakte een lichte beweging met haar hoofd. Ik rende naar beneden en bonsde op de deur van het souterrain van de Pirveli's. Alsof ze op me had gewacht, rukte Lika een paar tellen later de deur open.

'O, Keto...' fluisterde ze alleen maar en ze viel me om de hals. Ira stond achter me, met gebogen hoofd; alsof we bij het binnengaan in het hofje de rollen hadden omgedraaid, was zij nu degene die mij volgde, die van mij aanwijzingen verwachtte. Toen hoorde ik een dof geluid uit de keuken. Rati sloeg met een bebloede vuist tegen de muur, terwijl Dina haar armen van achteren om hem heen had geslagen.

'Ik maak hem af, ik maak hem af,' schreeuwde hij alsmaar, terwijl de muur al begon af te brokkelen.

'Daar krijg je Saba niet mee terug,' hoorde ik Lika bezwerend op mijn broer inpraten. Het was niet de taal die hij verstond, we moesten een andere manier vinden om hem ervan te weerhouden de jacht op Otto te openen.

'Het is allemaal haar schuld!'

Hij draaide zich met een woedend gezicht naar ons om. Het duurde even voor ik begreep wie hij bedoelde.

'Door haar zijn ze allebei in de shit beland, het is haar schuld dat Otto Saba heeft vermoord!'

Zijn gezicht was verwrongen van haat.

'Hoe durf je! Jullie zijn de onmensen, jullie zijn degenen die ziek zijn, jullie wereld is compleet ziek, jullie verzuipen in je eigen moeras! Ze hield van hem en toen hebben ze tegen haar zin een ruilhandel met haar opgezet, en nu beweer je dat het haar schuld is?!'

Het was Ira die haar stem tegen mijn broer verhief.

'Ira...' begon Dina, terwijl ze probeerde een vochtige handdoek om Rati's vuist te binden.

'Ze wist heel goed wat ze met haar gedrag teweeg zou brengen...' antwoordde Rati, die even stil was van Ira's pleidooi, hij had haar waarschijnlijk nog nooit zo lang achter elkaar horen praten.

'En hij dan? Hij wist het net zo goed!' siste Ira hem toe.

De situatie was onder controle, Dina was bij Rati, en ik zei tegen Ira dat ze bij hen moest blijven. Daarna liep ik langs de baboeda's, langs oom Givi, die een gezicht trok alsof hij er niets van begreep, langs Nadja Aleksandrovna in haar gebloemde badjas, die een lapjeskat tegen zich aan drukte en in het Russisch het Onzevader bad, langs Tariel en zijn gewiekste vrouw en langs Artjom, bij wie de tranen over zijn gegroefde gezicht liepen, en ik haastte me naar het rode bakstenen huis, naar de eerste verdieping – naar het middelpunt van het verdriet, waar niemand naar binnen durfde en waaruit de schokkende geluiden kwamen.

De deur stond wagenwijd open, ik ging naar binnen. De magere Rostom zat in een stoel in de kamer voor zich uit te staren. Hier hadden we feestgevierd. Allemaal samen. Hier had Nene haar eerste kus gekregen, hier had ze haar liefde voor Saba Iasjvili bezegeld en ons er later vol trots over verteld. Hier had zijn broer mij ook een stille belofte gedaan en me vervolgens een wapen laten zien. Rostom zat daar, zei niets, deed niets, huilde ook niet, alsof hij er niet was, als een heilige die alle wereldse zaken heeft afgezworen. Ik sprak hem niet aan, wat kon ik ook tegen zijn wanhoop inbrengen? Weer was het Nina's doordringende stem die me uit mijn gedachten rukte. Dat hopeloze, klaaglijke gezang dat uit de slaapkamer kwam, hield me tegen. Ik was bang voor die stem, er leek een fatale magie in te schuilen. Toen ik al rechtsomkeert wilde maken, zag ik hem uit de slaapkamer komen. Met een somber gezicht en gezwollen oogleden wankelde hij als een dronkaard de kamer in. Hij schrok even, hij had niet op mij gerekend, hij wachtte vast op mijn broer, op zijn armada, waarmee hij de wraaktocht wilde beramen, de enige troost waaraan hij zich zou vastklampen, daar was ik van overtuigd. Ik liep naar hem toe. Ik had geen woorden. Hij keek me aan. Zijn gezicht leek dat van een vreemde, ik kon er niets meer in lezen.

'Ik vind het zo erg,' fluisterde ik. 'Dit had niet mogen gebeuren.'

'Wist jij ervan? Wist jij dat ze elkaar nog zagen?' vroeg hij indringend. Ik zweeg.

'Je had het me moeten vertellen.'

'Ze hielden van elkaar.'

'Die liefde heeft hem het leven gekost.' Zijn toon was kil, afwijzend.

'Jullie moeten nu geen verkeerde dingen doen...'

'Ga me niet vertellen wat ik wel en niet moet doen. Of vind je dat de moordenaar van mijn broer hier mee weg mag komen?'

Ik had geen argumenten tegen zijn pijn, zijn woede was blind. En Ira had gelijk: wij waren gedoemd om waarschuwingen uit te spreken die verdampten waar we bij stonden. We waren franje, decoratie. Ze dronken op ons en prezen onze schoonheid, maar we moesten onze mond houden en gehoorzamen, holle frasen uitkramen. We konden elkaar niet eens beschermen, we waren overgeleverd aan die patronen, regels en ongeschreven wetten en hadden ons er tot overmaat van ramp nog aan aangepast ook, alsof het allemaal voor ons eigen bestwil was, voor onze bescherming. Waarom stond ik hier voor hem, waarom deed ik die moeite, waarom verbond Dina Rati's hand, waarom sprak Ira haar aanklacht uit, waar niemand naar wilde luisteren? Ja, waarom moesten Nene en Saba in de onderwereld afdalen, alsof ze Orpheus en Eurydice waren? Ja, Ira had gelijk. We hadden Nene in de steek gelaten.

Ik voelde een loodzware vermoeidheid. Onwillekeurig deed ik een stap achteruit.

'Ik ben er voor je, Levan, ik wou dat ik iets voor je kon doen.'

'Probeer vooral niet me ergens van te weerhouden, dat is alles!' zei hij kortaf en verbitterd. Op de achtergrond hoorde ik de uit zijn trance ontwakende Rostom tegen zijn zoon zeggen: 'Leg zijn donkerblauwe pak klaar. Dat hij aanhad op zijn eindexamenfeest. Hij moet er goed uitzien in de kist.'

Is dat in Kachetië? Het oude klooster? Ja, dat moet het zijn. Ik kan me niet herinneren dat ik die foto ooit heb gezien. Ze moet hem hebben gemaakt toen Ira en zij me die zomer kwamen opzoeken. Ik denk aan de zware wijn die we dronken en aan de transistorradio waar we naar luisterden – de enige verbinding met de buitenwereld. Ik denk met weemoed terug aan die weken, die ondanks de zwaarte van die zomer in de voor die streek typische warme herfstkleuren zijn gehuld.

En meteen kom ik los van de grond, ik herinner me dat gevoel van gewichtloosheid, hoe ik omhoog word getakeld, hoe ik met elke centimeter lichter word, hoe ik vleugels op mijn rug voel groeien. Ik word zo licht als een veertje; naarmate ik hoger kom, verdwijnen mijn gedachten en zorgen. Ik gooi alle ballast van me af en blijf achter met dat magische, gebroken licht dat zij zo meesterlijk heeft weten te vangen, zij, mijn dode vriendin – het verlangen naar haar zal de ergste beproeving van mijn leven blijven. Ik staar naar de foto, ik dompel me erin onder, in dat barnsteenkleurige licht dat van opzij door het smalle raam zonder glas dringt.

Ik vind het heerlijk om in de lucht te zweven, ik ben telkens dankbaar, ik juich als Maia, mijn docente, me toestemming geeft de steiger te verlaten en me aan het touw te laten zakken, met mijn hoofdlamp en mijn magische wapens, het gereedschap.

'De afgelopen tien jaar zijn er in de wetenschap stemmen opgegaan die zich uitdrukkelijk uitspreken tegen brood als middel voor droge reiniging, omdat de restjes die achterblijven een voedingsbodem zouden zijn voor schimmels en andere micro-organismen. Ook de fresco's van Michelangelo in de Sixtijnse Kapel zijn door Lagi met een linnen doek en brood gereinigd. Ik ben een groot voorstander van deze methode. Ernst Berger, je moet hem beslist lezen, Keto, adviseert na het afstoffen met een ruige kwast de roetlaag op de muurschilderingen met oudbakken brood te verwijderen. Trek haar omhoog, Rezo, hoger, hoger, hopelijk ben je vrij van hoogtevrees, Kipiani,' hoor ik Maia's stem. En ik hoor mijn blije, langgerekte 'Jaaa!' door de koepel galmen. 'Heel goed, toe maar, Rezo, trek haar gerust verder omhoog!'

Sinds vier dagen hadden we twee kilometer van Bodbe

'ons kamp opgeslagen', zoals onze docente Maia Sanikidze het noemde, in een klein wijndorpje aan de rand van Sagaredzjo. Ik kon mijn geluk niet op toen ze me meedeelde dat ze mij tot haar leerling had uitverkoren en me die zomer mee naar Kachetië zou nemen. Ik zou die kleine vrouw met haar zachte rondingen, haar opvallend symmetrische gezicht en haar vuurrood geverfde haar sowieso overal zijn gevolgd, want zij opende voor mij een schatkist vol nuttige en nutteloze kennis, bovendien was mijn neiging om te vluchten en alles achter me te laten sinds Saba's dood een bijna fysieke kwelling geworden. Door zijn dood was ik het vertrouwde van ons hofje en onze straten gaan haten, en de dodelijke normaliteit waarmee alles doorging, vond ik haast een belediging.

Na de begrafenis zonk alles weg in een merkwaardige apathie. Alle mensen om me heen leken hun adem in te houden, alsof ze wachtten op een zware onweersbui die na een ondraaglijke hitte boven ons hoofd moest losbarsten. Maar er gebeurde niets. We wachtten op iets wat niet kwam en wat ons toch niet losliet.

Otto Tatisjvili bleef, zoals verwacht, onvindbaar, als van de aardbodem verdwenen. Er werd gezegd dat Tsotne hem op bevel van Tapora had helpen vluchten om een bendeoorlog te voorkomen. Zelfs Rati gaf het na verloop van tijd op, het was zinloos om hem te zoeken. Hij zat vast ergens in het buitenland en stond bovendien onder bescherming van Tapora. Rati zou geduldig wachten tot de vijand een fout maakte. Degene met de langste adem zou uiteindelijk de zoete vrucht van de wraak plukken. En Tsotne in plaats van Otto laten boeten strookte niet met hun erecode en was dus geen optie.

Levan bleef koel en minachtend, grimmig en onvriendelijk. Het verdriet had hem vergiftigd, de haat zat in zijn botten. Rati stortte zich in allerlei bezigheden, alsof hij zijn pijn op die manier tot zwijgen wilde brengen. Hij was manisch, gedreven, bedacht telkens nieuwe verdienmodellen, trok van 's ochtends vroeg tot 's avonds laat met zijn maten door de straten en werd steeds roekelozer, steeds provocerender, steeds machtsbewuster.

Mijn vader trok zich volledig terug in de wereld van zijn formules. De uiterlijke omstandigheden waaronder hij en zijn vrienden onvermoeibaar doorwerkten, waren absurd: ondanks de uitblijvende salarissen, de complete uitzichtloosheid en de volledige ineenstorting van het wetenschappelijke leven in het land gingen ze elke dag naar de gedeeltelijk afgebrande academie om daar verder te werken aan hun lexicon. Ook de baboeda's gingen door met lesgeven. Het verdriet om Saba had hen tijdelijk verzoenlijker gemaakt. Nadat de president op de vlucht was geslagen en de Militaire Raad de leiding had overgenomen, waren hun politieke discussies geluwd, om met ongekende hevigheid weer op te laaien toen diezelfde Militaire Raad de export-Georgiër, de voormalige minister van Buitenlandse Zaken van de Sovjet-Unie, de 'Witte Vos' Sjevardnadze terughaalde en hem voorzitter maakte van het parlement. Eter zag in hem de langverwachte 'gematigde politicus met gezond verstand'. Oliko noemde hem een gewetenloos 'machtsmens', die niets om het land gaf, die zich 'als een trotse pauw' had laten smeken om 'zijn vaderland te redden', terwijl hij alleen uit was op zijn eigen voordeel en de zwaarbevochten onafhankelijkheid weer op het spel zette.

Maar het was vooral Nene die me op de vlucht joeg, mijn onvermogen om haar leed te verzachten. Na het eerste bezoek dat Ira en ik haar na Saba's begrafenis brachten, was ik radeloos en met een steen op mijn borst de Dzierżyńskistraat opgelopen en op de stoeprand gaan zitten om bij te komen. Ze had op bed gelegen, opgebaard als een prinses met bloedarmoede, die nog maar een paar dagen te leven had, in een wit, enkellang nachthemd, dat haar nog bleker maakte, met dik, los, bijna tot haar middel reikend haar en ongezond glanzende ogen. Ze had onze handen gepakt en een paar onsamenhangende woorden gezegd. Op de dag dat Maia Sanikidze instemde met mijn deelname aan de reis naar het voormalige vrouwenklooster Bodbe om daar de verbleekte fresco's hun glans terug te geven, waren er nog twee andere gebeurtenissen die mijn reis naar Kachetië in een bijna levensreddende actie veranderden.

Toen ik die ochtend op de binnenplaats kwam om in de juniwarmte naar de academie te lopen, werd ik getuige van een vechtpartij die niemand zich had kunnen voorstellen. Zelfs mijn vader had ik nog eerder tot zoiets in staat geacht. En toch was het uitgerekend de intelligente, fijnzinnige Rostom, de Rostom die op de verjaardagsfeestjes van zijn kinderen altijd mild glimlachend in de hoek zat en foto's van ons maakte, die nu op Davit Tatisjvili inbeukte. Davit lag met een gescheurd overhemd op de grond en verweerde zich niet, alsof hij de toegebrachte pijn erkende als een logische straf voor wat zijn zoon Rostoms zoon had aangedaan en hij zich zonder verzet neerlegde bij zijn lot. Rostom sloeg met ongekende bruutheid op hem in en schreeuwde: 'Geef me mijn zoon terug, moordenaar die je bent, geef me mijn zoon terug!'

Vreemd genoeg was de binnenplaats leeg, er stond niet eens een nieuwsgierige buurman voor het raam die alarm had kunnen slaan. Dus zat er voor mij niets anders op dan zelf tussenbeide te komen en de brullende Rostom van Davit af te trekken, wat natuurlijk niet lukte, totdat automonteur Tariel en zijn zoon Beso opdoken en de woedende fotograaf wegsleurden van de zwaar ademende

Davit, die roerloos op de grond bleef liggen. Ik kan hier echt niet blijven, schoot het op dat moment door me heen, en zonder erbij stil te staan hoe ik eruitzag en zonder mijn gezicht te wassen of schone kleren aan te trekken rende ik naar de academie. Sinds de ramp in de dierentuin had ik opnieuw het benauwende gevoel dat de dood me op de hielen zat en ik moest rennen voor mijn leven.

De tweede gebeurtenis speelde zich vlak voor Maia's uitnodiging naar Kachetië af. Het was een van die lichtovergoten zomerdagen, waarop de warmte in Tbilisi aangenaam is en nog niet in een verstikkende hitte is veranderd, toen ik getoeter hoorde en geschrokken om me heen keek. Ik kwam net uit de academie en wilde zoals altijd de met kinderkopjes geplaveide helling naar de Roestaveli Avenue aflopen. Ik herkende Levan, die in een onbekende zwarte auto kennelijk op me stond te wachten. Ik voelde een soort onbehagen, alsof ik me schaamde dat hij me uitgerekend hier opwachtte, omdat dit ook Saba's academie was geweest. Hij wenkte me, riep mijn naam en ik wipte vlug op de bijrijdersstoel. In de auto rook het naar scherpe eau de cologne en sigarettenrook. Hij had zijn haar gemillimeterd en de baboeda's noemden hem sindsdien schertsend 'Fantômas', naar de film met hun geliefde Jean Marais. Hij kreeg er iets hards door, en een vreemd soort helderheid, als een dichtgevroren meer. Ik had hem sinds Saba's dood amper onder vier ogen gesproken en tegen dit moment opgezien. Er was een onzichtbare muur tussen ons gekomen. Mijn hart kromp ineen, ik moest denken aan het beeldschone gezicht van zijn broer, toen hij in de kist lag. Het onherroepelijke van die dood bedekte ons allemaal als een laag as na een enorme brand.

'Laten we een ritje maken, oké?' zei hij en zonder mijn antwoord af te wachten gaf hij gas. Het was laat in de middag en het licht was warm en roodachtig, mijn hart begon sneller te kloppen.

'En, wat vind je van mijn nieuwe slee?' vroeg hij onverschillig.

'Chic. Ik heb geen verstand van auto's, dat weet je toch.'

'Heb ik van je broer gekregen.'

'Pardon? Nou, dan gaan jullie zaken zeker heel goed?'

'Ik heb geen behoefte aan je commentaar. Kun je niet gewoon blij voor me zijn?'

Ja, dit was niet het goede moment om zijn manier van leven te bekritiseren. Even voelde ik zelfs een steek, omdat Rati iets was gelukt wat ik meteen in de kiem had gesmoord: hem een plezier doen.

De auto had een stereo-installatie, die schitterde en blonk als kinderspeelgoed en me intrigeerde. Vol trots stopte Levan er een cassette met klassieke muziek in. Ik weet niet meer wat het was, hoewel hij een bepaalde dirigent noemde en zei dat hij die muziek zo mooi vond. Dat hij kennelijk weer in staat was de schoonheid daarvan te voelen ontroerde me, en ik wendde mijn gezicht af. Ik was dankbaar dat hij me liet delen in iets wat belangrijk voor hem was; een onverwacht geschenk. Ik vroeg me af wie behalve ik die bijzondere kant van hem kende en voelde jaloezie opkomen. Ik wilde dat bijzondere met niemand delen, want het was het enige wat hij me toestond, en daar wilde ik tenminste het alleenrecht op hebben.

De warme wind die door de open ramen naar binnen waaide, verwarde mijn haar en streelde ons gezicht. We zwegen een tijdje. Ook dat was nieuw. Hij had altijd honderduit gepraat, ook onzin uitgekraamd en zijn vrienden en mij daar gek mee gemaakt. Nu leek hij in gedachten verzonken, alsof er een parallel universum van sprakeloosheid en pijn in hem bestond. De dood van een dierbaar iemand laat een diepe krater achter, die niemand ooit kan peilen.

Ik kon altijd al goed zwijgen, ik heb nooit begrepen waarom mensen zeiden dat je 'stilte moest verdragen'. Maar Levans zwijgen had niets natuurlijks. Hij was een vrolijke jongen geweest, speels en nieuwsgierig, hij kon niet stilzitten. Zijn vader had vroeger soms het woord 'kwikzilverachtig' gebruikt als hij over hem praatte en dan zuchtend zijn hoofd geschud. Zoals Levan nu naast me zat, leek hij niets meer met die kwikzilverachtige jongen gemeen te hebben. Waar was de querulant en dwarsligger gebleven, waar zijn belangstelling voor mij, zijn spraakzaamheid, zijn speelsheid en zijn attentheid tegenover vrouwen? Ik heb zelden een man meegemaakt die op zo'n respectvolle manier van vrouwen hield en van hun gezelschap genoot. Daarbij leek het hem niet zozeer om erotiek te gaan, hij zocht contact met vrouwen los van hun leeftijd en hun aantrekkelijkheid. Als je hem observeerde wanneer er enkel vrouwen in zijn buurt waren, kwam er iets tevoorschijn wat hem in mijn ogen nog een stuk sympathieker maakte: een bijna fysieke overgave aan wat hij als verschil met zichzelf waarnam en waarover hij zich verbaasde, maar wat hij tegelijk volledig accepteerde op een manier die ik bij geen enkele andere man ooit heb gezien. Alsof het andere geslacht vreemd voor hem was en alleen al daarom opmerkelijk, alsof elke beweging, elk in zijn ogen onbegrijpelijk gedrag, elke onverklaarbare emotie, zelfs elk verwijt hem deemoedig maakte. Anders dan mijn broer en zijn maten wekte hij nooit de indruk zijn eigen biologische geslacht superieur te vinden. Integendeel: vrouwen leken hem te imponeren. En altijd als die bepaalde blik van hem langs me heen gleed, als ik zijn licht opzij gebogen hoofd zag en wist dat zijn half dichtgeknepen ogen op me gericht waren, wilde ik me niet meer verroeren om voorgoed in die gunst te blijven, onder die koepel van bevestiging en bewondering. Ik hield ook van de momenten dat hij in onze loggia met de beide baboeda's flirtte en ze liet blozen en aan hen uitspraken ontlokte als 'brutale vlegel' en andere ouderwets klinkende malligheden. Op zulke momenten had ik maar één wens: dat de hele wereld wist dat wij bij elkaar hoorden.

Maar door Saba's dood was dat allemaal veranderd. En toen we op die zonnige middag door de stoffige straten van onze gewonde stad reden en hij me met zijn zwijgen op een afstand hield, voelde ik voor het eerst het onbehagen dat met dat inzicht gepaard ging.

'Hoelang blijven we stommetje spelen? Ik wil graag weten hoe het met je gaat,' probeerde ik het ijs te breken toen ik de stilte niet langer kon verdragen.

'Wat dacht je?'

Zijn stem was vol ingehouden agressie. Waarom was hij me komen ophalen als hij niet met me wilde praten, als mijn woorden hem zo irriteerden?

'Ik geloof dat het heel slecht met je gaat.'

'En wat moet ik volgens jou doen?'

'Met me praten misschien?'

'Nee, aan slap geouwehoer heb ik niks. Het enige waar ik wat aan heb is het lijk van Otto Tatisjvili aan mijn voeten. Maar Rati heeft gelijk, ik zal de geduldigste man op aarde zijn, ik zal wachten, hoelang het ook duurt, maar ik zal hem krijgen.'

'Hij is dus nog steeds onvindbaar?'

Het was een overbodige vraag. Misschien moesten we onszelf niet langer voor de gek houden. We hadden elke schijn van beschaving allang laten varen en waren teruggevallen in de duistere oerwouden van het stenen tijdperk, morele maatstaven waren ons vreemd. Ik hield mijn hand uit het open raampje en liet die gedachte in al haar consequenties tot me doordringen, toen het meisje in het skipak op de trap in de kamer van de baboeda's voor mijn geestesoog verscheen en mijn sombere toekomstbeeld wegblies. Ik dacht aan mijn docente, die elke dag onvermoeibaar over de schoonheid van de kunst sprak en vol vuur vertelde over het 'magische goud' van sommige iconen. Ze bestonden nog, de mensen die niet in beesten waren veranderd. En dat niet alleen omdat de gelegenheid zich niet had voorgedaan, maar ook omdat ze het weigerden en die beslissing met hand en tand verdedigden. We hadden een keus, je had altijd een keus. Maar ik was bang dat ik zonder zulke mensen, alleen op mezelf aangewezen, niet de kracht zou hebben om de juiste beslissing te nemen. Had ik dat niet al bewezen?

'We zijn in elk geval al bezig om Tsotnes mensen onder handen te nemen. Hij is omringd door verraders en schoften. Hij denkt dat ze hem trouw zijn, maar diep in hun hart zijn ze alleen loyaal uit angst voor Tapora, bij de eerste de beste gelegenheid krijgt hij een mes in zijn rug, daar kun je gif op innemen. We krijgen er wel een aan het praten, dan is het een kwestie van tijd voor we Otto te pakken hebben.'

Zijn greep om het stuur werd steviger, hij schoof wat meer naar voren op zijn stoel.

'Het is een erezaak, al kunnen we er zo achter komen waar hij zit. Ik bedoel, zijn zus zou een makkelijke prooi zijn...'

Bij die zin verstijfde ik, het ongehoorde van die toespeling deed me duizelen. Ik moest niet veel hebben van de verwaande Anna, maar geen enkele zus ter wereld verdiende het te moeten boeten voor de fouten van haar broer.

'Dat meen je niet serieus!'

'Ik zei toch dat het een erezaak was. Luister je eigenlijk wel?'

'Zoiets mogen jullie niet eens denken! Dat is walgelijk! Wat zouden jullie dan met haar willen doen? Haar aftuigen tot ze doorslaat?'

'Ach, er zijn ook andere methoden.'

Hij pakte een sigaret uit het dashboardkastje en stak hem op. Ik was het liefst meteen uitgestapt. Hij moest mijn impuls hebben geregistreerd, want zijn toon werd weer zachter, sussender.

'Rustig maar. We raken haar niet aan. In elk geval is die zieke familie uit ons hofje verdwenen. Mijn moeder hoeft niet meer tegen die smoelen aan te kijken.'

'Zijn ze echt verhuisd?'

'Ja, die komen niet meer terug. Nadat mijn vader Davits gezicht heeft verbouwd, hebben ze eieren voor hun geld gekozen, heel goed, anders had ik nog naar andere middelen moeten grijpen.'

Ik moest denken aan de wanhopige kreten van Rostom terwijl hij op Davit insloeg. Ook aan de pijn in mijn ribben toen zijn door woede gedesoriënteerde vuist me raakte.

Nadat we een tijdje doelloos door de stad hadden gereden, nam hij op een gegeven moment de afslag naar het Etnografisch Museum en reed de bochtige weg door de heuvels op.

'Zal ik je eens laten zien wat deze auto in zijn mars heeft?'

Hij grijnsde opeens van oor tot oor en gaf gas. Meteen trok de auto razendsnel op, mijn maag draaide om en ik gaf een gil.

'Niet zo hard, alsjeblieft!'

Maar hij lette niet op me en trapte het gaspedaal nog dieper in. De stad onder ons werd klein, piepklein, de dag begon te tanen en ging langzaam over in een lauwe zomeravond. Gelukkig kwamen we geen andere auto's tegen, niemand leek te talen naar een uitstapje in de natuur. Hij lachte en wierp steeds weer een blik op mij, alsof mijn angst hem nog overmoediger maakte. Ik voelde dat ik zou moeten overgeven als hij niet stopte. De weg naar het Schildpadmeer kronkelde omhoog en de auto slipte zo erg in de bochten dat ik dacht dat we elk moment van de weg zouden raken en over de kop zouden slaan. Vlak voor het stoffige zijpaadje dat naar het bos onder het meer liep, zag ik op de smalle weg een vrachtwagen op ons afkomen, en ik hield mijn adem in. Ik weet niet meer of ik iets zei, tegen hem schreeuwde of alleen maar verstijfd bleef zitten, in afwachting van de dood, die we zo zinloos, zo idioot, zo onvergeeflijk dom over onszelf hadden afgeroepen. Voor het eerst tijdens die helse rit zag ik iets van angst in zijn gezicht opflitsen, voordat hij uit alle macht het stuur omgooide en in een stofwolk door kuilen stuiterend op het bospaadje tot stilstand kwam. De vrachtwagen toeterde woest en de chauffeur riep ons een paar scheldwoorden na.

Ik rukte het portier open, tuimelde naar buiten en liet me op de grond vallen. De zon stond al op het punt onder te gaan, dennen omzoomden het smalle pad, dat veelbelovend voor ons lag en ons de diepte in lokte. Levan gaf me een fles water, waarmee ik mijn gezicht waste. Ik wist niet wat ik moest zeggen, ik was sprakeloos van angst en woede. Pas toen de spanning zakte, voelde ik alle kracht uit mijn lichaam wegtrekken en bleef ik nog een tijdje roerloos zitten.

Iets hoger, boven het bos, lag het Schildpadmeer. Wat hadden we daar als kind vaak gewaterfietst, wat had ik daar met mijn broer veel gelachen. Ik voelde me opeens zo oud, alsof mijn hele leven al achter me lag en ik er niets meer van te verwachten had.

Ik stond op en deed een paar stappen. Ik wilde mezelf weer onder controle krijgen.

De lucht was heerlijk en de stilte om ons heen betoverend. Ik hoorde Levan de kofferbak openmaken, daarna deed hij de koplampen aan, die de stoffige weg voor me verlichtten. Hij kwam naar me toe met in zijn hand een plastic jerrycan met een donkere vloeistof.

'Sorry, ik weet niet wat me bezielde...'

De manier waarop hij dat zei, zo terloops, sterkte me in de overtuiging dat hij niet meer flirtte met het leven, zoals hij vroeger had gedaan, maar met de dood.

'Heel goede rode wijn. Heeft Rostom gekregen, rechtstreeks uit Ratsja, je houdt toch van rode wijn?'

Nu zag ik in zijn andere hand twee plastic bekertjes. Ik was nog steeds verdoofd, niet in staat iets te zeggen, en keek hem ongelovig aan. Ik stond versteld van die nauwkeurige planning, dat was niets voor hem, maar het stemde me mild dat hij eraan gedacht had zelfs een deken mee te nemen, die hij uitspreidde op een open plek. Hij liet het portier openstaan en zette de muziek harder. Ik ging zitten en pakte een van de plastic bekertjes, gulzig dronk ik de rode vloeistof, alsof het een medicijn was dat me weer de nodige zelfbeheersing zou geven. Hij kwam naast me zitten en we keken neer op de stad, waar hier en daar al een lichtje aanging, kennelijk was er in het beruchte blok 9, de hoofdslagader van de stroomvoorziening, geen storing. Hij schoof dichter naar me toe en sloeg zijn arm om mijn schouder.

'Dat was dom van je,' fluisterde ik.

'Begin nou niet weer, vergeet het gewoon, oké? Ik wilde alleen een beetje opscheppen met die nieuwe auto, gun me die lol.'

'Je had ons dood kunnen rijden.'

'Nu overdrijf je, Keto.'

'O, vind je dat?'

Ik pakte mijn bekertje weer, dat hij had bijgevuld.

'En voor je je bezat en dronken met me terugrijdt, ga ik nog liever lopen.'

'Dat je zo weinig vertrouwen in me hebt. Ik voel me beledigd.'

'Vertrouwen? Je verdriet mag dan een excuus zijn, maar het rechtvaardigt niet alles.'

Een tijdje zei hij niets, hij rookte en nipte van zijn wijn. Ik had die dag weinig gegeten en de angst zat nog in mijn botten; ik voelde hoe de zware wijn naar mijn hoofd steeg. Maar hij had ook een kalmerend effect, alle hectiek viel van me af. Ik zweefde weg, ik werd licht, ik wilde met hem op deze plek blijven, ik wilde niet meer terug naar de wereld. De woede verdween langzaam uit mijn lijf, ik ontspande me en wilde me alleen nog koesteren in deze illusie van vrede. Ik wilde de wijn, met hem naast me en de stad onder ons.

Op een gegeven moment legde hij zijn hand op mijn knie. De avond was gevallen, de duisternis en de alcohol maakten hem moedig. Maar terwijl de wijn mij had gekalmeerd, leek hij opeens weer nerveus en gespannen, gejaagd en agressief. Hij kauwde op een lucifer en krabde zich achter zijn oor. Ik ging languit liggen, ik wilde niet terug naar de dierentuin, naar de kist van zijn broer, naar Dina's naakte lichaam in de armen van Tsotne Koridze.

Hij streelde me en begon me te kussen, maar zijn kussen waren hard en werktuiglijk. Ik vroeg me af waar hij aan dacht, hij maakte een afwezige indruk. Toch waren zulke momenten zo zeldzaam dat ik hem niet durfde te onderbreken. Ik hoopte dat mijn zachtheid hem weer vreedzaam zou stemmen, hem bij me terug zou brengen. Maar het was of hij werd meegevoerd naar een onbekend land, en het leek hem niet te interesseren of ik hem wilde volgen. Natuurlijk wilde ik hem een plezier doen, zoals mijn broer dat ook had gedaan, ik wilde hem laten zien dat ik sterk genoeg was om zijn immense verdriet op te vangen. Ik kuste zijn slapen, sloeg mijn armen om hem heen, hij ging op me liggen, schoof mijn rok omhoog. Ik klampte me vast aan een herinnering, ik verlangde terug naar de hartstocht die ons toen in Rati's kamer bij kaarslicht had overmand. Maar ik voelde dat er iets niet klopte, dat het hem niet echt om mij ging.

'Levan, wacht, wacht, hé...'

Ik deed mijn best om tot hem door te dringen. Maar hij was te ver weg...

Hij had zijn broek losgemaakt en mijn benen uit elkaar geduwd. Ik voelde dat alles in me zich verzette, dat ik mijn spieren spande in afwachting van wat er ging gebeuren. Zo had ik het me niet voorgesteld, mijn eerste liefdesnacht. Al die jaren dat we om elkaar heen hadden gedraaid, elkaar steeds weer hadden gezocht en gevonden, dat mocht niet hier, niet in deze gevoelloze volgorde van bewegingen uitmonden. Me verzetten leek zinloos, hij was veel sterker en het zou alleen nog maar meer pijn doen. Ik probeerde me uit zijn omhelzing los te maken, hem duidelijk te maken dat hij me pijn deed, dat ik terug wilde, dat ik hem niet verder wilde volgen naar dat vreemde, verraderlijke land. Ik stikte haast in mijn machteloosheid en iets in mij begon hem te haten. Ik wilde dat hij hetzelfde onbehagen, dezelfde angst, dezelfde afschuw voelde als die hij mij bezorgde.

'Hou op!' schreeuwde ik opeens en in een reflex greep ik mijn plastic bekertje en gooide de wijn in zijn gezicht. Maar hij gromde alleen en begroef me nog steviger onder zich.

'Ik wil dit niet, niet zo... Hou op, nu!' herhaalde ik en ik deed mijn best mijn angst niet te laten meeklinken in mijn stem. Op de een of andere manier wist ik hem van me af te duwen. Hij plofte in een belachelijke houding op de grond, kwam als een kever op zijn rug terecht. De opwinding die zijn lichaam verraadde leek me zo bizar tegenover mijn eigen verslagenheid. Toen kromp hij opeens als een embryo ineen en stootte een hartverscheurend geluid uit, als een dier in doodsnood. Dat verschrikkelijke geluid sneed door mijn huid, stootte tegen mijn ribben, raakte me direct in mijn ingewanden. Het was pure vertwijfeling die eruit sprak, en die ging me door merg en been.

'Wat wil je van me?' schreeuwde hij. Hij rook naar de wijn, zijn gezicht plakte ervan. Hij nam niet eens de moeite om zijn broek weer dicht te knopen, zijn pik hing slap uit zijn gulp, als een lastig fremdkörper. Ik voelde me ellendig en stond meteen op, begon als een bezetene mijn kleren recht te trekken, alsof ik de sporen van een beschamende nederlaag moest uitwissen. Ik wilde zo graag van hem houden, van die andere Levan, die nog ergens in een verre herinnering bestond, waarin ook zijn beeldschone broer met zijn lichte huid nog leefde, waarin hij geen protectiegeld afperste en geen Makarov onder zijn bed verborg. Maar deze mij vreemde Levan, geen kind meer en ook nog geen man, die nu zo ellendig voor me neerhurkte, bezorgde me alleen een gevoel van onbehagen.

'Ik wil dat je weer jezelf bent!' zei ik met een hese stem, die eerst weer aan een normaal volume moest wennen.

Hij kwam langzaam overeind, het licht van de koplampen scheen op zijn gezicht en hij keek me doordringend aan.

'Ben ik niet goed genoeg voor je?'

Ik hoorde minachting in zijn stem. Ik was misselijk van de wijn en alle beproevingen van die dag. Ik wilde alleen nog naar huis en alles vergeten.

'Laten we teruggaan. Dit heeft allemaal geen zin.'

Ik was verbaasd over mijn kalmte, want inwendig was ik verscheurd.

'Teruggaan... Moet ik nu toch rijden? Misschien rijd ik je dan dood, toch? Wat denken jullie eigenlijk wel? Dat mijn broer doodgaat en dat ik net zo doorga als altijd? Dat ze hem afknallen als een beest en dat ik dat over mijn kant laat gaan en verder leef alsof er niks is gebeurd?'

Ik had graag willen vragen wie hij met 'jullie' bedoelde, maar ik hield me in. Terwijl hij bleef raaskallen, stelde ik me voor hoe we in een parallel universum van elkaar hielden, hoe we een stel waren. Een stel dat een gezamenlijke toekomst plant, met allebei een baan, een verschrikkelijk normaal stel met een doodsaai leven. Maar we zouden niet voortdurend op de vlucht zijn voor de dood en geen krater in ons hart dragen. En 's nachts zouden we elkaar beminnen – in een kleine, gezellige woning, die we samen zouden inrichten, zoals beschaafde mensen in beschaafde landen dat doen, vol toewijding en tederheid, we zouden elkaar geen pijn hoeven doen om onszelf te voelen, elkaars lichaam niet hoeven misbruiken om iets te vergeten. We zouden een betere versie van onszelf zijn, en er zou ons zoveel bespaard blijven.

Ik raapte de sigarettenpeuken op en gooide de bekers leeg terwijl hij doorpraatte. Ik hoopte dat hij me zou volgen, maar hij bleef zitten en stak een nieuwe sigaret op.

'Jij bent net zoals alle anderen,' slingerde hij me in het gezicht. 'Je bent geen haar beter. Met je achterlijke ideeën over de liefde. Ik dacht dat je anders was, maar dat ben je niet, dat ben je niet.'

'Zo is het wel genoeg, laten we gaan. Je hebt me pijn gedaan, ik bedoel, wat had je dan verwacht?'

'Je kunt je niet de hele tijd aanbieden en met me flirten en dan ach en wee roepen en verbaasd doen als ik niet van je af kan blijven.'

'O, zie jij dat zo? Dat ik me aanbied?'

Ik was het zat. Ik pakte mijn tas, maakte rechtsomkeert en liep in de richting van de hoofdweg. Hij kwam achter me aan.

'Blijf staan, ik praat tegen je, Keto!'

'O ja? Nu wil je ineens praten? Ik wil mijn tijd niet ver-

spillen aan iemand die zo over mij denkt.'
'Blijf staan, verdomme!'
Hij pakte me bij mijn pols en hield me vast. Zijn ogen glansden alsof hij koorts had.
'Doe tenminste je broek dicht, verdomme,' siste ik. Ik wilde weg, zo ver mogelijk weg van hem. Hij keek langs zijn lichaam omlaag, toen keek hij naar mij. In zijn ogen fonkelde leedvermaak, hij wilde per se dat alles wankelde, dat alles instortte; elk woord, elke handeling leek alleen daarvoor bedoeld.
'Laat me los, Levan, laat me gewoon los en laat me gaan.'
'Waar wil je naartoe? Het is pikdonker en hier komt geen mens langs.'
'Doet er niet toe. Ik loop wel. Zo ver is het niet.'
'Zoals je wilt.'
Ik had niet gedacht dat hij zich daarbij zou neerleggen, maar van het ene op het andere moment was zijn stemming weer omgeslagen. Ik kneep 'm inderdaad bij het idee dat ik in m'n eentje in het donker terug moest lopen, maar nieuwe discussies en pijnlijke minuten naast hem in de auto leken me nog ondraaglijker. Ik wilde niet meer aan hem overgeleverd zijn, in geen geval.

Ik baande me een weg door het donker, dat echt angstaanjagend was, en merkte dat mijn lichaam uit de kramp kwam, dat er iets loskwam en er liepen zilte tranen over mijn wangen. Ik huilde geluidloos, alsof ik vooral geen aandacht mocht trekken, alsof ik stil en onzichtbaar moest blijven tot ik het licht bereikte. De lichten van de stad onder me twinkelden zacht als vuurvliegjes. Ik liep stevig door, de nevel waarin de wijn me had gehuld, was vervlogen, ik voelde me helder en sterk. Ik zou het wel redden, ik zou veilig thuiskomen, ik had voor hetere vuren gestaan.

Niet lang daarna hoorde ik het geluid van een motor achter me. Nog voor ik me omdraaide wist ik dat het Levan was, die nu stapvoets naast me reed, het raampje naar beneden draaide en me weer met zijn vertrouwde glimlach aankeek.

'Sorry, neem me niet kwalijk,' zei hij zachtjes. Ik liep onverstoorbaar door, liet me niet door hem van de wijs brengen.

'Ik bedoelde het niet zo, dat weet je toch, Keto? Ik ben degene die achter jou aan loopt, dat was altijd al zo. Ik was altijd al verliefd op je, ik weet niet eens sinds wanneer ik je niet meer uit mijn hoofd krijg, wanneer jij onder mijn huid gekropen bent.'

'Schei uit met die flauwekul. Rij door.'

'Ik laat je dit donkere stuk echt niet in je eentje lopen, dat weet je toch hopelijk wel?'

'Je hebt daarnet veel ergere dingen gedaan, dit kan er ook nog wel bij.'

'Goed, dan blijf ik in dit zenuwslopende tempo naast je rijden. Op z'n laatst in de Barnovstraat krijg ik op mijn lazer omdat ik het verkeer ophoud.'

Ik kon een glimlach niet onderdrukken en was blij dat hij in het donker mijn gezicht niet kon zien.

'Nou goed, laten we dan tenminste een muziekje opzetten, oké?'

Er klonk een warme, heel hoge vrouwenstem, ze zong een lied dat me aan een in nevel gehuld middeleeuws kasteel deed denken.

'Dat is Bedřich Smetana, ken je die? Smetana was een Tsjechische componist. Het is een wiegelied en Smetana was een heel ongelukkige man, die aan het eind van zijn leven in een psychiatrische kliniek belandde. Hij hoorde voortdurend een fluittoon en had grote moeite om nog te componeren...'

Levan vertelde over Smetana's ongelukkige leven alsof het over een goede vriend van hem ging, hij beschreef zijn hoogte- en dieptepunten, het hele stuk tot aan de afslag naar de hoofdweg. Ik luisterde zwijgend. Als de dood niet tussen ons in stond kon ik gemakkelijk van hem houden, maar wat er nu tussen ons was voorgevallen, viel niet ongedaan te maken, mijn lichaam ging nog gebukt onder de last van zijn razernij, zijn hardheid, zijn drang om iets kapot te maken.

Bij het Vakepark stapte ik eindelijk bij hem in de auto, ik was moe, ik wilde alleen nog naar bed, bovendien zouden de baboeda's en mijn vader zich grote zorgen maken omdat ik zo lang wegbleef. Ik zei nog steeds geen woord, tot hij de Wijnstraat insloeg en het portier voor me openhield. We omhelsden elkaar niet. Hij wachtte tot ik het hofje was binnengegaan. 'Je hoort van me,' had hij me nog nageroepen.

Al die tijd had ik in de rij gestaan: voor een beter ik, voor een betere wereld en voor een betere Levan, maar ik leek nooit aan de beurt te komen. En dus vroeg ik me die nacht voor het eerst af of het geen tijd werd om de rij te verlaten.

'Volgens de legende werd het klooster Bodbe gebouwd op de plek waar de heilige Nino stierf. Weet iemand toevallig uit zijn hoofd wanneer zij het christendom naar Georgië heeft gebracht? Natuurlijk niet. Zoek het op, kinderen van het socialisme, verdiep je in je christelijke erfgoed, religie is niet het antwoord op alles, maar met jullie beroep kun je er niet omheen; jullie zullen veel antwoorden in oude kerken vinden. Verdiep je in je erfgoed en de architectonische verworvenheden die het heeft voortgebracht. Zijn bloeitijd beleefde Bodbe tussen de elfde en de vijftiende eeuw, eerst als monniken-, daarna als nonnenklooster, en het zou plaats hebben geboden aan een van de kostbaarste bibliotheken van religieuze geschriften. Later kwam er een handwerkschool voor vrouwen bij. Een paar koningen lieten zich in Bodbe kronen, het was, zo je wilt, een prestigeobject van de machthebbers. Dat maakt het voor ons des te moeilijker, want vooral de hoofdbasiliek is meer dan eens gerestaureerd. In 1811 verloor de Georgische kerk de autocefalie, haar kerkrechtelijke onafhankelijkheid, en het kloosterleven raakte in verval. Pas de Russische tsaar Alexander II opende het weer als nonnenklooster. Uit die tijd stamt het merendeel van de bewaard gebleven fresco's, de meeste worden toegeschreven aan de iconenschilder Sabinin. De Sovjets hebben het klooster in 1924 gesloten en er een militair hospitaal van gemaakt. En nu geeft de kerk sinds een jaar opnieuw restauratieopdrachten. De basiliek moet zo snel mogelijk weer worden geopend en wij gaan daar onze bescheiden bijdrage aan leveren. Toen ze de muren lieten schoonmaken, kwam deze schat tevoorschijn, die de naamgeefster van het klooster laat zien. Maar ik vermoed dat er nog meer onverwachte schatten te vinden zijn.'

Ik luisterde naar Maia's woorden in de grote collegezaal en benijdde de uitverkorene al; aan het eind van het uur zou ze haar beslissing bekendmaken. Ik stond net op het punt er stilletjes vandoor te gaan, toen ze me bij zich riep en zich lovend uitliet over het laatste werkstuk dat ik voor haar had gemaakt. Bijna terloops zei ze dat haar keus op mij was gevallen en dat ze me uitnodigde in de zomervakantie met haar naar Bodbe te gaan. Ik viel haar om de hals. Geïrriteerd door mijn stormachtige reactie duwde ze me elegant opzij: 'Ik hou niet van sentimenteel gedoe, Kipiani. Ga uw koffer maar pakken.'

Ik laat het van opzij in het klooster vallende licht op mijn wang dansen. Ik sluit mijn ogen en hou mijn gezicht in de denkbeeldige warmte. Ik ben ontsnapt aan het heden, dat allang in een verbleekt verleden is veranderd, ja, die zomer was het me gelukt om te vluchten. Met de lamp op mijn voorhoofd naderde ik het gezicht van de heilige Nino, een symmetrisch, vredig gezicht, dat bijna meisjesachtig aandeed, bleek en onder de eroverheen geschilderde lagen slechts gedeeltelijk herkenbaar, maar goed genoeg om me een kinderlijke opwinding te bezorgen. Nog even en we zouden Nino haar geheimen ontlokken. Nog even en ze zou door de eeuwen heen tot ons spreken.

'Zo, Kipiani, de positie klopt waarschijnlijk. Bevestig het gekleurde lintje maar aan de muur, daar laat ik morgen de vliegende steiger aanbrengen,' hoorde ik mijn bewonderde en tegelijk gevreesde docente beneden zeggen, terwijl ik leerde vliegen.

'Eerst moet het fresco worden gedateerd, dan moeten de overgeschilderde lagen uit de negentiende eeuw worden verwijderd. Ik gok op de elfde of twaalfde eeuw, maar dat zullen de deskundigen nauwkeuriger kunnen afbakenen. Morgen gaan we aan de slag. Over de voordelen van schoonmaken met brood heb ik het al gehad, want kneedbare papierreinigers van rubbergom en andere soorten kneedgum zijn in zo'n geval riskant. Ze bevatten vaak olieachtige substanties, die resten op het gereinigde oppervlak achterlaten.'

Ik keek naar de vergevingsgezinde ogen van de heilige. Iets aan deze plek, aan deze situatie, aan deze hoogte maakte me gelukkig. Voor het eerst in weken was ik vrij, vrij van zorgen en voorgevoelens, eindelijk kon ik doen wat ik echt graag deed.

De afgelopen dagen was ik me ervan bewust geworden dat ik sinds die noodlottige middag in februari niet één keer een potlood ter hand had genomen. Het was me niet eens opgevallen. En toen het tot me doordrong, voelde ik een onbekende angst, een verwarring die ik niet goed kon plaatsen. Hoe bestond het dat ik al maanden had afgezien van iets wat al die jaren daarvoor mijn leven had bepaald? En hoe bestond het dat dat er niets meer toe deed? Was het van het begin af aan flauwekul geweest, een kinderlijk tijdverdrijf, zoals de baboeda's aannamen? Of had dat plotselinge onvermogen te maken met de gebeurtenissen van de afgelopen maanden, vergelijkbaar met de gevolgen van een ziekte? En was er kans op genezing?

Omdat ik er met niemand over kon praten en iedereen genoeg had aan zijn eigen sores, verjoeg ik de vragen die mijn krachten te boven gingen en hoopte ik dat de antwoorden vanzelf zouden komen.

Maar op deze plek leek de tijd stil te staan. Het licht was vol en magisch, de zon fel en de wilde druiven tierden welig. Er liepen ezels door de straten en boeren duwden hun karren voor zich uit. Er werd gegeten wat de tuin en het land opleverden. 's Morgens was er sojakoffie met het opschrift USAID, 's middags aardappelen of een bonenschotel en een heerlijke salade van zongerijpte tomaten en komkommers, bestrooid met paarse basilicum en overgoten met geurige zonnebloemolie, en op bijzondere dagen was er sjasliek, die boven het vuur in de tuin werd gegrild. Na de hongermaanden in de hoofdstad leek dit dorp een luilekkerland.

We logeerden in het huis van een wijnboer, het beroep dat bijna iedereen in dit dorp uitoefende. We waren ondergebracht op de bovenverdieping van het oude houten huis met de mooie veranda en sliepen in oude metalen bedden met doorgelegen matrassen. En toch had ik in jaren niet meer zo diep en zorgeloos geslapen, in tijden had ik de nachtmerries niet meer zo goed op een afstand weten te houden.

Maia had de grootste kamer, de middelste was voor Rezo, een wonderlijke, lange, cynische man van onbestemde leeftijd, die Maia aan me had voorgesteld als 'de beste frescorestaurateur van Georgië'. Zijn functie in ons kleine team was me in het begin niet helemaal duidelijk. De kleinste kamer, een hoekkamer met uitzicht op de wijnberg, had ik gekregen. Vanaf de eerste dag vond ik het er heerlijk, de monotone rust die er heerste, onze ritten in de gammele vrachtauto naar beneden naar het klooster. Alle kwellende herinneringen die anders door mijn hoofd spookten, alle gruwelijke beelden van de afgelopen maanden leken tijdens die ochtendrit in stof uiteen te vallen, alles was op slag verdwenen. Zodra ik in de laadbak van de oude truck ging zitten en mijn gezicht in de zon hield, viel het van me af als een oude jas. Het enige wat ik niet van me af kon zetten, was het knagende verlangen naar Levan. Het was zinloos om hem te missen en toch miste ik hem. Ook zonder Saba's dood was er geen gezamenlijke toekomst voor ons geweest, maar nadat zijn broer door een schot midden in zijn hart was gedood, was alle hoop vergeefs. Nu leerde ik vliegen in de koepel met het mystieke licht en deed ik mijn best om al mijn hoop te verjagen, maar het lukte niet, alsof het een geheim inwendig orgaan was, niet minder essentieel dan hart of longen.

Ik hing aan de lippen van mijn docente, ik zoog alles in me op, ik sloeg haar met argusogen gade, altijd bang dat me iets belangrijks zou ontgaan, want ik wist met de dag zekerder dat dit was wat ik wilde: het verleden op het spoor komen, de geschiedenis inademen, al was het maar om zoveel mogelijk afstand te nemen van het heden. Over mijn beweegredenen dacht ik allang niet meer na, die waren niet van belang. Deze bezigheid leek me het enige wat me tegen mezelf kon beschermen, tegen mezelf en de tijd waarin ik gedoemd was te leven. Het vervulde me met trots dat Maia zoveel vertrouwen in me had.

In de loop van de weken kreeg de jonge Nino een beschermende vernislaag om haar aureool. Het leek me een waar wonder toen Maia me op een dag na het ontbijt meedeelde dat er vermoedelijk nog veel meer oude fresco's op de muren van de basiliek te vinden waren en dat ze een paar bevriende deskundigen uit Tbilisi wilde laten komen om de zaak nader te onderzoeken, omdat ze de bovenste lagen niet op eigen houtje durfde te verwijderen. De kerkelijke gemeente had haar weliswaar alleen opdracht gegeven de heilige Nino te restaureren, maar ze zou het zichzelf nooit vergeven als ze zo'n kans liet schieten. Of ik me kon voorstellen langer te blijven? Ik was haar het liefst weer om de hals gevlogen, maar ik knikte alleen zwijgend en met een ernstig gezicht.

Ze zou gelijk krijgen: de linkerkant van de basiliek zat vol verborgen schatten, die de met haar samenzwerende vrienden uit de hoofdstad tijdens een bliksembezoek blootlegden. Er ontbrandde een verhitte discussie tussen de pas beroepen bisschop en de groep restaurateurs. Het zag ernaar uit dat de kerk niet meer tijd en vooral niet meer geld in het project wilde steken, maar de basiliek zo gauw mogelijk weer open wilde stellen voor bezoekers, een argument dat Maia niet accepteerde. De bisschop kwam speciaal naar Bodbe en moest naar Maia's argumenten luisteren: het ging om eersterangs cultuurhistorische schatten, die van grote waarde waren voor heel Georgië, niet alleen voor zijn toekomstige parochie. Kostbare fresco's, die meer dan eens waren overgeschilderd. Uiteindelijk kreeg ze de toezegging nog tot half augustus te kunnen doorwerken, geen dag langer. De kerk bezat tenslotte geen miljoenen en de staat had heel andere zorgen, zoals we waarschijnlijk wel wisten. 'Typisch Georgië,' zei mijn docente later, 'dat is altijd al ons probleem geweest. We miskennen ons eigen erfgoed, en wat de Russen honderd jaar geleden over onze twaalfde-eeuwse muurschilderingen heen hebben gekliederd, dat mag blijven. Toch moeten we het vieren. Elk gered fresco is een overwinning voor ons!' En nog diezelfde avond reden we met haar collega's uit Tbilisi naar Sighnaghi, waar we in een eenvoudig restaurant onder de blote hemel met uitzicht op de Alasanivallei liters okerkleurige wijn dronken en vlees van de grill aten. Die avond besteedde ik voor het eerst aandacht aan Rezo, hoewel we al een paar weken samenwerkten, en voor mijn gevoel niet eens zo slecht. Hij was een vroegere leerling van Maia en gespecialiseerd in muurschilderingen, ze had veel met hem op en prees onvermoeibaar zijn 'voortreffelijke neus', waaraan het te danken was dat hij ook al opdrachten uit het buitenland had gekregen.

Het is wonderlijk om de tijd terug te draaien en aan iemand die je door en door kent terug te denken als aan een vreemde. Wat past mijn toenmalige indruk slecht bij wat ik nu in hem zie, hoe ik hem nu ken.

In het begin vond ik hem onsympathiek, hij had eind twintig, maar ook veertig kunnen zijn, ik vond hem overdreven precies en akelig pragmatisch. Hij had een scherp oog en kon zijn vermoedens goed afstemmen op de werkelijkheid. Hij was allesbehalve een idealist en dus het tegendeel van Maia. Maar zij waardeerde juist zijn pragmatische kant. Die avond zag ik hem voor het eerst lachen en merkte ik dat hij gevoel voor humor had, een subtiele, heel ongewone humor, die af en toe achter zijn scherpe intelligentie opflitste.

Een enkele keer ging ik in die tijd naar de buren om met een van de baboeda's of mijn vader te bellen. Telefoneren was alleen voor noodgevallen, het kostte geld, dat we geen van allen hadden, en de verbinding was slecht. Eén keer in de week belde Dina of Ira op een afgesproken tijdstip naar de buren en vertelde in sneltreinvaart over de dagelijkse beslommeringen, telefoontjes waarbij we alle pijnlijke en hachelijke onderwerpen omzeilden, alsof we ons over een dichtgevroren meer bewogen. In plaats daarvan stortte ik me op harsoplossingen, kalklagen, lijnolievernissen en bindmiddelen, ik stortte me op *De doop van Jezus*, op het blauw van de Jordaan dat we in de linkerbovenhoek ontdekten. Ik liet me graag troosten door de heiligen en hun regelmatige, goedhartige, alles vergevende gezichten, hun onwrikbare geloof dat alles goed zou komen omdat ons uiteindelijk de verlossing wachtte, we hoefden ons alleen in te spannen, alleen ons best te doen.

Rezo maakte me op een vreemde manier nerveus. Hij had iets betweterigs en dwangmatigs, hij leek nooit te twijfelen, was zo zeker van zichzelf, zo met zichzelf in het reine dat ik hem bijna onmenselijk vond. Met zijn rechtlijnigheid deed hij me soms aan mijn vader denken, hoewel hij niet zo wereldvreemd was en in tegenstelling tot mijn vader uiterst praktisch. Ondanks mijn aanvankelijke terughoudendheid accepteerde hij me snel en prees hij me af en toe als ik me met veel overgave aan een taak wijdde. Op een keer vroeg hij waarom ik voor dit beroep had gekozen, en ik vertelde hem over Lika en mijn tekeningen. 'Dan zou je je ook aan schilderijen moeten wagen,' raadde hij me aan. 'Ik zal eens kijken of ik je aan een opdracht kan helpen, een goed stel handen komt altijd van pas,' zei hij een tikkeltje arrogant, nadat we bijna twee uur zwijgend naast elkaar hadden gewerkt. Wat hield ik van dat zwijgen.

Het moet eind juli zijn geweest toen Ira en Dina me opzochten. Ze kwamen met een oude minibus, droegen een rugzak op hun schouders, waren uitgeput van de hitte en verbaasd over de idylle die ze aantroffen. We vielen elkaar om de hals, pas bij ons weerzien besefte ik hoe erg ik naar ze had verlangd. Dina was bruin en blaakte van gezondheid, ze droeg een gele jurk en haar geliefde espadrilles, haar haar zat zoals altijd in de war. Ze straalde en trok al op de korte weg van de bushalte naar ons logeeradres alle aandacht. Heel anders dan Ira, die er moe en mager uitzag, haar hangende schouders en haar toch al licht gebogen houding hadden iets gekwelds. Ze had kringen onder haar ogen en zag opvallend bleek voor de tijd van het jaar. Ze leek te zijn afgevallen en haar kleren – een zwarte linnen broek en een slobberig overhemd – zagen eruit alsof ze ze van haar vader had geleend. Ik had Maia een weekend vrij gevraagd om alle tijd voor ze te hebben. Onze gastvrouw had me een opklapbaar logeerbed en een extra matras geleend.

We zaten met z'n drieën voor het huis, de zon ging onder, stroom was ook hier schaars, maar die avond hadden we geluk en verlichtte een flikkerend peertje onze maaltijd. Maia was naar Tbilisi, ons kleine team had overal gebrek aan en ze hoopte met het beetje geld dat we hadden nog wat extra materiaal op de kop te tikken. Rezo liet zich niet zien, wat ik wel best vond, zo werden we tenminste niet gestoord. De vredige rust leek ook Ira en Dina binnen een paar uur van de druk van de stad te hebben bevrijd, ze werden stiller, hun bewegingen trager, ze haalden diep adem en genoten van de frisse lucht.

'Keto, mijn kleine meester-leerling, wat heb ik je gemist!' riep Dina en ze gaf me een klapzoen op mijn slaap. Ira had haar voeten omhooggelegd en nipte van de wijn van onze gastheer.

'Ik heb jullie ook gemist, maar het doet me zo goed om hier te zijn. Voor het eerst in jaren heb ik het gevoel dat ik weer tot rust ben gekomen.'

'Nene is zwanger,' zei Ira opeens, terwijl ze Dina een vuurtje gaf.

'Wat zeg je?!'

Die gedachte leek alles aan het wankelen te brengen. De bevochten idylle kreeg meteen barsten.

'Wat?'

Blijkbaar was Dina net zo verrast.

'Ja, zwanger.'

'Van wie?'

Dina probeerde niet te laten merken dat ze was geschrokken.

'Ze zegt dat het kind van Saba is. Dat het niet van Otto kan zijn, want zij hebben nooit... je weet wel.'

'Nooit wat?'

'Nooit echt met elkaar geslapen. Ze zweert dat het van Saba is en triomfeert.'

'Triomfeert?'

'Ja, ze zegt dat het haar overwinning is op iedereen, maar vooral op Otto.'

'Weet haar familie het al?'

'Nee, ze wil het hun pas vertellen als ze het niet langer geheim kan houden. Dan kunnen ze niets meer doen.'

'Je bedoelt...' drong Dina aan en haar pupillen werden groter.

'Ja, precies, geen abortus meer. Binnenkort gaat ze met haar moeder naar de Krim, zogenaamd om te kuren. Daar wil ze de bom laten barsten. Moet ze hem waarschijnlijk laten barsten. Ze zei dat ze best vaak moest overgeven en...'

Ira zuchtte en wreef met haar handen over haar gezicht. Dina nam een trek van haar sigaret, ik keek hoe een mot op de gloeilamp neerstreek, hoe hij trilde en vocht om licht. Mijn gedachten dwaalden af, ik zag hoe de mot zijn ongeluk kuste.

'Shit.'

Dat was Dina's commentaar, ze trok nerveus aan haar sigaret en staarde naar de eindeloze donkere zee van wijnbergen.

'Haar familie gaat door het lint,' zei ik. Ik zag de scène al voor me.

'Wat kunnen ze haar nog maken, ze is nergens meer bang voor. Ze zegt dat ze desnoods onderduikt. Eerst wil ze het kind krijgen en ze wil scheiden zodra Otto...' Ira zweeg even. 'Maar die zal niet zo gauw weer opduiken.'

'Dat denk ik ook niet.'

Ik dacht aan het fonkelen van Levans ogen toen hij het erover had dat hij geduldig zou afwachten.

'Hebben jullie het gehoord? Abchazië heeft gisteren de onafhankelijkheid uitgeroepen. Nu is iedereen bang voor escalatie. Onze redactie draait overuren, Posner denkt erover om erheen te gaan.'

Dina's stem kwam van ver, alsof ze een anker uitgooide.

'Hè, wat?'

Ik was met mijn gedachten bij Nene en had even tijd nodig om weer terug te keren naar het hier en nu. Natuurlijk had ik daar niets over gehoord. Gelukkig maar. Er was geen televisie in huis, de buurman bij wie we de telefoon mochten gebruiken had wel een toestel, maar dat werd voortdurend geclaimd door de dorpsvrouwen, die naar hun Latijns-Amerikaanse series keken, sinds kort een ongelofelijk populaire bezigheid van vrouwen uit alle bevolkingslagen en leeftijdsgroepen.

'Nu zijn ze elkaar weer allemaal aan het beschieten. En de Russen leveren wapens aan Abchazië, wordt er gezegd. Het ziet er niet best uit...'

Dina's stem veranderde, ze leek heel serieus en in zichzelf gekeerd, de luchtigheid van de eerste uren na hun aankomst leek vervlogen.

'Denk je echt dat het zover komt?'

Ik was in de war, de wijn had me enigszins beneveld, bovendien kon ik alleen maar denken aan Nene en haar probleem. Zonder Dina's antwoord af te wachten voegde ik er snel aan toe: 'Ik heb echt geen zin meer in al dat gelazer. Voor mijn part steken ze elkaar de ogen uit. Ik wil er niks meer mee te maken hebben.'

Dina keek me ontzet aan.

'Als buiten alles in brand staat, kun je niet zomaar de luiken dichtdoen en hopen dat je de dans zult ontspringen! Wat is dat voor houding, Keto?'

'Krijg jij dan geen genoeg van die hele waanzin?'

'Het is nu eenmaal de tijd waarin we leven. De helft van de bevolking in Abchazië is Georgisch. Die zullen heus niet zeggen: Oké, dan stappen wij wel op, pak die Russische geweren en roep je onafhankelijkheid maar uit,' zei Dina boos. Ik vroeg me af sinds wanneer ze zo politiek bewust was en of het met de gebeurtenissen in de dierentuin of met haar werk op de redactie te maken had.

'En denk je niet dat wij daar evengoed schuldig aan zijn?' vroeg Ira. 'Ik bedoel, onze president heeft niets anders gedaan dan met nationalistische leuzen schermen: "Georgië voor de Georgiërs!" en dat soort dingen. Ik bedoel, hoeveel verschillende etnische groepen wonen hier eigenlijk? Zijn dat geen Georgiërs? Wie beslist er wie erbij hoort en wie niet, wie beslist er over je identiteit?'

'Wacht, wacht, Abchazië moet wachten... We moeten ons om Nene bekommeren!' Ik had geen zin in deze discussie en wilde het weer over onze vriendin hebben.

'Ja, je hebt gelijk.' Dina, zoals altijd ongelofelijk snel in haar gedachtesprongen, was het met me eens.

'Deze keer moeten we haar het gevoel geven dat ze op ons kan rekenen. Dat we haar vriendinnen zijn, dat we achter haar beslissingen staan. En als ze ervandoor wil, moeten we haar helpen. Dat hadden we al eerder moeten doen, haar en Saba helpen...'

Opeens voelde ik me uitgeput. Mijn zomerse rust was maar schijn geweest. Ik bevond me opnieuw in het epicentrum van het gebeuren, werd opgeslokt door de duizelingwekkende voorvallen. Ik zuchtte en legde mijn hoofd op de koele metalen tafel. Dina aaide zachtjes over mijn haar. Wat had ik de tijd graag teruggedraaid naar de dag dat we in de Botanische Tuin waren ingebroken om daar van die hoge rots in het donkere water te springen. Wat leek alles toen gemakkelijk, de toekomst lag voor ons als een in geheimschrift geschreven boek dat we alleen moesten leren ontcijferen.

'Wat is er? Ben je het niet met ons eens?' Ira leek wat geïrriteerd, alsof ze geen tegenspraak duldde, alsof ze geen geduld meer had voor andere meningen. Ze staarde me aan.

'Natuurlijk ben ik het met jullie eens. Maar ik vraag me af wat we kunnen doen. Ik bedoel, iets wat echt helpt,' fluisterde ik uitgeput.

'Wat is dat nou voor opmerking! Alles wat nodig is.' Ira's slechte geweten maakte haar fel. Ik moest denken aan haar ongeremde tranen op de dag dat ze me uit de broodrij had gehaald. En ik had het gevoel dat ze hoopte dat Nene, nu ze haar liefste had verloren, haar weer net zo hard nodig zou hebben als vroeger. Elke logische tegenwerping leek me zinloos. En misschien hadden die twee ook gelijk, misschien kwam het helemaal niet meer aan op concrete oplossingen, misschien moesten we er gewoon voor haar zijn, bereid om alles te doen wat zij nodig achtte.

De stroom viel uit. We bleven in het donker zitten. Geen van ons verroerde zich.

Aan de hemel flikkerden plotseling de sikkelvormige maan en ontelbare sterren op. Voor een buitenstaander zagen we er vast uit als gelukkige mensen op een schilderachtige plek. We waren samen, een eenheid, en het universum leek ons goedgezind.

'Ik ga mee,' zei Ira. 'Naar dat kuuroord. Ik heb geld gespaard. Ik zorg gewoon dat ik in de buurt ben voor het geval ze me nodig heeft. Ik maak niet nog eens dezelfde fout,' voegde ze er met klem aan toe. 'Ik huur een kleine kamer en neem de bus, dat is voordelig, ook al ben ik dan een eeuw onderweg.'

Dina zei niets. Ze leek in gedachten verzonken.

'Wat vindt Nene daarvan?'

'Die weet het nog niet. Maar dat doet er ook niet toe. Ik laat haar niet nog eens in de steek,' benadrukte Ira met een zekere zelfvoldaanheid. 'Eigenlijk zou ik vanaf september twee semesters naar het buitenland kunnen. Maar dat heb ik al afgezegd.'

'Waar in het buitenland?'

Dina was opeens klaarwakker en keerde zich naar Ira toe.

'Ik ben voor een beurs voorgedragen en uitgekozen. De drie beste studenten van onze faculteit mogen met een volledig toelage naar Amerika. Naar Pennsylvania State University,' zei ze met een Amerikaans accent, alsof ze wilde laten horen hoe goed haar Engels was.

'Naar Amerika?' vroegen Dina en ik in koor. Amerika was het beloofde land, het verre land uit de films, het verboden, magische continent van onze dromen. Hadden we het goed gehoord, wilde Ira die kans echt laten lopen? Dat was zo dwaas, zo dom, dat we er geen woorden voor hadden.

'Ira!' zei Dina na een korte stilte verontwaardigd.

'Dat mag je niet doen!' wond ook ik me op.

'Nene gaat nu voor,' zei Ira met verbeten vastberadenheid.

'Maar...'

Ik verstomde, want ik merkte dat het zinloos was om druk op haar uit te oefenen. Ze had wroeging en die was sterker dan het verlangen naar verre landen, sterker dan haar niet-aflatende dorst naar kennis en haar wens om op een dag met die kennis grootse dingen te bereiken.

We wilden al naar binnen gaan, toen als uit het niets Rezo opdook. Met een kleine zaklamp zocht hij zijn weg door de duisternis. Hij was een welkome afleiding voor ons vastgelopen gesprek en we waren blij toen hij vroeg of hij bij ons mocht komen zitten, we boden hem de rest van onze maaltijd aan.

'Altijd die stomme priesters,' zei hij met een vermoeide zucht. 'Ze boycotten ons werk. Terwijl we meer mensen nodig hebben, we moeten alle muren en zolderingen blootleggen. Het is zo vermoeiend en zo dom.'

Om een voor mij onduidelijke reden mocht Dina hem meteen, ze wilde steeds meer van hem weten, vroeg hem het hemd van het lijf, en hij beantwoordde haar vragen met plezier. Dina's aantrekkingskracht was me bekend, maar dat zelfs deze stoïcijnse pragmaticus voor haar charme bezweek, maakte beslist indruk op me.

In de ochtendschemering, toen Dina op het roestige, piepende opklapbed naast me kwam liggen, zei ze op haar typische, geen tegenspraak duldende manier: 'Hij valt op je.'

Ik had van alles verwacht, maar dat niet.

'Je bent gek!' zei ik. Ik kon mijn ogen maar met moeite openhouden.

'Ja, echt, geloof me, ik heb een neus voor zoiets.'

'Volgens mij valt hij alleen op zichzelf. Het is een rare snuiter.'

'Hij is gewoon anders. Maar dat hoeft niet per se slecht te zijn.'

'Hoe anders? Anders dan wie?'

Achter in de kamer hoorden we Ira regelmatig ademhalen.

'Anders dan de mannen die jij kent.'

'Je bedoelt: anders dan wij.'

'Ja, voor mijn part: anders dan wij.'

'Toch is het onzin.'

'Alles wat hij zo euforisch vertelde, was voor jou bedoeld. Geloof me.'

'Júllie zaten toch de hele tijd te praten, en natuurlijk vindt hij het geweldig wanneer iemand als jij zich voor zijn dingen interesseert.'

'Hoe bedoel je: iemand als ik?'

'Je weet wel. Iemand als jij interesseert zich normaal niet voor de Rezo's van deze wereld.'

'Hij valt op je. En het is goeie vent, ik denk dat je hem een kans moet geven.'

Ik was nu klaarwakker en ging verontwaardigd rechtop zitten. Ik voelde me gekwetst dat zij, de emotionele orkaan, de onverzadigbare, actieve, rusteloze, mij aan zo'n arrogante saaie piet wilde koppelen, terwijl het voor haarzelf niet avontuurlijk en onconventioneel genoeg kon zijn.

'Ben je Levan vergeten? Bovendien is Rezo niet alleen anders... hij komt van een andere planeet.'

'Misschien, maar misschien is onze planeet ook niet meer bewoonbaar. Misschien wordt het tijd dat we naar een nieuwe wereld vertrekken, omdat de wereld die we kennen niet meer zo lang zal bestaan.'

Zulke betekenisvolle zinnen kwamen zelden uit Dina's mond. Ik verbaasde me over haar pessimisme, over de angst in haar zachte stem.

'Dina, wat is er met je?'

'Het gaat gewoon door, net zolang tot ze elkaar allemaal de keel hebben afgesneden. En Rati... die is uit op oorlog. Ze hebben al een paar winkels ingepikt die vroeger onder protectie van de Koridzes stonden. Dat kan niet lang meer goed gaan, het loopt uit de hand, ze hebben allemaal wapens. En Levan, ik zie jullie toch. Hij wordt steeds agressiever; als de bom niet gauw barst, stikt hij nog in zijn woede. Ik weet dat er tussen jullie iets is voorgevallen, ook al probeer je het geheim te houden. Je hebt je hier teruggetrokken als in een slakkenhuis, maar ooit moet je terug, of je wilt of niet. Ik hou van je, en het is al erg genoeg dat Nene in die situatie zit, dat Ira op het punt staat haar toekomst te vergooien, dat Saba dood is...'

Ze zweeg. Ze had haar gezicht van me afgewend, en wat zich daarop aftekende terwijl ze tegen me praatte, kon ik alleen maar raden. Iets in haar manier van praten, in de helderheid en bedachtzaamheid van haar woorden, klonk onrustbarend definitief.

'En hoe zit het met jou? Ik bedoel, waarom proberen we dan niet samen naar een nieuwe wereld te vertrekken, zoals jij het noemt?'

'Je weet dat ik hier thuishoor.'

'En waarom denk je dat ik hier niet thuishoor?'

'Omdat jij anders bent. Anders kunt zijn.'

'En jij niet?'

Ze gaf geen antwoord. Ik wachtte of ze nog iets zou zeggen en toen er niets meer kwam, raapte ik al mijn moed bij elkaar en stelde ik de vraag die de hele tijd door mijn hoofd spookte: 'Er is iets wat je me wilt vertellen, hè, Dina?'

Er volgde een kleine stilte, alsof ze zich afvroeg of ik de waarheid aan zou kunnen. Toen zei ze: 'Tsotne...'

'Wat is er met hem?'

'Hij wil meer... shit... dikke shit,' verzuchtte ze.

'Wat ga je doen?'

'Me verzetten. Zolang als ik kan.'

Die tweede zin verontrustte me nog het meest.

'Ik ga met Rati praten, ik neem de verantwoording op me, ik zal zeggen dat...'

Ja, wat? Wat kon ik zeggen behalve de waarheid, die hoe

dan ook fatale gevolgen zou hebben. Rati zou haar beweegredenen nooit begrijpen. Er broeide iets tussen Rati en Tsotne, het was een kwestie van tijd voor er een openlijke oorlog zou uitbreken. En de waarheid over de vijfduizend dollar, Rati's vermeende vrijbrief, was de lont in het kruitvat. Dina was voor Tsotne niet alleen een vrouw die hij heimelijk begeerde, maar ook een machtig wapen in de strijd tegen mijn broer. Er was niets waarmee hij Rati dieper kon vernederen.

'Heeft hij je pijn gedaan?'

'Nee.'

Ik wist niet of ik haar moest geloven. Ik haatte haar zwijgen en tegelijk was ik bang voor het moment dat ze zou vertellen wat er die nacht was gebeurd. De beelden die in mijn hoofd opdoken zodra ik me die scène voorstelde, stuitten me tegen de borst.

'We gaan slapen,' zei ze en ze trok haar dunne laken tot over haar oren.

Ik lag nog een tijd wakker. Natuurlijk, mijn rust van de afgelopen weken was een zeepbel. Binnenkort moest ik terug en zou de realiteit me overweldigen, de realiteit die bestond uit gevilde dromen, onverwerkt verdriet, brokken onverteerde woede. En waarom geloofde Dina dat ik moeiteloos in een nieuw leven kon stappen, terwijl zijzelf voorgoed een gijzelaar van onze tijd zou blijven? En hoe zat het met Ira? Ira, van wie we zulke hoge verwachtingen hadden, stond op het punt een unieke kans te laten schieten, alleen omdat ze dacht het goede te moeten doen. En waren mensen als Rezo echt wegwijzers naar een ander leven? Konden zij ons bevrijden uit de bekrompen wereld van wapperende was, fanatieke mannen, oorlogen en roestige schommels onder moerbeibomen? Moesten we hen volgen omdat zij misschien de toekomst waren, een nieuwe wereld zonder barsten en razernij, een wereld vol licht? Die nieuwe lichte wereld boezemde me evenveel angst in als de mij vertrouwde. Ik kende de spelregels er niet, ik kende geen vreedzame orde, geen regels voor een beschaafd gesprek en geen chique restaurants met extravagante gerechten. Dat waren vreemde sprookjes uit films of boeken, waarin mensen respectvol met elkaar omgingen en op blote voeten door groene parken flaneerden, waarin ze hun ouders alleen op feestdagen bezochten en vakantie in zonnige landen hielden, waarin ze in mooie auto's met geurboompjes reden, de plaatsen die ze bezocht hadden thuis met koelkastmagneten vastpinden en voor veel geld weelderige boeketten kochten, alleen om de ogen te strelen, alleen om ze zomaar in hun chic gemeubileerde woning neer te zetten. Het waren sprookjes over een wereld waar jonge mensen lang jong mochten blijven, waar ze de luxe hadden om zichzelf te zoeken en te vinden.

Ik kende dat allemaal net zomin als jij en toch heb jij, zoals altijd, gelijk gekregen. Op alle beslissende afslagen en kruispunten in het leven heb je gelijk gekregen. Ik vergeef het je tot op de dag van vandaag niet dat je mijn toekomst hebt voorspeld, omdat ik die toekomst helemaal niet wilde. Ik wilde nooit zonder jou naar een nieuwe wereld vertrekken. Ik haat het dat je mij door je dood op de vlucht hebt gejaagd en hebt laten worden wie ik nu ben. Niet omdat deze versie van mijn ik zo slecht is, nee, ik ben voor veel dingen dankbaar, en toch – ik zou er veel voor geven om te weten hoe het zou zijn als jij in leven was gebleven. Hoe het zou zijn om niet de overlevende van een totaal mislukte droom te zijn, om jou niet als ziener of icoon met veelgeprezen tentoonstellingen te vereren, zoals je alleen doden vereert. Maar om te ervaren hoe het leven zou zijn met jou als rusteloze vriendin aan mijn zijde, de alles eisende, onverzadigbare, onmogelijke vriendin met de meeste antwoorden op mijn eindeloze vragen. Ik verwijt het je niet meer, Dina, mijn vuurvreter, ik heb het begrepen, ik heb je altijd begrepen, en toch gaat er geen dag voorbij waarop ik je niet verder laat leven, je niet verweef met de jaren die er voor mij bij zijn gekomen. Op die manier ben je van mij, jouw toekomst is van mij, ik kan je met geluk overladen, ik kan je triomfen laten vieren en je alles laten inhalen wat je onthouden is.

Jij hebt het allemaal zien aankomen, terwijl ik in mijn naïviteit bleef ronddwalen. Jij moest op de inhaalstrook leven en ik kon je niet bijhouden. Die nacht ben je al begonnen aarzelend een toekomst voor me uit te stippelen, een toekomst ver van jou. Ik begreep toen niet wat je me daarmee wilde zeggen, maar je hebt me, zonder het zelf te weten, al voorbereid op je dood en me met Rezo een veilige veerman meegegeven, een veerman die me, anders dan Charon, uit de wereld van de doden zou terugbrengen naar die van de levenden.

De volgende twee dagen meden we elk deprimerend onderwerp. We dronken wijn en waren lichtzinnig en kinderlijk. We liftten naar Sighnaghi en aten daar van ons bijeengeschraapte geld in een eenvoudig restaurant. We lagen onder grote vijgenbomen en aten watermeloenen, die in stalletjes langs de weg werden verkocht. We zetten de transistorradio aan om naar muziek te luisteren, die per se vrolijk en mooi moest zijn. We haalden herinneringen op en vertelden elkaar anekdotes uit onze schooltijd, tot we moesten huilen van het lachen. We hielden elkaars hand vast, giechelden, vielen elkaar voortdurend om de hals en genoten van de avondschemering, waar we na de grote hitte van de dag reikhalzend naar uitkeken. We pokerden met de tijd en vroegen om uitstel. We paaiden de afgematte, stoffige hemel boven ons hoofd. We schonken vreugde en deden of we weer kinderen waren. We fladderden als gespikkelde vlinders over onze zorgen heen. We schudden alle pijn van ons af, zoals een natte hond waterdruppels afschudt. We staken onze tong uit naar het lot.

We kusten nog steeds het ongeluk.

DE ZEE VAN DE UITGEDOOFDEN

Maia, Rezo en ik bleven tot half augustus in Kachetië. Het geld raakte op en de laatste tijd verkeerden we in onzekerheid of we zouden moeten vertrekken zonder *De doop van Jezus* helemaal te hebben blootgelegd. Maar Maia wist op het laatste moment de benodigde pigmenten, lijnolie, caseïne en andere fixeer- en bindmiddelen te pakken te krijgen. Elke dag verwachtten we de zogenaamd door het bisdom bestelde experts uit de hoofdstad die een eindrapport moesten opstellen.

Ik kon niet langer vluchten voor mezelf, Tbilisi trok aan me, gedachten aan Nene, Levan, mijn familie en Dina hielden me 's nachts uit mijn slaap. Half augustus gaf Maia zich gewonnen. Ze zei dat ze geen hulpbronnen en reserves meer had. *De doop* zou voorlopig ons laatste werk zijn. Alle verdere restauratiewerkzaamheden waren door de kerk tot nader order uitgesteld, we konden hier niets meer doen.

We zaten met z'n drieën terneergeslagen in de tuin, de avond viel en iedereen was in gedachten verzonken, iedereen had met het oog op de terugkeer zijn eigen zorgen. Rezo had de kleine transistorradio aangezet en we aten pekelkaas met wat brood, komkommer en tomaten, die hun geur over het hele erf verspreidden.

'In elk geval hebben we *Nino* en *De doop* kunnen redden,' zei Maia in een poging ons met haar optimisme op te vrolijken.

'Ze hebben geen idee wat voor plezier we hun hebben gedaan, en dat voor zo'n hongerloon,' zei Rezo cynisch als altijd.

'Ja, we kunnen trots zijn op onszelf,' zei Maia.

Rezo had zijn voeten op een boomstronk gelegd en liet zijn blik ronddwalen. Hij was heel lang en zijn pezige, magere gestalte deed denken aan een ooievaar. Zijn bewegingen waren soepel en heel behoedzaam, hij bewoog zich zo zachtjes dat je altijd schrok als hij plotseling opdook, alsof hij zwevend binnen was gekomen in plaats van op twee benen. Zijn gelaatstrekken waren fijn als die van een meisje en heel regelmatig, op zijn enigszins spitse kin na, die invloed had op zijn manier van praten, alsof hij zijn mond vol water had. Zijn donkerbruine ogen waren vol vertrouwen en warmte, wat niet goed paste bij zijn verder altijd schalkse uitdrukking. Hij droeg korte broeken en overhemden met korte mouwen, wat hem niet zelden op een kritische opmerking van het kerkpersoneel kwam te staan. 'Ik werk hier tenslotte voor God. Die kan het me moeilijk kwalijk nemen dat ik het soms warm krijg,' was zijn enige commentaar. Iets wat ook niet goed leek te passen bij zijn beheerste optreden, was zijn indrukwekkend zware haargroei. Of het nu zijn dikke bruine lokken waren of zijn bakkebaarden die razendsnel aangroeiden, zijn baardstoppels, zijn beenharen of zijn borsthaar dat af en toe uit zijn overhemd puilde, alles aan hem wekte ontegenzeggelijk de indruk dat de natuur de spot dreef met zijn precisie. Mijn aanvankelijke aversie tegen hem was verdwenen, ik voelde me alleen nog niet helemaal bij hem op mijn gemak. Toch was er de afgelopen weken een merkwaardige band tussen ons ontstaan, die vooral door zijn scherpe humor en onze gesprekken werd gevoed. Ook vond ik het fijn als hij me op zijn uiterst tactvolle manier prees. Hij deed dat heel zelden; des te dankbaarder was ik als het gebeurde, want ik kreeg steeds meer waardering voor zijn kundigheid. Hij had zoveel meer ervaring dan ik, ik benijdde hem om zijn vakkennis en zijn durf, want hij sloeg vaak zeer onconventionele wegen in. Ik was ook onder de indruk van de rust die hij bij het restaureren uitstraalde, het in zichzelf gekeerde, de overgave die zijn blik op momenten van opperste concentratie verraadde en die me altijd weer aan Lika deed denken. En Dina had gelijk gehad: het beviel me vooral dat hij zo anders was dan alle andere mannen in mijn omgeving. Hij vormde een tegenpool van de mannenwerelden die ik kende. De wereld van mijn vader was zo wereldvreemd, zo weinig realistisch, alsof hij een kloosterleven leidde, ver van de aardse werkelijkheid. Aan de wereld van de jongens, die van Rati of Tsotne, wilde ik niet eens denken. Rezo vertegenwoordigde een mij tot dan toe onbekende soort, een heel andere categorie van de Georgische man, iemand die zich niets aantrok van patriarchale doctrines en mannelijke ethiek. Hij maakte zich er totaal niet druk om, sterker nog, hij weigerde elke maatschappelijke rol, waar hij zelfs de draak mee stak. Hij leek elke vorm van macht en patriarchale privileges te verfoeien. Alleen het feit dat hij niet eens een ei kon bakken, wees erop dat hij misschien toch een traditioneel vrouwbeeld had. Hij koesterde een regelrechte aversie tegen alle clichés en dogma's, maar vooral tegen mannelijke dominantie.

Hij maakte me steeds weer aan het lachen. Zijn zwarte, soms sarcastische humor viel bij mij in goede aarde; ik barstte telkens in schaterlachen uit. En zelfs Maia, die een heel ongecompliceerde en toegankelijke vrouw was, kon die verstandhouding tussen ons niet goed begrijpen. Het werd steeds duidelijker dat hij in mijn bijzijn in topvorm was, de ene kwinkslag volgde op de andere en ondanks ons geconcentreerde werk liet hij geen gelegenheid voorbijgaan om me aan het lachen te maken. Toch was ik ervan overtuigd dat Rezo ondanks alle aarzelende toenadering een vreemde voor me zou blijven en dat ik hem na ons verblijf in het klooster waarschijnlijk nooit meer zou zien.

Bij een van onze schaarse gezamenlijke ontbijten in de vroege ochtenduren, Maia was al van tafel gegaan, was het tot een gesprek gekomen dat me in eerste instantie verblufte, maar dat me de hele dag niet meer losliet.

'Jij zou een groot restaurateur kunnen worden, Kipiani.'

Dat hij me bij mijn achternaam bleef noemen, schiep een merkwaardige afstand tussen ons, het trok een grens, die juist weer een heel andere vorm van openheid mogelijk maakte.

'Ik bedoel, je zult in dit rare beroep nooit echt erkenning krijgen, laat staan roem en eer, dus weet waar je aan begint. Maar als je doorgaat en jezelf trouw blijft, zou je echt goed kunnen worden, verdomd goed. En je weet: ik zeg zoiets niet zomaar.'

'Ik sta toch nog helemaal aan het begin,' mompelde ik beschaamd.

'Maia en ik zijn beslist goede leermeesters, maar je moet ons achter je laten en weggaan, ik bedoel, ergens naartoe waar je ze echt iets kunnen bijbrengen, iets wat je uitdaagt. Wat wij hier doen heb je zo onder de knie. Als je in de tussentijd tenminste niet met een of andere idioot trouwt en de hele boel opgeeft.'

'Waarom denk je dat ik dat van plan ben?'

'Je bent verliefd, dat is duidelijk aan je te zien.'

Ik vroeg me af of hij ons afgeluisterd kon hebben, die avond dat Dina, Ira en ik bij kaarslicht in de tuin zaten en hij bij ons kwam zitten.

'Ik weet niet of ik dat ben.'

Ik stond er zelf van te kijken dat ik antwoord gaf. Een paar seconden eerder was ik beslist niet van plan om iets over mijn privéleven los te laten.

'Je bent het wel.'

'Je bent dus ook al expert in liefdesaangelegenheden?

Daar zie je anders niet naar uit.'

Ik had het nog niet gezegd of ik had er al spijt van.

Hij draaide zijn hoofd opzij en keek in de verte.

'Sorry, ik wilde je niet kwetsen. Ik bedoel, ik ken je helemaal niet...'

'Je hebt me niet gekwetst,' zei hij nors. 'Ik wilde het over je toekomst hebben, niet over mannen.'

'Jij begon erover,' zei ik koppig.

'Ik wil dat je verder komt, dat bedoelde ik met die opmerking.'

'Het is niet zoals je denkt.'

Ook die ontboezeming ontglipte me, ik was helemaal niet van plan om met hem over Levan te praten.

'Dat zeggen ze allemaal, en uiteindelijk belanden ze, net als onze gastvrouw hier, thuis achter het fornuis.'

'Je schijnt geen al te positief beeld te hebben van Georgische vrouwen.'

'Ik heb vooral geen al te positief beeld van Georgische mannen. En blijf van je vingers af, je zult ze nog nodig hebben.'

Hij keek me niet aan, hij zei het met afgewend gelaat en nipte van zijn koud geworden koffie. Ik had in gedachten verzonken op mijn duim zitten bijten.

'Jij ziet jouw vrouw dus niet... thuis?'

Ergens vond ik die vraag dom, maar ik wist niet hoe ik het anders moest formuleren.

'Wat is dat voor idiote vraag, leven we soms in de middeleeuwen?'

'Maar... ik bedoel, zou jij haar niet voor jezelf willen hebben?'

Ook die formulering was niet erg handig, maar ik voelde me geremd en kon gewoon niet op de goede woorden komen.

'Hoe bedoel je?'

'Ik bedoel, als je van iemand houdt, wil je hem met niemand delen...'
'Natuurlijk, ik ken die neiging.'
Dat antwoord verraste me.
'Maar het is een illusie om te denken dat je de enige voor iemand kunt zijn, dat je de wereld voor hem kunt vervangen. Hoeveel je ook van iemand houdt, je moet je partner de vrijheid geven, hij moet uit zichzelf naar je verlangen. Zo niet, dan wordt het niks. We hebben allemaal zoveel wensen en verlangens, één iemand kan daar nooit aan voldoen. Dat zou te veel gevraagd zijn.'
'Er zijn mensen die daar anders over denken.'
'Dat zijn domme, romantische, kitscherige ideeën. In een gezonde samenleving, in een land dat intact is, zou je verlangen naar liefde nooit mogen botsen met zelfverwezenlijking.'
'Ons land is dus niet intact?'
Even keek hij me verbluft aan, maar toen hij de ironie op mijn gezicht zag, begon hij op zijn spottende manier te grijnzen.
'Ik weet soms niet wat ik wil en dat is best vermoeiend,' zei ik gemaakt nonchalant en ik strekte mijn benen uit.
'Je bent nog jong, je hebt alle tijd van de wereld om erachter te komen, als je daarvóór tenminste geen domme fout maakt.'
'Samen zijn met degene van wie je houdt, is in jouw ogen dus een domme fout?'
Iets in zijn woorden provoceerde me, ook al wist ik dat hij het goed bedoelde en eigenlijk iets anders wilde zeggen.
'Als je afhankelijk van diegene bent wel.'
Ik begon onmiddellijk te blozen. Waardoor had ik me verraden?
'Ik zie je toch, Kipiani.'

'Je bent zelfingenomen.'

'Ik ben een realist.'

'Hoe moet ik dat nu weer opvatten?'

'Uit wat ik weet concludeer ik dat het gecompliceerd is. En gecompliceerd betekent in Georgië meestal: hij wil iets anders dan jij en verwacht een offer. Of zit ik er helemaal naast?'

'Ik kan het je niet vertellen...'

Ik gaf het op. 'Oké, het is gecompliceerd. Maar op een andere manier dan jij misschien denkt. En ik weet niet eens wat ik precies van hem wil.'

'Als je maar niet van jezelf leert houden via de ogen van een man. Dat is de fout die veel vrouwen maken...'

Ik wilde iets terugzeggen, maar Maia riep ons. We stonden gauw op, namen het servies en de resten van het ontbijt mee naar binnen en maakten ons vlug klaar voor de rit.

Op die avond van onze laatste werkdag zaten we dus in het zachte avondlicht, luisterden naar de kleine radio en aten de overrijpe en verrukkelijk ruikende tomaten.

'Goed werk, Kipiani,' zei hij opeens en hij keek me recht aan, wat hij heel zelden deed.

'Bedankt, grote meester,' antwoordde ik half schertsend, terwijl ik de rest van het brood in de heerlijke zonnebloemolie doopte.

'Ik heb gewoon een verdomd goede neus voor verborgen talenten,' zei Maia met een knipoog en ze stak een shagje op, wat ze zich altijd alleen gunde als het werk gedaan was.

'Kun je jou ook inhuren voor nieuwe opdrachten, Kipiani?' vroeg Rezo en ik was een beetje verrast door die vraag, want voor zover ik wist werkte hij meestal alleen en blijkbaar ook veel in onze buurlanden. Ik wantrouwde hem, zonder te weten waarom. Sinds Dina me op het idee had gebracht dat hij zich weleens voor me kon interesseren, wilde ik het tegendeel bewijzen.

'Ik zeg niet direct nee,' zei ik aarzelend. Tegelijk werd ik overspoeld door grote blijdschap, het leek me opeens een zoete, troostrijke belofte dat onze idylle misschien een vervolg zou krijgen.

'Mooi. Geweldig. Zo mag ik het horen.'

Hij klakte met zijn tong.

'Dan heb ik wel je telefoonnummer nodig.'

Ik knikte en schreef het voor hem op een stukje krant. Hij keek me aan, gaf me een knipoog en zei op zijn typische droge manier: 'Ik mag jou wel, Kipiani. Ik mag je echt. Ik hoop dat je je talent niet vergooit aan een van die nepwesternhelden.'

Ik dacht aan de meisjes uit onze buurt of van onze school die het hun familie naar de zin wilden maken en na hun verloving of huwelijk thuis zouden blijven. Ik vond het een belediging dat hij mij tot die vrouwen leek te rekenen. Zou ik die stap voor Levan zetten? Zou ik genoeg aan hem hebben, zou hij de hele wereld voor me kunnen vervangen? Ja, ik was omringd door zulke meisjes, die geloofden hun eigen vrijheid voor de mannen te moeten opofferen, die, zodra ze in de puberteit kwamen, zwoeren nooit meer hun eigen baas te zullen zijn. Die niet tegen de druk bestand waren omdat er voortdurend een dubieuze 'eer' moest worden verdedigd, maar die tegelijk hopeloos verliefd waren, verdoofd en beneveld en bereid om alles voor hun ontvlamde hartstocht op te offeren. Niet iedereen was zo sterk als Dina, bijna niemand kreeg de vrijheid als bruidsschat mee.

'Dat ben ik niet van plan,' zei ik en ik wou dat ik het met wat meer nadruk had gezegd. Ik dwong mezelf te glimlachen.

'Denk niet dat je een offer moet brengen. Degene die het offer ontvangt zal het nooit weten te waarderen, en degene die het offer brengt blijft met lege handen achter. Geloof me, ik weet waar ik het over heb.'

Voor het eerst sinds we elkaar kenden had zijn stem iets transparants, iets breekbaars, zijn geforceerde zelfgenoegzaamheid was van het ene op het andere moment verdwenen. Zijn woordkeus verwarde me, maar ik onderbrak hem niet, ik voelde dat het belangrijk voor hem was, dat dit inzicht hem pijn deed, dat hij uit eigen ervaring sprak. We stonden op het punt naar bed te gaan, Maia was al naar binnen, maar ik wilde ons gesprek niet beëindigen, ik wilde met volle teugen van het laatste beetje rust genieten. Dus keek ik hem vol belangstelling aan en probeerde hem duidelijk te maken dat hij door moest praten.

'Ik ben door zo'n moeder grootgebracht. En nu is ze een trieste, angstige, eenzame vrouw. Ach, genoeg hierover, Kipiani. Ik bedoel, ons land wemelt van zulke vrouwen, kijk maar om je heen.'

Uit de radio klonk een mooie melodie. De krekels sjirpten, de zon was allang onder en wij zaten in het donker, alleen iets verderop scheen een eenzame gloeilamp boven de ingang van het huis. Het leven was licht op dit moment, ook Rezo leek dat te voelen.

'Zullen we een potje rennen?' vroeg hij opeens, en ik moest een paar keer met mijn ogen knipperen om er zeker van te zijn dat hij het serieus meende.

'Rennen?'

'Ja, rennen, om het hardst, net als vroeger in je kinderjaren, heb jij nog nooit van je leven om het hardst gerend, Kipiani?'

'Jij wilt met mij om het hardst rennen?'

'Ik ga ook naar de wc, ik snurk in mijn slaap en bloed als ik me gesneden heb.'

'Nu meteen?'

Hij knikte, sprong op en ging demonstratief in de starthouding staan.

'Tot aan de inrit. Wie er het eerst is, heeft gewonnen!' riep hij vergenoegd.

Ik wist niet goed wat ik van dat zotte idee moest denken, maar ik was zo verrast dat ik hem automatisch volgde. Hij telde op dramatische toon af en we zetten het op een rennen. Bijna tegelijk kwamen we bij het roestige metalen hek aan en lieten ons hijgend en lachend in het droge gras vallen. Plotseling nam hij mijn hand in de zijne, die een beetje klam en warm was, hij deed het met dezelfde doelgerichtheid en zekerheid als waarmee hij gereedschap hanteerde. Ik was nog nooit zo dicht bij hem geweest. Hij rook op een merkwaardige manier vertrouwd. Ik vroeg me af wat voor stel wij waren, hier, op dit moment, in deze tuin, waarom we net voor ons leven hadden gerend, waarom we hier bij elkaar lagen en of het er niet pijnlijk uitzag, tegelijk ergerde ik me aan mijn geremdheid. Maar het was fijn om zo licht te zijn, alleen in het hier en nu, waar de krekels voor ons applaudisseerden en de hemel met sterren was bezaaid.

'En wie heeft er nu gewonnen?' mompelde ik toen ik weer op adem was gekomen.

Hij haalde alleen zijn schouders op en keek naar de lucht.

'Hoe oud ben je eigenlijk?'

Die vraag was me zomaar ontglipt.

'Lieve hemel, wat is dat nou voor onbeleefde vraag, Kipiani!' zei hij zachtjes lachend en zijn stem leek van heel ver te komen.

Hij sloot zijn ogen en ik deed hetzelfde, dat was sowieso gemakkelijker. Het was een nacht die je niet zomaar voorbij wilde laten gaan, een nacht die je wilde omarmen en vasthouden.

'Ik ben tweeëndertig,' zei hij en hij stond ineens op.

'Bedankt voor het rennen.'

Ook ik krabbelde wat onhandig overeind en ging voor hem staan. We stonden onnatuurlijk stijf tegenover elkaar, roerloos, maar wel rechtop, ik had zelden zo lang voor iemand gestaan en hem in de ogen gekeken. Iets in mij wilde dit moment vasthouden. Ik voelde me vrij bij hem, ik voelde me op een bijzondere manier schaamteloos, alsof het me niet uitmaakte of hij me mocht of niet. Het was een bevrijdend gevoel. Zo moet Dina zich voelen, schoot het door mijn hoofd. En: wat zou zij nu doen? Het volgende moment, zonder dat ik mezelf antwoord had gegeven, ging ik op mijn tenen staan en kuste Rezo op zijn droge lippen. Hij beantwoordde mijn kus niet, deed een stap achteruit alsof hij me ergens van wilde weerhouden, maar ik gehoorzaamde niet, ik was moedig, ik was dwaas, ik was Dina, en ik wilde hem en mij bewijzen dat ik geen slaaf van conventies was, dat ik me verzette tegen de wereld van mijn broer, dat Levan geen gevaar voor me vormde, dat ik me van hem los kon maken. Dus deed ik een tweede poging en drukte mijn lippen nog steviger op de zijne. Toen opende hij zijn mond en voelde ik zijn tong.

'Niet zo vlug, ik geloof niet dat je dit wilt, Kipiani...'

'Noem me niet zo, noem me Keto,' zei ik en ik kuste hem opnieuw. Deze keer beantwoordde hij mijn kus vastberadener, hij trok me tegen zich aan, drukte me aan zijn borst. Het voelde goed om voor het eerst in mijn leven geen sprankje twijfel te koesteren tegenover een man. Ik begreep zelf niet wat me zo moedig maakte, maar dat kon me op dat moment niets schelen. Ik mocht mezelf zoals ik was, ik wilde zo zijn, zo blijven...

'Ik geloof echt niet dat je dit wilt, Keto,' zei hij in een laatste poging zich van me los te maken. Dat 'Keto' bezorgde me kippenvel, het klonk zo intiem uit zijn mond, als een frivole ontboezeming.

'Jij weet niet wat ik wil,' zei ik. 'Zullen we gaan?'

Ik wees met mijn hoofd naar het huis. Hij keek me sceptisch aan. Hij leek te twijfelen, maar kwam toen met zachte passen achter me aan. We gingen het slapende, stille huis binnen en liepen de brede stenen trap op naar de eerste verdieping, waar onze slaapkamers naast elkaar lagen. Ik opende mijn kamerdeur. Hij bleef in de deuropening staan.

'Kom binnen,' zei ik en ik knipte het bedlampje aan. Ik vond het bijna jammer dat de stroom het deed, een kaars had beter gepast, ook moesten mijn ogen na het donker buiten weer aan het licht wennen.

'Kipi... Keto, laten we voorlopig vrienden blijven, voor er iets stukgaat wat nog moet groeien. Ik wil met je blijven werken, ik wil niet dat er iets tussen ons komt...'

'Vind je me niet leuk?'

Ik was op het piepende bed gaan zitten en keek hem recht aan.

'Natuurlijk vind ik je leuk en mijn aarzeling betekent niet dat ik niet ook bij je wil zijn...'

Het verbaasde me hoe duidelijk hij alles onder woorden kon brengen, zelfs in deze situatie.

'... maar ik denk dat je iets anders zoekt. Op dit moment is het gewoon een opwelling, meer niet, morgen heb je er misschien al spijt van en zul je...'

'Als je zo doorgaat, krijg ik er zeker spijt van. Dus, kom je nou binnen of niet?'

Ik voelde dat de van Dina geleende moed me in de schoenen zou zinken als hij nog langer weigerde af te maken wat in de tuin was begonnen.

Opeens leek hij zich te vermannen, kwam met snelle, resolute passen de kamer binnen en ging naast me op het bed zitten. Toen tastte hij naar het lampje en deed het licht uit. Ik was hem dankbaar, we waren allebei aan het donker gewend en voelden ons erbij thuis. Ik voelde een hevige onrust opkomen, mijn moed nam met de minuut af. Ik vroeg me af wat ik hier deed, wat mijn bedoeling was, wat ik mezelf probeerde te bewijzen. Hij nam mijn hand in de zijne en opeens leek alles weer licht. Maar hij deed niet wat ik had verwacht. Hij ging op het bed liggen, maar toen ik mijn T-shirt over mijn hoofd trok en het op de grond liet vallen, pakte hij zacht mijn pols en hield me tegen. Ik had opeens geen kracht meer, een eeuwenoude vermoeidheid maakte zich van me meester en ik zakte in mijn kussen en luisterde naar de nacht. Hij aaide met zijn hand over mijn gezicht en ik merkte opnieuw hoe lekker hij rook. Hij streelde mijn hals, begroef zijn gezicht in mijn nek en kuste mijn slapen. Ik voelde me net een kind, en misschien was dat precies het gevoel dat hij me wilde geven. Hij streelde me, maar zijn behaarde hand bleef nergens liggen.

'Het komt allemaal goed. Je zult je weg wel vinden. Wees niet bang,' fluisterde hij in mijn oor.

Zijn stem klonk weer vreemd ver weg, maar hij kalmeerde me, wiegde me in slaap. Mijn lichaam ontspande zich, de rusteloosheid was uit mijn ledematen verdwenen, nu wilde ik alleen nog maar uitrusten en slapen. Waarschijnlijk had hij gelijk, waarschijnlijk zou ik hem dankbaar zijn dat hij me ervan had weerhouden iemand anders te willen zijn...

Toen ik de volgende ochtend wakker werk, leek de vorige nacht een verre droom.

Op de terugweg zaten we in een KamAZ-vrachtwagen, ik weet niet meer van wie die auto was. Maia zat met de chauffeur voorin en Rezo en ik zaten op een provisorische houten bank in de laadbak achterin. Het was broeierig en de lucht die ons tegemoet waaide, gaf geen verlichting. We zeiden geen woord over onze nachtelijke ontmoeting. Hij deed zoals altijd: lichtelijk arrogant en wat nors, af en toe gaf hij me een knipoog of grijnsde hij dubbelzinnig. Ik probeerde beheerst en volwassen te lijken.

We reden langs een eindeloze rij cipressen, het spel van de zon, die telkens tussen de bomen op- en wegdook, was magisch en maakte dat ik tranen in mijn ogen kreeg. Ik ging terug en mijn hart sloeg over van blijdschap en bezorgdheid tegelijk. Sinds lang voelde ik voor het eerst zoiets als tevredenheid en zelfs een beetje trots op mezelf. Ik had het allemaal voor elkaar gekregen, ik had Nino's eeuwenoude ogen weer laten stralen en deze twee mensen niet teleurgesteld.

Altijd als ik aan dat tafereel denk, aan dat spel van licht en schaduw op ons gezicht, aan de wind in Rezo's dikke haar, voel ik die enorm sterke band met hem, die vermengd is met een tikkeltje spijt en tegelijk met dankbaarheid voor zijn geduld en zijn vermogen om me te vergeven. En dan bedenk ik dat ik hem zou moeten bellen om te vragen hoe het met hem gaat, in de hoop dat de tijd alle teleurstellingen heeft weggenomen en mijn stem hem blij kan maken. Ik denk aan die zonovergoten rit, toen ik begreep dat er achter de façade van arrogantie een onvoorstelbare tederheid schuil kan gaan.

Vlak voordat we de stad bereikten, zagen we een paar militaire voertuigen, en hoe verder we kwamen, hoe meer auto's er stonden en hoe meer met wapens behangen soldaten er door de straten liepen. In de buurt van het vliegveld stond een tank, waar zich een kleine oploop omheen had gevormd.

'Wat is hier in godsnaam aan de hand?'

Rezo leunde uit de auto en probeerde iets te zien. We wisten van niets. En het was fijn je in onwetendheid te kunnen hullen, nog een paar uur, misschien nog maar minuten. Ik had iedereen moeten toeroepen: Wacht nog, wacht, rij niet verder, stap uit, verstop je voor wat er komt, verstop je voor die mannen met hun geweer, verstop je voor die kinderverslindende monsters en de in de tanks huizende geesten, ren voor je leven... Maar het was te laat, de strop om onze hals was allang aangehaald.

En zo hoor ik Rezo in 1992 roepen: 'Hé, jullie voorin, kunnen jullie de radio even aanzetten?' Nu ik hem zevenentwintig jaar later loslaat, hem aan zijn wanhoop en verbijstering prijsgeef, met al mijn onvermogen om de vriendin voor hem te zijn die hij verdient, om loyaal, toegewijd, trouw en ook behulpzaam van hem te houden, nu ik in deze feestelijk verlichte zaal een stuk dichter bij mezelf kom en mijn verdriet wegslik als een bitter, maar noodzakelijk medicijn en zo meteen de oorlog in glijd, zachtjes, onschuldig, als op schaatsen, de stad in, die steeds dichterbij komt – nu hoor ik het meer dan twintig jaar oude antwoord uit het open raampje aan de bestuurderskant: 'Is helaas kapot.'

Voordat we van de Vliegveldstraat afsloegen naar de binnenstad, werden we tegengehouden bij een kennelijk haastig ingerichte, provisorische controlepost, waarvoor zich een file had gevormd. We wachtten geduldig tot we aan de beurt waren. Mchedrioni-leden controleerden de papieren van de passanten.

'Wat is er aan de hand?' vroegen Maia en Rezo in koor.

'We zijn Abchazië binnengetrokken. Dat was ook hoog tijd,' zei een van de twee wachtposten met onmiskenbare trots. 'We zijn gemobiliseerd en hebben onze handen vol,' voegde hij er zelfingenomen aan toe, 'papieren, vlug een beetje en geen gelul.'

Ik herinner me dat we elkaar aankeken maar niets zeiden. Een eeuwigheid later hoorde ik Rezo zeggen: 'Oorlog dus.'

Oorlog dus. Ons land was veranderd in Chronos, die zijn eigen kinderen begon te verslinden.

Ik werd als eerste in Sololaki afgezet. Rezo stapte samen met me uit en vroeg of hij me moest helpen met mijn tas, waar ik vriendelijk voor bedankte. Toen kwam hij naar me toe en drukte me stevig tegen zich aan.

'Pas goed op jezelf, Kipiani. En bel me wanneer je maar wilt, mijn nummer heb je. Ik zou het fijn vinden om je gauw weer te zien.'

'Dank je voor alles, Rezo,' zei ik wat onhandig. Daarna nam ik afscheid van Maia, die een hekel had aan afscheid nemen en me vlug afwimpelde. Toen rende ik met een paar treden tegelijk de trap op.

Daar komt Nene aangetrippeld, duidelijk aangeschoten, maar in een opperbest humeur. Ze heeft bekijks en geniet ervan. Ik bewonder haar perfect zittende kleren, haar make-up, ze trekt me weg van de foto's aan de wand en eist mijn aandacht op alsof zij het eigenlijke onderwerp van deze tentoonstelling is.

'En, hou je het een beetje vol?' fluistert ze me opgewonden in het oor, terwijl ze zwaait naar iemand achter in de zaal.

'Het gaat. Dank je. Zo te zien sla jij je er uitstekend doorheen.'

Ik vraag me af waarom mijn toon zo bits klinkt. Het lichte verwijt ontgaat haar niet en ze geeft me een kneepje in mijn arm.

'We zijn niet allemaal zoals jij, Keto,' zegt ze veelbetekenend, en ik kijk haar met een half lachje aan. We weten wat we aan elkaar hebben. Dat is niet verdwenen, dat zal nooit verdwijnen.

'Voorziet je nieuwe aanbidder je van de gewenste drankjes?'

Ik geef haar een knipoog.

'Het is echt een schatje,' zegt ze terwijl ze doorloopt, blijkbaar wordt ze geroepen, iemand wenkt haar, ik kan niet precies zien wie.

'Waar is Ira?' wil ik nog weten, ze haalt demonstratief onverschillig haar schouders op. Zal daar ooit een eind aan komen? Zal ze haar ooit kunnen vergeven? En aan welke kant sta ik eigenlijk? Heb ik ooit duidelijk stelling genomen? Ik dacht van wel, in elk geval veronderstelde ik dat onze vriendschap in het slop was geraakt omdat ze mij in stilte verweet dat ik Ira's kant had gekozen en haar standpunt niet fel genoeg had verdedigd. Of omdat ze aannam dat ik vanwege mijn persoonlijke betrokkenheid opgelucht was over wat er met haar broer is gebeurd. Maar dat is niet zo. Dat zou ik graag tegen haar willen zeggen, maar het zou waarschijnlijk niets veranderen. Ze ruikt naar vanille en naar zoete vermout. Als je naar haar kijkt is het moeilijk om niet aan zondige dingen te denken, ik begrijp die jonge Belg wel. Heupwiegend trippelt ze weg op haar moorddadig hoge hakken.

En ik denk aan ons weerzien aan het eind van die ademloze zomer, toen ik haar bij de ingang van de Botanische Tuin trof en niet goed wist hoe ik moest reageren. Mijn verbazing over haar verschijning, haar bovenaardse zelfverzekerdheid en de rust die er toen van haar uitging, voel ik nu nog. Nooit eerder en nooit meer erna heeft ze zo'n majestueus zelfvertrouwen uitgestraald als tijdens haar eerste zwangerschap, de liefde voor haar ongeboren kind en de oplevende verbondenheid met haar dode geliefde stonden als een beschermende muur om haar heen. Ik had haar een aantal weken niet gezien en wilde haar voor ze met haar moeder naar de Krim vertrok beslist nog spreken, maar toen ze bij de ingang van de Botanische Tuin op me afkwam, geloofde ik mijn ogen niet. Ik kon niet begrijpen dat die excentrieke, theatrale vrouw mijn vriendin was. Ze had altijd al graag felle kleuren gedragen, dat wel. Maar nu had haar uitdossing iets potsierlijks, ze was in de ware zin van het woord gekostumeerd, alsof ze een ander mens wilde worden. Ondanks de hitte droeg ze kniehoge laarzen, een wit met rood gestippelde jurk en een pettycoat van tule, die aan een tutu deed denken. Aan haar oren bungelden reusachtige oorbellen, haar decolleté was zo gewaagd dat het moeite kostte je op een ander lichaamsdeel te concentreren, en haar gezicht was zo zwaar opgemaakt dat je onvermijdelijk aan een figuur uit de commedia dell'arte moest denken. Wat stelde die verkleedpartij voor? Ik vroeg me af of ik er iets over moest zeggen of moest doen alsof alles was zoals altijd.

Ze gaf me een arm alsof er niet een dode en een nieuw leven tussen ons lagen, en we flaneerden door de groene oase van onze kindertijd. Ik was bang voor wat ik haar wilde vragen en vond het afschuwelijk het te moeten doen. Maar de gedachte aan Ira en haar gemiste kans liet me niet met rust. Ira moest naar Amerika, ze mocht niet hier blijven. Wij, Dina en ik, zouden Nene helpen, deze keer zouden we het doen, en zij zou onze hoop niet weer teleurstellen. Ira zou studeren aan het andere eind van de wereld, ze was een van de uitverkorenen, ze mocht die nieuwe wereld voor zichzelf ontdekken, een wereld die geluk beloofde en avontuur. Ira ging plaatsvervangend voor ons allemaal. Wij zouden haar als een schaduw over de oceaan vergezellen en met haar hulp zouden ook wij het grote avontuur wagen. Nene zou het begrijpen, daar was ik van overtuigd, en haar afbrengen van het plan om haar achterna te reizen naar de Krim.

Nene was blij me te zien, ze zei steeds weer dat ze ons miste en repte met geen woord over de mannen, niet over haar broers en niet over de mijne. Ook over Saba leek ze niet te willen praten, net zomin als over haar zwangerschap, waar ik aanvankelijk ook niet over begon. En dus kwam ik, nadat ik over mijn verblijf in Kachetië had verteld, snel ter zake: 'Ira is van plan om met je mee te gaan.'

'Wat? Waarheen?' Ze had geen idee waar ik op doelde.

'Naar de Krim. Ze zei dat je daar binnenkort met je moeder vakantie zou houden.'

'Niet de Krim, Sotsji. En waarom zou Ira met me meegaan?'

'Nou ja, je weet wel... Ze wil je helpen als je moeder erachter komt. Ik ben blij voor je, Nene, ook voor Saba... Ik bedoel, je zult een fantastische moeder zijn,' zei ik en ik schaamde me voor mijn onbeholpen woorden.

'Ik weet Ira's trouw te waarderen en ik weet ook dat ze mij een ander leven had toegewenst.'

De manier waarop ze dat zei gaf me een stomp in mijn maag.

'Ik laat het kind niet weghalen. Wat mijn moeder ook zegt, wat mijn oom of mijn broers ook doen. Dan zullen ze eerst mij moeten ombrengen.'

'Klets geen onzin...'

'Het is geen onzin. Ze zullen zeggen dat het een schande is, en schande is voor hen erger dan de dood.'

Ik moest meteen aan Rati denken, maar verdrong die gedachte gauw, dit was niet het goede moment om over onze broers te praten.

'Ze zullen je waarschijnlijk dwingen te zeggen dat het Otto's kind is.'

'Dat zal ik nooit doen! Ik ga niet het kind van een moordenaar uitdragen! Het is al erg genoeg dat mijn oom de moordenaar van mijn man dekt!'

We naderden de waterval. Geen kinderen, niemand. Je hoorde alleen het meerstemmige vogelgezang en de krekels.

'Ik zou niet weten wat ik zonder Ira moest, ze geeft me moed,' zei ze opeens. Waarop ik al mijn moed bijeenraapte en zei: 'Je moet het Ira uit het hoofd praten.'

Het was me duidelijk dat ik haar dwong afstand te doen van degene die haar in deze tijd waarschijnlijk het meeste houvast gaf.

'Waarom?'

In een paar zinnen vertelde ik haar over de uitnodiging naar Pennsylvania.

'Verdorie, daar heeft ze me niets over verteld,' mompelde ze terwijl ze de zweetdruppels van haar voorhoofd veegde.

'Ze heeft al voor die beurs bedankt. Ze wil niet naar ons luisteren.'

'Ze moet gaan.'

Ik hoorde aan Nene's stem dat die woorden haar moeite kostten, haar zekerheid verdween.

'Ik weet dat wij Ira niet kunnen vervangen, maar wij zullen er voor je zijn, ik wil dat je dat weet. We hadden je allemaal beter moeten beschermen...'

'Ach, onzin. Niemand had me kunnen beschermen. Wie kan je beschermen tegen je eigen familie, Keto? Vertel me dat eens.'

Ze rommelde in haar tas en haalde er een pakje sigaretten uit. Voor ze er een opstak, keek ze onderzoekend om zich heen.

'Eigenlijk zou je niet...' zei ik automatisch. In feite had ik geen idee wat ze wel en niet moest, wat wij allemaal wel en niet moesten.

'En Saba zou niet dood moeten zijn en zijn moordenaar niet in leven. Het kind zou een vader moeten hebben en God zou de bliksem bij mijn familie moeten laten inslaan. Op z'n laatst op de dag dat Otto Tatisjvili een ring aan mijn vinger schoof, had hij dat moeten doen.'

Ze praatte volkomen rustig en monotoon. Door haar koppigheid schemerde het jonge meisje heen, opeens was de bedachtzame, beschermende moeder verdwenen en stond het eigenzinnige, egocentrische, onverstandige meisje weer voor me, dat niet zichzelf mocht zijn.

'Hoelang blijft ze weg?'

Ze leek iets van zich af te schudden, ze liep door en veranderde van onderwerp.

'Ik geloof dat het om twee semesters gaat. En haar Engels is echt verdomd goed, ik bedoel...'

'Ja, weet ik. Ze kan eigenlijk alles, behalve...'

'Behalve?'

Ik kreeg geen antwoord, in plaats daarvan keek ze naar de oeroude, betoverde bomen waar we net langs liepen. Ik dacht na over iets wat ik niet hardop zou uitspreken, maar wat me sinds Ira's bezoek in Kachetië niet meer losliet: naast professionele kansen zag ik voor Ira vooral zoiets als een persoonlijke bevrijding. Ik hoopte dat ze Nene door de afstand van haar niet meer zo hard nodig zou hebben. Ik wenste haar toe dat ze gelijkgezinde en gelijkgeaarde mensen zou vinden en de mogelijkheid kreeg om zichzelf te zijn.

'Ik zal met haar praten,' zei Nene na een lange stilte.

'Ik weet dat het moeilijk is, het is voor ons allemaal moeilijk om haar juist nu te laten gaan, maar...'

'Heb jij hem laten gaan?' vroeg ze en ze keek me met haar waterblauwe ogen recht aan.

Ik boog mijn hoofd. Ik wist wie ze bedoelde en had geen antwoord op die vraag. Sinds ik terug was, had ik hem niet gezien, er werd gezegd dat hij met zijn ouders de stad uit was en dat het slecht ging met zijn moeder. En altijd als ik het hofje insloeg, keek ik naar zijn woning om te zien of de luiken open waren, en telkens zuchtte ik teleurgesteld als ik vast moest stellen dat er niemand was.

'Hij heeft al weken niets van zich laten horen, Nene.'
'Hij wordt nooit meer wie hij was. Dat moet je beseffen, Keto.'

Ik verbaasde me over die glasheldere en intrieste woorden uit Nene's mond, uit de mond van de grootste optimiste die ik ooit had gekend. Ze verwachtte geen antwoord, maakte rechtsomkeert en gaf te kennen dat ze terug wilde, naar huis, naar het slagveld.

Met de zachte, betoverende herfst begon het kaartenhuis dat ons land was in te storten. Ondanks de begin september overeengekomen wapenstilstand spoelde de zee in de daaropvolgende weken steeds meer lijken aan. Mensen die eerst zij aan zij hadden geleefd, waren nu vijanden. Vluchtelingen stroomden naar het binnenland, weerloos blootgesteld aan de willekeur van Russische wapens. De zogenaamde Georgische strijdkrachten bestonden uit argeloze huisvaders en minderjarige jongens die zo van de straat in vrachtwagens werden geladen, uit een paar romantische patriotten die per se de held wilden uithangen, uit kunstenaars die vroeger pacifisme hadden gepreekt en zich nu, bevangen door een vreemde koorts, geroepen voelden hun land te verdedigen – en uit aanhangers van de Mchedrioni, die hun rooftocht voortzetten. Maar het was ook het magische, als uit het niets opgedoken wondermiddel heroïne dat de mannen de oorlog in lokte. Wij kenden het kleur- en reukloze gif nog niet, we hadden geen idee wat een enorme betovering ervan uitging en wat een zielendief het was, wreder dan de oorlog en de Russische kalasjnikovs vloeide het door onze straten. Maia en haar onverwoestbare enthousiasme brachten me terug naar de academie, en ik klampte me vast aan de onregelmatige regelmatigheden van mijn studie. Af en toe dacht ik aan Rezo, ik haalde meer dan eens zijn telefoonnummer uit de la, maar liet het er uiteindelijk bij zitten. Wat moest ik tegen hem zeggen?

Begin september moet het geweest zijn toen er bij ons werd aangebeld, en ik weet nog dat mijn knieën begonnen te knikken en mijn mond op slag droog werd. Ik kon geen woord uitbrengen. Levan nam me zonder iets te zeggen in zijn armen en fluisterde me in het oor: 'Het spijt me, het spijt me zo erg, neem me alsjeblieft niet kwalijk, ik zal je nooit meer pijn doen, ik hou van je, Keto!'

En zelfs al had ik hem niet geloofd, ik had die woorden nodig, ik had ernaar gesnakt, en op dat moment had ik het gevoel dat iemand me had bevrijd uit een donkere kamer zonder ramen, waarin ik maandenlang opgesloten had gezeten. Alles viel van me af en dat was heerlijk. Ik sloeg mijn armen om hem heen en geloofde even dat het ergste voorbij was, dat we vanaf nu alleen nog geluk zouden oogsten, als schadeloosstelling voor alles wat achter ons lag.

Ik weet nog dat ik met hem meeging zonder het tegen iemand te zeggen, ik trok snel mijn gympen aan en volgde hem in de warme septemberzon. Doelloos dwaalden we rond. We vergaten onszelf, we vergaten de stad, de wereld viel van ons af als de korst van een genezen wond, en in die uren voelden we ons inderdaad genezen, door onszelf, van onszelf.

Hij praatte over Saba, aan één stuk door praatte hij over zijn broer, en hij herinnerde zich alleen de goede en mooie dingen van hem. Ik luisterde en zoog elk woord in me op, alsof ik al wist dat we zulke momenten niet vaak meer zouden delen, en ik ervoer dat moment als wat het moest zijn: een liefdesverklaring aan mij, aan ons. Ik gaf hem een arm, ons samenzijn voelde zo vanzelfsprekend, zo natuurlijk. En hij was teder en attent, bood me zijn spijkerjasje aan toen de zon onderging, hij sloeg voor ieders oog zijn arm om mijn schouder; wat was ik hem dankbaar voor dat gebaar. Op een gegeven moment, het moet in de buurt van Pikris Gora zijn geweest, trok hij me tegen zich aan en kuste me hartstochtelijk. En ook die kus leek licht, alsof we sinds onze kindertijd niets anders hadden gedaan dan elkaar kussen.

Met hem naast me voelde ik plotseling weer zoiets als liefde voor onze mishandelde, zwaarbeproefde en in een chaos belande stad, die sinds haar oprichting 1500 jaar geleden niets anders leek te kennen dan bezetting, bevrijding, bloed en tranen, oorlog en nog eens oorlog. En daartussenin al die levens en al die mensen, die eeuw na eeuw vochten voor hun kleine portie geluk en van wie het lot zo vaak elders werd bezegeld. Ook wij waren nu een deel van haar, ook in ons stroomde het bloed van hen die hier waren gesneuveld en die haar hadden gebouwd, die waren verraden, die hier hadden feestgevierd en bemind, die waren opgepakt en gedeporteerd, die plotseling waren verdwenen en geen graven hadden achtergelaten, alleen sporen tot in het oneindige. Ook wij waren aan haar beloofde bruiden. Ze hield ons stevig in haar greep en toch wilden we die dag aan haar ontsnappen, haar te slim af zijn en haar een poets bakken, we voelden ons onoverwinnelijk, want we waren verliefd, en verliefde mensen hebben het recht om niet door de wereld te worden geraakt.

Een vriend had hem de sleutel van zijn woning gegeven. Daar konden we heen, zei hij, als ik het tenminste wilde. Ik aarzelde even. De herinnering aan onze laatste toenaderingspoging zat nog in mijn botten. Maar toen ik hem aankeek en zijn lichte gezicht zag, was de angst op slag verdwenen. 'Oké, laten we gaan,' zei ik en ik pakte zijn hand. Ik verbaasde me over mijn doortastendheid. Bij de universiteit stopte ik bij een telefooncel om naar huis te bellen. Ik wilde niet dat mijn vader of de baboeda's mijn broer erop uit zouden sturen om ons te zoeken. Ik verzon een geloofwaardige smoes waarom ik die nacht niet thuis zou komen en hing op.

Het was een muffe, propvolle woning met allemaal cactussen in de vensterbanken. Levan leek de vertrekken te kennen, hij wist er de weg en stak een petroleumlamp aan. Daarna schilde hij een paar kaki's, zorgvuldig alsof hij een operatie verrichtte, en gaf ze aan me. In het schaarse licht had zijn gezicht iets van een heilige, met zijn dikke haar en zijn markante jukbeenderen deed hij denken aan een martelaar. Sinds we die groezelige woning waren binnengegaan, had zich een merkwaardige, koortsachtige opwinding van hem meester gemaakt.

'Heb je met Rati gepraat?'

Ik greep de gelegenheid aan om die voor mij zo belangrijke vraag te stellen.

'Dat zal ik doen, beloofd.'

'Ik ben geen geheim dat je moet bewaren, ik wil die absurde schuilplaatsen en dat geheimzinnige gedoe niet meer. Ik kan dat niet...'

Ik wilde dat hij me aankeek en raakte zijn kin aan.

'Als je wilt, praten we samen met hem. Ik ben niet bang voor mijn broer,' zei ik en ik vroeg me tegelijk af of het wel waar was, of Rati's woede – en hij zou woedend zijn, dat stond vast – me echt niets zou uitmaken.

'Geen sprake van, ik moet dat alleen regelen.'

Hij wachtte mijn antwoord niet meer af, in plaats daarvan stond hij op en begon me wild te kussen. Ik gaf toe, ik wilde niets meer uitstellen. Hij knoopte mijn blouse los en hield mijn hand tegen toen ik zijn shirt omhoog wilde trekken.

'Blijf zo. Blijf zo staan,' zei hij en zijn handen begonnen op me rond te kruipen als hagedissen. Hij kleedde me langzaam uit en ik moest al mijn moed bijeenrapen om zijn blik te doorstaan. Op het laatste moment weerhield ik hem ervan mijn broek uit te trekken. De laatste omhulsels mochten pas uit als de lamp was gedoofd, als het donker was en hij mijn littekens niet kon zien. Hij ging zo geroutineerd en zelfverzekerd te werk dat ik een steek van jaloezie voelde, ik vroeg me af waar en met wie hij dat allemaal kon hebben geleerd. Die vanzelfsprekende gebaren, de geroutineerde kussen die hij over mijn hele lichaam verspreidde. Zijn blik, zo schaamteloos en direct, alsof hij een ervaren man was en geen jongen die deed of hij volwassen was. Hij was behoedzaam, hij wilde me genot bezorgen. De Levan uit de auto in het bos leek verdwenen. Ik hoopte, nee, ik maakte mezelf wijs: voorgoed.

Ik verkende zijn lichaam met kinderlijke nieuwsgierigheid, ik wilde het in kaart brengen, ik wilde het vasthouden met al zijn krassen en butsen, met zijn warmte en onrust. Hij liet het toe, hij gaf zich over, en toch, toen ik lager kwam, trok hij me met een ruk omhoog en gooide me op het bed.

'Dat moet je niet doen.'

Ik begreep niet wat hij bedoelde. Ik zei niets, ik begreep niet waarom mijn verlangen om hem ongeremd te beminnen hem zo tegenstond. Ik slikte mijn verwarring, mijn opnieuw gewekte onbehagen weg.

En in diezelfde lauwe septembernacht waarin ik zo hongerig liefhad – in mijn fantasie was het dezelfde nacht, ook al weet ik dat het niet zo geweest kan zijn, omdat er minstens dagen, zo niet weken tussen de gebeurtenissen gelegen moeten hebben –, gaven ook mijn vriendinnen een andere wending aan de geschiedenis, deels met opzet, deels zonder zich bewust te zijn van de consequenties. In mijn herinnering zijn die gebeurtenissen voor altijd onlosmakelijk met elkaar verbonden. Ze hebben met elkaar te maken, ze lijken in elkaar te grijpen, het zijn verschillende lijnen van hetzelfde verhaal, want ik kan niet over mezelf vertellen zonder hen. Zonder Dina, Nene en Ira zou ik een fragment blijven.

Nene pakte haar koffer die mee zou gaan naar de Zwarte Zee. Maar wel naar een kust van die zee waar geen lijken aanspoelden. En ze had haar trouwste vazal ontboden in haar domein, dat ze inmiddels met een sleutel afsloot, alsof ze het ongeboren kind tegen elke schadelijke invloed, tegen elk kritisch woord, elke onvriendelijke blik van haar familie wilde beschermen. Het was laat, haar moeder sliep, Tsotne was nog op pad en Goega bracht sinds kort al zijn tijd door in een sportclub. Saba's dood had ook bij hem sporen achtergelaten, al waren ze nooit bevriend geweest. Hij trok zich steeds meer terug uit het leven van zijn broer en zijn oom en stortte zich op zijn oude hobby's. Hij was altijd al gek op sport, maar meer als gepassioneerd toeschouwer, nu waagde hij het voor het eerst om zelf zijn sportieve ambities te volgen. Het was al vroeg duidelijk geweest dat Goega zich niet thuis voelde in de schaduwwereld van zijn familie, dat hij zich daar bewoog als op een dichtgevroren meer, altijd bang dat het ijs zou breken. Hij had nooit de kracht gehad om tegen zijn broer of zijn oom in opstand te komen, maar door het noodlottige drama waar zijn geliefde zus bij was betrokken, leek er iets radicaal veranderd en in hem losgekomen te zijn. Nene vertelde over zijn enthousiasme voor worstelen vrije stijl, een in Georgië ooit populaire sport, waar wij geen benul van hadden. Toen ik hem voor het voormalige gebouw van het Centraal Comité een keer tegen het lijf liep, herkende ik hem amper. Ik moest een paar keer kijken om zeker te weten dat het inderdaad Goega was, zo waren zijn houding en vooral zijn wat kwabbige, onbeholpen lijf veranderd in die van een stalen atleet.

Ira strekte zich uit op Nene's bed en keek toe hoe ze alles lukraak en lusteloos in de koffer stopte, tot ze opeens ophield, alsof haar krachten het begaven, en ze zich naast haar vriendin op het grote bed liet vallen. Nene vlijde zich tegen Ira aan, legde haar hoofd op haar platte borst en ademde haar geur in.

'Jij gaat niet mee. Jij gaat naar Amerika. Dat doe je voor mij,' zei ze resoluut en ze streek een weerspannige lok uit Ira's gezicht. Ira kromp in elkaar. Ze voelde Nene's adem, die naar rijpe kersen en genot rook, maar in plaats van haar een toevluchtsoord te bieden joegen haar woorden haar weg.

'Wie heeft het je verteld?'

'Dat maakt niet uit. Jij gaat naar Amerika, anders zeg ik nooit meer een woord tegen je.'

Nene's toon duldde geen tegenspraak. Ze was maar een paar centimeter van Ira's gezicht verwijderd en keek haar recht in de ogen.

'Ik laat je niet nog een keer in de steek.'

'Ik krijg de baby. Hoe dan ook. Je hoeft je om mij geen zorgen te maken. Maar jij moet je eigen weg gaan. Ook voor mij,' zei ze en ze streelde haar wang.

Ira merkte hoe alles haar ontglipte. Als Nene had geweten op welke missie ze haar vriendin stuurde, op welke manier Ira haar verzoek zou opvatten, had ze haar dan ook weggestuurd? Had ze haar dan ook gedwongen de vrijheid te zoeken?

'Ik heb al voor die beurs bedankt...'

'Dan maak je dat maar ongedaan. Dat lukt wel.'

'Ik begrijp niet dat ze het je hebben verteld,' mompelde Ira en ze voelde dat ze rood aanliep van woede.

'Ik was er toch wel achter gekomen. Ik wil dat je gaat.'

'Maar ik wil bij jou blijven,' zei Ira en er liep een traan over haar wang. 'Ik vind het zo erg, Nene.'

'Weet ik, weet ik toch, Irinka.'

'Ik kan het ook later proberen, ik bedoel, er zal volgend jaar ook wel zo'n programma...'

'Klets niet! Niemand kan zeggen wat er volgend jaar gebeurt. En daarom gaan wij morgenochtend samen naar de universiteit en ga jij je beslissing terugdraaien.'

'Maar dan moet ik al eind van de maand vertrekken. Ik zou je helemaal niet meer zien als je terugkomt.'

Ze huilde. Ze huilde nu ongeremd, zonder haar tranen te verbergen.

'Je komt weer terug. Ik zal er zijn en op je wachten, wij allemaal. Waar zouden we ook heen moeten?'

Nene grijnsde, met haar blauwe ogen wijd open, en Ira zocht er de typische onzekerheid in, maar vond alleen een vreemde, taaie vastberadenheid.

'Het duurt lang, tenminste een jaar, dan kan er zoveel gebeuren. Bij jou, bij ons allemaal, in dit kloteland. En dan ben ik ver weg en heb ik vast niet genoeg geld om halsoverkop terug te komen als er iets is. Jij zou toch misschien ook...'

'Je ziet toch dat ik niet weg kan. Wat moet ik ergens anders? Ik kan niets. Ik spreek geen Engels of Frans of iets anders chics. Ik ben aan deze plaats vastgeketend als Amiran aan de Kaukasus.'

Voor ze zich weer over haar koffer boog, nam Nene Ira's kin in haar hand en drukte een vochtige, warme, alles en niets belovende kus op haar lippen, en zo bleven ze een poosje liggen. Ira kon niet anders dan haar instinct volgen, ze sloot haar vriendin in haar armen, bracht haar lippen naar haar hals en fluisterde: 'Ik wil bij je blijven, Nene.'

'Weet ik. Weet ik, Irinka,' antwoordde Nene rustig, ze maakte zich met een rukje los uit de omhelzing en boog zich weer over de stapel kleren. Misschien was dat het moment dat Ira begreep dat ze moest gaan.

Altijd als ik aan dat fatale afscheid denk, zie ik hoe Dina op hetzelfde moment mijn broer de mond snoert. In mijn fantasie deed ze dat terwijl Ira besefte dat Nene haar nooit kon geven wat zij met haar immense liefde zo wanhopig zocht, en terwijl Levan mij dwong mijn lust met de mantel der deugdzaamheid te bedekken.

Die avond was Rati in een merkwaardig romantische stemming. Hij had zijn vrienden weggestuurd en Dina zonder zijn eeuwige gevolg bij de redactie opgehaald. Ze hadden samen door de herfstachtige straten gelopen, naar de rondvliegende bladeren gekeken, elkaars hand vastgehouden en onder een kapotte lantaarn gezoend, daarna hadden ze in een uitgestorven restaurantje op de rechteroever van de rivier *lobio* gegeten en bier gedronken, ze hadden elkaar omhelsd en elkaar liefdesverklaringen toegefluisterd en waren in de beschutting van de platanen langs de oever naar huis gelopen. Toen Dina de treetjes naar het souterrain af wilde lopen, hield Rati haar tegen en vroeg of ze mee naar boven ging. De familie sliep al, zei hij, niemand zou hen storen.

In zijn kamer zette hij zachtjes een plaat op en ze dansten innig omstrengeld. Hij streek steeds weer het wilde haar uit haar gezicht en keek haar aan alsof hij zijn geluk niet op kon. Het is gek: ik heb me mijn broer nooit bij het liefdesspel willen voorstellen en had in zijn kamer niets te zoeken, maar die scène, die Dina me in detail heeft beschreven, zie ik voor me als een film waarin Rati de hoofdrol speelt. Op dat punt van de tijdbalk waar onze biografieën elkaar in mijn fantasie zo duidelijk overlappen en waar we sinds onze vlucht uit de dierentuin onherroepelijk op afstevenden, kan ik niet anders dan aan mijn broer denken. Ik zie zijn gezicht voor me, alsof ik er iets speciaals in moet ontdekken, iets wat me misschien is ontgaan en wat zo doorslaggevend is geworden voor alles wat daarna kwam.

In mijn film knoopte Rati haar blouse los en trok hij met een ruk de rits van haar geliefde grijze spijkerbroek omlaag, zij maakte aanstalten om hem tegen te houden, hem duidelijk te maken dat dit niet de goede plek was om zich onbekommerd aan elkaar te geven. Maar zijn honger moest worden gestild, zijn dorst gelest. In mijn film liet ze zich meeslepen, zoals altijd wanneer ze getuige was van een compromisloze hartstocht, die een magische aantrekkingskracht op haar uitoefende. Ze liet zich dus leiden door zijn verlangen, wachtte het geschikte moment af – ja, zelfs in het ongeremde bleef ze zichzelf trouw – en nam toen het roer van hem over. Want gehoorzaamheid was haar vreemd en dus moet zij het zijn geweest die hem uitkleedde en met haar vinger op haar lippen maande zachtjes te doen om de baboeda's niet wakker te maken. Veel mensen verwarden Dina's gebrek aan schaamte met schaamteloosheid. Maar ze was vrij in haar denken en voelen, dus waarom zou ze uitgerekend haar lichaam in bedwang houden? In die zin was ze een kind, waardevrij en een en al nieuwsgierigheid. In mijn film vreeën ze ademloos en snoerde ze hem met haar kussen de mond. Ze waren nietsontziend en dwongen elkaar woordeloze beloften af, ze wuifden hun duistere voorgevoelens weg, hun schaduwen konden hun opwinding amper bijhouden, ze verstarden op de muren en het plafond en keken vol verbazing toe. Ze waren zo schaamteloos jong en onverzadigbaar, zo dronken van zichzelf en elkaar, kleine bliksemschichten sloegen in hun buik, hun ribben en hun mond. Ze wilden niets meer van de buitenwereld weten, die vergaten ze gewoon. Alles wat ze nodig hadden vonden ze bij elkaar. Zij zat schrijlings op hem en bewoog zich als bij een heidens ritueel, alsof ze toornige goden gunstig wilde stemmen, zijn adem besloeg de ramen. Ze waren een eenheid, niets leek hen te kunnen scheiden, ook de amechtige, op zijn eind lopende eeuw niet, ook de oorlog en de onzekere toekomst niet; samen waren ze onkwetsbaar. Ze hielden elkaars hand vast, ze dansten een ritmische en perfect ingestudeerde dans, een choreografie alleen voor hen tweeën. Hij bewonderde haar, de boven hem verheven amazone, de enige die hem mocht overwinnen, hij bewonderde haar in het schaarse licht glanzende borsten en haar elegant gebogen hals, haar uitstekende ribben, het ondoorgrondelijke tussen haar dijen, haar licht gewelfde, kinderlijke buik, haar kleine navel, haar gespierde armen, haar sterke heupen, haar wilde, verwarde, bezwete haar en haar gloeiende ogen, hij wilde nooit meer weg uit het eindeloze labyrint van haar geheimen.

'Zeg dat het niet waar is,' fluisterde hij haar in het oor, toen hij haar gezicht in zijn handen nam en haar naar zich toe trok. Ze kreunde even, ze verstond eerst niet wat hij zei.

'Zeg het!' herhaalde hij, nu was zijn toon dwingender.

'Wat wil je?'

Ze hijgde, ze deed moeite om niet te schreeuwen, niet alles eruit te gooien, al die pijnlijke liefde, die mateloze begeerte.

'Heb jij echt iets met Tsotne?'

Ze verstijfde, hij drukte haar tegen zich aan, hij bewoog niet, hij sneed de band tussen hen nog niet door.

'Waar heb je het over...'

Ze kromp in elkaar.

'Hij, hij...'

Hij kon zijn zin niet afmaken, hij hield het niet meer, hij huiverde, verkrampte, sloot zijn ogen, pakte haar vast en stootte toe.

Deze keer keek ze hem alleen maar aan, ze snoerde hem niet langer de mond omdat ze wist dat het onzegbare uitgesproken was. Ze pakte zijn hand en liet die tussen haar benen glijden.

'Heb je hetzelfde met hem gedaan?' mompelde hij, maar hij trok zijn hand niet terug.

'Jij weet niets, wees stil, wees gewoon stil en hou van me, hou van me, helemaal,' zei ze en hij gehoorzaamde.

'Je weet wat het voor ons betekent als het waar is.'

'Niets is waar. Jij weet niets van de waarheid...'

'Vertel het me dan!'

'Niet ophouden.'

'Zeg het!'

'Wat heeft hij je verteld?'

'Niets.'

'Waar heb je het dan over...'

Haar stem stokte, haar ademhaling ging sneller.

'Hij zei alleen: "Geef je vriendin aan mij, ze heeft met mij sowieso meer lol." Dan kon ik de hele wijk overnemen, alle winkels, hij had grotere plannen. Dat zei hij. Stel je voor. Dat zei hij midden op straat. "Ze heeft met mij sowieso meer lol!"'

'Niet ophouden...'

'Ik wist van het begin af aan wat jij voor mij zou betekenen: mijn grootste geluk of de strop om mijn hals.'

Ze pakte een kussen en drukte het tegen haar gezicht. Daarna bleef ze doodstil liggen. Hij hield niet op met haar te strelen. Ze probeerde adem te halen, ze probeerde tijd te winnen, ze moest de controle terug zien te krijgen. En toen kwam er een van die speciale Dina-momenten: ze deed precies het tegendeel van wat ze een paar minuten eerder dacht te moeten doen, dat absurde switchen, dat radicale omkeren van de situatie dat ze zo goed beheerste. Ze nam het heft in handen en zocht de confrontatie. Er was geen houden meer aan, de dammen zouden toch breken. Ze wilde er zeker van zijn dat dit intieme moment zo'n bekentenis aankon. Dat hun liefde die beproeving zou doorstaan. Ze was ervan overtuigd dat Rati deze ramp samen met haar te boven zou komen. Dat hun liefde tegen haar biecht bestand zou zijn.

Ze sprong op. Ze was naakt, ze wilde zich niet langer verbergen, die last niet langer dragen, een einde maken aan het overgeleverd zijn, ze wilde Tsotnes macht vernietigen, hun liefde zou die macht breken. Ze begon te vertellen, aan één stuk door, ademloos borrelden alle onderdrukte woorden uit haar op.

Ze biechtte, en dat ze haar geheim niet langer voor hem hoefde te verbergen, gaf haar bijna dezelfde bevrediging als die hij haar lichaam een paar minuten eerder had bezorgd. Ze vertelde over de dag dat de demonstratie de stad had overspoeld en haar bij de strot had gegrepen, ze vertelde over de dierentuin en de eenzame kreten van de dieren, ze vertelde over de glazige ogen van de kaalkop, over de roodharige jongen en zijn maat, die roerloos in de modder had gelegen en daar voor eeuwig gezichtloos zou blijven liggen.

Ze praatte maar door, hij liet haar uitpraten, hij liet haar begaan, hij onderbrak haar niet, rookte de ene sigaret na de andere en kreeg bij het zien van de naakte, ijsberende Dina vast opnieuw zin in haar, maar dat kon niet, dat gevoel smoorde hij in de kiem. En mijn camera zwenkt naar zijn gezicht, zoomt in, blijft rusten op hem en de angst die hij uit alle macht probeert te verbergen. Want zo vrij als Rati was in zijn liefde voor Dina, zozeer was hij een slaaf in zijn zelfgekozen wereld. Een slaaf van de consequenties, van de zelfgekozen tradities, van een zelfdestructief systeem. Misschien had ze gedacht dat hij sterker zou zijn dan dat systeem, maar ze vergiste zich. Op een gegeven moment zweeg ze even, keek hem aan en zei: 'Ik ben naar hem toe gegaan, heb me uitgekleed en toen heb ik het gedaan. Hij heeft me nergens toe gedwongen, ik heb het gedaan en daarna de prijs genoemd.'

Even daalde er een stilte op hen neer, die niets beloofde en toch alles inhield. Het was een vergiftigde, ondraaglijke stilte.

'Ik was niet bereid een moordenares te worden. Zelfs niet voor jou, Rati. En ik heb het niet alleen voor jou gedaan. Ik heb het ook voor mezelf gedaan. Ik wilde dat je bij me terugkwam. Want ik kan en wil niet zonder jou leven.'

Daarmee besloot ze haar biecht. Haar stem was plotseling weer rustig, de laatste zinnen had ze bedachtzaam en beheerst uitgesproken. Hij zat op de rand van het bed, met gebogen hoofd. Ze kon zijn ogen niet zien.

'Was het lekker?' vroeg hij en hij keek haar met een vreemde uitdrukking op zijn gezicht aan. Zo had hij haar nog nooit aangekeken: vol afschuw.

'Die vraag is beneden je waardigheid.'

Ze begon haar kleren bij elkaar te zoeken.

'Ja of nee? Heeft hij je een goeie beurt gegeven, ja?'

'Dat meen je niet, hè?'

'O, daar wil je dus niets over zeggen? Hoe heb je dat verdomme kunnen doen?'

Er rinkelde iets. Ze bleef kalm. Het was de zware kristallen asbak die in duizend stukjes sprong toen hij tegen de muur werd gesmeten.

'Ratoena, is alles in orde?' klonk de bezorgde stem van een van de baboeda's uit de kamer ernaast.

'Laat me met rust!' brulde hij terug. Ergens ging een licht aan. Natuurlijk zouden ze hem niet met rust laten.

'Was je dan liever in de gevangenis gecrepeerd?'

'Ja, inderdaad! Bovendien hadden mijn maten...'

'Nee, dat hadden ze niet. Als ze dat hadden gekund, hadden ze je er al eerder uit gehaald. Of had je liever gewild dat ik die jongen in de dierentuin had laten afknallen? Hoe had ik daarmee moeten leven? Hoe?'

Haar ogen schoten vol tranen, maar ze vermande zich, wist zich te beheersen, uit trots. Ze was onnatuurlijk sterk... zelfvernietigend sterk.

'Daar gaat het toch niet om. Jullie hadden het geld...'

'Dat hadden we niet! Kijk om je heen! De mensen lijden honger!'

'Ik zou alles hebben terugbetaald. Ik zou...'

'Ik heb verder niets meer te zeggen. Ik ga. Je zult je oordeel zonder mij moeten vellen.'

'Blijf hier, verdomme!'

'Jij gaat mij nooit meer iets bevelen, heb je me gehoord?!'

Ze liep naar de deur. Hij sprong op en versperde haar de weg. Hij greep haar pols, trok aan haar, pakte haar vast en schudde haar door elkaar, hij was zichzelf niet meer, of misschien juist zichzelf. Ze keek hem aan, hij deed haar pijn, hetzelfde lichaam dat haar daarnet nog zoveel genot had bezorgd. Toen haalde ze uit en sloeg hem uit alle macht in zijn gezicht. Hij duwde haar van zich af, ze smakte tegen de muur, de wandklok gleed van de spijker en viel op de grond, uit de kamer ernaast klonken snelle voetstappen, de baboeda's kwamen aanrennen. Hij brulde en vervloekte de hele wereld.

'Was het lekker? Was het lekker, hoer die je bent?'

Hij begon te snikken. Hij huilde als een kind.

'Ik vermoord hem en daarna vermoord ik jou, ik vermoord je, Dina!'

Baboeda 2 rukte de deur open.

'Wegwezen, allemaal wegwezen!' schreeuwde hij met gesmoorde stem.

'Het spijt me enorm, Rati, maar ik had geen andere keus. Seks met hem of de dood van een mens... Je ziet waar ik voor gekozen heb. Nu is het aan jou om je conclusies te trekken.'

Ze liep langs hem heen, hij hield haar niet tegen, hij

stond daar als een standbeeld, ze moest langs de verbijsterde baboeda 2, schonk haar een matte glimlach, sloeg vervolgens de voordeur achter zich dicht en verdween in de nacht. Nog geen paar minuten later werd de nachtelijke stilte verscheurd door het loeien van een verouderde, niet helemaal intact klinkende sirene en draaide een gammele ambulance zonder zwaailicht het hofje in. Twee mannen renden het twee verdiepingen tellende huis tegenover ons binnen en droegen even later het roerloze lichaam van oom Givi naar buiten. Zijn hart was stil blijven staan. Op de achtergrond klonk zijn geliefde Sjostakovitsj, als ik me niet vergiste was het de Negende Symfonie.

Natuurlijk vergaf hij het haar niet. Ik zag het meteen aan hem, ik zag altijd alles aan hem. Toen ik de volgende ochtend in de keuken kwam, zat hij alleen in boxershort en met blote voeten aan de eettafel te roken. Hoewel ik niets van de nachtelijke gebeurtenissen had gemerkt, vermoedde ik wat er was voorgevallen. Ik ging naar de badkamer om daar vast te stellen dat het water was afgesloten. Ik schopte woedend tegen de badkuip en waste mijn gezicht en handen met het reservewater in de emmer. Daarna haalde ik diep adem en ging terug naar de keuken. Hij zat daar op me te wachten en ik had nu dezelfde veldslag voor de boeg die, naar ik vermoedde, Dina en hij de vorige nacht hadden geleverd.

Ik zette water op voor thee en ging tegenover hem zitten.

'Waar hang jij de laatste tijd steeds uit? We zien je amper nog.'

Hij keek me aan met een verachtelijke uitdrukking op zijn gezicht, alsof mijn aanblik hem tegenstond. Voor ik antwoord kon geven, kwam de volgende vraag al: 'Of heb jij misschien ook geheime minnaars, zoals die vriendin van je?'

Ik kende Rati's provocaties, ik kende zijn onvermogen om te weten wanneer hij te ver ging. Tegelijk wist ik dat ik niet Dina was, dat ik die agressie niet net zo beheerst kon pareren als zij. Ik moest het anders aanpakken.

'Ze heeft geen geheime minnaar. Ze houdt van jou.'

'O ja? En daarom neukt ze met Tsotne Koridze? Met de man die mij achter de tralies heeft gebracht, met een schoft?'

Hij was gegrepen door een archaïsche vernietigingsdrang, alsof hij het liefst de hele wereld mee de afgrond in wilde sleuren.

'En jij wist dat en hebt me niets verteld, je hebt haar gedekt! Jij, mijn eigen vlees en bloed!'

'Ze heeft gedaan wat moest. We hadden geen keus. Als we ervandoor waren gegaan, had die Mchedrioni-ploert de andere jongen ook nog koud gemaakt, je weet niet hoe dat voelt...'

Onwillekeurig streek ik met mijn hand over mijn dijen.

'O jawel, ik weet heel goed hoe dat voelt, en nu weet ik ook nog hoe het ergste verraad voelt. Ik hield zoveel van haar, verdomme, ze zou mijn vrouw worden!'

Ik stond op en ging een kop thee zetten.

'Ze wilde je redden.'

Mijn woorden klonken zwak. Ik had andere argumenten nodig, steekhoudender argumenten, iets wat in zijn wereld telde.

'Waar hadden we de vijfduizend dollar die we kwijt waren geraakt dan vandaan moeten halen?'

'Jullie hadden iets kunnen verkopen of geld kunnen lenen, ik zou het terug hebben terugbetaald, wat denk je dat ik de hele tijd doe? Ik verdien geld voor ons, voor ons gezin, voor haar...'

'Je moet haar vergeven.'

Ik wist dat die opmerking bijna een belediging voor hem

was, maar ik moest hem ontwapenen, ik moest hem overdonderen, zodat hij naar me luisterde.

'Ze heeft het gedaan omdat ze van je houdt. Niets kan Tsotne dieper raken dan wanneer jij haar vergeeft en bij haar blijft. Zo kun je hem uitschakelen volgens je eigen spelregels en hem elk voordeel uit handen slaan.'

'En compleet voor lul staan, als een castraat? Je denkt toch niet echt dat hij het voor zich houdt?'

'Dat doet hij wel.'

Hij luisterde peinzend naar mijn absurde idee.

'Waarom zou hij dat doen? Nee, hij zal het overal rondbazuinen om mij kapot te maken. Dat zou ik ook doen als ik hem was!'

'Dat zal hij niet doen, want hij houdt van haar.'

Ik aarzelde om die zin uit te spreken, voor die zin was ik het bangst.

'Wat zeg je?'

'Hij houdt van haar. Ik weet het. Hij houdt al jaren van haar. Hij heeft je niet uit de bak gehaald voor die ene nacht met Dina, hij heeft het voor haar gedaan omdat hij van haar houdt.'

'Hou je kop, Keto!'

Hij sloeg met zijn vlakke hand op tafel, mijn thee vloog uit het kopje, maar ik liet me niet van de wijs brengen.

'Ik weet niet eens of Dina dat weet, maar ik weet het. Daarom zal hij zijn mond houden. En jij blijft bij Dina en gaat met haar trouwen, een gezin stichten en weet ik wat allemaal. Dina is jouw troef om Tsotne voorgoed uit je leven te bannen. Je kunt overal boven staan, boven die hele teringzooi uitstijgen. Doe het voor Dina, voor mama, voor mij.'

'Wat je daar uitkraamt, is de grootste bullshit! Hij wilde haar plat krijgen om mij in de zeik te zetten. En jij bent nog zo naïef om te geloven dat hij van haar houdt!'

'Maar het is waar!'

Ik stond zelf versteld van mijn stemverheffing, geloofde ik echt in die theorie?

'En diep in je hart weet je dat wij het enig juiste hebben gedaan. Dat zij moedig was. En ik niet.'

'Waar slaat dat nou weer op? Dat jij niet moedig was omdat je met niemand de koffer in bent gedoken?'

'Ik was niet moedig omdat ik 'm wilde smeren en die jongen daar wilde laten liggen.'

Voor het eerst tijdens ons gesprek keek hij me recht in de ogen. Zijn mooie gezicht was vertrokken van pijn, hij leek niets tegen me te kunnen inbrengen. Ik staarde naar de donkere moedervlek boven zijn lip en wachtte. Op het vonnis in een verkeerd proces.

'Daar gaat het toch niet om,' zei hij ten slotte peinzend. 'Ik heb er toch niks op tegen dat jullie die gozer wilden redden. Dat snap ik wel. En ik ga die zaak uitzoeken, ik zal die hufters vinden. Maar jullie hadden er met mij over moeten praten of samen met mijn maten een oplossing moeten zoeken, het geld op een andere manier... Wat een shit, ik kan het gewoon niet geloven!'

'Hoe dan? Verdomme, Rati, hoe dan? Er was zo weinig tijd! En je vrienden hadden het in hun eentje nooit gered. Snap je eigenlijk wel hoe moeilijk het voor ons was? Je mag wel wat bescheidener zijn!'

'Bescheiden? Ben je nou helemaal van de pot gerukt?'

'Nee, bescheiden omdat er mensen zijn die zoveel van je houden en je zo hard nodig hebben dat ze alles voor je doen...'

'Ik ben sprakeloos, echt, je maakt me gek, nu moet ik zeker nog dankbaar zijn dat de vrouw die ik heb aanbeden een verdomde hoer is?'

'Noem haar nooit meer zo!' snauwde ik.

Ik had opeens grote behoefte hem in mijn armen te nemen, maar ik was bang dat hij me zou afwijzen. Iets in mijn toon moest hem duidelijk hebben gemaakt dat hij te ver was gegaan. Want zijn agressiviteit leek opeens verdwenen, hij zakte in elkaar en steunde met zijn hoofd in zijn handen, hij zuchtte. Hij zuchtte als een oude man, bedrogen door het leven, verlaten door de mensen die belangrijk voor hem waren. Ik wilde me niet zo gauw gewonnen geven.

'Kun je erover nadenken, kun je mijn woorden op z'n minst een minuut serieus nemen en mijn plan overwegen?'

'Plan? Dat ik mezelf belachelijk maak, dat noem jij een plan? Wie zal er nog respect voor me hebben als ik een slapjanus ben, een randdebiel, een lapzwans?'

'Niemand komt het ooit te weten...'

'Maar hij zegt het midden op straat tegen me, dus wat wil je? En hoe kan ik haar ooit nog vertrouwen, hoe kan ik naar haar kijken zonder eraan te denken dat hij...'

Weer begon hij te steigeren, zijn lichaam spande zich, hij rechtte zijn rug en keek me vol haat aan.

'Dat kun je, omdat je van haar houdt. Dina is het beste wat je ooit is overkomen en ze heeft wél je leven gered, vergeet Tsotne, vergeet de hele wereld, pak haar hand en wees gelukkig! Je zult nooit meer iemand vinden zoals zij.'

'Je moraal is weerzinwekkend.'

'Moraal? Hoe kun jij het over moraal hebben? Kijk om je heen: alles wat jullie doen is immoreel! Alles wat er om ons heen gebeurt, is immoreel!'

Opeens klonken de woorden van Rezo in me na. Hij had me gewaarschuwd en hij had gelijk gehad. Nee, ik wilde geen offers meer brengen. Ik had geen geduld meer met mijn broer, ook niet met Tsotne Koridze en zelfs niet meer met Levan. Maar iets weerhield me ervan om over de dierentuin te beginnen, en hoe het sindsdien met me ging, hij zou mijn littekens niet begrijpen. Nee, het had geen zin om erover te praten. Pas achteraf heb ik me afgevraagd of ik hem er niet toch over had moeten vertellen, over de bloedige sporen van de dierentuin. Zou het iets hebben verhinderd, hem van iets hebben afgebracht?

Ik was naar het raam gelopen en keek omlaag naar de verlaten binnenplaats. Wat een troosteloze en eenzame indruk maakte de kleine beplante tuin met de lege schommel, vroeger een plek van vreugde, nu wapperden er een paar kledingstukken aan de waslijn, verloren in de wind.

'Ik heb geen zin meer in die principes van jullie, in dat verstoppertje spelen. Wat denken jullie wel dat je bent? Goden? Nee, dat zijn jullie niet. Jullie zijn net zo onwetend als wij allemaal.'

'Aha, verstoppertje spelen? Nou, vertel maar, nu we toch bezig zijn. Wat is me nog meer ontgaan?'

'Ik hou van Levan.'

Ik had geen slechter moment kunnen kiezen voor die bekentenis, maar opeens kon het me niets meer schelen.

'Heb je het over mijn Levan?'

'Ja, jouw Levan.'

'Ben je nou helemaal besodemieterd. En weet hij wat een mazzel hij heeft?'

'Ja, en hij beantwoordt mijn gevoelens. We ontmoeten elkaar af en toe.'

'Jullie... wat?'

'We zien elkaar.'

'Wanneer? En waar?'

'Mijn god, Rati, wat doet dat ertoe.'

Ik had me dat moment erger voorgesteld, het vervulde me bijna met een macaber soort leedvermaak dat alles instortte. Niets en niemand ontzien kan soms een heerlijk gevoel geven, merkte ik op dat moment.

'Hoelang speelt dat al?' siste hij me toe.

'Ik weet het niet meer, misschien altijd al. Hij durft er niet met je over te praten.'

'En terecht! Ik sla hem bont en blauw...'

'Is dat het enige wat je kunt bedenken? Verbouw je dan ook mijn gezicht? Vooruit, doe het dan, sla me, als dat het enige is wat je kunt! Ik ben niet bang, ik ben niet bang voor je!'

Zijn kin trilde, ik staarde weer naar de perfecte moedervlek boven zijn lip, zijn ogen waren dof en donker, bodemloos. Ik vroeg me af of ik hem wel echt kende, of ik echt wist waartoe hij in staat was.

'Krijg allemaal de tering!' schreeuwde hij me in het gezicht en hij stormde de kamer uit.

De dingen spitsten zich toe, woorden veranderden in messen in de verkeerde handen.

Hoeveel verkeerde wegen moet je nemen om de goede afslag te vinden? Hoeveel valse beloften moet je doen om je woord te houden? Hoe vaak moet je naar een ander land verhuizen om thuis te komen? Hoe kun je je leven veranderen als het je is ingeprent als een vanbuiten geleerd gedicht? Hoeveel uren moet ik tellen, hoeveel zandlopers legen om terug te keren naar het punt waarop de klokken nog goed liepen?

Ik zie je foto's en vind overal je antwoorden, ook al stel ik de vragen niet meer. Ik maai ze neer, de jaren die me van jou scheiden, van al je goede beslissingen en de verkeerde uitkomsten, ik heb de sikkel in mijn hand en maai, dag na dag, week na week, maand na maand, jaar na jaar. En toch blijf je weg. En je foto's geven geen troost, dat wilde ik altijd al tegen je zeggen, ze zijn genadeloos...

Ik grijp naar het volgende glas en vraag me af wie ik zonder jou zou zijn geworden, of ik niet tevredener zou zijn geweest als jij me niet naar de klippen van je moed had meegevoerd, als we niet naar de dierentuin waren gegaan, Dina? Wie zou ik zijn als jij hier was, als je bij me was? Als mijn broer bij je was?

Weer haat ik dit feest, want ze vieren jouw dood, Dina! Deze foto's hebben jou overleefd en iedereen wil ze. Maar mij laten ze koud, ze kunnen jou niet vervangen, nooit. Kunst? Ik heb er schijt aan, als je er met je eigen leven voor moet betalen! Wat heb je me vaak tegengesproken en je idolen en al die magistrale schilderijen en foto's opgehemeld, en altijd leek je er alles voor over te hebben om ook jouw sporen te vereeuwigen. Maar was het dat waard? Ja, is het dat waard? Een glimlach van jou, een harde kreet, voor mijn part een woedend verwijt of welk levensteken ook, en ik zou bereid zijn deze hele zaal in vlammen te laten opgaan.

Rati verdween een paar dagen. Het wachten had iets van het tikken van een tijdbom. Ira ging niet naar Sotsji. Nene ging met haar mee naar het faculteitshoofd en haalde hem over Ira's afzegging in te trekken. Dina klampte zich vast aan haar camera, die haar toevlucht, haar thuis werd. Zonder haar lens leek ze de werkelijkheid niet te kunnen verdragen. Ze verbood me met haar over mijn broer te praten en begon in plaats daarvan als een bezetene over de oorlog te vertellen, over haar wens om met Posner naar Abchazië te gaan en Russische roulette te spelen met de dood. Ik was verbijsterd en woedend bij die gedachte.

Ik herinner me elk woord dat je die middag op weg naar huis tegen me zei, ik herinner me hoe je terloops, bijna lapidair over de oorlog begon te praten, je flirten met de onherroepelijkheid, met het onmetelijke leed dat je wilde vastleggen om je eigen leed tot zwijgen te brengen, om jezelf aan te praten dat jouw pijn het niet waard was om eraan te creperen, maar de oorlog wel, zoiets groots en gruwelijks, zoiets ondenkbaars en toch zo gewoons, dat was van belang, jouw kleine, persoonlijke leed niet, jouw postpuberale relatiedrama niet, nee, je privéwaan mocht niet je einde worden, je wilde aan iets belangrijks te gronde gaan.

Het kostte je zoveel moeite om toe te geven dat zijn verraad – want zo heb je zijn afwijzing opgevat – je tot in je ziel had geraakt en het afgezaagde, misplaatste woord 'hoer' je geloof de grond in had geboord, dat je midden in de oorlog vrede wilde vinden, met de doden wilde theedrinken en patroonhulzen tellen, dat je je hart in de loopgraven wilde achterlaten, in de hoop uiteindelijk niets meer te voelen, in de hoop een andere waarheid te vinden dan de waarheid die je op je schouders draagt als een doodskist die je je leven lang mee moet torsen. Dat je hoopte dat de angst de liefde uit je lijf zou rukken.

De Georgische strijdkrachten waren een belachelijke benaming voor iets wat als zodanig niet bestond. Er waren talloze groeperingen, bendes en formaties met elk een eigen aanvoerder. Maar er was bij benadering niet zoiets als een strategisch plan. Iedereen vocht met zijn eigen middelen, iedereen ging zo ver als zijn moed, zijn geweten of gewetenloosheid of het geluk toeliet.

Het vredesverdrag dat Sjevardnadze begin september met Jeltsin en Ardzinba in Moskou had ondertekend en waarin het staken van alle gevechtshandelingen op Abchazisch grondgebied overeen was gekomen, zou algauw een nutteloos vel papier blijken te zijn. Op 26 september werd bij Gagra een Abchazische soldaat gevangengenomen. Bij de ondervragingen bleek dat Abchazië een groot offensief voorbereidde en Gagra onder controle wilde krijgen. De winter was in aantocht en als de grens met Rusland geblokkeerd bleef en de bergen onbegaanbaar werden, zou de stad de winter niet doorkomen.

De bij Gagra gestationeerde Georgische eenheid van drieduizend man, die onder bevel stond van een ambtenaar van het ministerie uit Tbilisi, was bij lange na niet op haar taak berekend en werd begin oktober binnen een paar uur teruggedrongen. Leidend in dit offensief waren een Tsjetsjeens bataljon en een groep Kozakken, huurlingen van de Abchazen, die betaald werden met Russische roebels. In de ochtendschemering begon de bestorming, die de honderd argeloze jongens die de toegangswegen naar de stad en een gebied van ongeveer vier vierkante kilometer moesten bewaken, binnen een uur wegvaagde. De lijken van die argelozen bedekten de weg naar het centrum van de stad en Abchazië hees de eigen vlag aan de Abchazisch-Russische grens. Er begon een wraakveldtocht tegen de Georgische burgerbevolking: men maakte zich op om de stad te 'zuiveren', huizen brandden in een magisch, huiveringwekkend inferno, dat oplichtte tot aan de rand van de zee. Er was niemand meer om de inwoners te redden, hopend op wonderen doofde hun levenslicht en zakten ze in een eenzame dans op de muziek van de kalasjnikovs naar de bodem. De zee nam de uitgedoofden in zich op, streelde hun wonden, lekte hun bloed en beloofde hun een eeuwige slaap.

DRIE

HEROÏNE

O hoe wreed, hoe donker en zinloos
Is onze weg naar het daglicht!

Juli Kim

РАЗБОРКИ / RAZBORKI

Ook al had ik die foto verwacht, toch verrast hij me als ik er plotseling voor sta. De grootte, het voyeuristische ervan brengt me opnieuw van mijn stuk. Hij toont het jonge, gave gezicht van Tsotne Koridze, zijn haast lichtgevende ogen, die me recht lijken aan te kijken. Zijn brutale, ondoorgrondelijke, licht cynische gelaatsuitdrukking is zo vertrouwd en tegelijk onuitstaanbaar. Dat aantrekkelijke maar harde gezicht, waar zo vaak de blik van een vrouw op bleef rusten, de fijne neus en de gewelfde onderlip, het hoge voorhoofd, de lichtblauwe ogen, die hij met zijn broer en zus en ook met zijn almachtige oom gemeen had, het litteken dat zijn linkerwenkbrauw in tweeën splitst en de obligate stoppelbaard. Hij zit in zijn auto. Het raampje is omlaaggedraaid en zijn linkerarm hangt naar buiten. Hij kijkt de fotografe uitdagend aan, slaat zijn ogen niet neer, vindt het niet onaangenaam dat ze met haar lens in zijn ziel kruipt, hij heeft er plezier in, hij lokt haar zelfs.

Ik kan zijn blik niet verdragen: die waterblauwe ogen, die voor mij altijd al onheil aankondigden. Dat gezicht van een mooiboy, die weet wat voor indruk hij maakt en daar zijn voordeel mee doet. Ik veracht die zelfverzekerdheid, die arrogante uitdrukking. Maar dat ik de foto het liefst van de wand wil halen en aan de vergetelheid prijs wil geven, heeft een andere reden. Toen ik die opname jaren geleden voor het eerst zag, schrok ik omdat ik naast dat wat duidelijk zichtbaar was nog iets anders in dat gezicht ontdekte, wat me bang maakte. Ik voelde zoiets als mededogen, want toen ik beter keek zag ik achter de pose van de machtige, eeuwige winnaar een mens die liefheeft. En wel met de toewijding en de vastberadenheid van iemand met een groot verantwoordelijkheidsbesef, die de tekortkomingen en gevaren, de afgronden van dat gevoel kent. Deze jongeman is niet verliefd op een manier die bij zijn leeftijd past, zijn gevoelens voor degene naar wie hij kijkt, zijn niet lichtzinnig en vergenoegd, ze zijn zwaar en vol consequenties, waar hij zich bewust van is. Als je langer naar de foto kijkt, verandert de zelfgenoegzame jongeman met zijn provocerende blik in een kwetsbaar iemand, die voor zichzelf op de vlucht is, die zijn lot op een schrikbarend duidelijke manier heeft geaccepteerd en bereid is de prijs voor zijn gevoelens te betalen.

Tsotne was van kindsbeen af op zijn 'loopbaan' voorbereid. Hij wist dat hij Tapora op een dag zou opvolgen. Hij had zich zwijgend, berustend en loyaal in zijn dienst gesteld, aan diverse politiemensen steekpenningen betaald en elke maand protectiegeld geïnd van verschillende tsjechoviks aan wie Tapora bescherming had beloofd. Hij had zo nu en dan een dwarsligger in elkaar geslagen of hem een Obrez tegen de slaap gedrukt. Gaandeweg vielen steeds meer zaken van zijn oom onder zijn toezicht. Hoogtepunten in zijn criminele carrière waren de reizen met zijn oom naar Rusland, naar de beruchte sjodka's van de verschillende *bratva's*, de broederschappen van de vory, waarbij hij de kopstukken van de Ismajlovskaja-groep leerde kennen. Maar sinds Tsotne met de mannen van de Mchedrioni was gesignaleerd, was een conflict tussen hem en zijn oom onontkoombaar, want dat was een klap in Tapora's gezicht. De Mchedrioni vielen onder een andere autoriteit, onder de would-be-intellectueel en toneelschrijver Dzjaba Ioseliani. Alleen al een symbolische toenadering van Tsotne tot die man trok zijn loyaliteit aan zijn oom in twijfel. Een andere twistappel tussen hen was mijn broer. In zijn privéconflict met Rati had Tsotne corrupte politiemensen ingeschakeld om Rati op non-actief te stellen, iets wat indruiste tegen de erecode van de vory. Ook Saba's dood, dat schandaal waarin Nene en de hele Koridze-clan verwikkeld waren, was een smet op Tapora's blazoen, waarvoor hij zijn neef medeverantwoordelijk achtte. Op zijn laatste reis naar Rusland had Tsotne contacten aangeknoopt in Rostov, hij had zijn oor te luisteren gelegd en een naar zijn mening nieuwe lucratieve business ontdekt. Sinds de invasie van de Sovjets in Afghanistan stroomde er heroïne naar Rusland en de voormalige Sovjetrepublieken. Het uiteenvallen van het grote rijk en de daaruit voortvloeiende nieuwe grenzen, die niet voldoende beveiligd, zelfs niet eens gedemarqueerd waren, zetten de deuren wagenwijd open voor de illegale handel. De smokkel van ruwe opium, de verwerking ervan tot morfinebase en ten slotte de omzetting in heroïne waren een goudmijn, die leidde tot nog meer diefstal, prostitutie, gokspelen en afpersing van protectiegeld en die schreeuwde om georganiseerde structuren. Het enige probleem: de erecode van de vory verbood zowel drugshandel als prostitutie, die twee branches waren taboe. Maar de tijden veranderden snel en Tsotne rook zijn kans. Hij was op het juiste moment op de juiste plaats, en terwijl hele staten in het slop raakten en 'eer' een woord uit een vorige eeuw leek, complete landen zichzelf afschaften en iedereen binnenhaalde wat er binnen te halen viel, was Tsotne vastbesloten deze unieke kans niet te laten schieten. Hij raakte in gesprek met een jongeman uit Rostov, die iedereen alleen kende onder de naam Begemot, het Nijlpaard, en die een partner zocht om zijn zaken in het zuiden uit te breiden. Ze dronken dure drankjes en lieten zich vervolgens door jonge blondines in schemerige chambres séparées verwennen – Begemots 'kleine attentie' voor zijn hopelijk toekomstige zakenpartner.

Tsotne moet zich hebben gevoeld als een maffiabaas uit *The Godfather* en vooral: met de vinger aan de pols van de tijd. Het tijdperk van zijn oom met zijn vrienden was nu eenmaal voorbij, legde Begemot hem tijdens het daaropvolgende overvloedige avondeten uit. Het was tijd voor nieuwe structuren en nieuwe ideeën, voor andere bondgenoten en andere denkwijzen. Ik zie die scène helemaal voor me, hoe de kleine Begemot met gloeiende wangen en een walmende cigarillo tussen zijn lippen een arm om Tsotnes schouders slaat en vervolgt: 'Ik heb respect voor je oom, broeder, echt waar! Hij is werkelijk een groot man, dat moet je hem nageven. En een voorbeeld, broeder, echt. Hij is niet zoals die *frajers* die hier rondlopen en beweren volgens de oude regels te leven, nee, hij is de belichaming ervan! Maar je moet toegeven dat de wereld is veranderd. Jij bent volgens mij een prima vent, ik denk dat wij elkaar begrijpen. En om ter zake te komen: ik heb goeie mensen in Tadzjikistan. Vandaar komt momenteel het beste spul op de markt, je weet wel. Het zuiverste. Beter dan dat uit Afghanistan. Tadzjikistan is top. Daar ligt de toekomst!'

En misschien pakte hij een servetje en krabbelde daar voor Tsotne de gouden route op. Misschien...

'Zo, hier begint het. Kijk, broeder. Doesjanbe, dat is de hoofdstad. Hier, kijk, van hieruit gaat het verder naar Oezbekistan. De grensbewaking is een lachertje, geloof me. Dan krijgen we een klein stukje Kazachstan, daar hebben ze overal schijt aan, een paar dollar en iedereen is blij. Ik heb al overal mijn mensen. Geen treinen, zeg ik je, auto's. Alleen auto's. Goeie westerse karren. En van Kazachstan is het nog een maar kippeneindje naar de Kaspische Zee, maar dat is niet handig, daar is het oorlog, de grens tussen Armenië en Azerbeidzjan is me te link, we maken een kleine omweg, we mijden dat gebied en komen vanuit het noorden direct Rusland binnen, we nemen de weg via Pjatigorsk en richten daar een steunpunt in, daar wordt de hele handel verdeeld, als je begrijpt wat ik bedoel. Vladikavkaz zou een goed alternatief zijn, maar daar hebben jullie je problemen met de Osseten, ik heb geen zin in militairen en eindeloos smeergeld moeten dokken, tenslotte moet de zaak flink wat cash opleveren, nee, wij laten ons niet naaien, laten ze elkaar maar naaien. Pjatigorsk is oké, daar ken ik een paar goeie jongens, die zullen ons helpen, en daar splitst het transport zich: een deel rijdt door naar mij, naar Rostov, het andere deel naar Tbilisi. We komen vanuit het noorden, over de bergen, dan verder naar Mingrelië, ik hoop dat het daar rustig blijft, wat denk je, of willen de Mingrelen straks ook onafhankelijk worden, net als de Abchazen?'

En misschien barstte Begemot op dat moment in lachen uit, waarbij zijn speeksel in het rond vloog.

'Nou, wat denk je, broeder? Lijkt je dat geen goed plan?'

'Ja, ik geloof van wel.'

'Waarom zo aarzelend, broeder? Ben je soms bang voor je oom? Ik dacht dat jij wel genoeg lef had. Ga naar hem toe en praat met hem. Zeg dat het een unieke kans is en dat ik mijn aanbod geen tweede keer doe; als jullie niet willen, vind ik wel andere slimme Georgiërs die zich geen twee keer laten vragen. Jij bent een man van de toekomst, broeder, jij weet wat je te doen staat.'

En Tsotne wist het.

Begemot had hem een maand de tijd gegeven. In die maand zou Tsotne Koridze proberen zijn machtige oom aan zich te onderwerpen, of hij zou hem de oorlog verklaren.

Natuurlijk wees Tapora het voorstel af. Geen drugs, geen hoeren, daar bleef hij bij. Dus begon Tsotne Koridze achter de rug van zijn oom om het noodzakelijke netwerk op te bouwen, hij legde contact met de grenspatrouilles, chanteerde, smeerde en kocht om; er mochten bij zijn grote offensief geen obstakels in de weg staan. Hij reisde naar Zoegdidi en voerde daar gesprekken met bonzen van het provinciebestuur, zat hele nachten te rekenen wie hoeveel procent en hoeveel zwijggeld mocht opstrijken.

De oorlogen in Ossetië en nu ook in Abchazië speelden hem in de kaart, want zijn koopwaar was net zo gewild als wapens. Begin oktober reisde hij onder strenge geheimhouding met een paar van zijn naaste vertrouwelingen naar Pjatigorsk, waar hij een ontmoeting met Begemot en de tussenpersonen had, de voorraden controleerde en waar hij zijn eerste shot heroïne zette. Het 'echt goeie spul' uit Doesjanbe. Het witte poeder werd in een theelepel boven een klein vlammetje gehouden, veranderde van kleur, werd bruinachtig en vloeibaar, werd met een injectiespuit opgezogen om vervolgens direct in de ader te worden gespoten.

Ik probeer me voor te stellen hoe dat eerste shot voor iemand als hij geweest moet zijn. Hoe verloor hij zijn onschuld aan de heroïne – zweefde hij weg naar vredige, meditatieve contreien of zwol zijn ego op als een luchtballon? Later kon ik de uitwerking van de drugs aan de ogen van de verslaafden aflezen, en ook die van het afkicken. Wie van hen zou stelen, wie agressief zou worden, wie zou huilen als een kind. Ik neem me voor zijn 'ontmaagding' bij te wonen vanuit het perspectief van mijn dode vriendin.

Plotseling werd de wereld stil. De scherpe kanten zwakten af, al het hoekige en harde vervaagde en veranderde in sneeuw die op hem neerdwarrelde, de wereld werd verzoenlijk, en toen verdween de woede, zijn eeuwige metgezel, zijn trouwste makker sinds zijn vroege kinderjaren; sinds de dood van zijn vader had hij geen toegewijder vriend gehad dan die eeuwig brandende, eeuwig hongerige woede. Hij zakte weg in de gebloemde bank in de ruime woning die Begemot voor hem had geregeld, met vergulde spiegellijsten en zware fluwelen gordijnen, met kristallen vazen en kunstbloemen. Zijn oorschelpen vulden zich met het geruis van de zee, alsof er een oceaan in zijn hoofd was uitgestort. De constanten in zijn leven vielen weg en hij vond heel even rust. Hij sloeg zijn armen om zich heen Waarschijnlijk, ja, waarschijnlijk is zijn eerste nacht met de heroïne zo geweest. En met de woede verdween er nog iets anders, iets crucialers: de angst die zijn keel dichtsnoerde, de angst om te falen, om niet aan de verwachtingen te voldoen, om zich niet te kunnen handhaven in de wereld van Tapora en consorten. Ook de bitterheid op zijn tong moet verdwenen zijn, de bitterheid over zijn moeder, wie hij het aanrekende dat de troon in haar rijk zo moeiteloos naar Tapora was gegaan, dat ze te snel voor de machtige broer van haar dode man was gezwicht, zij, de harteloze Gertrude, en hij, de op macht beluste Claudius. Hij bleef het zijn moeder verwijten dat ze haar kroost niet tegen die man had beschermd.

Het kost me moeite om aan Tsotnes liefde te denken, nog altijd. Zijn liefde concurreert met die van mijn broer, en ja, zo kleinzielig ben ik, ik kan zelfs de doden niet met rust laten, ik ben nog steeds aan het optellen, aftrekken, verrekenen. Opeens heb ik het idee dat deze foto voor mij is bedoeld, voor mij alleen, alsof ze me ertoe wilde bewegen in zijn gezicht, in zijn zwarte hart te kijken. En misschien, ja, misschien in een verloren hart. Zo heeft zij bij hem naar binnen gekeken, zo heeft zij hem gezien. Dus moet ik het ook doen. Dus is het aan mij om het mededogen te leren dat de tijd me heeft afgenomen. Want die heeft nooit mededogen met mij gehad.

En dat terwijl Dina en Tsotne in de jaren tot hun adolescentie amper een woord met elkaar hadden gewisseld, elkaar nooit onder vier ogen hadden gezien. Ze deed niet eens haar best om haar afkeer van hem te verbergen. En toch had hij al die jaren haar gebaren bestudeerd, de manier waarop ze haar haar uit haar gezicht streek, driftig met haar hoofd schudde, geconcentreerd naar iemand luisterde, haar armen om haar knieën sloeg als ze zich niet op haar gemak voelde; in de loop der jaren werd hij een meester in het heimelijk observeren van haar eigenaardigheden.

Soms denk ik dat het een twistpunt tussen ons is gebleven dat Tsotne op een andere manier toenadering tot haar heeft gezocht dan Rati, dat hij eindeloos geduld heeft gehad, dat hij zich voor haar onmisbaar wilde maken, en volgens mij is hem dat uiteindelijk ook gelukt. Zij was dat niet met me eens. Maar na al die jaren die ik haar heb overleefd, kan ik zeggen: ik had gelijk.

De angst verdween en er kwam iets anders voor in de plaats: dat stekende gevoel waarvan hij zich al zoveel jaar probeerde te bevrijden. Misschien moest hij aan Goega's negentiende of twintigste verjaardag denken, de dag waar hij in gedachten zo vaak naar was teruggekeerd, die hij zo vaak had vervloekt omdat hij zijn angst toen niet in de kiem had gesmoord en zich niet onvoorwaardelijk aan haar had overgegeven. Want misschien, dat maakte hij zichzelf tenminste wijs, misschien waren de dingen dan heel anders gelopen, totaal anders...

Zoals gewoonlijk waren Nene's en zijn vrienden op Goega's verjaardag gekomen, omdat Goega zelf weinig vrienden had. Tsotne belandde aan dezelfde tafel als Dina, zelfs pal naast haar, een feit waar hij misselijk en duizelig van werd. Hij zou de hele avond in haar buurt zijn, hij zou haar geur opsnuiven en haar lach in zijn geheugen kunnen prenten. Hij zou met haar moeten praten en haar moeten bedienen. Het was warm, ze droeg een eenvoudige rode jurk en haar blote armen en benen raakten hem met zorgeloze nonchalance aan. Ze rook niet naar een fijn parfum zoals de meeste meisjes die hij kende, ze rook naar zichzelf, alleen naar zichzelf, alsof ze het niet nodig had om zich met een geurtje aantrekkelijker te maken.

Plotseling, volkomen onverwachts, keerde ze zich naar hem toe en vroeg: 'Waarom zit je me constant aan te staren, Tsotne?'

'Wat zeg je?'

Zijn toon was beheerst, afstandelijk, en toch sloeg zijn hart over, hij was bang dat de hele tafel het kon horen bonzen.

'Volgens mij weet je heus wel waar ik het over heb.'

'Wanneer heb ik jou dan zitten aanstaren? En waarom zou ik jou aanstaren?'

Hij haatte zichzelf om zijn arrogante toon, zijn samengeknepen ogen, het onverschillige gezicht dat hij als een masker opzette. Want de manier waarop ze de vraag had gesteld, had niets verwijtends, die was heel open, als een splitsing waar verschillende wegen afbogen, en hij had ze allemaal kunnen inslaan, allemaal kunnen verkennen, maar in plaats daarvan bleef hij op veilig terrein.

'Dat weet ik toch niet, daarom vraag ik het aan je. Ik ben toch niet blind. Kom op...'

Ze probeerde het nu met een hartelijke lach, alsof ze de vraag van zijn scherpe kantjes wilde ontdoen, maar hij bleef stoïcijns.

'Onzin. Als er iets was, zou ik het wel zeggen.'

Hij klonk opvallend vijandig en zij voelde dat, haar gezicht betrok, alsof er onweer op komst was.

'O, daar twijfel ik niet aan. Jij krijgt altijd wat je wilt, toch?'

Die vraag verblufte hem. Haar ogen schoten vuur.
'Daar lijkt het op.'
Hij schaamde zich voor dat antwoord.
'Nou, dan heb ik zeker iets verkeerd begrepen.'
'Dat zal dan wel,' zei hij en hij wendde zich van haar af. Maar ze was te dicht bij hem, zo dichtbij dat hij zich de hele tijd moest inhouden om niet haar hand te pakken en haar mee te nemen, weg van iedereen.

Even later voelde hij haar blote knie tegen zijn been. Ze drukte haar knie steeds steviger tegen zijn dij, dat kon onmogelijk toeval zijn, maar het gebaar had niets ordinairs of verleidelijks, integendeel, ze was strijdlustig. Ze daagde hem uit, ze wilde weten hoe hij reageerde. Hij kromp ineen van schrik, hij voelde het zweet op zijn voorhoofd parelen, in een oogwenk veranderde hij in de kleine jongen die hij ooit was geweest en die hij alleen nog van foto's kende, bij zijn vader op schoot, in korte broek en met een brede grijns op zijn gezicht, een verlegen, introvert kind, dat hij eigenhandig had uitgebannen nadat hij een volgzame soldaat van zijn oom was geworden.

Hij negeerde haar provocatie zolang hij kon en verviel weer in zijn aangeleerde hardheid. Hij vond de kracht om zich naar haar toe te keren en haar recht aan te kijken.

'Wat moet dat?'
'Ik hou er niet van als mensen tegen me liegen.'
'Je bent niet goed wijs, meisje,' zei hij en hij probeerde zo onverschillig mogelijk te klinken. Ze doorstond zijn blik.

Later, veel later, bekende hij haar dat hij die nacht dronken en slapeloos door de stille kamers van het grote huis had gedwaald. Diezelfde nacht had hij de foto van haar aan het Meer van Tbilisi gevonden en in zijn la verstopt. Daar bleef hij liggen, totdat de foto hem verraadde toen zijn zus hem toevallig ontdekte.

Dat eeuwige vuur in hem. Dat provocerende, prikkelende, pijnlijke verlangen dat in hem klopte als een ongeneeslijke wond.

De heroïne breidde zijn macht verder uit. Hij gaf zich er willoos aan over, want zijn beloften leken eindeloos. Hij probeerde terug te keren naar het moment waarop hij de jarenlang getrainde controle verloor en haar die ring gaf. De redenen daarvoor leken eenvoudig en waren toch niet voldoende. Misschien bestaan er geen antwoorden in de liefde, Tsotne, alleen vragen. Ja, misschien is dat zo.

Hij had die dag te veel gedronken en de gedachten aan haar werden zo martelend dat hij voor het eerst haar nummer draaide. Toen ze inderdaad de telefoon opnam, vroeg hij haar naar het kruispunt te komen, hij had iets voor haar. De dag daarvoor, ook dat vertelde Dina me later, had Tapora hem naar de goudmarkt gestuurd om geld te innen, en om de een of andere reden was hij bij een kraampje blijven staan en had die diamantring van fijn filigraan gepakt. In gedachten verzonken had hij hem betaald en pas op weg naar huis was hem duidelijk geworden voor wie hij die ring had gekocht.

Hij was haar oneindig dankbaar dat ze niet verbaasd leek en met de ontmoeting instemde alsof ze jaren op dat telefoontje had gewacht. Zonder vragen te stellen wipte ze op de bijrijdersstoel en keek hem vriendelijk aan. Haar om haar schouder gegooide jasje en haar verwarde haar maakten haar in zijn ogen nog aantrekkelijker. Het beviel hem dat ze geen moment moeite had gedaan om zich mooi te maken, dat ze nooit de indruk wekte in de smaak te willen vallen. Hij tastte naar het kleine doosje in zijn zak. Hij stamelde, stotterde, schaamde zich, hij voelde de alcohol in zijn bloed, die hem tegen de verwachting in geen moed gaf. Hij haalde het kleine roodfluwelen doosje tevoorschijn, maakte het met klamme handen open en stak het haar toe. Ze keek verbluft naar het cadeau, ze deed zichtbaar moeite om het verband tussen hem, die ring en zichzelf te begrijpen, in haar herinnering naar een gebeurtenis te zoeken die de aanleiding voor deze ring zou kunnen zijn. Toen begon ze op haar typische manier te lachen en legde haar hand op de zijne: 'Tsotne, wat is dit? Wat moet die ring?'

'Gewoon een cadeau, niks bijzonders...' stamelde hij weer en hij keek uit het raampje.

'Maar dit is wel iets bijzonders, hallo!' riep ze gespeeld dramatisch. Daarna vroeg ze of ze een trekje van zijn sigaret mocht. Ze rookte toen nog stiekem, op schooltoiletten en in verlaten trappenhuizen.

'Ik kan je een nieuwe geven...'

Hij greep in zijn broekzak.

'Nee, geef me die van jou, ik hoef geen nieuwe.'

Hij gaf hem haar en bad dat ze het trillen van zijn hand niet zag. Hij keek hoe ze de half opgerookte sigaret tussen haar volle lippen stak en eraan trok. Alles wat ze deed, deed ze met een onnavolgbare vanzelfsprekendheid, die een bijna fysieke onrust bij hem veroorzaakte.

'Waar heb je die vandaan?' wilde ze weten en ze haalde de ring uit het doosje, hield hem tegen het licht en bekeek hem aandachtig. 'Hij is mooi, heel chic. Had ik niet van je verwacht.'

'Ik heb hem voor jou gekocht.'

'Waarom?'

Eigenlijk wist ze het antwoord wel, ze had het al die tijd geweten, en ook al had hij zichzelf constant het tegendeel wijsgemaakt, een deel van hem leek opgelucht.

'Ik wil dat je weet dat ik er voor je ben. En... als iemand je opfokt, geef dan maar een gil.'

'Ik heb geen bescherming nodig, ik laat me door niemand opfokken, maak je geen zorgen.'

Hij keek haar recht aan. Om de een of andere reden durfde hij dat ineens. Ze sloeg haar ogen neer. Ze gooide de sigarettenpeuk uit het raampje, klapte het doosje dicht en keek weer op. Toen boog hij zich naar haar toe en kuste haar. Tegelijk vroeg hij zich af hoeveel jongens haar voor hem hadden gekust. Wat zou er door hem heen zijn gegaan als hij had geweten dat het haar eerste kus was? Ze gaf toe, aarzelend, onzeker, ze verzette zich niet, ze leek overrompeld, overrompeld door haar eigen nieuwsgierigheid, door de onverwachte wending van die dag. Hij kon goed kussen, maar bij haar, bij dat onstuimige meisje, had hij niets aan al zijn ervaring. Bij haar had hij niet eens de illusie van controle, bij haar was hij degene die was overgeleverd.

Ik staar naar de zwart-witfoto en stel me Dina's eerste kus met die man voor als een aan dunne touwen boven een peilloze afgrond hangende schommel. Ze zwaaiden omhoog, tot het allerhoogste punt, maar ze vielen niet omlaag, nee, toen nog niet. Ik had kunnen weten dat alleen zij de val kon veroorzaken. Ze zwaaide naar boven zonder naar beneden te kijken en hield in plaats daarvan haar blik naar de hemel gericht. Daarom hield hij van haar, ja, zo zat het waarschijnlijk, hij hield van haar om haar onverzettelijkheid en omdat ze zelfs aan de rand van de dodelijkste afgrond geen last van hoogtevrees had. Er liepen zilte tranen over zijn wangen, hij kon er niets aan doen, ze deed alsof ze het niet merkte, ze stelde geen vragen.

Nadat ze een paar keer had geprobeerd hem over te halen de ring terug te nemen en hij zich daar vreselijk over had opgewonden, stapte ze zwijgend uit de auto en liep de Wijnstraat weer in zonder zich ook maar één keer om te draaien. Ja, ook aan die scène heeft Tsotne Koridze waarschijnlijk gedacht toen hij het eerste shot van zijn leven zette.

Hoelang was die kus geleden op de dag dat zijn wereld instortte, dat hij dacht niemand ooit zo gehaat te hebben als haar? De dag dat hij hoorde dat Dina en Rati Kipiani een stel waren geworden?

Uitgerekend Rati, die eeuwige neprebel, die arrogante, vechtlustige selfmade gangster, die zichzelf en de wereld constant iets moest bewijzen, waarom hij, waarom hij? Die vraag hield hem uit zijn slaap, liet hem over duizenden scherven slaapwandelen. Wat had Rati dat hij niet had? Wat had hij haar te bieden dat hij haar niet kon geven? Als ze nu verliefd was geworden op een knappe medicijnenstudent, op een brildragende violist, op een drankzuchtige bon vivant of een teruggetrokken archeoloog – elke keuze die ze had kunnen maken, zou hij hebben verafschuwd, elke keuze zou zijn hart uit zijn lijf hebben gerukt, maar hij zou het hebben begrepen. Hij zou hebben ingezien dat ze niets voelde voor een leven aan zijn zijde. Maar in Rati zag hij een zwakke kopie van zichzelf, een slap aftreksel van zijn eigen ambities, hij was afkomstig uit dezelfde wereld van roekelozen. Tsotne had niet geprobeerd haar te veroveren, hij had haar beschermd door haar zijn liefde te besparen. En toen koos ze voor een slechte imitatie van hem.

En natuurlijk moet het hem een enorme kick hebben gegeven toen hij Rati achter Tapora's rug om een lesje kon leren. Hij wilde zijn macht beknotten, hem op de knieën dwingen, hem vernederen, een voorbeeld stellen, elke opstandige geest in zijn wijk met wortel en tak uitroeien. En het was vooral bevredigend dat hij, wetend dat Rati vanaf nu uit haar buurt zou blijven, eindelijk weer rustig kon slapen. Maar de wending die dat besluit tot gevolg had, overtrof zijn stoutste dromen. Nooit van zijn leven had hij erop gerekend dat Dina op een regenachtige avond met opgestoken haar en een opgemaakt gezicht, in een kort spijkerrokje en witte laarzen bij hem zou aanbellen en hem meteen op de drempel zou vragen: 'Wil je me nog steeds?'

Zijn hart kromp ineen bij die vraag, hij voelde opwinding en vreugde, maar ook walging. Het idee dat hij haar in deze situatie had gebracht, moet een klap in zijn gezicht zijn geweest.

Hij vroeg haar binnen. Gelukkig waren ze alleen, gelukkig was niemand van zijn vrienden er, gelukkig zat Tapora in Moskou. Hij vergrendelde de deur en ze volgde hem in de pronkerige woning van zijn oom, waar hij zich zo vaak had teruggetrokken. Ze ging op de zware fluwelen bank zitten, waarboven een gigantische vergulde Maria-icoon hing, ze trok haar jasje niet uit, ze was kwaad, ze wilde niets drinken, ze wilde alles snel achter de rug hebben.

'Geef antwoord op mijn vraag!' zei ze ademloos. Ze was woedend, ze haatte hem, hij herkende dat gevoel, dat hij zelf lang genoeg tegen haar gekoesterd dacht te hebben.

'Kalm aan. Wil je iets drinken, ik heb bier in de koelkast.'
'Ik hoef niks!'

Haar stem brak. Ze legde haar hoofd in haar handen, wreef over haar gezicht alsof ze een loodzware vermoeidheid wilde verdrijven. Ze rook naar regen, naar alle gemiste kansen, naar alles wat aan hem voorbij was gegaan, aan hem en zijn levensgevaarlijke kogelvis-liefde, een liefde waarvoor geen tegengif bestond.

Hij ging toch naar de keuken en haalde twee flesjes van het Tsjechoslovaakse bier dat zijn oom geregeld met kratten tegelijk thuis liet bezorgen. Hij stak haar een flesje toe. Pas toen hij zo dicht bij haar kwam, rook hij dat ze al had gedronken, blijkbaar liet haar moed haar ook weleens in de steek.

'Nou, wil je me nog steeds?'

Hij zweeg en zocht zijn toevlucht bij het koude bierflesje,

dat hij zo stijf omklemde dat zijn vingers wit werden.

'Dat weet je toch,' fluisterde hij.

'Goed. Als jij zorgt dat hij uit de bak komt, krijg je wat je wilt. Dan staan we quitte.'

De manier waarop ze praatte, waarop ze met hem onderhandelde, moet voor Tsotne een dolkstoot in de rug zijn geweest. Hoe kon je in de liefde ooit quitte staan?

'Hou op met zo te praten, dat is niets voor jou.'

'Dat is wel iets voor mij, net zo goed als het iets voor jou was om te zorgen dat Rati de bak in draaide.'

Hij keek naar het raam met de dichte gordijnen. Zoals iedereen in de schaduwwereld had zijn oom een hekel aan te veel licht. In deze woning was het altijd halfdonker, ongeacht het uur van de dag. Ze zei later dat ze dankbaar was geweest dat hij niets ontkende, dat hij haar die vernedering bespaarde.

'Het maakt nu toch niets meer uit. Jij hebt gedaan wat je hebt gedaan en ik zal ook doen wat ik moet doen.'

'Hoe bedoel je?'

Hij voelde irritatie opkomen, een misselijkmakende onrust, hij had er zo vaak over gefantaseerd, een toenadering, een aanraking, de onvoorstelbare vervulling van zijn diepste wensen, maar nooit zo, nooit hier, nooit onder deze voorwaarden.

'Jij neemt wat je wilt. En dan zorg je dat Rati vrijkomt.'

Hij werd agressief, zijn mond was weer droog, net als in de auto toen hij haar die stomme ring had gegeven, die ze nooit had gedragen, natuurlijk niet. Hij verlangde al zo lang naar haar dat hij allang aan een gefantaseerde Dina gewend was geraakt. In bijna elke situatie stelde hij zich voor wat zijn gefantaseerde Dina gepast of ongepast zou vinden, wat ze zou toestaan of verbieden, maar wat er nu gebeurde, betekende een gruwelijke verminking van zijn denkbeeldige vriendin en dat verdroeg hij niet, ze mocht hem niet ook nog zijn illusies ontnemen.

'Dina, je weet wat je voor me betekent. Hou op, ik wil niet dat jij je voor mij vernedert.'

'Rati's vrijlating is me elke vernedering waard. Bovendien...'

'Bovendien?'

Ze stond op. Ze kwam voor hem staan. Ze zag bleek. Ze had haar haar opgestoken, dat was heel ongewoon, meestal hing het in haar gezicht, meestal blies ze een haarlok uit haar gezicht als ze razend werd. Ze kwam gevaarlijk dicht bij hem. Hij wist dat hij zich niet zou kunnen beheersen als ze het erop aanlegde, en toch kon hij niet geloven, nog steeds niet bevatten dat ze het echt zou doen, zo, op deze manier. Of moest hij het zien als een sprankje hoop? Moest hij in strijd met zijn intuïtie iets anders in haar blik lezen dan woede en verachting?

'Bovendien is het niet zo vernederend om met iemand te vrijen die van je houdt,' fluisterde ze en ze trok voorzichtig haar jasje uit, legde het behoedzaam op de grond. Hij wilde huilen, maar was bang dat de tranen hem zouden breken, hem in duizend stukjes zouden scheuren.

Ze trok haar laarzen uit en zette ze netjes aan de kant. Ze rilde. Hij durfde haar niet te warmen. Hij wilde haar niet aanraken. Hij staarde naar zijn bierflesje. Hij rook haar door de zon gekuste huid, alsof het in haar wereld altijd zomer was.

'Hou alsjeblieft op, Dina! Ga nu maar,' fluisterde hij.

Maar ze trok haar blauwe blouse met de pofmouwen uit en legde die keurig opgevouwen naast haar jasje. Daarna volgde de rok. Hij probeerde de andere kant op te kijken. Ze bleef in haar ondergoed voor hem staan. Nu keek hij naar haar. Haar bovenbenen waren forser dan hij zich had voorgesteld, haar taille smaller, haar borsten steviger en nog mooier dan in zijn verbeelding, haar schouders kinderlijker, haar navel zediger, haar voeten langer en fragieler dan in zijn herinnering, haar enkels trotser en haar sleutelbeenderen en polsen gracieuzer. Hij stond op. Toen nam hij haar gezicht in zijn handen. Er was geen weg terug, het deed er allemaal niet meer toe, hij zou nemen wat ze hem aanbood, wat de gevolgen ook waren. Zijn hand streek over haar wang naar haar kin, en toen kuste hij haar met al zijn opgekropte verlangen, ongeduld, honger en angst.

Ze heeft me die scène later beschreven, te laat, op een moment dat alles al op instorten stond. Ik zal me altijd haar betraande gezicht herinneren, haar vragen zullen me mijn leven lang vergezellen, en nu ik hier voor haar foto's sta, ben ik haar dankbaar voor die erfenis die een beproeving was, voor de pijn en de uitdaging zelf naar antwoorden te moeten zoeken. Ik ben haar dankbaar voor haar ijzeren, zelfvernietigende kracht, die zich nooit heeft laten onderwerpen of vervormen. En ik weet zeker dat ook Tsotne die erfenis zal koesteren, dat hij in zijn herinnering altijd weer naar haar terug zal keren. En misschien zal zijn herinnering soms een reddingsboei zijn, soms een rode lap, maar altijd zal ze iets in hem wakker roepen wat lijkt op een roes, een eeuwige vreugderoes, gevoed door één enkele zekerheid: dat ze ervan heeft genoten, dat ze door zijn tederheid de troost heeft ervaren die ze zo hard nodig had. Hij zal vast aan haar aanvankelijke stugheid denken, die gaandeweg verdween, aan haar opeengeklemde lippen, die zich door de lust langzaam openen, en aan haar tengere rug, haar uitstekende wervelkolom, haar lenigheid. Misschien denkt hij ook aan haar afwerende houding, haar gespeelde onverschilligheid, haar snelle ademhaling later, haar knellende greep, haar om zijn rug geslagen benen. Hij zal aan haar kreet denken, helemaal op het eind, toen hij met zijn gezicht tussen haar benen verdween, nadat hij het verbod dat ze hem zwijgend had opgelegd, had opgeheven. Ja, hij zal er vaak aan terugdenken en van vreugde in elkaar krimpen, want hij zal weten dat ze gelukkig was, ongewild gelukkig.

En terwijl hij zich dat zal herinneren, zal ik haar betraande gezicht voor me zien, in haar kleine donkere schuilplaats in dat verlaten gebouw, onze enige toevlucht voor de onbarmhartige wereld in de laatste jaren van onze vriendschap. En ik zal weten dat in de ruimte ernaast mijn versufte broer, in een armzalige poging hun vroegere liefde weer leven in te blazen, vecht voor zijn laatste hoop: Dina. En ik zal weten hoe gevaarlijk die hoop voor haar zal worden wanneer hij te dicht bij haar komt. En ik zal niets kunnen verhinderen.

De eerste weken na die grote onverwachte wending was Tsotne er nog volkomen zeker van dat hij die gebeurtenis mee wilde nemen in zijn graf. Het was een stilzwijgende overeenkomst tussen hen tweeën. En hoezeer het geheim ook op zijn lippen brandde, hij wist dat hij dit listige wapen nooit tegen Rati mocht gebruiken als hij haar niet voorgoed wilde verliezen. Het was een zaak tussen hem en haar. Maar toen gebeurde het toch.

Toen hij op een avond na een strooptocht door de wijk met zijn jongens de Kirovstraat insloeg, zag hij Rati en consorten met de eigenaar van een rommelwinkel praten. Rati was na zijn vrijlating overmoedig geworden, hij waagde zich steeds verder in Tsotnes territorium, waar ook de Kirovstraat bij hoorde. Tsotne zette de auto stil, stapte uit en liep regelrecht op zijn gehate tegenspeler af, die hij eigenhandig uit de gevangenis had gehaald. Zijn jongens, die nog in de auto zaten, verheugden zich al op de langverwachte knokpartij met Rati en zijn bende. Ook voor

Tsotne was het een heel aantrekkelijk idee om Rati's gezicht te verbouwen, hem met zijn zware laarzen in zijn buik te trappen en zijn vingers te verbrijzelen, maar hij verwierp die gedachte en zei bij zichzelf dat hij aan haar moest denken, aan haar aarzelende, broze en bijna onzichtbare genegenheid, die hij die avond gevoeld dacht te hebben. Nee, hij zou hem niet in zijn ribben trappen, hij zou zijn hongerige honden niet op zijn gevolg loslaten, hij zou de controle houden, het moest een klassieke razborka worden.

De ogen van de winkelier werden groot van schrik toen hij Tsotne op zich af zag komen. Maar die zei alleen tegen het gedrongen mannetje dat hij in zijn keet moest verdwijnen – deze kwestie had niets met hem te maken, hij hoefde niets te vrezen. Zwijgend, alsof het van tevoren was afgesproken, liepen Tsotne en Rati met hun gevolg een donker zijstraatje in en vormden ogenblikkelijk twee fronten, twaalf jongemannen die tegenover elkaar stonden.

'Jij hebt hier niks te zoeken, dat weet je toch, Kipiani,' zei Tsotne tegen Rati. 'Dat ik de Lermontov en de Gogebasjvili aan je heb afgestaan, betekent nog niet dat je ook hier kunt rekruteren.' Hij keek hem de hele tijd aan terwijl hij dat zei.

Natuurlijk gaf Rati geen krimp.

'We leven in een vrij land, Koridze, de winkeliers kunnen zelf beslissen welke krysja ze kiezen.'

Zowel Rati's als Tsotnes jongens warmden zich al op voor de vechtpartij, ze stonden te popelen om er eindelijk op los te slaan. Maar Tsotne floot zijn mannen terug, een stille oproep aan Rati om hetzelfde te doen en de kwestie onder vier ogen te regelen. Dus bleven ze alleen achter en stonden ze tegenover elkaar in het donkere steegje. Nu hij hem van zo dichtbij aankeek, kon Tsotne niet anders dan aan Dina's lichaam denken, aan het brandende geheim in zijn hoofd. De gedachte dat hij voor die man de poort naar de vrijheid had geopend en hem daarmee in de gelegenheid had gesteld haar elke dag aan te raken, was ondraaglijk. Hij wilde hem die narcistische zelfverzekerdheid ontnemen, die zelfgenoegzame grijns om zijn mond, die trotse blik van een prins die zeker is van zijn troon. Het gesprek verliep stroef, geen van beiden gaf toe, Rati's woede, die hij jaren had opgekropt en die sinds Saba's dood en zijn arrestatie in hem kookte, moest een uitlaatklep vinden.

'Jij laat de Kirovstraat met rust, Kipiani. Punt, uit!'

'Dat is niet aan jou, Koridze!'

'Als de oudsten zich ermee bemoeien, weet je hoe de razborka afloopt. Dan ben je niet alleen de winkels maar ook je birsja's kwijt.'

'Je hebt blijkbaar niet het lef om de zaak met mij onder vier ogen te regelen, mietje, waarom heb je anders altijd de *strachovka* van je oom nodig?'

Hij wist dat Rati graag die kaart uitspeelde, het was zijn enige troef. Maar niet lang meer, dacht hij, nog even en hij zou uit de schaduw van zijn oom treden...

'Een mietje word je toch in de bak?' antwoordde Tsotne koeltjes en hij ging zo dicht bij Rati staan dat die zijn adem kon voelen.

'En weet je wat ze in de bak met een flikkenhoer doen? Weet je hoe ze zulke figuren noemen? Nou, Koridze?'

En toen gebeurde het. De haat tegen Rati was voor Tsotne in de loop der jaren een vaste metgezel geworden en nu ontwaakte er in hem een ongekend verlangen naar een definitieve afrekening, hij wilde die kerel kapotmaken, de grond onder zijn voeten wegtrekken. Het enige waar hij op dat moment aan kon denken, was zij. Zij en haar door haar eigen lust verraste hazelnootogen. Hij had haar niet al die jaren voor zijn liefde behoed, zodat die arrogante zak met haar kon gaan strijken, haar op alle feestjes in het rond kon zwieren alsof hij Fred Astaire zelf was.

'Ik heb een ander idee. Ik laat de Kirov aan jou over, met de goktent op de hoek en al. Voor mijn part mag je in heel Sololaki de koning uithangen...'

Hij wachtte even. Wat een leedvermaak moet hij hebben gevoeld, hoe zoet moet die macht hebben gesmaakt...

'En wat is het addertje onder het gras?'

Rati, die van weerzin en spanning op ontploffen stond, stak een sigaret op en blies Tsotne de rook in zijn gezicht.

'Geef je vriendin aan mij, ze heeft met mij sowieso meer lol.'

Het gezicht dat zijn tegenstander op dat moment trok, zal Tsotne Koridze zich waarschijnlijk tot aan zijn dood herinneren. Die mengeling van ongeloof en schrik over de brutaliteit van zijn vijand, daarna opeens de angst dat er misschien iets van waar was. Het gezond verstand dat langzaam terugkeerde en hem wijs wilde maken dat het enkel provocatie was. Ook zijn eigen gevoel van triomf zal hij zich altijd herinneren, die ongelofelijke roes. Zo meteen zou Rati uithalen, zou zijn vuist in zijn gezicht belanden, maar hij zou niet wijken, want de pijn zou zijn woede in een inferno veranderen, zoals benzine dat met vuur doet.

Maar op hetzelfde moment hoorden ze de jongens roepen, het duurde even voor de inhoud van de woorden tot hen doordrong en hen tot actie dwong.

'Daar heb je de OP's, kom op, vlug de auto in!' riep een van hen.

In dit geval was de politie bij wijze van uitzondering hun redding. Razendsnel verdwenen ze allemaal in hun auto en stoven weg. Ik weet zeker dat Rati in dat donkere zijstraatje zijn geduld zou hebben verloren. Rati was nooit een strateeg geweest, Tsotne wel.

Tsotne, dat staat buiten kijf, wilde niets bezitten wat op een dag tot stof kon vergaan. Hij had zichzelf als een beeldhouwer gevormd naar de maatstaven van zijn oom, volgens de verwachtingen van diens wereld. Met de verbetenheid van een bulterriër had hij alles op alles gezet om zijn doel te bereiken. Het kon hem niet schelen of de mensen hem mochten, hij verlangde uitsluitend respect. En dat kreeg je – dat was de belangrijkste les uit zijn kindertijd – als je genoeg macht had. Rati daarentegen wilde koste wat het kost geliefd zijn, hij wilde voor al zijn vermetele daden erkenning en instemming, terwijl Tsotne – die man op de zwart-witfoto waar ik nog steeds voor sta, met de fascinatie van een toeschouwer bij een ongeluk – altijd alleen uit was op macht. Terwijl Rati zijn hele leven probeerde iemand te zijn die hij in feite niet was, maar die hij dacht te moeten zijn, danste Tsotne van kindsbeen af op het parket van geweld en intimidatie, en de nodige gewetenloosheid, die Rati moeizaam moest aanleren, waartoe hij zich moest zetten, was Tsotne met de paplepel ingegoten. En sinds Dina hem in het huis van zijn oom had opgezocht, sinds ze dat brandende geheim met elkaar deelden, sinds die kleine, gevaarlijke hoop in hem was ontkiemd en hij het vermoeden had gekregen dat hij naast intimidatie, machtsvertoon, geweld, afpersing en bevelen ook nog andere vaardigheden bezat, was zijn geduld eindeloos: hij was bereid om nog vele jaren op haar te wachten, omdat hij wist dat hij haar gelukkig kon maken.

Manana, die hij nooit deda, maar altijd alleen bij haar voornaam noemde, keerde samen met zijn zus op een uitzonderlijk hete septemberdag uit Sotsji terug in Tbilisi. Nene zag bruin en haar buik was bijna uitdagend rond, ze was sinds Saba's dood veranderd in een potsierlijke verschijning, een verandering waar zelfs haar machtige oom machteloos tegenover leek te staan. Tsotne had gehoopt dat de zomerreis haar goed zou doen en dat de zee haar weer de nodige energie zou geven. Toen hij haar en Manana van het vliegveld haalde, viel hem meteen iets op wat hij niet precies kon benoemen, maar wat hem onrustig maakte: haar lichaam blaakte van zelfvoldaanheid en een vreemd soort kracht, alsof ze een manier had ontdekt om zich met de wereld te verzoenen.

Tsotne had niet verwacht dat ze als getrouwde vrouw die softe intellectueel van een Saba zou blijven ontmoeten, en die ontdekking had hem diep geschokt. Ook al had hij zich inwendig verzet tegen Tapora's beslissing om haar met Otto Tatisjvili te laten trouwen, toch had hij zich er net als iedereen in de familie uiteindelijk bij neergelegd. Het welzijn van de familie ging altijd al boven persoonlijk geluk. Maar later stond het schuldgevoel op zijn gezicht te lezen. Het was de schuld van een meeloper, een medeplichtige, de schuld van iets-niet-verhinderd-hebben, een veel complexer gevoel dan het schuldbewustzijn van een dader, die meestal redenen of argumenten voor zijn daden heeft.

Om hun thuiskomst te vieren zette Manana een feestmaal op tafel; zoals altijd vloeiden al haar onuitgesproken woorden in de pannen, vermengden ze zich met het deeg. Goega, die zelden dronk, ontkurkte voor de gelegenheid een fles sekt, ze namen plaats aan de grote eettafel in de woonkamer. Ze praatten over koetjes en kalfjes. Tot die ene zin viel.

'Wat zei je?'

'Ik zei dat de termijn verstreken is. Jullie kunnen me niet tot abortus dwingen.'

'Van wie is het?' vroeg Tsotne.

'Wat een vraag! Van Saba natuurlijk,' zei ze zelfbewust, alsof ze een recept tegen haar verdriet had gevonden, alsof niemand haar nog iets kon maken.

Manana sloeg met beide handen zo hard op de rand van de tafel dat de tafel ervan trilde. Nene ging rustig door met eten.

'Ze is zwanger, dat is toch prachtig...'

Zoals altijd probeerde Goega te bemiddelen en gooide hij daarmee alleen maar olie op het vuur.

'Waar heb je het over? Ben je gek geworden? Hoe meer jij traint, hoe stommer je wordt!' viel Tsotne tegen hem uit, en vervolgens tegen Nene: 'Hoe kon je dat al die tijd geheimhouden? Je brengt ons allemaal in een rampzalige situatie! Wij hebben het bloed van die jongen aan onze handen omdat jij geen schaamte en geen eergevoel had, als een straatmeid...'

'Ik hield van hem en hij van mij. Ik heb nooit met die parasiet willen trouwen,' zei ze, terwijl ze haar kippenborst in kleine stukjes sneed, bijna vrolijk, alsof ze opgelucht was dat alles nu open en bloot op tafel lag. 'Jullie hebben me gedwongen met die man te trouwen, ik haat hem, het is een sadistische vuilak. Het maakt mij niet uit wat jullie met me doen, voor mijn part kunnen jullie me onterven of op straat zetten, dan kan ik eindelijk mijn eigen leven leiden en mijn kind opvoeden zoals ik vind dat het moet.'

'En hoe moet ik dat aan je oom uitleggen? Je hebt onze familie bezoedeld, ons te schande gemaakt...'

'Rustig nou maar, deda. We kunnen zeggen dat het Otto's kind is,' zei Goega, die de eenvoudigste uitweg zocht, een oplossing die niemand pijn deed.

'Nooit van m'n leven! Ik ga niet het kind van een moordenaar baren,' riep Nene woedend.

Iedereen was gestopt met eten, behalve Nene, die opnieuw opschepte, niets leek haar eetlust te kunnen bederven. Manana was woedend de kamer uit gerend.

'Daar zal Tapora zich niet bij neerleggen, Nene. Dat weet

je,' verbrak Tsotne de stilte. Ze haalde haar schouders op.

'Hij bedenkt vast iets heel ergs,' dacht Goega hardop. 'We moeten Nene beschermen,' concludeerde hij, terwijl hij met zijn vork in zijn eten zat te prikken.

Tsotne werd getroffen door de beslistheid in de stem van zijn oudere en in zijn ogen eeuwig zwakke broer.

'Wij kunnen haar niet helpen aan haar lot te ontsnappen, begrijp dat dan,' zei hij geërgerd.

'We kunnen haar de stad uit brengen, tenminste tot het kind...'

'Word eindelijk eens volwassen, Goega!'

'Wat is er zo volwassen aan dansen naar Tapora's pijpen?'

'We hebben meer tijd nodig. Ik heb plannen... Als ik eenmaal op eigen benen sta, kan ze voor mijn part doen wat ze wil, een kerel zoeken, opnieuw trouwen of weet ik veel. Maar dat duurt nog even. Ik heb nog niet genoeg mensen die ik vertrouw.'

'Ging Tapora daarom laatst zo tegen je tekeer?'

'Zou kunnen,' zei Tsotne ontwijkend. Hij verbaasde zich over de plotselinge interesse van zijn broer, die zich normaal niet met de zaken van de familie bemoeide.

'Wat ben je van plan?'

'Kan ik niet zeggen. Het is riskant. Maar als ik het niet doe, doet een andere schoft het wel. Linksom of rechtsom.'

'Is het iets... gevaarlijks?'

'Vanwaar ineens die belangstelling voor wat ik doe? Dat kon jou toch nooit een reet schelen.'

'De dingen zijn veranderd. We krijgen een nichtje of een neefje.'

Tsotne wist niet wat hij daarop moest zeggen. Hij vond de sentimentaliteit van zijn broer altijd al volkomen misplaatst.

'Ik heb nagedacht. Ik wil me nuttig maken en...'

'Waar wil je naartoe?'

'Je moet haar helpen. Tante Natalie woont in Odessa en die zou Nene met alle liefde in huis nemen. Hou Tapora bij haar uit de buurt. Geef haar geld. We moeten deda erbuiten houden. Zij mag er niets van weten. Dat is mijn voorwaarde.'

'Voorwaarde waarvoor?'

Tsotne moest lachen.

'Om je te helpen. Ik wil met je samenwerken. Ik wil alles doen wat er gedaan moet worden. En nog iets, er is nog iets...'

'Vergeet het, Goega, jij bent niet geschikt voor dat leven.'

'Kan me niks schelen. Jij kunt het me leren. En je hebt loyale helpers nodig, zei je net.'

'En wat had je verder nog? Wat wou je daarnet zeggen?'

Goega boog zijn hoofd en zweeg. Hij staarde naar zijn gevouwen handen in zijn schoot. Hij zag eruit als een reus in een poppenhuis, Tsotne vond zijn aanblik amusant en ontroerend tegelijk.

'Je moet me een plezier doen.'

'Wat voor plezier?' Tsotne had geen flauw idee waar Goega heen wilde.

'Anna Tatisjvili.'

'Wat is er met haar?'

'Ik... ik...'

'O nee! Ik dacht dat het eindelijk afgelopen was met dat stomme gedweep.'

'Ik hou van haar. Ik hou echt van haar. Ik wil dat ze met me trouwt.'

Tsotne zuchtte, schudde zijn hoofd en drukte zijn sigaret uit op zijn bord.

'Man, Goega...'

'Ik ben veranderd. Ik zie er veel beter uit dan vroeger, ik

ben zelfbewuster, ik kan haar een goed leven geven.'

'En wat moet ik volgens jou doen?'

'Ze moet me gewoon een kans geven. Naar jou luistert ze wel. Een rendez-vous,' voegde hij er schuchter aan toe.

'Oké, ik zal kijken wat ik kan doen,' antwoordde Tsotne, nu duidelijk geamuseerd. Een rendez-vous! Wie gebruikte er nu nog zulke woorden?

Tsotne stond op en liep met snelle passen de kamer uit. Hij moest over alles nadenken, hij moest een plan maken. Hij schrok ervoor terug om Goega aan dat gevaar bloot te stellen. Aan de andere kant had hij mensen nodig op wie hij blind kon varen. Zijn besluit om op Begemots aanbod in te gaan betekende onvermijdelijk oorlog met zijn oom. En het was moeilijk om helpers te vinden, want het mocht niemand uit Tapora's invloedssfeer zijn, en de meesten van zijn eigen bendeleden – op dat punt maakte hij zichzelf niets wijs – wilden alleen bij hem horen vanwege zijn oom.

Tapora werd tijdens een familie-etentje op de hoogte gebracht. Hij at zonder commentaar zijn bord leeg, smakte zoals altijd hard, alsof hij boven alle tafelmanieren verheven was, dronk gulzig zijn wijn op en liet toen zijn blik rondgaan. Daarna schraapte hij zijn keel en velde zonder enige emotie het vonnis: 'Goed. Als je die bastaard wilt houden, wordt er opnieuw getrouwd. We vinden wel een kandidaat. Daar zal ik persoonlijk voor zorgen, want je broer', hij keek in Tsotnes richting, 'heeft zelfs die achterlijke flikker niet in toom kunnen houden.'

Woede, geschreeuw, alles hadden ze verwacht, maar niet zo'n vonnis. Opnieuw door die hel moeten, opnieuw uitgehuwelijkt worden aan iemand die ze zou verafschuwen... Nene begon te lachen. Het was een angstaanjagende lach, die door de hele woning schalde.

'Hou daar onmiddellijk mee op!' beet Manana haar

dochter toe. Maar Nene kwam niet meer tot bedaren, ze lachte en lachte, ze lachte steeds hysterischer, tot ze de tranen van haar wangen moest vegen. Tapora's enorme vuist raakte de rand van de tafel, zodat Manana's in de loop der jaren verzamelde Saksische porselein rinkelde.

'Afgelopen!' brulde hij. 'Hou op met dat stomme gelach, slet die je bent!'

Nooit had Tapora Nene beledigd, nooit had hij een vulgair woord tot haar gericht. De meeste verboden en regels die hij Nene oplegde, werden via zijn schoonzus of zijn neefjes overgebracht, alsof hij het niet bij haar wilde verbruien. Nene hield abrupt op met lachen en ging van tafel. Als een slaapwandelaar, zoals ze zich de laatste tijd altijd bewoog, liep ze de kamer uit.

Toen wist Tsotne dat het tijd was om in actie te komen. Hij kon het zich niet meer veroorloven kieskeurig te zijn. Goega was het offer dat hij voor zijn zus moest brengen.

Drie dagen later stond hij in de keuken van de mooie Anna Tatisjvili, ooit de prinses van de school en nu dankzij haar broer hard op weg een in ongenade gevallen, angstige en verbitterde vrouw te worden. Haar ouders waren nog niet terug; uit schaamte een moordenaar als zoon te hebben hadden ze zich de hele zomer teruggetrokken in hun datsja in een Zuid-Georgisch dorp. Anna was aan het leren voor haar examens.

Ik stel me haar voor in een van die onooglijke flats ergens in Saboertalo, ik zie haar lichtblauwe ogen en haar pruilmondje, haar lichte huid, de grote borsten en de smalle taille, altijd keurig gekapt en gekleed, alsof ze verwachtte dat het leven haar elk moment een aanbod zou doen dat ze niet kon afslaan. Ik herinner me niet meer wat ze studeerde. Iets pretentieus zou bij haar hebben gepast. Misschien zelfs medicijnen. Maar na de tragedie met Otto moest ze haar verwachtingen op een lager pitje zetten. Nu woonde ze in deze nieuwbouwflat op de tiende verdieping achter een met meerdere sloten afgesloten metalen deur, voor altijd gebrandmerkt, voor altijd in angst dat haar in ongenade gevallen broer gevonden zou kunnen worden.

Anna was een vrouw die eigenlijk een arts met schone, gesteven overhemden of een professor als man moest hebben, een ordelijk, ietwat elitair leven in een groot, stijlvol ingericht huis moest leiden, een datsja in Tskneti moest bezitten en verscheidene kinderen moest grootbrengen. Ze zou een goede gastvrouw en een hartelijke moeder en echtgenote zijn, een tikkeltje uit de hoogte, een tikkeltje snobistisch, zoals veel meisjes uit de hogere kringen van Tbilisi. Ze zou met de jaren wat verbitterd raken, denken dat het leven haar iets had onthouden, misschien een beetje naar beneden beginnen te trappen, wat druk uitoefenen om te compenseren wat ze gemist dacht te hebben. Maar ze verdiende het niet om het slachtoffer te worden van Otto's zieke en door haat gedreven geldingsdrang.

Misschien zou Tsotne vroeger niets tegen een vluchtige affaire met Anna hebben gehad, een paar cadeautjes, een paar etentjes, een paar zoenen op een donkere straathoek, maar Anna was geen meisje voor zoiets, bovendien had hij Goega's verliefde ogen voor zich gezien en daarom elke gedachte in die richting onmiddellijk verworpen.

Anna leek verrast, bijna overrompeld toen ze de deur opendeed. Maar goed opgevoed als ze was vroeg ze hem binnen en zette ze hem een eenvoudig maal voor.

Waarschijnlijk zag ze er zoals altijd mooi uit – in een zomerjurk, haar huid abrikooskleurig, haar haar opgestoken onder een zwarte tulband, een Afrikaanse koningin met een albasten huid. Vervuld van de wens hem te behagen bood ze hem ook iets te drinken aan, misschien tikte ze nerveus met haar vingers op het tafelblad. Ze babbelde wat over haar leven op de universiteit en problemen op het instituut, over colleges die voortdurend uitvielen. En hij liet haar praten, hij onderbrak haar niet, misschien wilde hij de ongelukstijding nog even uitstellen. Op een gegeven moment stond ze op om een watermeloen te snijden en raakte met haar arm zijn schouder aan. Alsof er een vloek over haar was uitgesproken bleef ze als aan de grond genageld staan, met haar rug naar hem toe. Hij wist dat hij haar langdurige, naïeve liefde zo meteen de das om zou doen.

'Tsotne,' begon ze en haar stem brak.

'Anna, ik moet met je praten.'

Ze draaide zich met een ruk om en keek hem vol verwachting aan. Ze hoopte. Natuurlijk hoopte ze. Dadelijk, dadelijk, ik zie het voor me, stort alles in en slaat haar liefde om in afschuw en verbijstering. Maar hij moest aan de bolle buik van zijn zus denken.

'Nee, wacht, ik moet jou ook iets vertellen en als ik het nu niet doe, durf ik het nooit meer.'

'Anna, dat is niet zo'n goed idee...'

Ze stond nog altijd met haar rug naar hem toe.

'Tsotne, waarschijnlijk vermoed je het al de hele tijd, maar die kwestie met mijn broer... Na dat alles kon ik er moeilijk met je over praten, maar ik... ik mag je heel graag, Tsotne, en...'

'Anna, ga alsjeblieft weer zitten.'

Later, toen hij de deur uit stormde, had hij niet kunnen zeggen hoe ze zo snel en soepel op zijn knieën was beland en haar volle, naar zoete likeur smakende, onervaren lippen op de zijne had gedrukt. Ze kuste precies zoals hij het zich had voorgesteld – onderdanig en passief, verwachtend dat hij zou leiden, zoals bij een traditionele Georgische dans. En even nam hij inderdaad de leiding, sloeg zijn armen om haar middel en voelde haar snel op en neer gaande boezem tegen zijn borst. Toen maakte hij zich los uit de omhelzing.

'Anna, je moet Goega een kans geven,' zei hij.

Ze had alles verwacht, behalve dat. Ze stond op, schaamte tekende zich af op haar gezicht en maakte dat het verstarde. Misschien hield ze haar adem in, ze werd vast rood, haar mondhoeken begonnen vast te trillen.

'Goega verafgoodt je. Dat weet je. Zolang ik me kan herinneren dweept hij met je en hoopt hij ooit kans bij je te maken. Het is een goeie vent, hij zou je nooit pijn doen, je zou een goede man aan hem hebben. Een man zoals ik nooit zou kunnen zijn.'

'Waar heb je het over?' stamelde ze, en er klonk ontzetting door in haar stem.

'Ik wil dat je hem een kans geeft, doe het voor mij, alleen een kans, meer vraag ik niet.'

'Maar... ik wil toch Goega niet, ik wil...'

Hij wilde het haar niet horen uitspreken, haar niet nog kwetsbaarder zien, hij voelde zich ellendig, hij wilde gauw weg uit deze keuken en deze flat, uit deze weldadige geur van gebakken aardappelen en watermeloen, die alles alleen nog maar erger maakte.

'Ik weet het. Maar ik kan het niet. Geloof me, je kent me niet, je verdient een betere man.'

Dat cliché was het enige wat hem te binnen schoot en zijn stem was een octaaf gezakt, zoals altijd als zijn woede de overhand kreeg.

'Wat zeg je?'

Ze deed een stap achteruit, haar ontzetting maakte plaats voor pure woede.

'Ik mag je broer, ik bedoel, ja, maar Goega is niet meer dan een goede vriend, en dat zal ook zo blijven.'

'Ik ben bang van niet, Anna,' zei hij onheilspellend zacht en hij stond op.

'Wat moet dat, Tsotne? Ik denk dat je nu beter kunt gaan.'

Ze probeerde zich te beheersen en toch schoten de tranen in haar ogen.

'Je zult Goega een kans moeten geven...'

'Wie ben jij, *the great dictator*?'

'Het kost me moeite, geloof me, en als ik een andere keus had... maar het gaat hier om veel meer dan om jou of mij. Het gaat om de toekomst van onze families, je moet me dit plezier doen.'

'Plezier?' riep ze wanhopig. 'Een plezier noem je dat?!'

'Als je wilt dat je broer niet wordt gevonden, zul je Goega een kans moeten geven,' zei hij tot slot en hij liep naar de deur. 'Bedankt voor het lekkere eten, en blijf maar hier, ik kom er wel uit.'

DE SINJEURS

Haar zelfportret dat me zo dierbaar is. Ik doe een paar stappen achteruit om het beter te kunnen bekijken. Het is me het dierbaarst van al haar zelfportretten, een genre dat ze in de loop der jaren met genadeloze zelfuitbuiting heeft geperfectioneerd. Ik weet nog precies wanneer ik die foto voor het eerst zag en hoe diep hij me schokte. Ik stond in mijn keuken toen ik dat chique, in Duitsland verschenen fotoboek waarin het portret was afgedrukt, opensloeg en heel langzaam langs de muur omlaaggleed. Ik moest meteen denken aan die donkere februarinacht waarin ik haar in diezelfde kleren in de kille ziekenhuisgang zag.

Ook nu, terwijl ik naar die foto kijk, naar haar meedogenloze blik op zichzelf, hoe ze daar zit in een gescheurde panty en een spijkerrok waar een stuk uit is, alsof een dolle hond er zijn tanden in heeft gezet, hoor ik haar op de liefde schelden en de vloer aanvegen met haar dromen. Ik hoor hoe ze me dat afschuwelijke ultimatum stelt: ... *blijf dan alsjeblieft uit mijn buurt en zoek een betere vriendin...*

De foto is pas na haar dood verschenen. Misschien wilde ze hem niet publiceren of was er geen aanleiding toe. Men richtte de blik toen meer naar buiten, overal heerste verwoesting. De blik naar binnen werd pas later belangrijker, toen men meer afstand had, alsof onze nakomelingen wilden begrijpen hoe we die tijden levend zijn doorgekomen.

Dina heeft de zelfontspanner in haar hand, het lange snoer ligt als een kronkelende slang aan haar voeten. Ze kijkt recht in de camera. Haar haar is in de war, de uitgelubberde trui is van haar linkerschouder gegleden, haar gespierde, atletisch ogende benen steken in een kapotte panty en hoge rijglaarzen. Diepe kringen onder haar ogen, een vale huid, een eeuwenoude vermoeidheid in haar gezicht: ze doet op deze foto denken aan een soldaat kort na een beslissende slag, die tegelijk de volgende alweer voor de boeg heeft. Penthesilea, vlak voor het noodlottige tweegevecht met Achilles.

Ze zit voor een neutrale witte muur, de focus ligt op haar vermoeide gezicht en de uitdrukking in haar ogen, waarin je kunt lezen dat ze zojuist iets heeft verloren, iets van levensbelang.

Ik krijg het warm. Ik vraag me af of het door de wijn komt, of ik even een luchtje moet scheppen, maar de foto laat me niet los, hij grijpt me bij de keel. Ze moet hem direct na die nacht hebben gemaakt, misschien toen ze in de ochtendschemering thuiskwam. Nadat ze het hele eind van het ziekenhuis naar huis te voet had afgelegd. Ze zal er een tijd over hebben gedaan. Ze zal veel hebben nagedacht op die nachtelijke, koude marathon dwars door de stad.

Het is een merkwaardige titel, die me echt in verwarring bracht toen ik hem voor het eerst in dat fotoboek las. Ik kon dat rare *Sinjeurs* nergens mee in verband brengen. Waar sloeg het op? Welke sinjeurs bedoelde ze? Aanvankelijk ging ik ervan uit dat het een sarcastische aanval was op het patriarchaat. Toen ik de gebeurtenissen van die nacht reconstrueerde, kwam ik tot de conclusie dat de titel betrekking had op haar dramatische ontmoeting met Rati, dat ze het mannelijke geslacht als zodanig aan de kaak stelde, dat haar en ons hele land te gronde had gericht. Later las ik in een blog een essay over deze foto. Een kunstwetenschapster had het over de feministische en progressieve kracht ervan en bevestigde mijn eerste vermoeden.

Ze schreef dat Dina met die titel de giftige structuren van de masculiniteit bekritiseerde. Maar later begon ik die theorie te wantrouwen, Dina was gewoon te scherpzinnig en te fantasievol voor zo'n directe, in haar ogen ongetwijfeld banale aanklacht. Ze legde altijd de vinger op de zere plek, op die van haarzelf en die van anderen, maar haar kritiek kwam eerder uit onverwachte hoek, ze legde het er nooit dik op, ze klaagde je niet aan. Ze was subtieler, ze verraste je volkomen onverhoeds.

Pas twee of drie jaar nadat ik dat fotoboek had gekocht, viel het kwartje: ik lag 's nachts te lachen in bed, ja, ik schaterde het uit en kromp tegelijk in elkaar, omdat ik met huiveringwekkende zekerheid besefte dat ik het plezier haar doorzien te hebben nooit meer met haar zou kunnen delen. Maar ik had gevonden wat ik zocht. Nee, zelfs in de dood mocht ze geen geheimen voor me hebben.

Ik loste dat raadsel dus jaren later op, rillend in bed op een hotelkamer, het moet in Madrid zijn geweest, aan welk schilderij we toen werkten herinner ik me niet meer, maar wel de koorts en dat weldadige gevoel uit mijn kindertijd, waarnaar ik altijd terugkeer als ik kou heb gevat. En uitgerekend door dat gevoel kwam ik op de verklaring van die vreemde titel. Ik lag in het witte tweepersoonsbed in een anonieme kamer en dacht eraan hoe ik op m'n zesde de mazelen had. Alle kinderziektes die ik en mijn broer kregen, werden door de baboeda's 'de sinjeurs' genoemd. Aan die sinjeurs werden bepaalde eigenschappen toegeschreven, ze waren humeurig en heerszuchtig, ze vroegen bepaalde offers en eisten strenge naleving van bepaalde rituelen. Ook al zat mijn vader constant over die flauwekul te foeteren, omdat hij niet kon begrijpen dat zijn moeder en schoonmoeder, allebei academici, allebei met een uitstekend verstand, zich met die onzin inlieten, bleven we de sinjeurs het nodige respect bewijzen, zodat ze ons huis zo gauw mogelijk weer verlieten.

Om te beginnen werd de vloer gedweild, daarna werd het bed met gesteven linnengoed opgemaakt en het kind op dat kriebelige laken gelegd. Dan begon de eigenlijke ceremonie: beide baboeda's, bijgestaan door Nadja Aleksandrovna, die ook wel te vinden was voor zulke theatrale rituelen, liepen in felgekleurde kleren om mijn bed heen, ze hielden kunstig geregen kettingen van walnoten in hun hand en mompelden als uit een vreemde taal afkomstige bezwerende formules. Nadat ze dat ritueel met bittere ernst meer dan eens hadden uitgevoerd, gingen ze rond mijn bed zitten fluisteren. Want de sinjeurs stelden het op prijs als je om hen de hele nacht opbleef. Ze praatten over van alles en nog wat, over jeugdervaringen, over boeken die ze hadden gelezen en over oude vrienden, van wie de meesten niet meer leefden. En op een gegeven moment viel ik vredig in slaap en sliep de diepste en verkwikkendste slaap van mijn leven. Ik was veilig en geborgen, en de gemene rode vlekjes op mijn huid leken me niet meer te kunnen deren, want mijn baboeda's en Nadja Aleksandrovna waakten over me als een leger engelen.

Als de sinjeurs toch langer bij ons bleven dan de baboeda's wensten, zoals bij de mazelen het geval was, gingen ze over tot drastischer maatregelen en kochten ze op de grote bazaar een roodgestreepte haan, die ze in opperste staat van opwinding mee naar huis brachten. Mijn vader was een zenuwinzinking nabij. Hij kon er niet bij dat de beide vrouwen zelfs een levende haan mee naar huis sleepten om de sinjeurs gunstig te stemmen. Met dichtgeknepen ogen en opengekrabde handen tilden ze het beest op en gooiden het onder het uitstoten van gebeden mijn kamer in. De haan fladderde wild kukelend rond, produceerde nog andere, ons tot dan toe onbekende geluiden, sprong op de leuning van de bank, wipte er weer af en begon als een gek in mijn kamer heen en weer te rennen. Mijn vader, die het te absurd voor woorden vond, zette keihard Dizzy Gillespie op, terwijl ik het verwarde beest gefascineerd met mijn ogen volgde. De volgende dag verlieten de sinjeurs ons huis en op mijn eindeloze gevraag waar de haan was gebleven, kreeg ik geen antwoord.

En toen ik op die hotelkamer in Madrid terugdacht aan die taferelen, kwam ook de herinnering aan dat koude bed terug. Het was op de voorlaatste dag van het jaar, dat alleen verschrikkingen en bloedvergieten had gebracht, ik rilde van de kou, mijn vingers waren veranderd in klauwen, die ik maar niet warm kreeg. Op dat moment wilde ik niets liever dan weer zes zijn, ik wilde dat de sinjeurs weer op bezoek waren en dat de baboeda's en Nadja Aleksandrovna in bonte kleren en ketterse formules slakend over me waakten en weer een haan mijn kamer in gooiden, de haan die alles weer goed zou maken, alle boze geesten zou verjagen en alle gevaren zou afwenden. Ik wilde weer beter zijn. Ik wilde wakker worden uit die verdoving en die eeuwige bezorgdheid, de uitzichtloosheid doorbreken en weer de kracht vinden om ergens in te geloven.

Ik haatte de verlorenheid die me kwelde sinds Rati Dina als een arm van zich had afgehakt, sinds Dina zich in zwijgen hulde en niets anders deed dan fotograferen, sinds Nene naar een tante in Odessa was gestuurd – 'voor haar eigen bestwil' –, sinds de hele buurt praatte over de spanningen tussen Tsotne en Rati, over Rati's expansiedrift, en niemand goed begreep waarom Tsotne, en dus Tapora, lijdzaam toekeken, sinds Ira zich als een bezetene op haar aanstaande vertrek voorbereidde, haar Engels bijspijkerde en de Amerikaanse grondrechten bestudeerde, en sinds Levan mij ondubbelzinnig te kennen had gegeven dat dit niet het geschikte moment was om onze relatie bekend te maken, omdat hij zich koest moest houden vanwege de moeilijke situatie in de wijk, hij kon zich geen interne conflicten met Rati permitteren.

We zagen elkaar voor het laatst in een donker straatje. Als twee dieven na een rooftocht zaten we in zijn auto en probeerden elkaar te warmen.

'Waar staat in vredesnaam geschreven dat je geen relatie mag hebben met de zus van je beste vriend? En wie is hij helemaal, God? Dat komt toch alleen doordat het uit is met Dina, hij is verbitterd en gunt anderen niet wat hij zelf moet missen!' protesteerde ik verontwaardigd.

'Hij wilde het ook daarvoor al niet hebben, dat weet je toch, Keto,' mompelde hij en hij sloeg een arm om mijn schouders. 'Ik verzin er wel iets op. Als er wat gras over de zaak is gegroeid en dat conflict tussen hem en de Koridzes is geluwd, kan ik nog wel een keer met hem praten...'

'Ach, Levan, het is allemaal zo vermoeiend.'

Ik maakte me los. Ik kon die schijnheilige intimiteit niet verdragen. Ik wilde niet langer verborgen gehouden worden. Alles in me schreeuwde om een ontsnapping, en om de een of andere reden moest ik aan Rezo denken, aan zijn woorden, aan het warme avondlicht en onze kinderlijk uitgelaten hardloopwedstrijd.

'Keto, ik hou van je, je weet toch dat ik niets liever wil dan met jou...'

'Gelul! Als dat zo was, hoefden we elkaar niet als twee misdadigers hier in de auto te ontmoeten!'

'Zonder Rati heb ik geen kans om Otto Tatisjvili te pakken te krijgen, begrijp dat dan.'

Natuurlijk, ik had het kunnen weten, natuurlijk ging het hem alleen daarom. Hij zou niet rusten voor hij kreeg wat hij wilde. Natuurlijk was het dom van me om te geloven dat onze band sterker kon zijn dan zijn verlangen naar totale, genadeloze wraak.

Ik stapte zonder iets te zeggen uit de auto en rende naar huis.

Op het eerste gezicht leek het erop dat Rati op Tsotnes aanbod was ingegaan en zijn zaken had overgenomen, want Tsotne trok zich steeds meer uit het straatleven van de wijk terug. Hij had 'belangrijker' dingen te doen, waar niemand het fijne van wist, maar waar des te meer over werd gespeculeerd. Ik wist dat Dina net zo verlamd van angst was als ik, alleen gingen we er verschillend mee om. Maar we leefden allebei met ingehouden adem, we wisten allebei dat de schijn bedroog. Allebei wantrouwden we die schijnbare rust, hoewel ieder van ons dacht dat er een andere reden achter zat. We leefden in afwachting van een aardbeving. Hoe bestond het dat er op Tsotnes vermetele aanbod van een ruilhandel geen vergeldingsmaatregelen volgden, maar dat Rati het met Tsotne op een akkoordje gegooid leek te hebben? Hoe bestond het dat Rati die vernedering, die zware belediging schijnbaar zo moeiteloos incasseerde? Welke privileges Tsotne hem ook had verleend, ik wist zeker dat deze deal een schijnheilige wapenstilstand was, de stilte voor de storm.

Er met Dina over praten was onmogelijk. Ze wilde noch over Rati noch over Tsotne iets horen. Er had zich een loodzware teleurstelling op haar gezicht afgetekend, ze had iets strengs, iets ongenaakbaars gekregen; ze deed weliswaar nog steeds of ze zich nergens druk om maakte, ook tegenover ons, haar vriendinnen, maar je zag hoeveel inspanning het haar kostte om niet onder de consequenties van haar beslissing te bezwijken. Een beslissing waar Rati haar met zo'n grove minachting voor strafte; voor iets wat ze alleen had gedaan om hem te redden. Ik kende haar te goed om die troosteloze leegte in haar niet te zien, die gapende afgrond, die met de dag groter werd en waar ze elk moment in dreigde te storten. 'Ik heb me in hem vergist. Hij is zwak. Ik kan me niet met een zwakke man inlaten,' luidde haar korte oordeel nadat ze uit elkaar waren gegaan, en haar kalmte maakte me bang.

Het moet eind november zijn geweest, de aarde was vochtig geworden en de lucht grijs, toen Rati op een avond stomdronken thuiskwam. Levan zette hem af in de gang en vroeg mijn vader hem niet alleen te laten, hij was 'er niet al te best aan toe' en dreigde naar Dina te gaan en haar 'af te maken'. De baboeda's sliepen al. In mijn dikste vest, dat ik sinds het kouder werd in bed aanhad, wankelde ik de donkere gang in, met een kleine zaklamp op zonne-energie die mijn vader voor me in elkaar had geknutseld. Ik zag het onheil al naderen: Rati sloeg luidkeels vloekend om zich heen en probeerde zich uit Levans greep te bevrijden.

'Ik vermoord haar, laat me los...'

Ik ging dichter bij hem staan en probeerde hem in de ogen te kijken, in de hoop daar zoiets als een geweten te ontdekken waar ik een beroep op kon doen. Maar op hetzelfde moment rukte hij zich los en rende op blote voeten de trap af, gevolgd door Levan en mijn vader.

'Rati, kom tot bezinning, je brengt ons allemaal in een onmogelijke situatie!'

Mijn vader bleef proberen hem tot rede te brengen. Beneden op de binnenplaats greep ik hem bij zijn mouw en wilde hem terug het trappenhuis in trekken, maar hij was natuurlijk sterker.

'Dina, verdomme, Dina, kom naar buiten!' brulde hij over de hele binnenplaats. Bij de Iasjvili's ging een lamp branden, ook Nadja Aleksandrovna stak een kaars aan. De deur van het souterrain werd opengerukt en in een geruit overhemd, dikke sokken en de lamsleren jas van haar moeder kwam Dina naar buiten. Hoewel ze langzaam liep, zag ik aan haar houding dat ze bereid was te vechten. Er was een soort opluchting op haar gezicht te lezen, alsof ze de hele tijd had gewacht om de eindstrijd met haar geliefde aan te gaan. Zelfs mijn vader leek bij haar aanblik in de war en bleef stokstijf staan, terwijl Levan zachtjes kreunde en zijn handen voor zijn gezicht sloeg.

'Wat is er, Kipiani? Ik ben een en al oor, zeg het maar, hier ben ik. Ik hoor dat je me wilt vermoorden?' siste ze hem toe en ze ging zo dicht bij hem staan dat ik dacht dat ze hem de strot af zou bijten. Ik deed een stap in haar richting, maar ze joeg me weg.

'Ga weg, Keto, dit is een zaak tussen hem en mij!'

'Ik vermoord jullie, ik vermoord jullie allebei...' schreeuwde hij en toch gebeurde er iets op dat moment, zijn uitdrukking veranderde, haar nabijheid ontwapende hem, haar gezicht zo dicht bij het zijne, haar warme, nachtelijke geur maakten hem murw, en misschien begreep hij toen dat hij nooit een oorlog van haar zou winnen.

'Is dat alles wat je me te zeggen hebt? Alles waartoe je in staat bent?' vroeg ze wat zachter, en op hetzelfde ogenblik kwamen Lika en Anano naar buiten. Verward en ongelovig keken ze ons aan.

'Wat is hier aan de hand?' wilde Lika weten. 'Dina, is alles oké?'

'Ga weer naar binnen, alles is prima!' antwoordde ze zonder haar blik van Rati af te wenden.

'Sorry, tante Lika,' zei Rati opeens en hij maakte rechtsomkeert en liep snel weer naar binnen. Wij bleven beduusd staan. Mijn vader en Levan volgden hem, nadat ze zich meer dan eens bij Lika en Anano hadden verontschuldigd. Ik bleef met Dina achter en liep een paar passen met haar mee naar het souterrain.

'Dina, praat met me, je moet toch bij iemand je hart luchten...'

'Laat maar, laat me maar, ga nu slapen, het is laat, kleine Keto,' mompelde ze, drukte een kus op mijn wang en verdween achter de deur.

Het werd kouder, de eerste vorst kwam en de vluchtelingenstromen uit Abchazië leken eindeloos. De nieuwkomers werden ondergebracht in armzalige behuizingen en verwaarloosde hotels, je zag hun van schrik opengesperde ogen, hun wanhoop. De rijen voor brood werden steeds langer, ze vulden hele straten en lanen. De muren van de huizen zaten onder het roet van de provisorische kolenkachels. Gehaktballen werden van brood en zout water gemaakt, in laarzen vol gaten werd papier gelegd. Nergens kon je je warmen, de uitputting nam hand over hand toe, elke dag rende je wel ergens heen waar toiletpapier of tandpasta te koop zou zijn, om vervolgens de teleurstellende mededeling te krijgen dat je te laat was en het artikel al was uitverkocht, die eindeloze duisternis – wat bleef er anders over dan te vluchten in de verlorenheid? Eind december gaf ik het op, ik legde me bij de situatie neer, ik was aan het eind van mijn krachten. Als je de deur eenmaal open had gezet voor de onverschilligheid, was het heel gemakkelijk om haar te accepteren. Ik wilde niet meer aan de toekomst denken, aan verbetering, opluchting, nieuwe hoop, in plaats daarvan berustte ik in de sprakeloos makende uitzichtloosheid.

Oliko kwam zonder kloppen mijn kamer binnen, ze had in haar ene hand een kaars en in de andere een zwaar voorwerp, dat ik niet meteen thuis kon brengen.

'Wat is dat, baboeda?' vroeg ik en ik trok de deken een eindje omlaag. Ik kreeg het al uren niet warm, waarschijnlijk had ik ook nog een verkoudheid onder de leden en het huilen stond me nader dan het lachen. Ik had me zelden zo ellendig gevoeld, de hele wereld om me heen leek af te brokkelen als stucwerk van een poreuze gevel.

'Dat is het gietijzeren strijkijzer van mijn moeder. Het was mijn bruidsschat,' voegde ze er met een schalkse grijns aan toe. 'Al het andere is ons immers afgepakt. Maar dit ding, en dat had ik nooit durven dromen, is in onze tijden goud waard.'

'Wat ben je ermee van plan?'

'Vroeger was er immers nog geen elektriciteit, je verwarmt het strijkijzer gewoon op het fornuis of de petroleumkachel en in een mum van tijd is je bed een kleine, warme oase. Vooruit, schuif eens een eindje op.'

Enigszins geschrokken schoof ik naar de rand en Oliko begon mijn bed te strijken.

'Kijk, zo meteen krijg je het warm, heel warm...'

Ik kon wel huilen van opluchting, maar wachtte geduldig en dankbaar tot het wonder was geschied. Het laken zoog de warmte van het strijkijzer op. Ik was verlost.

'Dank je, baboeda, dank je,' fluisterde ik. Het kleine beetje warmte was voldoende om me deemoedig te maken. Oliko ging aan mijn hoofdeinde zitten. Ze streek met haar hand vol ouderdomsvlekken over mijn hoofd, haar hand was warm en ik wilde ter plekke in een eindeloze winterslaap vallen en haar vragen me pas wakker te maken als deze nachtmerrie voorbij was.

'Overmorgen loopt dit jaar ten einde. Dan mogen we weer hopen op betere tijden. Onze president zal terugkomen en...'

Ik kon er niet bij dat ze daar weer over begon. Ze had de ooit alomtegenwoordige naam al een hele tijd niet meer laten vallen en we hadden gehoopt dat haar obsessie nu eindelijk verleden tijd was.

'Ja, boekasjka. Ik weet dat jullie er niets over willen horen, maar zijn vlucht is een schande voor ons hele land, hij zal gauw weer op krachten komen, met hulp van zijn aan-

hangers terugkeren en het land uit deze duisternis leiden.'
'Geloof je daar echt in?'
'Ja, natuurlijk!'
Ze keek me verontwaardigd aan. Op dat moment dacht ik mijn moeder in haar te herkennen. Misschien was dat de reden dat ik haar zo moeilijk iets kon weigeren, dat ik haar zoveel gemakkelijker vergaf dan mijn andere familieleden. Ik klampte me vast aan wat er nog van mijn moeder in Oliko school, in haar, die haar ter wereld had gebracht, die haar had opgevoed en haar moed en vrijheidszin had geschonken, zonder te vermoeden dat juist die eigenschappen haar noodlottig zouden worden.
'Ja hoor, en ik geloof in de Kerstman!'
'Als kind geloofde je daar inderdaad in, heel lang zelfs,' zei ze een beetje in haar wiek geschoten.
'Als kind, ja, Oliko, dat doet elk kind, maar ik ben geen kind meer.'
Ik strekte me uit. Langzaam werd mijn lichaam verlost van de gijzeling door de kou.
'Zo hoort het ook. Eter en ik hebben veel moeite gedaan om je broer en jou er lang in te laten geloven.'
'Later, toen we allang wisten dat de Kerstman niet bestond, deden we alleen nog alsof.'
'Echt waar?'
Ze leek na te denken, ze groef in haar geheugen naar al die oudejaarsavonden waarop ze stiekem en heel zachtjes de pakjes onder de boom hadden gelegd. Waarschijnlijk zag ze in haar herinnering alleen hoe wij juichend rond de boom renden. Er verscheen iets sentimenteels op haar gezicht. Toen vervolgde ze: 'Laatst maakte ik een praatje met de kleine Sofia van het hofje hiertegenover, je weet wel, die kleine krullenbol. Haar ouders hebben allebei geen werk meer en kunnen het hoofd amper boven water houden. Sofia's moeder had geklaagd dat ze oud en nieuw dit

jaar moest overslaan, omdat ze de kinderen niets kon geven. En toen schoot me een oplossing te binnen: ik heb de kleine Sofia verteld dat de Kerstman dit jaar niet naar Georgië komt en dat ze niet verdrietig moet zijn, want geen enkel kind krijgt dit jaar iets en volgend jaar zullen er twee keer zoveel cadeautjes zijn.'

'En vroeg ze niet waarom de Kerstman wegbleef?'
'Natuurlijk.'
'En wat heb je haar verteld?' Ik kon met de beste wil van de wereld geen aannemelijke verklaring bedenken en keek haar nieuwsgierig aan.

'Nou ja, ik heb gezegd dat de Kerstman niet met zijn slee bij ons kan landen omdat het de hele tijd zo donker is. Een land dat door stroomuitval constant in duisternis is gehuld, kan hij onmogelijk vinden.'

Het duurde even voor haar woorden tot me doordrongen, maar toen barstte ik in lachen uit. Ik lachte en lachte en kwam niet tot bedaren, tot ze op een gegeven moment begon mee te lachen en de tranen over onze wangen stroomden. Aangetrokken door ons gelach kwam ook Eter mijn kamer binnen en keek ons verbaasd aan. Ik wees naar het voeteneinde van mijn bed, waar ze aarzelend ging zitten.

Misschien, dacht ik toen, misschien is er toch een beetje hoop, zij zijn hier, ze kunnen over me waken, ik heb ze met mijn verlorenheid gelokt en laat ze niet meer de kamer uit, net als vroeger toen de sinjeurs ons bezochten.

'Baboeda's...' begon ik zachtjes.
'Ja?' vroegen ze in koor, en ik voelde me weer terugverplaatst naar mijn kindertijd.
'Kunnen jullie een poosje bij me blijven? Ik bedoel, tot ik in slaap gevallen ben?'
'Je bent toch niet ziek, boekasjka?' wilde baboeda 1 weten.

'Nee, ik had het alleen zo koud, ik had het de hele tijd zo koud... Nu heb ik het warm. Dat is zo fijn.'

Iets in de manier waarop ik dat vroeg moet hen bewogen hebben aan het hoofd- en het voeteneinde te blijven zitten.

'Vroeger zeiden jullie altijd gedichten voor me op, Franse en Duitse gedichten...'

Dat lieten ze zich geen twee keer zeggen. Oliko begon met Éluard en ik was weer eens verbaasd dat ze zoveel regels kon onthouden, alsof alleen haar lichaam ouder werd, maar haar geheugen niet. Mijn goede Duits en mijn miserabele Frans hadden Oliko altijd diepbedroefd gemaakt, maar daar stond tegenover dat ik veel liever naar haar luisterde dan naar Eter, van wie de gedichten nooit zo melodieus en elegant klonken. Maar die dag genoot ik niet minder van Rilkes 'Herbsttag'.

Bezield en behoed zweefde ik het veilige land van de slaap binnen. Mijn laatste gedachte ging uit naar deze twee tovenaressen en ik hoopte dat zij, zolang hun weemoedige regels niet uitgeput raakten, alle ongewenste sinjeurs bij me vandaan zouden houden.

We vierden oud en nieuw zonder Kerstman, maar met een door mijn roekeloze broer buitgemaakt speenvarken. De stroom kwam 's middags terug en bleef het tot drie uur 's ochtends doen. We waren dankbaar en deemoedig en telden af van tien tot nul en toostten met krimsekt. We wensten elkaar gezondheid en kracht, vertrouwen en betere tijden toe. Mijn vader draaide Cole Porter en we deden alsof de strijdbijl voor één nacht was begraven en gingen vriendelijk en voorkomend met elkaar om. Ik bedronk me, omdat ook dat een manier was om me te warmen en me hielp de verlorenheid te ontvluchten. De baboeda's knuffelden ons en overtroffen elkaar in hun pogingen om voor een sfeer van bezinning te zorgen en een deken van warme illusies over ons uit te spreiden. We bewonderden het schaarse vuurwerk aan de hemel en waren opgelucht dat het geen schoten waren. Nadja Aleksandrovna kwam bij ons langs, zoals altijd op oudejaarsavond, en die ziekelijk beleefde, ouderwetse vrouw vergat al haar goede manieren en at zo gulzig dat ik er haast onpasselijk van werd. Later kwamen Levan en Sancho nog met ons toosten. Ik ging door met drinken en nam niet deel aan het gesprek. Op een gegeven moment stond ik op, gooide zonder iets te zeggen mijn jas om mijn schouders en ging naar beneden. Overal in het hofje brandde licht, een zeldzame aanblik. Iedereen was thuis, iedereen vierde feest, hoe en waarmee men maar kon. Niet iedereen had een broer die in deze moeilijke tijden aan een speenvarken en krimsekt kon komen. Maar men hielp elkaar, deelde wat men had, was gul en liefdevol – het was oudejaarsavond en we wilden het nieuwe jaar tenslotte gunstig stemmen, het lot sussen.

Anano deed me open in een feestelijke jurk, met haar haar in de krul en een geurtje op alsof ze een afspraakje had, en ze omhelsde me. Lika en haar oudste dochter zaten aan de ronde tafel in de keuken die tegelijk eetkamer was, zonder speenvarken en krimsekt, maar met rode wijn en maisbrood. Er stond harde muziek op en Anano huppelde de hele tijd rond. De alcohol had de kou en mijn gevoel van verlorenheid verdreven en ik wilde nooit meer nuchter worden. Ik schonk mezelf wijn in en maakte een dansje met Anano. Ik omhelsde Lika, ik omhelsde Dina, die tot mijn verbazing de rustigste en bedachtzaamste van het gezelschap was.

Toen ze naar het raam liep om te roken, volgde ik haar en ging dicht naast haar zitten, schouder aan schouder in de vensterbank. Ik snoof haar vertrouwde geur op. Hoewel we zo dicht bij elkaar waren, deed het verlangen naar haar pijn. Alle zwaarte was van me afgevallen, ik wilde mezelf voelen, ik wilde weer het gevoel hebben bij deze wereld te horen, hoe troosteloos en onherbergzaam ze in deze tijd ook was. Dat was me altijd het best gelukt met Dina naast me. Ik begroef mijn gezicht in haar hals en bleef een poosje zo zitten. Ze sloeg een arm om me heen. Ik wilde hier blijven, ik wilde nooit meer terug naar huis, nooit meer Rati en Levan tegenkomen, nooit meer verdriet door hen hebben. Ik wilde haar beschermen, niemand mocht haar ooit nog pijn doen.

'Ik mis je. Ik heb het constant koud, ik lig 's nachts wakker en denk aan je, ik vraag me af hoe je je voelt en weet tegelijk dat het niet goed met je gaat. Niemand is het waard dat jij zo anders wordt, niemand zou zoveel macht over ons mogen hebben. Ik wil mezelf niet kwijtraken, ik wil ons niet kwijtraken, wij zijn zoveel meer dan alleen die dag in de dierentuin, dan die elllende. Jij hebt me toch geleerd dat je je ogen altijd open moet houden, wat je ook ziet...'

Ik praatte ademloos, alsof de woorden in mijn hoofd een file hadden gevormd en de stoet zich eindelijk in beweging zette. Dina onderbrak me niet, er veranderde iets aan haar houding, ik voelde dat ze opgelucht was, dat ze zachter werd, dat ze ons contact weer toeliet. En toen ik opkeek, zag ik opeens dat haar mondhoeken trilden, dat haar voorhoofd zich fronste. Er ging een grenzeloos verdriet schuil in die stille pijn.

'Ik vind het zo erg, ik vind het echt erg, Dina.'

'Je had gelijk, Keto. Ik had kunnen weten dat hij me nooit zou begrijpen, dat hij daar niet mee kon leven. Ik ben zo dom geweest. Misschien hadden we echt door moeten lopen in die vervloekte dierentuin...'

'Nee, nee,' zei ik geschrokken, 'dat mag je niet denken, we hadden geen keus, we waren eraan onderdoor gegaan.'

'Gaan we er niet toch onderdoor?'

'Misschien, best mogelijk, maar we kunnen elkaar nog in de ogen kijken. Dat is toch iets, dat is toch al heel wat.'

'Ik weet het niet, Keto. Ik kan er niet meer tegen, tegen dit land, tegen deze mensen, zo had ik het me niet voorgesteld...'

Ze was iemand die het leven altijd alleen superlatieven had afgedwongen, die het had uitgedaagd. Nu was alle kracht uit haar verdwenen, het leven was alleen nog overleven, en ze verhongerde, stompte af, alsof dat haar laatste redding was, haar laatste anker.

'Weet je wat het ergste is? Ik... Hoe kon hij, hoe kan hij...'

Haar stem stokte en ze keek vanuit haar ooghoeken naar Lika en Anano, alsof ze er zeker van wilde zijn dat die niet luisterden.

'Rati heeft me als koopwaar van de hand gedaan.'

Ze leek te stikken bij die zin, maar herstelde zich: 'Ik kan er niet bij dat hij er echt op ingegaan is. Maar kijk om je heen, Tsotne heeft de wijk aan hem afgestaan, iedereen in Sololaki weet het...'

Ze had het dus ook gehoord en geloofde wat er in de wijk werd verteld. Maar ik kon het me nog steeds niet voorstellen, ik was ervan overtuigd dat mijn broer van haar hield. Maar stel, voor het eerst liet ik die gedachte toe, stel dat zijn teleurstelling zo groot was dat hij dacht zich op haar te moeten wreken, iets onvergeeflijks te moeten doen om weer vrij te zijn? Dat hij het heiligste moest bezoedelen – voor de illusie van een bevrijding? Nee, dat was niet mijn broer, zo'n heethoofdige, koppige, ruwe, narcistische, op macht beluste rotzak was Rati niet, hij had zijn eigen ideeën over moraal en waarden, als hij eenmaal iemands kant had gekozen, zou hij die nooit zo koelbloedig afserveren. Ik deed een poging om Dina te overtuigen. Ze wilde er niets van weten en herhaalde alleen dat de man die ze dacht te kennen, met wie ze haar leven had willen delen, nooit op zo'n afschuwelijke deal zou zijn ingegaan en nu niet zou rondparaderen alsof hij de koning van Sololaki was. Ik vroeg of ze Tsotne had gesproken en voelde hoe mijn onderdrukte woede op hem in me bovenkwam. Ja, zei ze, hij had zich verontschuldigd, die opmerking tegen Rati was hem ontglipt.

Dat ze Tsotnes verontschuldiging voor zoete koek had geslikt, gaf me te denken. Ik zweeg. Ik begreep haar woede op Rati, maar voelde tegelijk de vage angst dat Tsotne de leeggekomen plek in Dina's hart zou kunnen innemen.

'Wil hij soms iets met je?' vroeg ik sarcastisch. Ze haalde haar schouders op, negeerde mijn steek onder water. Ze zei alleen dat hij vaak belde en cadeautjes stuurde, laatst een spiksplinternieuwe F2.

'Wat is een F2?' vroeg ik meteen.

Een Nikon, de klassieker onder de camera's, zelfs Posner was stinkend jaloers, legde ze uit.

Ik vroeg me af hoe waarschijnlijk het was dat Tsotne Koridze met zijn haast eindeloze mogelijkheden succes bij haar had. Of wilde ze Rati met gelijke munt betalen? Wilde ze de zaak op de spits drijven door Tsotne zo dicht bij zich te laten komen?

Ik vreesde voor ons broze, pas herstelde contact, voor onze voorzichtige toenadering. Ik had haar onvoorwaardelijkheid zo hard nodig, dat ik ons contact niet door nog meer vragen in gevaar wilde brengen. Ik gunde ons een adempauze en mezelf een kort verblijf in mijn persoonlijke oase midden in de postapocalyptische woestijn. Het jaar was tenslotte pas een paar minuten oud.

Ze gaf me een arm, we keken naar het vuile asfalt van de straat. Vanuit het souterrain kon je alleen dingen bekijken waar je anders geen aandacht aan schonk: kleine bloemetjes die als eerste uit de grond schoten wanneer de lente zich aankondigde, koerende duiven bij het liefdesspel, katten die zich uitrekten in de zon, kleine voetjes die hard in plassen stampten. Aan de schoenen van de voorbijgangers kon je zien wat voor weer het was, aan de boodschappentassen wat er in de winkels lag, aan de handen die elkaar vasthielden hoeveel vertrouwen de mensen nog hadden.

'Ik denk erover om weg te gaan.'

'Neem me mee.'

Ik had toch al met de gedachte gespeeld om de stad een paar dagen te ontvluchten, misschien naar de bergen te gaan. Ik gaf haar een knipoog en keek hoe ze haar sigaret in een leeg conservenblikje uitdrukte. Ze draaide zich plotseling naar me om en keek me in de ogen.

'Ik denk niet dat jij daar mee naartoe wilt, Keto.'

Ik slikte. Ik vermoedde wat ze zo meteen zou zeggen en wilde het niet horen.

'Nee, Dina, vergeet het, geen sprake van!'

'Ik ben fotograaf, Keto, het is mijn taak. Ik wil verder komen, in het leven, in mijn werk, je hebt gelijk: als je je ogen sluit ben je al halfdood.'

'In de oorlog kom je niet verder, Dina, dit is het stomste en meest egoïstische idee dat je ooit hebt gehad!'

Ik voelde hoe het afgrijzen me bij de keel greep. Ik moest mijn vriendin tegen haar eigen waanzin beschermen.

'Ik laat je nooit ofte nimmer naar die verschrikkelijke oorlog gaan! En dan nog vrijwillig ook!'

'Luister. Posner wil allang naar Abchazië. We hebben daar onze mensen, het is veilig, de journalisten hebben in een sanatorium een informatiecentrum ingericht. Posner weet wat hij doet. Als ik niet ga, gaat er iemand anders met hem mee. Ik heb geen zin meer om die lege gezichten en verwaarloosde straten te fotograferen, bovendien moet ik hier weg, ik moet weg van hem...'

Het nieuwe jaar begon met een nieuwe ruzie. Ik werd wakker van een oorverdovend geschreeuw en schoot overeind. Het duurde even voor ik de stem thuis kon brengen. Het was baboeda 2, het hield het midden tussen een klaaglied en een felle aanval.

Blootsvoets liep ik op de tast naar de loggia. Daar stonden mijn vader en Eter om Oliko heen, Eter nam haar bloeddruk op en mijn vader legde een vochtige doek op haar voorhoofd.

'Wat is er aan de hand?' Ik bleef geschrokken in de deuropening staan.

'Sst!' waarschuwde mijn vader. 'Ga alsjeblieft terug naar je kamer. Anders windt ze zich weer op en schiet de bloeddruk omhoog.'

Ik voelde me net een terechtgewezen kind.

'Boekasjka, mijn kleine boekasjka, de ondergang is nabij, alle hoop is verloren. O God, waarom beproeft u ons zo wreed...' klaagde Oliko, en haar borstkas trilde zo erg dat het leek of ze elk moment flauw zou vallen. Ik was nog te beneveld om iets zinnigs uit haar woorden te kunnen opmaken, ik voelde ook de resten van de alcohol nog in mijn bloed en vocht tegen de misselijkheid.

'Oliko's uiterst betrouwbare bronnen hebben bekendgemaakt dat de president niet van plan is terug te komen,' legde Eter me op haar bekende sarcastische manier uit, wat volgens haar de reden was van Oliko's inzinking. Oliko tierde, vloekte, jammerde, kwam overeind, zakte weer achterover om even later opnieuw met haar jeremiade te beginnen: 'Op een dag zullen jullie het begrijpen, jullie zullen het begrijpen en aan mijn woorden denken... Jij zult nog bittere tranen plengen dat je die verrader Sjevardnadze het land hebt binnengelaten...'

'Ik heb niemand "het land binnengelaten"!' corrigeerde Eter haar subiet.

'Deda, alsjeblieft, dit is echt niet het goede moment,' zei mijn vader sussend.

'Wat is er gebeurd?'

'Ze heeft ingezien dat haar geliefde president toch niet de messias is, maar gewoon een lafaard, en voortvluchtig bovendien. Zo simpel is het,' legde Eter me droogjes uit. Wat een grote fout was, want Oliko begon meteen weer als een mager varken te krijsen: 'Hoe durf je zulke leugens te verspreiden? Eren moeten we hem, die arme man, die zijn land als enige tegen al die bloedzuigers heeft verdedigd. En als hij niet terugkomt om zijn volk van de ondergang te redden...'

'Hij heeft het volk zelf naar de ondergang geleid, als ik je eraan mag herinneren.' Eter gaf het niet op.

'Schei uit, schei onmiddellijk uit!' kwam mijn vader tussenbeide, maar Oliko bleef snikken. Het was hartverscheurend en macaber tegelijk. Ik wist niet wat ik moest zeggen. Ik zette water voor thee op het gasstelletje en was blij dat Rati voor zoveel levensmiddelen had gezorgd, dat ik niet voor de tweede of derde keer een kleur- en smaakloos Lipton-theezakje hoefde op te gieten.

Op een gegeven moment was het mijn vader gelukt Oliko naar haar kamer te brengen, haar een medicijn in de hand te drukken en haar over te halen om te gaan rusten.

Eter en ik bleven aan de eettafel zitten. Ik keek naar de lege binnenplaats, naar de vroeger altijd druppende kraan, die tegenwoordig amper nog drupte omdat het water zo vaak afgesloten was. Ik dacht aan het nachtelijke gesprek tussen mij en Dina en gruwde weer bij de gedachte aan haar reisplannen.

'Dit is te gek om los te lopen,' zei ik om mezelf op andere gedachten te brengen en ik keek naar Eter, die zich met haar bril op haar neus over een schoolschrift boog. 'Ik bedoel dat met Oliko.'

'Ik weet het, boekasjka, ik weet het. Maar er is niets aan te doen. Ik moet me nu voorbereiden. Ik moet een paar gastcolleges geven, als invaller. Zo kom ik tenminste de deur nog eens uit en heb ik wat afleiding,' zei ze resoluut en ze verdiepte zich weer in haar schrift.
'Van Oliko, bedoel je?'
'Niet alleen. Vanmorgen vroeg had ik ruzie met je broer. Als het zo doorgaat wordt hij nog een nagel aan mijn doodskist.'
'Wat heeft hij nu weer gedaan?'
'Ik heb bij het vegen een wapen in zijn kamer ontdekt. Een echt wapen, nou vraag ik je!'
Ik dacht aan de schoenendoos onder Levans bed. Ik begroef mijn gezicht in mijn handen en kneep mijn ogen dicht.

Ira raakt mijn arm aan. Ik heb haar niet zien komen. Haar wangen gloeien, waarschijnlijk hoopt ook zij dat de zo royaal geschonken wijn haar de nodige rust zal geven. Ze lijkt ergens door geraakt, door overweldigd te zijn. Ze heeft het over een foto, maar ik zit te zeer vast in mijn eigen beelden, ik kan haar niet volgen. Ik geef haar te verstaan dat het mij ook danig aangrijpt. Ik knijp in haar hand en voel opeens een sterke verbondenheid, zo sterk als in jaren niet meer. Een irrationele opwelling, als een verre echo uit het verleden, en toch sterk genoeg om in te slaan als een bliksemschicht. Ik luister niet naar haar, ik kijk alleen naar haar lippen en denk aan de dag dat ze voor het eerst haar 'dreigement' uitsprak, dat ik toen niet als zodanig herkende en daarom niet serieus nam. In de eerste dagen van het nieuwe jaar, dat werd ingeluid met Dina's oorlogsverlangen en Oliko's zenuwinzinking...

Gioeli deed de deur voor me open. Ze was ook die dag gejaagd en wekte de indruk bij iets belangrijks gestoord te worden. De woning straalde zoals altijd een vreemd soort steriliteit en ongastvrijheid uit. Het rook er naar schoonmaakmiddelen, alsof de vrouw des huizes geen andere geur verdroeg. In elke hoek stonden planten, de meubels hadden iets akelig functioneels en leken wel showmodellen. In de woonkamer stond een kleine, sober versierde kerstboom, die bijna misplaatst aandeed in deze antiseptische omgeving. Ik kreeg hier altijd een vreemd, beklemmend gevoel en wist nooit goed hoe ik me in bijzijn van Ira's moeder moest gedragen. Gioeli mompelde iets over een 'belangrijk telefoontje' en glipte langs me heen. Opgelucht klopte ik op Ira's deur.

Ik zie die altijd opgeruimde, donkere kamer nog precies voor me, het lijkt alsof ik hem pas een paar uur geleden verlaten heb. Het onberispelijk opgemaakte bed, de kleine commode waar nooit een stofje op lag, de kleine groene bibliotheeklamp op het bureau, waarop boeken uitgespreid lagen. De zware kast, een erfstuk, zoals Ira altijd benadrukte. Nooit slingerden er kleren op het bed of de stoelen. De draaistoel voor het bureau, waar we zo graag op ronddraaiden, de grote globe in de hoek, het rare schilderij boven het bed, een ouderwets stilleven, dat beter in de woning van Nadja Aleksandrovna had gepast dan in de kamer van een studente, en twee ingelijste foto's, een van Ira als klein kind dat net leert lopen en zich erover lijkt te verbazen wat ze kan, en de andere van ons vieren in de datsja van haar vader in Kodzjori, waar hij ons in de zomer een weekend mee naartoe had genomen, in een ander leven, in een andere eeuw, leek het wel. Ira zat met opgetrokken knieën op haar draaistoel en was verdiept in haar boeken. Ze schrok toen ze me zag en stond meteen op, duwde haar afgezakte bril omhoog en omhelsde me.

'Gelukkig nieuwjaar, Keto.'
'Gelukkig nieuwjaar, Ira.'
Ik ging op haar bed zitten en bedacht dat ze de plek waar ik had gezeten, onmiddellijk zou gladstrijken als ik uit de kamer was verdwenen.
'Verheug je je erop?'
'Waarop?'
'Nou, op je reis.'
'Ik weet het nog niet.'
'Ik mis haar ook,' zei ik met een blik op de foto van ons vieren, denkend aan Nene, die nu zo ver weg was.
'Ik heb met Goega gebeld,' zei ze, terwijl ze de opengeslagen boeken opzijschoof. 'Hij heeft me verzekerd dat het goed met haar gaat,' voegde ze eraan toe. Ze zuchtte en wierp me een vermoeide glimlach toe.
'Ira, je moet me helpen...'
Ik kreeg tranen in mijn ogen. Ik kon er niets aan doen. Ze kwam naast me op de rand van het bed zitten.
'Wat is er, Keto?'
Ik begon in het wilde weg te vertellen over de dierentuin, over het dode lichaam in de modder, over de apenrots, over mijn onvermogen om met die beelden te leven, over Dina's bedeltocht naar Tsotne, over Rati's verschrikkelijke woede, over mijn machteloosheid, om ten slotte uit te komen bij de kern van de zaak: 'En nu wil Dina naar Abchazië, ze wil naar het front.' Ik hield abrupt op. Mijn ogen waren gezwollen, ik kon ze maar met moeite openhouden. Ira staarde me aan, knipperde een paar keer met haar ogen, deed haar mond open, deed hem weer dicht en schudde haar hoofd.
'Waarom hebben jullie dat verzwegen, Keto? Waarom vertel je me dat nu pas?'
'Had dat iets veranderd, Ira?'
'Ik moet nadenken, geef me even de tijd. Dit is te veel

ineens, maar luister,' zei ze en ze stokte. Er volgde een lange, pijnlijke stilte. Haar gezicht betrok, ze zat ergens op te broeden, ze nam een beslissing, ik wist alleen nog niet welke.

'Luister, Keto. Ik beloof je iets, en jij moet mij ook iets beloven. Ik beloof je dat ik terugkom en dan een eind maak aan deze ellende. Jij moet mij beloven dat je volhoudt, dat je zorgt dat alles hier zijn gang blijft gaan tot ik terugkom. Ik weet dat ik op je kan rekenen. Ik zal voor eens en voor altijd een eind maken aan deze hel.'

Ze keek me door haar bril doordringend aan. Ik begreep niet waar ze het over had, maar ze leek zo vastberaden dat het me vertrouwen gaf. En ik klampte me vast aan dat vertrouwen, aan de kracht die ze op dat moment uitstraalde. Als ik toen had vermoed hoe serieus ze haar belofte bedoelde, wat zou ik dan hebben gedaan? Hoe vaak heb ik niet aan dat gesprek teruggedacht om me dat af te vragen. Zou ik hebben gezwegen? Had ik met mijn verhaal het zaadje geplant? Had ik haar rechtvaardigheidsgevoel en haar vergeldingsdrang extra aangewakkerd? Wat Ira later zo consequent, haast bezeten, in praktijk heeft gebracht, waarvoor ze de hardste strijd van haar leven heeft gevoerd, was dat juist? Vanuit haar standpunt misschien wel, want ze handelde volgens haar idee van goed en kwaad. Maar onze wereld functioneerde allang niet meer volgens die criteria, goed en kwaad waren inwisselbare en vooral zeer kortstondige grootheden geworden.

Ik zei aarzelend ja. Haar vastberadenheid had een kalmerende uitwerking op me, ze leek zo doelgericht, alsof ik alleen maar hoefde te doen wat ze zei, haar alleen maar hoefde te gehoorzamen.

'Nee, je moet het me beloven, zeg het duidelijk. Jij bent voor mij de brug, de brug naar huis. Ik zal altijd contact met je houden. Je kunt het!'

'Ja, ik kan het.'
Ik was zelf verbaasd over de stelligheid in mijn stem.
'Goed zo. Jij moet de boel hier bij elkaar houden. Bij Dina mogen de stoppen niet doorslaan en Nene mag niet nog een ernstige fout maken, dat zijn de twee dingen die je in de gaten moet houden, begrijp je?'

Heb ik haar begrepen? Ik had net zo goed in bed kunnen gaan liggen om nooit meer op te staan. Ik had in een zoutpilaar kunnen veranderen. Ik had als een kind een doek over mijn hoofd kunnen trekken in de hoop onzichtbaar te worden. Door mijn gesprek met Dina in de nieuwjaarsnacht was ik heel even op krachten gekomen, maar die had ze me met haar laatste zinnen weer ontnomen. Nu dreigde die gapende leegte me opnieuw op te slokken. Maar ik moest Dina tegenhouden, dat was nu het enige doel dat ik voor ogen had.

'Oké, ik beloof het, ik zal oppassen, ik zal opletten, ja, maar Ira, hoe moet ik haar tegenhouden?' vroeg ik vol ontzetting.

'Laat haar gaan, ze zal de weg naar ons wel vinden als ze zover is,' zei ze.

'Laat haar gaan,' zegt ze – en het duurt even voor ik begrijp waar ik ben, in welk jaar, in welk decennium, in welk leven.

'Laat haar gaan,' zei ze in een ander, ver achter ons liggend leven. En ik nam het haar toen kwalijk, ik neem het haar ook nu kwalijk dat ze me hier in deze zaal aan mijn lot overlaat. Ik ben agressief, ze begrijpt niet wat me bezielt, ik begrijp het zelf niet.

'Ik bedoel Nene, je had het toch over Nene?' vraagt de Yves-Saint-Laurent-Ira, senior partner uit Chicago, die van goed gemixte cocktails houdt en vrouwen verleidt, mede om te ontsnappen aan de Ira die net nog in het schemerige licht van het nachtkastlampje in haar kamer naast me op haar bed zat en zo kookte van woede dat haar brillenglazen besloegen.

'Wat zei ik? Sorry, ik ben een beetje afgeleid...'

'Je zei dat Nene hier rondfladderde als een vlinder en dat je de indruk had dat ze nergens lang bleef staan om niet verwikkeld te raken in een gesprek dat misschien te veel van haar vraagt.'

'Zei ik dat?'

'Ja, dat zei je. Wat is er met je? Heb je te veel gedronken?' Ze lacht haar gebleekte Amerikaanse tanden bloot.

'Hoe kun je zeggen dat ik haar moet laten gaan? We hebben het over een oorlog!' hoor ik mezelf schreeuwen tegen de Ira van toen, die in een verborgen hoekje zit van de vrouw die nu tegenover me staat.

'Ze heeft een andere oorlog nodig om een einde te maken aan haar eigen oorlog. Ze komt wel terug,' zei de Ira van toen, en ik had geen tranen meer.

'Nene komt wel naar ons toe als ze zover is,' zegt de Ira van nu in haar dure krijtstreeppak.

Ira's ouders, Dina en ik brachten Ira naar het vliegveld. De stad was in totale duisternis gehuld en de paar door generatoren aangedreven lichtbronnen op het vliegveld gaven niet bepaald een veilig reisgevoel. Ik herinner me dat de enige verlichting in de vertrekhal van een lichtreclame voor sigaretten kwam. Een genoeglijk rokend stel, verblind door de zon, met op de achtergrond een groene weide en daarboven de inspirerende reclameslogan LIVE LIGHT. Onze groene weiden werden platgewalst door tanks, onze stralend blauwe hemel werd doorzeefd door geweerkogels, onze stralende glimlach was vervangen door van angst vertrokken tronies en sombere, wantrouwige blikken. En eigenlijk leefden we allang 'light', zo 'light' dat een mensenleven bij ons niet meer waard was dan een paar coupons, van dat nieuwe, op goedkoop papier gedrukte geld, dat eruitzag als nepgeld en was ingevoerd vanwege de inflatie.

We moesten eindeloos wachten. Er hadden zo'n dertig passagiers geboekt voor de vlucht naar Moskou. Het kleine, niet erg vertrouwenwekkende propellervliegtuig zou oorspronkelijk om zes uur 's avonds vertrekken, maar door kerosineschaarste waren er urenlange vertragingen. De reizigers hadden zich met hun koffers en tassen in de nutteloos lijkende hal geïnstalleerd. Ten slotte werd er omgeroepen dat er geen kerosine te krijgen was en dat de vlucht daarom voor onbepaalde tijd moest worden uitgesteld. Gioeli en Tamas begonnen zich zorgen te maken, Ira liet niets merken, maar de spanning was om te snijden: de universiteit zou vast geen tweede keer een peperduur ticket betalen, alleen omdat haar land toevallig in burgeroorlogen en belangenconflicten verwikkeld was en zichzelf te gronde richtte. De eerste passagiers begonnen zich op te winden, een steeds luider wordend geroezemoes van stemmen en protesten vulde de hal. Het luchthavenpersoneel probeerde de woedende mensen te sussen en verzekerde dat het niet lag aan de luchtvaartmaatschappij, maar aan de algehele toestand in het land. Maar de rust keerde niet weer. Ten slotte kwam er een lange, jeugdig ogende man naar voren, die zich nogal hautain tot het personeel richtte: 'Noem me het bedrag dat jullie voor kerosine tot je beschikking hebben. En geef me een telefoon die het doet, dan los ik het probleem op.'

Hij kauwde smakkend op kauwgom en stonk naar eau de cologne. Alles aan hem riekte naar strachovka, verraadde zijn status als zoon of schoonzoon van iemand met voldoende macht om het probleem inderdaad op te lossen. De medereizigers keken hem vol verbazing aan, waar hij zichtbaar van genoot. Het personeel troonde hem dadelijk meteen mee naar het kantoor, waar hij zijn telefoontje kon plegen.

Dina begon te giechelen en stak een sigaret op.

'Dat zit wel snor. Gelukkig heb je een vrij lange tussenstop in Moskou, je haalt je aansluiting vast nog, daar zorgt dat gelikte moederszoontje wel voor,' monterde ze Ira op, terwijl ze een arm om haar schouders sloeg.

Ze zou gelijk krijgen. Tegen middernacht verscheen er een tankwagen op de startbaan en binnen de kortste keren was het vliegtuig klaar voor vertrek. We stonden een hele tijd met z'n drieën met de armen om elkaar heen, Dina en ik als twee schilden om Ira's onbeholpen lichaam. We baden dat ze het zou redden, dat ze alles achter zich kon laten, al die stinkende machthebberszoontjes, de lege luchthavenhallen, de hele troosteloosheid en zelfs ons. Ira's laatste blik voor ze naar het vliegtuig liep, zal ik mijn leven lang niet vergeten: die ziekelijke vastberadenheid, gepaard met een enorme bezorgdheid.

Dina en ik reden in de gammele auto van Tamas mee terug naar de stad, we stonden nog een poosje besluiteloos bij de ingang van het hofje en hadden geen zin om naar binnen te gaan. We keken naar de straat, die op een paar zwerfhonden na uitgestorven was.

'Volgende week komt Nene terug,' vertelde ze.

'Van wie weet je dat?'

'Keto, wat is er met je? Ga je van nu af aan voor moraalpolitie spelen?'

'Ik speel niks, het was een vraag.'

'Laten we geen ruziemaken, het is allemaal al deprimerend genoeg, ja?'

'Zie je hem?'

'Hij wacht me af en toe op bij de redactie. We praten wat. Als ik haast heb, brengt hij me weleens ergens naartoe. Het is allemaal zoals altijd.'

'Geloof je dat zelf?'

'Ik heb echt geen zin in die eindeloze kritiek van jou, Keto. Dat is gewoon niet eerlijk.'

Zonder mijn antwoord af te wachten ging ze gauw naar binnen. Ik liep de trap op, sloop onze koude woning binnen, ging naar de badkamer, stak een kaars aan, ging op de rand van het bad zitten en trok mijn broek naar beneden. Ik pakte een scheermesje en maakte kleine, nauwkeurige sneden in mijn rechterdij. Ik werd er steeds beter in, steeds nauwkeuriger, als een ervaren arts met zijn scalpel. Meteen voelde ik de verlichting waar ik naar verlangde, gepaard met een brandende pijn. Ik zag het wijnrode bloed langs mijn been lopen en haalde opgelucht adem.

Ira zat in de wolken, het vliegtuig had het Georgische luchtruim allang verlaten, ze was in veiligheid, ze was op weg naar de toekomst. Dat is tenminste iets, dacht ik en ik verbond de wond en kroop in mijn ijskoude bed.

Nene kwam terug, met een stralende teint en een gigantische buik, die ze als een trofee voor zich uit droeg. Ik sleepte me weer naar de academie. We hadden een 'verwarmingsdienst' ingesteld, wij studenten moesten om beurten met de docenten voor kerosine of hout zorgen. In ons lokaal hadden ze een eenvoudige potkachel neergezet, die de muren gaandeweg zwart kleurde, maar waardoor het er tenminste uit te houden was.

Levan wachtte me steeds weer met zijn auto bij de academie op om wat met me rond te rijden. Hij gaf me bonbons en op een keer bracht hij Frans parfum mee, wat ik idioot en volkomen misplaatst vond. Ik had helemaal niets met parfum en hoewel ik wist dat hij het niet zo bedoelde, had ik toch het gevoel dat hij de draak met me stak. Ik bedankte hem beleefd en gaf het geschenk door aan de baboeda's. Ik wilde een eind maken aan dat belachelijke gedoe, ik wilde ermee stoppen en tegen hem zeggen dat hij maar een andere vriendin moest zoeken, een die geschikter was voor dat verstoppertje spelen, een die het oké vond om de man die ze wilde alleen volgens de voorschriften te mogen aanraken. Maar ik had er de kracht niet voor, ik voelde me miserabel en schaamde me voor mijn slapheid. En elke keer als hij zijn arm om me heen sloeg en me paaide en zei dat 'het geschikte moment' gauw zou komen, kreeg ik weer een beetje hoop. Maar zodra hij me thuis afzette, op veilige afstand om niet door Rati en zijn vrienden te worden gezien, bewees zijn haastige kus me dat elke hoop een illusie was. Toch stapte ik de volgende keer weer bij hem in en liet me weer afzetten. Ik ging mee naar dubieuze woningen van vrienden, van kennissen, waar we in vreemde bedden lagen. De snelle liefde van twee dieven.

Op een middag stelde hij me in zijn auto de vraag die ik al weken had verwacht. Of het klopte dat Nene's kind van Saba was. En toen ik het bevestigde was hij tevreden, sterker nog: hij was dolgelukkig, oprecht en uit het diepst van zijn hart.

'Wat zal mijn moeder blij zijn, eindelijk! Mijn god, ze gaat uit haar dak als ze hoort dat ze een kleinkind krijgt,' verkondigde hij trots en hij voegde eraan toe: 'En daarmee maken we de Koridzes definitief af!'

Na een eeuwigheid kreeg ik post van Ira. Een brief, waarin ook een ansichtkaart van haar campus zat, een idyllisch grasveld vol mensen met op de achtergrond victoriaanse gebouwen. Ze gaf een nauwkeurige beschrijving van de kamer in het studentenhuis, die ze deelde met haar kamergenootje Jane, en van haar dagelijks leven op de universiteit. Ze leek over alles in haar omgeving verbaasd. Ze informeerde naar Nene en naar Dina, sprak me moed in en herinnerde me aan ons laatste gesprek. Toen ik haar brief las, begon het net te sneeuwen. Die sneeuw leek een aanfluiting, wij waren zo morsig en in het felle wit kwam onze erbarmelijke toestand des te duidelijker uit. Ik ontstak in woede: hoe had ik haar zoiets stoms kunnen beloven? Hoe moest ik dat waarmaken?

Ik maakte nauwkeurige sneden in mijn huid. Ik verzamelde littekens. Ik verzamelde de sneeuwvlokken op mijn tong. Ik leefde door. Ik las onze hele bibliotheek, boeken die me interesseerden en boeken die me niet interesseerden. Ik doodde de tijd. Mijn ogen wenden aan het kaarslicht alsof ze nooit iets anders hadden gekend. Ik kaartte met de baboeda's en zat zwijgend met mijn vader aan de eettafel. Ik bekeek oude kinderfoto's van mij en Rati en bestudeerde eindeloos het gezicht van onze moeder, dat ik me niet herinnerde. Ik kleedde me aan en kleedde me uit, ik voelde niets meer, ik wilde niets meer. Ik bedronk me soms met Dina als ze 's avonds laat van de redactie kwam. Op zulke avonden vroeg ik niet naar Tsotne en ook niet naar de oorlog.

Begin februari meldde de zo vertrouwde en bijna vergeten, plagerige stem zich aan de telefoon: 'Hé, Kipiani, leef je nog?'

Ik was zo opgelucht hem te horen dat ik vast op hem was afgestormd als hij in levenden lijve voor me had gestaan.

'Rezo! Wat fijn om je stem te horen.'

'Nou ja, zo fijn nou ook weer niet. Anders had je me wel eerder gebeld.'

'Ik dacht dat je mannen het voortouw moest geven, dat ze anders beledigd waren.'

'Je bent echt reactionair, ondanks je prille leeftijd.'

'Hoe is het met je? Waar zit je? Ik heb bij Maia geregeld naar je geïnformeerd en...'

'Ik zit op het moment in Istanboel en werk in een orthodoxe kerk, een mooie, uitdagende opdracht. Vandaar dat ik bel: als je iets van je kostbare tijd kunt missen zou ik je hulp hier goed kunnen gebruiken.'

Ik hoorde hem grinniken. Ik was overrompeld. Istanboel. Rezo. Een opdracht. Ik kon die drie dingen niet met elkaar in verband brengen. Ik keek om me heen. De opengeslagen krant van mijn vader. De tikkende wandklok. De lege binnenplaats onder me. De stilgevallen kraan. De kloppende littekens op mijn dijen. Het hergebruikte theezakje in mijn kopje, mijn koude voeten. Istanboel. Rezo. Een opdracht. Een vlucht. Een tijdelijke verlossing uit onze eindeloze uitzichtloosheid.

'Ben je er nog? Hé, Kipiani? Dit telefoontje kost me een vermogen, vooruit, denk erover na. Je hebt tot woensdag de tijd. Dan bel ik weer. Het honorarium is niet om over naar huis te schrijven, maar voor die drie maanden is het oké. We hebben goed onderdak, centraal, mooi, vergeleken met de huidige toestand in Georgië pure luxe. En een beetje afleiding zal je vast geen kwaad doen, nou, wat denk je?'

'Ik... Dank je. Ik... zou zo graag...'

'Oké. Zoals gezegd: woensdag moet ik het weten.'

'Dank je, Rezo,' mompelde ik en ik hing langzaam op.

Nadat ik een beetje was gekalmeerd, nog sprakeloos van vreugde en opwinding, dacht ik opeens aan de belofte die ik Ira had gedaan en die me, als een aanzwellende sirene, steeds luider in de oren klonk. Ik dacht aan Dina's oorlog en Nene's kind en sloeg mijn handen voor mijn gezicht. Kon ik er drie maanden tussenuit knijpen? Drie maanden, verdomme, drie maanden! Mocht ik niet een beetje geluk mijn leven binnensmokkelen? Ira was voor een heel jaar de Atlantische Oceaan overgevlogen. Mocht ik niet ook zo'n unieke kans grijpen? Wanneer zou ik weer zo'n gelegenheid krijgen? Mijn medestudenten zouden er een moord voor doen, zelfs Maia zat zonder opdrachten. Nee, ik mocht geen nee zeggen, ik moest erheen.

Dina verliet het hofje waar *De Zondagskrant* was gevestigd en stak de Plechanov Avenue over met de oude, vervallen classicistische huizen. Het sneeuwde, de dikke sneeuwvlokken vielen op haar dennengroene jas en de vormeloze rode muts die ze in een opwelling zelf had gebreid en die haar even goed stond als alles wat ze zich eigen maakte. Haar cameratas bungelde aan haar schouder; ze was op weg naar een fotoshoot met haar mentor.

Opeens stond Rati voor haar neus. Hij droeg zijn geliefde leren jasje, dat hij ondanks de kou nooit uittrok. Ze zag zijn sombere, zorgvuldig geschoren gezicht, de geheimzinnige moedervlek, de volle wimpers als van een oosterse prinses, de enigszins grove neus, die zijn gezicht iets hards gaf, zijn opgetrokken schouders alsof hij het constant koud had, zijn vertrouwde tred. Die verrassende aanblik moet haar even van haar stuk hebben gebracht. Totaal onvoorbereid als ze was voelde ze het verlangen, dat stak als een mes. Ze ergerde zich dat haar lichaam haar blijdschap zo onverbloemd prijsgaf. Ze hadden elkaar een poosje niet meer gezien, ze hadden er allebei voor gezorgd de tijden te mijden waarop de ander het hofje kon verlaten of thuis kon komen.

En nu stond hij voor haar; tussen zijn lippen de eeuwige sigaret, zijn ogen donker en omfloerst, alsof er een dun olielaagje overheen lag.

'Kunnen we even praten?' vroeg hij zo onverschillig mogelijk. Ze knikte en voelde dat haar stem het begaf. Ze liep een paar passen voor hem uit, hij volgde haar. Het was beangstigend dat haar honger naar hem nog altijd even groot was en dat ze die honger nooit zou kunnen stillen. In de nachten dat ze slapeloos door het souterrain dwaalde, voelde ze haar haat tegen hem het sterkst, dan gaf ze er lucht aan, zo hard dat ze dacht dat hij het een paar huizen verder moest horen en zou reageren, met een hevige scheldkanonnade, met een geweldige uitbarsting, maar ze bleef alleen met haar woede.

Hij nam haar mee naar zijn auto, ze stapten zwijgend in, hij startte de motor en ze reden weg. Haar hele lichaam was van slag, ze kreeg zichzelf niet onder controle, maar ze kon het niet tegen hem zeggen, elk woord leek in haar mond te smoren.

'Als je er niks op tegen hebt, neem ik je mee uit eten,' zei hij zo nonchalant alsof ze twee oude bekenden waren die elkaar toevallig terugzagen en de goede oude tijd wilden laten herleven. Opnieuw knikte ze als een gehoorzaam kind. Hij reed naar de binnenstad, vandaar de heuvelige wijk Avlabari in. Hij leek een concreet doel voor ogen te hebben, koerste af op Hotel Sheraton, het enige hotel in het toenmalige Georgië dat westerse maatstaven hanteerde. Het hotel, dat later volledig gerenoveerd en van alle denkbare luxe zou worden voorzien, met de glazen lift als het toppunt van westerse welvaart, en dat alle buitenlandse gasten, journalisten en staatshoofden ontving, was een gelegenheid waar normale stervelingen uit Tbilisi niets te zoeken hadden.

Rati parkeerde zijn auto voor het hotel en liep trots naar binnen alsof hij in deze tempel van luxe stamgast was. Ze stelde geen vragen, ze voelde zich nog steeds beroerd en wist zelf niet goed waarom ze dit allemaal gewillig onderging, ze onderdrukte haar verbazing toen ze zag dat de foyer helder verlicht en verwarmd was. Een paar buitenlandse gasten zaten in de leren fauteuils de krant te lezen, een surreëel beeld, het leek wel een filmset, zoals ze het me later beschreef. Bij de receptie werden ze door twee vriendelijk glimlachende jonge vrouwen in wijnrode livrei ontvangen alsof ze staatshoofden waren. Rati kreeg een sleutel en ze namen de lift naar boven. Dina vroeg zich af wanneer ze voor het laatst in een lift had gestaan, die ooit zo nuttige dingen waren inmiddels volledig buiten werking gesteld of veranderden in donkere kerkers, waarin je uren opgesloten zat als je de pech had dat de stroom uitviel.

Hij opende een deur en ze gingen een warm, licht vertrek binnen. Op het perfect opgemaakte bed lagen twee witte badjassen en in plastic gesealde pantoffels van badstof. Bij die aanblik kwam alle spanning los en barstte ze in lachen uit.

Hij ging in een leren stoel aan een klein tafeltje zitten en pakte de telefoon. Even later werd er op de deur geklopt. Op een serveerwagentje werden verschillende gerechten naar binnen gereden, er waren ook buitenlandse wijnen bij. In het midden van het wagentje stond een kleine vaas met een rode roos. Dina ging tegenover Rati zitten en keek verbijsterd naar al die exotisch aandoende en heerlijk ruikende gerechten die de kelner in livrei opdiende. Nadat hij hun smakelijk eten had gewenst, verliet hij de kamer. Ze vroeg Rati een fles wijn open te trekken, ze moest iets drinken om dit allemaal te kunnen verwerken. Hij ontkurkte een Franse rode wijn en vulde de glazen tot aan de rand, zodat het onmogelijk was om te drinken zonder de kostbare wijn te morsen.

'Wat doen we hier?' vroeg ze terwijl ze vooroverboog naar haar glas.

'Eet eerst eens wat. Ik heb verschillende dingen besteld, ik wist niet waar je trek in had. Ik hoop dat je het lekker vindt.'

Ze kon niets aanraken, haar hele lichaam kwam in opstand bij het idee ook maar één hap te moeten doorslikken. Bovendien vond ze het schrijnend om hier te zitten schranzen terwijl daar achter de ramen talloze mensen honger leden. In plaats daarvan dronk ze des te sneller en gulziger. Ze dronk haar glas achter elkaar leeg en schonk meteen bij, terwijl hij begon te eten. Ze loog dat ze geen honger had. Hij daarentegen verslond de ene portie na de andere en spoelde alles weg met grote slokken Franse wijn. Zij zapte ondertussen langs de televisiekanalen en was verbaasd buitenlandse zenders en zelfs MTV te ontvangen. Geboeid keek ze naar de muziekvideo, die meteen werd gevolgd door een andere. Ritmische, snelle beats. De wijn begon zijn werk te doen, de buitenwereld gleed van haar af als een zijden sjaal, ze spreidde haar armen uit, deed haar ogen dicht en begon te dansen. Haar lichaam was voor het ritme gemaakt, ze bewoog zich met een katachtige lenigheid, alsof ze de bewegingen urenlang voor de spiegel had geoefend.

Even later stond Rati ook op en ging achter haar staan. Hij durfde haar nog niet aan te raken, nee, er gaapte nog een te grote wond tussen hen. Maar hij zocht haar nabijheid, paste zich aan haar bewegingen aan. Ze waren twee acteurs die een ander leven speelden, ze dansten zonder elkaar aan te raken, totdat ze zich plotseling naar hem omdraaide en hem aankeek.

'Wat doen we hier?' vroeg ze opnieuw en ze greep naar de wijn, dronk de rest zo uit de fles. Haar ware aard kwam boven, haar ware gezicht, bezweet, lichtelijk aangeschoten. Het had geen zin zich nog langer anders voor te doen dan ze was. Hij merkte de verandering en vatte die op als een uitnodiging, hij vergat zijn terughoudendheid, kuste haar onstuimig en wierp zich met zijn hele gewicht, zijn hele verlangen op haar. Ze zakte op de grond, sjorde aan zijn riem, trok hem naar zich toe, de lege fles rolde heen en weer als een schip in volle zee. Ze legde een hand op zijn gezicht, hield zijn ogen dicht. Hij genoot van haar honger, gaf zich aan haar over, wilde haar alles geven. Ze wisten allebei dat ze nooit een ander lichaam zouden vinden dat hun ongeremdheid in dezelfde mate zou kunnen bevredigen. Ze hadden de liefde bij elkaar en met elkaar ontdekt. Met iemand anders vrijen was als het spreken van een vreemde taal. Hij had haar en haar lichaam nodig om alle zelfopgelegde voorschriften en regels voor een paar uur overboord te gooien. En zij had hem nodig om in haar verlangen gerespecteerd te worden, een verlangen dat iemand anders zou overdonderen, zou intimideren, op z'n minst op verkeerde ideeën zou brengen.

'Je bent van mij, hoor je, alleen van mij,' riep hij, voor hij haar letterlijk de kleren van het lijf rukte. Ze zou met een gescheurde panty in het ziekenhuis aankomen. Ze genoot ervan, zo en niet anders wilde ze genomen worden. Ze haalden het bed niet, het perfect opgemaakte bed bleef onaangeroerd, evenals de badstoffen pantoffels en de witte badjassen, als een bevestiging dat ze op de verkeerde plaats waren, dat hun plaats de vloer was, de koude, naakte vloer.

Maar dat ze überhaupt met hem hiernaartoe was gegaan was ook verkeerd. Want toen ze daar lagen, betrok zijn gezicht, ja, het hele draaiboek moest worden uitgevoerd, de vanbuiten geleerde tekst moest worden uitgesproken.

'Je neukt met hem, hè? Is het waar dat je nu met hem uitgaat? Neemt hij je ook mee naar zulke chique hotels, je rijke *baryga*? Maakt hij je lekker klaar?'

'Hou op...' waarschuwde ze.

'Zeg het toch, geef het toch toe!'

Hij klampte zich aan haar vast. Hij wreef met zijn gezicht langs haar wang. Hij maakte zich klein, alsof hij door haar gered, door haar beschermd wilde worden. Vooral tegen zichzelf.

'Sst, het is goed, het komt allemaal goed... Ik weet wie

je bent, ik ken je. En jij kent mij. Je weet alles wat je moet weten, we kunnen weer onszelf worden, dus schei hier alsjeblieft mee uit. Je hebt me verraden, hoe kon je zo diep vallen, Rati...'

'Jou verraden?' Hij schoot met een ruk overeind. 'Wat heeft hij je verteld? Heeft hij serieus beweerd dat ik op zijn aanbod ben ingegaan, die flikker?'

'Ben je dat niet dan? Waarom gedraag je je anders als de koning van de wijk?'

'Het is niet te geloven... Jij denkt echt dat ik...'

Hij verstomde en stond op, liet haar naakt op de grond liggen, met de onzichtbare sporen van het onvoltooide liefdesspel op haar witte lichaam.

'Hij is 'm gesmeerd omdat hij niet meer onder bescherming van zijn vette oom staat. En omdat hij een fucking baryga is en niemand meer iets met hem te maken wil hebben.'

'Dat is toch bullshit. Denk je dat ik geloof dat Tsotne de hele wijk zomaar aan jou afstaat?'

'Tsotne, nu hebben we het al over Tsotne, Tsotniko, zo noem je hem vast als hij je neukt, hè?'

Ze sloeg hem keihard in zijn gezicht. Hij keek haar beduusd aan alsof hij niet kon geloven dat ze dat echt had gedaan, toen greep hij naar zijn broek en haalde een knipmes uit zijn zak.

'Hij zal overal voor boeten. Zeg dat maar tegen hem. En als ik merk dat je hem nog ziet, vermoord ik je, Dina, hoor je? Ik sta niet toe dat je mijn naam door de stront haalt.'

Hij zette de punt van het mes op haar keel. En weer begon ze te lachen, net als toen ze de badjassen en de pantoffels zag, ze lachte hem in zijn gezicht uit en provoceerde hem met haar naakte lichaam.

'Ik ben geen ruilartikel. Snap dat dan. Ik ben ik, ik ben degene voor wie je dit hele circus hier op touw hebt gezet,' zei ze en ze bleef hem aankijken. Ze stond op. Ze wankelde, ze was misselijk. Ze wilde de hele ellende uitkotsen. Ze wilde hem kussen, hem tegen zich aan voelen, in zijn armen in slaap vallen en alles vergeten, ze wilde rust, ze wilde mooie, luchtige jurken dragen en wild met hem dansen. Ze wilde het liefst de tijd terugdraaien, helemaal opnieuw beginnen, ze wilde niet dat alles al kapot, al afgelopen was. Ze wilde niet dat de man van wie ze hield haar een mes op de keel zette. Ze wilde weg uit deze kamer, maar ze wilde ook niet terug naar het koude donkere souterrain, waar je je alleen kon verstoppen, verder niets. Ze provoceerde hem met haar naaktheid. Ze voelde dat zijn woede weer begon te koken. Ze moest alles doden wat pijn deed, dacht ze, anders zouden ze aan hun liefde te gronde gaan als aan een ziekte. Dat dacht ze allemaal, terwijl ik me nietsvermoedend vastklampte aan mijn hoop, die me naar de Bosporus lokte, en Nene door Goega naar het ziekenhuis werd gebracht omdat de vliezen waren gebroken.

Haar liefde was niet genoeg. De liefde, zo slingerde ze me nog diezelfde avond in het kale licht van een door een generator aangedreven gloeilamp in de ziekenhuisgang in het gezicht, ja, de liefde genas geen ene fuck, de liefde was geen fuck waard. Het was een val, een gevangenis met prikkeldraad eromheen, een leugenachtige hoer, een sadist die zich verlustigde in de ondergang van zijn slachtoffers. En nooit meer zou ze in die val trappen, liever rukte ze haar hart uit haar lijf, liever crepeerde ze. Lichamelijke verlangens kon je ook zonder liefde bevredigen, met wijn, met dans, met vreemde, onbetekenende, naamloze handen en monden.

Maar dat zei ze allemaal pas later tegen me, toen er al iets in haar was geknapt, nu kwam hij naar haar toe en kuste haar. Ze voelde zich ellendig. Ze had het koud, opeens voelde ze hoe een onbegrijpelijke kou zich van haar meester maakte, ze moest nog even volhouden, ze mocht zich nog niet overgeven. En toch: hoewel ze wist dat ze het er niet heelhuids af zou brengen, leek het haar het ergst hem nooit meer aan te kunnen raken. Hij kuste haar gretig, eindeloos voor haar gevoel, maar stopte abrupt om haar opnieuw het mes op de keel te zetten. Nee, nog even, ze wilde hem nog één keer helemaal bezitten. Deze keer belandden ze in de leren stoel, zij op zijn schoot, met zijn armen om haar heen, het mes lag aan hun voeten.

'Ik meen het, ik vermoord je als...' herhaalde hij fluisterend, toen ze uitgeput en buiten adem in elkaars armen zakten.

'Wees weer jezelf. Alsjeblieft. Kom terug,' fluisterde ze hem in het oor.

'Dat kan niet. Dat weet je toch.'

'Waarom niet?'

'Heb je er ook maar een moment bij stilgestaan wat dat voor mijn reputatie zou betekenen: samen zijn met een hoer?'

Toen stond ze heel rustig op, pakte het opengeklapte mes en ramde het in zijn dij.

Uitgerekend Tapora, de voor Nene's ongeluk verantwoordelijke Tapora, voor wie het ongeboren kind vijf lange maanden verborgen gehouden moest worden, was uiteindelijk degene die haar zoon het leven redde. Na zeventien uur weeën en vanwege een ongunstige ligging van het kind moest er een keizersnede worden uitgevoerd. Maar het narcosemiddel was op, meldde de wit weggetrokken anesthesist, en er brak paniek uit. Manana zag zich genoodzaakt Tapora te bellen, die er binnen luttele minuten in slaagde een andere anesthesist te vinden, die met narcosemiddelen en badend in het zweet de verloskamer binnen kwam rennen en onmiddellijk aan het werk ging. Toen Tapora de gezonde en welgeschapen jongen in zijn armen nam, werd elke hoop dat iemand anders dan Saba Iasjvili de vader was de grond in geboord: de baby leek als twee druppels water op hem.

Ook Dina en ik waren in het ziekenhuis, maar aan de andere kant van de stad. Bleek, met een gescheurde panty en een kapotte rok, haar cameratas op haar schoot, zat ze in de kale gang en keek dwars door me heen, nadat ze de liefde had afgezworen, nadat ze mijn herhaalde vraag naar het waarom niet langer kon verdragen en me voor 'lafbek' had uitgemaakt. Ik wist niet meer wat ik moest zeggen. Ik zweeg en wachtte, zonder te weten waarop.

Lika en mijn vader stonden buiten te praten, vreemd genoeg brandde er een lantaarn vlak boven de hoofdingang. Lika had rode ogen, ze had vast gehuild, en mijn vader zag er merkwaardig bleek en doorschijnend uit. Hij was duidelijk opgelucht toen een vermoeid ogende arts ons later meedeelde dat de verwonding niet gevaarlijk was, dat er geen slagader was geraakt en dat Rati gauw naar huis kon.

'Ik wil dat je tegen hem zegt dat ik geen spijt heb,' zei ze terwijl ze opstond. Het was ondraaglijk koud in de ziekenhuisgang. Het was allemaal zo grotesk, ik kon me eerst niets bij een steekwond voorstellen toen mijn vader het telefoontje kreeg en het uitschreeuwde, om me vervolgens uit te leggen dat mijn beste vriendin mijn broer met een mes had verwond en dat we naar het ziekenhuis moesten. Dina had mijn broer 'verwond'. Dat woord galmde de hele rit na in mijn hoofd.

'Hoe kon je hem met een mes steken?'

'Als je dat nu nog niet hebt begrepen, zul je het wel nooit begrijpen.'

Ze knoopte haastig haar jas dicht.

'Zeg tegen hem dat hij uit mijn buurt moet blijven. En

zeg tegen hem dat ik inderdaad met Tsotne Koridze uitga. Zeg dat ik uitga met wie ik wil. Want ik ben een vrij mens en kan doen en laten waar ik zin in heb. Zeg dat ik genoeg heb van de hele teringzooi. En als jij me nog steeds de schuld wilt geven van alles wat er is gebeurd, blijf dan alsjeblieft ook uit mijn buurt en zoek een betere vriendin, die aan je morele eisen voldoet!'

Zonder mijn antwoord af te wachten liep ze vlug naar buiten, beende langs haar moeder heen, negeerde haar geroep en verdween in de nacht. Haar laatste zin maakte me sprakeloos. Er was een jaar verstreken sinds de nachtmerrie in de dierentuin, en sindsdien had ik me constant zorgen gemaakt om haar en Rati, ik had haar kant gekozen, mijn broer wisselde amper nog een woord met me. Hoe kon ze zoiets zeggen, het was vreselijk onrechtvaardig. Goed, ik zou uit haar buurt blijven. Dan moest zij ook maar een betere vriendin zoeken, een die in al haar grillen en stemmingswisselingen meeging, die er geen probleem mee had dat ze haar eigen broer met een mes aanviel, dat ze zich met de meest gewetenloze figuur van de hele stad inliet en het toch al smeulende conflict daarmee aanwakkerde, een vriendin die haar niet tegenhield als ze in een vlaag van totale zelfoverschatting naar het front ging. Over een paar uur zou Rezo bellen.

De volgende dag gaf hij me het adres van een reisbureau, waar een visum en een buskaartje naar Istanboel voor me klaarlagen.

Als dat met Dina niet was gebeurd, had ik dan misschien niet de kortstondige vergetelheid gezocht? En had ik Ira niets over onze nachtmerrie moeten opbiechten? Die vragen zullen me blijven achtervolgen, ze zullen op de meest ongeschikte momenten van mijn leven opduiken, totaal onverwachts, zonder enige waarschuwing. Meestal zal ik me ertegen verzetten, want met de jaren zal ik leren mijn demonen te kalmeren in de lange, diepe val. Als ik uit het leven val, uit het hier en nu, als ik steeds dieper in het verleden stort, zal ik wensen de bodem niet meer te bereiken, zal ik wensen bij hen te blijven, bij al diegenen die het niet hebben gered, die de val niet hebben overleefd, die geen hier en nu hebben, alleen een toen.

SURP SARKIS

Bij de foto's aan deze wand staat het exotisch aandoende en intrigerend klinkende opschrift 'Surp Sarkis', hoewel iedereen ziet dat hij gewijd is aan de doden en verminkten, de verkrachten en verdrevenen. Kleine met glas beschermde bordjes onder de foto's moeten opheldering geven, de verwarring uit de weg ruimen.

Maar voor we ons over de gruwelen buigen, eerst nog een korte adempauze: deze serie is me dierbaar; het enige origineel van Dina dat bij mij thuis aan de muur hangt en dat ik elke dag zie, komt uit deze serie, de 'Toverbergserie', zoals ik hem stiekem noem. De foto's uit het tbc-sanatorium waar ze in het begin van haar oorlogstijd was ondergebracht, die absurde idylle te midden van de puinhopen, omgeven door palmen en omarmd door de zee. Het ergert me dat ze de serie bij die weerzinwekkende foto's van het geweld hebben gehangen. Ze zou apart te zien moeten zijn. Die foto's zijn Dina's persoonlijke Toverberg, ik heb ze na het ontwikkelen als eerste mogen bekijken. Prachtige, verlaten zalen vol stucwerk, waarin je hier en daar een kalasjnikov of een kist vol handgranaten ziet. Marmeren terrassen van rond de eeuwwisseling, een paradijs midden in de hel. Een toevluchtsoord voor wie levensmoe was. Ik had bewondering voor haar beslissing om die motieven zonder mensen te tonen. Om zich helemaal te wijden aan de vertrekken en door hun leegte het naderende gevaar tastbaar te maken. Verwarrende details, een wapen, een satelliettelefoon, een paar soldatenlaarzen, zijn de voorboden van de bedreiging, die zelfs deze idylle binnendringt en haar spoedig helemaal in beslag zal nemen. De curatoren hebben alle foto's uit Abchazië samengevoegd en naar een van haar foto's 'Surp Sarkis' genoemd, die wind uit Armenië, waarmee een merkwaardig gebruik gepaard gaat, die meedogenloze februariwind die dagenlang over de Kaukasus giert, bomen doet sidderen en de mensen opjaagt. De bordjes geven uitleg over de heilige Sarkis, een nationale heilige van de Armeense kerk, die generaal in het Romeinse legioen en tegelijk een christelijke zendeling zou zijn geweest. Hij werd naar Cappadocië gestuurd om heidense godenverering te bestrijden en met woord en zwaard het christendom te verspreiden. Later diende hij in Perzië onder sjah Sjapoer II. Op grond van zijn reputatie als generaal wilde de sjah hem tot legeraanvoerder benoemen, op voorwaarde dat hij deelnam aan een zoroastrisch ritueel en zijn christelijke God afzwoer. Toen Sarkis weigerde, onthoofdde de sjah voor Sarkis' ogen zijn zoon en veertien van zijn volgelingen, waarna hij eveneens de dood door onthoofding vond.

Wat het bordje niet vertelt en wat misschien veel belangrijker is voor de hier getoonde fotoserie, is dat de Georgische kerk, die alleen al uit principe wantrouwig stond tegenover de Armeense heiligen, toch niet kon verhinderen dat het met een gebruik gepaard gaand bijgeloof zich ook in Georgië verspreidde. Zodoende bakten de Georgische vrouwen in die winderige nachten platte broden, legden ze onder hun kussen om vervolgens de heilige Sarkis om erbarmen te smeken en die nacht van hun uitverkorene te dromen. In Sololaki, een wijk met een groot aantal Armeniërs, waren die feesten en de daaropvolgende nachtelijke rituelen voor ons meisjes een opwindende aangelegenheid. De Georgische en Armeense heiligen interesseerden ons niet, maar hun vermeende profetische krachten des te meer. We vonden het prachtig om die eenvoudige broden van water, meel en zout te bakken en spoorden elkaar aan, alle gezonde scepsis opzijzettend, om elkaar de volgende ochtend onze (niet zelden verzonnen) dromen te vertellen. Want niemand wilde toegeven dat de heilige nacht misschien wel zonder dromen voorbij was gegaan.

Dat kinderlijke gebruik en dat winderige feest hebben op het eerste gezicht niets te maken met wat we hier te zien krijgen. Maar ik weet welke winden haar opjoegen naar waar het nog verschrikkelijker was: naar de kust waar Georgiërs, Abchazen en ingehuurde Tsjetsjeense of Armeense oorlogszuchtige *bad boys* elkaar met Russische wapens afslachtten. Ja, het was de wonderlijke Surp Sarkis met zijn tot in de ziel doordringende winden en zijn valse profetieën, want haar uitverkorene bleek de verkeerde te zijn. Als ik haar Abchazië-foto's bekijk, moet ik onwillekeurig denken aan Istanboel, aan de donkerblauwe Bosporus, aan de broodjes vis op de promenade onder de Galatatoren, aan de zon en de vrede. Terwijl ik daar de conservatieve wijk Fatih en de liberale wijk Beyoğlu verkende, bevond zij zich te midden van verwoesting en dood. Terwijl ik in de eentonige, heilzame uren in de Hagia Kyriaki samen met Rezo de jeugdig ogende Joris opnieuw tot glanzen bracht, vluchtte zij aan de rivier de Goemista voor de granaten. Terwijl ik de vuurspuwende draak in de ogen keek, daalde zij af in de hel die niet bevolkt was door demonen, maar door mensen.

Ik pakte mijn spullen en zette mijn gedachten op een rijtje: alle zorgen stopte ik weg in het uiterste hoekje van mijn hoofd. Ik kuste de baboeda's en liet me door hen een kruisje geven. Vooral over Oliko maakte ik me ongerust, haar gezondheid was de afgelopen maanden achteruitgegaan. Ze vertaalde niet meer, haar ogen lieten haar in de steek en haar gewrichten deden pijn, ze leed aan ouderdomsdiabetes, aan hoge bloeddruk, maar vooral aan het verlies van een visioen. Sinds het begin van het nieuwe jaar leek ze elke levenswil kwijt te zijn, zelfs uit de eeuwige strijd met Eter leek ze geen energie meer te putten. Zij, die vroeger altijd zoveel waarde hechtte aan een verzorgd uiterlijk, liet zich op een zonderlinge manier gaan, ze maakte een soort regressie door, alsof ze elke dag jonger werd: ze had twee vlechtjes in haar haar, die als eenzame regenwormen op haar schouders hingen, haar voeten staken in bont gestreepte kniekousen en over haar nachthemd met de rode kanten zoom droeg ze een door mijn vader afgedankte badjas vol gaten.

Als ze niet naar een stompzinnig televisieprogramma keek – in geen geval naar het nieuws, want sinds haar inzinking leek ze geen reden meer te zien om zich met de buitenwereld bezig te houden –, las ze in oude kinderboeken die ze mij en mijn broer voor het slapengaan had voorgelezen toen we nog klein waren. Van Charles Perrault tot Saint-Exupéry werd alles opgediept wat haar hielp de tijd terug te draaien.

In de nacht voor ik de bus naar Istanboel nam, ging ik naar de woon- en studeerkamer van de baboeda's, waar hele generaties leerlingen Duitse en Franse woordjes hadden gestampt en zich over de zinnen van Goethe en Baudelaire, Kafka en Proust hadden moeten buigen. Ik stapte de kamer binnen en ging op de rand van Oliko's bed zitten. Ze was vroeg gaan slapen, had over pijn in haar gewrichten geklaagd. Ik probeerde zachtjes te doen, maar merkte meteen dat ze nog wakker was en blij was met mijn bezoek. Ze kwam overeind en ik keek in haar vermoeide gezicht. We hadden niet veel woorden nodig. Ze schonk me een milde, afgematte glimlach en pakte mijn hand; haar handen waren altijd warm, hoe koud ze het verder ook had.

'Zul je goed op jezelf passen, boekasjka?' vroeg ze.

'Natuurlijk. Maar eigenlijk wilde ik jou hetzelfde vragen. En maak alsjeblieft niet te veel ruzie met Eter...'

'Och, niet meer dan we toch al doen, dat beloof ik. Istanboel... Vroeger heette het Constantinopel en die naam klonk me magisch in de oren. En nu ga jij erheen en zul je alles met eigen ogen zien!'

'Ik vind het heel spannend.'

'Is het een goede man?'

Ik begreep eerst niet over wie ze het had.

'De man die je naar Istanboel haalt.'

'Rezo?'

Ik moest nadenken. Was hij een goede man? Wie was er eigenlijk goed? Was ik goed? Deed ik er goed aan om de boel de boel te laten en gewoon weg te gaan?

'Ik denk het wel. Hij is grappig en heel goed in wat hij doet, ik kan veel van hem leren.'

'Dat wilde ik niet weten.'

'Ik ben niet verliefd op hem, als je dat bedoelt.'

Oliko wilde altijd iets over de liefde weten, haar vragen hadden meestal te maken met romantiek en met de hoop op een goede afloop.

'Weet je wat er vandaag de hele dag door mijn hoofd speelde?' Ze lette niet op mijn antwoord.

'Wat?'

'Dat gedicht dat jij zo mooi vond. "Voor dag en dauw" van Victor Hugo. Zoals je dat als klein meisje voordroeg, zo vol overgave. Ken je het nog?'

Natuurlijk herinnerde ik het me. Het was een van de gedichten die ik voor Oliko in het Frans uit mijn hoofd had geleerd. Ze had het me voorgelezen toen ik zes of zeven was en van ontroering tranen in haar ogen gekregen, en om een vage reden had dat zo'n indruk op me gemaakt dat ik die ontroering ook wilde voelen.

'Ja, ik denk het wel. Wil je dat ik het nu opzeg?'
'Zou je dat voor me willen doen?'
'Ja, wacht, dadelijk.'
Ik pakte een stoel, zoals ik vroeger bij het voordragen had gedaan om niet over het hoofd te worden gezien, en sprong erop. Daarna stak ik mijn armen in de lucht, rekte mijn hals, trok een bloedserieus gezicht en begon met een dramatische ondertoon voor te dragen:

Voor dag en dauw, als licht al aanbleekt op het lover,
Ga ik op pad. Ik weet wel dat jij op mij wacht.
Ik trek de bossen door en trek de bergen over,
Ik heb te ver van jou mijn dagen doorgebracht.

Ik ga, hoor geen geluid en kijk niet om me heen
En houd mijn ogen slechts gericht op mijn gedachten:
Een onbekende, met gekruiste handen, krom, alleen,
Vol droefheid, en mijn dagen zullen zijn als nachten.

Om de een of andere reden bleef ik hier steken, alles wat erna kwam, leek uit mijn geheugen gewist. Ik wist dat pas in de derde strofe de onverwachte, tragische wending kwam die mijn hart sneller zou doen kloppen, maar mijn hoofd was leeg. Ik kon met geen mogelijkheid bedenken hoe het gedicht verderging.
'Maakt niet uit. Je hebt het prachtig gedaan, boekasjka,' zei ze en ze knikte me toe en streelde mijn hand.
'De regels schieten je wel te binnen als het zover is. Ga nu maar, je kunt beter gaan inpakken. Maak je om ons geen zorgen!'
Ze drukte een zoen op mijn wang.

Die nacht maakte mijn vader me wakker. Iemand gooide steentjes tegen het raam, ik moest naar beneden. Het was

Levan, hij durfde niet naar boven te komen. We gingen op een bank in Stella's Tuin zitten. Het was donker en vochtig. Hij rookte.

'Ik heb gehoord dat je naar een of andere vent in Istanboel gaat?'

Ik rook de alcohol uit zijn mond en had meteen spijt dat ik naar beneden was gekomen.

'Het is niet een of andere vent. Ik heb in Kachetië al met hem samengewerkt. Hij is een collega en mijn mentor, zo je wilt, en hij was zo aardig me aan werk te helpen.'

'Heb je geld nodig?'

Ik keek hem verbluft aan.

'Daar gaat het niet om, maar ja, ik heb ook geld nodig.'

'Je broer verdient heel goed, het zal je aan niets ontbreken. En ik kan je ook geven, zoveel als je nodig hebt...'

'Ik hoef zijn geld niet, en het jouwe ook niet. Bedankt.'

'Je gaat dus maanden met een of andere intellectuele nicht in Istanboel rondhangen? En ik moet hier als een maagd op je wachten?'

Hij provoceerde me. Hij wilde dat ik hem kwetste, zodat hij het gevoel kon hebben dat hij in zijn recht stond. Ik voelde de woede in me opborrelen.

'Je hoeft niet op me te wachten. Je bent nergens toe verplicht. Ik ben tenslotte niet je vriendin,' zei ik geeuwend.

'O, dat is nieuw voor me.'

'Een vriendin die je 's nachts om twee uur naar dit smerige plantsoentje moet lokken om met haar te praten? Een vriendin die je alleen stiekem in je auto mag kussen? Een vriendin die je voor iedereen verborgen houdt? Dat is geen relatie, ik ben hooguit je geheime minnares, je concubine, weet ik veel.'

'Dat is bullshit... Ik heb toch gezegd dat het maar tijdelijk is, je moet me de tijd geven, er niet zomaar vandoor gaan.'

'Wat verwacht je van me? Dat ik mijn leven lang op je wacht? Ik moet door met mijn leven, Levan, ik moet op de een of andere manier verder komen. Ik wil iets leren, me ontwikkelen. Dat hele gedoe met ons...'

Ik vocht tegen het verlangen hem om de hals te vallen, zijn vermoeide gezicht te kussen, en tegelijk wist ik dat het dan alleen nog maar meer pijn zou doen.

'Goed, zoals je wilt.'

Zijn stem was kil en uit de hoogte. Ik stond op en deed een stap richting uitgang. Ergens jankte een hond.

'Je gaat dus gewoon bij me weg?'

'Ik kan niet bij je weggaan als ik nooit met je ben geweest.'

Hij keek me verward aan, alsof hij het niet had begrepen, en schudde alleen zijn hoofd. Hij gooide zijn peuk op de grond.

'Zoals je wilt.'

Ik maakte rechtsomkeert en stormde het plantsoen uit, in de hoop dat hij me zou inhalen, misschien zou tegenhouden. Maar hij deed het niet.

Ik reed langs de zee. Het donkere blauw maakte me slaperig. De lucht was bewolkt, maar door het blauwe water lichtte hij op. Ik keek naar de eindeloze streep, de horizon, het wisselende licht, en had spijt dat ik niet meer tekende. Ik had geen afscheid genomen van Dina. Ik had haar sinds onze confrontatie in het ziekenhuis niet meer gezien. Nene had ik een brief geschreven, ze had na de zware bevalling een infectie opgelopen en lag nog in het ziekenhuis. Goega, aan wie ik de brief had meegegeven, vertelde dat Saba's evenbeeld Loeka heette.

Met elke kilometer die we aflegden voelde ik me lichter worden, ik kon weer ademhalen. Kort na Sarpi kwamen we bij de grens en nadat de afmattende en eindeloos durende controles waren doorstaan, lieten we Georgië achter ons en reden langs de kust verder naar Constantinopel.

Op het stoffige en overvolle busstation stond Rezo op me te wachten. Ik moest grijnzen toen ik zijn magere gestalte en zijn dikke bos haar zag. Hij droeg een versleten spijkerbroek en een moerasgroen jasje, dat om zijn schouders hing alsof het drie maten te groot was. We vielen elkaar om de hals, het was een hartelijke omhelzing, het voelde goed om weer voor hem te staan. Ik voelde me meteen helderder en gemotiveerd, dankzij hem had ik een opdracht waarop ik me verheugde. Hij nam de oude bruine koffer van me over, die van mijn vader was en al heel lang niet meer was gebruikt, en bracht me naar een kleine groene auto.

'Dat ding is van de kerk, we mogen hem gebruiken zolang we hier zijn. Bereid je maar voor op eindeloze ritten en files,' waarschuwde hij terwijl hij me op mijn schouder klopte. 'Ik ben blij je te zien, Kipiani,' voegde hij eraan toe, voordat hij het gaspedaal indrukte.

We logeerden in Ortaköy, een wijk pal aan de Bosporus, in een eenvoudig smal houten huis met lichte, schone appartementen, die direct boven elkaar lagen, dat van Rezo op de derde en het mijne op de tweede verdieping. Er was een kleine kooknis, een ruime kamer met een klein balkon en een piepkleine douche. Tot mijn vreugde was er ook een verwarming, die perfect werkte en waar ik zo enthousiast over was dat ik een eeuwigheid tegen de radiator leunde.

Hij liet me alleen, over een uur zou hij terugkomen met iets te eten en daarna zouden we naar de kerk rijden om de verdere plannen te bespreken. Ik zette alle ramen open en keek naar de zonnige dag. Vanaf mijn balkon kon je het eindeloze blauw van de Bosporus niet zien, een dichte huizenrij belemmerde het zicht, maar je hoorde de veerboten en schepen toeteren en de meeuwen krijsen, en de drukke straat onder me beloofde tal van verlokkingen en ontdekkingen. Ik was zo blij als een kind. Voor het eerst in mijn leven was ik in een ander land en kon ik een nieuwe wereld ontdekken – een wereld zonder stroomuitval en voedselschaarste, zonder kalasjnikovs en kogelgaten in de muren. Op de komende drie maanden, op de herinneringen die ik hier als geld in een spaarpot zou vergaren, zou ik nog lange koude, donkere avonden vol bitterheid en uitzichtloosheid moeten teren. Ik had geen andere keus: ik moest gelukkig zijn.

Ik inspecteerde neuriënd de kasten, pakte mijn spullen uit, liep telkens weer het balkon op om te kijken naar het jachtige gedoe op de met kinderkopjes geplaveide, oplopende straat en grijnsde over heel mijn gezicht. Na een poosje kwam Rezo terug met heerlijk ruikende kipspiezen en tomatensalade, allemaal verpakt in kleine schone plastic bakjes, die me meteen een gevoel van stabiliteit en normaliteit gaven. We aten smakkend, dronken *ayran* en lieten de witte randen om onze mond zitten. Rezo vertelde over de wijk, de vele restaurants en clubs, het krankzinnige verkeer in de stad en de vriendelijkheid van de mensen, over de Grieks-orthodoxe gemeente en de kerk waar we zouden werken. Alles wat hij zei, klonk als balsem in mijn oren, het had een kalmerende werking op me, en al had hij me verteld dat we de komende weken in schimmelige catacomben gingen werken, dan nog zou me dat met tevredenheid hebben vervuld, want die catacomben zouden altijd nog ver weg zijn van wat er achter me lag.

In de middagspits staken we een brug over, die in de hemel leek te hangen en een adembenemend uitzicht bood: zoveel leven en zoveel schoonheid, het was haast onwerkelijk om hier te zijn en vanuit het verstikkende grijs plotseling in deze bonte verscheidenheid, deze zorgeloze chaos, deze zichzelf vierende stad op te gaan. In een tamelijk onooglijk straatje in de wijk Koemkapi stapten we via een grijze metalen deur een andere eeuw binnen. Vergeleken met de Georgische kerken leek de zestiende-eeuwse Hagia Kyriaki, waar we ons over het grote fresco van de heilige Joris zouden ontfermen, spartaans noch pompeus. Zonder het kruis op de kleine koepel had het de comfortabele villa van een filantroop kunnen zijn, met mooie deuren met wit houtsnijwerk en een brede marmeren trap voor de ingang. Vanbinnen was hij veel groter dan je zou verwachten, hij had, net als de Georgische kerken, geen banken, was doortrokken van dezelfde kaarsengeur en gedompeld in hetzelfde okerkleurige licht. In het achterste gedeelte van de kerk zag ik een provisorische afzetting en een vrij hoge steiger met een paar schijnwerpers: Rezo's werkterrein.

'We beginnen 's morgens vroeg, want 's middags is het hier te druk en worden er ook diensten gehouden. Maar van zeven tot twee is de kerk van ons,' legde hij me uit, terwijl ik onder de steiger stond en het fresco bestudeerde dat we aan de vergetelheid moesten ontrukken. Het was een zich over de hele muur uitstrekkende heilige Joris, die al vierhonderd jaar bezig was de gemene draak zijn speer in de vurige bek te steken. De kleuren waren pastel, een warm blauw domineerde. Deze Joris leek heel jong en nog niet gewend aan zijn aureool, hij was niet zoals de andere heiligen die ik kende, hij was zelfbewust en vechtlustig. Toen ik dat tegen Rezo zei, barstte hij in lachen uit. Opeens herinnerde ik me hoe gemakkelijk ik met hem kon lachen, en ik merkte hoe ik die zorgeloze lach had gemist. Ik had het gevoel dat sinds onze time-out in de zomer in Kachetië elke lach in mijn keel was blijven steken.

'Het is hier goed werken. Er is voldoende materiaal, we

hoeven er niet om te bedelen zoals afgelopen zomer. We zullen het hier goed hebben, Kipiani, wat denk jij?'

'Dat weet ik wel zeker, Rezo.'

Het was een eenvoudige zin, die veel meer betekende: het was een belofte, die ik mezelf op dat moment deed en die ik de weken daarna ondanks al mijn zorgen en voorgevoelens probeerde te houden.

Rezo leidde me door de smalle straatjes van Beyoğlu, at verse vis met me onder een van de duizenden bruggen van deze stad, nam me mee op een pont en liet me vanuit het open autoraampje met mijn gezicht in de wind de deftige villa's bewonderen, hij joeg me langs de met goud behangen kraampjes van de Grote Bazaar en dronk raki met me, die ik niet lekker vond en toch dronk, uit een soort respect voor deze plek. En steeds weer stopten we om te genieten van het adembenemende uitzicht op de Bosporus, dat zich vanaf zoveel heuvels van de stad opende.

Nene keerde terug naar huis, ze droeg een kind op haar arm, de onmiskenbare erfenis van haar dode geliefde, aan wie ze beloofde voor hem de moeder te zijn die zij nooit had gehad: een liefhebbende, onbevreesde, onafhankelijke moeder, die aan haar genegenheid geen voorwaarden verbond.

Tsotne en Goega stapten in de Russische-roulettebusiness, het was een publiek geheim dat ze dat achter de rug om van hun oppermachtige oom deden en elk moment een oorlogsverklaring van hem konden verwachten. Anna Tatisjvili had een afspraakje met Goega en ging met hem in het Vakepark wandelen, at suikerspin met hem en lachte om zijn grappen, die hij in de nacht daarvoor, slapeloos woelend in bed, allemaal uit zijn hoofd had geleerd. Hij gaf haar rozen en merkte niet hoe ze dwars door hem heen keek, alsof ze op zoek was naar iemand anders, hij nam er genoegen mee dat ze zich aan zijn arm thuis liet brengen, dat moest voorlopig voldoende zijn. Zijn broer had zijn woord gehouden, het hoe en waarom deed er nu niet meer toe, hij zou Anna wel voor zich winnen, haar ervan overtuigen dat ze de juiste beslissing had genomen.

Rati werd gevierd als de nieuwe baas van de wijk, de nieuwe scheidsrechter, de nieuwe beschermer. Het protectiegeld verdween allemaal in zijn zakken en de gokhallen leverden genoeg procenten op. Levan en Sancho fungeerden als zijn 'adjudanten', zoals mijn vader het lichtelijk sarcastisch uitdrukte. Hun moeite leek te worden beloond, het lange wachten op een plaatsje onder de zon leek vrucht af te werpen. Alles nam zijn beloop, behalve dan dat er in de wijk werd gefluisterd dat Dina Pirveli steeds vaker met Tsotne Koridze werd gezien.

Begin maart was Dina samen met Posner en twee andere journalisten van *De Zondagskrant* naar Abchazië vertrokken. Met een klein propellertoestel vlogen ze naar Baboesjara. Na de inname van Gagra, na onderhandelingspogingen van de NAVO en diverse wapenstilstandsverdragen leken de gevechten te zijn stilgelegd en keerde hier en daar een bedrieglijke normaliteit terug. Dina en haar metgezellen glipten door die corridor van leugens en hoop, van vluchtelingenstromen en zwijgende mitrailleurs en belandden op de met mijnen bezaaide slagvelden, die in hun onheilspellende rust een giftige aantrekkingskracht uitoefenden en waar met heroïne volgepompte jongens soldaatje speelden. Het was een postapocalyptische wereld met kapotgeschoten huizen, hongerige honden, wodka en tsjatsja en wachtende soldaten, met een roestig, half in zee gezakt reuzenrad, met in wapendepots en stafkwartieren veranderde luxesanatoria, waar ooit de elite van het Sovjetrijk kuurde en vakantie hield. In een sanatorium voor tbc-patiënten aan de rand van Soechoemi streken Dina en haar collega's neer. Het sanatorium was een soort opvangkamp voor Georgische en een paar buitenlandse journalisten. Georgische strijdkrachten voorzagen hen van twee verwaarloosde, ooit schitterende kamers met een verrukkelijk uitzicht en schamele veldbedden en legden uit waar en wanneer ze hun voedselrantsoenen moesten afhalen. Ze werden attent gemaakt op diverse vergunningen en verboden en kregen een constant op zonnebloempitten knabbelende jongeman toegewezen, die het actieve viertal als chauffeur zou vergezellen.

Pas toen ik die fotoserie bestudeerde, heb ik onderzoek naar dat sanatorium gedaan en ben ik erachter gekomen dat het in 1905 in opdracht van de Russische grootindustrieel Smetskoj voor zijn aan tuberculose lijdende vrouw werd geopend en ooit een imposant wit villacomplex was, omgeven door een op loopafstand van de zee gelegen park vol palmen, eucalyptusbomen en acacia's. Dankzij Dina's foto's kon ik door de lege gangen en verlaten tuinen van dat fascinerende spookachtige oord uit het fin de siècle dwalen, door dat aan het verval prijsgegeven paradijs. Die verlaten gangen kijken ons zwijgend aan, ze richtte haar camera met dezelfde masochistische overgave op de gewonde en verbonden soldaten als daarvoor op zichzelf. Van haar latere gruwelijke en meedogenloze foto's van het totale menselijke falen, foto's van doden en verminkten, gaat voor mij altijd een huiveringwekkende, kille stilte uit, alsof die spookwereld een wereld van stommen is. Ze smeet ons die foto's voor de voeten om ons te laten zien wat we niet wilden zien. Wat zij daar zag, maakte een ander mens van haar. En ze deed geen enkele poging medelijden te wekken, empathie op te roepen. Ze wist dat niemand haar kon begrijpen die er niet zelf was geweest.

Ik heb het nooit tegen haar gezegd, ook niet toen ze voor de tweede keer naar het front vertrok, maar na haar terugkeer was ik ervan overtuigd dat ze daar een vreselijke verslaving had opgelopen: verslaving aan een leven in de fatale nabijheid van de dood.

Ik ging op in ons kalmerende, me in een vredig evenwicht wiegende werk. Ik hield ervan bij zonsopgang op te staan, de ramen open te gooien en de zilte zeelucht op te snuiven. Ik hield ervan mijn yoghurt op te slurpen en op het gelijkmatige, bescheiden klopje van Rezo te wachten, met hem in de kleine auto te stappen, de veelbelovende stad te doorkruisen, steeds weer een tot nog toe over het hoofd geziene hoekje of een bijzonder gebouw te ontdekken en te lachen om de grappige straathandelaar die de gekste spullen door ons open raampje stak. Ik hield van de muziek op de radio – Rezo had altijd een willekeurige zender aan staan – en van het feit dat we niet hoefden te praten, dat we zo heerlijk samen konden zwijgen. Ik hield van zijn rust, zijn anders-zijn, ik hield ervan hoe hij me voor de gek hield en plaagde, hoe hij altijd de humor van mijn commentaren en ideeën inzag, om opeens weer serieus en professioneel te worden wanneer ik mijn plek naast hem op de steiger innam en op die werkelijk sacrale hoogte zijn aanwijzingen opvolgde. Nooit keek hij me op de vingers, nooit controleerde hij me, hij ging ervan uit dat ik mijn taak aankon, hoe moeilijk die ook was. En nooit kwam hij terug op het voorval in Kachetië; wat daar was gebeurd overschaduwde onze verhouding niet, het stond niet tussen ons in. Ik was verbaasd met hoeveel gemak ik Tbilisi en al mijn zorgen van me af wist te schudden. Hier kostte het me geen moeite mezelf te vergeten, mijn geweten in slaap te sussen.

Ik schreef Ira een lange brief, waarin ik zakelijk de redenen voor mijn vertrek uitlegde, mijn altijd eendere en tegelijk zo opwindende dagelijks leven schetste en enthousiast de kleurrijke stad beschreef. Ik vertelde het weinige wat ik over Nene en Dina wist, ik wilde haar een positief beeld geven. Eén keer per week bracht Rezo een telefoonkaart met een eindeloze reeks cijfers voor me mee, die goed was voor vijftien minuten. Ik belde met mijn vader of de baboeda's, die me informeerden over de nog altijd heersende nood en de aanhoudende wanhoop. Tijdens een van onze gesprekken vertelden ze over hun zorgen om Dina, die nu al twee weken in Abchazië zat.

Mijn hand trilde toen ik de hoorn neerlegde. Ik schopte met mijn voet tegen de tafelpoot, voelde een doffe pijn in mijn teen. Ik gooide de ramen open, ik moest frisse lucht hebben. Ik besloot mijn spullen te pakken, rukte de deuren van mijn kast open, werd me bewust van het bespottelijke van mijn plan. Ik voelde woede, maar vooral angst, een existentiële, naakte angst, die me verlamde. Ik bleef als verstard staan, met in mijn hand een linnen overall die ik in mijn koffer wilde stoppen, in de hoop dat er iemand kwam die me weer tot leven wekte.

Het was zaterdagavond, 's zondags hadden Rezo en ik vrij en daarom gingen we zaterdagsavonds meestal uit. Hij zou zo komen om zich samen met mij in het gewoel van de nachtelijke stad te storten. Ik voelde me ellendig, schuldig, klein. Ik had Dina niet tegengehouden, ik had haar in de steek gelaten, ik had haar verwijten gemaakt, terwijl het duidelijk was dat ze in haar recht stond, dat mijn broer haar had vernederd en gebruikt. In feite bewonderde ik haar juist om die compromisloosheid, er was bij haar geen tussenweg. En weer vervloekte ik de dag die ons de dierentuin in had gedreven.

Ik legde de broek terug in de kast, liep doelgericht naar de kleine badkamer, waar altijd warm water was en waar ik uren onder de douche kon staan, met mijn hoofd onder de warme straal. Ik ging op de tegelvloer zitten, pakte een scheermesje uit mijn toilettas, trok mijn broek uit en legde een handdoek neer, ik trof alle nodige voorzorgsmaatregelen en zette toen het mesje in mijn linkerbeen, iets boven de bijna wit geworden littekens. De verlichting kwam binnen een paar seconden, tegelijk met de brandende pijn, en ik liet me uitgeput achteroverzakken. Sinds ik hier was had ik die masochistische, pijnlijke verlichting niet meer nodig gehad. Nu was de nood weer hoog, en ik vond alleen een uitweg in de altijd eendere pijn, die sinds die februaridag een jaar geleden kennelijk met me was vergroeid, die een deel van mijn lichaam was geworden, net als de littekens op mijn benen.

Ik had hem niet horen aankomen, en omdat ik de deur open had gelaten, stond hij nu met een versteend gezicht voor me. Ik greep de handdoek en wilde mijn been bedekken, maar het was te laat, hij was al getuige geworden van mijn pijnlijke nederlaag.

'Wat doe je daar?'

In zijn stem klonk bezorgdheid door, maar hij deed duidelijk moeite die te verbergen.

'Laat me naar de wond kijken, misschien moeten we naar het ziekenhuis.'

Hij deed een aarzelende stap in mijn richting, maar ik gebaarde dat hij moest blijven staan.

'Alles is onder controle. Ga alsjeblieft weg. Ik blijf vandaag thuis.'

'Volgens mij is er niets onder controle, Keto. Helemaal niets.'

Zijn gezicht was rood aangelopen, hij leek bedrukt, stapte de kleine badkamer binnen en kwam naast me zitten. Hij zuchtte.

'Waarom, Keto, waarom?' Zijn stem klonk zacht, bijna hees.

'Dina is naar Abchazië. Sinds gisteren wordt daar weer

gevochten,' antwoordde ik vlak. Na de sneden voelde ik me werkwaardig dof en leeg.

'Een van de vriendinnen die je toen zijn komen opzoeken?'

'Ja, mijn beste vriendin.'

Een tijdje zwegen we. Toen stond hij op, vond in mijn toilettas een dot watten en ook iets om te desinfecteren. Ik gilde het uit, maar hij negeerde het. Daarna ging hij naar buiten en kwam een paar minuten later terug met een verband uit de apotheek, dat hij om mijn dij wikkelde. Vervolgens raapte hij het bebloede scheermesje op en gooide het in de vuilnisemmer. Ik liet hem zijn gang gaan, als een gedwee kind gaf ik me aan hem over, liet me verplegen en verzorgen. Hij ging opnieuw naar beneden en kwam terug met kipspiezen en de kruidige tomatensalade die mijn lievelingsgerecht was geworden, hij had ook een fles wijn meegebracht, die hij geroutineerd ontkurkte. Hij schonk in.

'Drink eerst eens iets, ik geloof dat je dat wel kunt gebruiken.'

Hij gaf me het glas. Ik ging op de smalle bank bij het raam zitten. Hij kwam naast me zitten. We dronken en aten zwijgend. Ik had een rok aangetrokken, het bloed sijpelde door het verband heen en maakte rode vlekken in de stof.

'Sinds wanneer doe je dat?' vroeg hij.

Ik haalde mijn schouders op.

'Niet liegen alsjeblieft,' drong hij aan. 'Je weet dat ik daar niet tegen kan.'

'Er is iets gebeurd, ongeveer een jaar geleden... toen is het begonnen.'

Het was een opluchting niets meer geheim te hoeven houden, niets meer te hoeven verbergen.

'Wat is er gebeurd?'

Ik had er met niemand over kunnen praten. Niet eens

met Dina leek het mogelijk. Zelfs tegenover Ira had ik alleen de nuchtere feiten opgesomd, maar nooit over mijn gevoelens gepraat. Maar hier, zo ver weg van de dierentuin en die dag, ver weg van die mannen en ook van Dina, met deze zachtaardige en gelijkmoedige man naast me, leek het plotseling een existentiële noodzaak er woorden voor te vinden. Haperend begon ik te vertellen. Ik vertelde over de gebeurtenissen van die middag. Hij luisterde rustig, zijn gezicht verraadde niets, hij nipte alleen af en toe van zijn wijn. Hij onderbrak me niet, hij oordeelde niet, er viel een last van me af, zo zwaar als een harnas. Het was heilzaam, onverwacht kalmerend, net zoals daarstraks toen hij me in de badkamer verbond, het voelde goed om alles los te kunnen laten, om even niets te hoeven.

Toen ik zweeg, legde hij zijn hand op mijn knie, streek voorzichtig over de rode vlek in mijn rok. Weer werd ik overmand door dat sterke gevoel, dat overheersende verlangen om te vergeten, het liefst was ik opgesprongen om een wedstrijdje hardlopen met hem te doen. Maar ik was te uitgeput, te leeg, met het bloed was alles uit me weggestroomd, alle bezorgdheid, maar ook alle eerzucht.

'Dat zou niet de wereld moeten zijn waarin je moet leven, Kipiani. Dat zou je niet moeten meemaken. Niemand zou voor zo'n keus moeten worden gesteld, niemand zou over het leven van een ander moeten beslissen.'

Hij was in gedachten verzonken, klonk ontsteld, verdrietig. Sinds kort liet hij zijn baard staan, waardoor hij iets gemoedelijks kreeg en dat ooievaarachtige in zijn uiterlijk verdween. Ik keek hem aan, zijn donkere ogen glansden vochtig. Ik dronk mijn glas leeg.

'Ons land is niet goed voor je, het is op het moment voor niemand goed, maar in jouw geval is het echt tragisch. Jij hebt een toekomst, Kipiani, en daar moet je voor vechten. Je kunt niemand redden. Je broer niet en je vrienden niet.

We zijn allemaal verantwoordelijk voor onszelf. Niemand heeft er iets aan als jij je opoffert. Ik heb het al eerder gezegd: offers leveren niets op, ze eisen alleen maar meer offers, verder niets. Je moet aan jezelf denken, aan alle dingen die je kunt leren en doen. Je zou een goed leven kunnen hebben.'

'Hoe weet je dat zo zeker, Rezo?'

'Vertrouw mij, als je jezelf niet vertrouwt.'

'Alles voelt zo zinloos...'

'Er is geen zin, nergens, in niets. Je geeft zelf zin aan wie je bent en aan wat je doet. Je geeft zin aan degene van wie je houdt.'

Ik verbaasde me over die uitlating. Hij was zo weinig sentimenteel, verbood zichzelf alle romantiek, liet nooit iets los over een relatie, een privéaffaire. De enige vrouw die hij noemde was zijn moeder, een zwaarmoedige vrouw, die hij geregeld belde en die hem evenzeer leek te belasten als dat hij zich zorgen om haar maakte. Ik keerde me naar hem toe.

'Ben jij ooit verliefd geweest, Rezo? Heb jij ooit van iemand gehouden, ik bedoel echt zo dat je dacht dat al het andere overbodig en onbelangrijk was als je niet met die persoon samen kon zijn?'

Ik wist niet waarom ik dat vroeg. Ik wist niet eens voor wie die woorden eigenlijk bedoeld waren. Hij keek me glimlachend aan, schudde toen zijn hoofd.

'Je bent gewoon een onverbeterlijke romantica, Kipiani, en dat maakt de zaak zo verdraaid uitzichtloos.'

Hij lachte en pakte de fles om onze glazen bij te vullen. Ik legde mijn hoofd op zijn schouder en sloot mijn ogen. Hij rook naar terpentijn en naar iets ouds, vertrouwds, als een kledingstuk dat je lang niet hebt gedragen, maar waar nog steeds de herinnering aan een heerlijke avond in zit. Eerst leek dat gebaar hem in verlegenheid te brengen, ik voelde hem verstijven. Maar gaandeweg verdween zijn spanning, en hij sloeg een arm om me heen.

'Ik zal je helpen, Kipiani. Als je wilt zal ik je helpen. Dan kun je weggaan, studeren, die hele rotzooi achter je laten.'

'Ik weet niet of ik dat kan, Rezo. Hoezeer ik dat leven soms ook haat, toch weet ik waar ik thuishoor. Daar zijn de mensen van wie ik hou en die ik nodig heb.'

'Je zult van ze blijven houden en ze nodig hebben. Als ik niet de verantwoordelijkheid voor mijn zieke moeder had, zou niets me tegenhouden, ik zou vertrekken zonder me ook maar één keer om te draaien.'

'Jij bent anders,' zei ik en ik vroeg me af waar dat anderszijn eigenlijk in bestond. 'Jij bent zo weinig Georgisch.'

Ik zag hem gniffelen.

'O ja? En waarom?'

Ik haalde mijn schouders op.

'Je bent vrij.'

'Vrij, ik?' Hij leek verbaasd.

'Ja, dat vind ik wel. Jij denkt zo weinig in categorieën en bent ondogmatisch. Het kan je niets schelen wat anderen over je zeggen. Je doet je ding. Daarom voel ik me zo op m'n gemak bij je.'

We keken elkaar lang aan. Zijn gezicht verraadde niets. Zijn ogen glansden onrustig, maar zijn gelaatstrekken waren strak, zijn lippen zaten stijf op elkaar. Ik tilde mijn hoofd op en kuste hem. Hij kromp in elkaar, hij beantwoordde mijn kus niet.

'Waarom doe je dat, Kipiani?'

Hij schoof opzij.

'Sorry, ik dacht dat jij het misschien ook wilde. Ik mag je graag, bij jou voel ik me vrij...'

Pas toen ik die gedachte had uitgesproken, werd ze voor mij concreet. Dat was misschien de reden waarom ik zijn nabijheid zocht. Ik genoot van het gevoel vrij bij hem te zijn en niet de Keto die ik dacht te moeten zijn. Ik was vrij van mezelf. Hij zag me zoals ik mezelf graag zou zien. Zijn norse afwijzing kwetste me duidelijk meer dan ik had verwacht en ik schoof ook opzij. Hij wilde opstaan, maar ik greep zijn hand, zijn aanwezigheid deed me zo goed, ik wilde niet dat hij wegging en me alleen liet met mijn bloedvlek, mijn machteloosheid en mijn woede. Ja, wat wilde ik eigenlijk wel?

Maar plotseling leek er iets in hem veranderd te zijn, hij had een besluit genomen. Hij knielde voor me neer, sloeg zijn armen om mijn middel en begroef zijn hoofd in mijn schoot.

'Ik mag jou ook graag... ik mag jou ook graag, Keto,' fluisterde hij. 'En ja, ik heb van iemand gehouden. Ze is met iemand anders getrouwd. Ik ben niet echt een vrouwenheld, misschien ben ik te eerlijk, daar houden ze niet van, daar houdt geen enkele vrouw van. Jij bent een uitzondering.'

Hij kuste mijn polsen, toen tilde hij mijn rok op en streek met zijn vlakke hand voorzichtig over het bebloede verband. Zijn aanrakingen waren teder, ze hadden niets opdringerigs, niets doortastends, niets dwingends. Het wonderlijke was dat ze zo vertrouwd voelden, terwijl ze toch heel anders waren dan die van de mannen die ik kende, ze waren erop gericht me te laten genieten. Ik moest dat eerst leren aanvaarden. Opeens kreeg ik zin om alle dingen te doen die ik met Levan niet mocht, waarvan Levan me altijd had weerhouden. Rezo, die lange man met zijn bleke, magere lichaam, stelde geen voorwaarden, trok geen grens tussen wat wel en niet geoorloofd was, zijn nabijheid verlangde geen concessies en legde me ook geen verplichtingen op. Hij leek even in de war toen ik zijn broek losknoopte, op zijn schoot ging zitten en zijn lichaam in bezit nam. Maar hij liet het toe en op een gegeven moment kwam de plagerige grijns om zijn lippen terug. Hij liet me mijn gang gaan, hij liet mij leiden, en met elke beweging, met elke verdere toenadering en toe-eigening vielen mijn twijfels een voor een van me af. Onze lust was niet vurig, niet kwellend, maar licht en speels, veranderlijk en afwisselend. Hij wekte niet die alles verslindende passie in me op, zoals ik die met Levan had leren kennen en waarvan ik dacht dat het de enig mogelijke vorm van liefde was. De lust met Rezo was op een wonderlijke manier vol humor en zonder beklemming. Ik was naakt en toch vrij van alle twijfel. Ik vroeg me niet af of ik mooi genoeg was en of mijn aanblik hem tevredenstelde. Het kon me niet eens schelen of hij me aantrekkelijk vond.

'Blijf je vannacht bij me?' vroeg ik.

'Als jij dat wilt.'

Ik realiseerde me dat ik op één nacht na, die we in een muffe, naar kamerplanten ruikende woning hadden doorgebracht, nog nooit naast Levan had geslapen.

Ik verlaat de 'Toverberg' en het sanatorium, ik laat het met bezwaard gemoed achter, loop verder naar de volgende wand, naar het vervolg van deze serie, waag me in het binnenste van het inferno. Een inferno dat in schril contrast staat met de schoonheid van de natuur die van deze foto's afspat: trotse palmen en uitbottende bloesems, een oneindig gladde zee, acacia's en amandelbomen. Ik stel me voor hoe ze met een vrachtwagen naar het front rijdt, naar een klein dorpje dat Achadara heet, slechts zes kilometer voor Soechoemi, waar werd gevochten om de spoorwegbrug, het knooppunt en de slagader van de stad. Op de foto die ik bekijk staat een half verwoeste brug over een onstuimige rivier met een stenige oever. Uit het gebombardeerde beton steken stalen stangen als een doornenkroon. Je ziet een lange rij militaire voertuigen. Op een paar van de auto's zitten soldaten, die geamuseerd in de lens kijken. Waarschijnlijk hebben ze plezier in de zeldzame aanblik van een jonge vrouw achter de camera, ze zijn vrolijk, een jonge soldaat met flaporen en een baseballpetje maakt het V-teken naar Dina.

Op een andere foto zie je haar mentor Posner en twee andere collega's snel ergens naartoe rennen. Later, toen ik informatie inwon om die foto's beter te kunnen begrijpen, hoorde ik wat de reden was van hun vlucht: de Abchazen waren al tot de rand van Soechoemi opgerukt, men vreesde een omsingeling, maar de Georgische autodidacten, die zichzelf moesten leren schieten en doden, hadden die dag geluk, ze wisten de groepen huursoldaten en Abchazen terug te dringen.

Andere foto's volgen: een soldaat met een soort raket in zijn hand roept iets. Een bevelhebber met een witte baard geeft een kleine brigade instructies. Een hondenmoeder en vier pups naast een kist vol handgranaten, eenzame kinderlaarzen op een smal pad. Daartussen steeds weer verlaten huizen, eenzame bloemen, een stralende hemel, stoffige straten, houten schuttingen, koeien in een wei, kapotgeschoten ramen van een leegstaand huis.

Als je ernaar kijkt denk je de lucht van zweet, vermengd met die van de dood, te ruiken. En ik... ik voel haar, de teleurgestelde, hongerige Dina, vernederd en bedrogen door haar liefde, leeg en uitgeput, die alleen nog wil functioneren en dat even perfect doet als een Zwitsers horloge. En ik voel mijn verlangen naar haar, naar het onzegbare tussen ons, dat begon bij de apenrots in de dierentuin van Tbilisi. Meer nog dan bij de gedachte aan de dood, die alom aanwezig is op deze foto's, grijpt de ontzetting me naar de keel bij de gedachte aan het leven met al zijn onvoorspelbare, meedogenloze, verpletterende wendingen.

En dan valt mijn oog op die ene foto, de foto waarop ik

al niet bedacht was toen ik hem voor het eerst zag. De foto van de roodharige jongen uit de dierentuin, hij hangt hier in deze serie en dat brengt me van mijn stuk, het schokt me diep. Ik heb sterk de neiging hem ter plekke van de wand te halen, ik wil hem naar die andere wand brengen, de wand met de foto van mij, mijn naakte angst en de aap. Daar hoort hij thuis, vlak daarnaast. Maar nee, de foto van de roodharige hangt ergens anders, hij is genomen op een andere plek, waar ik nooit ben geweest. Ik sta voor die foto met een mengeling van woede en ontsteltenis: ze heeft hem teruggezien. De man wiens leven vijfduizend dollar heeft gekost en van wie we niets wisten.

Het was in dat dorp Achadara op de dag dat ze al die foto's maakte en de oorlog een gezicht gaf. Ze kwam hem tegen en legde hem deze keer met haar camera vast, het onherroepelijke bewijs dat hij echt heeft bestaan. Dat hij nog in leven was. Hij, die zich vrijwillig had aangemeld bij het artilleriebataljon aan de rivier de Goemista en op die dag als door een wonder voor de tweede keer overleefde.

Het was zijn vlammend rode haar dat haar aandacht trok. Dina en haar team hadden zich in een leegstaand huis verschanst toen hij met een semi-automatisch geweer opdook en iets naar zijn kameraden riep, voordat er een paar meter verderop een granaat ontplofte. Dat was allemaal in slow motion gegaan, vertelde Dina me later, het was van een wonderlijke schoonheid geweest. Je ziet het aan deze foto, die iets dromerigs en teders heeft.

Hij kijkt in de camera, zijn bruine ogen zijn vriendelijk, maar zijn lichaam vertoont sporen van uitputting en angst, hij lijkt op een toneelspeler die in het verkeerde stuk is beland. Gewoon te jong voor die rol, voor ontploffende granaten en semi-automatische geweren. Hij is dat jongensachtige ook later niet kwijtgeraakt, altijd als ik naar hem keek verbaasde ik me daarover, voor mij bleef hij piepjong, alsof hij nog dezelfde leeftijd had als toen ik hem voor het eerst zag in de dierentuin.

Dina heeft over die ontmoeting slechts terloops verteld, maar één ding herinner ik me nog goed. Op haar opmerking dat ze haar leven en haar geluk niet had geriskeerd zodat hij later naar het front kon, had hij alleen gelachen en gezegd dat hij nu eenmaal een gelukskind was, dat hem niets zou overkomen. En hij had beloofd haar in geval van nood hier heelhuids uit te halen, omdat het nu zijn beurt was.

Ik bekijk zijn gezicht. De mimiek, de gelaatstrekken die ik soms exact terugvind in mijn zoon, alsof een meester een vervalsing heeft gemaakt. Sinds een tijdje hebben ze weer contact met elkaar, iets wat uitgaat van Rati. Hij liegt tegen me, hij wil me beschermen door me niets te vertellen. Ik speel het spel mee. Ik vraag me af of hij zelf duidelijk weet waarom hij opeens behoefte heeft aan een vader die achttien jaar afwezig was.

Ik wilde zin geven aan dat alles, ik kon gewoon niet accepteren dat wat er die middag in de dierentuin en daarna was gebeurd alleen een grotesk toeval zou zijn geweest. Ik kon me er niet bij neerleggen dat het leven zo de spot met ons dreef. Ik wilde die middag en alles wat er sindsdien mis was gegaan betekenis afdwingen. En hij moest me die betekenis geven, de sleutel tot het geheel, die hij echter niet had. Hij was gewoon een onbezonnen jongen, die jong wilde zijn, feest wilde vieren en een zorgeloos leven wilde leiden. Hij was iemand die het verleden kon laten rusten en ook de oorlog als een lastige vlieg van zich af kon schudden zodra hij veilige grond onder de voeten had. Hij had dat talent. Ik niet.

Maar uitgerekend hij was de enige die ik na de begrafenis in mijn buurt wilde hebben. Ik liet me door hem afleiden, iets wat toen niemand anders mocht, ik liet me door hem dronken voeren, meenemen naar willekeurige studentenfeestjes in willekeurige woningen, ik liet me door zijn onbeholpen troostpogingen en holle frasen verdoven. Zijn unieke talent om niet achterom te kijken was als een geheim medicijn, het enige waarvan ik dacht dat het me kon genezen. En toen hij op een winderige dag in april dronken voorstelde naar de eerste de beste kerk te gaan en te trouwen, leek me dat een teken dat ik niet kon weigeren.

Mijn zoon zal nooit te weten komen hoe zijn vader op het bericht van mijn zwangerschap heeft gereageerd. Ik zal hem nooit vertellen over die nacht dat ik de eenzaamste mens op deze planeet was. Ik wil geen medelijden. Dat heb ik mezelf gezworen.

Meteen zie ik die eindeloze weg voor me: van een flat op het Nutsubidze-plateau, waar we die avond met zijn vrienden feest hadden gevierd, liep ik terug naar de Wijnstraat. Nog nooit was ik zo sterk en zo zwak tegelijk. Ja, er zijn van die nachten in ons leven, een paar maar, waarna we nooit meer dezelfde zijn als daarvoor. Ook al jagen ze ons schrik aan en weten we niet hoe het verder moet, ze dwingen ons boven onszelf uit te stijgen.

Ik zal hem nooit vertellen dat ik heb getwijfeld of ik wel de moeder zou kunnen zijn die mijn kind verdiende. Ik zal hem nooit vertellen wat zijn vader, voor ik die nacht alleen op weg naar huis ging, tegen me zei: 'Wat wil je van me? Ik begrijp niet wat je van me wilt. Je houdt niet van de dingen waar ik van hou, je interesseert je niet voor de dingen waar ik me voor interesseer, je vindt mijn vrienden saai, je vindt mijn gespreksonderwerpen saai en toch blijf je bij me. Je gaat met me naar de kerk maar wilt niet met me samenwonen? Wat moet dat? Wat verwacht je van me? Dat ik boete doe? Moet ik voor je op mijn knieën vallen en je om vergiffenis vragen dat ik in leven ben gebleven, terwijl... Verwijt je me dat ik nog leef? Is dat het? En nu kom je me vertellen dat je zwanger bent en wil je dat ik de verantwoordelijkheid op me neem, zodat je uiteindelijk kunt zeggen: Zie je wel, ook dat is jouw schuld! Ik heb je niet gevraagd me te redden, ik heb je toen in de dierentuin niet gevraagd terug te komen, ik heb je niet gevraagd met me uit te gaan en met me te vrijen, ik ben gewoon iemand die blij is dat hij geluk heeft gehad en die zijn leven wil leven. Hou eindelijk op! Hou op met jezelf iets wijs te maken! Ik kan je toch alleen maar teleurstellen. Je zult me geleidelijk gaan haten, soms heb ik het gevoel dat je dat al doet. Van iemand die je haat moet je geen kind krijgen!'

Ik heb niets meer gezegd. Ik ben die nacht gewoon gaan lopen. Ik heb gelopen zonder stil te staan.

Maar zijn belofte heeft Gio gehouden: Dina verliet Abchazië half april, met honderden momentopnamen vol angst, hoop, bloed, verscheurdheid, wanhoop, moed en vrees. Alleen al in de vierentwintig uur van 16 op 17 maart vonden in Abchazië meer dan duizend mensen de dood.

En ik koesterde me in Rezo's armen.

Drie dagen voor mijn vertrek uit Istanboel, onderweg van de Hagia Kyriaki naar het water, schoot de laatste strofe van het gedicht me te binnen dat ik voor mijn vertrek, staande op een stoel, voor Oliko had willen opzeggen. Ik liep door de Çaparizstraat toen die regels als uit het niets in mijn hoofd opdoken, alsof iemand van het ene op het andere moment een zwaar gordijn had opgetild:

Ik kijk niet hoe het avondgoud wordt ingebed
Noch naar de zeilen die Harfleur haast binnenglijden;
En eenmaal bij je graf dan leg ik een boeket
Van groene hulst vermengd met bloesemende heide.

Ik werd overvallen door een vaag gevoel van onrust. Onderweg naar het kleine visrestaurant waar ik zou gaan eten met Rezo en een paar collega's van hem, die hij bij eerdere opdrachten in Turkije had leren kennen, sprak ik die regels keer op keer geluidloos uit. Steeds weer vormde ik ze met mijn lippen. Was het een afscheidsgedicht geweest, had baboeda afscheid van me willen nemen? Maar ze was toch niet ziek, ook al had ze te kampen met ouderdomsproblemen en was ze uitgeput en moe, nadat ze jarenlang al haar passie en energie had gestoken in de nationale beweging, die haar wereld helaas niet kon redden.

In het restaurant deed ik of ik aan de geanimeerde gesprekken deelnam, at zeevruchten en dronk koele witte wijn. Ik glimlachte vriendelijk als iemand me aankeek en gaf beleefd informatie over onze succesvol afgesloten opdracht. Maar in gedachten keerde ik telkens terug naar de schaars verlichte kamer van de baboeda's, ging aan het voeteneinde van Oliko's bed zitten en voelde haar warme hand in de mijne.

We gingen te voet terug, ik had Rezo een arm gegeven, hij vertelde iets, maar ik luisterde niet, ik was met mijn gedachten bij baboeda, de regels van Victor Hugo wilden gewoon niet uit mijn hoofd.

'Ik moet naar huis bellen,' zei ik toen we bij ons appartement waren aangekomen.

'Oké. Geef maar een seintje als je me nodig hebt,' zei hij, zoals gewoonlijk vol begrip wanneer ik alleen wilde zijn.

Bij wijze van uitzondering kreeg ik Rati aan de lijn. Zijn stem klonk dof en zwaar.

'Kan ik Oliko spreken?' vroeg ik meteen.

Er volgde een lange, onnatuurlijke stilte, daarna hoorde ik hoe mijn broer zijn neus snoot en zag zijn tranen voor me, die hij voor me probeerde te verbergen. Toen wist ik het al voor hij iets zei.

'Ze is er niet meer, Keto, ze heeft ons een maand geleden verlaten. Een plotselinge hartaanval, ze is 's avonds in de loggia in elkaar gezakt. Ik... ik vind het zo erg... we wilden het je niet meteen vertellen. Vader en Eter zeiden dat je toch niks kon doen, en je tijd in Istanboel...'

Ik zei niets meer. In plaats daarvan vormden mijn lippen geluidloos de regels die me de hele avond hadden achtervolgd: '... En eenmaal bij je graf dan leg ik een boeket van groene hulst vermengd met bloesemende heide.'

Dat gedicht had Victor Hugo opgedragen aan zijn jonggestorven dochter. Oliko was met het klimmen der jaren teruggekeerd naar haar kindertijd. Ze had afscheid van me genomen, ze had de rollen omgedraaid en ik had het niet begrepen. Ik had haar afscheid niet begrepen. Ik had helemaal niets begrepen.

Toen Rezo even later met een ontkurkte fles witte wijn voor mijn deur stond en voorstelde de avond samen op het balkon door te brengen, zei ik dat het een vergissing was geweest om met hem naar bed te gaan en zijn lichaam voor mijn vrijheid te misbruiken, dat hij me niet kende en ik hem niets kon geven, dat ik hem dankbaar was voor alles wat hij me had geleerd en alle kansen die hij me had geboden, maar dat ik nooit naar hem in Istanboel had moeten komen. Toen sloeg ik de deur voor zijn neus dicht.

ONS FEEST

Goega in het ziekenhuis. Een foto die ik niet ken. Dina moet hem daar hebben opgezocht. Zijn mishandelde gezicht, de zwellingen, de verminkingen, de sporen van geweld, de zwachtel om zijn hoofd, de gipsverbanden. Alleen zijn blik, zijn waterblauwe ogen lijken onbeschadigd, onveranderd. Dezelfde verbazing waarmee hij naar de wereld kijkt, maar vermengd met iets van verbijstering, alsof hij niet kan begrijpen wat hem is overkomen. Uitgerekend nu hij jarenlang zijn uiterste best had gedaan om in een onoverwinnelijke reus te veranderen, zijn angsten had getemd en gedresseerd, zich bij zijn gewetenloze broer had aangesloten en de vrouw naar wie hij zo lang had verlangd eindelijk aan zijn zijde waande, uitgerekend nu hij dacht aan de top te staan en zijn broer, de zelfbenoemde koning, hele bataljons staatslieden, lokale politici, politiemannen en tussenpersonen op zijn loonlijst had en de helse verdoving dus ongehinderd het land binnen kon sluizen, nu alle obstakels uit de weg waren geruimd en zelfs hun ooit oppermachtige oom was overwonnen – uitgerekend nu werd hij door twee gemaskerde ratten tot moes geslagen. Zijn ogen glanzen en kijken ietwat verlegen in de camera, alsof hij zijn miserabele toestand aan zichzelf te wijten heeft. Alsof hij niet aan de verwachtingen van deze keiharde wereld heeft voldaan, alsof zijn spieren nep zijn. Door haar lens zie je wat hij niet kan verbergen.

Ik vecht tegen de brok in mijn keel, ik kijk uit naar Nene, intuïtief wil ik haar voor deze aanblik waarschuwen, maar daar is ze al, zo meteen zal ze haar broer herkennen, zijn leed zal voor de honderdste keer herleven, ze zal hem in de ogen kijken, in zijn verbaasde, kinderlijke ogen, die tot het eind toe niet konden begrijpen dat de wereld hem niet gunstiger gezind was.

Nene komt naast me voor de wand met foto's staan, ik hoor haar ademhalen. De zaal begint leeg te lopen, misschien zijn sommige gasten al weg, gevlucht voor de foto's, die te veel gevraagd zijn voor een wellicht gepland etentje op een mooie, warme avond in mei. Misschien zijn ze ook al naar beneden naar de tuin, waar de party wordt gehouden. Zonder dat ik erbij nadenk gaat mijn hand in haar richting en pakt haar warme, enigszins klamme hand. Ze kijkt naar onze verstrengelde vingers, naar ons onverwachte pact en laat het gebeuren, ze trekt haar hand niet terug. De foto's hier vertellen onze geschiedenis, wij zijn hoofdpersoon en toeschouwer tegelijk. We hebben onze geschiedenis geaccepteerd, we zijn de confrontatie met de doden aangegaan, we zijn bereid hun de vereiste tol te betalen.

'Hij was zo mooi,' zeg ik.

En het is beklemmend om dat uitgerekend voor deze foto te zeggen, waarop hij zo misvormd is, amper nog zichzelf.

'Ja, dat was hij,' zegt ze, want ze weet dat ik de mooie, altijd een beetje wereldvreemde Goega voor me zie, een van de onschuldigste mensen die ik ooit ben tegengekomen en die door de wereld voor zijn onschuld is gestraft. Ze wendt haar blik niet af, ze geeft zich over, ze kijkt in zijn ogen, ze is tegen de herinneringen bestand. Ik pak haar hand steviger vast.

'Ik heb een sigaret nodig,' zegt ze opeens en ze maakt zich los en snelt naar buiten. Ik volg haar. Ik kan haar niet alleen laten. We belanden in de weelderige groene tuin, waar witte statafels en een dj-stand zijn neergezet. Kelners rennen af en aan. Ze haalt een slanke damessigaret uit haar tas en steekt hem op. Ze rookt nog net zo gejaagd als vroeger, alsof ze ook nu nog bang is dat haar moeder of haar oom kan opduiken en haar kan betrappen.

'Ik was al bang dat je niet zou komen,' zeg ik en ik vind het jammer dat ik geen glas wijn in mijn hand heb.

'Hoezo?' vraagt ze iets beheerster, de eerste trek schijnt haar te hebben gekalmeerd.

'Misschien vanwege Ira. Misschien ook vanwege mij.'

'Ik heb jou nooit veroordeeld, Keto. Dat weet je. Je bent op een gegeven moment gewoon uit mijn leven verdwenen. Zo gaat dat,' zegt ze. De licht sarcastische ondertoon in haar stem schijnt een verworvenheid van haar volwassen leven te zijn, die me treurig stemt.

'Ik weet het. Maar op een bepaald moment kon ik niet meer bemiddelen, ik stond tussen jullie in en elke verdere stap zou een keus voor een van jullie tweeën zijn geweest...'

'En daarom heb je gewoon je ogen dichtgedaan en ben je ondergedoken. Is dat wat je me wou vertellen? Ja, jij was altijd al de vredesduif, die wilde dat alles goed kwam, hè?'

Ik vecht tegen de neiging om haar de rug toe te keren en weer naar binnen te gaan. Het kost me moeite om niet beledigd te zijn. Haar wapens zijn scherp.

'We zijn niet enkel het een of het ander, hè?' zeg ik.

Dat bedachtzame in haar blik ken ik ook niet. Het onstuimige, spontane, lichtgeraakte dat zo kenmerkend voor haar was, lijkt opeens verdwenen.

'Ja, daar heb je gelijk in. Jij was degene die het evenwicht bewaarde, jij was degene die zich de meeste zorgen maakte, zich het hoofd brak, zich voor iedereen verantwoordelijk voelde. Ik weet hoe moeilijk dat voor je was.'

Ik sla mijn ogen neer, ik kan me nu geen sentimentaliteit veroorloven.

'Dank je,' mompel ik en ik kijk naar haar perfect geverfde, knalrode lippen, die de fijne, slanke sigarettenfilter omsluiten.

'Ik vind het zo onzinnig dat we zo lang geen contact hebben gehad,' begin ik voorzichtig. 'Ik weet niet eens meer waarom dat was...'

'O, ik zou wel een paar redenen kunnen noemen, daar niet van.'

Weer slaat ze die cynische toon aan, weer kijkt ze me spottend aan. Zou ze ook maar iets van heimwee naar ons voelen?

'Ze wilde je redden. Vergeet dat niet. Misschien was dat wel haar grootste fout.'

'Me redden? Schei toch uit... Probeer haar alsjeblieft niet in bescherming te nemen, dat kan ik nu echt niet gebruiken.'

'Bedenk wat je voor haar hebt betekend.'

'Ze is bezeten. Dat is ze altijd geweest. Dat is pathologisch en heeft niets met mij te maken,' zegt ze. 'Ze heeft mijn leven en dat van mijn familie verwoest. Dan gaat het niet om liefde, dat is geen zorgzaamheid. Het is enkel haar ego, het feit dat ze zich altijd wil bewijzen, in haar recht wil staan. Maar zo eenvoudig is het niet in het leven, nooit, dat zou jij toch het beste moeten weten, of niet?'

Ze kijkt me provocerend aan, haar ogen schieten vuur. Ze zinspeelt op Rati, op de vele overlappingen in onze biografieën. En weer kan ik er niets tegen inbrengen.

'Ik denk niet dat ze het zo wilde, ik denk dat ze iets heel anders van plan was,' probeer ik het voorzichtig weer voor Ira op te nemen.

Ze schudt driftig haar hoofd. 'Je zult me nooit van het tegendeel kunnen overtuigen. Ik zal het nooit met die theorie eens zijn. Het was puur egoïsme. Ze is bezeten. Moet je haar zien, ze is geworden wie ze wilde worden, en je ziet wat dat is.'

Ik wil haar tegenspreken, ik wil dat ze het van een andere kant bekijkt en haar woede laat varen, zodat we doordringen tot de kern van het conflict. Waar ze nooit over heeft gepraat, waar ze nooit iets van wilde weten. De oorsprong van de hele tragedie die zich tussen deze twee mensen heeft afgespeeld.

'Noem het zoals je wilt, maar je wist, je hebt al die jaren geweten wat ze voor je voelde.'

Mijn stem wordt afstandelijker, ik merk dat de oude wrok weer bovenkomt.

'Ja, alleen was haar liefde ziek!'

Ik deins achteruit, ze voelt het, ze kijkt me verontschuldigend aan.

'Nou ja, ziek... maar verplicht het mij ergens toe? Ik kan het toch niet helpen wat zij voelt! Is dat een excuus? Dat ze meende te weten wat voor mij, wat voor ons het beste was? Wie was daarmee geholpen? Behalve dat zij er naam mee heeft gemaakt.'

'Ze had het niet achter jouw rug om mogen beslissen, ze heeft zich bemoeid met iets wat haar niet aanging. Dat ontken ik niet, Nene, dat heb ik ook toen niet ontkend. Ik zeg alleen dat zij andere motieven had dan die jij haar in de schoenen schuift. Ira was niet uit op eigen voordeel.'

Natuurlijk moet ik denken aan Ira's donkere, vastberaden blik die middag vlak voor haar vertrek naar Amerika. Een blik die een beslissing aankondigde, die volgde op mijn biecht...

Nene geeft geen antwoord meer. Zwijgend staan we een tijdje te kijken naar een knappe serveerster die met glazen in de weer is.

'Ik heb nooit geweten wat ik met haar gevoelens aan moest. Ze was voor mij de grote zus die ik nooit heb gehad. Natuurlijk voelde ik wel hoe ze me soms aankeek. Ik ben niet blind. Alleen, wat had jij in mijn plaats gedaan? Dina, ja, Dina was misschien zo vrij geweest, die had misschien geweten hoe ze ermee om moest gaan. Maar ik ben Dina niet. In mijn wereld was het gewoon iets waar geen naam voor bestond, iets wat niet veel goeds voorspelde. Ik was bang om haar af te wijzen, ik wilde haar niet kwetsen, maar haar gevoelens heb ik nooit gedeeld.'

Ik ben haar dankbaar voor haar woorden en glimlach naar haar.

'Ik weet het Nene,' zeg ik zachtjes. En ik zie haar weer voor me, hoe ze me na mijn terugkeer uit Istanboel tegemoetkwam met de kleine Loeka op haar arm, Loeka met zijn grijze ogen, die kennelijk nog niet wist of hij de kleur ogen van zijn vader of zijn moeder moest aannemen. Wat was ik dankbaar dat ze me nodig had, ik haastte me bijna elke dag naar haar toe om urenlang de baby te wiegen, in die grote kamer bij het open raam, waardoor de lieflijke Tbilisische lente haar armen naar ons uitstrekte.

Loeka was een wolk van een baby, een rustig om zich heen kijkend dikkerdje met grote ogen van een onbestemde kleur, met volle wimpers en pikzwart haar. Ik kon het niet helpen, maar telkens als ik hem zag moest ik aan Saba denken, aan de groteske manier waarop hij aan zijn einde was gekomen.

Nene vervulde haar taak met bewonderenswaardig geduld. Ondanks het gebrek aan slaap waar ze voortdurend over klaagde, was ze door het moederschap tot rust gekomen. En die waardige, vredige trots die ze al tijdens haar zwangerschap had uitgestraald, was een vast onderdeel van haar karakter geworden. Haar jachtigheid was verdwenen, haar behaagzucht leek eveneens op de achtergrond te zijn geraakt. En hoewel je haar altijd perfect opgemaakt en in pompeuze kleren aantrof, had haar vroeger zo excentrieke verschijning niets vulgairs, niets provocerends meer.

Nene en haar ruime, lichte, naar rust en melk ruikende

kamer waren voor mij in de weken na mijn terugkeer uit Istanboel toevluchtsoord en oase tegelijk. Met de kleine jongen op mijn arm viel alles van me af en vergat ik mijn problemen, mijn ontevredenheid. Ik dompelde me onder in haar dagelijks leven, luisterde naar haar zorgen om de permanente eetlust van haar baby, zijn krampjes of zijn lichte slaap. Ze vertelde over Goega en zijn nieuwe liefde, hoe gelukkig hij met Anna Tatisjvili was. Ze vertelde over de zenuwslopende verhouding tussen Tapora en haar broers, over de verscheurdheid van Manana, die een grote last voor haar was. Het viel me op dat er ook een zekere trots in haar stem doorklonk als ze het over haar broers had. Hoe haar broers haar veilig naar het buitenland hadden gebracht, hoe ze haar hadden beschermd tegen de oppermachtige Tapora en onder welke druk ze sindsdien stonden. Ze klaagde over Manana's onvermogen om haar baby als haar kleinzoon te accepteren en van hem te houden. Weliswaar hielp ze haar dochter, kookte voor haar en zorgde dat het haar aan niets ontbrak, maar ze bouwde geen band op met het kind. Toen Nina Iasjvili op een dag op de stoep stond en haar kleinzoon wilde zien, veranderde Manana in een furie en krijste dat het Otto's kind was en hoe ze het in haar hoofd haalde hier zomaar op te duiken. Nene ging daarop stiekem met Loeka op haar arm naar de Wijnstraat en belde bij de Iasjvili's aan. Sindsdien ging ze geregeld bij haar officieuze schoonouders op bezoek en genoot ervan hoe dol de grootouders op hun kleinkind waren.

Het moet half mei zijn geweest toen het nachtelijke telefoontje kwam. Nene huilde aan de telefoon en kwam maar niet tot bedaren. Het duurde even voor ik begreep wat ze me wilde vertellen. Twee mannen hadden Goega op weg naar huis in de Dzierżyńskistraat overvallen en bruut in elkaar geslagen. Ze waren vermomd en hadden hem met geweerkolven bewerkt, tegen de grond gesmeten en met parachutistenlaarzen geschopt, hoofd noch handen waren gespaard, botten gebroken. Pas tegen de ochtend kwam het beslissende telefoontje uit het ziekenhuis: hij was buiten levensgevaar.

Nene was die nacht compleet hysterisch, ik was bij haar en wist niet om wie ik me meer zorgen moest maken, om haar of om haar broer. Ik voelde dat die afranseling een waarschuwing was; de vraag was alleen van welke kant die waarschuwing kwam, en ik hoopte vurig dat mijn broer er niets mee te maken had. Niet lang daarna werd er aangebeld. We waren alleen met Loeka en ik ging met bange voorgevoelens naar de deur, maar het was Dina die voor me stond. Sinds ik terug was, had ik haar nog niet gezien. Ik had haar gebeld, was bij Lika langs geweest, maar ze was er nooit en had ook geen contact met me gezocht. En nu stond ze volkomen onverwachts voor me, ik wist niet wat ik liever had gedaan: haar met kussen overladen of de deur voor haar neus dichtsmijten. Haar camera hing over haar schouder, haar haar was kortgeknipt, ze droeg een rafelige spijkerbroek en een geel, flodderig T-shirt. Ze straalde zoals altijd, geen oorlog leek haar tomeloze energie te kunnen aantasten.

'Ik kom uit het ziekenhuis. Het gaat goed met hem,' zei ze en ze liep zonder me te begroeten naar binnen. Ik had even tijd nodig om weer tot mezelf te komen, ik stond met knikkende knieën in de deuropening. Later zaten we in de grote keuken, tussen kruidenblikjes, jampotten en allerlei kookgerei, en spraken onze vermoedens uit over de mogelijke motieven achter de wrede aanval op Goega. Wie zat erachter, wat waren de mogelijke consequenties? Ik vroeg me de hele tijd af of Dina intussen Tsotne weer zag, of ze zijn camera gebruikte. Ik vervloekte hem.

'Nee, Tapora was het niet. Dat zou te ver gaan. Ik vrees eerder dat jouw broer erachter zit,' zei Dina met een zijdelingse blik op mij, terwijl ze een rood pakje Magna-sigaretten uit haar tas haalde. Nene was een beetje gekalmeerd en ging naar de badkamer om haar uitgelopen make-up af te wassen. Wij bleven samen achter. Loeka lag vredig in zijn wieg te slapen.

'Ik ben een paar keer bij jullie geweest, ik heb ook gebeld, je hebt nooit gereageerd,' flapte ik er opeens uit.

'Sorry, ik heb het druk.'

'Je gaat me uit de weg.'

'Je houding was duidelijk, toen in het ziekenhuis.'

'Je weet dat dat nergens op slaat. Ik was in paniek, ik maakte me zorgen om je...'

'Om mij? Nee, je maakte je zorgen om je broer. Je gaf mij de schuld, ben je dat al vergeten?'

Ik voelde dat ik tranen in mijn ogen kreeg. Ze leek zo zelfverzekerd, zo gevoelloos. Ik probeerde sporen in haar gezicht te ontdekken, sporen van de oorlog, iets wat ik niet kon bevatten. Maar ik zag niets.

Nene kwam terug, we kregen het weer over Goega en de mogelijke gevolgen van deze aanval.

'We moeten voor de zekerheid een soort vredesaanbod doen. Naar Tapora toe gaan. Dat zal hij van ons verwachten.'

'Wat voor vredesaanbod?' vroeg ik.

'Weet ik niet. Mijn moeder zeurt al de hele tijd aan mijn hoofd. Ze zegt dat ik de enige ben die hem kan vermurwen. Mijn moeder is compleet over haar toeren. De sfeer is verpest en nu ook nog dat met Goega... Waarschijnlijk wil hij dat ik trouw. Dat wilde hij de hele tijd al. Dat zou de enige manier zijn om zijn gezicht te redden, en daar gaat het hier altijd om, alleen daarom.'

'Dat zou pervers zijn,' viel Dina haar in de rede. 'Jij gaat om de dooie dood niet met een of andere idioot trouwen.'

'Welkom in mijn leven,' zei Nene berustend. 'Het heeft allemaal toch geen zin. Dan trouw ik gewoon weer en blijven mijn broers hopelijk in leven.'

We keken haar allebei onthutst aan. We waren volkomen sprakeloos. Hoe kon ze die mogelijkheid überhaupt in overweging nemen?

'Denk even goed na: Tapora kan hier onmogelijk achter zitten! Al is hij nog zo kwaad, hij zal zijn neven toch niet laten ombrengen,' zei ik met stemverheffing.

'Jij laat je van je leven niet nog een keer uithuwelijken!'

We keken allebei geschrokken in Dina's richting.

'Dezelfde ellende mag zich niet steeds herhalen.'

Dina's blik was bestraffend, meedogenloos, het was een nieuwe blik. Dat was dus de verandering, dat waren de sporen van de afgelopen maanden waar ik naar had gezocht.

'Dina heeft gelijk. Je bent geen lam dat zich vrijwillig naar de slachtbank laat leiden als er iets misgaat, in de hoop de goden gunstig te stemmen.'

Ik begreep niet hoe ze zulke masochistische gedachten zomaar kon toelaten. Na alles wat ze had moeten doorstaan. Maar ze zei niets meer, voor haar was de zaak afgedaan. En toen Manana met een strak gezicht uit het ziekenhuis terugkwam, lieten we moeder en dochter alleen en gingen naar buiten.

Al in het trappenhuis stak Dina een sigaret op. Het was een zonnige, warme dag, een dag om te zoenen. We liepen in de richting van het Vrijheidsplein. Plotseling bleef ze staan, keerde zich naar me toe en sloeg haar armen om me heen.

'Ik heb je zo gemist, Keto!' riep ze en ze drukte me tegen zich aan.

'Ik heb jou ook heel erg gemist!'

Ze pakte mijn hand en trok me, zoals zo vaak sinds we klein waren, achter zich aan, alsof ze mijn onverstoorbare gids was door het verwarrende, ondoorzichtige leven. Ik was opgelucht, ik was gelukkig, ik was dankbaar voor haar impulsiviteit, voor haar, ja, voor haar genade en haar indrukwekkende vermogen om van de ene stemming in de andere te vallen, zoals een achtbaan van de grootst mogelijke hoogte in de diepte stort om meteen weer omhoog te gaan. We namen een *marsjroetka* naar Vake en gingen een naar muizengif en vochtigheid ruikend pand binnen, dat ooit een openbaar gebouw was geweest – een archief, een kantoor? Ik weet het niet meer – en dat nu nutteloos en vergeten aan het verval leek prijsgegeven. Daar, op de derde verdieping, aan het eind van een donkere gang, maakte ze een gecapitonneerde deur open, en we kwamen in een deels verduisterd vertrek, waar het naar chemicaliën en kunststof rook. Het vertrek ernaast was een soort opslagruimte voor de schijnwerpers, er lagen ook een paar opgerolde doeken en reflectieschermen opgestapeld.

'Heeft Posner aan me afgestaan, te gek, hè?' verkondigde ze trots, alsof het een met de nieuwste technische snufjes uitgerust fotolaboratorium was in plaats van dit hol.

'Super!' riep ik enthousiast, aangestoken door haar blijdschap. Haar maakte het niet uit hoe het er hier uitzag, het belangrijkste was dat ze een eigen plek had voor haar passie.

De rest van de middag brachten we zwijgend in het donker door. Ik sloeg haar gade bij haar werk en voelde hoe ik met de seconde meer en meer terugkeerde in het hier en nu. Zij had Abchazië overleefd, ik was terug uit Istanboel. Meer was er niet nodig. Ik was bij haar en groef weer een tunnel naar haar hart.

Uitgerekend die dag zag ik voor het eerst de foto's die ze

in het dorp Achadara had gemaakt, zwart-witfoto's van de oorlog, waar ze verder geen commentaar bij gaf. En tussen die foto's, die aan een waslijn te drogen hingen, ontdekte ik ook het gezicht van de roodharige jongen, en mijn adem stokte.

'Dina, je hebt hem ontmoet? En mij daar niets over verteld?'

'Ja, hij heet Gio,' zei ze bijna wrevelig, toen ze me voor de foto zag staan. 'We zijn elkaar toevallig tegengekomen. En ja, ook hij is terug, ook hij is aan de oorlog ontsnapt. Wat verwacht je nu van me?'

Verwachtte ik iets van haar, een of andere verklaring? Waarom vond ik dat ze me over die onwaarschijnlijke, toevallige ontmoeting met de roodharige jongen had moeten vertellen? Omdat ik hem ook had gered, omdat ik vond dat hij ons beiden iets verschuldigd was? Op weg naar huis, ergens ter hoogte van het Mtsioeripark, werd ik zo door wanhoop gegrepen dat ik midden op straat bleef staan en op de eerste de beste stoeprand ging zitten huilen. Gelukkig was de straat op dit late uur uitgestorven, ondanks het zachte weer waren er amper mensen op de been. Ze kwam naast me zitten.

'Wil je hem leren kennen? Hij is aardig. Hij studeert voor ingenieur of zo. Maar ik denk dat het beter is om het los te laten, Keto. Jouw fout is dat je altijd weer terugkeert naar het verleden. En ja, voor het geval je het wilt weten: ik vraag me ook af hoe het geweest zou zijn als... Alleen zijn dat uiteindelijk zinloze vragen, die niemand verder helpen. We hebben toen een beslissing genomen.'

'Het was jouw beslissing, Dina. De jouwe.'

'Wat wil je daarmee zeggen?'

'Ik heb hem daar laten liggen. Ik had hem laten sterven.'

Ze stak weer een sigaret op en sloeg haar arm om me heen. Ik legde mijn hoofd op haar schouder.

'Jij zou ook teruggegaan zijn, ik ken je. Misschien pas wat later, als we de rivier al waren overgestoken, maar je was teruggegaan.'

'Ik heb het niet gedaan. Ik ben doorgelopen.'

'Hoe dan ook, we hebben hem niet laten liggen. Hij heeft het overleefd. Hij was met zijn vriend meegegaan, die om uitstel van betaling van zijn gokschulden wilde vragen. En ook aan deze oorlog is hij ontsnapt. Hij maakt het goed, hij leeft. Dat is het enige wat telt. Met je twijfels en je zelfverwijten help je niemand. Hou daarmee op,' voegde ze er bijna smekend aan toe. Wat deed het me goed om haar beschermende arm weer om me heen te voelen. Ik had altijd al het gevoel dat mijn ware bestemming in haar schaduw lag, dat ik alleen als schaduwplant kon bloeien.

'Waarom ben je naar Abchazië gegaan? Was je niet bang om te sterven?' Die vraag brandde nog altijd op mijn tong.

Ze zweeg even, nam een trek van haar sigaret, blies de rook uit en zei toen rustig: 'Ik voelde me daar nuttig.'

Ik schrok van die zin, maar ik zei er niets van. Ik moest het accepteren, ik moest met haar pijn leren leven.

'Ik wil dat je me fotografeert.'

Het was de eerste en de laatste keer dat ik haar dat vroeg. Vanuit de dringende behoefte mijn hart voor haar bloot te leggen, haar mijn ellende te laten zien. Ze moest begrijpen dat mijn pijn niet minder was dan die van haar. Ik wilde dat ze zag wat ik voor iedereen probeerde te verbergen en dat ik niet degene was voor wie ze zich moest afsluiten. Dat ik nog altijd bereid was alles met haar te delen: de innerlijke en de uiterlijke oorlog.

'Vreemd, ik dacht dat je daar zo'n hekel aan had,' zei Dina. 'Maar oké, doen we, heel graag zelfs. Ik zal aan Posner vragen of we bij hem in het atelier mogen, of we doen het morgen, ergens buiten, bij daglicht.'

'Nu!'

'Hoezo nu?'
'Laten we het nu doen.'
'Het is te donker, en bovendien ben ik heel moe.'
'Alsjeblieft.'
Iets in mijn blik moet haar duidelijk hebben gemaakt hoe serieus ik het meende. Ze aarzelde nog even, toen stond ze zuchtend op.

'Goed, laat me even nadenken. Maar ik zeg je, dat wordt niets, dat kan nooit veel soeps worden.'

'Laten we het toch proberen. Laten we teruggaan naar je atelier. Daar heb je schijnwerpers.'

'Dat is echt geen mooie plek, Keto, kom op.'

'Alsjeblieft, vertrouw me.'

Ze gaf toe. Langzaam liepen we in de richting van het Vakepark. Onderweg zag ik een kiosk die open was, en daar kocht ik van geld dat ik nog overhad uit Turkije een paar flesjes fris en een peperdure fles wodka. Met een kleine zaklamp zochten we de weg door de donkere gang, daarna maakte ze de gecapitonneerde deur open en waren we weer op de plek waar ze uren daarvoor haar foto's had ontwikkeld. In het vertrek ernaast deed ze een eenzaam peertje aan.

'Het bijzondere van dit gebouw is dat de stroom het haast altijd doet. Ze hebben een of andere leiding van de regering afgetapt, daarom is Posner hier destijds ingetrokken.'

Ik ontdekte een cassetterecorder in de hoek en zette hem aan. Er klonk een bluesy vrouwenstem, Dina hield van de lage klanken, het rauwe, doorleefde van een stem.

'Maak het je eerst maar gemakkelijk, dan installeer ik hier wat licht. Maar zeg achteraf niet dat ik je niet heb gewaarschuwd, kijk eens om je heen.'

Ik nam een grote slok uit de wodkafles en liep naar het raam, waar een doek vol vlekken voor hing. Nu ik dan een keer voor haar camera wilde verschijnen, wilde ze me iets bijzonders bieden. Maar hier voelde ik me precies op mijn plaats, dit was precies het goede moment. Mijn wens was broos en kon morgen al vervlogen zijn. Ik dronk me moed in. Tussendoor nam zij ook een paar slokken, we lieten ons wiegen door de fluwelige en enigszins hoerige bluesstem en ze monteerde twee kleine schijnwerpers op statieven. Toen ging ze op de grond zitten met haar camera op schoot, ze was er klaar voor. We dronken samen verder uit de fles en luisterden naar de muziek. Ik weet nog dat ik een linnen overall droeg die ik in Istanboel had gekocht en die ik langzaam begon uit te trekken. Ze keek verbaasd toe. Ze vond me preuts en had me daar niet zelden mee geplaagd.

'Wat krijgen we nou, Keto? Heb ik iets gemist?' vroeg ze en ze grijnsde van oor tot oor en vertrok haar gezicht na een slok lauwe wodka.

'Ik wil gewoon dat je naar me kijkt.'

Ik keerde haar de rug toe, legde mijn overall op de stoffige vloer, liet het shirt met korte mouwen vallen, haakte mijn beha los, trok mijn onderbroek uit en draaide me aarzelend weer om, liet haar mijn lichaam zien, mijn dijen vol littekens, het hele landschap van de wanhoop.

'Keto...' fluisterde ze alleen. Ze sloeg haar hand voor haar mond en staarde naar mijn littekens, alsof ze zich die stuk voor stuk inprentte. Ze wendde haar blik niet af, ze wendde haar blik nooit af.

'Waarom?'

Dat was de enige vraag die ze stelde.

'Ik denk dat je wel weet waarom,' zei ik en ik greep naar de fles. 'Vooruit, schiet op, anders bedenk ik me nog.'

Ze drukte op de ontspanner, bereid mijn nederlaag in al zijn pracht vast te leggen. En ik ging op in de muziek, in de bittere wodka, in haar harde, alles van me vergende en toch enig juiste liefde.

Later, heel veel later, hoorde ik hoe ze de foto heeft genoemd. Een titel als een uitdaging aan mij, net als mijn foto uit de dierentuin. *Ons feest* noemde ze ons uitdrijvingsritueel. En op haar duistere, macabere manier had ze gelijk om die foto zo te noemen, de foto waarop je me in het onbarmhartige licht met mijn benen vol waarschuwingstekens naakt ziet dansen. Ja, we vierden feest, het was een echt feest, een bedwelmend feest van verwoesting en bevrijding. Wat een geluksgevoel om het laatste beetje vertrouwen uit te drijven – en wie had dat geluk beter met me kunnen delen dan deze tovenares?

Ik ruk me los, kom langs een vrouw, een Georgische, in elk geval spreekt ze Georgisch met een gedrongen man. Er vallen woorden als 'afgrijselijk' en 'tragisch', ik weet zeker dat ze het over de foto van mijn falen hebben, over de in mijn lichaam gekerfde slagvelden die ze zojuist in de zaal hebben bekeken. Ik wil het niet horen, mij interesseren die oordelen niet, ze laten me koud. Ik zoek Ira, ik heb nu behoefte aan haar zelfverzekerde manier van doen, aan haar duidelijkheid. Opeens ruik ik de zo vertrouwde en geliefde seringengeur. En die geur brengt me op slag in ons hofje, op de gaanderij, een paar dagen na mijn terugkeer uit Istanboel, in de korte adempauze die het prachtige voorjaar ons gunde voor de volgende catastrofe. Ik rook die intense geur, die me even deed duizelen, draaide me om, want ik begreep niet waar hij vandaan kwam, van welke bloemenzee, maar inderdaad lagen er overal seringentakken. Waar moesten we die laten, wie moest ze water geven? We hebben nooit genoeg vazen, dacht ik, bovendien schaamde ik me om ze allemaal in mijn armen naar binnen te dragen. Het was nog maar kort na Oliko's dood, ik miste haar verschrikkelijk, ik mocht me niet onderdompelen in deze zee van gelukzaligheid. Maar even later hoorde ik voetstappen en zag ik hem de wenteltrap op komen, stralend, met weer aangegroeide krullen, met die lichtzinnigheid in zijn ogen, en mijn hart maakte een sprongetje.

'Vind je ze mooi?' vroeg hij en hij bleef op de laatste tree staan.

'Ja, ze zijn prachtig,' zei ik amper hoorbaar.

'Welkom thuis,' zei hij en ik voelde me schuldig om wat ik met Rezo's lichaam had gedaan en zo graag met het zijne had willen doen.

'Dank je.'

'Ik zal je helpen ze naar binnen te brengen,' zei hij en hij kwam de gaanderij op.

'Maar mijn broer...'

'Doet er niet toe. Doet er allemaal niet toe. Je broer zal zich erbij neer moeten leggen,' zei hij grijnzend. Ik had het gevoel dat ik flauw zou vallen van opluchting.

We raapten de bloemen op en brachten ze naar binnen. En ik dacht: nu komt alles goed, hij is terug, de man die met dit seringenpaarse vuurwerk eindelijk zijn liefde aan mijn voeten legt.

Alles loopt door elkaar, ik draag lachend dat betoverende boeket van beloften met hem naar binnen, terwijl ik tegelijk de foto van mijn lichaam vol littekens de rug toekeer en mijn eenzaamheid omarm.

Toen Ira me belde was het al te laat. Ik kon niets meer doen en sneed die nacht nieuwe kerven in mijn huid. Nene liet zich opnieuw naar de slachtbank leiden. Ze had ermee ingestemd met een zakenpartner van haar oom te trouwen.

De identiteit van de gemaskerde mannen die Goega in elkaar hadden geslagen werd nooit onthuld, maar iedereen in de familie leek het stiekem eens te zijn met Nene's theorie: het was een waarschuwingsschot. Manana smeekte haar kinderen zich met hun oom te verzoenen, anders waren nog meer ongelukken onvermijdelijk. Tsotne, bij wie het geld uit de pas aangeboorde bronnen steeds rijkelijker binnenstroomde, wilde er niets van weten. Het lag voor de hand dat zijn haat tegen Tapora alleen nog maar toenam door wat Goega was overkomen. En Manana drong er bij Nene op aan de rol van bemiddelaarster op zich te nemen en haar oom tegemoet te komen.

Manana's gezondheid ging in die tijd met de dag achteruit, haar migraineaanvallen werden steeds frequenter en steeds heviger, ze was niet meer in staat de dagelijkse dingen te doen. Nene was gedwongen niet alleen voor haar kind te zorgen maar ook voor haar moeder, die haar verduisterde kamer niet meer uit kwam. Toen er in juni een bloedprop werd ontdekt, die nog net op tijd kon worden verwijderd, vatte Nene dat als een teken op. Ze ging bij haar moeder aan het bed zitten en vroeg wat ze moest doen.

Er werd op de deur gebonsd. Maar weinig mensen hadden weet van deze plek. Dina kromp ineen van schrik, sloot de donkere kamer af en liep via de opslagruimte naar de deur.

'Wie is daar?'

'Ik ben het, Tsotne.'

Zijn stem klonk onheilspellend. Ze was verbaasd dat hij haar had gevonden, maar hij wist alles, natuurlijk wist hij alles wat hij over haar moest weten. Ze rukte de deur open. Zijn ogen waren rood. Ze vroeg zich af of ze hem ooit had zien huilen en herinnerde zich toen weer die keer dat hij haar die overdreven diamanten ring had gegeven en ze zijn vochtige ogen had zien glanzen. Nu viel hij haar gewoon in de armen.

'Het is allemaal voor niets geweest, ze doet het echt, er

valt niet met haar te praten, ze blijft maar herhalen dat ze het voor de familie moet doen. En van mij eist hij dat ik met de familie breek. Pas dan laat hij ons met rust. Ik ben zijn neef niet meer. En Nene... shit, wat kan ik nog doen, mijn eigen oom neerknallen?'

Ze keek hem aan en begreep dat de slag verloren was. Ze liet hem zwak zijn, hield hem vast, ving zijn wanhoop op.

Ik weet niet meer hoelang ze daar stonden. Ten slotte maakte ze zich los uit de omhelzing, pakte zonder iets te zeggen de metalen stang die ze gebruikte om haar reflectieschermen te bevestigen, liep de gang in, die door het schijnsel uit de opslagruimte werd verlicht, en sloeg tegen de muren, de deuren van de leegstaande kantoren, de oude dossierkasten en tafels, ze sloeg alles kort en klein wat ze tegenkwam. Hij liep achter haar aan, maakte geen aanstalten om haar razernij te stoppen. Toen ze klaar was, tilde hij haar voorzichtig op en droeg haar naar de opslagruimte, waar ze vlak daarvoor mijn machteloosheid had vastgelegd. Toen kuste hij haar zo teder alsof het de laatste kus was die hij de dood afdwong.

Kote Boekia. Ja, die korte en onschuldig klinkende naam duikt plotseling weer in mijn geheugen op. Hoelang heb ik niet meer aan hem gedacht? Ik heb hem maar een paar keer gezien en toch is hij nog altijd aanwezig. Hij was een zakenpartner van Tapora in Moskou, achttien jaar ouder dan Nene en actief in de bouwmaterialenbranche, of had hij een granietfabriek? In elk geval was hij via Tapora aan zijn startkapitaal gekomen en voelde hij zich vanwege – of ondanks – zijn succes tegenover hem verplicht. Kote had zich laten scheiden omdat, zo werd er gezegd, zijn vrouw geen kinderen kon krijgen en hij niets liever wilde dan nakomelingen. Ik zie hem voor me, tot in de puntjes verzorgd en aalglad, het prototype van de kapitalistische parvenu, die in die tijd op het oostelijke halfrond nog zeldzaam was, de zakenman die werd bewonderd omdat hij zo slim was het aanbreken van een nieuw tijdperk te zien aankomen en de overgang naar de vrije markteconomie handig en gewiekst wist te benutten, maar die om precies dezelfde eigenschappen scheef werd aangekeken en veracht. Kote Boekia had net zo goed een miezerige verzekeringsagent kunnen zijn, een accurate man met een kalend hoofd en een bezorgd gezicht, als dat dure geurtje, het zware polshorloge en het maatpak er niet waren geweest. En toch kon je je niet onttrekken aan het gevoel dat zijn galante manier van doen gekunsteld en aangeleerd was. Toen hij aan me werd voorgesteld, moest ik bijna lachen, zo absurd leek me die saaie, van de gangbare attributen van de rijkdom aan elkaar hangende man naast de hartstochtelijke en excentrieke Nene, alsof je een hamster naast een tijger zette.

Manana had ons voor het officieuze verlovingsfeest uitgenodigd. Over een paar dagen zou het toekomstige bruidspaar naar Moskou vliegen. Tsotne was niet op het feest verschenen. Goega speelde weinig overtuigend voor bemiddelaar en zat in een spagaat tussen de verloofde en zijn broer, aan wie hij loyaal wilde blijven. Nene had haar gebruikelijke masker van zorgeloosheid opgezet. Ik stond weer eens versteld van haar kracht. Kote leek Loeka welgezind, hij aaide hem voortdurend over zijn bol, alsof hij met het oog op de toekomst zijn liefde voor kinderen wilde demonstreren. Van Tapora's breedvoerige, eindeloos durende toostredes op het nieuwe paar werd ik onpasselijk. Het was een huichelachtig galgenmaal en wij waren miserabele toneelspelers.

VERDOOF ME

Ik ga terug naar de zaal en heb niet gemerkt dat Nene me is gevolgd en bij me is komen staan. Ze ruikt naar abrikozen en naar jeugd, hoe doet ze dat, vraag ik me af. Ik moet me inhouden om haar niet aan te raken. Ik ben aangeschoten, word sentimenteel, ik zou met een grote boog om de kelners die me zo royaal drankjes aanbieden heen moeten lopen. Nene geniet van haar privileges en nipt van haar wodka-martini met veel citroen, zoals ze hem graag drinkt. De gewone stervelingen drinken wijn, maar madame Koridze heeft ook hier een uitzonderingspositie. Wat zou de jonge kelner van haar verwachten? Nog nieuwsgieriger ben ik of zijn avances vanavond zullen worden beloond. Ik vind het amusant, dat ongelijke, stilzwijgende pact dat de twee voor een paar uur hebben gesloten – met onzekere afloop. Maar Nene wil weer trouwen, Nene is verliefd, ze wil het nog één keer proberen, ze zal haar zoektocht nooit opgeven, ze zal nooit ophouden het geheim van de liefde te ontrafelen. Ik erger me aan die naïviteit. Ze zou de liefde allang overwonnen, ontmaskerd, met haar leven weerlegd moeten hebben, maar ze wil het meisje dat ze ooit was koste wat het kost in zichzelf vasthouden, het stuk kindertijd beschermen dat haar herinnert aan een onbezoedeld geluk. Ze zal op haar tachtigste nog naar abrikozen en naar jeugd ruiken, wanneer Ira en ik allang twee verschrompelde oude vrouwtjes zijn, die elke mildheid afwijzen en zich verheugen in de meedogenloosheid van de ouderdom. En toch hou ik juist daarom van haar, daarom houden we allemaal van haar, hebben we dat altijd gedaan, en tegelijk schudden we ongelovig ons hoofd. Zoals ik op deze avond, waarop ze met die minstens twintig jaar jongere kelner flirt. Tot haar volgende bruiloft kan er nog veel gebeuren, het hele leven kan naar de filistijnen gaan, de tijden kunnen nog een keer veranderen – wie zou dat beter moeten weten dan zij?

Nene en ik staan te kijken naar een zelfportret van Dina. Ik hou niet van die foto. Ik vind hem zo hard, zo wreed, ik weet niet hoe ik het gevoel moet omschrijven dat me bij het zien van die foto bekruipt. Wat haatte ik die tijd, Nene's eerste maanden in Moskou. Hoewel ik niet eens zeker weet of deze foto in die periode is gemaakt.

We kijken naar de foto met alweer een misleidende titel. Een zelfportret van Dina met ontbloot bovenlichaam. Niet veel mensen zullen de betekenis van de opmerkelijke compositie en de titel begrijpen. Maar voor mij is die helaas maar al te duidelijk: de foto is één groot verwijt en de titel een nalatenschap voor mij. En ja, ik heb in de jaren na haar dood bijna voorbeeldig aan haar oproep gehoor gegeven.

Ira voegt zich bij ons. Meteen voel ik de spanning, de verscheurdheid weer, de druk om tussen hen te moeten kiezen.

'Een vreselijke foto,' zegt Ira, alsof ze onze gedachten heeft geraden, en ik verwacht een snibbig commentaar van Nene.

'Ze haat zichzelf en ze haat ons, die ernaar kijken,' stelt Nene vast en ik voel Ira's opluchting, zie haar mondhoeken trillen, zie haar diep ademhalen, alsof ze voor het eerst echt lucht krijgt.

'Ja, omdat niemand haar helpt, omdat iedereen accepteert wat er is gebeurd voordat die foto werd gemaakt,' voeg ik eraan toe.

'Was dat niet na die vreselijke party?' vraagt Nene.

'Ik zat zeker nog in Pennsylvania?' wil Ira weten.

'Ja, klopt allebei.'

Ik moet het tenslotte weten, ik ben de cartografe, ik hou het logboek bij, ik moet me alles voor ons drieën herinneren, ik heb in mijn hoofd een archief ingericht waarin elk tijdsdocument zo nodig voor het grijpen ligt, dat is waarschijnlijk de straf die ik mezelf heb opgelegd. Geen ramp, geen tragedie wordt uit mijn geheugen gewist, geen debacle aan de vergetelheid prijsgegeven.

Ira en Nene kijken elkaar aan. Vanwege mij, vanwege mijn rol in de naamloze constellatie waarin het verleden en deze foto's ons dwingen, sluiten ze voor even een verbond en gniffelen om elkaar te verzekeren dat sommige dingen nooit veranderen.

'Zijn jullie na dat feest niet uit elkaar gegaan, jij en Levan?' wil Nene weten.

'En voor de hoeveelste keer wel niet,' luidt Ira's enigszins hatelijke commentaar en als Nene haar vermanend aankijkt, voegt ze eraan toe: 'Wat nou? Het is toch zo? Hoe vaak Keto me niet heeft geschreven: "Nee, nu is het zover, nu is het definitief uit, het heeft geen zin meer", om meteen in de volgende brief weer met hem weg te lopen.'

Ze glimlacht zelfvoldaan en Nene schudt haar hoofd, al is het eerder een speels gebaar, een echo uit voorbije tijden, alsof ze zich net als vroeger liefdevol over Ira opwindt.

'Niet helemaal. Ik moet de feiten op een rijtje zetten...'

'Ik zou zeggen dat dat feest het begin van het einde was.'

'Ze had die schoft die nacht waarschijnlijk vermoord, als...'

Ze luisteren allebei aandachtig naar me. Vanaf de grote foto staart Dina ons aan, met haar zware, blote borsten waarop VERDOOF ME staat, geschreven met een zwart kohlpotlood. Ze staart ons aan met haar toegetakelde gezicht, met zoveel woede in haar ogen, zoveel verbijstering en zoveel kracht, dat je er akelig van wordt. In haar linkerhand houdt ze een stoelpoot, haar schoot is bedekt met een gescheurde lap die aan een Georgische vlag doet denken. Op de achtergrond hangt een ingelijste krantenfoto aan de muur, waarop je vaag een jong stel in traditionele klederdracht bij een klassieke Georgische paardans ziet, hij in het zwart, zij in het wit, zij voor hem, zwevend, zacht, hij achter haar, met uitgestrekte arm, haar beschermend. Ik lees telkens weer de woorden op haar borsten met de bleke tepels. En ik denk aan de klaagzang die ze op de donkere weg naar huis tegen me hield.

Een al wat ouder stel in decente, maar dure kleren en gehuld in een chique parfumwolk komt naar ons toe. Zij is Georgisch, ze spreekt ons direct aan, maar haar Georgisch heeft al een accent, een Frans accent. Ze begroet ons met onze naam alsof ze een oude bekende is. Dan stelt ze haar Belgische man aan ons voor. Het zijn verzamelaars, ze bezitten al een paar 'Pirveli's', zoals ze zegt. Ik zou haar het liefst in haar gezicht spugen, voor haar zijn deze foto's niets anders dan geldbelegging. Voor ons zijn ze het tastbare bewijs van ons verwoeste, gewonde leven. Ze zwetst een eind weg over die afschuwelijke foto, over de feministische benadering, en ik denk bij mezelf: Ja, Dina had een feministische benadering, die avond helemaal, en haar feministische benadering, haar theoretische onderbouwing waren knipmessen en stoelpoten. Maar ik betwijfel of die vrouw dat zou begrijpen, dus zeg ik niets en doe alsof ik naar haar luister. Haar man neemt in zijn diplomatenengels deel aan ons gesprek en herhaalt een paar keer dat het toch zo bijzonder is om ons drieën hier te ontmoeten. Ik vraag me af of wij in zijn ogen misschien ook geschikt zijn als beleggingsobject, of wij ook – in het echt of alleen in zwart-wit – als kunstwerk zouden kunnen dienen, als levende installaties misschien. Op een gegeven moment richt hij zich tot mij en zegt met een hautain lachje: 'Ik hou van die foto van u, van die met de littekens. Dat is werkelijk een geniaal kunstwerk.'

'Ik hou er niet van. Eerlijk gezegd vind ik hem waardeloos.'

Ik weet niet wat er op zijn gezicht te lezen staat. Ik keer hem de rug toe.

De julihitte overviel ons en ik gaf me onbekommerd en uitgehongerd over aan mijn roekeloze, zomerse, door de zee van seringen aangekondigde geluk. Levan leek een ander mens. Dat mijn broer hem als straf voor zijn openlijke keuze voor mij buiten de zaken hield en geen woord met hem wisselde, leek hem net zo weinig te kunnen schelen als dat hij Otto nog altijd niet had opgespoord.

Hij deed mal, kinderlijk en was altijd in voor grappen, we reden met zijn auto door de zweterige stad, luisterden naar keiharde muziek, kusten elkaar hartstochtelijk op elke kruising, maakten uitstapjes naar de omliggende meren en benutten elke gelegenheid om samen te zijn. We praatten niet meer over wat geweest was, verklaarden elkaar onze liefde en sloten een pact met die liefde. Als ik hem thuis opzocht, trokken we ons terug in zijn kamer, deden de deur op slot en dan speelde hij iets voor me op zijn doedoek, en elke keer als hij dat deed werd ik opnieuw verliefd op hem. We waren twee zomerkinderen, die oneindig veel in te halen hadden. Mijn vertrek had hem wakker geschud, mijn afwezigheid had hem duidelijk gemaakt wat hij op het spel zette, benadrukte hij keer op keer.

Ik vond het best, ik vond alles best, behalve dat hij onze lichamen een taal opdrong die me vreemd was en die ik niet begreep. Hij floot mijn handen terug, belette me mezelf te vergeten, de controle los te laten, hij stond me niet toe het ritme van onze zwoele zomeravonden te bepalen, nieuwe continenten te verkennen. Op bepaalde dingen rustte een onuitgesproken taboe, bepaalde gebaren en voorkeuren waren voor hem toelaatbaar, andere ondenkbaar. Ik werd onzeker van die regels, die ik niet kende en waartegen mijn lichaam in opstand kwam, die me beperkten en beledigden. Uit angst iets verkeerd te doen durfde ik amper nog mijn lust te tonen, mijn wensen duidelijk te maken en wachtte ik voortdurend op signalen van hem om vervolgens gepast te reageren. Een andere uitdaging die zomer was om mijn littekens voor hem te verbergen. Dat werd een obsessie. Nu eindelijk alles goed was, de dingen eindelijk in orde leken te komen, mocht ik dat broze geluk niet in gevaar brengen. Mijn zelfverminking was iets wat niet paste bij die mooie, gave uren, iets wat onze onbekommerde liefde op de proef kon stellen, en anders dan bij Dina en Rezo wilde ik bij hem dat risico niet lopen.

Hij schoof mijn gril dat ik me nooit helemaal wilde uitkleden op meisjesachtige schroom. En ook al hoopte een deel van mij dat hij dieper in mijn afgrond wilde kijken, accepteerde hij het en plaagde me ermee. Ik begreep toen niet dat een meisje dat zich tegenover een man geneert, gewoon in zijn wereld paste. Maar ik paste daar niet in, en hoe meer tijd we samen doorbrachten, hoe meer ik probeerde door de achterdeur in die wereld binnen te komen, hoe verontrustender de verschillen tussen ons werden.

Op dat verjaardagsfeest in Bakoeriani, waar ik samen met Dina en hem naartoe ging, drong het met tragische duidelijkheid tot me door dat onze intimiteit al die tijd een wankele basis had gehad, ik had moeten aanvoelen dat ze vroeg of laat zou instorten.

Het was een vrolijk feest, de stemming was uitgelaten. We waren met verschillende auto's naar de bergen gereden. De jarige was een gemeenschappelijke vriend van Rati en

Levan, maar pas toen duidelijk was dat Rati vanwege zijn zaken verhinderd zou zijn, besloten we erheen te gaan. Dina, die dat weekend vrij had, wilde ook mee, waar ik blij om was, want ze had in die tijd veel last van stemmingswisselingen, die ik niet altijd kon volgen en niet kon plaatsen. Het ene moment zat ze er helemaal doorheen en was ze apathisch en lusteloos, het volgende moment bruiste ze van energie, bedacht telkens iets nieuws en overlaadde me met haar genegenheid en tederheid. Die dag leek ze in topstemming te zijn. Sinds Levan had horen fluisteren dat Dina iets met Tsotne had, deed hij enigszins afstandelijk tegen haar. Tegenover mij probeerde hij het onderwerp uit de weg te gaan.

Het was een weldaad om de hitte in Tbilisi te ontvluchten, de frisse berglucht maakte ons allemaal euforisch, op het brede terras waren tafels gedekt, in de tuin werd gebarbecued, later werden er petroleumlampen aangestoken. Een paar vrienden speelden gitaar en zongen Georgische liedjes. Ik kroop tegen Levan aan en genoot van de normaliteit, genoot ervan daar officieel als zijn vriendin te zijn, genoot van zijn kleine, tedere gebaren.

Zoals verwacht stond Dina die avond in het middelpunt van de belangstelling. Anders dan Nene, die onmiddellijk de aandacht van alle mannen op zich vestigde als ze ergens binnenkwam, was Dina iemand die mensen niet zelden van zich afstootte. Maar degenen die oog hadden voor het bijzondere aan haar, deden alles om haar aandacht te trekken. En terwijl de belangstelling voor Nene snel verflauwde, was het bij Dina precies andersom: pas na verloop van tijd ontplooiden zich al haar charme en de speciale energie waarmee ze anderen wist te fascineren.

Maar ik kon die avond amper iets drinken, het zat me niet lekker dat Dina zich met haar opgefokte gedrag ook aan die mannen overleverde. Hun nieuwsgierigheid naar haar stond in schril contrast met haar geringe interesse in hen, en dat conflict moest wel tot ontlading komen, ik voelde de spanning bijna lichamelijk groeien. Aangemoedigd door ettelijke glazen wodka uit de eigen stokerij van de ouders van onze gastheer werden de mannen frivoler en hun tongen losser, het dingen naar Dina's gunst nam steeds buitenissiger vormen aan. Alleen Levan werd steeds stiller, zijn blik was naar binnen gekeerd en zijn wrevel leek zich tegen mij te richten. Het was alsof hij mij strafte voor de vrijmoedigheid van mijn vriendin, die wild danste op de muziek uit een cassetterecorder op batterijen. De mannen begonnen om haar heen te draaien, het was een bijna grotesk schouwspel. En toen gebeurde het: een van hen greep naar haar borsten en ik zag als in slow motion hoe Dina die bebaarde beer van een kerel van zich af duwde. Dina kon volkomen onverwachts een enorme fysieke kracht ontwikkelen als ze zich bedreigd voelde, de man struikelde, smakte tegen de balustrade en liet een knetterende vloek horen.

'Vuile klootzak!' siste Dina en het leek of ze tot de aanval wilde overgaan. Iets in het gezicht van die kerel maakte me duidelijk dat hij niet bepaald van de beleefde en welopgevoede soort was en deze blamage en openlijke vernedering niet over zijn kant zou laten gaan.

Levan en ik sprongen op, ik rende naar Dina en schermde haar van haar vijand af. Die was overeind gekomen en stond met één sprong voor haar, greep haar bij haar haar, sleurde haar over het terras en braakte vreselijke obsceniteiten uit. Ik was zo geschokt door zijn woorden dat ik ontzet en als verlamd toekeek. Ik hoopte dat de anderen zouden reageren. De vrouwen waren alle kanten op gevlucht en keken geschrokken en tegelijk met leedvermaak in onze richting, een paar mannen probeerden vergeefs de woesteling tot bedaren te brengen.

Er is weinig waar je op Georgische feesten op kunt rekenen, maar van één ding ben ik altijd zeker geweest: een man zou, althans publiekelijk, nooit zijn hand opheffen tegen een vrouw. En als het toch gebeurde, zouden de anderen hem snel tot rede brengen. Dat die ongeschreven Georgische wet in dit afgelegen bergdorp met voeten werd getreden, schokte me bijna net zo erg als de woordkeus van die naar alcohol stinkende man, die met geen mogelijkheid tot bedaren te brengen was.

Ondanks halfslachtige pogingen om hem bij Dina weg te trekken sleurde hij haar nog steeds over de grond. Dina vloekte, maar kon zich niet uit zijn greep bevrijden. Waarom deed niemand iets? Waarom sloegen ze hem niet buiten westen, waarom belette niemand hem met dit walgelijke spektakel door te gaan?

Een paar tellen later hoorde ik Levan achter me tekeergaan. Hij liep op de man af en hief zijn vuist, ik zag hoe de kerel hem in het gezicht sloeg, hoe hij tegen de vlakte ging, een andere jongen kreeg ook een dreun en zakte door zijn knieën. Ik hoorde vrouwen gillen, zag de jarige wegrennen en zag mezelf als door een lens van buitenaf: hoe ik Dina om haar middel greep om haar uit de klauwen van dat monster te bevrijden. Ik voelde hoe ik tegen de grond ging, even werd alles zwart. Toen ik mijn ogen weer opendeed, zag ik de kolos, die nog razender geworden leek, ik hoorde hem vloeken en wist opeens zeker dat hij ons zou vermoorden.

'Hou op, Paata, hou op!' hoorde ik de stem van de jarige. 'Het is toch maar een meisje, laat haar los, laat haar verdomme los...'

Ik dacht dat ik nu Levan weer hoorde schreeuwen, maar het haalde niets uit, de man was al bijna met haar bij de trap naar de tuin – was ze soms bewusteloos? Maar toen zag ik dat Dina een stoel te pakken kreeg en die tegen zijn kuiten ramde. Hij brulde zo hard dat ik dacht dat mijn trommelvliezen zouden scheuren, hij liet haar los en kromp ineen, maar bleef haar overladen met obsceniteiten.

Dina sprong bliksemsnel overeind, maar in plaats van de gelegenheid aan te grijpen om ervandoor te gaan, pakte ze de stoel en sloeg hem op de grond in stukken. Gewapend met een stoelpoot stevende ze op het gewetenloze beest af, dat stond te tieren bij de trap. Toen zag ik pas dat ze bloedde uit haar neus en haar mond. Maar voor ik iets kon denken of voelen, liet ze de stoelpoot uit alle macht op zijn gekromde lijf neerkomen, telkens opnieuw. Ze deed dat zo genadeloos dat het bloed in mijn aderen stolde. Dit, dacht ik, dit zijn de sporen van haar uitstapje naar de zee, naar de zee van de uitgedoofden. Of waren het de sporen van iets wat begonnen was op een vochtige middag in februari? Waar kwam die wreedheid, die blinde woede vandaan? Was het misschien verzet, opstand tegen alles wat al jaren om ons heen gebeurde, wat als een orkaan alles ontwortelde, alles uit de grond rukte, alles verwoestte wat ons ooit dierbaar was geweest?

Op een gegeven moment kwam ik in de donkere tuin tot mezelf. Dina stond hijgend voor me, ze bloedde en was buiten adem. Ze ging niet meer tekeer, maar de stoelpoot had ze nog steeds vast en ze zou hem ook niet meer loslaten, de hele weg terug naar Tbilisi hield ze hem in haar vuist, als herinnering, als waarschuwing, misschien zelfs als een boodschap voor zichzelf.

Levan kwam naar ons toe, hij bloedde eveneens uit zijn neus, zijn trui was gescheurd. Ook de gastheer kwam. Boven ons flonkerde een oceaan van sterren en ik vroeg me af wanneer ik voor het laatst zo'n indrukwekkende verzameling hemellichamen had gezien, ik herinnerde me niets wat hiermee te vergelijken was. Een van de twee had een zaklamp, die een zinloze lichtkring op de grond wierp. Van boven klonk opgewonden geroezemoes. De woesteling liet zich niet meer horen.

'Dikke shit, Dina!' zei Levan en hij boog zich naar haar toe, terwijl hij met zijn handen op zijn knieën steunde als een marathonloper die vlak voor de finish buiten adem raakt.

'Wie is die smeerlap in godsnaam?' wilde ik weten en ik keek de jarige aan. Mijn hele lijf trilde, alsof ik hoge koorts had, ik kreeg de woorden amper over mijn lippen.

'Dat is Paata Gagoea, zijn vader zit in het parlement,' legde de gastheer uit, alsof dat het belangrijkste was wat er over die gast te zeggen viel. De boodschap was duidelijk: we hadden geen schijn van kans tegen Goliath.

'Verdomme, jullie hebben je als gekken gedragen! Nu zitten we allemaal in de shit.'

Levan stond nog in dezelfde houding en had zijn hoofd gebogen. Ik kon het niet geloven.

'Wat wil je daarmee zeggen?' vroeg ik dreigend.

'Je wilt me toch niet serieus vertellen dat ze zelf geen schuld heeft aan dit hele gedoe?' Hij kwam met een ruk overeind en ademde me in mijn gezicht.

'Schuld? Wij? Die vent is gestoord, compleet gestoord!' Van verontwaardiging kon ik amper praten. 'Hij had haar wel kunnen vermoorden...' Ik was verbijsterd dat Levan de verantwoordelijkheid voor deze geweldsuitbarsting kennelijk bij ons legde.

'Zoals zij zich gedraagt, als een...'

Nu liet Dina van zich horen: 'Nou, zeg het maar, als een slet, bedoel je? Zo zie jij mij dus, Levan Iasjvili?'

Levan was duidelijk overrompeld door die directe vraag. Hij leek al bang voor de mogelijke consequenties, ik kon zijn angst gewoon ruiken. Maar er kwam nog iets.

'Is het niet genoeg wat je Rati hebt aangedaan?'
'En wat heb ik hem volgens jou dan aangedaan?'
Haar rustige toon voorspelde niet veel goeds.
'Dina, kom, laten we gaan, dit heeft geen zin,' probeerde ik.
'Voor zijn ergste vijand je benen uit elkaar doen, iets ergers kun je iemand als Rati niet aandoen, of wat dacht je?'
Ik wou dat hij niet zo ver was gegaan. Het leek alsof er die avond een grens was overschreden en nu was er geen weg terug. Plotseling begon ze te lachen, ze lachte hem in zijn gezicht uit: 'Jij weet helemaal niks, Levan Iasjvili, je hebt er nog steeds niks van begrepen! Jullie houden wanhopig vast aan iets wat al op sterven ligt. Jullie kunnen niks loslaten, jullie klampen je vast aan je dode plannen en manifesten, aan je verrotte principes, jullie zijn niet meer dan een slap aftreksel van iets wat allang verleden tijd is. Jullie kunnen niks loslaten, want jullie zijn bang, zonder jullie dode wereld zijn jullie nergens. Ik heb met jullie te doen.'

We stonden in een driehoek tegenover elkaar en zwegen.

'Ik haal de auto. Stap gewoon in en hou je mond. Ik breng jullie thuis,' zei Levan ten slotte en hij maakte rechtsomkeert en verdween in de nacht.

Zonder te wachten greep ik Dina's hand en trok haar de straat op, die steil omlaag liep naar het dal waar de hoofdweg lag. Ik ging liever dood dan nu bij Levan in de auto te stappen. Ik voelde dat Dina dankbaar was voor mijn vastberadenheid, dat gaf me moed. We zouden op de een of andere manier wel in Tbilisi komen, ondanks de duisternis en de kou, ondanks de lange weg en onze toestand.

We liepen niet vlug, want ze hinkte. Ik ondersteunde haar en gaandeweg zette ze haar voeten steviger neer. We liepen doelgericht door, we keken niet op of om, raakten tussen de vakantiehuizen en skihutten even het spoor bijster voordat we de goede weg vonden, die net zo in duisternis gehuld was als de rest van de wereld. Maar de sterren waren onze lichtbron en onze verontwaardiging wees ons de weg. Ik trilde niet meer en alle angst was uit mijn lichaam verdwenen, ik voelde me immuun voor elk gevaar.

Een hele tijd zeiden we niets. Achter ons waren motorgeluiden te horen, waarschijnlijk stond Levan op ons wachten, maar we gaven geen kik, ook zonder woorden was het ons duidelijk dat er geen weg terug was.

'Het spijt me voor jou,' zei ze na een tijdje, terwijl ze een sigaret opstak. We hadden het koud, we hadden maar dunne jasjes, onze warme kleren zaten in de kleine sporttas die we voor het uitstapje hadden gepakt en die in het huis was achtergebleven. We liepen dicht naast elkaar, ik gaf haar een arm. De stoelpoot hield ze omklemd als een zwaard na een legendarische overwinning.

'Bedoel je vanwege Levan?'

'Ja. Ik weet dat je van hem houdt.'

'Hoe kan ik van iemand houden met wie ik niets kan delen,' zei ik. Door het hardop uit te spreken hoopte ik minder moeite te hebben om hem los te laten.

'Toch hou je van hem. Ik bedoel, hoe kun je ermee leven dat iemand die dicht bij je stond van het ene op het andere moment een vreemde wordt? Hoe moet je dat verwerken? Zo'n liefde, die verdwijnt niet zomaar, die blijft, alleen de persoon van wie je houdt is een vreemde voor je geworden. Misschien ben je ook een vreemde voor jezelf geworden, ik weet het niet, in elk geval blijft je liefde, alleen de persoon voor wie die liefde bestemd is, die is er niet meer. En waar moet je dan verdomme met je liefde naartoe?'

Ze nam een diepe trek en bleef even staan.

'Is het jou gelukt?' vroeg ik voorzichtig, nadat ik haar had laten uitpraten.

'Wat bedoel je precies?'

'Ik bedoel Tsotne. Is het jou gelukt Rati door hem te vervangen?'

Had ik niet hetzelfde gedaan toen ik in Istanboel Rezo's lichaam voor mijn verlangens en blinde bevrijdingspogingen had gebruikt?

'Ik weet het niet. Alles waar hij voor staat... Ja, dat zie ik allemaal, Keto. En toch is er iets, als een stilzwijgende overeenkomst, iets heel rustigs, bestendigs. Hij probeert me niet te veranderen. Hij rent niet weg. Hij ziet me echt. Hij is niet bang.'

Ze bleef staan. Ze wilde zich niet laten leiden door haar pijn, maar die dwong haar te stoppen. Daarna vervolgde ze: 'Toen ik met Rati meeging naar die hotelkamer, wist ik dat hij me meenam omdat hij me nodig had. Maar ik begreep te laat dat hij mij om een andere reden nodig had dan ik hem. Hij moest alles net zolang de grond in trappen tot hij zichzelf uiteindelijk wijs kon maken dat hij juist had gehandeld.'

Haar woorden klonken na in de majestueuze duisternis van de bergen, onze getuigen, onze beschermers en onze klaagvrouwen tegelijk.

'Tsotne en ik zullen nooit samen zijn. Ik kan zijn leven niet delen, hij kan mijn leven niet delen. Hij zal altijd zijn ding doen en ik oordeel niet over hem. Ik oordeel ook niet over Rati. Ze zijn een echo van onze tijd.'

'Maar onze ouders hebben hun toch iets anders voorgeleefd! Het is niet zo dat ze zonder alternatief groot zijn geworden, ik begrijp niet hoe je kunt zeggen dat het allemaal logisch is,' sprak ik haar tegen. 'Het is niet zo dat ze helemaal zonder andere voorbeelden zijn opgegroeid!'

'Ach, Keto, onze ouders hebben toch ook niets gedaan om het allemaal te voorkomen. Ze hebben toegekeken hoe ze elkaar afslachtten. Toen het erop aankwam, waren ze te zwak. Ze waren vroeger al marionetten en toen ze opeens te horen kregen: Vooruit, maak iets van je land, wisten ze niet wat ze moesten beginnen, ze hadden totaal geen plan, geen doel. Ze wilden gewoon dat er iemand kwam die hun vertelde hoe het moest. En toen kwamen ze, die lui met geweren en de Paata's, en opeens stonden ze met hun mond vol tanden en waren ze vergeten dat ze hen zelf hadden geroepen. En je broer en Levan, die hebben hen gewoon nagedaan.'

Alles in me kwam in opstand tegen haar woorden. En toch dwong een vreselijk besef me te zwijgen. Ook ik kon niet vluchten, geen uitstapje naar de Bosporus bood een uitweg, want het was ons leven, het was onze tijd, een andere zouden we niet krijgen, we moesten ons leven zonder achterdeur leven. Misschien was de weg die Dina was ingeslagen de enig juiste. Het was dom om te denken dat ik aan mijn tijd kon ontsnappen, dat de tijd me niet in de val kon lokken en dat ik onverstoorbaar de versie van mezelf kon volgen die ik me ooit had voorgesteld. Ik zat allang in de val, ik was allang iemand anders dan degene die ik was voordat die eindeloze duisternis over ons was neergedaald.

Dina en ik hadden een beslissing genomen en alles wat erop was gevolgd, was de prijs daarvoor geweest. De prijs was dat Rati haar een hoer noemde en Tsotne in de schaduw op haar wachtte, dat zij naar het front ging en Nene een vreemde man naar Moskou volgde, de prijs was dat ik mezelf en mijn lichaam net zolang voor Levan verstopte tot hij iemand anders in me begon te zien. Dat dacht ik allemaal toen we onder die met sterren bezaaide hemel rillend, onder het bloed en toch zo vastberaden vluchtten. Maar die nacht, terwijl we samen de bochtige weg afliepen, zij ondanks de pijn in haar gehavende lichaam vrij en fier, leek het opeens gemakkelijk om mezelf te vergeven, want zij was er, we waren weer een eenheid en er was haast niets wat me nog bang maakte, ook mijn zelfhaat niet. Met elke stap zwol ik op als een luchtballon, het was een vergeten kracht, waarmee mijn longen zich vulden. Ik had voor het eerst sinds maanden weer het gevoel dat ik goed was.

Ik weet niet meer hoelang we hadden gelopen, één uur, vier uur, en al die tijd was er niet één auto langsgereden, niemand uit het dorp was ons tegemoetgekomen. Dina ging opeens op de koude grond zitten. Ze kon niet meer. Alles deed haar pijn. Ze moest uitrusten.

Ik ging naast haar zitten en legde mijn hand in de hare.

'Soms haat ik het om mezelf te zijn,' zei ze opeens en ze kneep in mijn hand. Ze was ijskoud. 'Soms wil ik gewoon alleen maar slapen en niets meer voelen. Kon je je leven maar een verdovingsmiddel inspuiten... Het zou gewoon doorgaan, maar je zou niets meer voelen, je zou gewoon blijven ademhalen, eten, praten, lopen, zijn... Kun jij dat doen, kun jij me verdoven, Keto?'

Ik keek haar ongelovig aan. Haar toegetakelde schoonheid in het vale maanlicht ontroerde me op een onverwachte manier.

'Klets niet. We kunnen hier niet eeuwig blijven zitten, straks krijgen we nog een blaasontsteking...'

'Nee, serieus. Verdoof me. Jij kent me, jij weet welk middel werkt, ik wil het, ik kan niet meer, verdoof me!'

Ze kneep zo hard in mijn hand dat ik dacht dat ze mijn vingers zou breken. Maar ik trok hem niet terug, ik hield de pijn uit.

'Je zou geen minuut zo willen leven, geloof me.'

'Veel mensen doen het. Veel mensen kunnen het. Waarom ik niet?'

'Jij wilt net zo worden als alle anderen?'

Ik had niet eens de kracht meer om me op te winden.

Mijn mond was zo droog, het leek alsof iemand er een schep zand in had gegooid. Dina had zichzelf nooit ontzien. Andere mensen doen dat wel. Ik deed en doe het ook. Zo overleven mensen. Maar Dina wilde nooit enkel overleven, zij wilde altijd alleen maar leven. Ze pijnigde zichzelf en stak toe met een mes, ze zocht de oorlog op, wat zou het volgende zijn, wat moest het volgende zijn dat haar in staat stelde trouw te blijven aan zichzelf? Kon je je leven een narcosemiddel inspuiten, het verdoven? Met mijn vrije hand streek ik over haar gezicht.

'Je weet heel goed dat dat voor jou geen optie is.'

'Jawel. Verdoof me!' herhaalde ze als een koppig kind.

'Dan zou je jezelf niet meer zijn, en als jij jezelf niet meer bent, weet ik ook niet wie ik ben. Ik begrijp mezelf alleen in relatie tot jou.'

Die onbezonnen bekentenis ontlokte haar een flauwe glimlach.

'Jij had altijd al een veel te hoge pet van me op. Je kijk op mij is vertekend, je maakt me beter dan ik in werkelijkheid ben.'

Ik negeerde haar tegenwerping en vervolgde: 'Bovendien zou je niet meer van die fantastische foto's kunnen maken. Je zou niet meer zo van iemand kunnen houden als je nu doet. Je zou niet zo'n goede vriendin zijn en we zouden niet in deze ijzige kou midden in de bergen op het koude asfalt zitten zonder te weten hoe het verder moet.'

Nu klaarde haar gezicht langzaam weer op en ze zocht in de zak van haar jasje naar sigaretten. Nadat we een tijdje zwijgend hadden opgekeken naar de hemel, die eruitzag alsof er een kilometerslang parelsnoer was gebroken, zei ze: 'Dat waar ik van hou en de manier waarop ik ervan hou, leidt tot dit soort kneuzingen, leidt naar zulke krankzinnige plaatsen als waar we nu vastzitten. Die liefde brengt me naar Abchazië en bij Tsotne. Ik ben zo waardeloos en heb zo'n behoefte aan liefde dat ik het laatste restje van de grond zou oplikken, dat ik me nergens te goed voor voel. Daarom ben ik met je broer meegegaan naar dat vervloekte hotel, daarom doe ik elke keer de deur open als Tsotne komt, daarom ga ik zelfs naar het front, want ik zoek het in het onmogelijkste, in het lelijkste, in het ergste, misschien juist daar. Daarom zou ik afdalen in elke hel, als ik maar wist dat ik daar dat gevoel vond, en het ironische is dat ik het niet, zoals de meeste mensen, nodig heb en zoek om gelukkig te zijn, maar om me over te leveren, om nog een vel af te stropen, want alleen dan kan ik echt kijken... naar mezelf en alles om me heen. Begrijp je?'

'Jij bent het tegendeel van waardeloos... Hou op!'

'Je begrijpt het niet. Terwijl het zo belangrijk is dat jij me tenminste begrijpt'

Waarom begreep ik het niet? Waarom moesten er eerst jaren voorbijgaan waarin ik leerde leven met de krater die haar dood achterliet, voor ik begreep wat ze me die nacht had willen zeggen? Wilde ze dat ik haar beschermde? Beschermde tegen zichzelf, tegen de anderen, tegen het gebrek aan liefde, aan vervulling? Had ik haar moeten verdoven, zoals ze vraagt op deze foto, die Nene verafschuwt en Ira meedogenloos vindt? Zou ik het op de koop toe hebben genomen als ze niet meer zichzelf was geweest – maar nog zou leven?

Plotseling dook er uit het niets een zwarte auto op, die met gierende banden voor ons tot stilstand kwam. Het waren twee gasten van het feest. Een stel dat me vooral was opgevallen door hun terughoudendheid. Toen het incident plaatsvond, had de vrouw met het platinablonde korte kapsel haar gezicht tegen de schouder van haar vriend gedrukt.

'Goddank, ik zoek jullie al een eeuwigheid!' zei de breedgeschouderde man opgelucht toen hij uitstapte. Ik kon niet meer helder denken, ik was alleen maar dankbaar dat ik de warme auto in kon vluchten.

'Levan heeft me achter jullie aan gestuurd, jullie waren van de aardbodem verdwenen.'

'Hoe konden jullie zo ver lopen in deze duisternis?' wilde de blondine nu van ons weten. 'En dat in jouw toestand.'

Het woord 'toestand' sprak ze uit met iets van walging in haar stem, alsof ze iets vies in haar mond had. Zonder iets te zeggen gingen we op de achterbank zitten.

'In elk geval goed dat we jullie hebben gevonden,' zei de man, terwijl hij zich omdraaide om te kijken hoe het met ons ging. Bij de binnenverlichting van de auto zag je hoe vreselijk Dina's gezicht was toegetakeld. Ik liet niet merken dat ik schrok, maar besloot meteen bij thuiskomst Ira's vader te vragen naar haar te kijken.

Dina wendde haar gezicht af en leunde met gesloten ogen met haar voorhoofd tegen het raam.

De hele rit liet ik haar hand niet los, terwijl zij met haar andere hand de stoelpoot omklemd hield, kilometer na kilometer reden we zo door de nacht.

Een luid gelach rukt me uit mijn gedachten. Er zijn nog maar weinig mensen in de zalen, uit de tuin klinkt al muziek. Men heeft genoeg kunst gezien, zich aan genoeg sombere beelden blootgesteld. Nu verlangt iedereen naar licht verteerbare smalltalk met een glas wijn in de hand in de prachtig versierde, avondlijke tuin van deze kunsttempel. Naast me staan drie jonge vrouwen hard te lachen. Op hetzelfde moment zie ik Anano met gloeiende wangen op me afkomen, de grote ringen bungelen wild aan haar sierlijke oren. Ze lijkt bezorgd.

'Keto, kom gauw, ik ben bang dat Ira en Nene ergens ruzie over maken.'

Ze wil dat ik het dreigende onweer uit de lucht haal, ervoor zorg dat deze tot nog toe zo succesvolle vernissage nergens door wordt verstoord.

'Waar zijn ze? Waar gaat het over?'

Ik zoek met mijn ogen de zaal af, maar ze schijnen de tuin te hebben uitgekozen als de arena die jaren op hun komst heeft gewacht. Een veel te lang uitgesteld drama wordt eindelijk opgevoerd.

'Keto, ik moet hier een oogje in het zeil houden, ze zijn beneden, kun jij alsjeblieft...'

Anano's blik is even smekend, even angstig als talloze jaren geleden.

'Ja, natuurlijk, ik ga meteen naar beneden.'

Ik geef haar een klopje op haar schouder en haast me naar de uitgang. In de tuin is het al donker. Het is vrij warm, de hitte van de ondergegane zon is zelfs 's avonds nog voelbaar. Ik wurm me tussen de lachende en vrolijk kletsende mensen op de trap door en loop de softe, nietszeggende muziek tegemoet. De kelners slalommen elegant om de groepjes heen en bieden nog steeds hun gaven aan, inmiddels zie ik ook glazen met longdrinks. Ik voel me in één klap nuchter worden, mijn lichaam spant zich, ik wil iets noodzakelijks verhinderen, iets wat al jaren eerder had moeten plaatsvinden. Maar vandaag is het echt de verkeerde dag, het verkeerde kader. Ik moet Anano's avond redden, we mogen die op sensatie beluste meute niet nog meer voer geven.

Eindelijk vind ik hen, ze staan een beetje achteraf naast een dichte struik met witte rozen. Nene rookt en windt zich enorm op, Ira staat met haar armen over elkaar voor haar. Ik loop om een paar heren in zwart pak heen, struikel bijna over een wit schoothondje met een dennengroene halsband, verontschuldig me bij de bejaarde eigenares en stap op het tweetal af.

'Vinden jullie niet dat dit echt het verkeerde moment is...' breng ik hijgend uit. Ik weet niet welke woorden er al zijn gevallen, ik weet niet wat die twee van plan zijn. Nene's gezicht voorspelt niet veel goeds.

'Kan niet missen, daar hebben we onze scheidsrechter!' zegt Nene overdreven hard, en ik voel dat sommige mensen onze kant op kijken. Ze is aangeschoten, maar ze is niet vergeten haar lippen bij te werken.

'Hou alsjeblieft op!' sis ik haar toe.

'Hoezo? Vind je het zo belangrijk dat we een goede indruk achterlaten bij dit chique gezelschap?'

Ze is agressief, aangevuurd door de wodka-martini's, ik ken die stemming, dat uitbreken uit haar anders zo zachtaardige, harmonieuze gemoed, alsof er onder dat vriendelijke, sentimentele, sussende oppervlak iets onbeschrijfelijk grimmigs schuilgaat, iets wat naar verwoesting verlangt.

'Geloof je echt dat dit het goede moment is om het verleden op te rakelen?' vraag ik haar nogal geprikkeld.

'Verleden? Het is geen verleden tijd, je vergist je schromelijk, Keto. Het is mijn leven, mijn tegenwoordige tijd. Ik leef elke dag met de consequenties van dat verleden.'

Ze blaast de rook van haar sigaret in mijn gezicht en kijkt me provocerend aan, ze wil dat ik mijn zelfbeheersing verlies, ze wil woede en razernij.

'Toch zouden we ter wille van Dina deze avond niet moeten gebruiken om elkaar dat allemaal in het gezicht te slingeren.'

Ik probeer een bemiddelende toon aan te slaan, al valt het me zwaar, al begint ook mijn woede op te borrelen.

'Ter wille van Dina, ter wille van Dina. Laat me niet lachen! Ter wille van Dina hadden jullie tweeën wel wat meer moeite kunnen doen voor wat er over was van onze vriendschap.'

Ze kijkt Ira aan. Ira slaat haar ogen neer. Nog steeds heeft Nene een onverklaarbare macht over haar, en dat weet ze.

'Ik wilde je bevrijden, ik wilde dat je vrij was, wanneer snap je dat nu eens?' zegt Ira, en ik voel meteen dat ze beter haar mond had kunnen houden en het onweer laten overdrijven.

'Bevrijden, bevrijden, heb je dat gehoord? Heb je dat gehoord, Keto? Bevrijden wilde ze me! Ze heeft mijn familie verwoest en mijn broer de bak in laten draaien! Ze heeft ons als een KGB-spion bespioneerd en privézaken doorgegeven die ik haar in vertrouwen heb verteld. Dat noemt ze bevrijden?'

'Het spijt me, hoe vaak moet ik dat nog zeggen?' smeekt Ira. 'Ik heb dat gedaan omdat ik wist dat het de enige mogelijkheid was. En het moest achter je rug om gebeuren om jou niet in gevaar te brengen. Je wilt het niet begrijpen, maar zonder mijn hulp had je die vicieuze cirkel nooit kunnen doorbreken.'

Haar stem breekt, al haar zelfverzekerdheid lijkt als bij toverslag verdwenen.

'En dat ik die misschien helemaal niet wilde doorbreken, is nooit bij je opgekomen?'

Nene's toon blijft scherp, ze wil geen stap wijken, ze wil geen clementie tonen, ze zit vol woede, vol afschuw en ze geniet ervan zich niet langer te hoeven inhouden.

'Het was dus je vrije wil om niet met Saba samen te zijn, om Loeka niet de achternaam van zijn vader te geven, maar die van een lakei van je oom? Je wilde niet zelf bepalen met wie je je tijd doorbrengt, met wie je naar bed gaat? Je wilde ook niet studeren, reizen, dingen uitproberen?'

'Niet als de prijs daarvoor de ondergang van mijn familie is,' zegt ze beslist en ze drinkt haar glas in één teug leeg.

'En toch heb je Saba stiekem ontmoet en Loeka's achternaam later in Iasjvili laten veranderen. En waarom heb je dan een leger minnaars genomen, als je dat allemaal niet wilde?'

'Omdat jou dat geen reet aangaat, Irine Jordania!'

Ze weet dat Ira er een hekel aan heeft om Irine genoemd te worden, dat ze er alles aan heeft gedaan om Irine achter zich te laten. Maar blijkbaar was die moeite vergeefs, blijkbaar staat op een voor de meeste mensen onzichtbare oever nog altijd de kleine bebrilde Irine in haar donkerbruine schooluniform, met strak achterovergekamd haar, over de decennia heen onvermoeibaar en triest naar de succesvolle advocate en activiste te zwaaien.

'Je had het recht niet om mijn vertrouwen te misbruiken, je had het recht niet om me te misleiden, je had het recht niet om ons te bespioneren en die kutmedia erbij te halen, je hebt me verraden en mijn familie verwoest!'

Met elk woord wordt Nene luidruchtiger en ik voel de nieuwsgierige blikken van de omstanders als felle schijnwerpers op ons gericht.

'Welke familie? De familie die jou als een stuk vee aan wildvreemde mannen heeft verkocht? Je hebt geen leven gehad, alles is je afgepakt, je mocht niet houden van...'

'Maar van jou zou ik toch nooit gehouden hebben, niet op jouw manier, hoe vrij ik ook geweest zou zijn! Dat is wat jij moet snappen! Ik heb geen afwijkende neigingen, ik wil een pik, begrepen?'

We verstommen. Haar zinnen druipen als stinkende teer van ons af, alles plakt, we kunnen ons niet bewegen, we voelen alleen die zware, taaie massa loodzwaar op ons rusten. Ik zou Ira zo graag opvangen, zou haar in mijn armen willen wiegen, haar ogen en oren dicht willen houden.

Ik heb nooit aan haar motieven getwijfeld, ik heb altijd begrepen waarom ze haar strijd zo onverschrokken uitvocht.

Ze verdient het niet in die tronie te moeten kijken die Nene ons op dit moment laat zien. Ik zie dat Ira's kin begint te trillen, ze doet haar lippen van elkaar, wil iets zeggen, maar er komt geen geluid uit haar mond. Het oordeel dat Nene over haar heeft geveld, is te verschrikkelijk, te definitief. Ze kan zich niet verdedigen, ze kan nog steeds niet zeggen dat ze de dag waarop ze Nene Koridze leerde kennen betreurt. Want dat zou een ontkenning betekenen van dat deel van zichzelf dat misschien het meest waarachtige is.

'Je hebt gelijk,' zegt ze plotseling met een zachte stem waarin de tranen al doorklinken. 'Ik heb altijd gedacht dat je iemand was die alle liefde van de wereld verdiende. Maar ik heb me vergist. Je bent het niet waard, Nene. Je bent het nooit waard geweest dat ik mijn leven in jouw dienst stelde. Daarvoor wil ik me oprecht verontschuldigen. Ik dacht echt dat ik degene was die niet in orde was en zag daarbij totaal over het hoofd hoe "afwijkend" jouw familie jou heeft gemaakt.'

Ze draait zich abrupt om en verdwijnt tussen de omstanders. Het heeft geen zin om haar achterna te gaan, ze moet dit vonnis alleen dragen. Ze zal het feest niet verlaten, ze zal deze avond, deze nacht samen met ons beëindigen, dat heeft ze me beloofd. En anders dan ik houdt Ira altijd haar woord.

Op Nene's gezicht staat iets van triomf te lezen, ze ziet zichzelf als de winnaar van deze ronde, maar haar zege zal niet zoet blijken te zijn en zich algauw ontpoppen als een kolossale vergissing.

'Wanneer ben je toch zo'n kreng geworden?' vraag ik en ik kijk haar recht in haar turquoise ogen.

'Nadat dat stuk ongeluk mijn familie heeft geruïneerd en nadat jij bent verdwenen,' antwoordt ze doodgemoedereerd. Ik voel dat ik op het punt sta mijn zelfbeheersing te verliezen, de neiging om haar ter plekke aan te vliegen is zo groot dat ik instinctief een stap achteruit doe.

'Zeg niet de hele tijd dingen die je niet meent. Gooi niet de hele tijd met modder naar ons,' fluister ik en ik bijt op mijn onderlip om de woedende kreet in mijn keel te onderdrukken.

'Wat had je dan verwacht, verdomme, wat hadden jullie dan verwacht? Dat ik alles maar slik en de lieve Nene blijf die jullie desgewenst amuseert?'

'Jij hebt mij nooit geamuseerd. Sinds ik je ken, heb ik me het grootste deel van de tijd zorgen om je gemaakt. We hebben ons allemaal zorgen om je gemaakt.'

Ik heb zin om die opgewekte mensen om me heen weg te jagen, ik wil alleen zijn met deze twee kapotte vrouwen, die elkaar onvergeeflijke dingen naar het hoofd slingeren, ik wil die strijd uitvechten. Ik wil dat we allemaal verliezen, want dat is de enig logische afloop. Ik wil dat daarna eindelijk de rust weerkeert die we tientallen jaren hebben moeten missen.

'En toen waren jullie die zorgen zeker beu? Op een gegeven moment moet iedereen zijn eigen geluk zoeken, toch?'

Nooit had ze iets laten merken als wij onze eigen weg gingen. Altijd had ze ons aangemoedigd. Wat naïef om te denken dat haar blijdschap voor ons door niets werd vertroebeld. Wat was ze alleen in haar hermetisch afgesloten wereld, die wij enkel vanbuiten kenden, een stolp van kogelvrij glas, waarop onze hulp en onze inspanningen als regendruppels afketsten. En wat onnozel van ons om aan te nemen dat ze het met haar trucjes en uitwijkmanoeuvres wel zou redden, toen ze naar Moskou ging om haar familie voor verdere catastrofes te behoeden. Ik denk aan de haat die ze heeft moeten opkroppen als ze naast mannen lag die haar tegenstonden, ik denk aan haar stille, heimelijke verzet, want ze bedroog alleen om te bedriegen.

Wat is het gezicht waarmee ze me nu aankijkt triest, het is het gezicht van een kind dat ze in de kleren van een vrouw hebben gestoken zonder dat het ooit de kans heeft gehad om een vrouw te worden.

Mijn woede en razernij verdampen bij het zien van haar lichte ogen. Ik loop naar haar toe, ze deinst achteruit, maar ik ben vlugger. Ik omhels haar zo stevig dat ze niet anders kan dan zich overgeven, het duurt lang, maar dan geeft ze toe. Het verleden stort zich op ons, we worden erdoor bedolven. Ze slaat haar verzorgde, roodgelakte nagels in mijn shirt, ze kan niet meer, ik ondersteun haar, ik weet precies hoe het voelt om het leven niet meer te kunnen inhalen. Ze zegt niets meer. Plotseling, alsof ze ontwaakt uit een droom, maakt ze zich los uit mijn omhelzing, recht haar rug, veegt met een zakdoekje haar gezicht af, verontschuldigt zich en gaat vlug weer naar binnen.

Ik blijf achter, kijk verlegen om me heen, grijp het eerste het beste glas wijn. Ik voel me betrapt, voel me alleen. Ik ga ook terug naar de tentoonstelling, tussen de foto's weet ik weer waarom ik hier ben. Eenmaal terug in de zaal haal ik opgelucht adem, geniet van de rust in de bijna lege vertrekken, nu heb ik de foto's voor mij alleen. Nu hoef ik niet meer de chronologie te volgen, hoef ik niet samen met anderen met de klok van de geschiedenis mee te lopen, ik kan mijn eigen tijdrekening maken.

Ik blijf staan voor het portret van mijn broer. Het voelt als een klap in mijn gezicht, zo heftig is het effect. Ik ken die foto, maar ik had er lang niet meer aan gedacht. Het is niet een van haar visitekaartjes, geen topfoto. Het is eerder een stille foto, op het eerste gezicht onopvallend, hij heeft niet die directe zuigende werking. Het is een close-up, hij ligt in bed, zijn bovenlichaam is naakt. Ik ken de plek niet. In welke woning hebben ze zich verstopt om elkaar ongestoord te kunnen beminnen? Hij ligt languit op het omgewoelde laken, het moet warm zijn geweest, want er is geen deken te zien. Maar misschien hadden ze ook geen deken nodig, misschien gaf hun begeerte genoeg warmte. Zijn ogen gloeien, hij ziet er zo tevreden uit, zo jong, zo sterk. Om zijn lippen speelt een ondeugend lachje, zijn moedervlek is het enige onschuldige in zijn gezicht. Hij steekt zijn hand uit, hij lijkt haar naar zich toe te willen lokken, ze moet hun samenzijn niet met het klikken van de camera onderbreken, hij wil ongestoord met haar alleen zijn, onbespied.

Zou hij toen hebben vermoed dat honderden bezoekers zich op de resten van hun heidense liefdesfeest zouden storten, op een zonnige dag in mei, in het hartje van Europa, in een pompeuze zaal, dat er zoveel mensen aanwezig zouden zijn, alleen hij en de fotografe zelf niet? Ja, wat zou hij hebben gedacht? Wat zou hij hebben gedaan als hij had geweten dat op deze prachtige dag, terwijl al die feestelijk geklede gasten eer zouden bewijzen aan de tovenares achter de camera, die hij daarnet zo hartstochtelijk heeft bemind – dat uitgerekend zij tweeën niet meer in leven zouden zijn?

JUDASPENNING OF JEZUSTRANEN

Het labyrint van de herinnering heeft rare kronkels. Ik vraag me af waarom ik bij deze foto moet denken aan die eigenaardige droogbloemen die in grote Chinese vazen in de woonkamer van de Koridzes stonden. Als kind fascineerde die wonderlijke plantensoort me altijd, maar pas jaren later, toen ik in Duitsland woonde en zelf een tuin aanlegde, kwam ik erachter dat die deel uitmaakt van het geslacht Lunaria en veel namen heeft, in West-Europa echter overwegend judaspenning wordt genoemd. Die sierplant, die felpaarse bloemen heeft en waaraan na het afvallen van de twee buitenste vruchtbladen doorzichtige, zogenaamde valse tussenschotten met een surrealistische zilverachtige glans overblijven, heeft in het Georgisch een bijzondere naam: jezustranen. Die naam intrigeerde me altijd al. Des te verbaasder was ik dat de plant in het Westen uitgerekend judaspenning wordt genoemd. Ik kon nooit kiezen tussen de Georgische en de westerse naam. Waren het nu de tranen van Jezus, die hij plengde toen hij hoorde van het door hemzelf voorspelde verraad door zijn discipel, of waren het de zilverlingen die de verraderlijke discipel ermee had verdiend? Welk verhaal is meer het vertellen waard: dat van degene die verraden is of dat van de verrader?

Toen ik op een dag in mijn tuin van de bloemenpracht zat te genieten, bedacht ik dat het in feite hetzelfde verhaal was, dat je van twee verschillende kanten kon benaderen. Sindsdien noem ik altijd beide namen, want pas beide perspectieven, als een eenheid beschouwd, maken het verhaal voor mij compleet. Ook ons verhaal kan alleen vanuit verschillende perspectieven worden verteld. Als Nene Ira verwijt dat ze haar leven heeft verwoest, heeft ze gelijk, maar ook ongelijk. Als Ira zegt dat ze haar vriendin de vrijheid wilde schenken, is dat waar, maar ook aanmatigend. Ik zie het gelukkige gezicht van mijn broer en denk aan het ontstelde gezicht van Dina, die me in de kale gang van het ziekenhuis tegemoetkomt. Als ik de foto van hen tweeën bekijk, dat schaamteloze geluk, kan ik niet anders dan aan Goega denken, die onschuldige reus die me 's nachts uit bed belde. Sindsdien heb ik nooit meer iemand zo verbijsterd zien kijken. En aan die verbijstering had zijn broer evenveel schuld als de mijne. Aan die verbijstering droegen we allemaal bij, wij vormden samen verschillende kanten van hetzelfde verhaal, verraders en verradenen tegelijk.

De slaapdronken en geïrriteerde stem van Eter had me uit mijn slaap gerukt. Ik dwong mezelf op te staan en sleepte me naar de loggia, waar ze in haar tot op de grond hangende nachthemd tegen de muur leunde en me de telefoonhoorn voor de neus hield.

'Wie is het? Hoe laat is het?'

'Het is de broer van Nene. Hij wil je spreken. En ja, het is laat, verdraaid laat!' zei ze en ze liep de loggia uit. Het ging niet goed met haar, sinds Oliko's dood was ze verweesd, er is geen woord dat die toestand beter kan omschrijven. Als ik naar haar keek, voelde ik de lege plek die Oliko had achtergelaten.

Ze had niet gezegd welke broer het was. Gealarmeerd door het late telefoontje, dat niet veel goeds voorspelde, riep ik geschrokken 'Ja?' in de hoorn. Ik was ervan overtuigd dat er iets met Nene was, dat ze ruzie had gekregen met haar rijke Moskouse echtgenoot en iets stoms had gedaan.

Het was Goega.

'Wat is er gebeurd? Is er iets met Nene, waar is ze?'

'Het gaat niet om Nene. Kun je alsjeblieft komen?'

'Nu?'

'Ik zou het niet vragen als het niet iets ernstigs was.'

Hij klonk wanhopig, overstuur. Ik probeerde bruikbare informatie uit hem te krijgen, maar toen ik merkte dat dat geen zin had, beloofde ik zo vlug mogelijk bij hem te zijn.

Ik kleedde me in het donker haastig aan, inmiddels was ik erin getraind de kleren in mijn kast op de tast te vinden, zodat ik geen licht meer nodig had. Ik deed mijn haar in een staart en legde een briefje voor Eter en mijn vader op tafel. De keukenklok stond op halftwee in de ochtend.

Buiten adem rende ik even later de marmeren treden op en klopte zachtjes op de grote metalen deur. Een paar tellen later deed Goega open. Zijn ogen waren rood en alle kleur leek uit zijn gezicht weggetrokken. Overal brandde licht, dus ging ik ervan uit dat Manana niet thuis was, dat ik me vrij kon bewegen en vrijuit kon spreken. In de woonkamer ontdekte ik schoenen met hoge hakken die onder de modder zaten, en ik keek verward rond. Ergens in huis hoorde ik iemand douchen. Ik was verbaasd, het duurde even voor ik begreep dat die schoenen van Anna Tatisjvili waren. Ik had me die twee nooit als stel kunnen voorstellen. Ik wantrouwde de plotselinge ommekeer van Anna, de hele buurt wist immers dat ze al jaren verliefd was op de andere Koridze-broer. Maar ik was blij voor Goega, omdat ik zijn liefdevolle toewijding en loyaliteit maar al te goed kende.

'Is dat Anna in de douche?' vroeg ik voorzichtig. Hij knikte en gebaarde me te gaan zitten. We namen plaats op het brede bankstel met naast ons een van die vazen met een imposant boeket jezustranen. Goega steunde met zijn gezicht in zijn handen en schudde heftig zijn hoofd.

'Ik weet niet wat ik moet doen, er is iets mis met haar. Ik heb haar eerst maar eens onder de douche gezet. Ik wilde Tsotne niet bellen, die zit in Zoegdidi. En Tapora en Manana zijn naar de begrafenis van een familielid op het platteland; als die terugkomen kunnen ze haar maar beter niet hier aantreffen. Ik wist gewoon niet wie ik anders moest bellen.'

'Dat is toch geen punt, vergeet het gewoon, Goega, vertel nu eindelijk eens wat er is gebeurd. Is Anna iets overkomen?'

En terwijl die gedachte in mijn hoofd vorm aannam, wist ik al dat het ergste was gebeurd.

'Ze is in de war en praat niet met me. Ze heeft me rond middernacht gebeld vanuit een telefooncel vlak bij die verlaten fabriek waar je de stad uit rijdt...'

Om de een of andere reden leek hij het belangrijk te vinden om me precies uit te leggen waar hij Anna had aangetroffen, en dus knikte ik begrijpend.

'Daar heb ik haar opgehaald, ze was helemaal vuil, alsof ze in de modder had liggen rollen, ze zag er verschrikkelijk uit en haar jurk, haar jurk... Ze negeerde mijn vragen en sloeg alleen maar wartaal uit, ze leek wel gek.'

Hij kwam totaal wanhopig over, alsof hij echt geen idee had wat een vrouw rond middernacht bij een verlaten fabrieksgebouw aan de rand van de stad overkomen kon zijn. Ik vroeg me koortsachtig af wat ik moest doen. Ik moest met Anna praten, ook al waren we niet bepaald vriendinnen. Maar ik moest precies weten wat er met haar was gebeurd en vooral wie het had gedaan, om er zeker van te zijn dat niet mijn broer of Levan er iets mee te maken had.

Op dat moment verscheen Anna in de woonkamer. Ze was poedelnaakt en zelfs in deze volstrekt absurde situatie was haar schoonheid onmiskenbaar: het dikke, druipnatte haar, dat als listige slangen op haar rug hing, haar marmerwitte lichaam met de volle dijen en de smalle enkels, de zware borsten en de gave lange hals deden me denken aan Botticelli's *Venus*. Maar toen ze in het licht ging staan, zag ik de talloze blauwe plekken en de grote bloeduitstortingen op haar dijen en haar buik. Ik sprong op en haalde vlug een handdoek uit de badkamer, die ik om haar schouders sloeg. Ze leek niet erg verbaasd me te zien. Ze groette me overdreven vriendelijk en gaf me zelfs een zoen op mijn wang. Ze moest pijn hebben, die ze probeerde te verbergen, daar wist ik alles van. Wat er ook was gebeurd daar aan de rand van de stad, ze had het overleefd en nu wilde ze niets liever dan het allemaal vergeten.

'Hebben jullie iets te eten? Ik sterf van de honger,' zei ze handenwrijvend. De handdoek gleed op de grond, ze maakte geen aanstalten om haar naaktheid te bedekken. Ze was duidelijk in shock, ik moest iets doen.

'Goega, ga eens kijken wat jullie in huis hebben.'

Ik wilde haar zonder mannelijke getuigen spreken, haar uit haar nachtmerrie wakker schudden, als vrouwen onder elkaar met haar praten en erachter komen wie de daders waren. Opeens leek het me van levensbelang, alsof mijn eigen lot ervan afhing. Als deze mishandelde schoonheid dit te boven kwam, zou het mij ook lukken niet te gronde te gaan.

'Ik geloof dat je beter iets kunt aantrekken.'

Ik deed mijn best een opgewekte toon aan te slaan. Ze volgde me naar Nene's kamer. Ik verdrong het deprimerende gevoel dat in me opkwam toen ik het verlaten domein van mijn vriendin binnenging en opende vlug een van haar kasten. Anna was veel groter dan Nene, maar ik vond een uitgerekte katoenen trui en een wijde rok. Ik ging op Nene's bed zitten in de hoop dat zij hetzelfde zou doen. Maar ze bleef voor Nene's toilettafel staan en ging ten slotte op het krukje ervoor zitten.

'Goega is zo'n lieverd, echt...' zei ze, terwijl ze zichzelf in de spiegel bekeek en een lippenstift van het tafeltje pakte.

'Ja, dat is hij. Hij lijkt gelukkig met je.'

Iets anders schoot me niet te binnen. Ik was niet geschikt voor dit spel, mijn acteerkunst schoot tekort, ik voelde het verlangen opkomen om naar de badkamer te gaan en een scherp voorwerp te zoeken.

'Ik ben ook gelukkig, ja, heel gelukkig zelfs...'

Bij die leugen liepen de koude rillingen over mijn rug. Ik keek naar haar in de spiegel en zag hoe ze de rode lippenstift steeds verder over haar gezicht uitsmeerde, ik zag hoe ze een clowneske oorlogsbeschildering aanbracht en voelde me machteloos. Ik kon haar niet tegen zichzelf beschermen, net zomin als ik mij tegen mezelf kon beschermen. Tegen het leven, dat ons niet spaarde, misschien omdat het dacht dat wij zijn dapperste soldaten, zijn standvastigste brigade waren. Haar nachtmerrie stak me aan, de fascinatie voor de vernietiging was sterk. Ons gezicht schminken als een clown was misschien de laatste belachelijke toevlucht die ons restte.

Opeens kwam Goega de kamer binnenstormen. Hij smeekte haar te vertellen wat haar was overkomen. Het was verschrikkelijk om te zien hoe hij een logische verklaring zocht en de meest voor de hand liggende gedachte niet eens toeliet, alsof hij zich in zijn stoutste dromen niet kon voorstellen dat ze haar hadden verkracht om erachter te komen waar haar broer zat.

Terwijl hij op haar inpraatte, zat zij vriendelijk glimlachend voor de spiegel en keek zichzelf onafgebroken aan. Ik stuurde hem de kamer uit, zei dat hij zich beter nuttig kon maken, en hij gehoorzaamde zonder tegenspraak. Even later hoorden we hem in de keuken rommelen en trok de geur van boter en uien door het huis.

Ik liep naar het raam, rukte het open, het was benauwd in de kamer, Nene's afwezigheid hing in de lucht. Toen draaide ik me naar haar om.

'Wie hebben het gedaan, Anna? Je moet het me vertellen. Ze mogen hier niet ongestraft mee wegkomen...'

'Ze hebben me op straat opgewacht en de auto in getrokken, toen hebben ze me geblinddoekt...'

'Ging het om Otto?'

'Het was een leuk uitstapje. Heel leuk,' zei ze opeens lachend. Ik huiverde.

'Met hoeveel waren ze?'

Ik zocht een aanknopingspunt, een manier om bruikbare informatie uit haar los te krijgen.

'Twee, of vijf misschien. Het was leuk, en in de auto draaiden ze de hele tijd Whitney Houston. Ken je Whitney Houston? Ik ben dol op haar. Ik vind haar stem echt super.'

'Anna, moeten we je door een dokter laten onderzoeken?'

'Hoezo een dokter?'

Ze draaide zich met een ruk naar me om en keek me verbaasd aan.

'Ik ben toch niet ziek. We hebben alleen een uitstapje gemaakt.'

Ik dacht aan Ophelia, aan de tussen de bloemen in de beek liggende dode Ophelia. Jaren later stond ik in het Tate-museum voor dat schilderij van Millais en voelde een hevige misselijkheid opkomen, toen voor dat geschilderde gezicht het gezicht van de beeldschone Anna schoof, die me met haar rode oorlogsbeschildering aankeek, en ik verliet haastig de zaal.

'Het was geen uitstapje, Anna. We moeten je laten onderzoeken, je ziet er helemaal niet goed uit. Heb je de gezichten onthouden, was het iemand die je kende? Ging het om je broer?'

Bij die vraag werd ik onpasselijk, het was paradoxaal dat uitgerekend ik, de vriendin van Saba's broer en de zus van Rati, hem stelde. Er maakte zich een verdovende schaamte van me meester. En tegelijk hoopte ik dat Levan noch Rati er iets mee te maken had.

'Wist je dat Goega me een huwelijksaanzoek heeft gedaan? Wij hebben elkaar al vrij lang niet gezien, hè? Ik heb geen idee hoe lang! Hou jij van Whitney Houston? Ik ben dol op haar, ik vind haar fantastisch! Ik moet twee examens inhalen, in het voorjaar ging het niet zo goed met me, ik heb op het moment moeite om me te concentreren. Ben jij eigenlijk nog met die jongste Iasjvili? Ik vond jullie zo'n enig stel...'

Ze praatte weer tegen haar spiegelbeeld en ik deinsde achteruit, voelde me machteloos.

'Ik weet helemaal niet waarom ik op school een hekel aan jou had, ik geloof dat het door je vriendin kwam. Zijn jullie nog altijd zo close, Dina en jij? Onafscheidelijk... net als ik en mijn meiden. Maar die zie ik amper nog na dat gedoe met mijn broer... Ik denk ook vaak aan Tarik, wat een zinloze dood...'

Ik wilde haar woordenstroom niet onderbreken, misschien zou ze uit zichzelf over de gebeurtenissen van die nacht beginnen.

'... net als Saba.'

Plotseling keek ze me met haar lichte ogen aan en vertrok haar mond tot een pijnlijke grimas. Ik moest denken aan de zonnige vooruitzichten, de beloften die het leven haar als jong meisje had gedaan, en nu zat ze hier, in de kleren van mijn afwezige vriendin, als een rood beschilderde clown en met een geschonden lichaam. Welke zieke goden speelden dit gemene spel met ons?

'Waarom? Waarom!'

De woorden kwamen volstrekt ongecontroleerd uit

mijn mond en veranderden in een aanklacht. Anna keek me verwonderd aan, toen knikte ze opeens vol begrip en stond op van het krukje. Ze kwam naar me toe, aaide me moederlijk over mijn wang en fluisterde heel dicht bij mijn oor, voor ze de kamer uitliep: 'Omdat wij vrouwen het verduren.'

Ik maakte hem met een schreeuw wakker. Ik stortte me op zijn bed en pakte hem bij zijn schouders. De afgelopen nacht had er bij mij ingehakt, Anna's waanzin was op mij overgeslagen. Ik wilde de ongenaakbaarheid en superioriteit die hij de laatste maanden als een muur om zich heen had gebouwd verpulveren, ik wilde die ontspoorde wereld waarin van vrouwen Ophelia's werden gemaakt verbrijzelen, ik spuugde hem mijn eigen ontoereikendheid en de troosteloosheid die in dit land toekomst werd genoemd in het gezicht, ik gooide me met mijn volle gewicht tegen de uitzichtloosheid aan. Ik wilde niets meer moeten 'verduren'. Ik wilde niet meer wachten, niets meer verdragen. Die ochtend was ik bereid de strijd met die wereld aan te gaan, ongeacht de consequenties. Dina had gelijk, de oorlog was allang hier, hij woedde in onze straten, in ons hofje, in onze keukens, in onze bedden. Het was belachelijk om je ertegen te willen beschermen, er was geen schuilplaats meer, alles wat heel leek, was niets anders dan de zoveelste val. Ik moest Dina vragen me mee te nemen, ik moest me elk slagveld inprenten, nergens meer de ogen voor sluiten, nergens meer voor wegrennen, we moesten ons allemaal laten zien, we moesten allemaal onze littekens tonen, hij moest me aankijken, mijn broer moest me aankijken.

'Wat moet dat?'

Hij kwam met ontbloot bovenlichaam overeind, wreef in zijn ogen en keek me woedend aan. 'Ben je gek geworden?'

'Wat hebben jullie met haar gedaan?' krijste ik.

'Met wie, waar heb je het over? Wat is er?'

Hij pakte me bij mijn polsen en gooide me op het bed.

'Rustig! Je bent compleet hysterisch!'

'Ik wil niet rustig zijn, ik wil weten of jij iets met die walgelijke zaak te maken hebt! Heb jij iemand gestuurd?'

Hij hield me nog steeds vast, mijn polsen begonnen pijn te doen. Maar ik verzette me, ik gaf niet toe, zodat hij zich gedwongen zag nog meer kracht te zetten.

'Waar heb je het over? Heb je soms iets gebruikt of zo?'

'Anna Tatisjvili! Wat hebben jullie met haar gedaan?'

'Anna? Hoezo Anna? Wat is er gebeurd?'

'Ze is vannacht... ze hebben haar...'

Ik had het gevoel dat ik stikte. Rati leek het toch begrepen te hebben.

'Denk je echt dat ik een vrouw zoiets zou aandoen?'

'Je hebt Dina met een mes bedreigd.'

Hij keek me ontzet aan. Toen sprong hij uit bed en begon zich haastig aan te kleden.

'Zweer me dat je er niets mee te maken hebt!'

Hij bleef met zijn rug naar me toe staan, toen draaide hij zich langzaam naar me om en herkende ik in hem de kleine jongen die hij ooit was geweest, die warme, aanhankelijke jongen, die me constant plaagde en ergerde, die zich voortdurend van mijn liefde wilde verzekeren, die onze dode moeder vereerde en de baboeda's klapzoenen op de hand drukte als hij bijzonder gelukkig was, die mijn vader vieze moppen vertelde, alleen om zijn verontwaardigde gezicht te zien, die watervlugge, rusteloze jongen met de mooiste lach van de wereld, ik herkende hem weer. En ik nam me voor hem niet meer te laten ontsnappen.

'Ik zweer het bij deda,' zei hij alleen.

Ik geloofde hem.

'Levan?' mompelde ik.

'Wat wil je?'

'Levan. Ga hem halen. Je moet het hem vragen.'

'Nooit van z'n leven, nooit van z'n leven zou hij zoiets... Nooit!'

'Hij is bezeten van wraak op Otto, misschien zijn de stoppen bij hem doorgeslagen. Ga hem halen!'

Het leek me van levensbelang, alsof mijn hele bestaan ervan afhing om zeker te weten dat deze twee mannen geen schuld hadden. Anna's ongeluk was ook het mijne, haar ondergang of haar overleven was ook het mijne.

'Levan zou zoiets nooit doen. Niet achter mijn rug om.'

'Jij bent zo blind, het gaat hier niet om jou, jij bent niet altijd het middelpunt van het universum. Hij heeft te kampen met zijn demonen en jij hebt hem de afgelopen weken links laten liggen, nu hij met mij...'

'En terecht. Dat is nu eenmaal de prijs als hij met mijn zus rotzooit!'

Hij was helemaal aangekleed en stond op het punt naar buiten te stormen. Ik greep mijn laatste kans en klampte me aan hem vast. Tevergeefs probeerde hij me van zich af te schudden, zodoende sleepte hij me mee naar de gaanderij, waar ik met mijn hoofd tegen een van de zware bloempotten van Nadja Aleksandrovna knalde, het uitgilde en bleef liggen. Hij schrok, boog zich onmiddellijk over me heen, ging op de stoffige grond zitten en legde mijn hoofd in zijn schoot. Ik maakte me klein, ik wilde dat hij me vasthield, ik wilde hem niet kwijt, de broer uit mijn kindertijd.

'Keto... doet het pijn?'

'Ga hem halen.'

Even later stond Levan bij ons voor de deur. Sinds hij onze relatie officieel had gemaakt, was de verhouding met Rati bekoeld. Hij maakte geen geheim van zijn ergernis dat

Rati hem degradeerde en hem onbenullige klusjes gaf, terwijl hij allang tot zijn rechterhand was opgeklommen. Zelf had ik hem sinds ons compleet uit de hand gelopen uitstapje naar Bakoeriani niet meer gezien. Stiekem hoopte ik dat hij zich zou verontschuldigen, maar tegelijk wist ik dat dat niet zou gebeuren. Zodra hij binnenkwam, voelde ik de spanning tussen ons, maar dat speelde nu geen rol. We gingen met z'n drieën aan de eettafel zitten.

'Wat is er zo dringend?' vroeg Levan ten slotte.

'Anna Tatisjvili.'

Levans gezicht bleef onbewogen, hij keek mijn broer met opgetrokken wenkbrauwen aan en nam een trek van zijn sigaret.

'Er schijnt iets met Anna gebeurd te zijn, maar wat precies heeft Keto me niet verteld.'

Rati nipte schijnbaar onverschillig van zijn koffie en even wou ik dat ze hadden gezien wat ik die nacht had gezien, Anna's rood beschilderde gezicht en haar zorgwekkende lachje, haar dans aan de rand van de afgrond.

'Ik heb haar al gezegd dat wij daar niets mee te maken hebben. En ze wil van jou hetzelfde horen.'

Ik keek van opzij naar Levan en dacht iets verontrustends te zien opflitsen, wat ik nog niet precies onder woorden kon brengen. Ik voelde weer een duizeling opkomen. Ik rukte gauw het raam open.

'Wat is er dan gebeurd met Anna?'

Weer was er die even opflitsende onrust, ergens tussen zijn wenkbrauwen.

Ik keek Levan recht aan. 'Heb jij er iets mee te maken?'

'Wat moet dit voorstellen? Een verhoor? Ik heb geen idee waar je heen wilt.'

Op dat moment werd me duidelijk dat ik hem kwijt was, dat hij nooit meer bij me terug zou komen, dat hij allang alle muziek uit zijn leven had verbannen. Ik begreep dat zijn vergeldingsdrang al het goede en beminnelijke in hem had verjaagd. Opeens kon ik bij hem naar binnen kijken en zag ik wat voor mijn broer verborgen bleef. Ik zag zijn nervositeit aan het fronsen van zijn voorhoofd, zijn opkomende paniek aan het krabben op zijn hoofd, en aan de manier waarop hij geïrriteerd aan zijn sigaret trok, zag ik dat hij zich in het nauw gedreven voelde.

'Jij hebt het gedaan,' zei ik zwaar ademhalend, terwijl ik langzaam opstond van mijn stoel.

'Je bent geschift!' riep hij woedend.

'Zeg gewoon wat je hebt gedaan,' zei ik gevaarlijk zacht, terwijl ik hem de rug toekeerde. Mijn reactie had Rati's achterdocht gewekt, ook hij keek Levan aan.

Ik draaide me om en liep naar Levan toe. Ik wist dat het de laatste keer was dat ik zo dicht bij hem kwam. Ik knielde voor hem neer en legde mijn handen in zijn schoot, ik raakte zijn koude, klamme hand aan. Toen keek ik recht in zijn donkere ogen met de volle wimpers. Ik nam afscheid van mezelf, van het stuk van mezelf dat ik met hem had kunnen worden, ik nam afscheid van alles wat hij nooit meer voor mij zou zijn, van al het ongeleefde, ongezegde en onaangeraakte, ik nam afscheid van de jongen die urenlang kon vertellen over de schoonheid van muziek.

'Waarom?'

Rati, die duidelijk geen raad wist met die aanblik, keek de andere kant op.

'Levan, zeg onmiddellijk dat jij niks te maken hebt met die shit.'

De stem van mijn broer zakte een octaaf. Levan keek me aan en de ontzetting tekende zich af op zijn gezicht, alsof hij nu pas besefte welke krachten er waren ontketend. Hij greep mijn hand vast.

'Wat is er met haar gebeurd?' vroeg hij met trillende stem.

'Ze waren met meer,' zei ik alleen.

Ik zag hem instorten, ik sloeg mijn ogen niet neer, ik ging de strijd met de wereld aan.

'Wat heb jij gedaan?' Rati kwam op ons af, hij greep hem bij zijn kladden en trok hem overeind. Levans ogen schoten vuur.

'Jij bent hem gewoon vergeten! Jij hebt hem net zo verraden als alle anderen, in plaats daarvan heb je het met Koridze op een akkoordje gegooid. Saba was mijn broer, verdomme, en hij was jouw beste vriend! En ik dacht dat je alles op alles zou zetten om zijn moordenaar te vinden. Ik was ervan overtuigd dat we niet zouden rusten voor Otto Tatisjvili zijn verdiende loon kreeg. Maar je bent hem gewoon vergeten, alsof hij nooit heeft bestaan. Ik wilde niet langer aan het lijntje worden gehouden, snap je dat niet? Jij hoeft niet elke nacht het hartverscheurende gehuil van je moeder aan te horen. En dat je zelfs nog een deal met dat misbaksel van een Koridze hebt gesloten, nadat hij je vrouw heeft geneukt... En ja, ik heb een paar mannen gevonden die wel hun woord houden, kerels met ballen!'

Rati verroerde zich niet. Ook zonder zijn gezicht te zien wist ik wat er in hem omging.

'Je wilt me toch niet vertellen dat je naar die smeerlappen van de Mchedrioni bent gegaan?'

Rati's stem leek van ver te komen. Geen woede meer, in plaats daarvan grenzeloze teleurstelling, diepe krenking. Toen pas begon het me te dagen, natuurlijk, die onbelemmerde vrijheid om te doen waar ze zin in hadden, die totale zorgeloosheid ten aanzien van straf, dat konden alleen die huurlingen zich veroorloven. En dat Levan uitgerekend naar Rati's aartsvijanden was gestapt en hun om hulp had gevraagd, was voor mijn broer een gigantisch, een onvergeeflijk verraad.

'Ik hoop dat je weet wat je hebt gedaan. Want van nu af

aan hebben die moordenaars en verkrachters je in hun macht.'

Dat was het laatste wat Rati tegen hem zei. Alsof alle moed hem in één keer in de schoenen zonk, keek Levan mij hulpzoekend aan.

'Je moet me geloven, Keto, Keto, kijk me aan, ik zou zoiets nooit doen, ik bedoel, ik wist niet dat ze zover zouden gaan. Nooit van m'n leven! Keto, alsjeblieft! Keto!'

Zijn woorden drongen niet meer tot me door. Ik werd volkomen rustig, alsof ik in een helder, donkerblauw meer dook. De buitenwereld schoof naar de achtergrond, het was opeens zo vredig en stil. Zelfs als mijn broer Levan nu had vermoord, zou ik geen vin hebben verroerd.

De hete dagen van die zomer lekten aan mijn gewonde huid. Ik bracht veel tijd door in Dina's vervallen en toch zo geliefde atelier, wachtte urenlang in het kleine zijvertrek, terwijl zij in de donkere kamer foto's ontwikkelde, waarna ik de eer had om die nieuwe kunstwerken als eerste te mogen zien. Tijdens het wachten zwierf ik soms doelloos door de lege gangen en verlaten vertrekken van dat gebouw, waar ik niets van wist en ook niets van wilde weten. Ik snuffelde wat in roestige dossierkasten en woelde in bergen oud papier die op de benedenverdieping lagen. Ik hield van de vochtige eenzaamheid en de naar papier ruikende leegte van het verlaten pand, dat alleen van ons was en waar verder niemand kwam. We zeiden niet veel, zij wachtte op groen licht van de redactie om opnieuw naar Abchazië te gaan. Ik zag op tegen haar vertrek, maar zei niets meer, ik accepteerde het als onvermijdelijke noodzaak. Het leven, of wat ervan over was, wist ons toch wel te vinden, het spoorde al onze schuilplaatsen op.

Van Ira kreeg ik geregeld brieven. Omdat ze mij de rol

van bemiddelaarster had toebedeeld, schreef ze aan mij, niet aan Nene of Dina, ik was de uitverkorene van wie ze alles wilde weten en aan wie ze alles vertelde, ook al was haar toon sinds Nene's nieuwe huwelijk botter en minder enthousiast. Ze beschreef minutieus haar Amerikaanse leven en stopte af en toe een polaroid van zichzelf of een ansichtkaart van het landelijke Pennsylvania in de brieven. Op die foto's droeg ze vreemde kleren, die ik niet in verband kon brengen met de Ira die ik kende: oversized hoody's met het universiteitslogo of een baseballpetje op haar hoofd. Ze leek haar best te doen om zich aan te passen, ze zat op de inhaalstrook, haar discipline en haar eerzucht klonken door in elke zin. Op een dag schreef ze dat ze een vervolgbeurs had aangevraagd en die ook had gekregen, en dat ze haar verblijf dus zou verlengen – ze had de unieke kans om een studie te volgen aan de gerenommeerde Stanford University, met volledige vergoeding van de aan die elitaire universiteit verbonden kosten, daar kon ze absoluut geen nee tegen zeggen.

Toen ik haar brief las, moest ik denken aan de zin die Nene en mij versteld had doen staan, toen ze van de ene op de andere dag besloot te stoppen met schaken: 'Ik wil iets doen waarbij ik écht kan winnen.' Natuurlijk was ik blij voor haar en ik vroeg me af wat het voor haar zou betekenen als ze in Amerika bleef. Dina nam het nieuws gelaten op, alsof ze niets anders had verwacht.

Tijdens een van mijn bezoeken aan Dina dook Tsotne plotseling op. Ik hielp haar net met het plaatsen van een grote schijnwerper en Tsotne leek onaangenaam verrast mij daar aan te treffen. Hij had een mand vol delicatessen bij zich, die we op een uitgespreide deken verslonden, en een dure, zoete likeur, die Dina en ik geen van beiden lekker vonden, maar toch dronken.

Hij was niet erg spraakzaam en in de manier waarop hij

naar Dina keek, herkende ik dat stille, in de diepte sluimerende verlangen dat ik ook zo vaak in de ogen van mijn broer had gezien. Ik kon mijn aversie en mijn wantrouwen tegenover hem nooit goed verbergen, maar deed voor Dina mijn best om niet verwijtend over te komen en lette erop haar niet weer het gevoel te geven dat ik haar veroordeelde. Zij was net als ik moe van de hete, steeds eendere dagen, die gekenmerkt werden door een merkwaardige apathie en leegte, waar we niets tegen konden doen, waar we zelfs van genoten. We waren zo afgemat en uitgeput van alle gebeurtenissen van de afgelopen maanden, dat we voor die eentonigheid dankbaar waren.

Tsotne liet ons een foto van Loeka zien, waarop je zijn schattige grijze ogen en zijn dikke wangetjes zag. Nene hield de baby op haar arm en keek met een stralend gezicht in de camera. Om haar hals droeg ze zo'n opvallend dure ketting dat die zelfs bij haar misplaatst leek. Tsotne vertelde over de reis naar Europa die ze binnenkort met haar man zou maken. Dina en ik luisterden zwijgend, wat moesten we daarop zeggen, we konden ons onze vriendin moeilijk voorstellen naast die man met zijn aangeleerde vriendelijkheid. We konden ons zelfs geen voorstelling maken van zijn rijkdom, zolang wij hier gehaktballen van oud brood maakten en benzine in kleine plastic jerrycans kochten. Waar moesten we dan aan denken bij een reis naar Europa? Moesten we ansichtkaartplaatjes van Venetië, Parijs en Londen voor ons zien, terwijl wij hier in de loopgraven lagen? We hoopten alleen maar dat ze het beter zou hebben dan wij.

Ik durfde hem niet naar Goega te vragen. Na die rampzalige nacht was ik nog één keer bij hem geweest. Ik had hem getroost zo goed ik kon, had zijn brede rug gestreeld en hem verzekerd dat alles goed zou komen, hoewel ik het zelf niet geloofde. Want Anna bleef trouw aan haar waan, ze weigerde over het voorval te vertellen en wees elke hulp af; haar ouders hadden haar naar therapeuten gestuurd, tot nog toe tevergeefs. Goega had me gevraagd of hij met zijn broer moest gaan praten. Wat had ik hem moeten aanraden? Tsotne erover vertellen zou leiden tot nog meer leed, tot verdere vergeldings- en wraakacties, de eindeloze carrousel van geweld zou verder draaien. Aan de andere kant kon zo'n wrede daad niet zomaar vergeten worden, je kon dat niet zomaar laten passeren.

Toen we in Dina's atelier op de wollen deken zaten te smullen van de lekkernijen die Tsotne had gekocht in de pas geopende supermarkt waar je met dollars moest betalen en die allemaal vreemd en daarom des te opwindender smaakten – ingelegde olijven, kappertjes, die we nooit eerder hadden geproefd, Britse crackertjes en chips met azijnsmaak –, had ik weer niet de moed om hem naar Anna te vragen. Ik was nog niet klaar voor de volgende verschrikking. Ik snakte naar een adempauze, ik klampte me vast aan de traagheid van de stille zomerdagen. Ik verzamelde ze in mijn vuist, snoof ze op, laafde me eraan, ik had ze nodig als reserve voor de herfst, ik had ze nodig in de strijd tegen mezelf, tegen het kwellende verlangen om mezelf te snijden. Ze waren het medicijn tegen die verleidelijke duistere verslaving.

Begin augustus belde ik hem. Ik had er niet op gerekend dat hij de telefoon zou opnemen, maar hij deed het. Het duurde een paar seconden voor ik een woord kon uitbrengen, voor ik me zeker genoeg voelde om zijn naam uit te spreken. Hij reageerde eerst terughoudend, hij leek het gesprek lastig te vinden. Ik had niet anders verwacht, herhaalde maar steeds dat ik hem graag wilde zien en mijn gedrag wilde uitleggen, en op een gegeven moment liet hij zich inderdaad overhalen. We spraken af in het Vakepark, niet ver van het verlaten gebouw waar ik mijn eentonige dagen met Dina doorbracht. Als ontmoetingspunt kozen we het graf van de onbekende soldaat met zijn eeuwige vlam, waaraan zich tijdens de koude winterdagen vast niet zelden iemand had gewarmd.

Rezo had nog steeds een baard en zag bleek, alsof hij wekenlang geen zon had gezien. Mijn hart bonsde zo dat ik er zeker van was dat hij het kon horen toen ik op hem afliep. We gaven elkaar geen zoen bij de begroeting. In plaats daarvan drukte ik hem een ijsje in de hand, dat ik bij een kleine kiosk aan de ingang van het park had gekocht, en ik stelde voor om op de stenen trap te gaan zitten. We liepen de vele treden op tot het hele park aan onze voeten lag, daar werden we niet gestoord.

'Ik moet je mijn excuses aanbieden,' zei ik op de man af, nadat we waren gaan zitten. Hij zweeg. Ik haalde diep adem voor ik de van tevoren bedachte woorden uitsprak.

'Ik heb zo lelijk tegen je gedaan, ik had het kunnen begrijpen als je me niet meer had willen zien. Maar ik wil je zeggen hoe belangrijk je voor me bent en hoe dankbaar ik je ben voor alle kansen die je me hebt gegeven, maar vooral voor je vriendschap. Mijn leven voelt als een eindeloze storm, ik klamp me vast aan een klein vlot en zie de gigantische golven op me afrollen, en bij elke golf weet ik zeker dat het de laatste is, dat die me definitief zal meesleuren en dat ik nooit meer boven zal komen. En dan gebeurt het toch, als door een wonder overleef ik de golf. Maar het houdt niet op, er rollen steeds nieuwe golven op me af en ik doe niets anders dan proberen te overleven. Jij kwam als een reddingsboot uit het niets, maar ik heb gemerkt dat ik het verleerd heb me veilig te voelen. De strijd om te overleven is het enige wat zin geeft aan mijn bestaan, als die wegvalt ben ik nergens. En daarom ben ik in Istanboel, in die vrede, in die schoonheid, zo bang geworden dat ik in het water sprong en terugzwom naar mijn vlot.'

Hij nam tergend lang de tijd. Hij at als een braaf kind zijn ijsje en veegde over zijn volle baard. Met zijn ernstige gezicht en zijn gekwelde, licht afkerige uitdrukking kon hij zo uit een roman van Dostojevski zijn gestapt.

'Je hebt me diep gekwetst, Kipiani,' zei hij ten slotte en het klonk als een vonnis. 'Ik heb je altijd graag gemogen en dacht dat het wederzijds was. Maar kennelijk heb ik me vergist.'

'Ik mag je graag, ik mag je zelfs heel graag, Rezo. Ons contact doet me goed. Maar ik heb verleerd om het goed te hebben, begrijp je?'

Weer nam hij alle tijd voor zijn antwoord. Ik keek beschaamd naar de grond. Maar hij wachtte. Hij wachtte net zolang tot ik opkeek. Het was alsof we elkaar een eeuwigheid zwijgend aankeken. Er lag iets indringends, naakts, weerloos in dat moment. Hij was zo sterk aanwezig met zijn geduld en zijn lichtelijk weemoedige en tegelijk bitse manier van doen, dat ik iets in me voelde ontdooien en wegvloeien. Ik glimlachte.

'Zijn er veel littekens bij gekomen?' vroeg hij.

'Nee, niet zoveel. Ik doe mijn best,' gaf ik toe.

'Goed, dat is belangrijk. In september ga ik naar Kiev, ik heb daar een grote opdracht. De beroemde Alexanderkerk wordt compleet gerestaureerd en ik moet me over een van de muurschilderingen ontfermen. Wil je mee?'

Ik had alles verwacht, maar dat niet. Zijn generositeit, zijn onvoorwaardelijke wil om goed voor me te zijn waren veel moeilijker te verdragen dan alle teleurstellingen die ik met Levan had meegemaakt.

'De opdrachtgevers zijn deze keer trouwens katholiek, je moet dus wel braaf zijn,' zei hij en opeens lachte hij.

'Ik weet niet wat ik moet zeggen, Rezo, ik ben overdonderd.'

'Je hoeft ook nog niets te zeggen. Denk erover na. Het is voor mij ook een uitdaging. En het is een belangrijke opdracht, ik wil het goed doen. Ik kan je hulp dus wel gebruiken.'

'Ik ben niet zo goed als jij denkt,' sprak ik hem tegen.

'Wat ik denk, beslis ik nog altijd zelf.'

Hij stond op.

'Waar ga je naartoe?'

'Het beste, Kipiani.'

Hij keerde me de rug toe en liep langzaam de lange trap af. Ik bleef aan de voeten van de onbekende soldaat zitten en keek hem lang na.

Ira komt naast me staan, ze maakt een rustige en beheerste indruk. Nene's afwezigheid zorgt even voor ontspanning. We drinken nu allebei water, we moeten het hoofd koel houden. Onze gesprekken zijn te verhit, onze meningsverschillen te duister en te vaag, onze herinnering speelt een spelletje met ons, we verdwalen in het doolhof van de tijd, we proberen met ons door de tijd vervormde geheugen de volgorde van bepaalde gebeurtenissen te reconstrueren, maar die van die nazomer en de herfst lopen in mijn herinnering door elkaar. Verspreide, tegenstrijdige puzzelstukjes voegen zich niet harmonieus tot een totaalbeeld. Ik erger me omdat Ira feiten opsomt, gebeurtenissen aan een schijnbare logica onderwerpt en de tijd voorstelt als een rechte lijn van oorzaak en gevolg, hoewel ze destijds aan de andere kant van de wereld zat. En omdat ze beweert dat ze juist daardoor een betere kijk op de dingen heeft, dat je van een afstand alles duidelijker ziet en dat heimwee het verstand en de waarneming scherpt. Ze had al mijn met vertraging ontvangen brieven op datum gesorteerd, met al mijn woorden op de kleine zolderkamer van haar Californische studentenhuis een huisaltaar ingericht.

Maar ik weet dat die gebeurtenissen weliswaar op elkaar aansluiten, maar zeker geen geordende structuur bezitten, zelfs een bepaalde volgorde zou ik er niet aan toekennen. Ik zie ze eerder als eeuwige parallellen: Dina in Soechoemi, in een met haat besmette stad, Nene met de in een album geplakte foto's, die ze me trots laat zien en waarop je haar nu eens voor de Eiffeltoren of het Colosseum, dan weer voor de Akropolis ziet staan, altijd naast die aalgladde man in een beige linnen broek, die vriendelijk in de camera glimlacht, het schattige jongetje in de door een volslank Russisch kindermeisje geduwde kinderwagen. Tegelijk denk ik aan Ira, die met haar vreemde baseballpetje en haar korte broek in een kano peddelt. En ik denk aan mezelf in Kiev, in het gigantische hotel dat de overstap van de Sovjettijd nog niet had gemaakt en nauwelijks gasten had, waar Rezo en ik bij het ontbijt augurken en uitgedroogde plakjes worst kregen en waar we ons toch op ons gemak voelden, in die eindeloze gangen met loslatend behang en imposante kroonluchters, waar we opnieuw hardloopwedstrijdjes hielden.

In mijn herinnering wordt alles één gebeurtenis, het is hetzelfde verhaal – van verschillende kanten verteld. Het zijn mijn jezustranen en mijn judaspenningen, in mijn herinnering gelijktijdig, onscheidbaar, noodzakelijk; samen vormen ze de som van alles wat we waren en zijn. Wij, die nu proberen onze geschiedenis bloot te leggen, aan die foto's onze geheimen te ontfutselen, wij, personages die snakken naar een einde, die alles doen om het allang gevelde vonnis over het verloop van onze geschiedenis te kunnen herschrijven. Hier staan we, het trio dat ontkomen is, dat de sprong naar het heden heeft gemaakt, wij, de overlevenden, die proberen plaatsvervangend verder te leven voor al diegenen wie dat niet was gegund en die op deze foto's eeuwig jong zullen blijven. We moeten ons met al onze zintuigen aan het leven vastklampen, alles opzuigen wat het ons te bieden heeft, zodat wij tenminste krijgen wat de anderen is onthouden. We staan hier en geven niet toe dat die opdracht onze mogelijkheden te boven gaat, want hun wensen en verwachtingen zijn onmenselijk groot, die gaten zijn door niets te dichten. We willen nog steeds voor de wereld geheimhouden dat we op de vlucht zijn voor die last, voor dat onrechtvaardige lot, dat we soms wensen dat wij het zijn die aan de andere kant van de foto's zijn gebleven om niet onder die gigantische verwachtingen te bezwijken. Zo lopen we door dit museum, door dit museum van de fouten, en geven ons over aan de illusie tenminste voor een paar uur de doden weer tot leven te wekken.

Rati's voorspelling kwam uit. Levan, door Rati publiekelijk aan de kaak gesteld, verstoten en van al zijn taken ontheven, trok het camouflage-uniform aan, hing een kalasjnikov over zijn schouder en liep over naar het vijandelijke kamp: hij sloot zich aan bij de Mchedrioni. Dat leidde tot onenigheid binnen de bende, sommige van de jongens stonden achter Levan en distantieerden zich van Rati, die hen vervolgens gekrenkt en verontwaardigd wegstuurde. Omdat de illegale praktijken hun enige bron van inkomsten waren, legden die kleine criminelen zich daar niet zomaar bij neer; escalatie en splitsing van de bende leken nog slechts een kwestie van tijd.

Tsotnes pijlsnelle opkomst als drugsbaron deed Rati de das om. De drugs waren allang onderdeel van ons dagelijks leven geworden en weer leek Tsotne hem een stap voor te zijn, weer kwamen ze gevaarlijk dicht in elkaars vaarwater, weer vreesde Rati van hem te verliezen.

En dus verklaarde Rati eerst de Mchedrioni de oorlog, als voorbereiding op de volgende, beslissender strijd. Hij had nog meer gokkantoortjes onder zijn controle gebracht, zodat die winsten niet meer zoals anders naar de Mchedrioni stroomden en er onmiddellijk represailles en intimidatiemanoeuvres volgden. Kiosken en winkels die onder Rati's protectie stonden, werden overvallen en geplunderd en Sancho werd midden op straat aangevallen. Rati wreekte zich door bij een van hen een paar ribben te breken.

Toen onze woning in de Wijnstraat op een nacht door een met kalasjnikovs gewapende Mchedrioni-eenheid werd bestormd, doorzocht en overhoopgehaald, was het in één klap gedaan met de rust en eentonigheid van mijn zomerdagen. Het ging heel snel, maar na afloop stonden we nog lang bij elkaar, met knikkende knieën en in shock. Mijn vader was vernederd, Eter door de gewapende mannen door de woning gejaagd, ik van de ene kamer naar de andere geduwd, terwijl mijn broer compleet door het lint ging en fout op fout beging.

De spanning was om te snijden. Mijn broer sloot zich op in zijn schaamte en zocht zijn heil in verwoesting. Hij dronk en maakte met iedereen ruzie. Mijn vader dreigde hem het huis uit te zetten. Rati sloeg de deur achter zich dicht en bleef een paar dagen weg. Eter, die het bestierf van bezorgdheid, verweet mijn vader dat hij de jongen alleen maar aanzette tot nog meer stommiteiten. Mijn vader wist niets anders te doen dan Dizzy Gillespie op te zetten en ruzie te maken met de geest van onze dode moeder, die hem in deze benarde situatie gebracht zou hebben. Ik sloop de deur uit, ik kon de sfeer in huis niet langer verdragen. Ik dwaalde door de straten en zocht mijn toevlucht op Dina's kleine eiland. Ik sloop het mij opgelegde leven uit op zoek naar een ander leven.

Een paar dagen voor haar nieuwe reis naar Abchazië kwam Dina laat van de redactie. Ze hadden een lange vergadering gehad en ze was heel moe. Omdat het zo laat was, had ze geen gebruik meer kunnen maken van het toch al schaarse openbare vervoer en zich door Tsotne thuis laten brengen. Eigenlijk vertoonde ze zich nooit met hem in onze wijk. Meestal kwam hij bij haar in het atelier. Hun verhouding, waarvan ik de weken daarvoor meer dan eens getuige was geworden, leek me vaag en moeilijk onder woorden te brengen. Het was duidelijk dat er een bijzondere verstandhouding tussen hen bestond, ook al meden ze bepaalde onderwerpen. Hij vertelde haar nooit wat hij deed en ook zij wijdde hem zelden in haar plannen in. Maar hij was er en daar ging het hun schijnbaar om. Hij maakte haar onder andere met kleine attenties duidelijk dat ze op hem kon rekenen. Af en toe gaf hij haar ook een duur cadeau, zoals bijvoorbeeld een Casio-horloge, dat Dina heel mooi vond, of prachtige fotoboeken van fotografen die ze bewonderde. Lika had een keer laten vallen dat er een 'geheime aanbidder' was, die haar van gas en petroleum voorzag zonder zijn identiteit te onthullen.

Wat zag ze in hem? Op een gegeven moment gaf ik het op om naar de kern van hun band te gissen, hun verhouding zou me altijd een raadsel blijven. Haar hartstocht voor Rati was zonneklaar en overstelpend geweest, maar in Tsotnes gezelschap was ze beheerst, bijna onderkoeld, alsof ze er grote waarde aan hechtte niet afhankelijk van hem te lijken. Hij scheen zich daar niet aan te storen. Hij eiste niets. Ik kon me niet onttrekken aan het gevoel dat het ging om twee uiterst voorzichtige, door het leven getekende mensen, die zich bewust waren van de broosheid van hun band en die voor geen goud op het spel wilden zetten. Hij veranderde in haar aanwezigheid niet alleen zijn taalgebruik – hij zag af van het vulgaire straatjargon –, maar ook zijn lichaamshouding. Hij gedroeg zich beheerst en behoedzaam, alsof hij zich tussen porselein bewoog. Zij leek in zijn bijzijn gelatener, ook evenwichtiger misschien. Tegen mij benadrukte ze keer op keer dat ze elkaar altijd toevallig ontmoetten. Nooit spraken ze af zoals een normaal stel, nooit gingen ze samen uit, nooit vertoonden ze zich in het openbaar. Maar ze wekten ook niet de indruk zich betrapt te voelen als je hen samen verraste. Ik heb maar één keer een ruzie tussen hen meegemaakt, die Tsotne echter beheerst in de kiem smoorde. Tsotne begreep veel beter dan mijn broer dat je Dina alleen bij je kon houden als je haar volkomen vrijliet. Maar ook hij had grote moeite met haar beslissing om opnieuw naar het front te gaan. En toen hij op een avond bij een van onze inmiddels bijna regelmatig plaatsvindende picknicks op de wollen deken in Dina's atelier zijn onbegrip over haar beslissing ventileerde, draaide het op ruzie uit.

'Jij hebt toch schijt aan mensenlevens,' diende ze hem onmiddellijk en ongewoon fel van repliek.

'Waarom denk je dat?' vroeg hij met opgetrokken wenkbrauwen.

'Wat jij allemaal uitvoert, spreekt toch voor zich,' antwoordde ze sarcastisch en ze stopte een stuk chocola in haar mond.

'Denk je nou echt dat de mensen zich niet lam zouden spuiten als ik er niet was?'

Die openheid verraste me. Iedereen omzeilde dat onderwerp, niemand praatte in Tsotnes aanwezigheid over zijn handel in drugs.

'Natuurlijk zouden ze dat doen. Maar dat ontslaat jou niet van je verantwoordelijkheid.'

'Die heb ik allang op me genomen, maak je geen zorgen.'

'O ja, heb je dat?' Haar ogen fonkelden van woede.

'Zou jij bereid zijn om in Tbilisi te blijven als ik uit de business stapte?'

Die vraag verblufte ons allebei. Ik was sprakeloos. Dina nam de tijd, ze kauwde op haar stuk chocola, slikte het door en zei toen heel kalm en ernstig: 'Dat zou ik nooit van je vragen. Ik geloof niet in berekende offers die de moeite lonen. Kijk maar naar je zus. En jij zou ook niet zo'n offer van mij moeten vragen. Zelfs in het uiterst onwaarschijnlijke geval dat jij je als een voorbeeldige burger zou gedragen, zou je toch geen ander mens worden. Net zomin als ik, of ik nu thuis taarten bak of aan het front foto's maak. De enige reden waarom jij hier bent, is dat wij de moraal aan onze laars lappen en daar tenminste voor uitkomen, in tegenstelling tot de meeste mensen. Zodra de omstandigheden het toelaten, lapt eigenlijk iedereen de moraal aan zijn laars, maar de meesten komen er niet voor uit. Rati is zo iemand, daarom zit jij nu hier en niet hij.'

Daarmee was de discussie gesloten.

Vlak voor we later samen het gebouw verlieten, hoorde ik Tsotne, die de deur voor ons openhield, haast terloops zeggen: 'Jouw leven is mij evenveel waard als dat van mezelf.'

Maar Dina ging er niet meer op in.

Toen ze een paar dagen voor haar vertrek naar Abchazië haar principes dus liet varen en zich door Tsotne van de redactie naar de Wijnstraat liet rijden, was ik thuis. Het was kort na middernacht, er was stroom en ik zat te lezen in een boek over muurschilderingen dat ik van Maia had geleend en waarmee ik bij Rezo wilde scoren. Baboeda was al naar bed en mijn vader zat in zijn werkkamer. Rati was er niet.

Tegen de stilzwijgende afspraak om een grote boog om onze straat te maken parkeerde Tsotne pal voor de ingang van het hofje. Ze bleef nog een poosje met hem in de auto zitten praten. Later vertelde ze dat hij geprobeerd had haar over te halen een paar dagen met hem op reis te gaan. Maar precies op dat moment kwam mijn broer onverwachts thuis. Hij was lopend en toen hij de Wijnstraat insloeg, moet hij dadelijk Tsotnes auto hebben herkend. Dina en Tsotne zagen hem niet, in elk geval heeft Dina het me later zo verteld. Hij moet hen een tijdje hebben geobserveerd, daarna kwam hij naar boven. Ik hoorde hoe de voordeur openging en hij in zijn kamer verdween en nam me voor later nog naar hem toe te gaan, ik wilde eerst mijn hoofdstuk uitlezen. Maar opeens hoorde ik de voordeur opnieuw opengaan en met een klap dichtslaan, wat niet veel goeds voorspelde. Onmiddellijk legde ik mijn boek weg en ging naar zijn kamer om vanaf zijn balkon naar de straat te kijken. Het oude nachtkastlampje brandde en de kast stond open, er slingerden een paar kleren op de grond, kennelijk had hij iets gezocht. Ik tuurde naar beneden naar de straat, maar kon eerst niets herkennen. Toen ontdekte ik Tsotnes auto voor de ingang van het hofje. Onmiddellijk rende ik naar de gang en sloeg een zomerjas om mijn schouders, het was een winderige dag. Ik bereidde me voor op een vechtpartij en ergerde me omdat Tsotne zich in Rati's territorium waagde. Ik was ervan overtuigd dat hij met een van zijn kompanen in de auto zat. Omdat Dina zich nooit met Tsotne in het openbaar vertoonde, kwam de gedachte dat zij bij hem kon zijn niet eens bij me op.

Ik stond nog in ons gammele trappenhuis toen ik de oorverdovende knal hoorde, waarop er nog een volgde en meteen daarna nog een. Ik bleef stokstijf staan, mijn knieën knikten, ik viel bijna om en kon me nog net aan de leuning vasthouden. Ik had op dat gebied al vroeg mijn onschuld verloren en onmiddellijk begrepen dat het schoten waren geweest. Mijn denken stokte even. Een aanhoudend getoeter sneed door de nacht, even later hoorde ik een kreet en herkende ik Dina's stem. Toen vloog ik met een paar treden tegelijk de trap af en stormde de straat op.

Vreemd genoeg is het altijd Dina die ik als eerste voor me zie wanneer die scène in me opkomt, hoewel ze op dat moment nog in de auto zat. Maar er brandde licht in de auto en ik kon haar gezicht duidelijk herkennen. Ik weet nog dat me opviel dat ze geen kleur had. Ze zag niet bleek, nee, ze had gewoon geen kleur, zoals iets wat met krijt op het bord is geschreven en onherkenbaar is uitgewist. Haar mond stond wagenwijd open, maar bewoog niet, haar mimiek was verstard, haar gelaatstrekken waren bevroren, uit haar vertrokken mond kwam één onafgebroken kreet. Tsotnes hoofd was op het stuur gezakt. Voor de auto stond mijn broer. Hij had een wapen in zijn hand. Hij gaf geen kik, hij stond daar gewoon, volkomen roerloos. Ik had op dat moment het gevoel dat ik getuige was van een vloek, die hen aan afschuwelijke pijnen onderwierp en hen ertoe veroordeelde die stil te verdragen, en dat ik niets kon doen. Ik wist meteen dat ik dat wapen eerder had gezien. Heel lang geleden was het naar mijn idee onder een bed vandaan gehaald en trots aan mij getoond, op de dag dat ik de eerste kus van mijn leven kreeg.

Ik rende naar Dina en rukte het portier open. Daarna begon ik te schreeuwen: 'Bel een ambulance, bel meteen een ambulance, we hebben een dokter nodig, we hebben een dokter nodig!'

Inmiddels waren er heel wat ramen opengerukt. Opgeschrikt door de schoten en het onafgebroken getoeter wilden de buren zien wat er beneden gebeurde, maar de afgelopen jaren hadden de mensen schichtig gemaakt. Ze waren al het een en ander gewend en wilden geen narigheid, je wist nooit met wie je te maken kreeg.

Ik pakte Dina bij haar pols en trok haar uit de auto, ze gehoorzaamde zonder te protesteren. Haar blik bleef de hele tijd op Rati gericht, die op zijn beurt als gebiologeerd naar Tsotne keek. Pas toen ze voor me stond, zag ik dat haar hele linkerkant onder het bloed zat. Ik riep haar naam en schudde haar door elkaar. Het hielp niets. Ze hield niet op met schreeuwen en ik gaf haar een klap, ik had dat vaak in films gezien. En inderdaad, ze verstomde en keek me verbaasd aan, alsof ze niet wist wie er voor haar stond. Nu hoorde je balkondeuren open- en dichtslaan, er klonk geroezemoes, iemand brulde, ergens ging een deur open. En boven alles uit dat aanhoudende getoeter.

'Wat heb je gedaan?!' Dina was naar mijn broer toe gelopen en bleef voor hem staan. Rati liet het wapen vallen. En toen, opeens, zakte hij als in slow motion op de grond en bleef daar liggen. Ze stortte zich op hem en even verstarden ze in een merkwaardige verwrongen houding, als twee geliefden in een pose van archaïsche schoonheid. En waarschijnlijk waren ze eeuwig zo blijven liggen, aan elkaar vastgeklonken, op een wrede, lelijke manier gelukkig, met mij naast zich, een roerloze, stille klaagvrouw.

Maar tegen de verwachting in bleef de tijd niet stilstaan. Mensen schaarden zich om ons heen, vrouwen gilden, mannen gaven luidkeels aanwijzingen, lichten gingen aan, deuren werden opengerukt, Ira's vader dook op en Tsotnes levenloze lichaam werd onder de strenge leiding van Tamas uit de auto gehaald en op de grond gelegd. Het toeteren verstomde abrupt en liet een huiveringwekkende, eindeloze stilte achter.

Na een tijdje werd de straat overspoeld door blauw licht, Tsotne werd op een brancard getild en in een ziekenauto geschoven. Mannen in het zwart grepen mijn broer in zijn kraag, trokken hem overeind en duwden hem in een geblindeerde auto, die in het licht van de lantaarn stond te glanzen.

Toen de auto met mijn broer optrok, ging ik door het lint. Ik volgde blindelings mijn impulsen en begon achter de auto aan te rennen en de naam van mijn broer te roepen. Ik rende en rende, kon zelf amper begrijpen waar ik de kracht en die lange adem vandaan haalde, want pas bij het Vrijheidsplein zakte ik in elkaar, op het moment dat de auto met mijn broer de nauwe straatjes van Sololaki achter zich had gelaten en in de nacht verdween. Zonder terug te keren. Nooit meer.

CIRCULUS VITIOSUS

'Wil je niet mee naar beneden? Volgens mij ben je nu wel lang genoeg met die foto's bezig geweest,' zegt Nene met een knipoog. Ira is nergens meer te bekennen. Ze lijken een geheime choreografie ontwikkeld te hebben, een dans waarbij ze allebei een solo voor hun rekening nemen zonder in elkaars vaarwater te komen.

Ik sta voor de wand met de oorlogsfoto's uit 1993, de tijd voordat Soechoemi werd ingenomen. Het is misschien niet verwonderlijk dat de slagvelden zo'n aantrekkingskracht op me uitoefenen, mijn hart is immers net een kerkhof. Mijn gedachten struikelen voortdurend over grafstenen. Hier voel ik me thuis, hier ben ik op bekend terrein.

En toch zie ik het gezicht van Gio voor me, de man die altijd alles heeft overleefd en toch nooit ergens is aangekomen. In dat opzicht lijken we misschien wel op elkaar. Hij is de man die me het mooiste geschenk van mijn leven heeft gegeven en die ik toch nooit kon vergeven dat hij op het verkeerde moment op de verkeerde plaats was.

'Wanneer is het genoeg?' vraag ik aan Nene zonder een spoor van sarcasme. Beneden dreunt harde muziek, die uitnodigt om te dansen. De zaal boven is bijna leeg. Alleen Nene, een jong stel aan de andere kant van de zaal en ik zijn nog hier. Hoe laat zou het zijn? Ja, wanneer is het genoeg, ik zou het graag weten.

'Ik denk dat je wel merkt wanneer het zover is,' zegt ze serieus.

'Weet je aan wie ik vandaag de hele tijd moest denken?' vraagt ze dan en ze raakt even mijn schouder aan. Ze is veel kleiner dan ik en toch heeft ze die tomeloze energie die me het gevoel geeft naast haar te verbleken. Maar dat maakt me niets uit, het heeft me nog nooit iets uitgemaakt.

'Aan wie dan?'

'Aan je broer.'

Ik zwijg en denk aan de foto die ik net heb bekeken, Rati in bed, de mooie, jonge Rati, die het geluk aan zijn kant waant.

'Ja, ik denk ook de hele tijd aan onze broers.'

'Weet je, lach me alsjeblieft niet uit, maar soms, soms praat ik met al die doden,' zegt Nene, terwijl ze haar hoofd buigt. Ik zou haar wel kunnen omhelzen, ik wil tegen haar zeggen dat ze mij ook achtervolgen. In plaats daarvan knik ik vol begrip.

'Ik heb je nooit durven vragen waarom hij toen in de psychiatrie is beland.'

Nene heeft het altijd vermeden om over onze broers te praten en daar heeft ze goed aan gedaan, want onze broers zijn een mijnenveld dat tot op de dag van vandaag tussen ons in ligt. Ik wacht even voor ik antwoord geef en kijk intussen naar de zee, altijd weer de zee, door Dina vastgelegd tijdens een bloedbad in Soechoemi. Ik ben verbaasd, het is niet aan de zee te zien, niets schijnt haar eeuwige rust, haar getijden te kunnen verstoren. De serie draagt de titel *Circulus vitiosus*.

In juli 1993 werd er weer eens een vredesverdrag getekend. Dat verdrag hield in dat alle huursoldaten de gevechtszone dienden te verlaten. En ook dat het grootste deel van het Georgische leger uit het Abchazische territorium werd teruggetrokken en de daar gestationeerde Russische strijdkrachten de controle over de Abchazische artillerie kregen. Het was iedereen duidelijk dat dat verdrag de officieuze capitulatie betekende.

Dina en haar collega's van de redactie beseften waar ze heen gingen, toen ze voor de tweede keer naar Abchazië vertrokken. Voor Dina was het een vlucht. Toen ze Tbilisi verliet, wist ze nog niet of Tsotne het er levend af zou brengen. Maar ze verkoos de vreemde oorlog boven die van haarzelf.

'Waarom de psychiatrie?'

Nene lijkt al haar moed bijeengeraapt te hebben. Ik merk dat het niet gemakkelijk voor haar is. Ze praat niet graag over het verleden. Ze praat niet over dingen die niet meer te veranderen zijn.

'Toen duidelijk was dat je broer het zou overleven, werden de dienaren van de wet nerveus. Ze hadden Rati graag aangeklaagd wegens moord, maar dat kon nu niet meer. Bovendien achtten ze het onwaarschijnlijk dat Tsotne aangifte zou doen, samenwerken met de smerissen zou met het oog op zijn zaken ook grotesk zijn geweest. Wij gingen om de andere dag naar het huis van bewaring, ondanks de pesterijen en intimidaties. Rati weigerde te praten, hij wilde geen verklaring afleggen, hij wilde geen advocaat, hij wilde met niemand samenwerken. Mijn vader is toen van de ene op de andere dag grijs geworden, baboeda takelde af, ze kon het niet verwerken dat Rati in staat was op een mens te schieten. Mijn vader was bang om niet alleen zijn zoon, maar ook zijn moeder te verliezen. Het was ondraaglijk. Tot een collega van mijn vader, die goede contacten had in de psychiatrie, wees op de mogelijkheid om hem ontoerekeningsvatbaar te laten verklaren. In plaats van na vijf of zeven jaar kwam Rati dan misschien na twee jaar al vrij. In plaats van in een gevangenis belandde hij in een psychiatrische kliniek. Dat klonk in de oren van mijn vader minder erg. Daar kon je hem bezoeken, dan had je toegang tot hem, dat geloofde hij.'

Mijn adem stokt. Ik zie de kliniek voor me. De tuin gedompeld in okerkleurig licht. De apathische mensen, die zaten te roken of voor zich uit staarden. En daartussen Rati, volgestopt met medicijnen, platgespoten. Een broer die niet meer de mijne was, die ik niet meer kende. Ik wil weer vluchten, weg uit dit gebouw, weg uit dit museum van de doden, naar huis, met het eerstvolgende vliegtuig. Maar dan hoor ik voetstappen, Ira komt naar ons toe, ze laat niets merken. Ondanks het feit dat Nene haar heeft gekwetst is ze er weer, de eeuwige amazone.

'En toen?' Nene vraagt door.

'Mijn vader is op de deal ingegaan. Rati had al een strafblad, hij was een gemakkelijke prooi voor het Openbaar Ministerie. Zelfs als je broer zou weigeren aangifte te doen, hing hem een lange gevangenisstraf boven het hoofd. Dat was ons allemaal duidelijk, dus regelde mijn vader die verklaring van ontoerekeningsvatbaarheid. Geen arts heeft ooit met Rati gepraat, niemand heeft hem ooit onderzocht. De diagnose luidde: affectieve stoornis.'

We zwijgen een poosje en kijken naar de foto's van de belegering van Soechoemi. Een plan van de Russische staf, nadat de Georgiërs hun mensen en hun wapens in overeenstemming met het verdrag van juli uit Abchazië hadden teruggetrokken. Hoe heeft ze dat in vredesnaam overleefd, vraag ik me af terwijl ik naar haar foto's kijk, en ik voel meteen die naakte, dierlijke woede in me opkomen die ik altijd voel als ik aan haar dood denk. Ja, hoe kon ze dat allemaal overleven en vervolgens kiezen voor het touw van een gymnastiekring?

'Hoelang heeft Tsotne in het ziekenhuis gelegen?' vraagt Ira aarzelend aan Nene.

'Ik weet het niet meer. Ik was elk tijdsbesef kwijt. Hij is zo vaak geopereerd. Hij heeft ongelofelijk veel geluk gehad. De vitale organen waren allemaal intact, maar de wervelkolom... Tapora kende mensen in Israël en heeft een plaats in een revalidatiekliniek in Tel Aviv voor hem geregeld. En toen hij terugkwam, precies op de dag dat mijn moeder en ik hem van het vliegveld haalden, stierf Tapora.'

Nene praat vlug, aan één stuk door, alsof ze al het ongezegde in één keer kwijt wil.

Ik herinner me de macabere, barokke begrafenis van die Minotaurus nog levendig. Tapora's vredige dood was een bespotting van zijn leven: zijn hart bleef stilstaan toen hij op de wc zat. Alleen in het huis waar mijn vriendin haar lichaam aan zijn neef had verkocht om mijn broer te redden, die echter niet gered wilde worden. Hij werd gevonden met zijn broek open, ondergepist, voor de wc-pot, met zijn gezicht voorover op de grond. Hij had zich vast een waardiger dood voorgesteld.

'Ik heb je die dag gebeld. Ik had je stem zo lang niet gehoord, weet je nog?' zegt Ira haperend. Ze laat zich in de kaart kijken, dat 'zo lang' maakt haar klein, kwetsbaar. Ze zal het nooit leren, denk ik, zij, die alleen overwinningen accepteert zal altijd verliezen zodra ze tegenover die kleine, zwaar opgemaakte vrouw staat. Nene kijkt haar aan, maar haar blik is niet boosaardig, hij is vol toegeeflijkheid. Ik kijk naar een andere, ronduit schrijnende foto, een grootmoeder die huilt om haar dode kleinkind. Die foto is meer dan eens in diverse fotoboeken afgedrukt en op exposities getoond. Hoe heeft ze die vrouw zo dicht kunnen benaderen, hoe heeft ze haar pijn kunnen vastleggen zonder er zelf aan onderdoor te gaan? Maar ik weet het antwoord allang: ze heeft het niet gered, ze ís eraan onderdoor gegaan.

'Ik herinner het me,' zegt Nene in Ira's richting en in dat korte zinnetje zit zoveel begrip en zoveel teleurstelling dat Ira's ogen achter haar chique bril heel klein worden. Het liefst zou ik hen nu alleen laten, maar ik weet dat ze geen woord meer zullen zeggen zodra ik me verwijder.

'Je was helemaal van de kaart.'

'Ja, klopt. Het idee dat er een leven zonder mijn oom kon bestaan, was voor mij absurd.'

'Toen Stalin stierf, zijn mensen die door zijn toedoen in de goelag zaten ingestort van verdriet. De Oostblokvariant van het stockholmsyndroom,' merkt Ira droogjes op. Ik moet ineens lachen. Luidkeels, ik schater het uit. De andere twee kijken me verward aan, maar dan begint Nene ook te lachen. Ze heeft gevoel voor elke vorm van humor, ze laat zich gemakkelijk aansteken. Ira grijnst en schudt haar hoofd over ons.

Opeens duikt de getatoeëerde kelner op, schijnbaar gelokt door onze onverwachte vrolijkheid, maar zijn ware bedoeling komt meteen aan het licht. Hij vraagt of we nog iets willen, of zíj nog iets wil.

'Waarom niet,' zegt ze, terwijl ze naar hem glimlacht, en hij is blij haar een plezier te kunnen doen en nog een drankje te kunnen mixen.

'Wat moet dat worden met die arme jongen?' vraag ik grijnzend als hij verdwenen is.

'Ik vind hem leuk,' zegt Nene met een veelbetekenende knipoog.

'Ging jij binnenkort niet weer de verbintenis voor het leven aan?' wil Ira weten. Ze legt de nadruk op 'voor het leven'.

'Nou en?'

'Wie is de nieuwe uitverkorene? Wat doet hij?'

'O, jullie zouden dol op hem zijn, Koka is geweldig. De jongens zijn ook dol op hem,' voegt ze er met een geraffineerd lachje aan toe.

Nene en de mannen. Ik vraag naar foto's van haar jongens. Ze pakt haar mobiel en laat ze ons bereidwillig zien. Loeka, hoe oud is hij nu? Hij moet ongeveer eind twintig zijn en is vast de verstandigste en zachtaardigste in haar familie. Als kleine jongen was hij al bedachtzaam en rustig, hij leek de zachte inborst van zijn vader te hebben geërfd.

Tapora's begrafenis. Ik keer terug naar Tapora's begrafenis. Ik denk aan de zee van bloemen en kransen en het onophoudelijke gesnik van Manana, die zich op de kist wierp. En aan de lange rij begrafenisgangers voor de kerk, als bij een staatsbegrafenis. De stoet zwarte auto's en de eerste verlengde limousine van mijn leven, die dramatisch langzaam door de regenachtige straten naar de begraafplaats reed.

Op de avond na de rouwplechtigheid hield Nene op een bepaald moment ineens op met huilen en zei met grote ogen, met een zilveren dienblad met etensresten in haar hand, verbaasd en een tikkeltje ongelovig, alsof ze het zelf nog niet kon bevatten, dat ze nu iedere man die ze wilde als minnaar kon nemen. Ik weet nog hoe ik bij die woorden verstarde, hoe ik naar een passend antwoord zocht maar het niet vond. Ik had verwacht dat ze over scheiding zou beginnen, over terugkomen naar Tbilisi, ik kon haar gedachtegang absoluut niet volgen.

'Hoezo? Je kunt toch ook van je man scheiden?'
Ze keek me verbluft aan.
'Waarom scheiden? Ik heb een goed leven in Moskou. Kote is een beste man. Hij laat me mijn gang gaan. Hij heeft zijn liefjes en als ik het een beetje handig aanpak, kan ik ook wel aan mijn trekken komen.'

Ze verdween in de keuken, ik bleef als versteend in de deuropening staan en keek in de felverlichte woonkamer, waar het een paar uur eerder nog zo vol mensen was dat je je er amper kon bewegen en waar nu alleen Tsotne in zijn zwarte pak in zijn rolstoel voor zich uit zat te staren. De laatste keer dat ik hem had gezien, werd hij onder het bloed en bewusteloos de ambulance in geschoven. De eerste kogel had Tsotne gemist. Die had eerst de voorruit doorboord, daarna zijn linkeroor geschampt en was toen door de achterruit weer naar buiten gegaan. De tweede kogel had zijn linkerschouder geraakt, de derde was zijn wervelkolom binnengedrongen en ergens in het ruggenmerg blijven steken. Mijn broer was geen bijster goede schutter of hij had bewust zijn hoofd of zijn hart gemist, daar zullen we nooit achter komen.

Ik kon mijn ogen niet van hem afhouden. Tsotne had duidelijk pijn en toch straalde zijn houding iets heerszuchtigs, bijna gebiedends uit, zoals hij daar zat in zijn rolstoel, die ook een troon had kunnen zijn. Ik keek naar hem door de kier van de deur: iets in zijn aanblik boezemde me angst in. Hij maakte een ernstige, in zichzelf gekeerde indruk en juist in die rust lag iets onberekenbaars, iets volkomen willekeurigs. Hij zal Tapora's plaats innemen, hij zal uitgeroepen worden tot de nieuwe koning – die gedachte sloeg als de bliksem bij me in. Ja, ik wist het zeker: hij was Tapora's erfgenaam en hij zou wreder zijn. Want wat mijn broer hem had aangedaan, had hem beroofd van het laatste restje mededogen.

Later die avond, nadat ook de allerlaatste begrafenisgangers waren vertrokken, vroeg Nene Dina en mij mee naar haar kamer. Iedereen was geweest: politici en ambtenaren, autoriteiten uit de schaduwwereld, verre familieleden, die allemaal bij Tapora in het krijt stonden, ondergeschikten en zelfs een paar van zijn vijanden. Alleen de familie, Dina en ik waren achtergebleven. Dina was terneergeslagen, haar gezicht was leeg en triest, want het was haar niet gelukt om met Tsotne te praten. Hij had haar afgewezen, alsof de schoten ook hun schuchtere, naamloze verbond onherroepelijk hadden verbrijzeld.

Toen we Nene's kamer binnengingen, stond haar schoonzus in spe poedelnaakt voor het raam en showde haar aantrekkelijke lichaam aan een groepje jongens, die beneden op staat stonden te joelen en te fluiten. Ze draaide rond en rekte zich uit, ging koket met haar hand over haar borsten en armen, streek haar dikke, taillelange haar naar achteren en lachte gelukzalig.

Nene en Dina, volkomen overdonderd door die aanblik, bleven in de deuropening staan, terwijl ik behoedzaam naar Anna toe liep, een arm om haar schouder sloeg en haar een badjas omdeed. Ik joeg de jongens weg en trok de gordijnen dicht.

'Anna, wat ben je aan het doen?' vroeg Dina verbijsterd.

'Ze vinden me mooi,' zei Anna en ze schonk ons een stralende glimlach.

'Ze vinden je niet mooi, ze gebruiken je, ze lachen je uit!'

Dina's botheid verbaasde me. Ik probeerde haar met een blik duidelijk te maken dat ze voorzichtig moest zijn, maar ze negeerde mijn waarschuwing.

'Je liegt! Je bent altijd al jaloers op me geweest!' antwoordde Anna en ze draaide voor onze ogen een pirouette. Nene stond met open mond midden in de kamer en keek me hulpeloos aan.

'Wat hebben ze met je gedaan?' riep Dina.

'Maak je geen zorgen. Goega wil toch wel met me trouwen,' stelde Anna ons gerust en ze liet zich op het bed vallen. 'Ergens vind ik het mooi dat we nu eindelijk toch nog vriendinnen worden!'

Ze ging in kleermakerszit op het bed zitten en keek ons vol verwachting aan. 'En we krijgen vast ook kinderen, Goega en ik. Ik wil een meisje en een jongen. Ik heb ze niets verteld. Ik heb niets losgelaten. Otto zit ergens in Bulgarije. Meer weet ik niet. Mijn dochter wordt hopelijk niet zo lang als ik, dan kan ze balletdansen.'

We stonden als bij een heksensabbat om haar heen en

staarden haar met grote ogen aan. Dina ging langzaam naast haar op het bed zitten, trok haar knieën op, sloeg een arm om haar schouder en keek haar diep in de ogen.

'Wat is er in godsnaam gebeurd! Mijn broer komt dit niet te boven, dit kan niet waar zijn,' riep Nene. 'Waar zit hij? Waar in Bulgarije zit Otto?'

'Dat moet je aan je broer vragen,' siste Dina.

'Hou alsjeblieft op, Dina, laat haar met rust, ze is bang voor je!' bemoeide ik me ermee.

'Voor mij hoeft ze niet bang te zijn, ik doe haar niks. Ze hebben je al genoeg aangedaan,' zei Dina nu tegen Anna, en ze legde haar hoofd op Anna's schouder.

'Ze zijn allemaal gek op me. Jongens zijn nu eenmaal gek op me. Schoonheid is ook een last, zoals mijn moeder altijd zegt.'

Plotseling hoorde ik een klaaglijk geluid, het duurde even voor ik begreep dat het Dina was. Ik durfde haar niet aan te raken, alsof ik bang was dat ze tot stof zou vergaan. Alleen Anna aaide haar telkens weer onbekommerd over haar hoofd.

'Het komt goed, het komt allemaal goed. Ze zullen ook van jou houden. Je zult de ware nog wel vinden, maak je geen zorgen, ze zijn ook gek op jou...' herhaalde ze steeds, haar woorden deden me huiveren.

Na een poosje ging Dina weer rechtop zitten en veegde de tranen van haar gezicht.

'Weet je, ik begrijp je, ik begrijp je zelfs heel goed. Jij hebt voor de waanzin gekozen om vrij te zijn. Misschien is dat het enige wat ons nog rest.'

En Dina begon haastig haar kleren uit te trekken, tot ze ook naakt was. Anna dacht niet lang na, gooide de badjas uit en als twee artiesten sprongen ze op en trokken gillend de gordijnen weer open om voor het raam te gaan staan en kijklustigen te lokken.

'Hoe bestaat het dat ze haar verstand niet heeft verloren, nadat ze dit allemaal heeft gezien?' vraagt Nene, die verdiept is in de Soechoemi-serie.

'Dat heeft ze wel. Niet meteen, maar stukje bij beetje, zo je wilt,' antwoord ik droogjes en ik verdiep me ook in de foto's. Een tijdje zeggen we niets, dan gaat Nene over op een ander onderwerp.

'Loeka studeert psychologie, kunnen jullie je dat voorstellen? Hij zit in Zwitserland, in Bazel. Binnenkort is hij klaar. Ik kan er nog steeds niet bij. De eerste intellectueel in mijn familie. Een psycholoog kunnen we bij ons in de familie goed gebruiken, zeg ik steeds weer tegen hem, en dan lacht hij.'

'Wat fantastisch, echt fantastisch, Nene. Ik ben blij voor jou en voor Loeka.'

'Ja, om Loeka hoef je je geen zorgen te maken. Alleen de tweeling kost me hoofdbrekens. Ze adoreren mijn broer, hoewel die allang niet meer...' Ze werpt een scherpe blik in Ira's richting. 'Ze zijn alleen maar aan het feesten en de studie, waar hun vader ze toe heeft gedwongen, interesseert ze geen fluit. Het zijn echte losbollen. Maar de tijden zijn veranderd, Tbilisi is een andere stad geworden. Dat is mijn enige troost. Kote is weliswaar druk met zijn nieuwe liefje, maar hij houdt de jongens toch in het oog. Het is een goede vader, dat wel,' voegt ze er ietwat hatelijk aan toe.

Ik denk aan Nene's tweeling, die ze in Moskou heeft gekregen, aan dat onstuimige stel, die kleine duveltjes, die als enigen in haar familie niet de markante Koridze-ogen hebben geërfd en die met diverse kindermeisjes in pracht en praal zijn opgegroeid. Ik was altijd een beetje bang voor die kinderen, omdat ik ze zo onberekenbaar vond, heel anders dan hun oudste broer. Het is niet eerlijk om de voorkeur te geven aan Loeka, in de irrationele veronderstelling dat hij zoveel verstandiger en zachtaardiger is omdat hij uit liefde is geboren, terwijl de tweeling het product is van een overeenkomst, een soort garantie voor het voortbestaan van de familie, die nooit een familie is geweest.

Gaandeweg kwamen we erachter dat Kote ook na de bruiloft zijn liefjes niet had afgezworen, maar zo genereus was om op zijn beurt een oogje dicht te knijpen als het ging om Nene's vrijblijvende avontuurtjes, waar ze zich in de jaren aan zijn zijde heel handig en discreet in uitleefde. Dina noemde het Nene's stille verzet. En misschien had ze gelijk.

'Ik denk erover om terug te gaan naar Tbilisi,' zegt Ira opeens en we draaien allebei verbaasd ons hoofd naar haar om.

'Wat zeg je?' Ik denk dat ik het verkeerd heb verstaan.

'Ja, waarom niet, ik ben het zat om de hele tijd voor klootzakken te werken. Ik zou me nuttig kunnen maken. Ik heb contact met verschillende ngo's en vrouwenrechtenactivistes in Georgië. Af en toe geef ik hun gratis advies en dat doe ik met veel plezier. En ja, ik ben het met Nene eens, de tijden zijn veranderd, Tbilisi is een andere stad en dat geeft hoop. Er is nu een heel ander bewustzijn voor de misstanden, de nieuwe generatie kan zich het leven dat wij hebben geleid niet eens meer voorstellen. Dat het bijvoorbeeld nog geen vijfentwintig jaar geleden is dat de mensen elkaar midden op straat afslachtten. De jongeren willen iets tot stand brengen, ze willen in een rechtsstaat leven. Ik heb genoeg geld, ik hoef niet nog meer te verdienen. Bovendien is mijn vader sinds de dood van mijn moeder veel alleen, ik zou me meer met hem kunnen bezighouden. Ik heb al een paar huizen bekeken en overweeg er een te kopen.'

Dat had ik niet verwacht en ik vraag me af wat ik van haar idee vind.

'En alles wat geweest is, is vergeten en voorbij?' wil ik weten.

'Voorbij? Toe nou...' bemoeit Nene zich ermee, niet helemaal vrij van sarcasme. 'Ze is bij ons een ware heldin, bepaalde kringen vereren haar alsof ze koningin Tamar zelf is, ze is hét boegbeeld van links...'

'Echt? Dat je na die processen alom bekend was en de samenleving in twee kampen hebt verdeeld, dat weet ik natuurlijk, maar dat je roem tot op de dag van vandaag voortduurt, is nieuw voor me.'

'Ach, klinkklare onzin. Sommigen kennen me misschien nog van toen en ik heb contact met bepaalde vakgenoten, maar ik ben zeker geen boegbeeld.'

'En alle pesterijen en dreigementen zijn vergeten, denk je?' vraag ik door.

Ik zie Ira voor me, hoe ze Georgië wanhopig opnieuw de rug toekeerde en een tweede kans in Amerika zocht. Ik denk aan de modder waarmee ze werd besmeurd nadat ze het proces had gewonnen, de dreigementen en intimidatiepogingen, en daarna de foto van haar met dat roodharige meisje met dreadlocks, genomen ergens in Californië, de foto van een schuchtere kus, en de smaad en laster die erop volgden.

'Ja, dat hoop ik.'

Ze kijkt Nene niet aan, maar de spanning die zich in een mum van tijd opbouwt, is om te snijden.

Op 1 september 1993, na de zomervakantie, gingen de kinderen in Abchazië weer gewoon naar school. De vrede leek broos, maar de mensen waren zo uitgeput en snakten zo naar een beetje normaliteit, dat ze bereid waren die gebrekkige, bedrieglijke rust als de nieuwe normaliteit te accepteren. Duizenden verdrevenen keerden op bevel van de regering terug naar huis. De Georgische artillerie, de tanks en kanonnen werden teruggeroepen. De Russische staf had een plan uitgewerkt om de stad Soechoemi te belegeren. Op 16 september openden de Abchazen het vuur. De zogenaamde Russische vredesmissie deed niets om de aanval tegen te gaan. De Abchazen kregen de volledige beschikking over het Russische wapenarsenaal en de bommenwerpers. Het hoofddoel was echter de bezetting van het regeringsgebouw en de liquidatie van alle Georgische regeringsvertegenwoordigers. Dina ontsnapte aan dat inferno dankzij de hulp van een Frans evacuatieteam. Die drie weken die ze in Soechoemi had doorgebracht, maakten de veranderingen in haar wezen onomkeerbaar.

Net als na de vorige keer in het voorjaar liet ze niet veel los over haar nachtmerries, maar ze bracht al deze adembeklemmende foto's mee terug naar Tbilisi. En zo werd Dina in die herfst – de herfst waarin mijn broer in de psychiatrische kliniek in de Asatianistraat werd opgenomen en Tapora dood voor zijn wc-pot werd gevonden, waarin Tsotne opnieuw moest leren lopen, Anna besloot de vrijheid in de waanzin te zoeken en Nene me de macabere overlevingsstrategie voor haar tweede huwelijk uit de doeken deed – steeds opgezocht door vreemde mensen die haar nodig hadden als ooggetuige. Overal doken opeens haar oorlogsfoto's op. Ze werden het onweerlegbare bewijs van het onuitsprekelijke, ze werden op de televisie getoond en verschenen op de voorpagina van de kranten.

Hoe vleiend het voor Dina als fotografe ook geweest moet zijn om zoveel aandacht te krijgen, voor haar als mens was het pijnlijk en ongezond. Haar roem en haar plotselinge bekendheid waren gebaseerd op leed, dood en onbeschrijfelijke verschrikkingen. En ze berustten op de dood van twee mensen die haar steun en toeverlaat waren geweest, met wie ze een team had gevormd en van wie ze alles had geleerd. Want Posner en een andere collega waren bij een beschieting in Soechoemi om het leven gekomen. Die dag was Dina halverwege omgekeerd, Posner had gezegd dat ze terug moest gaan naar hun onderkomen omdat de situatie te gevaarlijk was, hij wilde geen risico nemen. De dood van Posner, die door alle journalisten en fotografen in het land werd bewonderd, liet een grote leegte achter. Door de onafhankelijkheidsbeweging, de burgeroorlog en alle demonstraties en omwentelingen was hij zoiets als het geweten van de natie geworden. Hij was zowel van de Ossetische als de Abchazische oorlog getuige geweest, sinds 1989 was er geen bloedige dag voorbijgegaan of hij had hem met zijn camera vastgelegd. En nu werd van Dina, zijn meesterleerlinge, verwacht dat ze in zijn voetsporen zou treden. Dat jonge, onverschrokken meisje leek de capaciteiten te hebben om hem op te volgen, niet voor niets had hij haar tot zijn rechterhand gemaakt, niet voor niets had hij zich over haar ontfermd. Maar daar was Dina niet op uit geweest toen ze dankzij een simpele aanbeveling met grote passie de redactie van *De Zondagskrant* was binnengestapt. Ze had niet gedacht ooit mensen te moeten fotograferen die door de Kaukasische bergen vluchtten terwijl hun kinderen onderweg doodvroren, grootmoeders die de wereld aanklaagden omdat aan hun voeten een dood kleinkind lag, of de lijken van de Georgische regeringsleden voor het regeringsgebouw te moeten vereeuwigen. Ondanks alle hardheid die ze aan de dag kon leggen, ondanks alle robuustheid en standvastigheid die haar kenmerkten, was ze niet op zoveel leed voorbereid. Toen haar de rol van Posner werd aangeboden, durfde ze niet te weigeren, ook omdat ze dacht de dode iets verschuldigd te zijn. En wij, degenen die dicht bij haar stonden, hebben die last onderschat, omdat ze altijd die voor mij zo vreemde en toch benijdenswaardig lijkende eigenschap had gehad om alles wat haar naar beneden trok, moeiteloos van zich af te schudden. Maar natuurlijk hoopte het zich allemaal op in haar hart en werd ze ziek van die last, natuurlijk werd ze dat, natuurlijk.

Na haar terugkeer uit Soechoemi, dat op 27 september 1993 na een gruwelijk bloedbad onder de burgerbevolking viel – waaraan op al die met kleine letters beschreven bordjes onder haar foto's wordt herinnerd –, nadat de drie belangrijkste Georgische regeringsvertegenwoordigers waren geëxecuteerd en de stad in de as was gelegd, bood haar gebruikelijke strategie om zich terug te trekken en te verstoppen geen uitkomst, ze kon geen ijzeren grendel meer voor het verleden schuiven. Van de ene op de andere dag was ze een publieke figuur geworden, moest ze de mensen haar herinneringen lenen, herinneringen aan de slachting onder vele duizenden, moest ze hen ermee voeren en plaatsvervangend spreken voor iedereen wie dat niet meer was gegund.

Mijn broer belandde in de Asatiani-kliniek voor psychische aandoeningen, de officiële diagnose 'affectieve stoornis' behoorde tot de symptomen van schizofrenie, een behandeling met medicijnen was niet te vermijden. Het duurde een paar weken voor ik de moed kon opbrengen hem op te zoeken. Tsotnes toestand verbeterde dankzij talrijke behandelingen in revalidatieklinieken, ook al bleef zijn linkerbeen dienst weigeren. Met ijzeren discipline dwong hij zichzelf elke dag tot een nieuwe moeizame stap, maar alleen zijn rechterbeen werkte mee, het linker sleepte hij voortaan achter zich aan. Hoewel hij niet bereid was de weigering van zijn lichaam te accepteren, schafte hij op een dag toch die stok met gouden knop aan, die hij waarschijnlijk nog steeds gebruikt. Met Tapora's geld breidde hij zijn imperium uit en smokkelde hij de dubbele hoeveelheid heroïne het land binnen. Hij nam weer zijn intrek in de Dzierżyńskistraat, bij zijn moeder en zijn broer, die de wereld niet meer begreep sinds het meisje met wie hij wilde trouwen, zich bij elke gelegenheid naakt aan vreemde mannen vertoonde. Manana sprak het machtswoord. In die toestand mocht Goega 'de patiënte' niet mee naar huis brengen. Zij was al genoeg gestraft met de dood van haar zwager, de buitenechtelijke zwangerschap van haar dochter en de voortdurende zorgen om haar invalide geschoten zoon.

Wat was er nog meer, vraag ik me af, wat ben ik vergeten? Wat heeft de tijd als de resten krijt op het schoolbord na de laatste les uitgewist?

Ja, mijn vader... mijn inmiddels volkomen grijze vader, die met zijn trillende handen amper een glas kon vasthouden zonder te morsen. De avond voor mijn vertrek naar Kiev ging ik in zijn werkkamer op de leuning van zijn oeroude fauteuil zitten en pakte zijn hand. Een tijdje zaten we zo zwijgend bij elkaar, tot hij opeens die woorden tegen me zei waar ik nu aan moet denken: 'Ik ben tekortgeschoten, Keto. Het spijt me zo dat ik jullie niet heb kunnen beschermen.'

'Beschermen waartegen?' vroeg ik meteen, want dit soort bekentenissen deed mijn vader niet vaak, en ik spitste mijn oren toen hij begon te praten.

'Tegen het geweld, tegen dat alomvattende, ongehoorde geweld. Dat had niet mogen gebeuren. Onze zogenaamde intelligentsia heeft gefaald, ze stond volkomen machteloos tegenover dat geweld. Wij, die met de Sovjetmythen zijn volgestopt, die ver van elke realiteit opgroeiden en steeds in onze microkosmos bleven, wij bleken impotente, mislukte individuen te zijn, die niets voor elkaar kregen en niets konden verhinderen. Zo simpel is het. En precies zo, denk ik nu weleens, moet het met de adel zijn gegaan, dat decadente, wereldvreemde zootje dat zijn privileges als iets vanzelfsprekends beschouwde, totdat de bolsjewieken op de deur klopten en er koppen rolden. Ach Keto, ik zou graag weten wie het bij het rechte eind heeft, de stomme getuige die niets doet en uiteindelijk slachtoffer wordt van het systeem, of de onderdrukte die zich het recht toe-eigent om zelf te beslissen wat goed en wat slecht is en die op bloed belust is. Ik weet het niet. Waarschijnlijk zal alleen de geschiedenis het antwoord geven, maar voor het zover is, zal ik er niet meer zijn.'

Ik zei niets, ik hield alleen zijn trillende hand vast en hoopte dat mijn vader de kracht zou vinden om zichzelf te vergeven.

Eter kwam de deur niet meer uit, ze ontving geen leerlingen meer en speelde backgammon tegen zichzelf. De oorlog tegen het 'kartel' van mijn broer, zoals ik zijn bende vroeger nog schertsend had genoemd, laaide weer op toen de Mchedrioni, aangemoedigd door Rati's afwezigheid, de wijk binnendrongen en zijn inkomstenbronnen geleidelijk aan inpikten. En Levan, nu in hun uniform, kon zijn wapen openlijk dragen en hoefde het niet langer onder zijn bed te verstoppen.

Ik vertrok naar Kiev. Ik logeerde in dat reusachtige, leegstaande hotel. Ik volgde Rezo op de voet en voerde nauwkeurig zijn instructies uit. We werkten aan *De annunciatie*, een muurschildering uit de achttiende eeuw. Ik zweeg, at *pelmeni* met zure room en vermeed het hem aan te raken.

VIER

თავისუფლება
JE EIGEN GOD

En daar het leven zo pulseert
Sluit alle poorten van de dood
En laat ons zegenen de dag
Dat wij ter wereld kwamen!

Lado Asatiani

HET PARADIJS

We zitten in de overvolle tuin, de muziek slaat iets behoedzamer tonen aan, ondanks de mooie entourage, de goede stemming en de kostelijke drankjes mag een beetje ingetogenheid niet ontbreken. Anano is bij ons komen zitten. We praten over de geslaagde avond, we prijzen haar, we vleien haar en willen haar hulde brengen. We zijn allemaal blij haar bij ons te hebben. We willen haar voor onszelf, het is een eigenzinnige, bezitterige impuls; de irrationele wens om met haar ook een stuk van Dina in ons midden te hebben verbindt ons. Ik wil haar de hele tijd aanraken, haar huid voelt net zo aan als die van haar zus, haar geur herinnert me aan mijn vriendin, die ik opeens zo ontzettend mis dat ik opsta, tussen de in alle mogelijke talen luidkeels pratende mensen door glip en wegkruip in een donker hoekje onder een kuipplant, die zijn bladeren uitspreidt voor bescherming zoekenden zoals ik.

Ik hoor haar rauwe lach weer, ik zie haar fonkelende ogen voor me. Er zijn zoveel jaren verstreken en toch kan mijn lichaam er niet in berusten dat ze er niet meer is, dat ik haar nooit meer kan aanraken, dat ik haar nooit meer iets kan verwijten en nooit meer van haar kan houden zoals ik alleen van haar kon houden – nietsontziend, onverbiddelijk, zonder enige angst, zonder enig voorbehoud. Zoals zij me heeft geleerd van iemand te houden en zoals maar heel weinig mensen het doen.

Ik denk opeens aan Gio, ik kruip even uit mijn schuilplaats en grijp een nieuw glas wijn van het dienblad waarmee een serveerster langskomt. Ik denk aan zijn rode krullen. Ik denk aan de keer dat ik hem voor het eerst weer zag, nadat Dina van het front naar Tbilisi was teruggekeerd.

Het was eind oktober, we vierden Dina's verjaardag, blij dat haar dochter weer heelhuids terug was, had Lika een surpriseparty georganiseerd. Toen Dina thuiskwam van de redactie stonden we allemaal in het souterrain met serpentines en een taart van gecondenseerde melk. Ze was niet in de stemming om te feesten, de verschrikkingen zaten te diep, de dood van haar collega's was te vers. Ze was mensenschuw geworden en trok zich, als ze niet naar een tv-uitzending of een interview moest, zo veel mogelijk terug in haar atelier.

Dat Rati met een nepdiagnose in de psychiatrie zat en Tsotne in een rolstoel, leek het er niet beter op te maken. Toen ik terugkwam uit Oekraïne, zat ze vol stil verwijt en vijandigheid, alsof ze mij verweet dat ik weer een veilig heenkomen had gezocht, terwijl zij zich met huid en haar overleverde aan alle catastrofes.

Ik weet niet hoe Lika Gio had opgespoord, Dina moest over hem hebben verteld en Lika moest achter zijn nummer zijn gekomen, in elk geval had ze hem op Dina's feestje uitgenodigd. We moesten ons in de eetkamer verzamelen en stil zijn tot Dina kwam om haar te verrassen. Het was ondanks alle moeite een treurig feest, want van alle mensen die dicht bij haar stonden, was behalve haar familie alleen ik aanwezig.

Ik zag hem meteen, hoewel het donker was in de kamer. Het was waarschijnlijk voor het eerst in al die jaren dat we vrijwillig het elektrisch licht uit hadden gelaten, om niet voortijdig door Dina te worden ontdekt. Zijn rode haar viel me onmiddellijk op. Ook al was onze laatste ontmoeting bijna twee jaar geleden, toch zag hij er nog precies zo uit als in mijn herinnering. Hoewel ik hem op Dina's foto's had teruggezien, was hij voor mij altijd ongrijpbaar gebleven, een schim uit een nachtmerrie, iemand die alleen die ene dag had bestaan, dicht bij een apenrots, liggend in de modder. Toen hij plotseling voor me stond, wist ik niet wat ik moest denken en voelen. Ik wist niets van hem en dat leek me op dat moment verkeerd, onnatuurlijk. Ik zag hem, de tweevoudig overlevende, en voelde niets. Wat had ik verwacht? Misschien iets groots, dramatisch? In plaats daarvan stond ik daar maar, met mijn blik op hem gericht, en voelde een doffe leegte. Ik probeerde in te schatten of hij me had herkend, wat blijkbaar niet het geval was, hij leek me niet eens te zien. En toen onze blikken elkaar toevallig kruisten, glimlachte hij net zo beleefd naar mij als naar alle anderen. Op een gegeven moment hield ik het niet meer uit, raapte al mijn moed bij elkaar en liep op hem af. Hij keek me vragend aan, alsof hij een verklaring verwachtte voor mijn ongevraagde toenadering. Zijn ogen waren donkerder dan ik me herinnerde, zijn huid lichter, alleen zijn haar was nog even vuurrood. Van de nogal opvallende spleet tussen zijn tanden stond me niets meer bij.

'Kan ik wat voor je doen?' vroeg hij grijnzend. Ik had hem nog nooit zien lachen. In mijn herinnering lachte hij niet, in mijn herinnering vreesde hij voor zijn leven.

'Je weet niet meer wie ik ben?' vroeg ik en ik voelde me onnozel. Waarom wilde ik eigenlijk per se dat hij zich mij herinnerde?

Opeens betrok zijn gezicht, zijn oogleden trilden en hij opende een paar keer zijn mond zonder iets te zeggen. Toen spreidde hij plotseling zijn armen uit en drukte me stevig tegen zich aan, zo stevig dat ik dacht dat ik zou stikken. Het was misschien wel de raadselachtigste, innigste omhelzing van mijn leven. Alles om ons heen, de andere gasten, de plek waar we ons bevonden, de geluiden, het gefluister – iedereen praatte zachtjes in afwachting van de jarige –, verdween naar de achtergrond, het enige wat overbleef waren wij tweeën en de dierentuin. Ik was zo verrast, zo overrompeld door dat gebaar dat ik geen woord kon uitbrengen.

Voor mijn gevoel bleven we een eeuwigheid zo staan. Ik was niet in staat mijn armen om hem heen te slaan, maar ik maakte me ook niet van hem los. Er maakte zich een vreemde euforie van me meester, alles leek op zijn plek te vallen, voor me stond die ten dode opgeschreven jongen, gezond en wel, en hij hield me stevig vast, zo stevig dat ik geen andere keus had dan alles te accepteren zoals het was.

Dina was bij thuiskomst onaangenaam verrast en deed zichtbaar moeite om haar weerzin te verbergen. Toen we met z'n allen 'Lang zal ze leven' zongen, dwong ze zichzelf tot een vermoeide glimlach, ook de kaarsjes blies ze als een braaf schoolmeisje uit. Het was overduidelijk dat ze zich door de avond heen worstelde. Op een gegeven moment kwam ze naar me toe, trok Gio achter zich aan en zei: 'Ik zie dat jullie elkaar teruggevonden hebben.'

Ze zei niet: elkaar gevonden, ze zei: elkaar teruggevonden, maar ik vroeg niet waarom ze het zo formuleerde. Ik knikte en glimlachte naar haar. Gio, die altijd even blijmoedig leek, sloeg opgewekt zijn arm om Dina's schouders en stak onvermoeibaar de loftrompet over haar. Het klonk als de pathetische toost van een tamada, wat Dina duidelijk tegenstond.

In de loop van de avond had ik tijd om hem uitgebreid te bestuderen. Vanuit mijn ooghoeken zocht ik vergeefs naar aanwijzingen, naar aanknopingspunten voor onze lotsverbondenheid. Hij gedroeg zich vrolijk, goedmoedig, belangstellend en behulpzaam, hij had een uitgesproken gevoel voor humor en kwam snel met anderen in gesprek, waarbij hij zijn gesprekspartner de hele tijd aanraakte. Niets aan hem deed denken aan een overlevende. Integendeel, ik stond versteld van zijn luchthartigheid, zijn uitgelatenheid, zijn vlotte babbel. Anders dan bij Dina leek de oorlog spoorloos aan hem voorbijgegaan te zijn.

Later, toen de gasten waren vertrokken en Lika ons verbood haar te helpen met opruimen, gingen we met z'n drieën om de ronde tafel zitten en keken elkaar ongelovig aan, als kinderen die zich voor het eerst bewust worden van hun naaktheid.

'Ik vind het zo erg, dat van Posner,' begon hij, terwijl hij Dina's hand aanraakte. Ze zei niets, knikte alleen even. 'En je foto's zijn grandioos. Ik heb gisteren je serie uit Soechoemi in *De Zondagskrant* gezien en toen pas echt begrepen wat daar is gebeurd. Toen ik er zelf was, was ik alleen maar bezig met vechten en overleven. Ik concentreerde me uitsluitend op mijn bevelen en alles om me heen ging aan me voorbij. Tot ik je foto's zag en sprakeloos was. Pas door jou heb ik begrepen wat we hebben doorgemaakt.'

Hij nam een slokje wijn. Zijn wangen gloeiden en hij streek voortdurend met zijn tong over zijn droge lippen.

'En nu leer ik jou ook eindelijk kennen,' zei hij tegen mij met een wat nederig klinkende stem.

'En wat doe je nu?' wilde Dina weten.

'Ik ga mijn studie afmaken,' zei hij en hij wierp weer een blik in mijn richting. 'En proberen me gedeisd te houden.'

Hij knipoogde naar me en ik begreep niet wat hij daarmee wilde zeggen.

'Wat studeer je?' vroeg ik uit beleefdheid.

'O, dat is een lang verhaal. Ik heb er twee keer de brui aan gegeven. Ik ben begonnen met ingenieurswetenschappen aan de Technische Hogeschool, dat wilde mijn moeder per se, maar eigenlijk interesseert me dat totaal niet. Daarna wilde ik doorgaan met informatica, maar die faculteit loopt zo hopeloos achter, ze hebben helemaal geen apparatuur. Ik wilde toelatingsexamen doen voor wiskunde, maar ik ben heel lui, en de oorlog was een goeie smoes,' zei hij en weer gaf hij me een vrolijke knipoog. Ik wist niet of ik die grap smakeloos of geslaagd moest vinden. Op de een of andere manier paste zijn gedrag niet bij iemand die iets met getallen deed, aan de andere kant vroeg ik me af wat ik me dan had voorgesteld, welke levensweg wel bij die schim uit mijn herinnering zou hebben gepast.

'Oké, doe dat,' zei Dina en ze stak een sigaret op. Haar gezicht was moe, ze had diepe kringen onder haar ogen en ingevallen wangen. Ze was de afgelopen maanden zichtbaar afgevallen en dat stond haar niet, het sterke en gezonde van haar lichaam had altijd een deel van haar uitstraling gevormd.

'Maar zorg wel dat je niet weer ergens in verzeild raakt,' zei ze overdreven luchtig, terwijl ze hem op zijn schouder klopte. 'Sorry, maar ik moet nu naar bed, ik ben doodop. Ik wist dat jullie goed met elkaar overweg zouden kunnen,' voegde ze er nog veelzeggend aan toe, voor ze met een verontschuldigend gezicht van tafel opstond; we wensten haar welterusten.

We bleven nog hooguit tien minuten en nadat ik afscheid had genomen van Lika en Anano, liepen we naar buiten, de lege binnenplaats op.

'Ik zou je graag thuisbrengen, maar dat wordt geloof ik een beetje belachelijk. We kunnen wel doen alsof je ver weg woont en nog een paar blokjes om lopen,' stelde hij voor. Hij was duidelijk aangeschoten, terwijl ik maar weinig had gedronken, maar ik wilde nog niet naar huis en ging ondanks het gure, natte weer op zijn voorstel in. We liepen door de smalle, met kinderkopjes geplaveide straatjes van Sololaki. Terwijl we over koetjes en kalfjes praatten en hij me uithoorde over mijn studie en hobby's, probeerde ik erachter te komen wat ik in zijn bijzijn voelde. Maar het lukte me niet. Hij was voor mij een vat vol tegenstrijdigheden en ik kon niet wijs uit hem worden. Hij leek niets gebrokens, beschadigds te hebben, en iets in die schijnbaar niet stuk te krijgen vrolijkheid ergerde me: ik wilde krassen ontdekken, wonden, iets wat ik kon volgen. De afgelopen jaren had ik geleerd elke vorm van overdreven optimisme te wantrouwen, ik had nogal moeite met die zelfgenoegzame opgewektheid van hem.

Op een gegeven moment waren we weer bij het hofje, bleven nog een paar minuten tegenover elkaar staan; toen sloeg hij opnieuw zijn armen om me heen. Daarna vroeg hij of hij me mocht bellen.

'Denk je echt dat dat een goed idee is, ik bedoel...'

'Waarom niet?' vroeg hij ontwapenend naïef. 'Ik heb heel lang naar jullie gezocht. Er ging geen dag voorbij of ik dacht aan jullie.'

Hij merkte dat ik aarzelde.

'Goed, dan doen we het zo: ik geef je mijn nummer. Als je je bedenkt, bel me dan. Dan kom ik meteen naar je toe,' zei hij, en die zin klonk wonderlijk mooi en misplaatst tegelijk. Hij dicteerde me zijn telefoonnummer en herhaalde het net zolang tot ik het uit mijn hoofd kende. Tot slot moest ik het lachend voor hem opzeggen. Daarna kwam hij heel dicht bij me staan, zo dicht dat ik zijn alcoholadem en zijn aftershave kon ruiken, en streek een lok uit mijn gezicht. Toen hij me aanraakte, voelde ik een eigenaardige kriebel op mijn huid.

'Dank je, Keto. Dank je wel,' zei hij en hij verdween in de nacht.

'Alles in orde?'

Het is Anano, die me heeft gezocht. Ik knik ijverig, maar ze gelooft me niet.

'Het valt allemaal niet mee, begrijp je,' zeg ik zachtjes en ze kijkt me van opzij aan, zo liefdevol, zo begripvol dat ik heel even wou dat ze mijn hand vastpakte en hem de hele avond niet meer losliet. Haar vertrouwen zou ook genoeg zijn voor twee.

'Weet ik,' zegt ze en ze streelt mijn rug.

'Kom bij ons zitten. We hebben plezier. We zullen je opvrolijken. Nene houdt de stemming erin.'

Nene, de geboren salondame, een vrouw voor de bühne, die haar nooit vergund is geweest, het middelpunt van elk gezelschap. Ze heeft haar extravagantie door de jaren heen gecultiveerd, ze heeft routine, haar vrolijkheid is aanstekelijk.

'Ze is uniek, echt,' zegt Anano, en ik herken de bewondering die ze altijd voor Nene heeft gekoesterd.

Ik ben bang voor die foto's en toch voel ik me nog verlorener als ik ze niet voor me zie. Dus besluit ik de tentoonstelling nog één keer te bekijken. Ik wil er zeker van zijn dat ik niets heb overgeslagen, niets over het hoofd heb gezien. Ik beloof Anano meteen terug te komen en me aan te sluiten bij het lachende clubje dat zich rond Nene heeft geschaard. Ik loop opnieuw de statige trappen op, de zaal is nu helemaal leeg.

De foto van Anna springt als eerste in het oog. Anna, nadat ze haar verstand heeft verloren. Nee, ze heeft het niet verloren, iemand heeft haar ervan beroofd. De foto hangt in de serie portretten tussen Tsotne en mijn broer. Ja, daar hoort hij thuis, niet ver van de foto van de gehavende Goega die Dina in het ziekenhuis heeft gemaakt. Anna met de knalrode lippenstift, die ze over haar halve gezicht heeft uitgesmeerd. Zelfs dat masker doet geen afbreuk aan haar schoonheid, haar symmetrische gelaatstrekken schemeren waardig door de waan heen die zich in haar ogen heeft genesteld. Ik blijf voor haar staan, ik kom zo dicht bij haar dat het me haast te veel wordt.

Het is Nene die me onverwachts uit mijn dagdroom rukt, waarin Anna naakt uit de badkamer komt. Ik kan amper geloven dat ze haar publiek heeft verlaten, alleen om mij te halen.

'Ik ga niet naar beneden voor jij meegaat. We moeten samen klinken. We moeten elkaar nu eindelijk eens iets vertellen over ons huidige leven. Zij zou dit eeuwige treurspel niet hebben gewild. Kom, Keto, jij mag daarbeneden niet ontbreken!'

'Ik blijf echt liever hier, al die mensen werken op mijn zenuwen.'

'Ik zeg niet dat je naar die mensen moet, je moet bij ons komen.'

Dan ziet ze opeens de foto en doet haar ogen dicht.

'Waarom zijn ze niet getrouwd?' vraag ik.

'Tja, waarom. Geen enkele therapie hielp. Het werd eerder erger. Goega heeft me destijds gebeld en gevraagd een goede kliniek voor haar te zoeken, ergens in het buitenland. Hij was bezeten van het idee nog in de zomer met haar te trouwen. Een kliniek in Zwitserland was uiteindelijk bereid Anna op te nemen. In februari of maart zou ze erheen gaan, maar toen... raakte Goega slaags met Tsotne en liep alles mis.'

'Wat is er toen precies gebeurd? Ik ken alleen de afloop van het conflict, maar niet de oorzaak.'

'Goega wilde er niets over zeggen en Tsotne liet ook niets los, ik heb het ten slotte zelf aan elkaar gebreid. Ik was zwanger toen de boel escaleerde en ben een paar keer naar Tbilisi gegaan om mijn moeder te helpen, die zat er helemaal doorheen. Maar wat moest ik doen? Pas later heb ik begrepen dat het om Anna ging, want zelf zei ze amper nog een zinnig woord. Kijk maar naar die foto... Soms snap ik niet dat het allemaal echt is gebeurd. Als ik probeer de dingen te reconstrueren, lijken ze wel verzonnen. En dan denk ik: als het een film was, zou ik het allemaal overdreven vinden. Als ik er weleens met mijn kinderen over probeer te praten, geloof ik mezelf haast niet, wat moeten zij dan? Terwijl het helemaal niet zo lang geleden is, en toch, als je tegenwoordig in Georgië om je heen kijkt, lijkt er haast niets meer van die tijd terug te vinden.'

'Ik begrijp wat je bedoelt. Ik heb het ook nooit aan iemand uit kunnen leggen, niet aan mijn vrienden in Europa en niet aan mijn eigen kind.'

'Heb je contact met zijn vader?' wil ze weten.

Ik schud mijn hoofd. 'Nee, eigenlijk niet. Rati zoekt de laatste tijd uit zichzelf contact met hem, daar ben ik toevallig achter gekomen. Maar vertel verder,' zeg ik, en dat laat ze zich geen twee keer zeggen.

'Anna kwam onaangekondigd bij ons langs, Goega was op pad en Tsotne had in die tijd zoveel pijn dat hij urenlang alleen maar tv-keek. En toen, zo heb ik het tenminste voor mezelf verklaard, moet Anna zich voor Tsotne hebben uitgekleed. Goega kwam thuis, zag zijn verloofde naakt voor zijn broer staan en verloor zijn zelfbeheersing. Onvoorstelbaar dat juist Goega een weerloos iemand sloeg, maar zo is het gegaan. Er moest een spoedarts aan te pas komen, hij ging compleet door het lint. Terwijl hij heilig in een nieuw leven geloofde, vooral sinds Tapora dood was. Maar nu was alles in één klap voorbij. Elk goed begin, elk goed voornemen... en binnen de kortste keren zit je weer tot aan je knieën in de stront. Schijnt een familietraditie te zijn,' zegt ze met een treurig sarcasme in haar stem. We lachen, terwijl we maar al te goed weten dat er weinig te lachen valt.

'Kom je nu eindelijk?'

'Ik weet het niet...'

'Mijn hemel, Keto, jij kon nog nooit ergens een punt achter zetten. Je bent onverbeterlijk.'

Ze steekt haar hand naar me uit, die welgevormde witte hand met de fonkelende ringen, ik kijk ernaar en mijn vingers glijden in de hare.

'Maar deze keer ontglip je ons niet meer, beloofd?'

Kan ik haar dat beloven, vraag ik me af.

Het moet in het voorjaar van 1994 geweest zijn dat ik Goega Koridze voor het eerst met glazige ogen in de Lermontovstraat bij een kruispunt zag staan. Ik had haast om op de academie te komen, omdat ik tentamen moest doen. Hij hing daar rond met een paar louche figuren en ik was verbaasd, want dat deed hij anders nooit, ik vroeg me af wat hij daar te zoeken had. Met zijn reusachtige postuur en zijn opvallend lichte kleren leek hij niet op zijn plaats tussen die in het zwart gestoken nozems met hun bandana's en hun Ray-Ban-brillen. Ik keek om me heen en zocht zijn broer, maar Tsotne was nergens te bekennen. Dus liep ik naar hem toe om hallo te zeggen. En toen zag ik zijn ogen. Ze leken van glas.

'Alles oké, Goega?' vroeg ik bezorgd. De jongens namen me argwanend op, een paar van hen groetten me respectvol, ik was nog altijd Rati's zus.

'O, hé, Keto, alles kits?'

Goega krabde manisch aan zijn onderarm en ik kreeg meteen een akelig gevoel, ik wilde zo gauw mogelijk weer weg.

'Hoe is het met Anna? Ik heb haar lang niet gezien...'

'Met die hoer heb ik niks meer te maken,' zei hij bot en hij draaide zich weer om naar zijn groepje.

Samen met mijn vader bezocht ik mijn broer in de kliniek, en ik onderdrukte mijn tranen terwijl ik hem in de tuin van die angstaanjagende inrichting onbenullige dingen uit ons dagelijks leven vertelde en hem volstopte met Eters zelfgebakken eclairs. Hij maakte een apathische indruk, alsof hij zich op een voor ons onbereikbare plek bevond. Toen we weer op straat stonden, drong ik er bij mijn vader op aan hem daar zo snel mogelijk weg te halen. Elke gevangenis leek me beter dan te weten dat er achter die hoge stenen muren een vreemde zat die niets meer gemeen had met mijn broer. Mijn vader probeerde me zoet te houden. 'Twee jaar, het is maar voor twee jaar,' bleef hij maar herhalen, 'dan komt hij vrij en kan hij een nieuw leven beginnen.' Ik haatte mijn vader om die leugen.

Op een regenachtige avond belde ik Gio Dvali, die ik voortaan niet meer 'de roodharige' noemde. Hij wist meteen wie hij aan de lijn had, alsof hij mijn telefoontje had verwacht. We spraken af na college en gingen naar het Msioeripark, waar aan de achterkant de buis was die over de Vera naar de dierentuin liep. We praatten over ditjes en datjes, hij gaf me complimentjes, die ik gretig in ontvangst nam, alsof ik al die tijd op bevestiging van hem gewacht. Had ik enorme dankbaarheid of zelfs nederigheid verwacht? Zijn onbekommerde opgewektheid schrikte me steeds weer af. Toch had ik me voorgenomen hem aardig te vinden, ik wilde iets afsluiten, ik moest eindelijk leren ergens een punt achter te zetten. Ook bij onze volgende afspraakjes flirtte hij met me, was charmant, het was me nog steeds niet duidelijk waarom, maar ik liet het toe, misschien hoopte ik onbewust de dierentuin zo voorgoed achter me te kunnen laten. En toen hij me op een van de vele wandelingen die we in die tijd maakten in een portiek tegen de muur duwde en kuste, dacht ik nog steeds op die manier vrede met het verleden te kunnen vinden en negeerde ik het feit dat ik bij zijn kussen niets voelde.

Nadja Aleksandrovna stierf en liet het hofje haar erfenis na in de vorm van vijf katten en honderden potplanten, waar elke botanicus van zou likkebaarden.

Rezo zag ik zelden, maar als we elkaar zagen, was ik dankbaar en blij dat we zulke diepzinnige gesprekken voerden, dat hij zijn kennis zo royaal met me deelde en dat hij zo belangstellend naar mijn leven informeerde. Op een keer nodigde hij mij samen met Maia en een paar collega's uit bij zich thuis, waar ook zijn zieke moeder woonde, die vanuit de zijkamer constant om hem riep. We praatten nooit meer over het voorval in Istanboel. Slechts af en toe wierp hij me een doordringende blik toe, die ik niet kon plaatsen. Levan had ik al ruim een halfjaar niet gezien.

Ik volg Nene naar de tuin, terug naar het heden, en laat de foto's waar ze zijn, in een verleden dat nog altijd niet voorbij is. De groep die zich intussen om Anano en Ira heeft geschaard, onder wie ook de curatoren en de directrice van het museum, lacht uitbundig. Iedereen is duidelijk blij Nene terug te zien en een paar mensen klappen zelfs als we erbij komen staan, wat ik erg overdreven vind. Een Engelse wil weten wat ik doe en wat mijn relatie met Dina was. Twee Georgiërs van de ambassade beginnen enorm te flikflooien. Nene vertelt een anekdote uit onze kindertijd en iedereen lacht opzettelijk hard. Er ontstaat een vreemde ongeremdheid onder deze hardnekkige gasten. Ira geeft Nene de aansteker die ze zocht. Ira verliest haar niet uit het oog, een deel van haar blijft altijd bij haar. Het is ongelofelijk ontroerend en tegelijk ongelofelijk treurig.

Ik zie Nene voor me met haar kogelronde buik, ze is zwanger van de tweeling als ze in het voorjaar naar Tbilisi komt, omdat de totaal oncontroleerbare Goega een bedreiging wordt voor de hele familie. Ik zie Dina's magere gezicht, dat me voortdurend vanaf de televisieschermen aankijkt. Gio, die me meeneemt naar anonieme flats voor feestjes met studiegenoten die naar Boyz II Men luisteren. Ik zie Gio, die mijn hand vastpakt en opeens zegt: 'Ik dacht dat ik je graag mocht, maar ik geloof dat ik verliefd op je ben geworden.' Ik gaf geen antwoord, maar weet nog dat ik die nacht voor het eerst met hem vree, in de provisiekast van een vreemde woning, terwijl er in de kamer bij kaarslicht werd gedanst. Ik weet nog dat hij mijn rok omhoogschoof, mijn linkerbeen boog en dat ik dankbaar was voor het donker. Intussen fluisterde hij me in het oor dat ik zo mooi was, dat ik zo lekker rook en dat hij het zo fijn vond om bij me te zijn. Ik voelde niets en negeerde dat ook die nacht. Ik zie Goega's glazige ogen voor me, hoe hij volgepompt met de heroïne van zijn broer agressief en onherkenbaar door de straten zwerft en mensen lastigvalt, Tsotne met zijn vergulde stok, die vreemd hinkend weer begint te lopen, Rati in de tuin van de kliniek, die me verwarrende, onverwachte vragen stelt: of ik een hond wil nemen? Dagen die allemaal op elkaar lijken, herinneringen die toch telkens op een nieuwe manier gruwelijk zijn – ik moet eraan ontsnappen, ja, dat moet toch kunnen.

Waarom moet ik opeens aan Tintoretto's *Paradijs* denken? Een grote opdracht, die ik onlangs in Venetië heb voltooid, maandenlang heb ik met twee collega's zijn gezegenden en uitverkorenen bestudeerd, zijn engelen en cherubijnen, zijn Maria die haar zoon ontvangt. Dat schilderij heeft een bepaalde uitstraling die vertrouwen geeft. Ik betrapte me erop dat ik tussen al die hoofden en lichamen bekende gezichten ontdekte. Ik vroeg me af of ik mijn verstand aan het verliezen was, maar gaandeweg begreep ik dat het mijn eigen kleine paradijs was dat ik in Tintoretto's monumentale toevluchtsoord zag, ik bevolkte het met mijn eigen heiligen en cherubijnen. Toen het tijd was om te vertrekken en ik Tintoretto weer afstond aan het museum en zijn bezoekers, werd ik overmand door een beklemmend gevoel, alsof ik iets heel waardevols achterliet. Voor het eerst leken mijn doden op de juiste plek te zijn, een vredige, wondermooie plek vol verbleekte kleuren en zwevende grenzeloosheid. Het eerste gezicht dat ik toen ontdekte, was dat van Goega. Zijn lichtblauwe ogen staarden me plotseling vanaf dit meesterwerk aan, doken op tussen de heiligen en verlosten en gebenedijden, en ik deinsde instinctief achteruit. Maar toen werd ik opeens zo rustig van de gedachte dat hij het was, dat hij echt in dit schilderij kon zijn, dat ik er van lieverlee ook alle anderen in onderbracht die de tijd zo wreed uit het leven had gerukt.

Was het juni of juli toen Goega stierf? Het moet in de zomer van 1994 zijn geweest, want Nene zou binnen enkele weken bevallen en was uit bezorgdheid om haar familie in Tbilisi. Zij en Loeka brachten de lange weken thuis door, maar om de andere nacht ging de hoogzwangere Nene op zoek naar haar broer, die nu eens bewusteloos in een trappenhuis lag, dan weer in de datsja van een vriend mensen in elkaar had geslagen of uit een politiebureau moest worden vrijgekocht.

Ik weet nog dat Dina 's nachts op mijn deur bonsde en me het nieuws vertelde. Hij was thuis gestorven, in zijn bed. Met zijn arm nog afgebonden, zijn hoofd naar achteren gestrekt, zijn ogen naar boven gerold, een roestige theelepel aan zijn voeten.

DE DOMPELAAR

Nene vermaakt het gezelschap met anekdotes uit de jaren negentig. Het Weet-je-nog-spel is begonnen. De Georgiërs doen mee, ze steken elkaar de loef af met de buitensporigste situaties, ze choqueren de westerse gasten door nonchalant te lachen om op straat geparkeerde tanks en om kinderen die met gemodificeerde wapens spelen, of door geamuseerd te praten over steekpartijen tussen klasgenoten en ontvoeringen van meisjes – de gebruikelijke voorbeelden, het normale repertoire van die dagen, de niet-Georgiërs worden steeds stiller. Ira en ik zeggen niets, onze herinneringen zijn niet geschikt voor dit spel, want bij ons is de pointe steevast de dood. Nene beheerst deze kunst, zelfs in de uren van haar grootste verdriet zou ze zo een optreden kunnen geven. Ira en ik gaan een beetje apart staan.

'Weet je wat ik afgelopen zomer heb gevonden, toen ik de datsja in Kodzjori ontruimde?' vraagt Ira.

'O nee, zeg niet dat je het huis in Kodzjori hebt verkocht?'

'Ja, mijn vader kon het niet meer onderhouden, alles was verwaarloosd, een trieste boel. Maar weet je wat ik daar heb gevonden? Zo'n raar prehistorisch geval, ik moest lang nadenken, alsof je in het natuurhistorisch museum voor een voorwerp staat dat je niet kunt thuisbrengen.'

'Wat dan?'

'Een dompelaar! Alleen het woord al, ik denk niet dat een van mijn Amerikaanse vrienden een idee zou hebben wat dat is.'

We lachen onbekommerd, voor het eerst die avond.

'Zullen we er tussenuit knijpen?' vraagt Ira opeens.
'Wat, nu?'
'Ja, wij drieën. Anano zal dat wel begrijpen.'
'Waar moeten we nu nog heen? Ik weet niet eens hoe laat het is, maar het is vast al bijna middernacht.'
'Hé, het is zaterdag en schitterend weer. En we zijn hier nu. Ik ken hier een paar kroegen, ik heb meer dan eens een conferentie in Brussel gehad.'
'Ik weet het niet... en moet je Nene zien, die is echt in haar element.'
'Die gaat wel mee, wedden?'
Ik verbaas me over Ira's plotselinge zucht naar avontuur. Misschien heeft ze in de jaren dat we elkaar niet zagen de smaak van het nachtleven te pakken gekregen, misschien heeft ze zich lang genoeg een ijzeren discipline opgelegd en zich vanwege haar carrière zoveel ontzegd dat ze inmiddels verzot is op uitspattingen, op ongedwongen, spontane dwaaltochten door vreemde, nachtelijke steden. Maar ineens lijkt het me een goed idee, mijn vermoeidheid is verdwenen, ik denk aan mijn voornemen om het er deze avond van te nemen. Met die andere gasten heb ik niets, ik wil niet met hen over oppervlakkige dingen praten. De enigen van wie ik iets wil weten zijn Ira en Nene. Ik knik, ik ga akkoord. Nu is het zaak om Nene uit de klauwen van haar bewonderaars te bevrijden en elegant de aftocht te blazen.
'Ik neem Anano voor mijn rekening, jij doet Nene,' zegt Ira, gewend als ze is om te delegeren. Ik gehoorzaam. Excuses mompelend wring ik me in het groepje en vraag Nene even mee te komen.
'Waar willen jullie dan naartoe?' Ze trekt haar wenkbrauwen op en kijkt me ietwat geërgerd aan.
'Nou ja, dat zien we wel. Er is van alles te doen in deze buurt. Ira praat met Anano.'

Nene aarzelt, ze wil haar show niet voortijdig afbreken, geen afstand doen van haar publiek.

'Maar als ze nog één keer over die shit van vroeger begint, ben ik weg,' waarschuwt ze me, een boodschap voor Ira, die ik over moet brengen. 'Dan zien we elkaar over twintig minuten bij de uitgang,' zegt ze en zonder mijn antwoord af te wachten gaat ze terug naar haar groepje.

Ik neem afscheid van Anano. Ze zou graag samen met ons de stad onveilig maken, zegt ze met een schalks lachje, maar ze moet nu eenmaal hier blijven. 'Misschien kunnen we samen ontbijten,' stelt ze voor. Ik knik begrijpend. Ira is verdwenen, ze wacht al bij de uitgang. Voor ik de prachtige tuin uit sluip, zie ik dat Nene haar kelner iets in het oor fluistert.

Bij de uitgang maken twee beveiligers het hek voor me open en groeten me beleefd. Op de hoek staat Ira met haar rolkoffertje en zwaait naar me. Nene neemt de tijd, het lijkt of we een eeuwigheid op haar moeten wachten, maar dan zien we haar: als een kleine tsarina komt ze trots het paleis uit en geeft de beveiligers nog een kushandje voor ze met ons de nacht in duikt.

'Ik sterf van de honger! Die belachelijke hapjes!' is het eerste wat ze zegt, en we besluiten friet te gaan eten, in de straatjes van de binnenstad hangt de verleidelijke geur van frituur. We lopen langs het Koninklijk Museum en het station en belanden in het kielzog van het uitgaanspubliek in de oude binnenstad. De kroegen zitten vol, mensen met een flesje bier in de hand lijken elke vrije centimeter van de straten te benutten. We worden door die feestelijke stemming aangestoken. Nene blijft staan en klaagt over de kinderkopjes waar haar hakken tussen blijven hangen.

'Ik heb slippers bij me. Ze zijn je vast te groot, maar je kunt het proberen, alles is beter dan die moordende hakken.'

Nene neemt het aanbod aan en verruilt haar naaldhakken voor Ira's veel te grote zwarte rubber teenslippers. Nu lijkt ze nog kleiner dan ze al is. We gaan in de rij staan voor een kraam waar ze Belgische wafels en friet verkopen. We vallen een beetje uit de toon, onze leeftijd en onze outfit passen niet bij de rest van de klanten, maar dat kan ons niets schelen, we voelen ons vrij en genieten van de anonimiteit. We gaan op de stoep zitten en stoppen de frietjes in onze mond, likken onze vingers af.

Met volle mond begint Nene blunders uit onze kindertijd op te halen, ze dist de ene anekdote na de andere op, ze is in topvorm, de alcohol schijnt haar aan te vuren, ze is scherp en gevat. We lachen tot de tranen over onze wangen rollen, veel van wat ze vertelt ben ik vergeten. Ik vraag me af waarom mijn hersens al het lichtzinnige en zorgeloze hebben uitgewist. Ik klamp me vast aan Nene's herinneringen, ze zijn zo licht en onbekommerd, ik benijd haar om die gave en zeg dat ook.

'Hoe doen jullie dat? Vanaf het moment dat ik die tentoonstelling binnenstapte, denk ik aan niets anders dan aan de dood, ik zie niets anders voor me dan al die gruwelen.'

Ze houden allebei op slag op met giechelen en kijken me aan. Nene steekt een sigaret op en kijkt naar de grond.

'Maar al het mooie was er ook, Keto. Al die dingen hadden we ook,' zegt Nene, en haar blik is zo vol goedheid, zo vol verzoening, dat ik het liefst mijn hoofd in haar schoot zou leggen en de hele nacht zo zou blijven zitten.

'Je kunt die dingen niet van elkaar scheiden. Voor we vijfentwintig waren, hebben we zoveel meegemaakt, zoveel gezien, zoveel gevoeld, meer dan de meeste mensen in hun hele leven. Soms voel ik zelfs iets van dankbaarheid voor die ervaringen.'

Ik kijk Nene verbaasd aan, hoe kan ze dat zeggen, hoe

kan ze dankbaar zijn voor alles wat het leven haar heeft aangedaan? Maar tegelijk voel ik een diep verlangen naar de vergevensgezindheid waarmee ze erover praat.

'Het spijt me, maar ik zou zonder een spier te vertrekken afstand willen doen van alles wat er is gebeurd,' zeg ik.

'Dat zou je niet,' spreekt Nene me met grote stelligheid tegen en ze staat steunend op van de stoep. 'Je zou er geen seconde van willen missen.'

'Waarom niet? Het geweld, de angst, de verliezen, de oorlogen, de zinloze doden, wat zou ik daaraan missen?'

'Het hele leven daartussen,' zegt Ira, en bij wijze van uitzondering lijken zij en Nene het eens te zijn.

'Precies. Het leven en de liefde. Hoeveel er van je werd gehouden en hoeveel jij van anderen mocht houden. Denk je niet dat dat ook een geschenk is?'

'Welke liefde...?'

'Wat dacht je van de onze?' vraagt ze een tikkeltje beledigd en ze kijkt me aan. Ik sla mijn ogen neer.

We lopen door en belanden in de buurt van de beurs. We stevenen af op de eerste de beste bar waar buiten nog een tafeltje vrij is. Ik hou het bij witte wijn, Ira bestelt whisky, Nene kan niet kiezen. We krijgen het over de geslaagde tentoonstelling, prijzen Anano voor haar inzet en maken ons vrolijk over de vrijpostige bezoekers.

'Ze zou vast tevreden zijn geweest. Ja, dat denk ik wel,' zegt Ira en ze nipt aan haar glas. We zijn het met haar eens en verzinken een tijdje in gepeins.

'Goed, ik bestel nu wodka en dan ben ik er klaar voor, ja, ik geloof dat ik er nu klaar voor ben om erover te praten,' zegt Nene resoluut en ze kijkt Ira aan. We weten meteen wat ze bedoelt.

'Wat wil je van me horen?' Ira zet zich schrap, haar hele lichaam lijkt plotseling te verkrampen.

'Iets eerlijks. Ik wil niks horen over mijn rechten als vrouw en die andere ngo-blabla van je.'

'Ngo-blabla! Dat is geen blabla, dat zijn mijn principes, ik doe dingen omdat ik erin geloof. En als jij mijn overtuigingen minacht, is dat geen goede basis voor een eerlijk gesprek.' Ira probeert een neutrale toon aan te slaan, maar het lukt haar niet. De wond is niet genezen, deze breuk lijkt onherstelbaar.

'Oké, goed, ik snap het. Ik zal mijn best doen, ik zal me inhouden, ik wil het echt begrijpen.' Nene's stem is opeens zacht, de agressiviteit is verdwenen. 'Kom op, we hebben tenslotte Keto als scheidsrechter.'

Ik probeer de lawine niet tegen te houden, voor één keer weiger ik de rol die onze vriendschap me heeft toebedacht, en ik ben zelf bijna verbaasd dat het ineens kan.

'Ik hield van je, Nene,' begint Ira voorzichtig. 'Dat is misschien de enige waarheid die je zou kunnen accepteren. Ik hield van je als vriendin, als vrouw, als mens.'

Die woorden, voor het eerst zo kort en krachtig uitgesproken en toch zo ontwapenend in hun uitwerking, echoën een tijdje na. Ira zwijgt even, dan vervolgt ze bedachtzaam: 'En ik vond het erg dat jij als een slavin werd behandeld. Ik begreep best dat je van je familie hield en ze nodig had, natuurlijk begreep ik dat. Maar vooral na Goega's dood veranderde je houding, je zei aan de telefoon dat je Tsotne de schuld gaf van Goega's dood, dat hij oncontroleerbaar en driftig was geworden, megalomaan en wreed, ook tegen Manana en jou. Kortom, je noemde hem onberekenbaar en je wilde dat er een eind aan kwam. Je maakte je zorgen over je kinderen, je vloog wanhopig tussen Moskou en Tbilisi heen en weer... Ik herinner me alles, elk detail. Ik heb me nooit echt thuis gevoeld in Stanford, ik deed maar alsof en studeerde als een gek om zo gauw mogelijk mijn bul te halen. Het was ongezond, maar ik ging tot het uiterste, ik was ervan overtuigd dat het de enige manier was om jou te bevrijden.'

Nene rookt, kijkt de andere kant op, alsof ze het tafeltje naast ons in de gaten houdt, maar ze neemt alle informatie die Ira prijsgeeft in zich op, vergelijkt die met haar eigen herinneringen. Nog steeds vecht ze tegen haar weerzin, maar dadelijk zal die verdwijnen, dadelijk zal ze erop in kunnen gaan, ze zal, zij het maar even, alleen nu, alleen hier, de dingen door Ira's ogen bekijken.

'Ik heb al vanuit Stanford bij het Openbaar Ministerie in Tbilisi gesolliciteerd. Ik wist dat ik in m'n eentje weinig kon bereiken. Je broer had de halve stad omgekocht, hij was onaantastbaar, dat was me van meet af aan duidelijk. Maar ik kon die kliek ontmaskeren, dat was de enige manier: zorgen voor publieke druk en iedereen tot handelen dwingen. Via Dina kwam ik in contact met bepaalde journalisten, zij wist op dat moment niet waar ze me bij hielp. Vergeet niet dat de mensen die corrupte wereld zat waren, ze waren zo woedend, voelden zich zo machteloos, zo betutteld, zo bestolen en belogen, de tijd was gewoon rijp, ik wist dat de publieke druk enorm zou zijn. Toen werd me pas duidelijk hoe groot het drugsprobleem intussen was geworden. Iedereen leed eronder, familieleden, vrienden, iedereen voelde zich in de steek gelaten en hulpeloos tegenover die langzame dood. Ik had bewijzen nodig en moest de publiciteit aan mijn kant krijgen, dat was mijn enige kans.'

'Waarom heeft het OM je eigenlijk aangenomen? Ik bedoel, ik heb dat nooit begrepen, ze hadden toch moeten weten dat zo'n ambitieuze, in Stanford opgeleide troela in hun eigen gelederen een gevaar betekende?' vraagt Nene.

'Ze hadden op dat moment een paradepaardje nodig, dat ze bij showprocessen naar voren konden schuiven en waarover ze na afloop konden zeggen: Kijk, die doet alles goed, wat willen jullie nou van ons. Ik had fantastische referenties, ze hadden echt een goede reden moeten hebben om me af te wijzen. Bovendien hield niemand er rekening mee dat ik hun iets kon aanwrijven. Ze speelden immers allemaal onder één hoedje en zouden me wel onder controle houden, dachten ze. Sjevardnadze had in die tijd de mond vol van anticorruptiewetten en dat soort campagnes. En ook al wist iedereen dat die nooit van kracht zouden worden, het was bon ton om erover te praten. Ze deden in elk geval alsof ze een rechtsstaat wilden vestigen.'

'Je zag er zo anders uit toen je terugkwam.'

Nene's blik dwaalt af en in haar stem klinkt een zeker verdriet door.

'Ja, en jij was ineens moeder van drie kinderen. Daar moest ik ook eerst aan wennen.'

Ira lijkt opeens uitgeput, alsof ze zo vlug mogelijk een eind aan dit gesprek wil maken. Maar Nene vraagt door: 'Wanneer ben je met *De Zondagskrant* gaan samenwerken?'

'Ik heb mijn voelhoorns uitgestoken en zo vrij snel Ika ontmoet. Ik wist meteen dat hij de man was die ik moest hebben. Die zwijgzame collega van Dina, die met die baard...'

'Was Dina ingewijd?' Het is duidelijk dat die vraag Nene al die jaren heeft gekweld.

'Nee, hoe vaak moet ik dat nog zeggen: zij wist van niets. Ze had het razend druk in die tijd, al die tentoonstellingen en tv-optredens, haar nieuwe vriendenkring. En hoe had ik haar kunnen inwijden? Je weet toch hoe ze tekeerging toen ik jullie voor het eerst over mijn plan vertelde? Bovendien zou ik nooit een van jullie in gevaar hebben gebracht. Bij zo'n zaak zijn ongelofelijk veel mensen betrokken, in dit concrete geval zelfs die maffioso uit Rusland, die megalomane gnoom Begemot.'

Nene wendt haar blik van Ira af. De wodka wordt gebracht.

'Het is zo min dat je het allemaal achter mijn rug om hebt gedaan. Tsotne gelooft tot op de dag van vandaag niet dat ik nergens van wist.'

'Ik weet het, het spijt me.'

Ira nipt aan haar glas, kijkt vragend naar mij. Ik zeg niets, ik hou me aan mijn nieuwe rol, maar weet dat ze een kans heeft. Het koord is weliswaar heel dun, maar ze zou er voor het eerst al balancerend overheen kunnen lopen.

'Je hebt geen idee wat je me hebt aangedaan, wat het voor ons allemaal heeft betekend. Wildvreemde mensen beledigden en bespuugden me op straat, ze noemden me een verraadster, een hoer. In hun ogen was ik de vrouw die haar broer had overgeleverd. Ik was een paria, ik kon haast drie jaar na het proces nog niet in Tbilisi komen.'

Nene krijgt plotseling tranen in haar ogen, ze balt haar rechtervuist, ik zie de agressie opkomen, ik zie hoe ze haar zelfbeheersing verliest. Nog even en ze zal opspringen, ons naar de hel wensen en zich met haar verdriet uit de voeten maken. Maar ze blijft zitten, ze houdt vol.

'Als het kon, als ik terug kon keren naar het verleden, zou ik je mijn liefde besparen. Als het kon, zou ik niet met Dina en Keto meegaan naar het pretpark nadat ze me mijn dagboek hadden teruggebracht.'

Iets in Ira's woorden doet ons verstijven. Verstijven bij het idee dat Ira nooit deel van ons leven zou hebben uitgemaakt. Ik zie aan Nene dat ze over die mogelijkheid nadenkt. Haar gezicht blijft vertrokken van pijn.

'Wanneer heb je afluisterapparatuur in zijn huis geplaatst?'

Nene worstelt met zichzelf, met Ira, met de woorden.

'Op Tsotnes verjaardag, Ika van *De Zondagskrant* was

mee. Ik heb hem uitgegeven voor een familielid dat toevallig op bezoek was. Hij heeft het huis geïnspecteerd toen wij aan tafel zaten. Een of andere Afghanistanveteraan had hem geïnstrueerd en hij heeft het uitgevoerd. Dat was heel link.'

Ik zie het bebaarde gezicht van die journalist voor me, als ik het goed heb heeft hij later carrière gemaakt bij de televisie.

Ik was er zelf niet bij, ik weet niets van Tsotnes verjaardag, dat hij überhaupt zijn verjaardag nog vierde nadat mijn broer hem aan de rolstoel had gekluisterd, nadat zijn broer aan de heroïne te gronde was gegaan.

Die zomer had ik het druk met mijn eindexamen. Bovendien probeerde ik mezelf wijs te maken dat het mijn noodlot was om van Gio Dvali te houden en maakte ik me constant zorgen om Rati, die ons allemaal psychisch, fysiek en financieel ruïneerde. Wanneer is hij precies ontslagen? Wegens 'succesvol afgesloten behandeling en goed gedrag'? In het voorjaar, of die zomer zelfs? Mijn vrije, maar hulpeloze, aan medicijnen verslaafde broer, die ondanks zijn herkregen vrijheid zijn kamer niet meer uit kwam en heen en weer werd geslingerd tussen totale neerslachtigheid en manische euforie. Op mijn dijen was algauw geen plekje meer over om een scheermesje in te zetten. Ik sneed mijn littekens open, zelfs als ze ontstoken waren. Ook Dina maakte me wanhopig, Dina's nieuwe leven. Ze had een soort tragische beroemdheid bereikt en deed mee aan groepsexposities van jonge kunstenaars, ze reisde naar de Baltische staten en naar Polen, ze sprak op internationale vredescongressen in Straatsburg en Milaan over de 'Abchazische kwestie', ze verzamelde jonge kunstenaarsvrienden om zich heen en leek haar oude leven te hebben afgezworen. Ze leek te hebben geleerd om van haar onverwachte status te genieten en te kunnen omgaan met het respect dat haar werd bewezen. Aarzelend begon ze zichzelf kunstenares te noemen, waarbij ze het woord altijd een beetje onbeholpen uitsprak, alsof ze er nog aan moest wennen. Ze kleedde zich anders, ze praatte anders, ze omgaf zich met een kunstmatig, mysterieus aura, ze ontmoette in kelders en provisorische bars musici en toneelspelers, schilders en journalisten, die haar allemaal het hof maakten en aan haar voeten lagen. Ze schudde de wereld, onze wereld, waarin ze zich had opgeofferd voor verkeerde ideeën en verkeerde liefdes, van zich af. Ze wilde geen offers meer hoeven brengen, voor niemand, en wie kon haar dat kwalijk nemen?

In het begin was ik echt blij om haar nieuw verworven vrijheid en haar plotselinge roem als moedige, onconventionele fotografe, die men vanwege haar 'juiste' ideeën en humanistische principes ook in het Westen zo graag wilde leren kennen, alleen om de eigen superioriteit nog eens bevestigd te zien. Ik was ook blij om die nieuwe, andere wereld waarin ze thuis raakte, een wereld waarin zijzelf de toon aangaf in plaats van de kalasjnikovs en de Obrezpistolen. Maar gaandeweg begon ik steeds meer twijfels te krijgen. Ze speelde weliswaar met bravoure de vrijheidslievende kunstenares, maar ook daar heersten duidelijke regels en wetten, die haar in een bepaalde rol dwongen. Het was een schijnwereld vol empathie en eigenbelang. En men viel prompt stil en veranderde van onderwerp zodra iemand afweek van het modieuze pacifistische scenario en begon over de sociale problemen, die hen geen van allen leken te raken. Want de meesten waren kinderen van de elite, met geld dat hun ouders uit de Sovjettijd deze nieuwe anarchie hadden binnengesluisd. Wat ze deden en zeiden was een slap aftreksel, een goedkope kopie van het liberale gedachtegoed, oppervlakkig gezwets dat niets kostte, ingegeven door de onverzadigbare wens om zich tot elke prijs te onderscheiden van de massa. Ik zag dat die mensen niet van Dina's soort waren, het was een arrogante groep die de mond vol had van vrijheid, maar neerkeek op iedereen die niet tot hun kaste behoorde en het hele land tot achtergebleven gebied verklaarde. In werkelijkheid waren ze bang voor de wereld van de Tsotnes en Rati's, ze waren bang voor de uit de oorlog teruggekeerde invaliden, ze waren bang voor het ongeremde geweld van de Mchedrioni-bende, ze waren bang voor alles wat buiten hun beschermde horizon lag en maskeerden die angst met hun minachting voor alles en iedereen. Maar Dina kwam uit dat moeras, dat de anderen alleen van horen zeggen kenden. Haar kunst was geen koketterie, haar kunst kwam voort uit de wil om te overleven, het was voor haar de enige manier om te ontkomen aan die hel waar ze in zat. En die hel laat sporen achter, brandmerken, die je misschien kunt verbergen, maar die daarom niet minder pijn doen.

Mettertijd begon ik echt een afkeer te krijgen van haar nieuwe vrienden, aan wie ze de voorkeur gaf boven mij, boven ons. Ik begreep Dina niet, maar stelde ontzet vast dat ze ons begon te mijden, wij vertegenwoordigden voor haar waarschijnlijk dat deel van haar leven waar ze niets meer mee te maken wilde hebben. Ze zocht Rati niet op en had geen contact meer met Tsotne, die zich sinds Goega's dood in een cocon van meedogenloosheid en zwijgen had teruggetrokken. Ira heeft gelijk, ik herinner me dat Nene in verband met haar broer steeds vaker het woord 'onberekenbaar' gebruikte.

'Ja, na Goega's dood is hij volkomen onberekenbaar geworden,' zegt Nene opeens, alsof ze mijn gedachten heeft gelezen. Ze steekt opnieuw een slanke sigaret op en lijkt zichzelf weer onder controle te hebben.

'Hij was uit op escalatie met die Russische schoft,' zegt

Ira op bewust zakelijke toon. 'Tsotne had een groter aandeel in de winst achtergehouden dan was afgesproken, en die gnoom was echt een bloedzuiger, een moordenaar, anders kun je het niet noemen. Hij is in 1998 of 1999 in de lift in zijn huis in Rostov afgeslacht als een varken. Het gebruikelijke werk,' zegt Ira, en de manier waarop ze het zegt heeft zoiets nuchters, hards, misschien zelfs meedogenloos dat ik me afvraag of wij op buitenstaanders ook zo'n nuchtere, harde, meedogenloze indruk maken, bijvoorbeeld op het illustere gezelschap dat zich een paar uur geleden om Nene had geschaard. Of ze in ons niet de roofdieren bespeuren, die dan wel getemd zijn, maar waarvan elk moment, als de omstandigheden ernaar zijn, de ware aard naar buiten kan breken.

Na mijn verhuizing naar Duitsland heb ik er altijd angstvallig op gelet mijn medemensen niet te veel aanstoot te geven. Ik heb steeds alleen het hoogstnodige prijsgegeven en mijn woorden zorgvuldig afgewogen, ik heb mijn best gedaan om ze niet al te veel met mijn verleden te choqueren en me goed en snel de spelregels van een vredige wereld eigen gemaakt. Ik heb met mijn ouderwetse Hölderlin- en Novalis-Duits en het later geleerde vak-Engels altijd sympathie opgewekt, ik heb mijn werk met meer ijver en toewijding gedaan dan veel collega's, ik heb me nergens schuldig aan gemaakt, ik heb me tot taak gesteld ordelijker te zijn dan alle anderen en heb met een haast deemoedig verantwoordelijkheidsgevoel mijn burgerplichten vervuld. In de eerste jaren in Europa beschouwde ik het als een groot voorrecht om precies te kunnen en mogen doen wat ons al die jaren daarvoor was ontzegd. De nieuw verworven zelfbeschikking in Duitsland leek me een onverdiend geschenk en ik heb er moed en energie uit geput zo goed ik kon. Ik heb mijn best gedaan om mijn kind niet met de nachtmerries uit mijn verleden te belasten, ik heb me erop toegelegd een gehoorzame dienaar van mijn vrijheid te worden. De voorrechten die ik zelf in mijn jeugd nooit heb gehad, kon ik mijn kind volledig bieden, ik was een begripvolle vriendin, een verantwoordelijke collega, soms ook een liefdevolle vrouw – ik heb er altijd op gelet beter, vriendelijker en voorkomender te zijn om gewaardeerd, geaccepteerd en aardig gevonden te worden. Maar ik heb nooit liefde verwacht. Nooit heb ik daar aanspraak op gemaakt, want ik wist dat mijn liefde voor die mensen, die taken, dat leven slechts een getemde, in aanvaardbare vorm gegoten liefde zou zijn en niet de onvoorwaardelijke liefde die het kenmerk was van mijn kapotte wereld.

Mijn liefde heb ik achtergelaten in een wereld die niet meer bestaat en die me vanavond vanaf die imposante wanden aanstaarde. Ik heb haar achtergelaten op een plek waar ik nooit terug zal keren, bij mensen die alleen nog als schimmen in mijn hoofd bestaan. Mijn liefde, en ik weet zeker dat dat ook het lot van Ira en Nene is, is een dinosaurusliefde, een uitgestorven liefde, een liefde die vuil en wreed is, een liefde die uitdraait op steekpartijen, bloedige wonden en schoten, een liefde die gewend is verboden en grenzen te omzeilen, het is een kameleonliefde, die moet liegen om te overleven, ja, zo zit het waarschijnlijk. Onze liefde kent geen vrijheid en zorgeloosheid, ze is niet licht en al helemaal niet beschaafd, ze is niet onbekommerd en jeugdig, in de ogen van de mensen die niet uit die wereld afkomstig zijn, is ze ongezond, beangstigend en verwarrend. En ze hebben gelijk. Maar ik kan die liefde niet verloochenen, ik kan er geen afstand van doen, want het is de enige liefde die ik heb. En zonder hun die vraag te hoeven stellen weet ik dat de twee vrouwen die tegenover me zitten, die de nacht rekken en het verleden met het heden vermengen als een vakkundig gemixte cocktail, het net zo ervaren. En ja, het klopt, we weten alle drie dat wat daar aan de witte wanden in dat mooie paleis midden in deze vriendelijke, vrolijke stad tentoon wordt gesteld, in de allereerste plaats een exotische wereld laat zien, een kapotte, magische, voor westerse ogen aantrekkelijke wereld – een wereld waar wij voor tien levens genoeg aan hebben. Wij hebben geleefd, wij hebben voor velen geleefd, en we kunnen dat leven niet, alleen omdat de pijn nooit helemaal verdwijnt, ontrouw worden.

Misschien was dat het punt dat leidde tot de eigenlijke breuk, de eigenlijke tragedie tussen Dina en mij. Misschien was dat het: dat ze in de laatste jaren van haar leven probeerde juist dat leven de rug toe te keren en zich afwendde van alles wat ons verbond en wat ik met verkeerde en goede middelen zo wanhopig probeerde te verdedigen. Jarenlang, ook na haar dood, was ik blind van woede dat ze niet wilde erkennen dat ze haar hel niet zomaar met een mooi kleed kon toedekken. Ze had geweigerd de tegenstelling onder ogen te zien en er in haar wanhoop waarschijnlijk niet eens aan gedacht dat ze met haar besluit om de oplossing in het touw van een gymnastiekring te zoeken ook ons een beetje zou doden.

'Ga nou niet proberen je arglistige handelwijze als een weldaad voor te stellen!' Nene's stem is weer even agressief als altijd. Ze snauwt Ira af, maar deze keer lijkt het me geen slecht teken. Integendeel, ik ben blij met de herstelde strijdlust.

'Zo bedoel ik het toch niet!' probeert Ira zich te verdedigen. 'Ik heb je broer altijd een goede zakenman gevonden, ja, echt. Hij was van jongs af aan op die rol voorbereid, hij had de nodige capaciteiten en kennis. Maar toen heeft hij zich op gevaarlijk terrein gewaagd. En de verliezen, het verdriet om Goega en misschien ook om het verdwijnen van Dina uit zijn leven hebben hem onoplettend gemaakt. Ik had nooit gedacht dat hij ons zoveel aanwijzingen zou leveren. Misschien kon het hem op een bepaald moment ook niet meer schelen. Ik weet nog dat ik al die maanden dat ik het proces voorbereidde, bang was hem tegen het lijf te lopen. Ik was heel bang voor zijn haat. Maar toen ik in de rechtbank oog in oog met hem stond, keek hij me zo vreemd onverschillig aan dat ik huiverde. Ik kon het gevoel niet van me afzetten dat hij zich helemaal niet wilde verdedigen, dat hij zich erbij neerlegde, dat hij bijna opgelucht was...'

'Opgelucht?! Je heb zijn leven verwoest!'

'Zijn leven was allang verwoest voordat ik op het toneel verscheen.'

Ira buigt zich over de tafel en pakt Nene's hand. Ik wacht erop dat ze haar hand terugtrekt, maar ze doet het niet, en ik voel de opluchting in mijn hele lijf.

'Ik heb het gedaan omdat het volgens mij de enige uitweg uit die nachtmerrie was. En ik wil dat je één ding van me aanneemt: ik heb mezelf niet gespaard. Ik kreeg doodsbedreigingen, ik werd uitgemaakt voor "perverse pot", Gioeli is nog geen twee jaar later gestorven, een kerngezonde vrouw, maar na dat hele proces was ze psychisch kapot. Mijn vader moest in een ander ziekenhuis gaan werken, we hebben onze woning verkocht, zijn naar een andere buurt verhuisd. Ik werd afgeschilderd als zieke mannenhaatster, Russische spionne, sociopaat. Jij weet er alles van, Nene, en ook al wilde je me in die maanden niet zien, we hebben het samen doorgemaakt en alles wat jou is aangedaan, heb ik net zo goed moeten verduren.'

Nene trekt haar hand niet terug. Maar ze wendt haar blik af en onderbreekt Ira's biecht: 'Jij was de openbaar aanklager, jij was van tevoren al een vijand, maar ik was in hun ogen een serpent. Iedereen dacht dat ik met jou onder één hoedje speelde en mijn eigen broer had verraden.'

Ik volg een oude impuls en wil er iets tegen inbrengen, maar Nene laat me niet aan het woord.

'Mijn god, neem toch eens één keer een eigen standpunt in! Ira heeft geen advocaat nodig, ze is er zelf een! Altijd maar ertussenin staan, dat moet toch ook voor jezelf ondraaglijk zijn!'

'Wat verwacht je van me?' val ik nu ook uit.

'Waarom heb je bij jezelf en je familie, bij je mannen niet dezelfde gave om alles te begrijpen en te vergeven, zoals je dat van mij eist? Of is het niet meer zo gemakkelijk om overal boven te staan als het mes in eigen vlees snijdt?'

Nene's ogen schieten vuur terwijl ze me die woorden in het gezicht slingert.

'Ik ben niet begripvol,' protesteer ik, 'ik ben het tegendeel van begripvol. Ik ben woedend! Ik ben woedend op mijn broer en op jouw broer, ik ben woedend op Levan en op die klootzak van een Otto, ik ben woedend op Gio, door wie mijn leven in het slop is geraakt. Ik ben woedend op mezelf omdat ik niets heb kunnen veranderen, hoe hard ik ook mijn best heb gedaan. Ik ben woedend op mijn sprakeloosheid, die me tegen iedereen beschermt, behalve tegen jullie. Ik ben woedend op mijn bindingsangst, ik ben woedend op het feit dat iedereen van wie ik hou op een dag verdwijnt, en dat ik iedereen die van mij houdt op de vlucht jaag. Ik ben elke godverdomde dag van mijn leven woedend, om niet te zeggen razend! Ik ben ook woedend op Dina; ondanks al het verdriet lijkt die woede nooit echt te verdwijnen. Ik ben het gewoon zat, zo zat...'

Ik verstom. Allebei kijken ze me met grote ogen aan. Ik sta zelf versteld van de woorden die net uit mijn mond zijn gekomen. Ik voel geen schaamte, ik sla mijn ogen niet neer. Ik weet dat ik veilig ben. Wanneer heb ik dat gevoel voor het laatst gehad? En ik vind het niet eens vreemd dat ik me uitgerekend tijdens een ruzie veilig voel.

Ik neem een slok water.

'Het spijt me, Keto,' zegt Nene na een poosje en ze probeert te glimlachen.

'Misschien heb je in zekere zin ook wel gelijk. Ik heb zo lang geprobeerd alles door de ogen van anderen te zien, dat ik op een gegeven moment mijn eigen visie ben kwijtgeraakt. Ik heb al jaren geen potlood meer aangeraakt.'

De nacht streelt onze slapen. Wat heb ik zulke nachten zelden buiten Georgië meegemaakt. Nachten die zo volgezogen zijn met de hitte van de voorgaande dag, dat ze je in de zwartste duisternis nog warmen. Nachten die je in hun armen wiegen als een kind. Vandaag is het zo'n nacht, hier, in deze mooie stad is de nacht ons gunstig gezind en lijkt hij ons alle tijd te geven die we nodig hebben.

'Ze had het gered, dat dacht ik toen tenminste. Ik dacht dat ze die hele shit echt achter zich had gelaten: jullie broers, de oorlogen, die zelfvernietigende zoektocht. Ze had het gemaakt, ze kreeg zoveel erkenning. Ik was ervan overtuigd dat ze haar eigen weg zou gaan.' Ira praat zachtjes en begint iets in haar koffer te zoeken.

'Wat een onzin,' spreekt Nene haar tegen. 'Het was bij voorbaat een tot mislukken gedoemde vlucht. Ik heb meer dan eens geprobeerd er met haar over te praten, op z'n laatst nadat ze ons had meegenomen naar die glorieuze kunstenaarsfeestjes. Weet je nog, Keto, dat ik met twee van die arrogante trutten ruzie kreeg?'

Ja, dat weet ik nog, en ik zie vooral het gezicht van die twee studentes schilderkunst voor me, die zogenaamd apart gekleed waren en zich uitsloofden om anders te zijn. Ik zie ze nog naar Nene staren, naar dat zachte, onschuldig lijkende wezen, waar ze eerst mild om hadden geglimlacht en dat in een handomdraai in een roofdier veranderde. Ik barst in lachen uit.

'Soms denk ik dat alles anders was gelopen als Dina bij mijn broer was gebleven,' zegt Nene, en ik bedenk dat het aan ironie grenst dat ik vaak hetzelfde heb gedacht over mijn broer.

'Hebben Dina en Tsotne elkaar helemaal niet meer gezien na Goega's begrafenis?' wil Ira van Nene weten.

'Hij kon het niet meer. Hij beschouwde zichzelf als een invalide. Ik geloof dat ze geprobeerd heeft met hem te praten, maar hij was zo hard, zo gesloten, en na Goega's dood geloofde hij nergens meer in, hij stootte de mensen voor het hoofd en kwetste ze met opzet. En zij ging op in haar nieuwe verplichtingen.'

Ik voel bitterheid opkomen als ik denk aan die lange maanden dat ik Dina probeerde bij te houden, dat ik haar achtervolgde, haar verraste met telefoontjes en spontane bezoekjes en alles deed om haar tegen te houden.

Ira heeft eindelijk gevonden wat ze zocht, ze heeft een klein plastic zakje in haar hand en begint een joint te draaien. Nene en ik kijken elkaar verbluft aan.

'Wat nou?'

'Ben jij op je vijftigste serieus begonnen met blowen?' Nene lijkt het echt grappig te vinden.

'Nee, je hebt me gewoon heel lang niet meer gezien.'

'Ja, helaas had ik daar mijn redenen voor.' Nene's toon slaat abrupt om.

'Hoezo kon dat toen?' pakt ze de draad weer op. 'Hoezo heeft de rechtbank zulk geniepig verkregen afluistermateriaal überhaupt toegelaten?'

Nee, het houdt nooit op. Het zal haar nooit loslaten. Zoals Dina en ik nooit uit de dierentuin zijn gekomen, zo zal Nene nooit uit de spagaat komen tussen de loyaliteit aan haar familie en haar eigen behoeften. Maar Ira heeft zich kennelijk voorgenomen haar geduld deze nacht eindeloos te rekken: 'Ik moest *periculum in mora* aantonen, gevaar bij uitstel. Met die regeling is afluisteren in uitzonderingsgevallen geoorloofd.'

'En wie verkeerde er in gevaar, als ik vragen mag?'

'Wil je dat echt weten?'

'Ja, natuurlijk wil ik dat echt weten, wat dacht je dan?'

'Tsotne was de Mchedrioni een doorn in het oog geworden. Hij was te machtig en te rijk, het kwam tot overvallen en afpersingen. En degene die daarachter zat, was Levan Iasjvili. Hij had je broer de oorlog verklaard. Tsotne moest wel in actie komen. Vroeg of laat moest hij Levan uitschakelen.'

Ik ben sprakeloos. Ik begin te lachen, ik weet niet waarom. Wat ze zegt, klinkt zo absurd. Op deze mooie plek, tussen al die genietende mensen om ons heen klinkt die zin grotesk, hij klinkt als een zin uit een slechte film.

Ook Nene rolt met haar ogen. 'Wat vertel je me nou?'

'Levan was mijn sneeuwbal, Nene. Met hem heb ik alles aan het rollen gebracht. De sneeuwbal die later veranderde in een lawine. Zonder die informatie had ik dat proces nooit kunnen voeren.'

'Wil je daarmee zeggen dat Tsotne Levan...'

'Je kunt het geloven of niet. Ik heb geen kracht meer. Ik kan mezelf alleen maar herhalen, meer niet. Ik kan je alles vanuit juridisch oogpunt uitleggen, ik kan elk detail uit de doeken doen, alle dossiers weer tevoorschijn halen, maar ik kan me niet blijven rechtvaardigen. Ik weet dat je me nooit zult vergeven. Het is goed, Nene. Ik ga niet langer smeken om je mededogen. Ik ga nu deze joint roken en even mijn benen strekken. Ik moet terug naar het nu,' zegt Ira en ze vraagt om de rekening. We protesteren niet, we schikken ons naar haar plan. Ik vraag me af hoe laat het is. Ja, ik zou ook graag een eindje lopen, ik denk aan het mooie park naast het Koninklijk Museum, waar ik met Norin vaak middagpauze hield, maar dat is vast al gesloten. Dan schiet de Botanische Tuin me te binnen, daar lagen we in het gras naar de vogels te kijken. Maar zou ik de weg nog kunnen vinden, vraag ik me af, bovendien is die vast ook dicht. Ik moet nog steeds denken aan de informatie die Ira heeft prijsgegeven.

'Waarom Levan?' mompel ik, hoewel ik het antwoord allang weet.

'Er waren verschillende redenen. Maar ik denk dat die kwestie met Anna doorslaggevend was. Hij wist het van het begin af aan, Tsotne, bedoel ik. Hij gaf Levan de schuld van Goega's dood. "Hij heeft mijn broer de dood in gedreven," zei hij in een van de afgeluisterde telefoongesprekken. Bovendien achtte hij het waarschijnlijk dat de Mchedrioni, die toch al stijf stonden van de heroïne, vroeg of laat ook die business zouden inpikken. En anders dan Rati, die hij wel verachtte maar ook altijd heeft gerespecteerd, kon hij Levan niet uitstaan, hij vond dat die geen principes had, ook omdat hij Rati had verraden en naar de Mchedrioni was overgelopen. En Levan was meedogenlozer dan Rati, hij zou nooit misschieten als die zijn wapen eenmaal op hem gericht had, en Tsotne rekende erop dat dat vroeg of laat zou gebeuren.'

Ira betaalt met haar creditcard. Ik zwijg. Ik probeer koortsachtig de puzzel af te maken. Ik denk aan Levan, aan de eerste keer dat ik hem terugzag na de nooit vervolgde verkrachting van Anna. Ik denk aan mijn liefde die ongemerkt wegkwijnde, ik denk aan zijn door vergeldingsdrang verwrongen gezicht, aan zijn wanhoop, die met de jaren veranderde in blinde haat, en ook aan het feit dat hij mijn door de medicijnen versufte broer niet één keer heeft opgezocht. Ik denk aan het vreselijke besef dat ik hem nooit echt heb gekend, dat ik gehouden heb van een vreemde, die nooit mijn littekens wilde zien.

'Ik zou graag ergens in het gras gaan liggen,' zegt Nene

nu en ik stel hun het Warandepark en de Botanische Tuin voor, maar voeg er spijtig aan tot dat die allebei waarschijnlijk al dicht zijn. Nene schiet in de lach.

'Dat meen je niet!' Ze blijft maar lachen en ik begrijp niet wat er zo grappig is. Ira gniffelt ook en schudt de hele tijd haar hoofd.

'Jij hebt altijd al voor verrassingen gezorgd!' roept Nene en ze geeft me een arm. Ze loopt nog altijd op Ira's slippers en roept als een kleine generaal, die zijn mannen aanvuurt: 'Vooruit, breng ons naar de Botanische Tuin, Kipiani! We hebben dat toen gefikst, dus fiksen we het vannacht ook.'

'Ja, we breken in!' zegt Ira.

Dan pas dringt het tot me door waarom ze moeten lachen, ik heb er geen moment aan gedacht en begrijp zelf niet dat ik het niet doorhad.

Ik zoek op mijn smartphone de weg. Het is ongeveer anderhalve kilometer, dat moet te doen zijn. Ik geef het tempo aan, ik leid mijn kleine soldaten, mijn trouwste en dapperste metgezellen. Onderweg kopen we bij een kiosk wijn, water en een paar zakjes met noten en chips. We marcheren onverstoorbaar verder, we marcheren doelgericht, we steken de Grote Markt over. We laten de smalle, overbevolkte straatjes in de binnenstad achter ons en volgen onze eigen muziek. We zwemmen tegen de stroom in, we gaan nergens zitten, we banen ons een weg door de aangeschoten mensenmenigte, we willen naar de Botanische Tuin en daarmee terug naar het begin van ons verhaal.

'LET THE MUSIC PLAY'

'Hoe staat het eigenlijk met jouw liefdesleven, beste Keto?'

Nene is weer in haar element. 'We willen alles weten!' roept ze monter, terwijl ze kordaat naast me loopt.

'Word jij dan nooit een dagje ouder, Nene Koridze?' verzucht ik, en ik werp opnieuw een blik op de virtuele plattegrond om er zeker van te zijn dat we niet verkeerd lopen.

'Nou ja zeg! Ik ben een vrouw in de beste jaren van mijn leven, ik bevind me op het hoogtepunt van mijn seksuele ontwikkeling, zo je wilt. Dus kom op, vertel.'

'Ik heb geen vaste relatie, als je dat bedoelt. En voor je het vraagt: ik mis niets.'

'Maar een pleziertje zul je je af en toe toch wel gunnen?'

Ze geeft me een por in mijn zij en ik slaak een gil.

'Ja, af en toe, ook al zal het in de verste verte niet kunnen tippen aan jouw liefdesleven,' zeg ik.

'Vooruit, kom op nou, we willen meer weten over dat "af en toe".' Ze giechelt als een meisje van vijftien.

'Dat "wij" klopt niet helemaal,' hou ik de boot af met een blik op Ira.

'Ik vind het ook wel interessant met wie mevrouw Kipiani zo haar pleziertjes heeft.'

Nu valt Ira haar nog bij ook.

'Het is niks serieus.'

Ik denk aan Norin en wat hij zou zeggen als hij mijn samenvatting van onze relatie kon horen: 'Het is niks serieus.' Ik schaam me voor die woorden. Ik wil niet dat ze hem zo zien, ook al weten ze niets concreets over zijn bestaan. Dat beeld moet ik bijstellen. Dus begin ik te vertellen, ik zoek naar woorden, ik probeer de essentie te beschrijven, die, zoals bij bijna alle relaties, voor buitenstaanders niet te begrijpen is, die in dit geval zelfs voor mij niet te begrijpen is. Ik zou me graag bij hem verontschuldigen voor alles wat ik over ons zeg en waar hij nooit iets van zal horen.

Ik vertel over de keren dat we elkaar door de jaren heen in verschillende steden steeds weer hebben ontmoet, en ik ben verbaasd hoe weinig vat ik zelf op die eigenaardige relatie krijg en ook dat die juist in deze stad, in deze straten is begonnen. Ik zoek naar de passende woorden om hem te omschrijven als de aandachtigste luisteraar die ik ooit heb meegemaakt, zijn liefde voor het detail, waar ik steeds weer van sta te kijken, zijn naïviteit, die me soms witheet maakt, en zijn zwaarmoedigheid, die hem soms zomaar overvalt, die zwaarte waar hij zich willoos aan overgeeft. Die onbeschadigde man, die het op de een of andere manier heeft klaargespeeld om vijftig jaar lang zo op deze wereld door te brengen dat elke tragedie, elke catastrofe met een grote boog om hem heen liep. Voor wie de meest ingrijpende gebeurtenis vier jaar geleden plaatsvond, toen zijn achtentachtigjarige vader afgeleefd en vredig in een aanleunappartement in slaap viel en niet meer wakker werd. En die toch niet anders kan dan zijn verdriet op een troon zetten, het uitroepen tot de koning van zijn rijk en aan al zijn wensen voldoen. Die vanwege zijn zwaarmoedigheid al jaren in analyse is.

En dus ben ik de enige duistere plek in zijn leven. Ik sta plaatsvervangend voor alle tragedies die aan hem voorbij zijn gegaan, en ik neem die lege plek moeiteloos in; hij tast alle nachtmerries in mij af, die hij zelf alleen van kunstwerken en schilderijen kent. Ik ben Saturnus die zijn zoon verslindt, ik ben de monsters uit *De hel* van Jeroen Bosch, ik ben Salomé met het hoofd van Johannes de Doper, ik ben Medusa met de slangen. En ik kan me niet onttrekken aan het gevoel dat hij juist dat nodig heeft omdat zijn leven te zonnig, te opgeruimd, te gestructureerd is en hij naar de chaos verlangt die ik op alle mogelijke manieren voor hem probeer te verbergen. En toch zoekt hij ernaar als we samen de nachten doorbrengen, in elke onvoorzichtige zin die me ontglipt, als een speurhond volgt hij mijn achteloos achtergelaten sporen in die aanlokkelijke duisternis. Er is niets waar hij zo naar verlangt als het moment van de totale ineenstorting, zodat hij eindelijk vrij is, vrij van alle voorspelbaarheid in zijn kapot geanalyseerde leven. En ik begrijp dat gevoel en heb consideratie, terwijl ik zelf niets anders wil dan zekerheid en rust. Slechts af en toe, op heel uitzonderlijke momenten van onachtzaamheid, van hartstocht en lichtzinnigheid dekken onze wensen elkaar, worden ze voor even één, want in die zeldzame minuten zou ik ook alles het liefst naar de hel wensen, alle afspraken in de wind slaan, alle beloften overboord gooien, alle verzekeringen opzeggen, dat hele leugennet van zekerheid doorknippen om me in die door Norin zo felbegeerde chaos te storten, die misschien toch de zuiverste en eerlijkste vorm van leven is. Ik zoek naar woorden en struikel over zinnen, tot Nene me een halt toeroept, voor me gaat staan en zachtjes zegt: 'Oké, Keto, je hoeft het niet uit te leggen, we kennen je. Hou je van hem?'

De vraag der vragen, de liefde, Nene's antwoord op alles.

Ira glimlacht en loopt weer door, we volgen haar, we hebben een doel. We gaan naar de Botanische Tuin om daar in te breken, we zijn weer veertien, we zijn in de Engelsstraat en onze vriendin heeft al één been door de opening in het hek gestoken en wenkt ons om haar in die onbekende wildernis te volgen.

'Soms is liefde niet genoeg, het is geen remedie tegen alle gebreken, ze buigt niet alles recht, ze maakt ons niet heel en tovert onze problemen niet weg. Dat weet je toch,' zeg ik en ik vraag me af waarom ik me met zoveel stelligheid rechtvaardig.

'Maar dat is nou precies wat ze allemaal wel zou moeten doen! En als ze dat niet doet, is het geen liefde,' antwoordt Nene. Het heeft geen zin om haar tegen te spreken, ze moet haar naïviteit verdedigen, tenslotte heeft ze dankzij die naïviteit elke verwoesting, elke slachting van haar liefde overleefd.

'Ik begrijp niet waarom je niet met hem samenleeft. Ik bedoel, hoelang doen jullie dat al zo, twaalf, dertien jaar? Dat kun je toch geen affaire meer noemen?'

Deze keer is het Ira die doorvraagt. Ik heb hun nog niet verteld dat Norin inmiddels met de eigenares van een Antwerps sterrenrestaurant samenleeft en een dochtertje van vier heeft. Dat hij die chaotische, ongecontroleerde, onbeschaafde liefde waar hij zo naar verlangt op den duur toch niet volhield. En dat hij me zeven jaar geleden huilend en smekend om begrip uitlegde dat hij niet langer kon leven met dat heen-en-weer, dat hij zichzelf nu moest 'beschermen' door met die sterrenkokkin te trouwen en zo te ontsnappen aan mijn verwoestende wanorde, mijn rusteloosheid en mijn onvermogen om me te binden. En in plaats van dat allemaal te vertellen leg ik Nene en Ira uit wat ik hem nooit uitgelegd heb. Dat ik niet bewust tegen hem heb gekozen, maar dat ik één les definitief heb geleerd: dat het in het leven soms helemaal niet uitmaakt voor wie of wat je kiest, dat het belachelijk is om elkaar beloften te doen omdat onze enige zekerheid is dat we absoluut niet weten wat ons te wachten staat.

'Ja, ik weet wat je bedoelt, maar je moet de illusie toelaten, anders kun je nooit een relatie aangaan,' werpt Ira tegen en ze kijkt me vragend aan.

'Daarom hebben we ook geen relatie,' antwoord ik kortaf. Ik wil een punt achter deze discussie zetten en kijk weer op het lichtgevende schermpje om even een adempauze te hebben.

'Maar je maakt jezelf iets wijs. Jullie hebben wel een relatie! Dertien jaar, nou vraag ik je. Jij kent die man en hij kent jou, je deelt je leven met hem...'

Nene raakt op dreef. Ik moet haar de mond snoeren, anders is ze niet meer te stuiten.

'Nee, dat hebben we niet. We delen bepaalde stukken van ons leven, die paar stukken die we wíllen delen. Al het andere houden we erbuiten. Dat is geen relatie. Dat is goed gedoseerde intimiteit.'

Alweer schaam ik me, omdat ik dat wat er tussen mij en Norin is en waarvoor ik geen naam heb, op deze manier bagatelliseer. Weer moet ik hem, moet ik ons in bescherming nemen. En daarom vertel ik dan toch, hoewel het niet mijn bedoeling was, dat hij contact met me blijft zoeken, sterrenkokkin en kind schijnen geen belemmering te zijn, geen morele last. En ik weet niet wat ik ervan moet vinden dat hij zonder scrupules gericht opdrachten aanneemt in de steden waar ik aan het werk ben. En dat ik niet anders kan dan hem elke keer weer toelaten in mijn leven, in de talloze, tijdelijk gehuurde appartementen, en dat ik elke keer zo blij ben als een kind wanneer hij komt.

Nene giechelt en klapt in haar handen, ik lach verlegen, Ira schudt alleen haar hoofd. Norin, die op het moment niet ver hiervandaan en toch onbereikbaar is, die hoogstwaarschijnlijk naast zijn sterrenkokkin ligt te slapen, die ooit kinderen en een huis met een wilde tuin met mij wilde, om na jaren in te zien dat ik niet nog een kind op de wereld zou zetten – met niemand. Die grote man met zijn zachte handen en zijn nauwkeurige blik, die fantastische restaurator, die elke keer nadat we hebben gevreeën en naakt naast elkaar liggen mijn littekens streelt, alsof hij ze met zijn onvermoeibare liefkozingen ongedaan kan maken.

'Horen jullie dat?'

Het is Ira, die abrupt blijft staan en ons aanspoort te luisteren. Ik herken in de verte een melodie, we staan voor een hoog kantoorgebouw, in elk geval wijst de gevel van spiegelglas daarop. We hebben de binnenstad achter ons gelaten en lopen langs een brede, ongezellige autoweg. In het kantoorcomplex schijnt zich een nachtclub te bevinden, want nu voel ik de bassen en het vibreren onder mijn voeten; de club moet in de kelder liggen.

'Dit is een wenk van het lot, daar moeten we naar binnen!' roept Nene en zonder onze reactie af te wachten rent ze in de richting waar de muziek vandaan komt.

'Dat meent ze niet! We gaan toch niet serieus naar een of andere club vol pubers, alleen omdat ze daar Barry White draaien?'

Ik wind me op, ik vind het een bezopen idee en weiger er een of andere wenk van het lot in te zien.

'Kom op, de nacht is van ons!'

Ook Ira lijkt afleiding en vergetelheid te zoeken, misschien als uitlaatklep na dat fatale gesprek tussen die twee, waarover het vonnis nog steeds niet is geveld. Ze haalt de joint uit haar tas, steekt hem op en loopt met grote, montere passen achter Nene aan. Er zit voor mij niets anders op dan hen te volgen.

Het is een dansbare, snellere versie van 'Let the music play'. Ik vraag me af of je dat nummer van die zoetgevooisde, volstrekt apolitieke en liefdedronken rhythm-and-blueszanger het volkslied van een Georgisch decennium zou kunnen noemen en kom tot de conclusie dat dat heel toepasselijk zou zijn, want vanaf 1994 of misschien

1995 had het amper concurrentie; op de krappe dansvloeren bij mensen thuis, in auto's op volle geluidssterkte, maar ook in de weinige clubs die, tamelijk amateuristisch ingericht en met een uiterst schaars aanbod aan drankjes en techniek, geleidelijk werden geopend – overal werd dit nummer gedraaid. Het is het ultieme orfische lied van mijn generatie. Uitgerekend wij, de kinderen van de jaren negentig, die kindertijd en jeugd inruilden voor kalasjnikovs en heroïne, uitgerekend wij luisterden naar Barry White en verlangden naar niets anders dan de eeuwige liefde en de extatische vruchten van die liefde, naar plezier en roes. Uitgerekend wij 'lieten de muziek doorspelen'. En hoe! Ja, we speelden de muziek tot het bittere eind!

Een breedgeschouderde portier met headset monstert ons en vindt ons kennelijk onschuldig genoeg om ons in zijn rijk binnen te laten. Barry White klinkt steeds luider en lokt ons met zijn diepe, fluwelige stem naar de onderwereld. Ik zie Nene voor me de trap afdalen. Ze heeft de slippers weer uitgetrokken en haalt haar moordende naaldhakken uit haar handtas. Ik zie Ira met zwaar geworden oogleden achter haar aan lopen – en zie tegelijk haar bleke gezicht op de dag dat ze ons drieën optrommelde omdat de strop die ze de Koridzes om de hals had gedaan niet meer te verbergen was. Ik zie Dina's ontzetting en openlijke haat, die ze Ira ongeremd in het gezicht slingerde, en ik begin te trillen, hier op de met neon verlichte trap.

Dina zag in Ira's wraakactie een kolossaal en onvergeeflijk verraad. Ik ben er inmiddels haast zeker van dat haar ontzetting zelfs groter was dan die van Nene, die er direct door werd geraakt, en ik betwijfel of Dina, als ze in leven was gebleven, haar ooit had kunnen vergeven. Nene zoekt tot op de dag van vandaag naar motieven om Ira's besluit te verklaren, maar Dina had van meet af aan een heel duidelijke mening, ze dacht alle motieven voor Ira's actie te kennen en was niet van zins om ook maar een duimbreed van die overtuiging af te wijken.

Terwijl we de grote, donkere zaal met de kleurig flitsende dansvloer in lopen, probeer ik in gedachten krampachtig de volgorde van die dagen te reconstrueren. Net als toen in Ira's sombere appartement gaan we aan een tafeltje in een nis in de muur zitten, alleen zijn we nu niet compleet. Wij, de drie musketiers, alleen heeft onze d'Artagnan ons allang verlaten.

Nadat Nene's pogingen om ons tot dansen te verleiden zijn mislukt, stormt ze de dansvloer op en duikt onder in een nevel van bezwete lichamen, van penetrant parfum en Barry Whites lokkende stem. Ira en ik proberen de club te karakteriseren. Ira plakt er het etiket *would-be posh* op. Tegen mijn verwachting in is het publiek gemengd, we vallen qua leeftijd niet eens erg op. De vrouwen zijn nogal opgedirkt, de mannen zijn louche types, de meeste hebben opvallend veel gel in hun haar. Toch maakt de club niet per se een goedkope indruk en het design heeft iets futuristisch met de vele neonbuizen en de witte nissen in de muren. Barry White schijnt in een *extended version* te draaien, hij blijft maar doorzingen. Ik hoor Ira in een andere eeuw in haar sombere kamer tegen ons zeggen: 'Morgen wordt het openbaar en daarom wil ik dat jullie het eerst van mij horen.'

Ze boog haar hoofd en probeerde het trillen van haar handen en haar stem onder controle te krijgen. Dina, die ik al weken niet meer had gezien, keek vragend naar mij, ik haalde mijn schouders op. Nene dronk haar Turkse koffie en leek afwezig. Als moeder van drie kleine kinderen, alleen met de zorg voor haar moeder, het verdriet om haar dode broer en de ongerustheid over haar criminele broer, zat ze de laatste tijd vaak met haar gedachten ergens anders.

Niemand van ons had gerekend op zo'n gesprek. Niemand had gerekend op de woorden die Ira toen tot ons richtte.

'Waar heeft ze het over?'

Dina keek naar Nene, maar die rolde alleen met haar ogen. Nene leek de laatste te zijn die zo'n fatale afloop van dit gesprek voorzag.

'Mevrouw de openbaar aanklaagster heeft het de laatste tijd zo druk, ze heeft amper nog tijd voor haar vrienden. Dus hoe moet ik dat weten?'

Nene's verwijt was ook voor Dina bedoeld, want sinds de escalatie tussen haar en de twee pseudokunstenaressen op die party voelde ze zich door Dina in de steek gelaten.

'Laat me alsjeblieft uitpraten. Het is niet eenvoudig voor me, want wat ik nu ga zeggen, zal alles veranderen, en ik wil dat jullie weten waarom ik denk dat het de enig juiste weg is.'

Ira zag bleek, de kringen onder haar ogen waren zo diep dat ze ziek leek. Nene spitste haar oren. Dina fronste haar wenkbrauwen. Ik boog over de tafel naar voren. En toen begon Ira te vertellen. Over haar besluit om 'een eind aan die toestand te maken'. Ze vertelde over haar leven in Amerika, over haar eenzaamheid, over haar inspanningen, hoe ze vasthield aan haar doel, dat alles van haar vergde. Wij zwegen, ik herinner me de ijzige stilte in de kamer, die me deed huiveren. Alleen Ira's nerveuze stem klonk in die stilte na. Ze vertelde over haar plan, deed elke stap uit de doeken, liet ons met open mond haar pad volgen. Waar ging dit naartoe, we konden niet geloven dat ze dat wat we nu begonnen te vermoeden, echt in daden had omgezet.

'Ika zal morgen om acht uur op Kanaal 2 een opname

laten horen van een telefoongesprek dat jouw broer heeft gevoerd.'

Nene, die op een gegeven moment de draad kwijtgeraakt leek te zijn, schrok met een ruk op uit haar schemertoestand en keek Ira aan.

'Wat zei je?'

'Het moet ophouden, voor het nog eens talloze mensenlevens kost.'

Ira hief haar hoofd op en keek ons aan. Ze had zichzelf weer onder controle.

'Je bereidt een aanklacht tegen Tsotne voor? En waarom de televisie, en wat heeft Ika ermee te maken, ik begrijp het niet...'

Dina stak haastig een sigaret op, sprong op en begon nerveus door de kamer te ijsberen.

'Ika is het officiële gezicht van de zaak. Er is afluisterapparatuur in Tapora's huis geplaatst en we hebben meerdere opnamen van telefoontjes en gesprekken. Morgen barst de bom en dan is er geen weg terug. Ik werk al jaren aan de aanklacht: drugshandel, afpersing, meervoudig zwaar lichamelijk letsel, illegaal wapenbezit.'

Gelach rukte me uit mijn verstarring.

'Je maakt een grap, hè?'

Nene herhaalde de vraag en bleef maar lachen. Ik herinner me ook de pure ontzetting op haar gezicht toen ze uitgelachen was. Ik moest opeens denken aan wat Ira voor haar vertrek naar Amerika in haar kamer tegen me had gezegd, en het klamme zweet brak me uit. Ik had toen niet veel betekenis aan haar woorden gehecht en bovendien mijn belofte niet gehouden. Ik had de enorme vastberadenheid in haar woorden niet serieus genomen.

'Jij belt nu onmiddellijk Ika. Jullie vernietigen het materiaal,' zei Dina, voordat Ira verder kon gaan.

'Wat?' Ira stond op.

'Je hebt me heel goed verstaan. Wij zijn geen verraders. Wij doen zoiets niet. Heb je ook maar een seconde aan Nene gedacht? Aan haar moeder? En Tsotne laat mij ook niet koud.' Dina's neusvleugels en kin trilden. 'Wat jij van plan bent, is het toppunt, het is erger dan alles wat Tsotne ooit heeft gedaan.'

Ze wendde zich tot mij: 'Of wist jij hiervan?'

'Ben je gek? Nee, ik wist van niets.'

Haar verdenking was een klap in mijn gezicht, helemaal omdat ze zich al maanden gedroeg alsof wij niet meer aan haar eisen konden voldoen.

'Het zou jou anders goed uitkomen, dan was Tsotne geen bedreiging meer voor je broer...'

Ik kon mijn oren niet geloven. Hoe durfde ze zoiets van me te denken? Ik keek haar aan, haar blik was vol minachting. Haar woorden waren een pijl die ze recht tussen mijn ribben had geschoten.

'Hou op! Niemand wist ervan, niemand!' Ira kwam tussenbeide. En voor ik Dina aanvloog en haar tegen de grond gooide, haar wurgde of haar de ogen uitkrabde – alles was op dat moment denkbaar –, hoorden we iets vallen en zagen we Nene onderuitgaan.

Nu danst ze. Ik sta altijd weer versteld van die onuitputtelijke energie. Waar haalt ze, na alles wat ze heeft meegemaakt, die levensvreugde vandaan, dat enthousiasme en die liefdeslust, allemaal om de verlammende stilte in haar binnenste te overstemmen. Tegelijk weet ik dat het haar dekmantel is, dat ze als een wervelwind door het leven moet gaan om niet alleen te zijn in de doodse stilte die al die mensen hebben achtergelaten van wie ze hield en die alleen nog op zwart-witfoto's bestaan. Ze moet op moordend hoge hakken op Barry White dansen en met een getatoeëerde kelner flirten om die stilte te negeren. Ik weet het, ik begrijp het. We hebben allemaal onze leugens, die we soms als kruk gebruiken. Ze moet het doen, zoals Ira succes moet najagen en ik oude kunst nieuw leven in moet blazen.

'Weet je nog toen jij die bom liet barsten en Dina Tsotne probeerde op te sporen?' roep ik in Ira's oor.

Ira heeft drankjes aan de bar besteld en we wachten met smart op ons water, hoewel we daarnet bij de kiosk een voorraadje hebben ingeslagen, maar dat durven we hier niet tevoorschijn te halen.

'Ze heeft me in mijn gezicht gespuugd voor ze die middag de deur uit ging, kun je je dat voorstellen? En ja, ze heeft ook geprobeerd Ika op te sporen, maar daar had ik rekening mee gehouden, ik had Ika een paar dagen de stad uit gestuurd en wist zelf niet eens waar hij zat. Op de dag van de uitzending moest hij linea recta naar de studio rijden.'

'Heb je nooit getwijfeld? Ik bedoel op z'n laatst toen duidelijk werd dat Nene en Dina het je nooit zouden vergeven?'

'Ik was er vast van overtuigd dat ze me op een dag zouden begrijpen. Dat maakte ik mezelf wijs.'

'Denk je dat Dina het te boven was gekomen, als ze was blijven leven?'

Ira haalt haar schouders op. Ze ziet er plotseling bleek en moe uit, alsof iemand een schakelaar in haar heeft omgezet. Het ultraviolette licht versterkt die verlorenheid. Ira heeft doorgezet, alles wat erop volgde op de koop toe genomen.

'Waarom is Tsotne 'm niet gesmeerd? Hij had toch kunnen onderduiken?'

Weer haalt ze haar schouders op.

'Ik weet het niet. Hij heeft zichzelf denk ik overschat, hij dacht dat zijn krysja almachtig was, en hij heeft de publiciteit onderschat, de druk van de media en het leedvermaak waarmee de kleine man de groten en machtigen te gronde ziet gaan. Bovendien was de stemming in het land omgeslagen: Sjevardnadze had zijn grootste tegenstanders achter de tralies gezet en iedereen zag met ingehouden adem een groot proces tegen de Mchedrioni-leider tegemoet. In die tijd begonnen de mensen te beseffen dat er een ommekeer was ingeluid en dat aan de macht van de bendes een einde kwam.'

Ik zie me nog met Eter voor de televisie zitten als het gezicht van die bebaarde journalist op het scherm verschijnt en de bandopname wordt afgespeeld. Mijn ingehouden adem en het gevoel dat het allemaal geen werkelijkheid is, maar een in scène gezette show. Ik zie mijn broer met hangende schouders, een bleek gezicht en tot bloedens toe afgebeten nagels de kamer binnenkomen, de verwarring op zijn gezicht als hij Tsotnes stem herkent. Mijn paniek, omdat ik alles bij hem vandaan wil houden wat zijn genezing in de weg zou kunnen staan, mijn pogingen om elke herinnering aan zijn vroegere leven uit te wissen en de vergeefsheid daarvan.

Ira drinkt het glas water leeg dat een jonge vrouw in een kort rokje ons heeft gebracht. Dan staat ze zwierig op en steekt me haar hand toe.

'Kom, laten we dansen!'

Ik kijk haar ongelovig aan. Ira heeft nog nooit gedanst, ik vraag me af waar haar vermoeidheid is gebleven.

'Jij wilt dansen?'

Ik moet keihard schreeuwen omdat Barry White, nu hij zijn taak om ons hiernaartoe te lokken heeft volbracht, wordt afgewisseld door elektromuziek met een harde stuwende bas, waarbij je onmogelijk een gesprek kunt voeren. Ik grijp Ira's hand en volg haar gedwee naar de afgeladen dansvloer.

'Ik ben inmiddels zo goed dat ik geen club zonder gezelschap verlaat,' schreeuwt Ira in mijn oor en ze lacht schalks. Ik verbaas me over haar puberale gedrag. We zoeken onze danslustige vriendin.

Is ze dat? Zijn we dat nog? Kun je het woord vriendin gebruiken als je al jaren alleen op feestdagen nog iets van je laat horen en persoonlijke ontmoetingen aan het toeval overlaat? Duurt een vriendschap eeuwig, alleen omdat je je kinderjaren en je jeugd hebt gedeeld? Die verre echo die ons verbindt, of een paar zwart-witfoto's waar we samen op staan? Zouden we nu vriendschap sluiten? Zouden onze uiteenlopende wensen, verlangens en ambities geen belemmering zijn om zo'n verbond aan te gaan? Zouden onze levenservaring, angst, scepsis en vooral ons zelfbedrog ons niet onmiddellijk in staat van alarm brengen?

En toch is er iets in mij wat zegt dat alles klopt, dat de jaren niets veranderen.

Een oosterse sound vermengt zich met de muziek, mijn lichaam begint te deinen, ik vraag me af hoe laat het is en stel vast dat ik elk gevoel voor tijd allang kwijt ben. Aan de andere kant van de dansvloer ontdekken we Nene, ze danst met een jong stel, waarbij haar aandacht duidelijk uitgaat naar de man, die daar zichtbaar van geniet, terwijl zijn danspartner geamuseerd toekijkt. Al dansend bewegen we ons in hun richting. Wanneer heb ik voor het laatst gedanst? Wanneer ben ik voor het laatst de tijd vergeten? Wanneer was ik voor het laatst zestien? Mijn lichaam ontdooit. Ik spreid mijn armen. Ira's bewegingen zijn niet zo soepel als die van Nene, maar ze hebben stijl. Nene ziet ons, ze lacht naar ons, haar gezicht flitst op in het licht van de stroboscoop.

Ik doe mijn ogen dicht en zie Dina voor me. Wat zag het er moeiteloos uit als ze met mijn broer rock-'n-rolde. Ik doe mijn ogen open en zie Nene op ons afkomen, haar gezicht nat van het zweet. Ik doe mijn ogen dicht en zie Rezo voor me, zijn langgerekte, licht vragende 'Kipiani' lokt me, ik duik naar alles wat op de bodem van mijn ziel bedolven ligt. Met niemand was de lust zo ongedwongen en het samenleven zo onmogelijk. Ik doe mijn ogen weer open en zie dat Ira een blonde vrouw met hoge laarzen probeert te versieren. Ze wil me iets laten zien, een kant van haar die ik niet ken, ze legt zich voor me bloot, de Amerikaanse Ira, die nooit zonder beloning naar huis gaat, de verleidster. Ze strikt de vrouw als een spin die haar prooi in haar web lokt, geduldig en vol zelfvertrouwen, en de vrouw, verrast en nieuwsgierig, laat zich lokken.

Ik doe mijn ogen dicht en zie de roestige lepel in de keuken liggen. De eerste aanwijzing dat de dodelijke vijand nu ook bij ons thuis was binnengedrongen. Ik verstijf, ik hou mijn adem in, de tijden schuiven als gordijnen in elkaar: ik zie die lepel in de winter van 1997, een paar dagen nadat Ira's bom ontplofte, waardoor onze vriendschap als een granaatappel openbarstte en in duizend bloedrode stukjes uiteenviel. Een lepel, nutteloos op de eettafel in onze keuken, en ik zie een door het vlammetje van een aansteker bruin gekleurde lepel drie jaar eerder naast Goega's dode lichaam liggen.

Ik wist dus waar ik mee te maken had. Ik wist dat het dodelijke gif nu ook door de aderen van mijn broer vloeide en dat ik verloren had. Terwijl we sinds een paar weken hoopten dat het bergopwaarts ging, hij leek stabieler, niet meer zo apathisch, de medicijnen werden afgebouwd, zijn hongergevoel keerde terug, zijn ogen glansden niet meer zo manisch. Bij elk beetje eigen initiatief sprongen we een gat in de lucht. Elk adequaat woord dat hij tegen ons zei, was een opluchting. Hij schoor zich weer, ging de deur uit, deed zelfs kleine boodschappen, keek naar films, luisterde naar muziek, sprak af en toe af met Sancho of een van zijn andere vrienden, met wie hij zich in zijn kamer opsloot. Op een keer vroeg hij naar Dina en ik aarzelde om hem te vertellen dat Dina een nieuw, mooier leven was begonnen. En toen zag ik die lepel en wist ik dat hij ons allemaal leugens had gevoerd.

Ik doe mijn ogen open en zie hoe Ira haar armen om de taille van de blonde vrouw slaat. Ze geeft me een knipoog. Nene duikt naast me op en volgt gefascineerd Ira's verleidingskunsten. Zij, de meester in dat vak, schijnt niet minder onder de indruk. Nene en ik dansen met elkaar, ze is soepel, zacht, haar lichaam zit vol onverwachte buigingen en wendingen. Haar lichaam is bedrieglijk, haar lichaam doet alsof het onbeschadigd is, ongedeerd en beweeglijk, vol lust en pulserende erotiek. Het verraadt niets van de doden waarmee haar weg is geplaveid, niets van de duizenden onderdrukte kreten en verlangens, van de talloze wonden die ze zichzelf heeft toegebracht.

Ik doe mijn ogen dicht en zie het dode lichaam van mijn grootmoeder, die op een ochtend weigerde op te staan en voor wie ik elke spuit, elke lepel en elke riem verstopte om haar in de waan te laten dat Rati aan de beterende hand was. Mijn eerste gedachte toen mijn vader met een uitdrukkingsloos, star gezicht uit haar slaapkamer kwam, was dat ze naar haar eeuwige tegenstandster en loyaalste vriendin, haar trouwste metgezel was gegaan en nu met haar ruziede over Rilke en Baudelaire.

Ik doe mijn ogen open, Ira staat op het punt de blondine te kussen, ze wil ons iets bewijzen, ze heeft niets meer te verbergen. Ze is vrij. Ja, we zijn vrij, we zijn eindelijk in vrijheid, in deze feestelijke stad, in deze futuristische club, die lichtjaren verwijderd is van de zwart-witfoto's van vanavond. Ja, eindelijk zijn we 'onze eigen god'.

Ik doe mijn ogen dicht. Ik beweeg me op de beats, begeleid door de klanken van de balaban. Waar doet die klank me aan denken? Ja, natuurlijk, aan de doedoek, die simpele, zuchtende klank van de doedoek. Ik zie Levan heel geconcentreerd en vol overgave op de doedoek spelen, ik zie zijn volle wimpers, zijn lach als hij van achter het stuur naar me kijkt en knipoogt. Zijn olijfkleurige huid, zijn warmte, die me omhult als een deken. Zijn adem in mijn oor, zijn schaterende lach, zijn snelheid, zijn fonkelende ogen als hij over Stravinsky vertelt, of over Debussy, ik weet het niet meer en het maakt ook niet uit. Wanneer hebben de Iasjvili's hun woning verkocht? Was dat voor mijn verhuizing naar Duitsland of erna? En op welke van de talrijke begrafenissen heb ik hem voor het laatst gezien? Nee, de laatste ontmoeting moet op het Majdanplein zijn geweest, tijdens een van mijn zomervakanties. Hij was in gezelschap van een Russische schone, die hij aan me voorstelde als een 'kennis'. Een vrouw die het absolute tegendeel was van mij. Ik weet niet wat me toen meer schokte, die langbenige, opzichtig geklede vrouw of hijzelf. Ik werd overvallen door een vreemde slapte en hield me vast aan de buggy waarin mijn zoontje zat. Hoe hij naar mij en de jongen keek. Hoe hij zichzelf dwong tot een glimlach, zijn arm om me heen sloeg en 'Ach, Keto, Keto, de onverwoestbare' zei. Zijn kortgeschoren haar werd hier en daar al grijs en een pilotenbril bungelde aan een zwart kettinkje om zijn nek. Het was lang geleden dat ik iemand een zonnebril op die manier had zien dragen. Hij leek afkomstig uit een andere tijd met zijn zwarte jeans en de tandenstoker tussen zijn tanden. Zijn aftershave was dominant op het vulgaire af, zijn gouden ketting te opzichtig en zijn vroegere nieuwsgierigheid had plaatsgemaakt voor een gejaagde nervositeit. Hij keek de hele tijd om zich heen, alsof hij op de vlucht was, en misschien was hij dat ook, hij, die zijn hele leven achter zijn vijand aan zat, werd zelf een vervolgde: na de golf van arrestaties en de uitschakeling van de Mchedrioni had hij een goed heenkomen gezocht in Rusland. Daar was hij volgens de geruchten opgeklommen tot de hoogste regionen van de Russische schaduwwereld en had nogal wat geld vergaard, maar na Poetins opkomst was hij in ongenade gevallen en had hij het land weer moeten verlaten. Toen ik hem zo zag, wist ik niet meer wat ons ooit had verbonden. Ik stond voor hem en onderdrukte de vurige wens om mijn jurk op te tillen en hem mijn genezen en verbleekte littekens te laten zien. Zijn blik bleef lang rusten op het kind, alsof hij naar sporen zocht die hij niet vond.

'Gaat het goed met je, Keto?' vroeg hij, terwijl hij me van top tot teen opnam.

'Ja, het gaat goed met me, Levan. En met jou?'

Wat had ik hem ook moeten vertellen, wat had ik hem moeten vragen?

'Hoe zou het met me gaan, zonder jou,' zei hij, opnieuw met een knipoog. Voor ik iets terug kon zeggen, riep zijn kennis hem.

Ik doe mijn ogen open en buig me voorover naar Nene: 'Heb jij nog contact met de Iasjvili's? Heb jij een idee waar Levan zit?' roep ik in haar oor.

'Hoe kom je nou op hem?' wil ze weten. Ze ruikt naar viooltjes en naar poeder. Net als vroeger, net als altijd.

'Voor zover ik weet zit Levan ergens in Bakoe, doet iets met olie, geen idee, zit waarschijnlijk achter het grote geld aan, zodat hij zijn spionnen kan blijven betalen om Tatisjvili op te sporen. Hij heeft drie of vier kinderen, verspreid over heel Oost-Europa, die Nina en Rostom nog nooit hebben gezien. Nou ja, je kent hem...'

Nee, ik ken hem niet. Misschien heb ik hem ook nooit gekend, maar dat zeg ik niet tegen haar.

'Hij heeft Otto dus niet te pakken gekregen?'

Vanwege de harde muziek moet ik de vraag twee keer herhalen. Nene's pupillen worden groter, haar gezicht betrekt. Ze schudt haar hoofd. Sommige dingen verjaren nooit. Sommige littekens verbleken nooit. Sommige mensen worden nooit gevonden, zelfs als anderen door hen hun verstand verliezen of geobsedeerden worden. Ik doe mijn ogen dicht en zie de vertwijfelde lach van Anna Tatisjvili voor me als ze haar borsten ontbloot. Ik hou mijn ogen dicht en verzink nog even in mijn herinnering, waar ze allemaal zijn, die fragmenten van mijn ik, al die varianten van mijn ik, al het zinloos verschoten kruit, alle in rook opgegane dromen, ik laat ze op me neerregenen, ik laat me terugroepen naar het verleden om nog één keer alle ordinaire aftershaves op te snuiven en de vooruitgeleefde levens voor me te zien.

'Ik heb geleefd, ik heb vooruitgeleefd, Keto.' Ze zei het stellig en duidelijk, met die beangstigende vastberadenheid van haar. Die zin van Dina, slechts een paar dagen voor haar dood, duldde geen tegenspraak.

En mijn lichaam zoekt haar, ik strek me uit naar iets wat niet komt, wat nooit meer zal komen, en zo blijf ik staan, terwijl om me heen de dansers opgaan in de muziek. Mijn lichaam vertelt me dat haar afwezigheid een hemeltergend onrecht is, een schandaal waar ik me niet bij wil neerleggen. Maar mijn hoofd weet dat het zich er allang bij neergelegd heeft. Al negentien jaar leert het er elke dag weer mee leven, en al negentien jaar wist het de herinnering eraan steeds weer uit. Alsof het elke dag weigert iets te kunnen wat het allang heeft geleerd. Ik strek mijn armen uit, ik zoek Dina tussen al die mensen om me heen, wetend dat ik haar niet zal vinden en toch kan ik niet anders. Meteen heb ik haar rauwe lach in mijn oor, haar harde zeemanslach, haar haar kietelt het puntje van mijn neus, ik voel haar tedere en toch sterke handen op mijn schouders, we wiegen elkaar, we staan iedereen in de weg, we zijn de spelbrekers aan wie iedereen zich ergert, die iedereen op de tenen trappen, wij, twee grappige, perfect op elkaar ingespeelde narren.

Ik doe mijn ogen open. Ik ben alleen. Al negentien jaar ben ik alleen. Al negentien jaar zoek ik naar antwoorden, die zij voorgoed heeft meegenomen. Nene vlijt zich tegen me aan, ik zou haar zo graag vragen hoe haar vrijheid smaakt sinds Ira die als een jachttrofee aan haar voeten heeft gelegd. De vrijheid die Nene nooit wilde.

Nene's blik dwaalt steeds weer naar Ira, die de blonde vrouw opeens links laat liggen, alsof ze niet een paar seconden geleden nog deed of ze verzot op haar was. Ze kijkt Nene aan. Het stroboscooplicht stokt, de ogen worden rustiger, een nieuwe melodie vult de dansvloer, de mensen veranderen hun bewegingen, ze passen zich aan het nieuwe ritme aan, als in een ingestudeerde dans lijken ze een golf te vormen. Ira danst naar Nene toe, Nene aarzelt, ze wil waarschijnlijk nog geen beslissing nemen, ze wil Ira nog met onzekerheid straffen, maar die raapt al haar moed bij elkaar en de blondine loopt beledigd weg. Ik kijk naar Nene en Ira en moet lachen, iets aan dat ongelijke stel is zo vertrouwd, iets aan hen blijft eeuwig hetzelfde. Voorzichtig begint ook Nene te dansen, ze laat haar lichaam voor zich spreken, ze gooit haar hoofd in haar nek en laat zich door Ira aanraken, ze laat toe dat Ira haar hand pakt.

We zitten op de stoep voor de club, we hebben frisse lucht nodig, we zijn bezweet en uitgeput. We drinken gulzig van het water uit de kiosk, geven de fles aan elkaar door. Nene steekt een sigaret op en lacht tevreden.

'We zijn nog goed in vorm, hè, meiden?' roept ze en ze klapt voldaan in haar handen. Ira rekt zich uit, leunt achterover en kijkt omhoog naar de lucht. Je ziet alleen hier en daar een paar sterren flonkeren, de straatverlichting is te fel.

'Is er hier in de Botanische Tuin ook een waterval?' wil Nene weten, 'een beetje verkoeling zou geen kwaad kunnen.'

'Niet dat ik weet,' antwoord ik spijtig. 'Zullen we er echt nog naartoe gaan?'

Ik weet opeens niet zeker of het wel zo'n geweldig idee is.

'Natuurlijk!' zegt Ira beslist, ze staat op en steekt haar hand naar mij uit om me overeind te trekken. Ik gehoorzaam. Nene stapt weer in Ira's slippers en we vervolgen onze weg.

We lopen langzaam, we blijven telkens staan. We hebben geen haast, we hebben alle tijden achter ons gelaten en door elkaar geschud, we zijn in het verleden, in het heden, we zijn voor een deel ook wat we na deze nacht zullen zijn.

'Waarom ben je niet bij Rezo gebleven?'

Ik vraag me af hoe Nene opeens op Rezo komt, en ik ben zelf ook verbaasd dat ik vanavond zo vaak aan hem moest denken.

'Hoe kom je nu op hem?'

'Hij hield van je. En ergens pasten jullie goed bij elkaar, veel beter dan jij en Gio of jij en Levan. En waarschijnlijk ook beter dan jij en die Belg van je.'

'Je kunt jezelf niet zo programmeren dat je houdt van degene bij wie je goed past.'

Het is Ira die deze tegenwerping maakt en we weten precies over wie ze het heeft.

'Ik heb hem gekwetst. Heel erg zelfs. Zonder het te willen. Of misschien kon het me ook niets schelen. Ik weet het niet.'

Opeens heb ik grote behoefte om alles te vertellen, niets

voor te wenden, niets te hoeven achterhouden.

'Hij heeft me toen gered en ergens haatte ik dat gevoel, die afhankelijkheid, dat dankbaar zijn. Toen hij me belde en me dat studieprogramma aanbood, wilde hij me echt helpen. Ik had hem op dat moment lang niet gezien. Hij had van Rati's dood gehoord en wilde me spreken. Hij woonde toen al in Dresden, was daar gasthoogleraar. Hij was fantastisch als docent, iedereen liep met hem weg. Hij gaf les in muurschildering. Zijn moeder was kort daarvoor overleden en ik had het gevoel dat niets hem toen nog tegenhield, dat hij niet in Georgië zou blijven. En toen belde hij en bood me dat tweejarige masterprogramma aan. Hij wilde altijd al dat ik van muurschilderingen overstapte op schilderijen, hij moedigde me altijd aan. Maar op dat moment kon ik me dat niet voorstellen, ik herinner me die tijd alleen nog fragmentarisch, ik heb geen chronologische herinnering, alsof ik tussendoor een lange winterslaap heb gehouden. Ik had het gevoel dat hij me naar Mars lokte, zo ver weg was alles wat hij toen zei, alsof hij een vreemde taal sprak. Ik functioneerde op de een of andere manier, voor mijn vader, ik maakte me zo ongerust over hem en ben gewoon doorgegaan, heb voor het eten gezorgd en huizen opgeknapt.'

'Wisten jullie dat Georgië van alle post-Sovjetstaten de grootste economische neergang heeft gekend? Geen enkel ander land lag zo op z'n gat, om het maar eens plat te zeggen. Als ik het me goed herinner, was het nationaal inkomen met zo'n zeventig procent gedaald. Moet je nagaan!'

'Wacht, Ira, laat Keto verder vertellen, ik heb schijt aan de economie!'

Nene interesseert zich niet voor feiten, dat heeft ze nog nooit gedaan, en al helemaal niet voor getallen en statistieken.

'Je hebt het toen toch afgeslagen?'

'Ja, klopt. Maar na Dina was er dat moment waarop ik wist: als ik nu niet wegga, ga ik eronderdoor. Ik heb mezelf zoveel gesneden dat ik gehecht moest worden.'

We vallen stil. Ze zwijgen allebei. Nog nooit heb ik er openlijk met ze over gepraat. En toch denk ik dat ze het wisten, dat ze het altijd geweten hebben. Ik wil geen medelijden, ik wil geen troostende woorden, dus vervolg ik ademloos: 'En toen de zwangerschap. Ik wist zeker dat ik het kind niet zou houden. Uit een diep verborgen overlevingsinstinct belde ik Rezo en vroeg of zijn aanbod nog altijd stond. En ik nam me voor om, als ik eenmaal in Duitsland was, het kind te laten weghalen. Ik kan het me nu niet meer voorstellen, maar toen wist ik zeker dat ik het zou doen. Alles duurde eindeloos, het visum liet op zich wachten, ik had steeds meer papieren nodig, en toen ik eindelijk in Dresden aankwam, was ik al in de vijfde maand. Het was Rezo die me de kracht gaf om te geloven dat ik het zou redden, dat wij het zouden redden. Dat we vanaf dat moment een gezin waren, gebeurde stilzwijgend, zonder het af te spreken. En als vanzelfsprekend sliep ik bij hem in bed. Ik kan het hem niet kwalijk nemen, ik wist dat hij daarvan uitging toen ik zijn aanbod aannam. Hij organiseerde alles, ik hoefde me nergens druk over te maken, ik had ook niets voor elkaar gekregen, hij deed alles voor me. Ik schikte me in die rol zonder me af te vragen of ik dat echt wilde, wie ik eigenlijk was. Ik leefde van de ene dag in de andere. En toen het op een gegeven moment tot me doordrong dat de baby echt zou komen en ik ervoor zou moeten zorgen, leek het bijna logisch om bij Rezo te blijven en het kind een gezin te geven. Ik was onder de indruk van het gemak waarmee Rezo de rol van vader op zich nam. Maar diep vanbinnen wist ik dat we alleen deden alsof we een gezin waren. Ik bewonder hem nog steeds, maar we waren geen liefdespaar, daar waren we gewoon niet voor bestemd.'

'Maar seks hadden jullie toch wel?'

Nene kan het gewoon niet laten.

'Ja, natuurlijk hadden we ook seks. En toen werd Rati geboren, en Rezo was zo lief en attent. Hoe meer tijd er verstreek, hoe meer ik me aan hem verplicht voelde, hoe afhankelijker ik werd. Op een gegeven moment ging ik naar de universiteit, deed een taaltest en begon college te lopen, ik keerde terug in het leven. Ik regelde een oppasmoeder. Maar ik ben nooit een echte studente geweest. Zodra ik de universiteit verliet, was ik weer moeder en echtgenote. Althans, dat probeerde ik te zijn. Ik was hem dankbaar, voortdurend spoorde ik mezelf aan tot die dankbaarheid en uiteindelijk haatte ik dat gevoel, ik haatte het hartgrondig.'

'Het is me een raadsel hoe je die studie überhaupt hebt gehaald, in jouw toestand en met een baby,' zegt Ira en ze draait zich naar me om.

'Ik kon altijd al goed functioneren. En met de kleine Rati... ik mocht het niet opgeven, ik moest er voor hem zijn. Dat heeft me op de been gehouden. En ik wilde mijn vader steunen, we hadden tenslotte niets meer. Alles was verkocht, gestolen, verpatst. En dus speelden Rezo en ik gezinnetje.'

'Wanneer kwam je erachter dat het niet meer ging?' vraagt Ira.

'Ik had het geluk dat ik direct na mijn examen een tijdelijke aanstelling als assistent in de Staatliche Kunstsammlungen kreeg en mocht samenwerken met een paar coryfeeën. Het was een groot project van de stad Dresden in samenwerking met Den Haag, we maakten röntgen- en infraroodopnamen van alle zeven Rembrandts in Dresden. Dat heeft me langzaam weer zelfvertrouwen gegeven. Ik wilde op eigen benen staan en werken. Ik voelde

Rezo's tegenzin, hij begon erover dat we een kind moesten nemen, hij was bijna bezeten van dat idee. Ik was te laf om eerlijk te zeggen dat ik me dat niet kon voorstellen, ik loog tegen hem en bleef de pil gebruiken. Toen werd ik aanbevolen voor een ander project, in het MAS in Antwerpen, ik ging uit mijn dak toen het aanbod van dat museum kwam. Een tijdje pendelde ik tussen Antwerpen en Dresden heen en weer, na een paar weken regelde ik daar voor Rati een plek op een crèche, en ik voelde hoe ik met hem alleen in die vreemde stad herademde. In Antwerpen had ik voor het eerst na jaren het gevoel dat ik weer een eigen leven kreeg, een leven dat meer was dan alleen maar overleven. En dat terwijl ik al die jaren daarvoor dacht dat het voorbij was, dat mijn leven verder alleen zou bestaan uit sleur en me staande houden.'

'En toen leerde je die knappe Belg kennen?' Nene knijpt me en ik geef een gil.

'Hoe kom je erbij dat hij knap is?'

'Nou ja, sinds ik in deze stad ben, zie ik alleen maar knappe mannen, die Belg van jou is vast geen uitzondering.'

'Nene, je bent echt onverbeterlijk...' Ira snuift.

'Wat nou? Gun je onze Keto geen knappe minnaar?'

'Ik heb hem daar leren kennen, ja, we werkten samen, maar toen hadden we nog niets met elkaar, mijn hoofd stond absoluut niet naar een romance.'

'Romance, wat is dat voor prehistorisch woord?' lacht Nene.

'In Antwerpen moest ik onder ogen zien dat de kloof tussen Rezo en mij steeds groter zou worden en toch had ik nog steeds niet de moed om uit te spreken wat al zo lang in de lucht hing. Toen hij me kwam opzoeken en in mijn commode de pil vond, barstte de bom. De volgende ochtend nam hij de eerste trein terug naar Duitsland. Ik bleef achter met de slapende Rati en voor het eerst was ik niet bang meer dat ik het niet zou redden. Hij weigerde zelfs me nog in de woning in Dresden toe te laten en stuurde de spullen van mij en Rati naar Antwerpen.'

'Wat doet hij? Waar is hij nu? Hebben jullie contact?' vraagt Ira.

'Hij woont in Mainz en geeft les. Hij is getrouwd met een Duitse kunstdocente en heeft twee kinderen. Met Rati heeft hij nog steeds contact, hij feliciteert hem altijd met zijn verjaardag en heeft hem in de zomervakantie zelfs een keer meegenomen naar Zweden. Maar wij tweeën hebben sindsdien nooit meer met elkaar gepraat. Ik heb vandaag veel aan hem gedacht, misschien zou ik hem moeten bellen, hem mijn excuses aanbieden.'

'Je hoeft toch je excuses niet aan te bieden, hoe kom je erbij...' Ira kijkt me verontwaardigd aan.

'Jawel, dat kan ze gerust doen. Ze heeft hem tenslotte jarenlang aan het lijntje gehouden.'

Nene's houding verbaast me.

'O ja?' We zien Ira's gezicht betrekken.

'We zijn er!' roep ik en ik blijf staan voor het dichte hek.

HET SCHAARSE LICHT

'En wat doen we nu?'

De altijd oplossingsgerichte Ira wil meteen een plan. Een plan om in te breken. Ik vergroot mijn virtuele kaartje en zoek naar bruikbare informatie. De twee buigen hun hoofd over het oplichtende schermpje. Op een gegeven moment neemt Ira de leiding over, Ira, die zich meer dan dertig jaar geleden, toen we door het hek in de Engelsstraat kropen, amper kon verroeren van angst. Ze typt iets op mijn mobiel, scrolt, zoekt op de kaart, allemaal in een tempo dat Nene en ik niet bij kunnen houden, zodat we onze vermoeide ogen van het schermpje afwenden.

'Oké, het park is gigantisch en er zijn verschillende ingangen, die niet allemaal beveiligd lijken. Ergens achter de orangerie moet een speelplaats zijn, en als de foto's up-to-date zijn, is het hek daar heel laag. Zullen we het daar proberen?'

We zijn dankbaar dat ze de leiding overneemt, met mijn telefoon in haar hand stevent ze als een ervaren padvinder af op ons doel. We volgen haar door de lege straten. Hoeveel tijd hebben we nog voor het dag wordt?

'Wow, wat ben ik goed, hè?'

Ira loodst ons een zijstraat in. Aan het eind daarvan zien we de lage omheining van een speelplaats, waar we met gemak overheen kunnen klimmen.

'Jij bent de beste!' roep ik en ik verbaas me over mijn oprechte blijdschap. Nene steekt haar duim op, ze heeft de slippers al uitgedaan om beter over de afzetting te kunnen klimmen. Ira kijkt om zich heen, er is niemand te bekennen, alleen wij en het lonkende avontuur. We zijn weer veertien, geen omheining, geen gesloten hek kan ons op weg naar de vrijheid tegenhouden. Ira tilt haar rolkoffer over de omheining, hij valt met een plof op de droge grond. Nene klautert als eerste over het hek en belandt elegant aan de andere kant. Ira steekt me haar hand toe, ik pak hem, klim over het hek, heb moeite om mijn voet ergens neer te zetten, verzwik hem licht als ik neerkom, maar voel geen pijn. Ira belandt veilig op beide voeten.

'Een waterval hebben ze hier niet, maar wel een fontein. En, Nene, nog steeds zin in een fris bad?' vraagt ze met zichtbaar plezier in haar rol van aanvoerster.

'Nou en of! Ik zweet me een ongeluk,' antwoordt Nene.

'Kom, wijs ons de weg!' zeg ik bereidwillig. We zetten onze voettocht voort. Het is donker in het park, er zijn geen lantaarns. Ira schijnt met de mobiel op de grond. Ook Nene haalt haar telefoon tevoorschijn. Een tijdje lopen we over een smal, met palmen omzoomd pad. We steken het grote plein met het hoofdgebouw over. Ira leest van internet informatie voor over de geschiedenis van de tuin, over de Franse, Italiaanse en Engelse landschapsterrassen. Nene en ik moeten lachen, we plagen haar, maar Ira laat zich niet van de wijs brengen en loopt onverstoorbaar door. Nene's mobiel piept en ze typt snel iets in. Omdat ze het niet nodig vindt ons te vertellen wie haar op dit tijdstip appt, ga ik ervan uit dat het Koka is. Ik verlang naar een plek waar ik me kan uitstrekken, ik heb last van mijn rug, maar ik verjaag alle vermoeidheid en volg Ira's aanwijzingen op. Eén keer moeten we onze koers aanpassen, we hebben een verkeerde afslag genomen en keren om. Nadat we het hoofdgebouw achter ons hebben gelaten, ontdekken we het niet eens zo kleine bassin, maar we moeten helaas vaststellen dat de fontein uit is. Het bassin zit wel vol met helder water en heeft een mooie ronde rand om tegenaan te leunen.

We installeren ons. Ira spreidt haar colbertje uit en haalt nog een trui uit haar koffer, waarop we kunnen zitten. De plastic bekers en de flessen water en wijn worden tevoorschijn gehaald en opengedraaid. Onze ogen zijn inmiddels gewend aan het diepe blauw van de nacht. Ik strek me uit en leg mijn hoofd in Nene's schoot. Ze strijkt me over mijn haar. We klinken met de plastic bekertjes.

'Waar drinken we op?' wil ik weten.

'Op ons dan maar?' zegt Nene.

'Op ons en Dina!' zegt Ira.

'Op ons en Dina!' zeggen we alle drie en we stoten onze bekertjes tegen elkaar.

'Ze zou hier vandaag gelukkig zijn,' zegt Ira en we willen haar graag geloven. Ik wil haar graag geloven.

'Een jaar, zit er niet bijna precies een jaar tussen de dood van die twee?' vraagt Ira, terwijl ze in de duisternis staart.

'Ja,' beaamt Nene en ze kijkt mij vol verwachting aan. Wat moet ik daaraan toevoegen? Wat valt er in te brengen tegen dat voldongen feit? Geen woorden ter wereld hebben die macht. Dus zwijg ik.

'Waren ze nou op het eind weer samen of niet?'

Ira wil in gedachten de weg naar het verleden volgen. Nu kijken ze me allebei aan. Ik ben de brug naar dat zwarte hoofdstuk.

Maar mijn herinneringen aan die tijd zijn niet geordend. Ik heb hiaten, als zwarte gaten in je hersenen. De woorden en gevoelens van die maanden zijn chaotisch, ze zijn willekeurig en niet te sturen. Maar er zijn bepaalde momenten die ik me onmiddellijk voor de geest kan halen als ik aan die maanden terugdenk. Bijvoorbeeld het eindeloze zoeken naar mijn broer. Zijn dagenlange verdwijnen en mijn pogingen om voor mijn vader te verbergen met welk vreselijk geheim ik rondliep sinds de dag dat ik de roestige lepel op de tafel had ontdekt. Mijn eeuwige smeektelefoontjes: 'Waar is Rati, is hij bij jullie, hebben jullie hem gezien? Bel me alsjeblieft als hij bij jullie opduikt.' Zijn bezetenheid die laatste maanden om zijn vroegere positie van veelbelovend crimineel terug te krijgen. En als de telefoontjes niet meer hielpen, mijn eindeloze zwerftochten door de stad, het uitkammen van alle mogelijke stinkholen waar hij zijn volgende shot zou kunnen zetten.

Gaandeweg leerde ik denken zoals hij. Gaandeweg leerde ik denken als een verslaafde. Was er een vaas verdwenen, een sieraad, een horloge (ook al waren er niet veel waardevolle voorwerpen meer over), of later zelfs zijn videorecorder en zijn muziekinstallatie, dan wist ik bij welk pandjeshuis ik moest zijn, met welke mensen ik contact moest zoeken om de spullen terug te kopen, van geleend of moeizaam bij elkaar gespaard geld van kleine opdrachten die Lika me toeschoof. Ook wist ik wat ik moest doen tegen de koortsaanvallen die hij kreeg als we hem in huis opsloten, ik wist hoe ik op zijn gevloek en getier moest reageren en zijn apathie of agressiviteit moest negeren. Ik leerde zijn leugens onderscheiden: in gevaarlijke en minder gevaarlijke leugens, in leugens die bedreigend waren voor hemzelf of voor anderen. Ik leerde me doof te houden voor zijn eindeloze dreigementen, zijn smeekbeden, zijn gejammer, zijn woedeaanvallen. Maar ik leerde ook de zelfverwijten en het zelfmedelijden van mijn vader te verdragen, zijn onvermoeibare klaagzangen en zijn tirades tegen zijn dode moeder, zijn dode schoonmoeder en zijn dode vrouw, die hem hadden laten zitten met deze ellende. Ik leerde mijn woede, mijn frustratie, mijn wanhoop tot zwijgen te brengen, maakte de sneden in mijn dijen zo precies en zo snel dat ik elk moment op zoek kon gaan naar mijn broer en de hele dag vreemde straten en huizen af kon struinen zonder gehinderd te worden door mijn eigen pijn. En ik moest leren dat elke ontwenning uitdraaide op een grotere roes dan ooit tevoren. Ik leerde geen eisen meer te stellen, aan niets en niemand, geen hulp te verwachten van wie dan ook en elk zelfmedelijden in de kiem te smoren. Ik werd koningin in het sobere rijk van de berusting. Ik perfectioneerde het afscheid nemen. Toen Nene na Tsotnes arrestatie weer terugging naar Moskou, vroeg ik haar zo lang mogelijk weg te blijven uit onze stad. Toen Ira zich gedwongen zag het land te verlaten, omdat ze na het vonnis doodsbedreigingen kreeg, bracht ik haar naar het vliegveld en vroeg haar hetzelfde. Dina belde ik niet meer. Ik zocht haar niet meer op en als ze op de televisie was, zette ik die uit. Toen er in een pas geopende galerie een tentoonstelling van haar foto's werd gehouden, sloop ik eindeloos bij de ingang rond en gluurde door de etalage om er zeker van te zijn dat zij er niet was.

Maar één keer, toen ik vanuit een van de nieuwe woonblokken in Vake lopend terugging naar huis, omdat ik met mijn laatste geld mijn vaders trouwring uit het pandjeshuis had gered en niet eens genoeg kleingeld voor de trolleybus meer had, kwam ik langs het verlaten kantoorgebouw met Dina's atelier en kon ik de verleiding niet weerstaan. De voordeur was zoals altijd niet op slot en ik liep naar boven. Ik vroeg me af of ze niet allang een veel betere plek voor haar werk had gevonden, maar iets lokte me, voerde me door de donkere gangen. De gecapitonneerde wijnrode deur was wel op slot, maar er drong muziek door in de donkere gang. Ik gruwde bij het idee dat haar nieuwe vrienden daar konden zijn, dat ik een situatie zou aantreffen die me onmiddellijk op de vlucht zou jagen, maar ik klopte aan en een paar tellen later rukte ze de deur open. Ze droeg een afgeknipte spijkerbroek en een veel te groot mannenoverhemd. Haar haar hing wild in haar gezicht, ze leek verrast, maar vooral gestrest.

'Keto?'

Ongelovig herhaalde ze mijn naam. In een zwarte, twee maten te grote tuinbroek vol verfvlekken, met ruwe werkhanden en vet haar stond ik als een hoopje ellende voor haar, terwijl zij er met haar nonchalante elegantie even goed uitzag als altijd.

'Is er iets gebeurd?' vroeg ze, en het viel me op dat ze in de deuropening bleef staan, alsof ze me wilde beletten binnen te komen.

'Ik wist niet dat ik een reden moest hebben om je op te zoeken.'

'Sorry, zo bedoelde ik het niet, ik had je alleen niet verwacht en ik...'

'Mag ik binnenkomen?'

'Nou ja, weet je, het komt eigenlijk niet zo goed uit, want...'

Plotseling drong het tot me door dat Elvis Presley op de achtergrond speelde, en ik spitste mijn oren. De verdenking die bij me opkwam leek me te ver te gaan, maar haar houding en haar toon wekten mijn wantrouwen en ik bleef staan, hoewel ik haar een seconde daarvoor nog de rug wilde toekeren en het gebouw uit wilde stormen.

'Dat kan niet waar zijn... Zeg me dat het niet waar is...' mompelde ik en ik duwde haar opzij en ging naar binnen. Het vertrek was pas geverfd en opgeruimd, er waren nieuwe ramen ingezet, nieuw was ook de dossierkast voor haar negatieven, aan de lichte witte muren prijkten een paar ingelijste foto's. Alleen de gymnastiekringen hingen nog waar ze altijd hingen. Op een matras in de hoek lag mijn broer, die kennelijk zijn roes uitsliep.

'Maak alsjeblieft geen scène, je ziet toch dat hij slaapt, laten we naar buiten gaan, dan leg ik je alles uit,' zei ze zachtjes en ze pakte mijn hand. Maar ik weigerde. Ik was zo ontzet dat ik niet wist wat ik moest zeggen. Ik staarde naar Rati's blote rug, zag de symbolen van de ondergang van onze familie naast hem liggen: de gehate lepel, de aansteker, zijn riem en een spuit waren als tentoonstellingsstukken keurig uitgestald naast de matras. Ik schudde mijn hoofd, steeds weer schudde ik mijn hoofd, terwijl Dina me aan mijn arm het vertrek uit trok.

'Wat had ik dan moeten doen? Hem wegjagen als een dier? Moet je hem zien! Heb je liever dat hij in een of andere smerige kelder zijn spuit zet, of in een portiek waar ze hem elk moment kunnen snappen?'

Het scheelde niet veel of ik had haar een draai om haar oren gegeven.

'Weet je door wat voor hel ik ga vanwege hem? Weet je wat mijn vader doormaakt vanwege hem? Ik knap allerlei kuthuizen van idiote nieuwe rijken op om zijn schulden af te betalen! Kijk toch hoe hij eraan toe is! Terwijl ik de hele stad naar hem afzoek, dagenlang, nachtenlang, laat jij hem hier heroïne spuiten? Wat is er mis met je, wat is er verdomme mis met je? Hoelang speelt dit al? Geef je hem soms ook nog geld, zodat hij zijn klotestuff kan kopen? Nou?'

Ik was razend, ik schreeuwde, terwijl zij me naar buiten trok en in de donkere gang tegen de muur duwde.

'Rustig nou, kijk me aan, rustig... Ik kan het je uitleggen, ik kan je alles uitleggen... Keto, kijk me aan, ik ben het toch.'

De tranen liepen over haar wangen.

'Ja, ben je het echt? Ik ken je niet meer. Je wilt toch niets meer met me te maken hebben. En om heel eerlijk te zijn: ik wil ook geen verraadster als vriendin! En laat me nu los, verdomme!'

Maar ze liet me niet los.

'Ik heb me vergaloppeerd, Keto. Ik heb me vergist, ik heb mezelf wijsgemaakt dat ik opnieuw kon beginnen, maar het verleden verdwijnt niet zomaar. Eerst dat schandaal met Ira, toen Tsotnes arrestatie en nu Rati... Toen hij hier een paar weken geleden opdook, dacht ik dat het een teken was dat ik mezelf niet langer voor de gek moest houden en hem moest helpen. Ja, ik dacht dat ik tenminste hem kon helpen. En dat ik mijn schuld voor eens en voor altijd kon vereffenen door hem uit deze shit te halen.'

'Over welke schuld heb je het? En hem helpen! Dat is Rati niet meer, dat is een monster, een monster dat alles en iedereen verkoopt om aan z'n volgende dosis te komen. Je begrijpt het niet! Je wilt hier de heldin spelen, maar je zit in het verkeerde stuk. Hij is ziek, Dina, ik probeer al maanden niets anders dan hem uit deze shit te halen, maar hij zakt er alleen maar dieper in weg.'

Plotseling begon ze zo hartverscheurend te snikken dat ik haar instinctief tegen me aan drukte. En opeens begon ze te vertellen over de nacht met Tsotne, voor het eerst vertelde ze me over de kussen die waren uitgewisseld, de woorden die waren gezegd, de gevoelens die moesten worden verdoofd, toen ze in witte laarzen en een kort spijkerrokje naar Tapora's huis ging om Rati te redden, die nu hier bij haar vocht voor zijn leven, voor zijn laatste kans. Ik begreep niet waarom ze juist nu, na al die jaren, bereid was me in dat donkere hoofdstuk in te wijden. Ze had dat al die jaren geweigerd. Was het haar manier om me te laten weten dat ze weer naakt wilde zijn, zo open als we vroeger voor elkaar waren? Omdat ze ademloos vertelde, omdat haar woorden op een biecht leken, durfde ik haar niet te onderbreken. En telkens stopte ze met vertellen om vragen te stellen. Vragen aan het universum, vragen aan mij, vragen aan mijn ijlende broer en aan de invalide Tsotne. Ze stelde vragen aan de allang met kalasjnikovs en eindeloze duisternis uit ons land verdreven God, terwijl ze maar al te goed wist dat er op haar vragen geen antwoorden waren. En ik begreep dat het haar niet om antwoorden ging.

Ik begreep dat het eerder een gebed was en dat haar vragen in de vorm van deze aanklacht een geschenk voor mij waren. Een hulpeloze en toch dringende poging om ons een fractie van een seconde met het onverzoenlijke van ons verleden te verzoenen.

Keto, hoe kan het dat je hart, als het er eenmaal uit gesneden is, weer aangroeit?

Keto, hoe kan het dat je je zelf niet kunt beheersen, maar wel iemand anders over je kunt laten heersen?

Keto, hoe kan het dat ik met Tsotne per ongeluk gelukkig werd, terwijl ik met Rati zo hard voor het geluk moest vechten?

Keto, hoe kan het dat een mens in de loop van zijn leven niet immuun wordt voor leed, maar wel voor de liefde?

'Hij zei dat hij een reden nodig had, een motief, en als ik bij hem bleef en hem vergaf, als we opnieuw konden beginnen, dat hij het dan zou redden,' zei ze en ze zakte uitgeput op de grond.

'En dat geloof je? Uit zijn mond komen alleen leugens, Dina!'

'Je moet in hem geloven, we moeten in hem geloven, dan redt hij het. Dan kunnen ook wij het eindelijk redden.'

'Ik wou dat Ira hem ook meteen achter slot en grendel had gezet! Dan zouden we misschien eindelijk rust hebben!' riep ik.

'Hoe kun je zoiets zeggen? Ira heeft ons verraden. Ik begrijp niet dat je haar in bescherming neemt.'

Ik ging naast haar op de smerige grond zitten. Ze haalde een sigaret uit haar achterzak en stak hem op. We zaten daar in die donkere gang, uitgeput, machteloos, zij aan zij. En ondanks al mijn woede voelde ik dat ze er weer was, bij mij. En ik dacht dat er misschien nog een sprankje hoop was en dat ik met haar naast me toch nog een kans had.

'Waarom doe je jezelf dit aan? Je wilt toch niet van voren af aan beginnen met al dat gedoe?' vroeg ik en ik gaf haar een zakdoek, zodat ze haar tranen en de uitgelopen mascara af kon vegen. 'Je hebt een nieuw leven, ik heb je nooit verweten dat je een andere weg hebt gekozen, integendeel. Ik begreep alleen niet waarom daarin voor ons drieën, de mensen die het dichtst bij je staan, geen plaats meer was.'

Alleen het trekken aan haar sigaret verbrak de stilte. Elvis was uitgezongen. Rati verroerde zich niet.

'Dingen verdwijnen niet zomaar door je handen voor je gezicht te houden. Als kind geloofde ik dat dat werkte. Maar ik ben geen kind meer, en de dierentuin is nooit opgehouden. Rati is nooit opgehouden. Tsotne is nooit opgehouden. De schoten zijn nooit opgehouden. De oorlog is nooit opgehouden. Alles is er nog. Ik heb alleen mijn ogen dichtgehouden. En ik wíl ze niet meer dichthouden,' zei ze opeens zachtjes, maar met een ongelofelijke vastberadenheid in haar stem.

'En jij gelooft dat het ophoudt als Rati afkickt?'

'Nee, ik geloof niet dat iets ooit ophoudt. Ik geloof alleen dat je ermee kunt leren leven als je ernaar kijkt, als je er lang genoeg naar kijkt.'

'Ik heb je zo gemist, Dina.'

'Weet ik. Ik jou ook.'

Ze sloeg een arm om me heen.

'Ik heb wat geld gespaard. Twee van mijn foto's zijn naar Frankrijk verkocht. We zouden hem naar een goede kliniek kunnen sturen om af te kicken, ergens in het buitenland.'

Ik zei niets. Ik keek alleen de rook van haar sigaret na, die omhoogkringelde naar het beroete plafond. Ooit hadden mensen hier een stookplaats gemaakt, het parket losgebroken en het verbrand om zich te warmen.

Ik ben gestopt met vertellen. We eten zoute chips en nippen aan ons plastic bekertje. De nacht wiegt ons in zijn armen. We zijn eindelijk waar we thuishoren: wij zijn kinderen van de duisternis, en de nacht weet dat.

'Dat afkicken is er niet meer van gekomen, hè?' vraagt Ira voorzichtig en ze schuift een beetje dichter naar me toe. We zitten heel dicht bij elkaar, als drie kleine meisjes die een geheim met elkaar delen.

'Nee. Twee dagen voor de geplande reis is hij verdwenen. We hebben hem overal gezocht, de hele stad uitgekamd. Dina had alles geregeld. Al haar geld eraan gespendeerd. Hij hoefde alleen nog met haar in het vliegtuig te stappen, naar Antalya te vliegen en daar naar de kliniek. Ze was van plan bij hem te blijven. Ze wilde het per se samen met hem doormaken. Ze was er zo zeker van dat hij het met haar naast zich zou redden. Hij had haar een plastic ring gegeven, je weet wel, zo een uit een kauwgomautomaat, en gezegd dat de 'echte' zou volgen als ze weer terug waren. Die ring heeft ze nooit meer afgedaan. Tot het eind toe heeft ze hem gedragen. Ze had alles op die ene kaart gezet. Ze wilde haar leven veranderen als hij het redde, tentoonstellingen houden, reizen met hem maken, al haar plannen hingen samen met zijn genezing. En toen kwam het telefoontje van Sancho. Ik wist meteen wat er aan de hand was. Ik was er al tijden op voorbereid, had er met ingehouden adem op gewacht.'

'Op zoiets kun je je niet voorbereiden. Ook al hou je er nog zoveel rekening mee dat het kan gebeuren,' zegt Nene en ze pakt mijn hand.

'Hij moet iemand hebben bestolen en een dubbele dosis hebben gekocht. Het ging vlug.'

'Het was in maart 1998, toch?' Ira heeft getallen nodig, ze heeft altijd feiten nodig.

'Nee, het was in februari,' verbeter ik haar. Ja, ik ken die neiging om het ongeluk zo nauwkeurig mogelijk te rubriceren, dan kun je je overgeven aan de illusie dat je het volgende kunt voorkomen. 'Dina stierf in maart...'

'Ik was woedend op haar, ik ben zo lang woedend op haar geweest, ik kon een hele tijd niet eens verdrietig zijn van pure woede,' zegt Nene en ik knik zwijgend.

'Ze was haar houvast kwijt en wij waren er niet... Wij waren er niet om haar op te vangen. Maar, Keto, ik heb me vaak afgevraagd of wij iets hadden kunnen veranderen als we wel bij haar in de buurt waren geweest, wij drieën.'

'In de tijd na Rati's begrafenis was ze volkomen de kluts kwijt.'

Ik praat langzaam, ik voel me alsof ik een eindeloze woestijn heb doorkruist.

'Lika wilde haar naar de dokter slepen, haar kalmeringsmiddelen laten voorschrijven. Ze begon te drinken, wilde voortdurend allerlei absurde ideeën uitvoeren. Maar langzaam leek ze zichzelf weer onder controle te krijgen. Ze ging weer naar de redactie en maakte foto's, wat ik als een goed teken beschouwde. In de zomer zijn we zelfs een paar dagen naar Batoemi geweest, hebben gezwommen. Ze praatte over de toekomst, ze had een paar aanbiedingen voor groepstentoonstellingen in het buitenland, we maakten plannen. We praatten nooit over Rati, we praatten niet meer over alles wat er was gebeurd. Ik was ervan overtuigd dat ze het te boven was. Maar in de herfst veranderde haar toestand radicaal. Ze ontweek me, ze dook onder, kwam vaak niet eens thuis, hield zich niet aan afspraken...'

En opeens hoor ik Dina's stem in mijn hoofd, de dingen die ze zei die laatste keer dat ze met me praatte. Ik vertel Nene en Ira hoe ik toen naar haar atelier ging en warm brood uit de *tone* bij me had. Waarom zijn zulke details eigenlijk belangrijk? Waarom klampt mijn geheugen zich vast aan zulke futiliteiten? Ik vertel hoe we op de grond zaten en het warme brood met onze handen in stukken scheurden.

'Mijn tinnen soldaatje.'

Dat zei ze toen tegen me en ik was verbaasd dat ze me zo noemde. Ik vertel hoe ik probeerde het gesprek op de komende groepstentoonstelling in Duitsland te brengen en haar aanmoedigde om gauw een selectie te maken. Ik vertel hoe ze me telkens ontweek, hoe ze het gesprek een andere kant op stuurde.

'Soms heb ik het gevoel dat ik honderd ben. Gek, hè?'

'Waar heb je het over? Weet je niet hoe jong je nog bent? Wat er nog allemaal kan gebeuren?'

'En geloof jij daarin? Geloof jij dat ons nog iets te wachten staat?'

'Dat ligt voor een deel natuurlijk ook aan ons, kom, laten we met de selectie beginnen. Ik help je graag. Hoeveel foto's mogen het zijn?'

'Wij hebben de afgelopen jaren meer geleefd dan sommige mensen in hun hele leven. Misschien is het ook ergens goed voor.'

'Dat betwijfel ik. Kom, sta op.'

'Weet je wat ik geloof? Ik geloof dat we vooruit hebben geleefd.'

Ik vertel hoe ze erbij glimlachte en hoe die glimlach me deed huiveren. Een glimlach die vol spijt en tegelijk vol vrede was. Een rust die Dina nooit had gekend. Wat zou ik gedaan hebben als ik had geweten dat het ons laatste gesprek was? Wat zou ik gedaan, wat zou ik gezegd hebben als ik toen had begrepen dat ze al flirtte met de dood?

'Ik vind het zo erg, zo ontzettend erg, Keto,' zegt Nene en ze laat haar tranen de vrije loop.

'Wat bedoel je precies?'

Ik blijf beheerst, ik heb geleerd me niet te diep over die afgronden te buigen.

'Dat jij haar moest vinden...'

'Wat? Waar heb je het over?'

Ira en Nene kijken me onthutst aan. Ik begrijp niet wat ze van me willen. Nu kijkt Nene verward naar Ira.

'Ik heb Dina niet gevonden! Hoe kom je daarbij?'

'Natuurlijk heb je haar gevonden,' houdt Ira vol.

Ik word woedend. Hoe durven ze dat te beweren? Ik heb haar pas gezien toen ze bij haar thuis lag opgebaard in de kist, met de plastic ring van mijn broer nog om haar vinger. Die nacht voor de begrafenis, toen ik Lika voor de eerste en laatste keer dat oude Georgische lied heb horen zingen, vol overgave en met haar ogen dicht aan de voet van de kist. Voor haar dochter. Haar dode dochter.

'Ik heb haar helemaal niet gevonden. Hoe komen jullie daarbij? Zijn jullie gek geworden?'

'Keto, je maakt me bang, natuurlijk heb je haar gevonden... Je bent toen naar haar atelier gegaan en hebt haar daar aan het touw zien ha...'

Ik spring op. Dat bestaat niet, waar hebben ze het over, wie heeft hun die onzin verteld, wat is dit voor macabere grap?

'Jullie zijn gek! Ik heb haar pas in de kist zien liggen! Anano heeft me gebeld. Ik heb niet...'

Nene en Ira staan op, ze komen op me af, ik voel me net een geestesziekte die door twee verpleegsters in een dwangbuis moet worden gestopt.

'Nee, Keto, jij was het...'

'Ik geloof het niet, wat is dit? Een verhoor!?' snauw ik. Ik wil dat ze weer gaan zitten, dat ze me met rust laten.

'Keto, jij bent toen in haar atelier gekomen en hebt haar gevonden. Iedereen weet dat. Dat kun je toch niet vergeten zijn?'

Ira praat op de toon van een dokter die zijn compleet doorgedraaide patiënte geruststellend toespreekt. Dat maakt me nog furieuzer.

'Ik ben helemaal niks vergeten! Jullie waren er niet bij! Hoe kunnen jullie dat dan zo precies weten?!'

Nene is weer in tranen. Ira bijt nerveus op haar onderlip. Ik begrijp er niets meer van, ik kijk van de een naar de ander en weer terug, voel me als in het nauw gedreven wild. Ik hoef niet langer naar die onzin te luisteren, ik pak mijn tas, spring van de rand van het bassin en loop weg.

Alsof ik een schok krijg, blijf ik een paar meter verder staan. Ik ben in de donkere gang. En zoals altijd ergert het me dat hier niemand een peertje heeft ingedraaid, je kunt je nek breken met al die gaten in het parket. Dina heeft hier toch altijd stroom, dan kunnen ze ook wel een peertje indraaien. Voor de honderdste keer neem ik me voor een gloeilamp te kopen. Ik loop door, met twee dunne plastic tasjes met lekkernijen in mijn hand, ik ben die dag uitbetaald en wil Dina verrassen. Ze heeft me beloofd samen met mij de selectie voor de tentoonstelling te maken, morgen is de deadline, de organisatoren kunnen vast niet langer wachten. Ik blijf voor de gecapitonneerde wijnrode deur staan. Ik klop aan. Ons klopje: twee keer kort, één keer lang. Ik wacht. Niemand doet open. Door de kier van de deur zie ik licht. Misschien is ze even beneden naar de kiosk om sigaretten te halen. Zonder verder na te denken duw ik de deurklink naar beneden, die meegeeft. Als ze er niet zou zijn, had ze de deur vast op slot gedaan, we zitten nog altijd diep in de crisis, je kunt hier niets open laten staan. Waarschijnlijk zit ze op de wc aan het andere eind van de gang. Of ze is in de donkere kamer, die tamelijk goed geïsoleerd is. Ik ga naar binnen, probeer mijn tasjes voorzichtig neer te zetten, zodat er niets uit valt. En terwijl ik nog voorovergebogen sta, verstijf ik. Ik zie haar voeten. Haar voeten... in de lucht. Haar voeten kunnen toch niet in de lucht zijn, of heeft ze vleugels gemaakt en leren vliegen? Ik begrijp er niets van. Ik kom langzaam overeind, kijk om me heen, ik zie een omgevallen stoel, een afgesneden gymnastiekring, die naast de stoel op de grond ligt. Mijn blik richt zich op haar blote voeten met de ronde, kortgeknipte nagels. Mijn blik gaat omhoog langs haar in lichtblauwe jeans gestoken benen, naar haar donkerblauwe trui, die ze uit Riga heeft meegebracht, die ik zo mooi vind en die ze me al vaak wilde geven, maar die ik haar zo goed vind staan, alleen haar. Mijn blik gaat verder naar haar smalle schouders en haar trotse hals, waar een dik touw omheen gewikkeld is. Ik ben met stomheid geslagen. Ik begrijp nog steeds niet wat ik zie. Mijn hersens weigeren betekenis toe te kennen aan dit gruwelijke beeld. Ik kijk naar de grond, naar de afgesneden, nutteloos geworden gymnastiekring. Weer kijk ik omhoog. Deze keer naar haar gezicht. Het heeft een ongezonde kleur. Het is blauwig. En dan word ik plotseling overvallen door de drang om in actie te komen, die ongezonde kleur moet uit haar gezicht verdwijnen. Ik heb een taak. Ik zet de stoel recht, ik klim erop, ik pak haar benen vast, ik til haar op, ze is zo zwaar, mijn god, wat is ze zwaar, waarom is ze zo zwaar? Ik wankel, ik verlies mijn evenwicht, ik val. Geeft niet, ik moet zorgen dat ze haar gezonde kleur terugkrijgt. Ik sta op, ik zet de stoel op de goede plek, deze keer ben ik beter voorbereid, ik til haar weer op en spreek haar toe: 'Dina, hou op, Dina, je moet me helpen, we moeten je naar beneden halen. Je kunt daar niet blijven. Je gezicht heeft zo'n rare kleur, Dina. Je kunt daar zo niet blijven. Kom op, hoe ben je eigenlijk boven gekomen, het is toch best hoog... Kom alsjeblieft naar beneden, je moet me helpen, ik red het niet alleen...'

Ik weet niet hoelang ik op haar inpraat, ik weet niet hoelang ik mijn dode vriendin smeek weer in het leven terug te keren, hoelang ik nodig heb om te begrijpen dat ze zich definitief van het leven heeft afgekeerd, dat elke deur al dicht is, elke terugkeer onmogelijk. Ik weet niet hoeveel pogingen ik doe om het touw los te maken, hoelang ik nodig heb om te begrijpen dat haar zonnige gezicht nooit meer zal stralen, hoelang ik nodig heb om te beseffen dat niemand mij heeft gespaard. Het leven niet en zij niet. Ik weet niet wanneer ik begrijp dat ze me nooit meer in de stromende regen op de roestige schommel zal aanduwen en me tot onvermoede hoogten zal laten stijgen. Ik weet niet wanneer ik begrijp dat ze nooit meer met me door het uit elkaar gebogen hek in de Engelsstraat zal kruipen en een nieuwe wereld voor me zal openen, waaruit ik moediger en volwassener terugkom. Ik weet niet wanneer ik begrijp dat ik haar nooit meer uitgelaten en in trance zal zien rock-'n-rollen, dat ze mijn angsten en twijfels nooit meer zal wegwuiven, dat ik nooit meer met haar zal lachen tot ik kronkel van de pijn, dat ze me nooit meer tegen zich aan zal drukken en zal zeggen dat alles goed komt. Ik weet niet wanneer ik begrijp dat ze me nooit meer in mijn geschonden naaktheid zal zien en me zal vergeven. Ik weet niet wanneer ik begrijp dat ze nooit meer met me door de nacht zal lopen en onverschrokken en compromisloos halverwege de Vera zal blijven staan en me zal dwingen het enig juiste te doen om daarna verder te kunnen leven.

Maar op een gegeven moment begrijp ik het en begin ik te schreeuwen.

Ik begin te schreeuwen, hard te schreeuwen, toen en nu. Ik schreeuw tot alle lucht uit mijn longen is verdwenen.

Dan zak ik op mijn knieën, leg mijn hoofd op de nachtkoele aarde en blijf roerloos liggen.

Ik voel dat Nene haar arm om me heen slaat, ik voel dat Ira haar colbertje om mijn schouders legt. Ze helpen me overeind en brengen me langzaam terug naar het bassin. We gaan op de rand zitten. Ze geven me een slok water uit de fles, Ira zet hem aan mijn lippen. Niemand zegt iets.

Ik weet niet hoelang we daar zitten. Zwijgend, bij elkaar. Aan de hemel is al een zweem morgenrood te zien. Nene snottert, veegt met een punt van haar jurk over haar vlekkerige gezicht. Dan staat ze op en begint zich uit te kleden. Wij tweeën kijken verbaasd toe.

'Je bent toch niet serieus van plan om in dat bassin te gaan zwemmen?'

Ira kijkt haar sceptisch aan. Ik wacht. Nene kleedt zich helemaal uit, doet ook haar ondergoed uit. We zien onze naakte vriendin trots als een koningin met opgeheven hoofd in het water springen, alsof ze van een klip springt en niet van de heuphoge rand van een bassin. Ze slaakt een gilletje, daarna horen we haar alleen nog tevreden zuchten.

'Heerlijk! Kom! Wees geen spelbrekers! Dina zou geen smoesjes accepteren.'

Ira en ik kijken elkaar even aan. We staan aarzelend op en beginnen ons uit te kleden. We houden allebei ons ondergoed aan en steken onze voeten voorzichtig in het koude water. De nacht vecht al tegen het licht, straks zal de zon onze kinderlijke actie verraden, maar we stappen toch in het bassin en laten ons in het water vallen. Nene gilt en spettert ons nat, waarna we haar grijpen en kopje-onder duwen. Ze proest en vloekt en precies op dat moment springt de fontein aan, zoals vermoedelijk elke ochtend bij zonsopgang. Ongelovig staan we te kijken hoe de machtige waterstraal zich verheft om even later terug te storten in het bassin.

Op een gegeven moment springt Nene uit het water,

haalt haar mobiel, 'waterproof' kraait ze nog trots, en maakt een foto van ons drieën, terwijl we kletsnat en doodmoe, maar juichend onder de fontein staan.

Ira biedt ons een pyjama en T-shirts uit haar koffer aan om ons af te drogen. Nene's mobiel piept, ze negeert het. We blijven naar de waterstraal kijken. Uit Ira's koffer, die open voor ons ligt, is een groot notitieblok met een leren kaft gevallen. Ik strijk er peinzend met mijn vingers overheen en ben verbaasd hoe goed het materiaal aanvoelt.

'Dat is nieuw, nog niet gebruikt. Je mag het hebben als je wilt,' zegt ze als ze ziet dat ik geïnteresseerd ben.

'Nee, nee, dat hoeft niet, ik heb het niet nodig...'

'Ik heb het tijdens mijn tussenstop in Londen op het vliegveld gekocht, neem het nou gewoon, jij kunt er vast iets mee.'

'Nee, echt Ira, je hoeft je niet...'

'Neem het.'

Ik bedank haar en strijk met mijn handpalm over het kaft. Het voelt lekker en op een beangstigende manier vertrouwd aan. Nene's mobiel blijft maar piepen. Ze geeft toe, pakt hem en typt vlug iets in.

'Zo, lady's, ik moet zoetjesaan afscheid nemen. Ik heb nog een afspraak,' zegt ze met een knipoog en ze begint zich haastig aan te kleden.

'Wat?' Mijn mond valt open van verbazing. 'Met wie heb jij om deze tijd een afspraak, als ik vragen mag?'

'Met... wacht, ik moet even kijken, met Theo! Mooie naam, hè?'

'Is dat soms die kelner van de tentoonstelling?' Ira kan er kennelijk ook niet bij.

'Wanneer heb je een afspraak met hem weten te maken?' Ik ben sprakeloos.

Ze grijnst alleen van oor tot oor en ik ben verbaasd dat je de lange nacht niet aan haar afziet.

'En waar hebben jullie afgesproken?' Ira aarzelt tussen weerzin en iets van bewondering.

'Nou, in mijn hotelkamer natuurlijk. Dacht je dat ik nu met hem ging ontbijten of zo?'

Ze haalt een poederdoos uit haar handtas en begint zich voor het kleine spiegeltje op te maken. Haar gebaren zijn snel en geroutineerd.

'Trouwens, wat zouden jullie ervan zeggen om eind juli op mijn bruiloft te komen? Het wordt niets pompeus, dat beloof ik. We vieren het op Koka's wijngoed in Kachetië, jullie zullen uit je dak gaan, zo mooi is het daar. Een leuk klein gezelschap, geen sluiers en geen witte jurken. En ik beloof ook dat ik het bruidsboeket naar jullie zal gooien, alleen naar jullie tweeën!' zegt ze lachend en als finishing touch doet ze haar knalrode lippenstift op.

'In godsnaam!' kreunt Ira.

'Tsotne komt trouwens niet. Die heeft zich van alle aardse geneugten afgekeerd.'

Mijn vader heeft me twee jaar geleden verteld dat Tsotne tegenwoordig priester is en een kerkelijk ambt bekleedt in een landelijke gemeente, maar echt geloven kan ik het nog steeds niet. Ira, die het netelige onderwerp niet opnieuw wil aanroeren, zwijgt ook. Nu trekt Nene haar hoge hakken weer aan en legt de slippers naast Ira's koffer. Dan steekt ze met een haarclip handig haar natte haar op en werpt een laatste blik in het spiegeltje. Ze lijkt tevreden met zichzelf.

'Nou, wat zeggen jullie ervan?'

Ik kijk Ira aan, Ira kijkt mij aan, we halen onze schouders op.

'24 juli. Jullie hoeven alleen naar Tbilisi te komen, voor de rest wordt gezorgd. En graag met aanhang natuurlijk, een knappe Belg of – ze wacht even – een knappe Belgische.'

Ira weet dat het een soort vredesaanbod is. Ze knikt. 'Oké,' mompelt ze.

'Goed, ja, waarom niet,' zeg ik aarzelend.

'Fantastisch!' Nene klapt in haar handen.

'En hoe kom ik hier nu weer uit met mijn gebrekkige oriëntatievermogen? Ik heb geen flauw idee waar mijn hotel is.'

'Zal ik met je meelopen?'

Ira's vraag hangt aan een zijden draad, ik hoor haar angst om te worden afgewezen, maar Nene knikt dankbaar.

'Maar jullie hoeven voor mij niet op te breken...'

'Nee, het is goed, ik ben ook moe,' zeg ik en ik geef Ira met een blik te kennen dat ik het prima vind als ze met Nene meeloopt.

'Zeker weten?' vraagt Nene nog een keer.

'Absoluut. Vooruit. Ga nu. Theo heeft lang genoeg moeten wachten.'

Ik lach en ook over Ira's gezicht glijdt een glimlach, terwijl ze zich haastig aankleedt, haar bril met haar T-shirt schoonmaakt en de koffer dichtklapt.

'Super. Jij redt je wel, hè?' vraagt Ira en ze stopt de plastic bekertjes, de lege flessen en de chipszakjes in een plastic tasje.

Ik sta op. Dan spreid ik mijn armen uit en even staan we daar met z'n drieën, houden elkaar vast. Daarna zetten Nene en Ira zich in beweging, ik kijk hen nog lang na, een ongelijk stel, dat in de richting van het mooie oude hoofdgebouw loopt en een gesprek begint.

Ik pak mijn handtas en kijk om me heen. Niet ver van de fontein zie ik een bank, waar ik ga zitten. Naast me ligt het notitieblok van Ira. Ik haal mijn mobiel uit mijn tas. Het is vijf voor zes. Ik kijk of mijn zoon nog heeft geappt, maar het schijnt hem en zijn Bea aan niets ontbroken te hebben. Ik heb een nieuw berichtje van Nene Koridze. Ik open het en zie de foto die ze daarnet in het bassin van ons drieën heeft gemaakt. Ira knijpt haar ogen en haar neus dicht, ik trek mijn hoofd in en sta er beteuterd bij, alleen Nene straalt, ze houdt met haar ene hand de telefoon boven ons hoofd en spreidt haar andere arm uit alsof ze plaatsmaakt voor iemand die precies op die plek zou moeten staan.

Ik zou langzamerhand mijn hotel eens moeten opzoeken, een ochtendwandeling zou mij en mijn zere hoofd goeddoen, en dan in het zachte hotelbed vallen en slapen. Zonder dromen, zonder herinneringen. Maar in plaats daarvan zoek ik in mijn tas naar een rollerpen en sla Ira's notitieblok open, ik leg mijn telefoon met de foto van ons drieën voor me en begin te tekenen. Ik ben zelf verbaasd hoe moeiteloos de eerste lijnen lukken, alsof er geen jaren tussen liggen, alsof ik nooit met tekenen ben gestopt. Voor mijn geestesoog duikt plotseling een andere foto op, een van de foto's van de tentoonstelling, met de titel *Het schaarse licht*. Ook daar staan we met z'n drieën op.

Hij moet vlak na Saba's dood zijn genomen. Ik herinner me de exacte situatie niet meer. Op de achtergrond zie je Nene's kamer, haar bed, de grote spiegel, de commode met de vele flesjes en doosjes, waar ze altijd al dol op was en die ze verzamelde. Dina heeft maar weinig foto's van ons gemaakt waar ze zelf niet op staat. Ergens moet het haar, net als mij, toen ik zoveel jaren later voor het eerst voor die foto stond, onnatuurlijk hebben geleken om alleen ons drieën te fotograferen, zonder zelf voor de camera te verschijnen. Om die reden had de foto me op de tentoonstelling opnieuw doen huiveren. Ze moet ons met de camera hebben verrast, het is niet een van haar geënsceneerde opnamen.

Nene ligt op het bed, Ira zit ter hoogte van haar hoofd

en heeft haar hand op Nene's schouder gelegd, alsof ze haar moed wil inspreken. Ira's gezicht is voorovergebogen, haar ogen zien er achter de brillenglazen dof en nadenkend uit. Ik zit meer op de voorgrond, met slordig opgestoken haar en in een veel te grote sweater van Rati, waar PEACE op staat. Mijn gezicht verraadt mijn onzekerheid, blijkbaar had ik geen tijd om de camera te ontwijken of mijn gezicht af te wenden. Het bijzondere van die foto is dat hij zo licht is, het moet lente zijn geweest en de hele kamer baadt in de zon, en toch heeft hij als titel *Het schaarse licht*. Die titel laat me niet los, hij speelt door mijn hoofd terwijl mijn hand onze silhouetten onder de fontein op papier brengt. Waarom heeft ze uitgerekend die foto zo genoemd? Maar eigenlijk weet ik het antwoord allang...

Toen ik na de scheiding van Rezo mijn eerste atelier huurde op een donkere binnenplaats aan de rand van de stad en niet lang daarna vaststelde dat er pal voor mijn armetierige raam een schuurtje werd gebouwd dat me van het toch al schaarse licht beroofde, en ik bij de beheerder mijn beklag deed, legde een keurige man me vriendelijk glimlachend uit dat ik geen recht had op meer licht. Hij haalde een rekenmachientje uit zijn la, krabbelde wat getallen op papier, telde ze op, streepte ze weer door en hield me de uitkomst onder de neus om zijn woorden kracht bij te zetten. Volgens zijn berekening en mijn huurcontract had ik maar recht op een bepaalde hoeveelheid lux, een waarde die ook met het schuurtje gegarandeerd was. Verslagen en onder de indruk van zijn uiterst complexe formule droop ik af en schikte me in mijn lot. Toen ik ondanks diverse lampen en schijnwerpers op een gegeven moment moest vaststellen dat ik in die ruimte niet kon werken, zegde ik de huur op, en bij de sleuteloverdracht kon ik het niet laten hem de zin in het gezicht te slingeren waar ik nu weer aan moet denken: 'Ieder mens zou recht moeten hebben op voldoende licht!'

Lang voor mij, lang voor ons allemaal, was zij tot hetzelfde inzicht gekomen, en ze was niet bereid zich bij die 'schaarste' neer te leggen. Ze heeft tot het eind toe gevochten voor meer licht.

Mijn pen vliegt over het papier, met fijne streepjes leg ik ons vast. En net als bij die foto op Dina's tentoonstelling kan ik het onbehaaglijke gevoel niet van me afzetten dat het niet klopt, dat er iets ontbreekt. Ik pak de pen en begin opnieuw. Waar Nene met haar arm een plek heeft opengelaten, teken ik haar, ik teken haar schouders en haar hals, haar gezicht zoals ik het me herinner, zoals ik het me wil blijven herinneren voordat de wereld alle lichten voor haar uitdoofde. Ik teken haar dikke haar en de kuiltjes die altijd in haar wangen kwamen als ze haar typische lach lachte, haar hongerige, vurige ogen, haar brede mond, haar bijzondere, licht gebogen neus, haar tomeloze vreugde, haar aanstekelijke lichtzinnigheid. Alles is er. Alles is er weer. Alleen is ze niet samen met ons ouder geworden. Ze is voor altijd jong gebleven, koppiger en onverzettelijker dan de tijden.

Ik sta op van de bank. Mijn rug doet pijn, ik rek me uit en slaak een diepe zucht. Ik stop het blok met de tekening in mijn handtas. Ik hoor de stad ontwaken. Ergens achter de Botanische Tuin ratelt een tram voorbij en toetert een auto. Ik loop het lawaai tegemoet. Het is licht geworden.

HET HOFJE EN ZIJN BEWONERS

HOUTEN HUIS, DRIE VERDIEPINGEN

BEGANE GROND
Familie Tatisjvili: vader Davit, moeder Natela, dochter Anna, zoon Otto

EERSTE VERDIEPING
Familie Basilia: vader Tariel, moeder Nani, zoon Beso
+
Tsitso, oude alleenstaande dame
+
Familie Jordania: vader Tamas, moeder Gioeli, dochter Ira

TWEEDE VERDIEPING
Nadja Aleksandrovna, oude alleenstaande dame
+
Familie Kipiani: vader Goeram, zoon Rati, dochter Keto, grootmoeder van vaderskant Eter: bijnaam baboeda 1, grootmoeder van moederskant Oliko: bijnaam baboeda 2

RODE BAKSTENEN HUIS, TWEE VERDIEPINGEN

BEGANE GROND
Oom Givi

EERSTE VERDIEPING
Familie Iasjvili: vader Rostom, moeder Nina, zoon Saba, zoon Levan

HUISJE OP STELTEN, STENEN HUISJE, TWEE VERDIEPINGEN:

SOUTERRAIN
Familie Pirveli: moeder Lika, dochter Anano, dochter Dina

BEGANE GROND
Armeense schoenlapper Artjom

EERSTE VERDIEPING
Koerdische familie: jongste zoon Tarik

DZIERŻYŃSKISTRAAT

Familie Koridze: moeder Manana, zoon Goega, zoon Tsotne, dochter Nene, oom Dito: bijnaam Tapora

VERKLARENDE WOORDENLIJST

Amiran: Georgische variant van de mythe over Prometheus
ayran: frisse Turkse drank op yoghurtbasis

baboeda: Georgisch, 'zuster van de grootvader'
baryga: Russisch, drugsdealer
birzja: Russisch, letterlijk beurs, hier: ontmoetingsplek op straat, waar mannen en jongens samenscholen om alles in de gaten te houden en te controleren
boekasjka: Russisch, letterlijk beestje, hier: koosnaam

deda: Georgisch, moeder
De ridder in het pantervel: Het nationale Georgische epos van Sjota Roestaveli (ca. 1172 tot ca. 1216), Georgische dichter en een van de belangrijkste figuren in de Georgische literatuur van de middeleeuwen. Het manuscript van dit hoofse epos werd in 2013 tot werelderfgoed uitgeroepen.
dsveli bitsjebi: Georgisch, letterlijk 'oude jongens', hier: slang voor jongens en mannen die zichzelf als systeemweigeraar beschouwden en vaak affiniteit met de criminaliteit hadden en door de staat als klaplopers werden beschouwd

frajer: Duits leenwoord, afgeleid van *Freier*, vrije. Hier: vory-jargon voor niet-criminelen. Een frajer is voor de vory vogelvrij, hij kan bestolen en bedrogen worden. Hij valt buiten alle regels, buiten die van de staat, maar ook buiten die van de criminele wereld.

gosinaki: Georgische zoete lekkernij, gemaakt van walnoten en honing

Ismajlovskaja: beruchte criminele organisatie in Rusland, genoemd naar de Moskouse wijk Ismajlovo

Je eigen god: letterlijke vertaling van *tavisoepleba*, het Georgische woord voor vrijheid

kada: Armeense/Georgische zoete lekkernij
KamAZ: vrachtwagen uit de Sovjet-Uie
ketsi: een traditionele pan of schotel van ongeglazuurd aardewerk
Koningin Tamar: koningin van Georgië, als teken van grote verering 'Koning Tamar' genoemd, van 1184 tot 1213 heerseres over het middeleeuwse Georgië, toen het zich in zijn gouden eeuw op het hoogtepunt van zijn macht bevond
krengenoorlog: verbitterde strijd tussen de met de staat samenwerkende kampgevangenen en de *vory*
krysja: Russisch, letterlijk dak, hier: vory-jargon voor bescherming door criminelen, vaak tegen betaling van smeergeld

Lisitsjka: Russisch, letterlijk vosje, een populair zakmes
lobio: Georgische bonenschotel
Ljoebitel: fototoestel uit de Sovjet-Unie

marsjroetka: minibusje, populair vervoermiddel in het Georgië van de jaren negentig van de vorige eeuw, dat nog steeds bestaat
Mchedrioni, 'Georgische ruiters', een paramilitaire organisatie, die in 1989 door de krijgsheer en voormalige vor Dzjaba Ioseliani was opgericht en in

1991 betrokken was bij de putsch tegen Zviad Gamsachoerdia, de eerste vrij gekozen president van Georgië. De eenheid, die steeds verder afgleed naar de criminaliteit en zowel aan de oorlog in Ossetië als die in Abchazië deelnam, werd in 1995 verboden.
messenkus: vory-jargon, straf voor verraad of een overtreding van een verrader

Nona Gaprindasjvili: Georgische schaakster, de eerste vrouw met de titel grootmeester
Nutsubidze Plateau: microdistrict in Tbilisi met karakteristieke Sovjetflats

Obrez: illegaal gemodificeerd automatisch geweer met een afgezaagde loop
obsjtsjak: Russisch, vory-jargon voor gemeenschappelijke kas
op's: Operatieve Medewerkers, hoge politieambtenaren, op's genoemd, berucht om hun drieste methoden om de eigen beurs te spekken

paska: traditioneel paasgebak, lijkt op het Italiaanse *panettone*
pchali: een keuze uit verschillende Georgische voorgerechten, bereid met walnootpasta, aubergine, rode biet of spinazie
Pikris Gora: een kleine wijk in Tbilisi, deel van het district Vera
privet: Russisch, hallo

razborka: Russisch, letterlijk opheldering, hier: woordenwisseling om een conflict op te lossen, meestal op straat

sjodka: Russisch, letterlijk vergadering, hier: geheime samenkomsten van gezaghebbende vory
Smena: fototoestel uit de Sovjet-Unie
Stella's Tuin: benaming in de volksmond voor een klein plantsoen in Sololaki
strachovka: Russisch, letterlijk verzekering, rugdekking door een hogere instantie

tamada: ceremoniemeester bij een Georgisch feest, die de toostredes uitspreekt
Tapora: bijnaam, afgeleid van het Russische *topor*, bijl
tone: traditionele kleioven
tsechovik: benaming voor ondernemers en fabrikanten in de Sovjet-Unie, die meestal naast hun officiële fabriek en bedrijf een soort parallelonderneming hadden en hun producten buiten de staat om verkochten door middel van omkoping
tsjatsja: Georgische grappa

vor: (meervoud vory) Russisch, letterlijk dief
vor v zakone: Russisch, letterlijk 'dief in de wet'

zastoj: Russisch, stilstand, benaming voor de periode van stagnatie onder Brezjnev

'Een formidabel boek.
Voor mij van eenzelfde statuur als
Honderd jaar eenzaamheid'.

– Chrisjan van Marissing,
boekhandel Praamstra, Deventer